Laura Cardea

She Who Alights The Night

Moon Notes · Hamburg

Dieses Buch wurde klimaneutral produziert. Dadurch fördern wir anerkannte
Nachhaltigkeitsprojekte auf der ganzen Welt. Erfahre mehr über die Projekte,
die wir unterstützen, und begleite uns auf unserem Weg unter www.oetinger.de

Originalausgabe
1. Auflage
© 2023 Moon Notes im Verlag Friedrich Oetinger GmbH,
Max-Brauer-Allee 34, 22765 Hamburg
Alle Rechte vorbehalten
© Text: Laura Cardea
Dieses Werk wurde vermittelt durch die
Literarische Agentur Thomas Schlück GmbH, 30161 Hannover.
© Covergestaltung: FAVORITBUERO, München
unter Verwendung von shutterstock.com: © Tanya Antusenok
© Gestaltung Innenklappen: Laura Cardea
Satz: Sabine Conrad, Bad Nauheim
Druck und Bindung: GGP Media GmbH,
Karl-Marx-Straße 24, 07381 Pößneck, Deutschland
Printed 2023
ISBN 978-3-96976-030-7

www.moon-notes.de

Arrondissements

 **❶ L'Ilithyie**
Göttin der Geburt
Paris' Zentrum & Geburtsstätte

 **❷ Le Ploutos**
Reichtümer & Erdschätze
Banken, Börsen & Geschäfte

 **❸ L'Hestia**
Herdfeuer & Häuslichkeit
Wohngebiet Bourgeoisie

 **❹ L'Iris**
Botin, Winde & Regenbogen
Zuwanderer & Waffenlager

 **❺ L'Athéna**
Weisheit & Kampf
Universitätsviertel

 **❻ L'Apollon**
Poesie & Kunst
Kunst- & Literatenviertel

 **❼ L'Héra**
Frauen & Mütter
Botschaften & Bourgeoisie

 **❽ Le Zeus**
Himmel, Donner & Ordnung
Politisches Zentrum

 **❾ L'Aphrodite**
Schönheit, Liebe & Vergnügen
Kaufhäuser, Opern & Theater

 **❿ L'Hébé**
Jugend & Mundschenk
Bahnhöfe, Warenlager & Kanal

 **⓫ L'Héphaïstos**
Schmiedekunst & Erfindungen
Arbeiter- & Industriegebiet

 **⓬ L'Arès**
Schlachten & Gewalt
Militär, Gefängnis & Waffenlager

 **⓭ L'Artémis**
Jagd & Wildnis
Gerbereien, Wald & Wiesen

 **⓮ L'Hadès**
Tod & Unterwelt
Friedhof & Catacombes

 **⓯ La Déméter**
Ernte & Landwirtschaft
Wein- & Bergbau, Schlachthöfe

 **⓰ L'Héraclès**
Stärke, Mut & Sport
Park, Arenen & Jagdgebiet

 **⓱ La Perséphone**
Frühling & Feldfrüchte
Landwirtschaft & Weinbau

 **⓲ Le Dionysos**
Wein, Feier & Ekstase
Weinbau, Tavernen & Bohème

 **⓳ L'Hermès**
Handel, Reisen & Diplomatie
Warenlager & Frachthäfen

 **⓴ Le Poséidon**
Meer & Wasser
Wasserreservoirs & Tavernen

Liebe*r Leser*in,

wenn du traumatisierende Erfahrungen gemacht hast,
können einige Passagen in diesem Buch triggernd wirken.
Sollte es dir damit nicht gut gehen, sprich mit einer Person
deines Vertrauens. Auch hier kannst du Hilfe finden:
www.nummergegenkummer.de
Schau gern auf S. 477, dort findest du eine Auflistung
der potenziell triggernden Themen in diesem Buch.
(Um keinem*r Leser*in etwas zu spoilern,
steht der Hinweis hinten im Buch.)

Für alle, die ihren Weg noch nicht gefunden haben.
Die Suche kann auch etwas Schönes sein.

Kapitel 1

Garantiert ein Dutzend Nyx lungert auf der *Exposition Universelle* herum, doch keiner von ihnen erkennt mich. Denn eingeschnürt in die lindgrüne Seidenrobe, mit dem pompösen Hut samt weißer Spitze über den Augen und der Haltung einer reichen Mademoiselle spiele ich wie üblich eine Rolle. Eugène weiß, dass diese Fassade die Nachtschwärmerin in mir verbirgt. Was er nicht weiß – ich verberge dahinter auch die *wahre* Odette aus dem *Prolétariat*. Seit unserem Kennenlernen.

»Glaubst du, das ist einer von ihnen?« Eugène deutet mit dem Gehstock nach vorn und sieht aus wie jeder andere schaulustige Monsieur. Eine Massenproduktion in gediegenen, langweiligen Fracks, die das Schauspiel unter der Pavillonkonstruktion aus Glas und Metall beobachten.

»Wäre möglich«, murmle ich, auf meine Seidenschläppchen starrend. Was würde ich nur für Stiefel geben.

»Du hast ihn nicht einmal angeschaut.«

Ich atme tief ein und zwinge meinen Blick hoch zur Bühne. Zu *Sirènes*.

Wie ein ölschwarzes Tiefseeungeheuer kauert die Maschine im Schatten des *Tour Eiffel*. Mit ihren Greifarmen aus Kupferspulen hält sie Menschen gefangen. Mitten auf der *Exposition*. Arbeiter schnallen die Probanden stundenweise fest, um dem Publikum danach ihre Arbeitskraft in Sechzehn-Stunden-Schichten vorzuführen. Es ist barbarisch.

Und die Besucher sind begeistert.

Die offiziellen Mitarbeiter wissen vermutlich nicht, für wen sie arbeiten. Aber an einen Metallpfeiler gelehnt, spielt ein Kerl mit einer Zigarrenschatulle, und mit jeder Bewegung spannt sein Frack an den sich wölbenden Schultern. Garantiert vom Orden der Nyx. Einer ihrer bulligen Handlager. Von der Sorte, die meine Familie aus unserem Appartement verschleppt haben muss. Papa in dieses Monstrum aus Metall und Kabeln gezwängt –

Ich schlucke die Erinnerungen herunter. »Soll ich probieren, etwas aus ihm herauszulocken? Louise hat mir ein paar ihrer Tricks beigebracht.«

»Wirklich?« Eugène zieht eine Augenbraue hoch. »Vielleicht solltest du die vorher üben? Ich stelle mich großzügigerweise als Versuchsobjekt zur Verfügung.«

Der Nyx klappt die Zigarrenschatulle zu und stößt sich vom Pfeiler ab.

»Also bespitzeln, nicht aushorchen.« Ich bahne mir einen Weg durch die Menge, Eugène auf den Fersen. Zwischen aufgetürmten Frisuren und Zylindern erhasche ich nur flüchtige Blicke auf die Muskelberge des Nyx.

»Ich meine, ich sehe die Vorteile. Dennoch … fühlt es sich nicht irgendwie falsch an?«, murmelt eine bleiche Madame durch zierliche Finger in Spitzenhandschuhen.

Schnaubend quetsche ich mich weiter. Ein paar mögen es barbarisch finden – aber am Ende betrifft *Sirènes* die *Bourgeoisie* nicht. Sie werden wegschauen, sobald die Gräuel der Maschine hinter Fabrikwänden stattfinden.

Hitze staut sich unter den Seidenbahnen meines Kleides, obwohl die Frühlingssonne nur schwach flimmert. Verflucht sei dieses neumodische Korsett, das nicht nur die Taille abschnürt, sondern auch das *Décolleté* nach vorn und das *Derrière* nach hinten verbiegt, bis man aussieht wie eine aufgeplusterte Taube. Mehr und mehr Menschen kesseln mich von allen Seiten ein. Mein Atem beschleunigt, doch *ich* komme nicht voran. Hat sich das Publikum auf einen Schlag verdoppelt?

Jemand zerrt mich aus der Falle. Eugène. »Immer noch nicht gut mit Menschenmassen?« Er schirmt mich vom Gedränge ab.

Mein Herzschlag entschleunigt. »Es wäre halb so schlimm, müsste ich nicht diese lächerliche Aufmachung tragen.«

Der Nyx verschwindet zwischen zwei kastenförmigen Gebäuden. Das *Panorama Transatlantique* und das *Maréorama*, so groß und klobig, weil es ein ganzes Dampfschiff fassen muss.

»Sollen wir lieber mit der *Métro* fahren?« Sein Grinsen färbt den betont unschuldigen Ton, während wir weiterdrängen. Er wird mich wohl nie vergessen lassen, dass ich beinahe rückwärts aus der *Métro* geflohen wäre, als er Louise und mich zum ersten Mal zu seinem Unterschlupf gebracht hat.

Wir durchbrechen den Rand der Menschenmenge und rennen in die enge Gasse zwischen den Gebäuden, wo keine Sonne hinreicht und an dessen Ende der Nyx hinter der Ecke verschwindet.

Als wir auf die breite *Avenue de Suffren* preschen und gegen die Sonnenstrahlen und den Eisenbahnrauch des *Gare du Champ d'Arès* anblinzeln, ist er verschwunden.

»*Merde!*« Eugène stützt sich auf dem Gehstock ab, während ich kaum außer Atem bin. Noch vor Kurzem war es andersherum. Aber sosehr Eugène es auch zu verbergen versucht, jeder Tag zerrt mehr an seinen Kräften, seit er *Sirènes* nicht mehr benutzt, um sein Schlafbedürfnis auszuschalten.

»Entweder fährt er gerade mit einer Eisenbahn davon – oder er ist *dort* reingegangen.« Ich zeige zum *Globe Céleste*, der von Dampfmotoren in der Schwebe gehalten und um seine eigene Achse gedreht wird. Auf dem royalblauen Grund der Himmelskugel funkeln vergoldete Sternenbilder und Tierkreiszeichen.

Eugène richtet sich auf. »Einen Versuch ist es wert.«

Also raffe ich meinen verflixten Rock und haste weiter, über die Fußgängerbrücke zum *Globe Céleste*. Eugène zerrt sich fluchend den Seidenzylinder vom Kopf, den er nicht, wie von Louise vorgeschlagen, mit Haarnadeln festgesteckt hat.

Vor dem Eingang greift er meinen Arm. »Wir sollten uns vielleicht darum bemühen, ein wenig *unauffälliger* zu wirken.« Er nickt zu meinem unschicklich hochgerafften Rock, der reichlich Blicke erntet, und streicht sich das zerzauste Haar glatt, bevor er Eintrittskarten kauft. Lange wird unser Sold vom ersten – und letzten – Auftrag der Nachtschwärmer nicht mehr reichen. Ich lasse den Rock sinken und stecke lediglich einen Finger durch die dafür vorgesehene Schlaufe am Saum.

»So hast du doch auch genug Beinfreiheit, oder? Die nähen die Schlaufe da ja nicht grundlos hin.« Eugène reckt mir grinsend den Arm hin. Natürlich müssen wir wie ein junges Ehepaar wirken, um keine Aufmerksamkeit auf uns zu ziehen.

»Wirklich großzügig, dass man uns in Kleidern wie diesem ermöglicht, ein paar Tippelschritte zu machen, ohne über die Schleppe zu stürzen. Was kommt als Nächstes?« Ich hake mich unter, ohne in sein Gesicht zu sehen, und wir erklimmen die Treppe ins Innere des Himmelsglobus. »Korsetts, in denen man *atmen* kann?«

Eugène lacht. Dieses tiefe, beinahe atemlose Lachen, das wie Glühwürmchen in meinem Brustkorb herumschwirrt. »Wenn es nach mir ginge, müsstest du gar kein Korsett tragen.«

»Sondern einen Harnisch?«, raune ich auf der rollenden

Treppe, die uns steil hinauf zur Aussichtsplattform trägt. »Und vielleicht ein Holster für Dolche?«

Die Madame zwei Stufen über uns blickt sich pikiert um.

Eugène schenkt ihr ein blendendes Lächeln, bei dem sie sich mit geröteten Wangen zurückdreht, und stupst mich an. »Wollten wir nicht unauffällig wirken?«

»Dann solltest du nicht jeder Frau im Umkreis von zwei Kilometern schöne Augen machen«, platzt es aus mir heraus. *Fantastique.*

»Oh, bitte, das war heute erst die zweite.«

Ein wenig zu schnell haste ich auf die Plattform. Wer war die *erste?* »Wenn du die Zahl um der Operation willen heute im einstelligen Bereich halten könntest, wäre das großartig.«

Eugène reckt den Kopf, weil himmlische Orgeltöne durch die Luft schwirren. »Klingt nach Saint-Saëns, aber ich kenne das Stück nicht.« Er dreht uns im Kreis, ein kleiner Tanz zwischen den Besuchern mit in den Nacken gelegten Köpfen. »Ohnehin ist der Kerl nicht hier, also war es das für heute mit unserer Operation. Meinen schönen Augen steht nichts mehr im Wege.« Er hält an und grinst. »Außer dir fällt ein *anderer* Grund ein, der dagegenspricht, dass ich –«

Ich zerre ihn hinter einen Marmorpfeiler, der uns auch ohne meinen aufgebauschten Rock und den sonnenschirmgroßen Hut nicht verbergen könnte. »Dort ist er!«

Der Nyx lehnt mit den Unterarmen auf dem Geländer, scheinbar fasziniert vom sanft rotierenden Himmelsgestirn aus tiefblauem Seidenpapier und Sternen aus geschliffenem Glas.

»Und du beschattest ihn so *unfassbar* unauffällig!«, raunt Eugène im übertriebenen Flüstern eines Schauspielers. »Soll ich uns eine Zeitung besorgen und zwei Löcher in die Seiten bohren, durch die du gucken kannst?«

Ich werfe ihm einen vernichtenden Blick zu. »Das wäre immer noch produktiver als alles andere, was du heute fabriziert hast.« Die Worte versengen meine Lippen. Ich hätte das nicht sagen sollen, nicht, wo es Eugène so viel abverlangt –

Er lacht, offen und viel zu auffällig für unser Vorhaben. Aber Lachen ist gut. Wenn er lacht, weil er mich aufzieht und ich ihn, denkt er nicht an Schlaf. An *Sirènes*.

Ein Mann im eleganten Frack tritt neben den Nyx. Sein makellos nach hinten frisiertes schwarzes Haar und diese kultivierte Haltung triefen vor Wohlstand. Jemand, der nicht nur im Arrondissement *Le Zeus* wohnt, sondern sich für Zeus *hält*.

»Das könnte spannend werden!« Ich drehe mein Ohr in ihre Richtung. Doch unmöglich, so höre ich nichts. Ich muss näher –

»*Merde.*« Eugène starrt mich an. »Das ist mein Vater.«

Natürlich ist er das. Ich presse die Lippen aufeinander. »Bist du wirklich sicher, dass er nichts mit –«

»Er hat *nichts* mit den Nyx zu tun. Nun, nichts mit *Sirènes*. Sein geschäftlicher Einfluss reicht praktisch bis in jede noch so kleine Pariser Fabrik, also …«

»Vielleicht finden wir trotzdem etwas heraus. Über Projekte, Lieferanten, Kooperationen.« Ich halte Eugène, der losstiefeln will, mit einer Hand auf seiner Brust zurück. »Du bleibst hier!« Als er die Stelle fixiert, wo ich ihn berühre, blicke ich hastig zum Nyx und Eugènes Vater. »Er erkennt ja wohl seinen eigenen Sohn. Auch wenn du ausnahmsweise nicht aussiehst, als hättest du dich mit verbundenen Augen in der Garderobe eines Laientheaters eingekleidet.«

»Da wäre ich mir nicht so sicher«, murmelt Eugène. »Und ich kleide mich sicher nicht so, als hätte …« Seine Empörung versickert im Gemurmel der Besucher, während ich davonstakse. Ich bemühe mich um eine träumerische Mimik, als ich an das Geländer stolpere, obwohl die vorbeiziehenden Sternbilder verschwimmen.

»… aber die meisten Besucher sind fasziniert«, beendet der Nyx. Ein Bericht über die *Sirènes*-Vorstellung?

Monsieur Lacroix streicht sich über das gemeißelte Kinn. »Die meisten Besucher stammen auch aus der *Bourgeoisie* und sind nicht direkt betroffen.«

Der Nyx schnaubt. »Nun, die Arbeiter aus dem *Prolétariat* werden sich kaum wehren können, oder?«

»Unterschätzen Sie nicht die Arbeiterschicht!« Monsieur Lacroix hebt einen Zeigefinger. »Die *Sans-culottes* spielten keine geringe Rolle bei der letzten Revolution. Und als Entrepreneur kaufe ich keine Maschine, die einen Streik unzufriedener Arbeitnehmer nach sich ziehen könnte.« Er neigt den Kopf, ohne dass eines seiner perfekt liegenden Haare verrutscht. »Vielleicht fänden sich mehr Interessenten, wäre die Meinung der Gesamtbevölkerung wohlwollender?«

Die Nyx suchen also schon Käufer für *Sirènes*. Ich starre auf meine Finger am Geländer. Aber wenn Monsieur Lacroix nicht interessiert ist … Denken andere Großindustrielle ähnlich? Oder will er mit vorgetäuschten Bedenken nur den Preis drücken? Ich sehe auf, um seine Mimik zu entziffern.

Der Nyx starrt direkt in meine Augen. »Belauschst du uns, *Fillette*?«

Meine Hände verkrampfen, während mein Kopf rattert. Wieso starrt ein Mädchen aus der *Bourgeoisie* die beiden an? Denk nach! »Ich … habe nur Monsieur Lacroix erkannt. Mein Vater arbeitet geschäftlich mit ihm zusammen. *Excusez-moi*, Messieurs, ich habe wirklich nicht gelauscht.«

»Tatsächlich?« Der Nyx baut sich vor mir auf. »Wie heißt er?«

»Er –« Ich weiche zurück, erlaube der Panik hochzusteigen. Eine angemessene Reaktion für die Mademoiselle, die ich spiele. »Er heißt –« Meine Stimme verhallt zitternd.

»Monsieur Gerard, nun lassen Sie von dem Mädchen ab.«

Eugènes Vater legt eine Hand auf die Schulter des Nyx. »Sie zittert wie ein Reh.«

Gut, er nimmt es mir ab. Ich sollte ihn dankbar anschauen, mit riesigen, glänzenden Augen.

Doch der Nyx starrt mich weiter an. Wenn die Rädchen in seinem Schädel sich noch etwas mehr drehen, tritt Dampf aus seinen Ohren. »Du bist das Mädchen!«, knurrt er schließlich und greift meine Oberarme. »Du belauschst uns! Mit deinen Freunden? Wo sind die Ratten?«

»Monsieur Gerard, bewahren Sie Ihre Contenance!« Die Falten auf Monsieur Lacroix' Stirn vertiefen sich. »Was hat dieser Tumult zu bedeuten?«

»*Au secours!*«, rufe ich und winde mich im Griff des Nyx, sodass sämtliche Besucher uns anstarren. Eugène tritt näher, hält dann inne, weil ich sachte den Kopf schüttle. »Dieser *Goujat* lässt mich nicht los! *Au secours! S'il vous plaît!*«

Mehrere Männer pirschen heran, während die Mesdames sich die Hände und Fächer vor den Mund halten oder ihre Begleiter in meine Richtung schieben. Noch bevor mich einer von ihnen erreichen kann, schwingt eine tattrige Madame mit grauem Haarknoten ihren Perlmuttgehstock gegen die Schulter des Nyx. »Finger weg, du *Filou*!«

Ihr Hieb kann nicht wehtun, doch der Nyx starrt mit gerunzelter Stirn zu ihr und lockert seinen Griff.

Ich bohre ihm die Hacke in den Fuß. Trete aus, nach außen panisch, aber wohlgezielt auf die empfindliche Stelle unter seiner Kniescheibe. Er knickt ächzend ein, und ich stürme los, greife Eugènes Ärmel im Laufen. Keine Zeit, darüber nachzudenken, ob sein Vater ihn erkennt.

»*La Fille de Lumière!*«, brüllt der Nyx. »Ergreift sie!«

Magnifique, er hat Verstärkung dabei. Wir können nicht kämpfen, nicht zwischen all den Zivilisten. Also hasten wir durch die Menge zur rollenden Treppe – die nur nach oben fährt. Und viel zu vollgestopft mit Menschen ist.»*Merde!* Wo ist der Ausgang?«, keuche ich.

Der Nyx stößt Menschen zur Seite, die sich lautstark beschweren. Drei andere Männer hetzen hinter ihm durch die Menge. Sie kesseln uns ein.

»Zeit, dein inneres Kind herauszulassen!« Eugène rutscht das Treppengeländer herunter, vorbei an den kreischenden Menschen.

»Könntest du *bitte* an das Kleid denken, das ich trage!«, kreische ich, doch schwinge mich ebenfalls aufs Geländer.

»Ich kann an kaum etwas anderes denken als an dein Kleid!«

Meine Beine hängen über dem Abgrund – wie viele Meter würde ich fallen, bevor ich den seidenpapierbeklebten Globus durchbreche? Ich schlingere im Rutschen. Kralle mich fester ans Geländer und bremse ab.

Schreie hinter mir – der Nyx schmettert die Menschen aus dem Weg, rennt die Stufen entgegen ihrer Richtung herab. Seine gefletschten Zähne blitzen zwischen den erschrockenen Mienen auf, und dann stößt er einen jungen Vater zur Seite. Seine Tochter gleitet ihm aus dem Armen.

Sie stürzt kreischend über das Geländer.

Ich springe auf die Treppe, ein rasendes Pfeifen in den Ohren, und stürme nach oben. Dieser verdammte –!

»Sie haben das Mädchen!« Eine Hand an meinem Oberarm. Eugène. Tatsächlich, mehrere Besucher zerren das heulende Mädchen zurück auf die Treppe. Eugène zieht mich weiter.

»Wir können hier keinen Kampf anfangen!«

Ich stemme mich gegen ihn. Das Mädchen ist so alt wie Jo. Jede Faser in mir will den Nyx mit bloßen Händen zerreißen. Doch würde ich in Jos Nähe so einen Kampf anzetteln? Niemals. Also knirsche ich mit den Zähnen und renne weiter.

Die Menschen machen uns Platz. Oder nur Eugène. Mein Rocksaum verfängt sich in den Stufen. Ich reiße die Schleppe mit bebenden Fingern ab, eile weiter. Hinaus auf die Fußgängerbrücke, wo sich die Menschenmasse etwas lichtet.

»Zum Bahnhof!«, keucht Eugène mit aufbäumendem Brustkorb.

Der Nyx prescht, gefolgt von den anderen drei, aus dem *Globe Céleste* und zückt eine Pistole. Die Fußgänger hechten aus der Schussbahn.

Er drückt ab.

Die Menge schreit auf, übertönt den Schuss fast. Wir springen zur Seite, knallen gegen das Geländer. Das Getöse nimmt zu, die Menschen drängen zurück zum Eingang, hinter dem sie sich Sicherheit erhoffen.

Es ist so leise, dass ich es unter dem Geschrei nicht hören sollte – doch ein trockenes Knarzen dringt an meine Ohren. Denn ich kenne dieses Geräusch aus *L'Hadès*. Von dem einen zusammengeschusterten Appartement, das eines Tages einfach entschieden hat, nicht mehr aufrecht stehen zu wollen.

Die Fußgängerbrücke wird unter dem Getrampel einstürzen!

Eugène wirft sich erneut zur Seite, als die nächste Kugel an uns vorbeirast, doch ich zerre ihn weiter. »Ignorier die Schüsse!« Eine Schusswunde können wir überleben. Aber unter Tonnen von Geröll begraben zu werden? Ich erinnere mich zu gut. Schlimmer als das Knarzen des einstürzenden Steins sind die Schreie und Jammerlaute.

Und am schlimmsten – die Stille danach.

Das Brechen von Stein schallt durch meinen Körper. Wir stolpern über die Erschütterungen, durch die aufwirbelnden Staubwolken. Schreie. Ich weiß, was danach kommt, ist schrecklicher. Doch wie kann etwas schrecklicher sein als *das*? Als diese Ohnmacht, ihnen nicht helfen zu können?

Wir hechten von der Brücke. Ich kann mich nicht umsehen. Ganz egal, ob die Nyx uns verfolgen oder unter Schutt begraben liegen. In ihrem Tod läge kein Fünkchen Erleichterung.

Im Unterschlupf lehnen Armand und Jean über dem Mahagonitisch, den wir aus einer der Nischen gezerrt haben, um darauf die Stadtkarte von Paris auszubreiten. Der Mittelpunkt unserer Operation. Armand versucht mit einer Schreibfeder, die er wie einen Dolch schwingt, Jeans Verteidigungshaltung zu durchdringen. »*Toussaint Métallurgique* liegt in *L'Héphaïstos*!«

»Wir waren fünf Tage hintereinander dort!« Jean fängt Armands Arme und hebelt die Schreibfeder aus seinem Griff. »Wie kannst du nicht wissen, wo die Firma liegt?«

Eugène lehnt sich an die Brüstung zur Fabrikhalle unter uns und wirft einen Blick hinab auf die stillgelegten Zuckerkessel. »Ihr habt offensichtlich unsagbar Wichtiges zu erledigen. Beglückt ihr uns trotzdem mit einer Minute eurer Aufmerksamkeit?« Da ist mehr Biss in seiner Stimme als üblich.

Die beiden kämpfen einen Moment lang weiter, bis Jean die Schreibfeder zu fassen bekommt und sie Armand entreißt. Triumphierend schnaubend streckt er sie gerade so hoch, dass Armand sie nicht erreichen kann.

Stattdessen pflücke *ich* sie ihm aus der Hand. »Armand hat recht mit *Toussaint Métallurgique*. Aber da die Nyx bei *Entreprise d'Amboise Automobile* Arbeitskräfte für ihre Versuche mit *Sirènes* angeheuert haben …« Ich zeichne einen Kreis um eine Häusergruppe und beschrifte ihn mit A.A. »Konzentriert euch auf *La Déméter*, nicht *L'Héphaïstos*.«

»Also wissen wir, *wo* Nyx Versuchspersonen aufgegabelt hat. Aber nicht, *warum* niemandem aufgefallen ist, dass Menschen entführt wurden. Warum keiner der Entführten etwas verraten hat.« Jean seufzt. »Sagt mir, dass ihr erfolgreicher wart.«

Ich zerre mir mit bebenden Händen den übergroßen Hut vom Kopf. Zementstaub bedeckt den Seidenstoff. Vom eingestürzten Fußgängerweg. »Keine offene Ablehnung auf der *Exposition*. Seit den ersten Protesten halten die Nyx sie wohl mit ihren versteckten Handlangern in Schach. Wir konnten einem von ihnen folgen, doch einer möglichen Zentrale von Nyx sind wir nicht nähergekommen.« Ich schlucke. Menschen sind gestorben. Garantiert. Und *wir* haben den Unfall ausgelöst. Ich zwinge mich, weiter zu berichten. »Nachdem er sich mit Monsieur Lacroix getroffen hat –«

»Monsieur Lacroix?« Jeans Blick verfinstert sich. »Eugènes Vater? Der den Prototypen von *Sirènes* entwickelt hat?«

Eugène stößt sich vom Geländer ab, und ein Schatten huscht durch seine Augen. So reizbar ist er selten. Sicher nagt das Unwissen, wie es den Besuchern des *Globe Céleste* ergangen ist, auch an ihm.

Ich lege die Hand auf seinen Unterarm, bevor er etwas sagen kann. Bin ich *zu* dankbar für den Themenwechsel? »Ich weiß, wie das aussieht. Aber der Nyx hat mich erkannt, Eugènes Vater hingegen nicht. Anscheinend wollen die Nyx ihm *Sirènes verkaufen*. Und wenn wir alle Firmen beseitigen wollen, die irgendwie mit den Nyx im Zusammenhang stehen, müssten wir *jede* Firma in Paris aus der Welt schaffen.«

Armand zuckt mit den Schultern. »Nicht die schlechteste Idee.«

Er scherzt, trotzdem kann ich nicht anders, als ihn anzufunkeln. »Natürlich, brennen wir einfach jede Fabrik nieder. Die Leute aus dem *Prolétariat* können schauen, wo sie Arbeit finden.«

Armand hebt die Arme. »Du hast natürlich recht. Sowieso sind wir nur zu viert –«

»Zu fünft.« Louise werde weder ich noch einer der anderen

je wieder außer Acht lassen. Nicht, nachdem sie vor gut zwei Wochen den Kampf in der Lagerhalle für uns entschieden hat.

»Zu fünft«, bestätigt Armand. »So oder so können wir selbst mit Louise nicht gegen sämtliche Großindustrielle, geschweige denn den gesamten Orden der Nyx angehen.«

»Also sind wir uns weiterhin einig? Wir suchen eine mögliche Zentrale und konzentrieren uns auf die Drahtzieher. Finden wir den Orchestrator und –« Ich blicke zu Eugène, der sich in die Polster einer *Récamière* fallen lässt. Er selbst verliert kein Wort über seinen ehemaligen Mentor, aber was bringt es, die Wahrheit zu verschweigen? Ich atme tief ein. »Und den Dirigenten. Clément.«

Eugènes Mimik bleibt starr, doch obwohl ein Luftschiff über das Glasdach schwebt, dessen Schatten seine Augen verdunkelt, durchbohrt der Schmerz in ihnen sogar *mein* Herz. Fühlt er sich betrogen? Im Stich gelassen? Ich wünschte, ich könnte mit ihm darüber reden, ihm Trost spenden. Nur wie beginnt man so ein Gespräch?

Jean beugt sich über die Karte und beschriftet Orte, die im Zusammenhang mit den Nyx stehen. »Die meisten Brüder werden genauso wenig von Cléments Verrat gewusst haben wie wir. Wir könnten auf *Mont-Saint-Michel* Verbündete finden.«

Ich kaue auf meiner Unterlippe. Weitere Mitstreiter wären fantastisch. Aber was, wenn Clément nicht allein gehandelt hat? »Mit jedem Nachtschwärmer könnten wir uns einen Maulwurf in die eigenen Reihen holen.«

Seufzend sinkt Armand neben Eugène. »Ist es seltsam, dass ich den alten Steinhaufen und die ollen Kuttenträger irgendwie vermisse? Die Abtei war so viele Jahre unser Zuhause.«

Jean schaut von der Karte auf. »Unser *Zuhause*? Wir wohnen praktisch im *Cabaret Déviance*, weil du keine Minute länger als notwendig auf *Mont-Saint-Michel* verbringen –«

Klirrend bricht das Glasdach ein.

Zwischen den unterarmdicken Scherben gleiten drei schwarze Figuren an Stahlseilen herab.

Die Nyx.

Alles um mich herum bricht in Chaos aus. Ein Kaleidoskop aus Bewegungen, Getrampel und Gebrüll. Glassplitter prasseln auf mich, doch ich spüre nichts. *Wie konnten sie uns finden?*

»Odette!« Eugènes Stimme, weit weg.

Jean und Armand springen mit den Schultern voran durch die Glaswand, stürzen auf das Flachdach nebenan. *Unser Protokoll.* Wenn die Nyx uns finden, kämpft jeder für sich. Bekommen sie alle von uns in ihre Gewalt, haben wir verloren.

Ein Gewehr richtet sich auf mich. Dahinter ein Mann, dessen Schultern und Oberarme die Nähte seiner Nyx-Uniform zu sprengen drohen. »Auf den Boden!«

Der Nyx vom Globe Céleste. Er hat uns verfolgt.

Ich war so mit dem Unglück beschäftigt, dass ich jede Vorsicht vergessen habe. Jeder Atemzug brennt in meiner Lunge. Es war *meine* Aufgabe, auf dem Rückweg auf Verfolger zu achten.

»Odette!« Eugène verharrt in der Tür. Entgegen dem Protokoll. Er *muss* fliehen, um mich später zu retten.

Der Nyx vom *Globe Céleste* weist die anderen beiden mit einem Ruck seines Gewehrs an, ohne das Zielrohr von mir abzuwenden. »Fasst den Jungen! Ich habe *La Fille de Lumière* im Griff!«

Die beiden fahren zu Eugène herum. Er rührt sich nicht. Wieso flieht er nicht? Tausendmal haben wir besprochen –

»Ich ergebe mich!«, donnere ich, hebe meine bebenden Arme. Gehe in die Knie. »Bitte, schießen Sie nic–«

Mit der Anspannung meiner gebeugten Knie stoße ich mich ab, haste unter dem Gebrüll des Nyx zur Kommode. Ziehe die

Aufmerksamkeit der anderen zwei auf mich, kralle mir meine Nachtschwärmer-Uniform, schlage einen Haken – und schwinge mich über die Brüstung.

Ich stürze in die Tiefe der unteren Stockwerke.

Der brennende Geruch des verkohlten Zuckers verschärft sich. Oder das Mündungsfeuer der Gewehre setzt sich in meiner Nase fest. Ich grapsche nach Halt, finde ein Geländer. Stürze weiter, bevor ich meine Finger darum schließen kann.

Vom nächsten Geländer rutsche ich auch ab, kann meinen Fall jedoch etwas bremsen. Trotzdem rasen spitze Kanten und gehärtetes Metall auf mich zu. Ich kneife die Augen zu.

Nein.

Ich habe oft genug geübt. Aber ich muss *sehen*, wann ich aufkomme – sonst zerschmettert der Aufprall meine Beine.

Also reiße ich die Augen auf.

Beton unter mir, keine scharfen Maschinenteile! Ich presse die Zähne aufeinander, damit ich meine Zunge nicht durchbeiße. Beine und Füße aneinanderdrücken, Knie leicht beugen, die Anspannung lösen. Meine Muskeln, Gelenke und Bänder reagieren instinktiv, wenn ich nicht panisch gegensteuere.

Mit den Ballen komme ich auf. Ein scharfes Stechen zuckt meine Beine hoch. Ich verliere die Kontrolle. Doch mein zusammengekauerter Körper rollt von selbst nach vorn. Ich muss ihn nur dazu bringen, über eine Schulter abzurollen. Nur das. Egal, wie sehr alles schmerzt. Jeder einzelne Rückenwirbel presst sich in den Beton. Dann bleibe ich liegen.

Für einen Augenblick kann ich nichts als atmen. Ein. Aus. Ein. Aus.

Ein Stöhnen kommt über meine Lippen. Es fühlt sich an, als säße jeder Knochen am falschen Platz. Aber die Fabrikanlage klärt sich, statt dass ich das Bewusstsein verliere. Ich taste alle Gliedmaßen ab – nichts gebrochen.

Jedes weitere Stöhnen schlucke ich herunter und rapple mich hoch. Getrampel über mir und hinter mir im Treppenhaus. Ich muss raus. Zwischen zwei Kesseln fische ich meine Uniform hervor, dann presche ich zur Fensterreihe gegenüber dem Treppenhaus. Ein eingeschlagenes Fenster. Ich kraxle auf einen Tisch, breche mit dem Ellbogen die Überreste vom Glas aus dem Rahmen und schiebe mich hindurch.

Ich husche über die Straße, dicht gedrängt an die Häuserfassaden, in den Schatten, die die Nachmittagssonne wirft. Viel zu hell. Eugène kann so nicht schattenspringen. Bitte, lass die Nyx *mich* verfolgen. Er könnte der beste Nahkämpfer der Stadt sein – allein, bei Tag und in seinem Zustand hat er keine Chance gegen sie.

»Hier lang!«, raunt es aus einer Gasse. *Armand.*

Ich falle ihm in die Arme, und Jean drängt uns tiefer in die Schatten. Sie sind entkommen! Es geht ihnen gut! Ich bin nicht allein!

Ich werfe einen Blick über die Schulter auf die Zuckerfabrik. Ist Eugène entkommen?

»Wir befreien ihn später.« Jean schiebt uns an. »Sie sind zu viele, zu stark bewaffnet. Zu wenig Schatten.«

»Ich weiß«, zwänge ich hervor und folge ihm widerwillig. »Wir halten uns an das Protokoll.« Ein Protokoll, für das ich mich jetzt verfluche.

Das Treppenhaus der Zuckerfabrik explodiert in Flammen und Getöse. Fenster zerbersten, und die Metalltür wird aus den Angeln gerissen.

Eugène schießt durch sie auf die Straße, gefolgt von züngelndem Feuer.

Ich atme auf. Bloß nicht in Tränen ausbrechen.

Armand flucht unter verhaltenem Atem. »Wie bei Hadès' linkem Hoden hat er sich wieder aus so einer Lage befreit?«

Jean bohrt ihm den Ellbogen in die Seite. »Halte dein Mundwerk im Zaum.« Nicht das erste Mal, dass er darauf achtet, wie sie vor einer Mademoiselle der *Bourgeoisie* sprechen.

Ich schnaube, weil die geballte Ladung aus Anspannung und Belustigung einen Weg nach draußen sucht. Mit der Redewendung bin ich als gebürtige Bewohnerin von *L'Hadès* durchaus vertraut – aber das können sie nicht wissen. Denn ich habe ihnen noch immer nicht die Wahrheit gesagt.

Eugène hetzt zu uns und scheucht uns mit wilden Handbewegungen weiter. »Zu den *Catacombes*!«

Zu viert rennen wir durch die verwinkelten Gassen zwischen den Fabrikhäusern und heruntergekommenen Arbeiterwohnungen von *L'Artémis*. Das Protokoll war für nächtliche Kämpfe auf Paris' Straßen gedacht, nicht für *diesen* Fall.

Eugènes Unterschlupf – zerstört. Das Appartement meiner Familie – in die leere Hülle meines ehemaligen Lebens könnte ich nicht einmal zurückkehren, wenn die Nyx es nicht rund um die Uhr bewachen würden. Madame Bouchard – zu nah an Nyx' Wachen. Louise' *Hôtel particulier* – von Leibwächtern umzingelt. Das *Cabaret Déviance* – die Nachtschwärmer wissen, wo Armand gearbeitet hat.

Wir können nirgendwohin.

Nyx hat uns jeden Zufluchtsort entrissen.

Kapitel 2

Ich kauere auf der kaum mehr als schulterbreiten Lehmtreppe und starre in die Dunkelheit der *Catacombes*, in die Eugène vor Minuten verschwunden ist. Meine Hände beben im funzligen Licht, das durch den Türspalt am oberen Ende der Treppe fällt.

Im nächsten Moment stolpert Eugène mit Jean vor meine Füße – weil sie nie zusammen schattengesprungen sind wie wir oder weil ihn die Kraft verlässt? Doch er verschwindet sofort wieder schattenspringend in den *Catacombes*.

Jean sinkt neben mich und stemmt die Ellbogen auf seine Oberschenkel. »Er kann immer noch nicht schlafen?«

»Wir alle schlafen im Unterschlupf.« Ich streiche mein Kleid über den Knien glatt, was völlig vergebens ist. Zwei Handbreit tiefer hängt die Seide in Fetzen vor meinen Schienbeinen. »Glaubst du, ich ertappe ihn bei heimlichen Nickerchen, wenn ich allein mit ihm unterwegs bin?«

»Nachts vergehen ein paar Stunden, in denen ich nicht mitbekomme, was Eugène treibt. Du weißt schon, weil *ich* schlafe.«

»Und ich nicht?«, schnaube ich.

Jean lehnt die Schläfe gegen seine Fingerknöchel. »Aber er *redet* mit dir.«

Ich schnaube erneut, nur dieses Mal schmerzt es in der Brust. »Er *scherzt* höchstens mit mir. Spricht über die Machenschaften der Nyx. Gestern hat er eine Modezeitschrift auf der Straße gefunden und eine geschlagene Stunde über die neuesten Ergüsse der *Grand Couturiers* gefaselt. Trotzdem *redet* er nicht mit mir. Nicht *darüber*.«

Jeans Mimik bleibt unbeweglich. Doch dann tätschelt er etwas ungelenk meinen Hinterkopf. »Gibt ihm Zeit. Und bürde dir nicht alles allein auf.«

Eugène platzt mit Armand ins Funzellicht und lässt ihn zu schnell los. Armand strauchelt gegen die Steinwand und flucht, während Eugènes Blick zu uns huscht und irgendwo neben meinem Ohr verharrt. Er verzieht den Mund zu einer schmalen, harten Linie.

Merde, hat er gehört, dass wir über ihn gesprochen haben?

»Ausruhen könnt ihr Faulenzer euch später.« Er hält uns je eine Hand hin und hilft uns grinsend auf die Beine. Ich habe mich wohl vertan.

Von ihm angeführt, stiefeln wir die Treppe hinauf und gelangen durch eine Falltür in einen modrigen Keller, der kaum breiter als der Gang unten ist. Wir erklimmen die nächste Treppe ins Erdgeschoss, von wo gedämpfte Stimmen zu uns dringen, laut, hell klingend und irgendwo zwischen Ausgelassenheit und aufgeheizter Debatte.

Ich weiß, wo wir sind, noch bevor Eugène die Tür aufzieht. Und tatsächlich, wir marschieren hintereinander durch den Flur des Appartements von Hubertine Auclert. Der Hauptsitz der *Suffragettes*. Im vollgestellten *Bureau* halten sich weniger Frauen und Mädchen als beim letzten Mal auf. Georgette, Katya und Zoé kauern über einem Stoß Papier, alle drei so unterschiedlich, aber mit dem gleichen Funkeln in den Augen.

Zoé bemerkt uns zuerst, und ein sanftes Lächeln schleicht

sich auf ihre vollen Lippen. »Wir wussten, dass du wiederkommst.« Ihr Blick flackert zu Armand und Jean. Sie zieht die schnörkellosen Bündchen ihrer Hemdbluse über ihre warmbraunen Hände, und ihr Lächeln verfliegt.

Georgette starrt auf die beiden Fremden herab. »Wirklich, Eugène? Mehr von deiner Sorte?«

Jean, der selten von anderen überragt wird, erst recht nicht von einer Frau, weicht einen Halbschritt zurück.

Armand hingegen starrt Georgette fasziniert an, als wäre sie wahrhaftig eine Titanide mit unverletzlicher Porzellanhaut und einem Lockenberg, der nicht einfach rotblond ist, sondern in Flammen steht. »Von *seiner* Sorte? Meinen Sie damit Männer im Allgemeinen oder Brüder der Nacht –«

Jean tritt ihm auf den Fuß, und nun belauschen uns sämtliche Frauen im Raum bemüht unauffällig.

»Können wir eine Weile hierbleiben?«, fragt Eugène.

Georgette studiert meinen zerrissenen Rocksaum, dann Eugènes ausgezehrtes Gesicht. »Was heißt eine Weile?«

»Ein paar Tage, bis wir eine andere Unterkunft –«

»*Odette* kann bleiben.« Katya verschränkt die schmalen Arme vor der Brust und pustet sich eine wirre Strähne aus dem geisterbleichen Gesicht.

»Georgette –«, beginnt Eugène.

»Katya hat recht«, seufzt Georgette. »Ihr könnt euch ein paar Stunden ausruhen. Odette kann so lange bleiben, wie sie will. Aber ich kann keine drei Männer hier schlafen lassen.«

Mehrere Mädchen atmen hörbar auf. Da schimmert eine Dunkelheit in ihren Blicken, die von schwereren Gründen erzählt als die bloße Sittenwidrigkeit männlicher Übernachtungsgäste.

Eugène holt tief Luft, doch ich lege eine Hand auf seinen Arm und schüttle sachte den Kopf. »Wir finden etwas anderes«, murmle ich, bevor ich mich Georgette zuwende. »*Merci*, wir nehmen das Angebot sehr gerne an.«

Georgettes gemeißelte Gesichtszüge erweichen sich, zum ersten Mal, seit ich sie kenne. Dankbarkeit, weil ich es verstehe. »Katya, zeig ihnen das leer stehende Zimmer im zweiten Stock.« Sie drückt kurz meine Hand. »Falls wir euch auf irgendeine andere Art helfen können, reicht ein Wort von dir.«

Ich lächle, wenn auch etwas zittrig. Denn wohin gehen wir, sobald die Nacht hereinbricht?

Katya dirigiert uns die Treppen hinauf und ist innerhalb von Sekunden in eine hitzige, aber seltsam freundschaftliche Debatte mit Armand über irgendeine Nichtigkeit verwickelt. Die Tür zu einem Kämmerchen tritt sie praktisch auf. »Ich hab noch nie eine Person getroffen, die mich in derart kurzer Zeit so dermaßen nervt«, schnaubt sie in Armands Richtung, während wir ins Zimmer schlurfen. So klein, dass schon ein durchgesessenes Samtsofa, ein matratzenloser Bettrahmen, eine Kommode und ein Paravent mit ausgeblichenem Kranichmotiv es vollstopfen.

Armand wirft sich aufs Sofa, das unter seinem doch eher zarten Gewicht knarzt. »Du hast *Eugène* getroffen«, kontert er anklagend.

Einen Atemzug lang verharrt sie mit steinerner Mimik. »Ich bleibe bei meiner Aussage.« Ein, zwei Takte gewähltes Schweigen, dann schenkt sie ihm ein schmallippiges Grinsen, das Armand erwidert, und verschwindet in den Flur.

»Reizende Person«, murmelt Armand.

Jean sinkt neben ihn aufs Sofa und runzelt die Stirn. »Kannst du sie gut leiden – oder nicht ausstehen?«

»Muss es eins von beiden sein?«

»Für gewöhnlich schon«, wirft Eugène ein, während er sich auf die Kommode stützt. Warum setzt er sich nicht? Man könnte meinen, er *will* sich nicht ausruhen.

Armand grinst noch breiter. »Wie gut, dass ich alles andere als gewöhnlich bin!«

Ich umklammere meine Ausrüstung fester. Vielleicht *kann* Eugène nicht still stehen, so wie ich. Nicht bevor wir einen Plan entwickelt haben. Zuerst muss ich jedoch raus aus diesem Kleid. Wortlos husche ich hinter den Paravent und zerre mir den Stoff über den Kopf.

Auf der anderen Seite wird es seltsam still. Sieht man –? Ich werfe einen hastigen Blick auf das japanische Seidenpapier des Paravents. Die Abendsonne erleuchtet die Muster von der anderen Seite, Eugène sollte also meine sich entkleidende Silhouette nicht erkennen. Oder Jean und Armand, natürlich. Mit warmen Ohren lege ich Hose, Oberteil und Harnisch an. Meine Rüstung. Sie zu tragen, schützt mich nicht nur äußerlich. Sie gibt mir eine innere Stärke. So wie die Nacht. *Sicut noctem protegimus, nox nos protegit.* Manchmal vergesse ich, warum wir all das durchmachen. Die Nacht beschützt uns – und wir beschützen die Nacht.

Das Credo der Nachtschwärmer – ich weiß, wo wir Zuflucht finden können!

Barfuß trete ich hinter dem Paravent hervor und schließe die letzte Schnalle des Harnisches.

»Nackte Füße!«, jauchzt Armand mit der faszinierten Entrüstung einer ehrenwerten Madame, die zum ersten Mal eine Show im *Moulin Rouge* sieht. »*Quel risque!*«

Ich rolle die Augen. Eugène betrachtet die Maserung des Dielenbodens. Würde es Spaß machen, wenn *ich* zur Abwechslung *ihn* im Dunklen lasse? *Definitiv.* Aber ich kann die Aufregung nicht in mir halten.

»Ich weiß, wo wir unterkommen können.« Grinsend angesichts der ungeteilten Aufmerksamkeit, lege ich den Kopf schief. Diese kleine theatralische Pause kann ich mir erlauben, um Eugène zappeln zu lassen. Doch dann hole ich tief Luft. »Das Pariser Quartier der Nachtschwärmer.«

»Die sollten passen.« Katya wirft mir ein Paar Stiefel entgegen, das ich gerade so fange. Während ich sie anziehe, presst Zoé einen Mantel, den sie mir herausgesucht hat, fester an sich. »Sie sind etwas abgetragen, ich hoffe, das stört dich nicht?«

Ich zurre die Schnürsenkel fest und lächle zu ihr hoch. »Sie sind perfekt so. Hast du eine Ahnung, wie viele Blasen man sich in nagelneuen Stiefeln holt, wenn man –« Ich stoppe, bevor Jean auch mir auf den Fuß tritt.

Doch Zoé lächelt, bis die Haut um ihre Augen knittert. »Leidenschaftlich spazieren geht?«

»Wir sind allesamt sehr passionierte *Spaziergänger*.« Armand wirft die letzten Utensilien in einen Seesack – Decken, Wechselkleidung und Schreibwaren – und schwingt ihn über seine Schulter. »*Merci*, dass ihr die Sachen entbehren konntet.«

Eugène deutet zur Haustür. »Sollen wir dann? Ich will euch Kinder vor Nachteinbruch im Bett wissen.«

Ich schlinge die Arme um Georgette, Katya und Zoé. »Ein weiteres Mal helft ihr mir aus der Patsche. Und ein weiteres Mal konnte ich mich nicht revanchieren.«

Georgette tätschelt meinen Rücken. »Es reicht, wenn –«

»– ich die unmoralischen Dinge tue, für die man Kleidung wie diese braucht«, ergänze ich grinsend. »Ich habe es nicht vergessen.«

Während Armand und Jean durch die Haustür treten, legt Georgette eine Hand auf Eugènes Schulter. »Gib auf dich acht, Eugène«, raunt sie ihm zu, mit der Eindringlichkeit einer Mutter – oder einer Offizierin. »Mach nichts Unüberlegtes. Nicht unüberlegter als sonst, zumindest.«

Dann laufen wir zur nächsten Haltestelle auf dem *Boulevard Voltaire*, und ich umklammere den Gurt meiner Tasche zu fest. Den Anflug eines Gefühls angesichts ihrer Vertrautheit, das ich nicht beschreiben kann oder nicht beschreiben *will*, schlucke ich herunter. Denn etwas anderes wiegt schwerer. Sogar Georgette erkennt es nach kurzer Zeit. Seine Schwäche. Und – seinen Leichtsinn. Schlimmer als zuvor.

Sobald wir im überdachten, im Arbeiterviertel *L'Héphaïstos* natürlich noch pferdegezogenen Omnibus sitzen, umklammere ich meine *ganze* Tasche. Jean und Armand tauschen gewisperte Worte aus, während Eugène mit schweren Augenlidern den Kopf ans Fenster lehnt und auf die vorbeirasenden Straßen stiert.

»Du kannst dich ausruhen«, murmle ich. »Wir lassen dich nicht in der Kutsche zurück.« Er sieht zu mir, und ich mühe mir ein Grinsen ab. »So groß die Versuchung auch ist.«

Eugène stupst sein Knie gegen meins, was mich die Beine versteifen lässt. »Wenn ich schon in Dunkelheit und Ruhe nicht schlafen kann, dann erst recht nicht hier.«

»Ich habe nichts von schlafen gesagt, sondern von ausruhen. Du musst nicht Tag und Nacht auf den Beinen sein.« Ich gebe mir Mühe, den Vorwurf aus meiner Stimme zu verbannen.

»Ich kann mich ausruhen, sobald wir im Quartier sind«, winkt er ab. Doch sein sich verhärtendes Gesicht zeigt nur zu deutlich, dass er wie üblich seine Mauer aufbaut.

»Aber *wirst* du das auch?« Die Frage ist draußen, bevor ich es mir besser überlegen kann.

Eugène starrt aus dem Fenster. »Ich weiß, du meinst es nur gut.« Seine Hände verkrampfen in seinem Schoß. »Doch statt für gut gemeinte Ratschläge solltest du deine Zeit lieber nutzen, um dich um *deine* Angelegenheiten zu kümmern. Warum du immer noch nicht in dich und dein Lichtwirken vertraust, zum Beispiel.«

Ich presse meine Zunge gegen die Zähne, um ihn nicht anzufahren. Darf nicht zulassen, dass mich seine Worte treffen, egal, wie wahr sie sind. Denn er will von sich ablenken, indem er mir meine Fehler vorhält. Seufzend lehne ich den Kopf gegen den Sitz. Ein Muskel seines Kiefers zuckt, so als wollte er sein Gesicht mit aller Kraft davon abhalten, auch nur einen Muskel zu entspannen.

Eine sanfte Berührung lässt mich die Augen aufreißen. Als hätte jemand die Welt um mich herum wie ein Bühnenbild ausgewechselt. Das zerfallene Gemäuer des Quartiers, nach außen eine verlassene Abtei, und die heruntergekommene Straße. Wann bin ich eingeschlafen? Eugènes Hand ruht auf meiner Schulter, und er lächelt zu mir herab. Leicht, ein wenig unsicher, entschuldigend.

Beim Aussteigen drücke ich flüchtig seine Hand, forme meine Lippen zu einem stummen »Schon in Ordnung«, und zusammen holen wir zu Armand und Jean auf, die am Tor der *Abbaye-aux-Bois* herumhantieren.

Wir schreiten durch die leer stehenden Gänge und das geisterhafte Kirchenschiff, steigen hintereinander die verborgene Wendeltreppe hinab. Eugène entzündet das Lampensystem, sodass die Lichter des weitläufigen Tempels nacheinander aufflammen. Mit offenen Mündern und hallenden Schritten wandern Jean und Armand zwischen den schlanken Alabastersäulen entlang. Jean hält vor dem Orrery inne, fährt mit den Händen über die silbernen und goldenen Ringe mit den eingelassenen Planeten.

Armand untersucht in der Nische mit den abgegrasten Büsten einen Haufen Lumpen aus Nachtschwärmer-Material auf dem Boden, dann spaziert er weiter. »Mit ein wenig Arbeit können wir uns im Tempel sicher einrichten.« Er zerrt einen dicken Lederband aus dem dreistöckigen Bücherregal. »Die Bücher scheinen gut erhalten zu sein, vielleicht finden wir Informationen, die uns nützen. Aber das ändert nichts an diesem *einen* Problem.«

»Die Nachtschwärmer wissen von diesem Quartier.« Jean verschränkt vor den dreizehn Götterstatuen in der Grotte am Ende des Tempels die Arme. »Clément wird eins und eins zusammenzählen und hier nach uns suchen.« Er legt den Kopf in den Nacken und betrachtet das Gesicht der mittleren Göttin. Erkennt er sie am tiefblauen Lapislazuli statt des Alabasters der anderen Statuen? Am beinahe lebensechten, mit Diamanten besetzten Tuch über ihrem Kopf? »Außergewöhnliche Arbeit«, murmelt er. »Auf der ganzen Welt existiert vermutlich keine zweite Statue der Nyx wie diese. Außerhalb des Ordens der Nyx hatte sie kaum kultische Bedeutung.«

Ich trete neben ihn. »Warum?«

»Du kannst zu Zeus beten, zu Poséidon, zu Arès. Um Donner, Unwetter und Krieg verhandeln.« Jean dreht sich zu mir. »Aber die Nacht kommt und geht, beständig, egal, wie viele Opfer du Nyx darbietest, wie sehr du sie bittest, bestichst, anflehst.«

Eugène klopft mir auf die Schulter. »Nun, abgesehen von der Lichtbringerin.«

Ich schnaube und schiebe die beiden fort, um den Statuen den Rücken zuzukehren. »Ich ändere nichts an der Nacht.«

Eugène holt auf und verschränkt die Arme hinter dem Kopf. »Dein Lichtwirken ist am nächsten dran. Wenn jemand mit Nyx verhandeln kann, dann du.«

Ich schüttle sachte den Kopf. »Hunderte Industrielle, Regierungsmitglieder und Wissenschaftler, die Lampen entwickeln und aufstellen, mit ihnen die Straßen erleuchten. Wenn *sie* nicht die Nacht verändern, dann erst recht nicht ich. Egal, wie viele Lampen ich erhelle oder lösche, die Nacht bleibt so, wie sie ist.«

»Ich liebe eine gute Geschichtsstunde so sehr wie ihr alle«, Armand knallt den Seesack auf den Marmorboden, »aber was ist mit unserem Problem? Ihr wisst schon, dass jeden Moment Cléments abtrünnige Nachtschwärmer mit den Nyx hier hereinstürmen können?«

»Ich glaube, momentan gelten eher *wir* als die abtrünnigen Nachtschwärmer«, murmelt Eugène.

Langsam drehe ich mich im Tempel. Dieser Ort ist zu perfekt, um ihn aufzugeben. Verborgen vor Unwissenden. Ausrüstung, egal, wie spärlich. Licht zu Tag und Nacht. Platz zum Schlafen, für Übungskämpfe. Und, vor allem, *Wissen*. Die Bücher in den hohen Regalen müssen Geheimnisse bewahren, die unsere maßlose Unterlegenheit ein klein wenig verbessern könnten.

Mein Blick bleibt an der Wendeltreppe hängen. »Wie wäre es, wenn unsere Feinde nur eine Ruine vorfinden? Eine zerstörte Abtei, eine geplünderte Kirche, eine eingestürzte Wendeltreppe.«

Eugène tippt sich ans Kinn. »Sie würden glauben, der Tempel wäre nicht länger begehbar.«

»Weil er das nicht *ist*.« Jean verschränkt die Arme. »Oder kannst du durch *Wände* schattenspringen?«

Grinsend presst Eugène seinen Ringschlüssel in eine Vertiefung der Wand. Ein Teil der Vertäfelung gleitet mit einem Klicken auf und legt einen in den Stein gemeißelten Tunnel frei. »Mehrere Gänge der *Catacombes* führen durch ganz Paris, vergessen?«

»Vergessen, dass auch Clément von den Gängen weiß?«, grummelt Jean.

Ich husche zur Nische mit dem von Dutzenden Stühlen umgebenen Besprechungstisch und wühle im darauf verstreuten Haufen aus Karten. Paris, Frankreich, eine besonders kunstvolle Weltkarte und – Treffer! Triumphierend recke ich die Karte der *Catacombes* in die Höhe. »Anscheinend mit *allen* Gängen, nicht nur die, von denen die Öffentlichkeit weiß!«

»Und jetzt was?« Jean runzelt die Stirn. »Wir schmuggeln eine nachgeahmte Karte mit falsch verzeichneten Tunneln bei den Nachtschwärmern ein?«

»Mir gefällt deine unerwartete Kreativität.« Anerkennend nickend deutet Eugène auf Jean. »Aber ich glaube, Odette hat eine etwas *radikalere* Lösung im Sinn.«

Ich lasse die Karte sich einrollen. »Wir zerstören nicht nur die Wendeltreppe, sondern auch die Zugänge durch die *Catacombes*. Bis auf einen. Und den manipulieren wir so, dass er eingestürzt *aussieht*.«

Armand stupst Jean mit der Schulter an. »Das würde es für uns unpraktischer machen. Jedoch *sicher*.« Er zieht eine Grimasse. »So sicher, wie es eben geht.«

»Jetzt müssen wir nur genug Sprengstoff besorgen, um ein kleines Dorf einzureißen. Mit einem Budget von wie vielen Francs? Oder haben wir bloß noch Centimes übrig?« Jean wirft die Hände in die Luft. »*C'est du gâteau!*«

Er hat recht. Wie bei Hadès' Unterwelt kommen wir an Geld – und Sprengstoff? Erschöpfung zeichnet die Gesichter der anderen, während sie wortlos herumwandern. Ich sinke in einen der Stühle und lege den Oberköper auf den Besprechungstisch. Das Pergament der Karten ist so weich unter meinen Händen. Ich schließe die Augen. Weich unter meinen Wangen.

»Louise vermisst dich.«

Ich reibe mir über die Lider und richte mich auf.

Armand hockt auf dem Tisch und schert sich nicht darum, ob er die antiken Karten zerknittert.

»Wann warst du bei ihr?«, murmle ich und zähle in Gedanken die Tage, seitdem *ich* bei ihr war.

»Vor drei Tagen.« Also habe ich sie noch länger nicht gesehen. Armand knufft meine Schulter, bevor ich in Gram versinken kann. »Es geht ihr gut. Sie ist in Sicherheit. Ich habe es kaum zu ihr geschafft, weil ihr Vater die Wachen verdoppelt hat. Man könnte fast glauben, er wollte nicht, dass sich jemand heimlich Zutritt in ihr Zimmer verschafft.«

Seufzend sinke ich zurück auf den Tisch. So weich. Der Kontrast verschärft das Stechen in meinem Herzen nur. »Ich vermisse sie auch«, flüstere ich. So sehr wie meine Familie. Ohne sie alle fühle ich mich so unendlich allein. Doch das bin ich nicht. Ich habe Eugène, Armand und Jean.

»Solltest du das *mir* sagen?« Armand hüpft vom Tisch, so energiegeladen, als hätte er zehn Stunden Schlaf dazwischen gemogelt, während wir kurz nicht hingeschaut haben.

»Ich sollte es *ihr* sagen«, murmle ich ins Pergament. Der Geruch von Büchern, von Wissen. So traumhaft. Aber noch lieber will ich Flieder und überzuckerten Tee riechen. Also springe ich auf und tippe auf die Karte der *Catacombes*. »Klärt ihr, welche Gänge wir einstürzen lassen. Ich besuche Louise. Und kümmere mich um den Sprengstoff.«

Armand hat nicht übertrieben – um das *Hôtel d'Amboise* patrouillieren doppelt so viele Wachen wie bisher. Ein Glück, dass ich das Dach über die anderen Häuser erreiche. Nur werde ich im schwarzen *Manteau* und der Nachtschwärmer-Uniform im Licht der Abendsonne an der hellen Sandsteinfassade herausstechen wie eine überdimensionierte Tarantel. Also warte ich ab, bis alle Wachen in eine andere Richtung schauen. Dann gleite ich über die Traufe an der Hauswand hinab und lande auf Louise' Fensterbrett.

Ich kneife die Augen zusammen, um etwas hinter der reflektierenden Scheibe zu erkennen, doch die Sonne steht zu tief.

Vorsichtig klopfe ich ans Glas und werfe einen Blick nach unten. Eine Wache latscht zum Haupteingang, ein Gewehr im Anschlag. Wenn er kehrtmacht, hocke ich genau in seinem Sichtfeld. Ich klopfe dringlicher, presse mich ans Glas.

Wo ist Louise nur?

Vielleicht hätte ich nachts kommen sollen. Der Wachmann lehnt sich gegen das Gittertor und inspiziert die *Rue de Lille*. Noch kann ich verschwinden. Doch ich beiße mir auf die Unterlippe. Die letzten Jahre habe ich Louise praktisch täglich getroffen – seit unserer Flucht vor ein paar Wochen höchstens dreimal.

Ich zerre das Set Dietriche aus meiner Tasche, mit dem Armand mir Nachhilfe gibt, immer wenn wir ein wenig Zeit haben. Ich habe den Dreh nicht ganz raus, aber das Schloss ähnelt denen, an denen wir zuerst geübt haben. Ein simples Buntbartschloss. Ein Wunder, dass Louise' Papa es nicht hat austauschen lassen. Ich greife den einfachen Dietrich, der nicht nur aussieht wie ein schief geschlagener Nagel, sondern im Grunde auch einer ist, und atme tief durch. Solange ich nicht die Nerven verliere, ist es eine Sache von wenigen Sekunden.

Langsam schiebe ich den Dietrich ins Schloss. Ich stochere, bis der von innen steckende Schlüssel auf den Parkettboden klirrt. Dann halte ich die Luft an und schiebe den Stift hin und her, um den Bolzen zu erwischen.

Etwas kreischt hinter mir auf. Ich schnelle herum, schwanke auf dem Fensterbrett. Weite Schwingen flattern im Sturzflug direkt vor meinem Gesicht entlang, und ich atme aus. Nur ein Vogel.

Doch auch der Wachmann hat ihn gehört. Er dreht sich langsam um.

Ich muss abhauen. Sofort. Aber etwas in mir fesselt mich an das Schloss. Ich rüttle am Dietrich, bis das Rattern über den

Innenhof hallt. Der Wachmann blickt hoch, das Fenster schwingt auf, und ich stürze in Louise' Zimmer. Atemlos fluchend presse ich mich an die Wand unter dem Fenster.

Louise huscht zu mir – also *ist* sie hier! – und lehnt sich heraus. »Keine Sorge, Monsieur Fernand! Ich schüttle nur gerade meine Kleider aus! Die werden beim Sticken *so* staubig!«

Ich schnaube ob der offensichtlichen Lüge, die der Wachmann ihr offenbar abkauft. Die Rüschen von Louise' spitzen- und perlenbesetztem Abendkleid, das sich eigentlich erst in ein paar Stunden schickt, ersticken mich, und ich schiebe sie zur Seite. Meine Finger krallen sich in den zarten Tüllstoff.

Denn ihr Leibwächter Edwin kauert über Louise' rosafarbenem Bergère-Sessel. Halb stehend, halb sitzend, als wollte er aufspringen und fliehen.

Er starrt mich an, mit großen Augen, so offensichtlich schuldbewusst, wie er es sein sollte. Während Louise beherzt das Fenster schließt und ich aufspringe, zückt Edwin zögerlich die karierte Schieberkappe. Sein sandbraunes Haar fällt zerzaust in seine Stirn. *Zu* zerzaust.

»Was bei Dionysos' verschüttetem Wein tut er hier?« Ich lasse Louise' Kleid nicht los.

»Er ist mein Leibwächter. Edwin.«

»Edwin Bingley.« Mit einem Räuspern steht er auf und veranstaltet eine komplizierte Mischung aus Verbeugung und Diener, die deutlich macht, dass er sich selten in seinem Leben an Etikette hält. »Sehr erfreut, auch offiziell Ihre Bekanntschaft –«

»Sie haben mich halb bewusstlos aus einem Müllhaufen gezerrt und stehen jetzt ohne Anstandsdame im Schlafzimmer meiner unverheirateten Freundin – also hören Sie schon auf mit den Floskeln. Dafür ist es zu spät.«

Louise umschlingt meinen Arm und strahlt mich an. »*Bingley*, Odette! Wie in *Orgueil et Préjugés*!«

»Inwiefern ist ein Roman von Jane Austen eine sinnvolle Begründung, warum er hier mit dir allein ist? Ein Leibwächter bewacht die Zimmertür von *außen*!« Weil er es wagt, die Hände beschwichtigend zu heben, zücke ich mein Stilett. »Und seine völlige Missachtung gesellschaftlicher Gepflogenheiten *und* deiner Sicherheit lassen mich an seiner Eignung als Leibwächter zweifeln.«

»Mademoiselle Louise bat mich, ihr bei der Kleiderauswahl für eine *Soirée* zu helfen. Ich schwöre, ich würde nie etwas tun, das ihre Tugend gefährdet.«

»Oh, also sind Sie nicht nur Leibwächter, sondern auch noch *Grand Couturier*?«

Seine azurblauen Augen, das einzige bemerkenswerte Merkmal seiner unscheinbaren Erscheinung, funkeln. »Nun, ich habe eine Schneiderlehre begonnen, bevor ich England verließ, um –«

»Schluss jetzt!« Louise tritt mit ausgestreckten Armen zwischen uns. »Alle beide!«

Edwin verstummt sofort. Immerhin hört er auf sie.

»Odette, du schläfst seit Wochen mit *drei* Männern unter einem Dach.« Louise verschränkt die Arme, während Edwin eine Augenbraue hochzieht. »Du bist die Letzte, die mir Vorträge halten kann.«

»Das ist etwas anderes!«

»Wieso vertraust du mir nicht einfach, dass ich auf mich selbst aufpassen und eigene Entscheidungen treffen kann?« Louise' Augen werden groß, gläsern und einen Hauch einschmeichelnd. »So wie *du*?«

Ich presse die Lippen aufeinander. Der Gedanke, dass sie allein ist mit Edwin, aus dem irgendwie gleichzeitig die zwielichtige Energie eines Raufbolds in einer Hafentaverne und die nicht vorhandene Spektakularität eines Buchhalters triefen, lässt mich mit den Zähnen knirschen.

Aber ich kann und will keine Entscheidungen für Louise treffen. »Ich vertraue dir«, murmle ich und blicke zu Edwin. »Und ich vertraue *dir*. Fürs Erste. Sollte ich jedoch Beschwerden hören, drücke ich Louise höchstpersönlich den größten Stein in die Hand, den ich finden kann.« Ich verschränke die Arme. »Sie kann fantastisch mit Steinen als Wurfgeschoss umgehen.«

Edwin schüttelt seine Schieberkappe aus. »Ich habe gesehen, wie sie eine *Bombe* als Wurfgeschoss verwendet. Ich weiß, wozu sie imstande ist.« Er setzt die Kappe auf, nur um sie zücken zu können. »Die Abendgarderobe ist gewählt, die Amazonen sind besänftigt, daher verabschiede ich mich. Meine Empfehlungen.« Rückwärts verlässt er Louise' Zimmer.

Sobald die Tür zufällt, wirble ich zu Louise herum. »Hat er uns gerade Amazonen genannt?«

Louise strahlt. »Fantastisch, oder?«

Für die nächste Frage brauche ich ein paar Anläufe. »Hast du etwa *Gefallen* an ihm gefunden?«

Sie winkt ab. »Können wir über wichtigere Themen sprechen?«

»Ich wüsste nicht, was wichtiger ist als eine Vielleicht-Tändelei mit deinem *Leibwächter*!«

»Ich habe herausgefunden, dass Rémy, der Maschinenmensch, zerstört wurde, nachdem du deinen Papa befreit hast.«

Ich knirsche mit den Zähnen. »Das könnte wichtig genug sein, um es weiterzuverfolgen, aber *nicht* so wichtig, dass du mich von deinem … deinem … *Gespielen* ablenken kannst!«

»Papa hat meinem Studium zugestimmt!«, brüllt sie mir ins Gesicht.

Ich vergesse, wie man spricht, atmet oder auch nur blinzelt.

Louise nimmt einen dicken Briefumschlag von ihrem Nachttisch, auf dem sie eine Art Schrein für das Schriftstück aufgebaut hat. »An der *Faculté des Lettres*! Französische Poesie!«

Mit zittrigen Händen nehme ich den Brief entgegen. Er wiegt so schwer wie ein rubinbesetztes Collier. »Poesie?«, stammle ich, während die Buchstaben auf dem Schreiben vor meinen Augen verschwimmen. »*Interessierst* du dich für Poesie?« Ich kann mich nicht daran erinnern, dass wir je über Poesie gesprochen haben. Vielleicht bin ich nur so überrascht, weil *ich* seit jeher ausschließlich Naturwissenschaften in Betracht ziehe.

»Poesie ist schon in Ordnung.« Louise wirft sich rücklings aufs Bett. »Das war Papas Bedingung. *Etwas, das sich für eine Mademoiselle von Welt schickt.* Aber letztendlich ist es völlig egal, *was* ich studiere. Allein, *dass* ich studiere, zählt!«

Ich presse den Brief an meine Brust. »Du gehst an die Sorbonne«, hauche ich.

Louise stützt sich auf ihre Unterarme und betrachtet mich eingehend. »Odette«, beginnt sie zart, besorgt und fremd, »wenn du –«

»Du gehst an die Sorbonne!«, juble ich, *kreische* ich und schmeiße mich auf sie, als wären wir Kinder. Sie lacht unter mir, während ich sie schüttle, weiter juble und diesen Kloß im Hals runterschlucke, bevor ich zu allem Überfluss noch in Freudentränen ausbreche. Dann halte ich still. »Der Brief!« Ich zerre ihn zwischen uns hervor und streiche ihn glatt.

Lachend wischt sich Louise verwirrte Locken aus der Stirn. »Es ist nur ein Stück Papier.«

Ich lege ihn trotzdem zurück auf sein Silbertablett. Das mit Blumen und Perlen verzierte Tablett. Danach presse ich beide Hände gegen meine Brust, dort, wo der Athéna-Anhänger unter meiner Uniform ruht, damit mein Herz nicht herausspringt. Auch für Louise ist es mehr als ein Stück Papier. Und sie hat sich gesorgt, dass mich ihre Neuigkeit traurig macht, weil *ich* nicht mit ihr studieren kann. Dabei wussten wir doch, wenn überhaupt, würde nur eine von uns dieses Glück haben. Und *ich* wusste immer, dass sie es sein würde.

Ich greife ihre Hände. »Wann geht es los? Wie viele Kurse hast du? Du musst mir alles erzählen, jedes Detail! Wie die *Professeurs* sind, welches dein liebstes Seminar ist, wie viele Bücher die Bibliothek fasst, welche Farben sie für die Toilettenfliesen gewählt haben! *Alles!*«

Louise kichert. »Ganz ruhig, Odette. Mein Studienbeginn verzögert sich, bis Papa die Lage als sicher einschätzt.«

Die Lage, in der sie erst wegen mir gelandet ist. »Ich weiß nicht, *wann* sich etwas ändert. Wir machen kaum Fortschritte, und die Nyx sind so übermächtig –« Ich schrecke hoch, weil ich sie noch gar nicht auf den aktuellen Stand bringen konnte. Alles nur wegen Edwin! »Sie haben uns zu Eugènes Unterschlupf verfolgt, und wir mussten fliehen. Du darfst also unter keinen Umständen wieder von zu Hause abhauen und dorthin gehen!«

Sie lehnt sich vor. »Ist jemand verletzt?«

»Es geht allen so weit gut. Wir richten uns im ehemaligen Quartier der Bruderschaft ein und sichern den Tempel so, dass niemand außer uns hineinfindet.« Ich verdränge dieses zischende Flüstern, dass ich so etwas allein schaffen müsste. »Dafür brauchen wir deine Hilfe.«

Louise spitzt die Lippen. »Beim Einrichten? Ich meine, ich habe einen makellosen Geschmack, aber findest du nicht, andere Dinge drängen mehr? Wie du dein Lichtwirken kontrollieren kannst, wie ihr die Nyx besiegt, die Menschheit vor *Sirènes* rettet?«

»Kannst du weitere Sprengkörper besorgen?«

Sie grinst. »Jetzt bin ich eure Waffenhehlerin? Vielleicht brauche ich gar kein Studium, um etwas aus mir zu machen.« Doch ihr Grinsen schwindet. »Papa hat gemerkt, dass zwei Waffen fehlen, und die Schutzmaßnahmen erhöht. Wenn ich erneut in seiner Firma auftauche, kurz bevor Bomben verschwinden –«

Stöhnend lasse ich mich nach hinten fallen. »Natürlich, du kannst nicht wieder von ihm stehlen.«

»Borgen«, korrigiert sie und schwingt sich vom Bett. »Dafür kann ich etwas anderes tun. Mehr darüber herausfinden, ob die Nyx deinen Vater nur zufällig ausgewählt haben. Wie sie erfahren haben, dass er *dein* Vater ist. Was es mit Rémys Zerstörung auf sich hat. Ob ... Ob mein Vater etwas weiß.«

»Die Nyx wollten dich entführen, also gehört er wohl kaum zu ihnen. Trotzdem muss es eine Verbindung geben, über die er selbst nicht Bescheid weiß.« Langsam nicke ich. »Wenn du die herausfindest, wäre das eine große Hilfe.«

»Und ihr braucht Geld, oder?«

»Wir haben fast alles von unserem Auftrag ausgegeben, aber ich lasse mir etwas einfallen.«

Louise hält vor ihrer zierlichen *Coiffeuse* mit dem drehbaren Spiegel und starrt einen Moment auf die vielen Rougepöttchen, Glasflakons und Pinsel hinab. Ihre Schultern heben sich, so tief atmet sie ein, dann dreht sie sich um und hält mir ihre riesige Schmuckschatulle hin. »Nimm das und verkauf es.«

Ich starre die zierlichen Armreifen, Perlenohrringe und Diamantringe in den zahlreichen Fächern an. Alles, was sie besitzt. Hastig krabble ich vom Bett und schlage die Schatulle zu. »Das kann ich auf keinen Fall –«

»Papperlapapp. Es gibt wirklich Wichtigeres als Schmuck. Und den hier brauche ich nicht mehr.« Louise öffnet die Schatulle, schaufelt händeweise Schmuck auf das Bett und hebt grinsend das Kinn. »Schließlich bin ich bald eine studierte Frau.«

Obwohl mir nach allem anderen zumute ist, muss ich lachen. »Du hast dein Studium noch nicht begonnen, aber bist schon eine Philosophin, die allem Weltlichen und Materiellen entsagt?«

Louise schnaubt und kippt den restlichen Schmuck klirrend aus. »Ich bin bald eine studierte Frau – und kaufe mir meinen eigenen Schmuck!«

»Das musst du auch.« Grinsend stupse ich sie mit der Schulter an. »Dein verarmter Leibwächter kann dir nämlich keinen schenken, wenn du mit ihm durchbrennst.«

»Ich brenne *nicht* mit ihm durch.« Mit gerümpfter Nase würdigt sie mich keines Blickes. »Jetzt bleibt nur die Frage, wo du Sprengstoff herbekommst. Kennst du jemanden vom Schwarzmarkt?«

»Ich bin arm, nicht *kriminell*.«

»Mehrmaliger Einbruch bei den Nyx, Zerstörung von Eigentum, Explosionen und Brandstiftung. Das ist *nicht kriminell*?«

Ich lege den Kopf schief. »*Touché*. Trotzdem kenne ich niemanden vom Schwarzmarkt. Aber jemand Besseres.« Ihre Säure hat mir schon einmal das Leben gerettet. Mehr als einmal, schließlich habe ich durch die Brandnarbe erkannt, dass Clément der Dirigent ist. »Madame Bouchard.«

Louise nickt langsam mit gerunzelter Stirn. »Kannst du riskieren, zurück in eure Straße zu gehen?«

Ich streiche mir über die Schläfen. Es muss eine Möglichkeit geben, Madame Bouchard zu treffen. Auch für den Fall, dass sie Neuigkeiten von meiner Familie hat. Ich schüttle den Kopf, denn allzu viele Hoffnungen darf ich mir nicht machen. Jede Kontaktaufnahme ist gefährlich. »Sie und Madame Curie kennen sich«, beginne ich langsam. »Eventuell kann ich über Madame Curie ein Treffen arrangieren.«

Louise strahlt. »Das klingt doch nach einem Plan!«

Ich umarme sie zur Verabschiedung, obwohl sich alles in mir

danach sehnt, länger zu bleiben. Wer weiß, wann ich sie das nächste Mal sehe.

Ich bin schon beinahe aus dem Fenster, da drehe ich mich noch einmal zu ihr um. »*Edwin Bingley*«, betone ich den Namen ihres Leibwächters Schrägstrich Vielleicht-Auserwählten kopfschüttelnd. »Du hast *Orgueil et Préjugés* immer gehasst.« Sie grinst mich nur an und zieht ihre Vorhänge zu.

Mit so geballter Faust, dass meine Knöchel weiß hervortreten, klopfe ich an die Tür zu Madame Curies Schuppen in der *École Municipale de Physique et de Chimie Industrielles*. Der hölzerne Verschlag scheint in den letzten Wochen noch mehr zusammengesackt zu sein, und durch die rußverschmierten Sprossenfenster kann ich keinen Blick ins Innere erhaschen, auch wenn diesiges Licht aus ihnen in den finsteren Hinterhof fällt. In der Luft liegt der vertraute, beißende Dunst aus Kohle und Chemikalien ihrer Experimente. Meine Nase protestiert, aber mein Herz pocht ein wenig schneller.

Madame Curie schwingt die Tür auf und wischt sich über die Stirn, wo eine schmale Rußspur zurückbleibt. »Ja, bitte?« Ein schwacher Hauch von Irritation zeichnet sich in den Linien um ihren Mund ab – weil ich sie aus der Arbeit gerissen habe? Ich gehe einen Schritt zurück, um sie keine Sekunde länger zu stören, doch ihre Augen weiten sich, und die irritierten Linien weichen einem seichten Lächeln. »Odette! Wie schön, dich zu sehen!« Sie hält die Tür auf, dann runzelt sie die Stirn. »Ich sollte pikiert sein, unangemeldeten Besuch zu empfangen, oder?«

»Ich verrate nichts, wenn Sie nichts verraten.« Hastig betrete ich ihr *Laboratoire*. Je schneller ich aus dem Sichtfeld der Dutzenden Fenster bin, desto besser. Sicher arbeiten hier nachts auch andere Wissenschaftler und Studenten.

»Abgemacht.« Madame Curie dreht die grellblaue Flamme eines Bunsenbrenners niedriger. »Warum besuchst du mich?«

Gaslampen erhellen den beengten Raum, sodass der radioaktive Schein all ihrer Exponate unsichtbar bleibt, dafür nimmt mir das warme Licht ein wenig meiner Befangenheit. Sie ist eine Frau der Rationalität und Effizienz. Wenn ich bei jemandem direkt zum Punkt kommen kann, dann bei ihr. »Ist es möglich, dass Sie ein Treffen mit Madame Bouchard arrangieren?«

Regungslos sieht sie mich an und verschränkt die Arme. »Es ist wohl sinnlos zu fragen, wieso du sie nicht einfach besuchst?«

Sie gaukelt Ahnungslosigkeit vor. Ich weiß nicht, wie *viel* sie weiß, über die Nyx oder die Nachtschwärmer. Und ich weiß im Grunde nichts über die mysteriöse Verbindung zwischen Madame Bouchard und Madame Curie. Ich weiß nur, dass die beiden Teil irgendeiner Organisation sind. Vermutlich. Falls ich die Hinweisfetzen richtig interpretiere. Also spiegle ich ihre verschränkten Arme. »Müssen Sie überhaupt fragen?«

Madame Curie fährt mit dem Zeigefinger die Tischkante entlang, den Blick gesenkt. Ihr Lächeln sehe ich dennoch. »Also hat Anna dir mehr verraten, als sie sollte«, murmelt sie.

»Madame Bouchard hat kein Wort verraten!« Das ist nicht hundertprozentig wahr. Aber so schwer die Lüge Madame Curie gegenüber auch auf mir lastet – ich kann Madame Bouchard nicht in Schwierigkeiten bringen.

»Sie hat dir *etwas* verraten. Wenn nicht mit Worten, dann mit Taten.« Madame Curie neigt den Kopf und fährt sanfter fort. »Und ich verstehe, warum.«

»Heißt das, Sie helfen mir?«

Madame Curie wirft sich einen *Manteau* über. »Warte hier.«

Als Madame Bouchard hinter Madame Curie in das *Laboratoire* tritt, heftet sich mein Blick auf den Brief in ihren Händen.

Mein Name in den krakeligen Buchstaben einer Person, die erst in höherem Alter das Schreiben gelernt hat. Papa.

Ich springe vom Stuhl auf und stoße gegen ein Stativ mit Reagenzgläsern, das ich gerade noch festhalten kann.

Madame Bouchard wirft mir den Brief zu. »Du hast Nerven, nicht nur mich, sondern auch Madame Curie als Laufburschen einzuspannen.«

Sosehr ich den Umschlag aufreißen und jedes Wort aufsaugen will – ich presse ihn an meine Brust. »Es ist ein Notfall.«

»Ist es das bei dir nicht immer?« Sie studiert Madame Curies Aufbau und scheint für einen Moment zu vergessen, dass ich hier bin.

»Ich lasse euch in Ruhe sprechen.« Madame Curie berührt Madame Bouchards Schulter und sieht ihr tief in die Augen. Eine stille Konversation. Dann verlässt sie den Schuppen.

»*Merci*, dass Sie hergekommen sind«, beginne ich.

»Lass die Floskeln und komm zum Punkt.«

Beinahe lächle ich, doch mehr als ein Mundwinkelzucken lasse ich nicht zu. Madame Bouchard trägt ihre ruppige Nonchalance wie andere Menschen Schwert und Schild, aber das kann nicht darüber hinwegtäuschen, dass sie bisher *immer* geholfen hat. Ein weiteres *Merci* presst gegen meine Lippen, weil meine Familie nur dank ihr in Sicherheit ist, und ich schlucke es herunter. »Ich brauche Sprengstoff.«

»Wieso überrascht mich das nicht?«, seufzt sie.

»Ich kann zahlen!«, setze ich hastig hinterher und zerre ein paar der Schmuckstücke aus meiner Manteltasche.

Sie zieht eine Augenbraue hoch. »Rennst du damit herum?«

»Ich hatte noch keine Zeit, es zu verpfänden.« Ich breite den Schmuck auf einem Tisch aus. »Der Sprengstoff muss reichen, um mehrere Gänge einstürzen zu lassen. Und klein genug, damit ich ihn tragen kann.«

»Wie kommst du darauf, dass ich Sprengstoff habe?« Ihre Augenbraue schießt höher. »Ich bin eine einfache Heilkundige.«

»Madame Curie sagte, Sie hätten mir mehr verraten, als Sie dürfen. Über Ihre Orga–«

Madame Bouchards Lachen klirrt durch das *Laboratoire* wie aneinanderschlagende Reagenzgläser. »Das ist ja köstlich! Sie hat dir wohl verschwiegen, dass *sie* gefragt hat, ob du nicht prädestiniert dafür bist, uns beizutreten?«

Der Brief knittert zwischen meinen Fingern. *Das* hat sie gefragt? »Ich … Ich weiß nichts über Ihre Organisation.«

Mit gespitzten Lippen lehnt sie sich vor. »Was wusstest du über die Nachtschwärmer, als du ihnen beigetreten bist?«

Also *weiß* sie von uns! Ich runzle die Stirn. »Wieso wissen Sie von *uns*, aber ich habe noch nie von *Ihnen* gehört?«

»Deine Nachtschwärmer halten nicht viel von uns. Ich würde ja gerne sagen, weil wir kein magisches Trara veranstalten, sondern uns allein auf Wissenschaft berufen, doch –«

»Sie sind nur Frauen.« Ein intuitiver Gedanke, bei dem ich nicht weiß, woher er kommt.

Madame Bouchard bewegt den Kopf in einem halben Nicken, halben Kopfschütteln. »Du warst schon immer zu gescheit. Das hat dich überhaupt erst in diese Lage gebracht, nicht wahr?« Dann seufzt sie. »Madame Curie hat recht. Du wärst geeignet.«

Ich hätte keinen Atemzug gezögert, hätte sie mich vor einem halben Jahr gefragt. *Vor* allem. Oder *hätte* ich gezögert? Irgendeinen Grund gesucht, warum ich mir so eine Gelegenheit nicht erlauben kann? Ganz egal, denn jetzt … Ich atme auf, presse die Worte hervor. »Es wäre mir eine Ehre. Aber ich glaube, aktuell habe ich mit zwei geheimen Organisationen genug zu tun.«

»Alle anderen gehen bei dir immer vor, nicht wahr?«, murmelt sie. Dann nimmt sie zwei von Louise' Goldketten, von denen nur eine einen Smaragdanhänger hat. »Ich stelle her, was du brauchst. Triff mich morgen zur gleichen Zeit hier.«

»Madame Bouchard«, beginne ich mit bebender Stimme. Ganz egal, dass sie meinen Dank wieder abwiegelt – ich *muss* meine Dankbarkeit ausdrücken. Doch ich weiß nicht, wie.

Sie reißt die Tür auf. »Das ist rein geschäftlich. Also, zieh uns nicht mit in deinen Krieg.« Sie stolziert davon, und die Tür knallt zu.

Ich starre auf den restlichen Berg Schmuck. Keine Ahnung, was eine angemessene Bezahlung für ihre Arbeit ist – die zwei läppischen Ketten sicher nicht. *Von wegen rein geschäftlich.* Mit enger Kehle sammle ich den Schmuck ein. Das Mindeste, was ich tun kann, ist, ihren Wunsch zu ehren. Ich ziehe sie nicht mit in den Krieg zwischen den Nyx und Nachtschwärmern.

Kapitel 3

Ich kann den Brief meiner Familie weder in Madame Curies *Laboratoire* noch auf der Kutschfahrt lesen. Im Tempel verkrampfen meine Finger, so sehr presse ich ihn an mich. Eugène, Armand und Jean lehnen über dem Besprechungstisch wie drei Kriegsführer aus einer anderen Zeit. Vor dem gigantischen Orrery in der Mitte des Raums liegen ein paar Decken. Das ist dann wohl unsere Nachtstätte für die nächste Zeit.

Eugène blickt auf, und die Karte in seinen Händen rollt sich mit einem Schnappen zusammen. »Du warst Stunden fort!«

Lachend schiebe ich den Brief in die Tasche meines *Manteau* und gehe zu ihnen. »Du bist schlimmer als meine Mutter.« Ich beuge mich über die Karte der *Catacombes*, auf der sie Gänge markiert haben. »Ich habe uns Sprengstoff besorgt. Morgen Abend hole ich ihn von Madame Bouchard.«

Eugène lehnt sich an den Tisch. »Die *Heilkundige* aus *L'Hadès*, die deinen Vater bei sich versteckt hat?« Er runzelt die Stirn. »Woher kennt deine Familie sie überhaupt?«

Merde. Die verschlissene Kleidung meiner angeblich aus der *Bourgeoisie* stammenden Familie konnte ich damit rechtfertigen, wie lange die Nyx sie gefangen hielten. Und meine Erklärung Louise' Vater gegenüber, Papa ginge aus Krankheitsgründen einer niederen Arbeit nach, hat Eugène auch noch geschluckt. Doch dass ich ihn zu allem Überfluss bei einer Bekannten im Armenviertel untergebracht habe, bringt das Fass vielleicht zum Überlaufen. Ich rolle die Karte auseinander. »Sie ist eine entfernte Bekannte«, raune ich, deute auf den unmarkierten Gang, der sich im Zickzack und voller Sackgassen durch die *Catacombes* windet, und hebe die Stimme. »Den freien Gang müssen wir in- und auswendig lernen.«

»Zuerst müssen wir hoffen, dass die Nyx und Clément uns nicht heute Nacht überfallen«, wirft Armand ein.

»Wir können nichts weiter tun, als zu schlafen«, seufzt Jean. Dann sieht er hastig auf seine Hände. Armand und ich vermeiden ebenso jeden Blick zu Eugène.

»Mit Waffen unter den Kopfkissen«, fügt Eugène hinzu. Sein Ton ist locker, klingt aber gleichzeitig wie die Freude eines Schauspielers im *Palais Garnier*. Manchmal wünschte ich, ich hätte nie gelernt, sein Schauspiel zu durchschauen.

Ich schlendere zum Deckenhaufen. »Haben wir überhaupt Kopfkissen?« Als ich meinen *Manteau* auf die äußerste Decke werfe, knistert der Brief in der Tasche.

»Morgen holen wir Matratzen und Kissen aus dem Internat oben.« Eugène deutet auf einen kleinen Ofenherd. »Den haben wir heute heruntergeschleppt. Danach konnte Jean nicht mehr.«

Jean wirft ihm ein zerknülltes Stück Papier an den Kopf. »Ich habe vorher im Alleingang zwanzig Liter Wasser hergeschleppt und neues aus den *Catacombes* hochgepumpt«, er deutet auf das flache Wasserbecken vor den dreizehn Götterstatuen, »während ihr *Federbetten* herangeschafft habt.«

Eugène deutet theatralisch auf das Papierknäuel. »Unser gutes Feuermaterial!«

Ich tauche einen Lappen in das noch warme Wasser des

Kessels auf dem Ofen. »Zur Not können wir dein *Gilet* verbrennen.« Mein Grinsen verberge ich, indem ich mir übers Gesicht wische.

»Es ist eine gefeierte Kreation von Charles Frederick Worth!«, protestiert Eugène.

»Es ist hässlich«, entgegnen wir anderen unisono und todernst. Bis Armand und ich in Gelächter ausbrechen und Jean mit zumindest einem Mundwinkel grinst.

Eugène murmelt Flüche in seinen Waschlappen. »Wenn wir all *eure* hässlichen Kleidungsstücke verbrennen, müsstet ihr nackt rumlaufen.« Pikiert legt er den Lappen zur Seite. *Ich* bin solche Waschsituationen gewohnt, ebenso wie wohl Jean und Armand, aber für den von den Annehmlichkeiten seines *Hôtel particulier* verwöhnten Eugène – mein Lachen versiegt.

Was ist mit Eugènes Familie? Er ist der Einzige von uns mit einer Familie, die zu Hause auf ihn wartet – und er war seit Wochen nicht mehr dort. Ich sollte ihn fragen. Nicht nur, weil es ein Sicherheitsrisiko ist, wenn seine Familie halb Paris mit Vermissten-Bildern ihres wertvollen Erben zupflastert.

Doch meine Gedanken wandern immer wieder zum Brief. Also schnappe ich mir aus dem Korb neben den Decken ein Hemd und eine weite Hose und ziehe mich hinter einem Paravent um. Wärme breitet sich in mir aus. Die drei, die sich schamlos mitten im Raum für die Nacht einkleiden, haben daran gedacht.

Mit dem Brief in der Hand und pochendem Herzen in der Brust verkrieche ich mich zwischen die Bettdecken. Im Schein von zwei gedimmten Gaslampen, die am Orrery hängen, falte ich das Pergament auseinander. *Ma petite chouette* grüßt mich Mamas Handschrift, die nur aus geraden Linien besteht, und ich muss meine bebenden Lippen aufeinanderpressen. Gleichzeitig springen mir vier andere Handschriften entgegen. Und eine Zeichnung mit mehr verschmierter Tinte als erkennbaren Formen, die von Jo stammen muss.

Wenige zusammengedrängte Worte von jedem, um nicht mehr als ein Blatt Papier bezahlen zu müssen. Doch jedes knappe Wort verengt meinen Hals mehr. Mamas in Mahnungen verborgene Entschuldigungen für unseren Streit, für dessen Klärung uns seit ihrer Entführung die Zeit fehlte. Ich ziehe die Decke enger um mich, bis sie meine brennenden Augen von den anderen abschirmt. Papas vor Stolz noch unleserlichere Buchstaben, ohne ein Wort über seinen Gesundheitszustand, bestimmt, um mir keine Sorgen zu bereiten. Ich sorge mich nur mehr.

Mathilde beschreibt ihr neues Leben anhand solcher Nichtigkeiten wie die dort demnächst blühenden Blumen, sodass ich mir absolut kein Bild machen kann. Aber ich sehe *Mathilde* vor mir, so verträumt, wie ich sie kenne. Juliette beschwert sich, weil ihre Gastgeber – deren Namen sie natürlich nicht nennen, falls der Brief in die falschen Hände gerät –, keine Bücher außer der Bibel besitzen. Sie vermisst, sich meine Schulbücher auszuleihen. Natürlich überwindet sie sich nicht zu sagen, dass sie *mich* vermisst. Ich muss schmunzeln, sosehr ähnelt sie mir. Henri kann über nichts anderes schreiben als seinen Wachstumsschub. Er ist angeblich größer als ich, und wenn ich das nicht glaube, soll ich mich selbst vergewissern kommen. Die Vorstellung, er wäre in den letzten Wochen zwei Köpfe gewachsen, ist zu absurd. Henris so offensichtlicher Versuch, mich zu einem Besuch zu bewegen, drückt in meiner Brust. Mein Atem geht schwerer, während ich über die Zeichnung von Jo streiche, über ihre krakeligen Buchstaben, die meinen Namen mit einem T zu wenig bilden. Mit beiden Händen presse ich den Schluchzer zurück in meinen Mund.

Ich vermisse sie so sehr.

»Odette? Ist alles in Ordnung?«

Ich wische mir über die Wangen und schlage die Decke zurück. Eugène hockt neben mir auf einem Duvet, dahinter kann ich Armand und Jean nur unter ihren Decken erahnen. Wenn Armand schweigt, ist das ein klares Zeichen, dass sie schlafen.

Angestrengt lächelnd wedle ich den Brief durch die Luft. Es wäre einfacher, alles herunterzuschlucken und zu behaupten, dass alles in Ordnung ist. Aber wenn ich mir wünsche, dass Eugène sich mir anvertraut, sollte ich das vielleicht auch tun. »Es geht ihnen gut, soweit ich das nach den wenigen Zeilen beurteilen kann. Nur …« Meine Stimme verhakt sich hinter dem drückenden Kloß in meinem Hals.

Eugènes Augenbrauen schieben sich in diesem ihm ganz eigenen Mitgefühl zusammen. »Du kannst sie bald besuchen.« Seine Stimme ist so sanft, dass mir das Lächeln ein wenig leichter fällt. »Wenn sich die Situation beruhigt hat.«

»Wenn ich für die Reise Zeit finde. Und mit halbwegs gutem Gewissen Geld von unserem Budget dafür abzwacken kann.«

Eugène nimmt meine Hand. »Es muss hart sein, alles zurückzulassen. Ein Leben in Armut auf dem Land zu führen.«

Mein Verstand schreit mich an, meine Hand aus seiner zu ziehen. Nicht wegen der gesellschaftlichen Regeln, sondern weil das nicht gut enden wird. Aber meine eisigen Finger erwärmen sich, verschränken sich mit seinen, gegen meinen Willen. »Sie sind einfach nur froh, aus den Fängen der Nyx entkommen zu sein«, murmle ich die Halbwahrheit.

Und ich will ihm alles beichten. Dass meine Familie kein Leben wie seines für das einfache Landleben zurücklassen musste … und wer ich wirklich bin.

Doch die Worte formen sich nicht. Ich kann nicht riskieren, von den Nachtschwärmern wegen meiner Herkunft verstoßen zu werden, sollte die Bruderschaft irgendwann zur Normalität zurückkehren. Kann nicht riskieren, dass Eugène mich fallen lässt, wenn er erfährt, wie lange ich ihn angelogen habe. Oder unsere Operation mit der Offenbarung gefährden.

Aber all diese Gründe sind vorgeschoben.

Denn tief in mir fürchte ich nur *eine* Folge. Dass Eugène mich anders ansieht, wenn er weiß, wer ich bin. So ist er nicht, das sage ich mir wieder und wieder, dennoch nagt sich die Furcht durch mein Inneres. Und so sinke ich auf den Rücken, seine Hand noch in meiner. Ich weiß, er lässt nicht los, auch während ich in den Schlaf gleite.

Die vierte Detonation erschüttert den ganzen Tempel, lässt feinen Staub auf Eugène, Jean und mich herabregnen. »Bitte, Héphaïstos, lass den Tempel nicht einstürzen«, murmle ich mit auf den Ohren gepressten Händen.

Eugène hebt den nächsten Sprengsatz auf. »Bete lieber, dass niemand mitbekommt, was hier unten vor sich geht.«

»Habe ich schon längst.« Ich halte die in der Vertäfelung verborgene Tür auf. »Hoffentlich hast du auch gebetet.«

»Selbstredend.« Er stiefelt durch die *Catacombes* wie durch die *Rue du la Paix.* »Für Sonderangebote im *Lafayette.*«

Mein Schnauben hallt durch den engen Gang, während ich über den Steinboden stolpere. Der Lichtschein von Jeans Laterne flackert über die Wände. Wir würden besser vorankommen, würde er damit den Boden und nicht die Karte ausleuchten, die ich studiere. Doch sollten wir nur eine Abzweigung verpassen, könnten wir uns für immer in den Untiefen verirren. Zum ersten Mal wünsche ich mir einen Dunkelseher in unserer Gruppe, der bisher wenig Nutzen gehabt hätte.

Eugène platziert den Sprengstoff an einer Wand. »Praktisch, wen du so alles kennst«, murmelt er und rollt die Zündschnur aus, darauf bedacht, sie nicht in eine der Pfützen zu legen. Ein unterirdisches Wasserreservoir liegt in der Nähe, aber wir haben uns entschieden, den Gang mit der etwas weiter entfernten Zisterne begehbar zu lassen.

Eugène entzündet das Streichholz. »Alle bereit?«

Wir traben zurück, das Zischeln der glühenden Zündschnur im Nacken. Mein Herz stolpert schneller als meine Füße. Was, wenn ich mich verschätzt habe? Zu viel Sprengstoff, und Schutt begräbt uns. Die Explosion erschüttert die Steinwände und meine Knochen, drückt mein Trommelfell ein, und wir stürzen aus dem Gang ins Licht des Tempels.

Geschafft. Ich lehne mich, nach Luft japsend, an eine Säule. »Und jetzt das Ganze nur ein halbes Dutzend Mal wiederholen.«

Jean presst grimmig die Lippen zusammen, und selbst Eugène kann seine Anspannung nicht überspielen. Doch wir machen weiter, so methodisch, wie ich es geplant habe. Gang für Gang schneiden wir den Tempel von der Außenwelt ab. Sperren uns selbst unter der Erde ein. Nein, so darf ich nicht denken.

Eine halbe Ewigkeit später sinken wir verschwitzt und eingestaubt vor den Füßen der Götterstatuen zusammen. Wir leben noch. Sehnsüchtig starre ich das flache Wasserbecken an, in das ich mich am liebsten werfen würde. Aber daraus holen wir nicht nur Wasser zum Waschen, sondern auch zum Trinken. Also schließe ich einfach die Augen und atme, atme, atme. Es ist kein schlechtes Gefühl, das erste Mal seit Langem wirklich etwas bewerkstelligt zu haben.

»Und welche Götter sollt ihr darstellen?« Grinsend baut sich der von seiner Mission zurückgekehrte Armand vor unseren kalkweiß verklebten Körpern auf. »Der Gott der Modenarren, die Göttin des Lichts und der Gott der Mürrischen?«

Jean verschränkt die Arme. »Ich bin doch nicht mürrisch!«

»Murrte er mürrisch«, entgegnet Armand.

Eugène und ich lachen, auch wenn der Staub, der als feine Schicht an meinen Schleimhäuten klebt, schmerzhaft kratzt. Immerhin sammle ich genug Kraft, um mich zum Wasserbecken zu schleppen. Nach den ersten Schlucken, die Staub und Erschöpfung wegspülen, drehe ich mich zu Armand. »Hast du Handlanger der Nyx angetroffen?«

Armand stellt einen Kessel Wasser auf den Herd. »Nur wenige Gassen waren dunkel genug, um mich zu verwandeln. Keine Ahnung, ob es gereicht hat, herumstreunende Nyx abzulenken.«

Seufzend klopfe ich meine Hose ab, was nichts bringt. Eugène und Jean zerren eine Zinnwanne hinter den Paravent, wo wir uns wohl waschen müssen. Ich blicke schnell weg. »Trotzdem war es die beste Lösung. Nachts ist hier in *L'Héra* zu wenig los. Und die Steinbrüche am Stadtrand sind geschlossen.«

»Ich konnte ein paar Gerüchte über *fehlgeschlagene* Bauarbeiten der *Métro* streuen.« Armand trägt den Kessel mit siedendem Wasser zum Zuber, und ich stelle den nächsten auf den Herd.

»Keine üble Idee. Darauf werden sich die Leute stürzen wie der Adler auf Prometheus' Leber.« Ich stiere in das Wasser. Bis wir alle gewaschen sind, werden Stunden vergehen. »Wir sind in Sicherheit. Halbwegs. Fürs Erste. Aber was nun? Beschatten wir die Nyx weiter, in der Hoffnung, sie führen uns irgendwann zu einer Zentrale? Oder suchen wir eine Schwachstelle?«

Eugène und Jean klopfen ihre Kleidung aus, beide mit ratloser Mimik. Armand zuckt mit den Schultern.

Ich stöhne. »Hätte uns niemand warnen können, wie schwierig es sich gestaltet, als mittellose Gruppe aus einem halben Dutzend Halbwüchsiger gegen einen von Großindustriellen finanzierten, jahrhundertealten Orden vorzugehen?«

Eugène zieht seine Stiefel aus. »Vielleicht sollten wir uns fürs

Erste zurückziehen und ausruhen.« Mein stranguliertes Protestgeräusch unterbricht ihn, und er blickt zu mir auf. »Für ein oder zwei Tage, um Kraft zu schöpfen. Eine Eisenbahn erreicht London nicht mit nur drei Stücken Kohle.«

»Du kannst dir nicht einfach Sprichwörter ausdenken, die zu unserer Situation passen«, beschwert sich Jean.

Armand tätschelt Eugènes Kopf. »Aber wenn *Eugène* vorschlägt, uns auszuruhen, sollten wir vielleicht darauf hören.«

Weil sie ohnehin darauf bestehen würden, steige ich als Erste in die Wanne. Ich klammere mich am Rand fest, bis ich nicht mehr das Gefühl habe, gekocht zu werden. Natürlich ist Ruhe eine gute Idee. Nur wird sich ausgerechnet Eugène sicher nicht ausruhen. Er mag die Nacht schützen – aber die Nacht schützt ihn schon lange nicht mehr. Nicht mit dem so nötigen Schlaf. Und ich weiß nicht, was ich dagegen tun kann.

Nach dem Bad verschwindet Eugène durch den letzten Geheimgang, um Essen zu besorgen. Beneidenswerterweise. Es fühlt sich so falsch an, *nichts* zu tun. Ich streune im Tempel umher und kann nicht still halten, als würde die Elektrizität meines Lichtwirkens unter meiner Haut züngeln, ohne einen Weg, sich zu entladen. Doch Jean und Armand, die am Strategietisch hocken und ihre Dolche polieren, werfen mir immer wieder Blicke zu. Ihre Schultern sind angespannt.

Also zerre ich seufzend das erstbeste Buch aus dem Regal und baue mir aus Kissen und Decken ein kleines Lager zu Füßen der azurblauen Statue der Nyx. Vielleicht reicht die Distanz, um die zwei mit meiner Nervosität nicht anzustecken.

Das Buch ist wunderschön. Ich streiche über die schlichte Prägung des in braunes Leder gebundenen Einbands, über die kühlen Messingbeschläge. *Artefakte der Götter* steht in mit Blattgold patinierten Prägebuchstaben darauf. Ich öffne die metallenen Schnallen und verliere mich in den Pergamentseiten. Mein Herz schlägt langsamer, so wie immer, wenn ich lese. Obwohl ich ein Physikbuch bevorzugt hätte. Doch die Erzählungen über die Artefakte gehen so viel tiefer als alles, was ich in der Schule gelernt habe, dass ich mich nicht mehr dazu aufraffen kann, ein anderes Buch zu suchen.

Jeder weiß von Zeus' Blitzbündeln und Héras Diadem. Und beim Überfliegen der anderen Götter erinnere ich mich vage an Symbole, Zuständigkeitsbereiche, Farben, Tiere und Pflanzen, die zu den einzelnen Göttern gehören. Es war so unendlich öde, irgendwelche Listen alter Schriftsteller auswendig zu lernen, statt Neues, Unbekanntes zu entdecken. Wieso kann ich *jetzt* kaum die Augen von den Auflistungen der Artefakte lassen?

Einige von ihnen entsprechen den Symbolen aus meinen Schulbüchern. Hermès' Flügelschuhe, die Bestandteil einiger Sprichwörter sind. Ploutos' Schatulle, aus der niemand etwas stehlen kann, sagt mir hingegen nichts. Als sein Symbol kenne ich nur einen Diamanten. Dass neben Hadès' dreiköpfigem Höllenhund Cerbère ausgerechnet ein Füllhorn für den Gott der Unterwelt steht, fand ich in der Schule schon seltsam. Arès' Schwert wiederum – kaum überraschend für den Gott der Schlachten und Gewalt.

Ich lehne meinen Kopf an den Sockel der Nyx-Statue und starre hinauf in ihr von meiner Position aus verzerrtes Antlitz. Meine Augen brennen vom Entziffern der verschlungenen Schrift oder von der Müdigkeit. Doch etwas entfacht eine seltsame Neugierde in mir, sodass ich den Index des Buches aufschlage und mit dem Finger über die Kapitelnamen fahre, um ihren Namen zu finden. Sie steht nicht im Buch. Weil sie nicht zu den zwölf Olympischen Göttern oder den zwanzig Göttern, die den Pariser Arrondissements als Namenspatronen dienen, gehört?

Ich klappe das Buch zu. Es ist nur Mythologie. Nicht real. Mein Herz sollte nicht so sehr flattern, aber vermutlich brauche ich einfach dringend Schlaf. Ich starre wieder hoch zu Nyx. Schließe die Augen, ganz kurz. Es gibt keine Götter. Weder die Alten Götter noch den Dreifaltigen Gott. Obwohl es vielleicht leichter wäre, würden sie uns Menschen lenken. Ich stöhne leise. Wenn ich hier einschlafe, geht es mir morgen miserabel. Also zwinge ich die Augen auf.

Eugènes Gesicht schwebt über mir, verdeckt Nyx' Antlitz.

Ich zucke zusammen, sodass mir das Buch entgleitet und auf den Boden schlägt. Er hält mir eine Brioche und eine angebrochene Flasche Bordeaux vor die Nase.

Ich rolle die Augen. »Wir sind praktisch unter Tage eingesperrt, und du besorgst ausgerechnet *Wein*?«

»Weißt du denn nicht, dass Wein und Bier ursprünglich erfunden wurden, um das verdorbene Wasser in den Städten genießbar zu machen?« Eugène drückt mir die weiche Brioche in die Hand. »Wein ist also die richtige Wahl, falls du nicht an Vergiftung durch *Catacombes*-Wasser verenden willst.«

»Natürlich kommt so eine Rechtfertigung von dir, Dionysos«, murmle ich in die süße, buttrige Brioche. Immer der Gott des Weins und der Feiern, selbst wenn wir unter der Erde eingebunkert nur für unsere Operation leben.

»Hast du mich gerade *Dionysos* genannt?« Etwas schwingt in seiner Stimme mit, das mich die buttrigen Schichten der Brioche anstarren lässt.

»Seit unserem ersten Treffen, eigentlich«, gebe ich widerwillig zu.

»Du findest, ich sehe aus wie ein *Gott*?« Das Etwas in seiner Stimme ist sein selbstgefälliges Grinsen, das sich mit jeder Silbe verwebt. *Merde.* Das Bekenntnis wird er mir tagelang vorhalten.

Ich pflastere einen trotzigen Ausdruck in meine Züge, wappne mich für die unerträgliche Selbstgefälligkeit und blicke zu ihm auf. »Nicht, dass du aussiehst wie Dionysos, sondern dass du dich so wie er *verhältst*.«

Dunkles Haar rahmt sein Marmorgesicht, während er auf mich herabschaut. Doch da ist kein blasiertes Grinsen. Nur sanfte Röte auf Wangen und Nasenrücken.

Sofort schärfen sich all meine Sinne. Meine Kleidung liegt zu eng an meiner Haut, sodass sich dort Wärme staut. Das sanfte Wasserplätschern des Beckens flutet mein Gehör, doch nicht genug, um seinen noch sanfteren Atem zu übertönen. Mit einem Mal erdrückt mich die Luft hier unten.

Seine Reaktion ist nicht richtig.

Mit Selbstgefälligkeit, zweideutigen Anspielungen, seinen nicht ernst gemeinten Annäherungen kann ich mittlerweile umgehen. Aber so eine Reaktion ist unfair. Sie lässt mich beinahe glauben, er meint seine Anspielungen *ernst*.

Und wieso überhaupt sagt er nichts? Wieso schweigt er, während ich mich in diesen … unwillkommenen Gefühlen verliere? Die Wärme in meinem Bauch bündelt sich zu Empörung. »Du siehst *nicht* aus wie ein Gott«, presse ich hervor.

Und jetzt schleicht sich doch das Grinsen auf seine Lippen. »Ich verstehe schon. Ich sehe nicht aus wie Dionysos. Mit meinem umwerfenden Wesen versetze ich Menschen nur in Ekstase, löse sie von ihrer irdischen Gehemmtheit und befreie sie von den Zwängen der Mächtigen. Du hättest eher verraten können, welchen Effekt ich auf dich ausübe.«

Ich fische das Buch vom Boden und springe auf. »Der Einzige, den du in Ekstase versetzt, bist du selbst.« So ist es einfacher. Viel einfacher. Ich hole Luft. »Trunken und verantwortungslos, *das* ist die Parallele zu Dionysos, die ich damals auf den ersten Blick gesehen habe.«

»*Damals?*« Eugène folgt mir von den Götterstatuen weg. »Was ist mit heute?«

Ich lege einen Schritt zu und steuere um das Orrery. »Nun, du bist immerhin nicht betrunken.«

»Habe ich mich gar nicht geändert?«, erkundigt er sich mit lockerem Ton. Hinter dem schon wieder etwas Undeutbares mitschwingt. Nur, dass ich es mittlerweile deuten *kann*.

Ich halte an, denn so wenig ich seine Selbstsicherheit auch ausstehen kann, noch weniger ertrage ich es, wenn sie ins Gegenteil umschlägt. Also presse ich das Buch an mich und drehe mich zu ihm. »Wir sind alle an den Herausforderungen gewachsen.« Mit brennenden Fingerspitzen am Ledereinband bringe ich die nächsten Worte hervor, denn es ist nicht *seine* Schuld, dass ich seine bedeutungslosen Avancen zu ernst nehme. »Aber vor allem du.«

Eugènes Augen leuchten auf, und ich beiße mir auf die Unterlippe. Dieser verflixte Sternenhimmelblick. Und diese verfluchte Hitze in meinen Wangen.

Eugène fährt mit dem Zeigefinger einen der eingeprägten Buchstaben des Buchs zwischen uns nach. »Manchmal glaube ich, du weißt nicht, wie sehr ich …« Er stockt, räuspert sich.

Er wird etwas sagen, das ich nicht hören will. Denn es ist nicht richtig, nicht *wahr*, nicht für mich gedacht. Nicht für Odette aus *L'Hadès*.

Ich wirble herum, haste fort und quetsche das Buch in eine viel zu schmale Lücke im Bücherregal. »Ich sollte schlafen.« Die Worte fühlen sich an, als hielte ich meine Zunge für eine Wette unter Schulkindern an einen gefrorenen Laternenmast.

Als ich mich zu ihm drehe, ist das Sternenglitzern in seinen Augen verschwunden. Was sich wiederum anfühlt, wie die festgefrorene Zunge vom Laternenmast zu *lösen*.

Er sieht zu Jean und Armands schlafenden Formen. »Was

hältst du davon, wenn wir meinen Vater um Hilfe bitten? Er kennt *Sirènes* besser als jeder andere.« Jetzt ruht sein Blick auf meiner Stirn. Oder *sieht* er mir in die Augen, aber es fühlt sich nicht so an?

Dumpfe Leere sticht in meinem Magen, doch die Erleichterung über den Themenwechsel überwiegt. »Er weiß vielleicht etwas, das uns einen Vorteil verschafft.«

»Dann besuchen wir ihn direkt morgen«, plant Eugène, während mir langsam bewusst wird, zu was ich zugestimmt habe. Er legt einen Arm um meine Schultern, als wäre *nichts* gewesen. »Du solltest dabei sein, sonst nimmt er mich nicht ernst. Und du verstehst den ganzen technischen Kram besser als ich.«

Ich winde mich unter seinem Arm hervor, was ihm ebenfalls keine Regung entlockt. Und sagt das nicht im Grunde *alles*? Ich kann noch immer kaum geradeaus denken, während er so völlig ungerührt ist. »Ich habe ein paar Physikbücher gelesen, das macht mich mitnichten zu einer Expertin, was *den ganzen technischen Kram* angeht!«, widerspreche ich, statt gegen den Plan an sich zu protestieren. Denn konzentriere ich mich auf diesen Plan, kann ich gar nicht erst *anfangen*, darüber nachzudenken, wie es gesellschaftlich gesehen aufgefasst werden könnte, wenn eine unverheiratete Mademoiselle den Vater eines unverheirateten Monsieurs kennenlernt.

Am nächsten Tag warte ich mit verschränkten Fingern neben Eugène im Foyer des seltsam zurückgenommenen, eleganten *Hôtel particulier* Lacroix darauf, dass sein Vater uns empfängt. Mein nur halbwegs präsentables Ensemble aus dem Sammelsurium von Kleidungsstücken im Tempel verbessert meine Nervosität nicht gerade. Zugegebenermaßen würde ich mich selbst im prächtigsten Kleid von Marie Antoinette wie ein Hausmädchen im *Château de Versailles* fühlen. Ich nehme einen Atemzug, in dem auch heute der schwache Hauch von Blumen liegt, obwohl keine Sträuße auf den Mahagonitischchen stehen. »Sollten wir wiederkommen, wenn er zeitlich weniger eingespannt ist?«

Schnaubend spaziert Eugène die geschwungene Doppeltreppe hinauf. »Wir können nicht warten, bis er sich zur Ruhe setzt.« Er rückt das Ölgemälde über dem Treppenabsatz gerade. Nein, nicht gerade – ein paar Millimeter schiefer.

Ich würde die Augen über diesen kleinen Akt der Rebellion verdrehen, könnte ich den Impuls im *Hôtel particulier* mit seiner rigiden Atmosphäre nicht nachvollziehen. Ein Zuhause, in dem ein Vater kaum Zeit für seinen Sohn findet.

»Er empfängt Sie nun, Monsieur Lacroix«, schreckt mich eine Stimme aus dem Flur zu meiner Linken auf. Der Concierge Albert. Das einzig Warme im gesamten Haus.

»Eugène«, korrigiert Eugène und springt die Stufen hinab.

»Ich heiße Albert, nicht Eugène, Monsieur Lacroix.« Der Concierge verzieht keine Miene, nur seine Augen funkeln.

Eugène schneidet im Vorbeigehen eine Grimasse, beinahe so, als würde er sich danach sehnen, vom Concierge die Ohren lang gezogen zu bekommen. Immer auf der Suche nach einer Vaterfigur. Wie bei Clément.

Mein Herz verkrampft, und beinahe greife ich mir an die Brust. Doch ich atme tief durch. Sicherlich ist es nicht förderlich, mich in dieser Sentimentalität zu verlieren. Vor allem, weil sie meine Abneigung Eugènes Vater gegenüber nicht mindert.

Albert führt uns in einen Salon, dessen Wände mit Ebenholz vertäfelt sind. Auf einem Samtsessel sitzt Monsieur Lacroix neben einem verzierten Apparat, dessen versilberten Hörer er auf dem Halter ablegt. Natürlich haben sie ein privates *Téléphone*. »Du hättest einen Termin ausmachen müssen.« Seufzend steht Monsieur Lacroix auf und streicht sich die Nadelstreifenhose glatt. »Aber gesellschaftliche Regeln waren für dich ja schon immer ein Buch mit sieben Siegeln.«

Eugène lehnt sich gegen ein Chesterfieldsofa, vermutlich aus London importiert. »Einen Termin, um mit meinem eigenen Vater zu reden?«, spricht er aus, was ich denke.

»Weil du in Begleitung einer mir fremden Mademoiselle bist, der ich zu gern einen gebührlicheren Empfang als in meinem Hausanzug geboten hätte.« *Touché*. Auch wenn sein Hausanzug schicker ist als Papas Sonntagsanzug. Monsieur Lacroix mustert mich, höflich genug, keinen überraschten Blick auf *meinen* zusammengewürfelten Aufzug zu werfen. »Obwohl mir besagte Mademoiselle nicht ganz so fremd ist, wie mir scheint.« Er verbeugt sich mit an die Brust gelegter Hand, ganz der Gentilhomme der *Bourgeoise*, nur dass alles an seiner Galanterie seltsam einstudiert wirkt. »In was für Machenschaften hat mein Sohn Sie verwickelt, Madame …?«

»Odette«, purzelt es über meine Lippen. »Leclair. Odette Leclair.«

»Germain Lacroix. Erfreut, Ihre Bekanntschaft zu machen.«

Eugène stößt sich stöhnend vom Sofa ab. »Sie weiß, wer du bist, so wie jeder in Paris. Könntest du die Scharade beenden und uns zum Punkt kommen lassen?«

Monsieur Lacroix nimmt wieder Platz und deutet auf die Sofas und Sessel. Ich setze mich so weit wie möglich weg von Eugène, um keinen falschen Eindruck zu erwecken.

»Die Pläne, die dir gestohlen wurden, werden missbraucht.« Eugène meint es ernst damit, zum Punkt zu kommen.

»Kannst du das erläutern?«

»Die Maschine, die dir im *Globe Céleste* angeboten wurde, basiert auf *deinen* Plänen.«

»Das ist mir wohl bewusst.« Sein stechender Blick – wie Eugènes beinahe schwarz, dennoch so anders, so *leer* – legt sich auf mich. »Also *hast* du gelauscht.«

»Wenn du es weißt, wieso lässt du zu, dass sie an deiner Erfindung Geld verdienen?«, keucht Eugène.

»Ist es das, was du den ganzen Tag über treibst? Warum du im *Globe Céleste* herumschleichst, ein unschuldiges Mädchen mit hineinziehst und obendrein einen verheerenden Unfall verursachst?« Monsieur Lacroix faltet die Hände. »Ich arbeite mit *Toussaint Métallurgique* zusammen.«

Wir beide erstarren. Ich taste nach dem Dolch unter meinem Rock. Wenn er kein einfacher Käufer ist – sein Gespräch mit dem Nyx erscheint plötzlich in einem ganz anderen Licht. Kein Verkaufsgespräch. Eine *Berichterstattung*. Von einem Nyx an den anderen? Mein Atem geht stoßweise. »Wie können Sie –« Meine Stimme bricht. »*Sirènes* hat schlimme Nebenwirkungen! Sie macht die Menschen zu Arbeitsmaschinen!«

Monsieur Lacroix schüttelt den Kopf. »Ich glaube, hier liegt ein Missverständnis vor. Meine Pläne wurden damals gestohlen, aber nicht von *Toussaint Métallurgique*. Sie haben mir ein seriöses Angebot für eine Kooperation unterbreitet, dank der ich das Potenzial meiner Erfindung wiederentdeckte. Und natürlich arbeiten wir daran, die Nebenwirkungen zu beseitigen. Niemand will Menschen des *Prolétariats* in Arbeitsmaschinen verwandeln. *Sirènes* bedeutet Fortschritt.« Er lehnt sich vor, und zum ersten Mal tanzt Emotion über seine Mimik und lässt seine dunklen Augen ein wenig mehr wie die von Eugène funkeln. »Würde nicht eine flexiblere und reduzierte Schlafdauer für genau diese Menschen mehr Freiheit und Wohlstand mit sich bringen? Die Möglichkeit, mehr Geld zu verdienen, um aus der Armut herauszukommen?«

Erstarrt klammere ich mich am Sessel fest, denn was er sagt, klingt vernünftig. *Gut.* Und das ist das Schreckliche daran. Er denkt, *Sirènes* wäre ein Schritt in Richtung Gerechtigkeit. Er hat nicht gesehen, was ich gesehen habe.

Wäre nicht etwas in mir beschämt oder entsetzt, würde ich mich auf seinen noblen Teppich übergeben.

»Ich würde gern mehr über das Projekt erzählen, um euch die Sorgen zu nehmen.« Monsieur Lacroix schlägt die Beine übereinander. »Denn wirklich, ich begrüße euren … Altruismus. Doch da es sich um Firmengeheimnisse handelt, wäre ich Ihnen zu Dank verpflichtet, Mademoiselle Leclair, wenn ich alles Weitere mit meinem Sohn unter vier Augen besprechen könnte.«

Er *muss* wissen, dass Eugène mir alles verrät. Wozu diese Farce? Trotzdem springe ich auf die Füße, als würde der Sessel brennen. »Natürlich«, murmle ich und haste aus dem Salon. Schlimmer, als mich auf seinen Teppich zu übergeben, wäre es, ihm an die Gurgel zu gehen. Wie kann ein Mensch nur so verblendet, privilegiert und realitätsfern sein, dass er das Ausmaß seiner Handlungen nicht erkennt?

Im Flur lehne ich mich an die Marmorwand, deren Kühle an meinem Rücken kaum das Feuer in mir eindämmen kann. Ich verschränke die Hände vor dem Gesicht, presse das Brennen in meine Augen zurück. Seit wann kann ich diese Dinge eigentlich nicht mehr einfach hinnehmen?

»Bist du ein Geist? Oder real?«, dringt ein Flüstern zu mir.

Eine mondblasse Frau stiert mich aus aufgerissenen, lavendelblauen Augen an. Ihr offenes Haar noch eine Nuance dunkler als das Ebenholz des Türrahmens, an den sie sich klammert. Das romantisierte Gemälde einer von Nachtmahren heimgesuchten Schönheit.

»Re…real?«, raune ich, als wäre ich mir selbst nicht sicher.

»Wie schön«, murmelt sie, aber lässt die Schultern vor offensichtlicher Enttäuschung sinken. Doch dann winkt sie mich strahlend lächelnd heran und verschwindet in dem Raum.

Sie muss Eugènes Mutter sein. Ich werfe einen Blick auf die verschlossene Tür zum Salon. Wie kann Eugène seinem Vater aus dem Gesicht geschnitten sein und gleichzeitig seiner Mutter so sehr ähneln? Ich schüttle den Kopf, die Neugierde siegt, und ich folge ihr. Was einst ein gepflegter Wintergarten gewesen sein muss, quillt über vor Bücherregalen, gemusterten Samtkissen, Kristallen aller Farben und Größen, Farbdosen, Statuetten und Krimskrams.

Mitten im Raum steht Eugènes Mutter vor einer Staffelei und tupft scheinbar willkürliche Farbkleckser auf die Leinwand. Keine Farbe darauf ist so, wie sie in echt sein sollte. Doch Kobaltblau, Amethyst und Türkis erwecken eine Frauengestalt zum Leben, die ein Tuch in blassen Perlmutttönen vor einem karminroten Nachthimmel hinter sich her flattern lässt.

»Ihr Gemälde ist wunderschön«, flüstere ich, um sie nicht zu erschrecken. Diese Frau, die wie ein mystisches Geschöpf verschwindet, wenn Sterbliche sie entdecken.

»Merci.« Lächelnd dreht sie sich zu mir, und vom Pinsel tropft tiefviolette Farbe auf ihre schlanken Finger. »Aber Eugène ist das wahre Talent. Hat er dir seine Bilder gezeigt? Sie sind meisterhaft. Eine Schande, dass er die Malerei nicht ernsthaft weiterverfolgt.«

»Ich wusste nicht, dass er malt.« Ich inspiziere die Stapel von Büchern auf zarten Servierwägen, Werkbänken und geflochtenen Stühlen, statt weiter ihrem durchdringenden Blick ausgesetzt zu sein. Séancen, Geistererscheinungen, Illuminismus, Alchemie, Numerologie. Ich würde vermuten, sie ist dem Okkultismusfieber verfallen, das Paris in den letzten Jahren heimgesucht hat – doch ihre Sammlung scheint das Ergebnis vieler Jahre passionierter Beschäftigung zu sein.

Mit schmollend gespitzten Lippen pfeffert sie ihren Pinsel in eine Teetasse mit schmutzig braunem Wasser. »Wenn ich endlich Apollons Lyra besäße, könnte ich vielleicht zur Abwechslung zufrieden mit meinem Werk sein«, murmelt sie.

»Wie könnte ein Musikinstrument beim Malen helfen?«

Sie pflückt einen tiefroten Granatapfel von einem prächtigen Baum. »Apollons Lyra verleiht ihrem Besitzer doch nicht nur Kreativität in der Musik!«, erklärt sie, als müsste ich das wissen, und reicht mir den Granatapfel. »Aber mein Mann erlaubt mir nicht, den *Palais Garnier* zu besteigen.«

Ich starre den Granatapfel an, eine so mütterliche, nein, großmütterliche Geste, die stark im Kontrast zu ihrem überirdischen Wesen steht. In dieser Sache muss ich Monsieur Lacroix wohl oder übel zustimmen – es wäre keine gute Idee, Eugènes Mutter auf das Dach kraxeln zu lassen, um sie irgendeiner Fantasie hinterherjagen zu lassen. »Ich bezweifle, dass die Lyra der Statue wirklich *Apollons* Lyra ist. Hätte sie dann nicht schon längst jemand an sich genommen?« Ich bringe es nicht übers Herz, die Existenz dieser Lyra infrage zu stellen.

Sie legt den Kopf schief. »Oder *jeder* denkt so wie du, und die Lyra verbleibt genau deshalb dort, wo sie ist.«

Ich kann das hochblubbernde Lachen nicht unterdrücken. »Dagegen kann ich nichts einwenden«, gebe ich zu. »Es ist nicht sehr wissenschaftlich, eine Hypothese anzunehmen, ohne zu versuchen, sie zu belegen oder zu widerlegen.«

»Oh!« Ihre Augen leuchten auf. »Du bist *das* Mädchen! Die Wissenschaftlerin!« Sie klatscht in die Hände, und bevor ich einwenden kann, dass ich keine Wissenschaftlerin bin, fährt sie mit gefurchten Augenbrauen fort. »Bitte erinnere Eugène doch daran, mir die Lyra mitzubringen, wenn ihr Apollon ein weiteres Mal besucht.«

Der Granatapfel knirscht unter meinem Griff. »Er hat Ihnen davon erzählt?«

Durch den Flur tönt ein Krachen zu uns. Dann ein Geräusch, das mir durch all die Kämpfe viel zu schnell etwas sagt. Der Aufprall eines menschlichen Körpers auf Stein.

»Eugène!« Monsieur Lacroix' Stimme, dumpf und zum ersten Mal mit echter Emotion. *Sorge.*

Ich renne los.

Kapitel 4

Der Salon ist leer.

Das *Téléphone* liegt zerscheppert auf dem Boden. Wo ist Eugène? Mit wummerndem Herzen presche ich in den Flur. Haben die Nyx uns verfolgt? Über mir rumpelt es, eine Tür schlägt zu.

Ich renne die Treppe hinauf, verfluche den glatten Marmor. Madame Lacroix hängt an meinen Fersen, murmelt Dinge, die ich nicht verarbeiten kann. Oben bewachen zwei Männer eine Tür. Sie tragen die gleiche Uniform wie der Concierge Albert, der hinter ihnen mit verknoteten Fingern den Kopf hängen lässt. Keuchend halte ich an. Was bedeutet das?

Da! Eugènes Stimme hinter der Tür.

Die Wachen lassen mich garantiert nicht zu ihm. Doch Madame Lacroix holt auf, und ich schreite mit erhobenem Kinn weiter. »Madame Lacroix möchte zu ihrem Sohn!«

Kurz flackert Gegenwehr in ihren Augen auf, dann treten sie zur Seite. »Natürlich, Madame Lacroix.«

Albert zwinkert mir zu, und Madame Lacroix sagt nichts zu meiner Flunkerei, greift nur meine Hand und tritt mit mir ein.

Ein überladenes Schlafzimmer, das alle pompöse Dekoration zu fassen scheint, die dem Rest des *Hôtel Lacroix* fehlt. Samt und Seidentapeten in den Grüntönen luxuriöser Ausschweifungen – Pistazienmarzipan, Absinth und Jade. Ich suche zwischen Samtmöbeln, Statuetten und überall lehnenden Leinwänden, bevor ich Eugène auf einer *Récamière* erspähe.

Ein weiterer Wachmann werkelt hinter ihm am Fenster herum, während Monsieur Lacroix vor Eugène kniet. »Wann hast du das letzte Mal geschlafen?«, zerschneidet seine Stimme die Luft.

Eugènes Augenlider flattern. »Auf dem Weg hier hoch?«

Monsieur Lacroix ballt eine Hand zur Faust. »Das war kein Schlaf, sondern *Ohnmacht*!«

»Was ist passiert?«, wabert meine Stimme durch den Raum, der unverkennbar Eugènes Handschrift trägt.

Monsieur Lacroix ignoriert mich – genauso wie Eugène, dessen Blick nur kurz in meine Richtung zuckt und dann zu Boden geht.

»War es eine Vision?«, flüstert Madame Lacroix und greift Eugènes Hand. »Ein Gespräch mit den Verstorbenen? Oder hast du vergessen zu essen? Du weißt, dass du nörgelig wirst, wenn du zu wenig isst. Schon seit deiner Kindheit.«

»Ich bin erwachsen, Mama. Ich weiß, wann ich essen muss«, stöhnt Eugène in einem Ton, der das Gegenteil von erwachsen ist, sondern mich schmerzhaft an Henri erinnert. Doch Eugène drückt ihre Hand. »Da ich jetzt wieder wohlauf bin, können wir ja weiter unserer Wege gehen.« Er stemmt sich hoch.

Monsieur Lacroix nickt dem Wachmann zu, sodass der Eugène zurück ins Polster drückt. Unter seinen Pranken windet sich Eugène hin und her, vergeblich. Doch sein massiger Körper verbirgt nicht länger, was er am Fenster zu schaffen hatte.

Ein Eisenschloss sperrt die Fensterflügel zu.

Was auch immer vor sich geht, mehr muss ich nicht wissen.

Ein Feuer in mir verbrennt die Reglosigkeit, und ich richte mich zu voller Größe auf. »Lassen Sie ihn gehen!«

Monsieur Lacroix deutet mit einer abfälligen Handbewegung auf mich. »Entfernt das Mädchen.«

Die Wachmänner vom Flur ergreifen mich, bevor ich mich umdrehen kann, und ich winde mich in ihren unmenschlich starken Pranken. »Loslassen!«

»Odette!« Eugène bäumt sich auf, doch der Wachmann verstärkt seinen Griff, sodass Eugène vor Schmerz aufstöhnt. Eugène, der einen Streifschuss abtut wie einen blauen Fleck.

Ich fletsche die Zähne und werfe mich gegen die Wachen.

»Ist das wirklich notwendig?« Madame Lacroix ergreift wieder Eugènes Hand und blickt ihren Mann vorwurfsvoll an.

Monsieur Lacroix presst nur die Lippen aufeinander.

Obwohl ich knurre, trete, über jeden Quadratmillimeter Haut kratze, den ich erwischen kann, zerren sie mich mühelos durch den Raum. Alles verschwimmt. Eugènes Rufe, das brennende Bohren der Finger im Fleisch meiner Oberarme, die Grüntöne des Zimmers, das Vorhängeschloss, die Wut und Hilflosigkeit.

»Eugène!«, rufe ich, während sie mich auf den Flur verfrachten, die Tür zuschlagen und ihn von meiner Wahrnehmung abschneiden. Sie zerren mich weiter, wie ein Tier zur Schlachtbank, schubsen mich die Treppe hinab, durch das Foyer. Ich verstehe nichts. Ich will rotsehen, doch stattdessen trüben schwarze Wolken meine Sicht.

Sie stoßen mich durch das Eingangsportal auf die Straße. Ich wirble herum, japsend und mit brennender Lunge. Lasse meine Fäuste an die Tür hämmern. Keine Erklärung. Kein beruhigendes Wort. Das können sie nicht tun!

Niemand öffnet mir. Aus den Fenstern beobachten mich Wachmänner, die ich zu zählen versuche. Die Zahlen ergeben keinen Sinn. Minuten oder Stunden oder eine Ewigkeit später sinke ich auf den Stufen zusammen. Rot klebt an meinen Fingerknöcheln. Meine Lunge, Muskeln und Augen brennen, während meine Finger und Lippen vor Kälte zittern.

Jean und Armand geben ihr Bestes, meine wirren Erklärungen zu verstehen. Sie fragen und fragen und fragen, sobald ich meinen Redeschwall unterbreche, um nach Luft zu schnappen oder weil sich ein unterdrückter Schluchzer hochkämpft. Fragen, auf die ich keine Antwort weiß.

Armand legt beide Hände an meine Wangen und zwingt mich, ihn anzusehen. »Wir finden heraus, warum sie Eugène dortbehalten. Aber wir warten besser bis morgen, damit sich alle erst mal beruhigen können. Du, Monsieur Lacroix und Eugène.«

Die vertraute Wärme und seine sanfte Stimme lenken meine Gedanken in geordnetere Bahnen. Und auch wenn dort immer noch ein Teil ist, der losstürmen und das *Hôtel Lacroix* mit bloßen Händen einreißen will, sinke ich auf einen der Stühle am Tisch mit den Stadtkarten. Ich reagiere über. Muss einatmen und ausatmen. »Wenn sie uns auch morgen nicht zu ihm lassen –«

»– brechen wir in eine der am besten gesicherten Residenzen von Paris ein«, ergänzt Jean und deutet auf den Dolch an seinem Oberschenkel.

Der schwarze Nebel verzieht sich aus meinem Blickfeld. Endlich kann ich wirklich gleichmäßig atmen. Ich finde heraus, was all das soll. Und zwar mit kühlem Kopf und gestärkten Kräften, nicht panisch und geschwächt.

Wie ein Maschinenmensch entledige ich mich meiner Kleider, wasche mich, lege mich auf mein Deckenlager. Meine Hand umklammert den Dolch, den Eugène mir geschenkt hat. Die

Zeit verliert ihre Bedeutung, während ich wach liege und in die Dunkelheit starre. Ich blinzle.

Als ich die Augen wieder aufschlage, durchbricht Licht die Dunkelheit. Die Nyx haben uns gefunden! Ich fahre hoch, den Dolch noch im Griff. Doch Stille liegt über dem Tempel. Das Licht – Morgensonne, die durch die Lichtschächte fällt.

Habe ich geschlafen? Ich reibe mir Schlafsand aus den Augenwinkeln. Es fühlt sich nicht an, als hätte ich geschlafen. Eher, als hätte jemand ein paar Stunden meines Lebens mit einem Metzgerbeil weggeschnitten.

»*Bonjour!*«, ruft Armand mir vom Ofen aus zu, wo er in einem blubbernden Topf rührt. »Zieh dir etwas an, worin du notfalls kämpfen kannst. Und einen *Manteau*, der das verbirgt.«

Ich nicke, obwohl er mir den Rücken zuwendet, und richte meine schweren Gliedmaßen nach und nach auf. Hastig stülpe ich die erstbeste Hose über, die schwarze Bluse von Zoé, und schlinge den Haferbrei so hastig herunter, dass ich danach nur noch ungeduldiger auf Armand und Jean warten muss. Armand reißt Witze darüber, dass alles, was er hier unten mit unseren beschränkten Mitteln kocht, besser ist als Louise' *Soupe à l'oignon*. Ich höre kaum hin. Wenn ich jetzt noch an Louise und unsere Zeit in Eugènes ehemaligem Unterschlupf denke, kann ich meinen kühlen Kopf vergessen.

Endlich brechen wir auf. Die Kutschfahrt zum *Hôtel Lacroix* zieht sich, als müssten unsere Pferde die Hälfte der Einwohner von Paris befördern. Mein *Manteau* verbirgt meine Kleidung vor missbilligenden Blicken, doch schon in der Vormittagssonne des ungewöhnlich warmen Junis fängt meine Haut an zu prickeln.

Vor dem *Hôtel Lacroix* halte ich die beiden zurück. »Falls Monsieur Lacroix uns abweist, vertun wir vielleicht unsere einzige Chance.« Ich sehe zum Giebelfenster, hinter dem das

Dachgeschoss mit dem Prototypen von *Sirènes* liegt. »Lasst uns zuerst mit Eugène sprechen.«

Wider Erwarten nickt Armand langsam. »In Ordnung.«

Ich starre ihn an. »Wirklich?«

Armand mustert mich ein paar Sekunden lang. »Wenn du sagst, ein Gespräch mit Monsieur Lacroix ist aussichtslos, vertraue ich deinem Urteil. Jetzt, wo du wieder klar denkst.«

»*Merci*«, murmle ich und deute hoch zum Dachgeschossfenster. »Dadurch bin ich beim letzten Mal verschwunden. Es könnte noch unverschlossen sein.«

»Vom Haus nebenan können wir einsteigen. So bleiben wir hoffentlich unbemerkt.« Jean stiefelt voran.

In einer schmalen Gasse klettern wir an der Hausfassade hoch, nutzen jedes Fenster, jede Dekoration, jeden Spalt. »Hetzt uns gleich jemand die Gendarmerie auf den Hals?«, knirsche ich und ziehe mich höher. »Oder schläft die *Bourgeoisie* noch ihren Rausch aus?«

Armand schnaubt. »Solltest *du* das von uns nicht am besten wissen?«

Meine Hand rutscht vom Fenstersims ab, was seine Braue noch höher schießen lässt. Mein Hirn rattert, um den Fehler zu überspielen. »Sag du es mir«, presse ich hervor, bemüht locker. »Ich weiß nichts über *eure* Herkunft.«

Armand lacht, leise genug, dass es nicht über den Innenhof gellt. »Wirklich *nichts*? Verrate, was du dir zusammengereimt hast.« Ein offensichtlicher Ablenkungsversuch. Er stößt sich ab und landet auf einem Ast in nächster Nähe.

Ich folge ihm. Meine Hand schrappt über die Rinde, und ich beiße die Zähne zusammen. Ich will keine Vermutungen anstellen. Keine wunden Punkte aufkratzen. Doch weil er mich erwartungsvoll angrinst, überwinde ich mich. Wir sind Freunde. Eine Art Familie. Ich sollte mit ihnen auch so reden können.

»Bei dir bin ich mir nicht sicher«, flüstere ich und klettere hinter Armand durch das Geäst, Jean hinter mir leise wie eine Dschungelkatze. »Ich glaube, du fühlst dich auf einer *Soirée* im *Château de Versailles* genauso wohl wie bei einem Saufgelage in der heruntergekommensten Taverne.«

Er lacht leise. »Und ich wäre bei beidem der Ehrengast.«

Ich grinse und schwinge mich auf den nächsten Ast. Wenn ich weiterrede, vergisst Armand vielleicht, wie wir überhaupt zu dem Thema gekommen sind. »Jean hingegen … Er trägt hochwertige Kleidung, aber sie ist ihm zu klein. Und abgetragen. Er kommt aus der *Bourgeoisie*, hat ihr jedoch den Rücken zugekehrt. Freiwillig – oder aus Zwang.«

Hinter mir schnaubt Jean. »Es spielt keine Rolle. Wäre ich nicht freiwillig gegangen, hätten sie mich gezwungen. Hätten sie mich nicht gezwungen, wäre ich freiwillig gegangen.« Er speit die Worte aus, doch da schwingt etwas anderes mit. Lässt mich an rote Ohren und ausweichende Blicke denken. Jüngere, unsicherere Versionen der beiden.

»Also hast du dein Leben wegen Armand auf den Kopf gestellt?« Ich versuche, das Necken aus meinem Ton zu halten und der Wärme in meiner Brust den Vortritt zu lassen.

»Ich hatte nicht wirklich eine Wahl.« Mit roter Nase stiert Jean zum Dachfenster. »Falls es verschlossen ist, sollte Armand zuerst rüber. Er kann Schlösser am besten knacken.«

»Schlösser – oder Herzen?«, murmle ich grinsend, bevor ich mich daran erinnere, in was für einer Situation wir sind. *Merde*, wir befreien Eugène, der von seinem Vater eingesperrt wird. Gestern konnte ich kaum klar denken.

Doch unser Geplänkel lockert diesen Knoten, der sich mit jeder Minute enger zu zurren droht. Das ist gut. Also erlaube ich mir eine weitere Frage an Armand. »Hast du deine Familie aus dem gleichen Grund verlassen?«

Er hüpft auf den Fenstersims. »Verschlossen. Ich muss mich konzentrieren«, raunt er. Klingt seine Stimme … belegt?

Unsicher blicke ich mich zu Jean um, der nur sachte den Kopf schüttelt. Das heißt wohl, bei Armand steckt mehr dahinter. *Noch* mehr. Als würden Jeans Gründe nicht reichen.

Mit verengtem Hals muss ich an Juliette denken. Ich darf nie zulassen, dass sie unsere Familie aus Angst verlässt. Sicher würde niemand der anderen sie vertreiben, aber … *wie* sicher kann ich mir wirklich sein? Wir reden nicht über so etwas. Niemand tut das. Ich klammere mich so sehr am Ast fest, wie ich Juliette, Armand und Jean umarmen will. Vielleicht sollte *ich* mit Juliette darüber reden. Bevor es zu spät ist.

»Offen«, zerrt mich Armand flüsternd aus den Gedanken, und gleitet durch das Fenster wie ein Akrobat.

Nach einer letzten Kletterpartie landen auch Jean und ich im Dachgeschoss, wo Armand vor dem Prototypen von *Sirènes* wartet. Er wusste, dass er hier steht, dennoch macht der Anblick etwas mit ihm. Ungewohnte Finsternis liegt in seinen Augen.

Sanft berühre ich seine Schulter. »Wir finden einen Weg«, flüstere ich. Einen Weg, Eugène zu befreien. Einen Weg, ihm über *Sirènes* hinwegzuhelfen. Einen Weg, *Sirènes* zu zerstören und die Menschen vor den Nyx zu bewahren.

Armand drückt meine Hand, dann nickt er resolut. »Du führst uns zu ihm. Wo auch immer der Vogel in seinem goldenen Käfig gefangen gehalten wird.«

Wir schleichen die Treppe hinab, und am unteren Absatz blicke ich um die Ecke. Drei Wachen vor seiner Tür. Natürlich. Ich ziehe mich in die Dunkelheit der Treppe zurück. Der Flur ist lang, von mehreren Lampen erleuchtet, weil das kleine Fenster am Ende kaum genug Licht hereinlässt.

Jean linst ebenfalls um die Ecke. »Wenn du die Lampen löschst, können wir die Wachen ausknipsen.«

Etwas in mir steigt auf wie ölverschmutztes Seine-Wasser nach einem Schiffsunfall. Falls ich einen Fehler mache, entdecken sie uns, und wir schaffen es niemals zu Eugène.

»Wir können nicht drei ausgebildete Wachen – und möglichen Nachschub – im Nahkampf besiegen«, drängt Armand.

Mein Atem geht flach, ich *zwinge* ihn dazu, sonst würde ich keuchen.

Der dumpfe Laut eines Ellbogens in einer Magengrube. »Mach ihr keinen Druck«, zischt Jean.

Was hat er eben gesagt? Die Wachen *ausknipsen*. Atemlos stoße ich ein stilles Lachen aus, recke den Kopf in den Flur – und betätige den Kippschalter aus Porzellan.

Das Licht geht aus.

»So kann man es natürlich auch machen.« Armand zuckt mit den Schultern. Er und Jean verschwinden in den Flur, wo die Wachen leicht alarmiert irgendetwas murmeln. Bevor ihre Skepsis wachsen kann, plumpst einer nach dem anderen zu Boden.

Während Armand und Jean die Wachen fesseln, knebeln und auf der Treppe verstecken, zerre ich am Türgriff. Natürlich bewegt sich nichts. Mein Herz pocht bis in die Fingerspitzen, mit denen ich das Dietrich-Set aus meiner Innentasche zerre und das Schloss bearbeite.

»Du bist gut geworden.« Armand lehnt sich über meine Schulter und beobachtet meine Hände, bis das Schloss klickt.

Ich presche durch die Tür.

Eugène ruht auf dem ausladenden Himmelbett, mit geschlossenen Augen und einer Hand überdramatisch an die Stirn gelegt wie ein unpässlicher Gott. Beinahe, *beinahe,* muss ich loslachen.

Aber seine Blässe erstickt das Geräusch irgendwo hinter meinem Kehlkopf. »Eugène?«, frage ich vorsichtig.

Seine Augen flattern auf. »Bitte, keine weiteren Ärzte für heute«, lallt er.

Meine Fäuste zittern. »Ich bin es. Odette.« Ich trete näher, obwohl ich vor meinem inneren Auge nur Männer in weißen Kitteln sehe, die mit Gerätschaften an ihm herumdoktern. »Was ... Was haben sie mit dir gemacht?« Meine Stimme bricht.

»Ungefähr dreihundert Untersuchungen«, stöhnt er und lässt die Augen wieder zuflattern. »Und ich weiß nicht, ob die Menge an Baldrian, die sie mir als Tee, Kaukräuter und Pillen eingeflößt haben, noch legal sein sollte.«

Armand tritt neben mich. »Das ist *alles*?«

Ich würde ihm wegen seiner Unsensibilität auf den Fuß treten, hätte ich nicht ebenso Schlimmeres erwartet. Nichtsdestotrotz wird Eugène gefangen gehalten. Also knie ich mich neben sein Bett. »Eugène, auch wenn es dir schwerfällt, musst du mir zuhören. Warum sperrt dein Vater dich ein?«

Eugène blickt mich aus glasigen Augen an. Als glaubte er, ich wäre nicht wirklich hier. Haben sie ihm doch mehr als Baldrian gegeben? Er spitzt die Lippen. »Er behauptet, ich muss hierbleiben, weil ich so krank bin. Bräuchte ärztliche Beobachtung. Nur weil ich kurzzeitig ohnmächtig geworden bin.«

»Aber *warum* bist du ohnmächtig geworden?«

»Jetzt, da ihr gekommen seid, ist es an der Zeit, flügge zu werden.« Eugène schiebt sich im Bett hoch. »Ich habe viele Verpflichtungen und wirklich Besseres zu tun, als in meinem Kinderbett zu versauern.« Seine Arme zittern. Muskulöse Arme, mit denen er kämpft und klettert. Sind das Nebenwirkungen von *Sirènes*? Ich beiße die Zähne aufeinander. Nein. *So* war er zuvor nie. Auch wenn sie glauben, ihm zu helfen – sein Zustand hat sich drastisch verschlechtert, seit er hier ist.

Wir müssen ihn wegschaffen.

Ich halte ihm meinen Arm hin. »Kannst du allein gehen?«

Eugène richtet sich auf, schwankt ein wenig. Doch er grinst, die Haare verwüstet, für einen Moment eher ein kleiner Junge als ein ausgewachsener Mann. »Dank jahrelanger Übung bin ich versiert darin, mich *schwankend* vorwärtszubewegen.«

»Das glaube ich gern«, murmle ich und zerre den obersten *Paletot* vom Berg aus *Manteaus*, die über etwas hängen, das den sichtbaren Füßen zufolge ein Polsterstuhl sein muss. Erst mal raus, dann kann er sich anziehen.

»Ihr müsst mich nur vorher zu *Sirènes* bringen.«

Ich erstarre. Muss ihn nicht fragen, wieso. Ich sehe es in seinem Blick. Ein hungriger Blick. »Du kannst *Sirènes* nicht benutzen«, krächze ich, meine Fingerknöchel kalkweiß im schwarzen *Paletot*. »Nicht nach all der Zeit.«

»Ich bin vollgepumpt mit Baldrian, damit ich schlafe. Aber es ist kein Schlaf, sondern ein … ein Wachkoma. Ich muss diesen Nebel über meinen Sinnen loswerden.«

Verzweifelt wende ich mich zu Armand und Jean. Ersterer beißt sich auf die Unterlippe. Jeans Miene verfinstert sich mehr als je zuvor. »Vielleicht ist es besser, er bleibt hier.«

»Nein.« Eugènes sieht wild zwischen uns hin und her. »Nichts hält mich an diesem seelenverzehrenden Ort.« Er schwankt auf mich zu, greift meine Oberarme. Sein Griff ist stark, trotz des leichten Bebens. »Vergiss *Sirènes*. Lasst uns einfach verschwinden. *Bitte.*« Sein *Bitte*, ein rohes, ehrliches Flehen, zerrt genau richtig an meinem Herzen.

Denn tief in mir verstehe ich ihn, obwohl ich seine Gefühle wohl nie ganz nachvollziehen kann. Ihm geht es nicht um *Sirènes*, um Untersuchungen und Behandlungen und seinen Freiheitsdrang. Wenn er in seinem Elternhaus bleibt, zerbricht er daran. Schroff nicke ich. »Ich lasse dich nicht hier.«

Die Tür schwingt auf, kracht gegen eine Staffelei.

Die Leinwand, die mit dem Rücken zu uns steht, knallt herunter. Verschmierte Linien eines Kinns, Waldgrün und Ebenholz blitzen auf.

Monsieur Lacroix baut sich im Türrahmen auf, flankiert von zwei Wachen. »Denkt ihr, niemand hört drei zu Boden stürzende Männer?«

Instinktiv stelle ich mich zwischen ihn und Eugène. Jean und Armand reagieren genauso.

»Es war wie immer ein verzückender Aufenthalt in deinem vor Wärme strotzenden Zuhause. Aber länger will ich deine Gastfreundschaft nicht auf die Probe stellen.« Eugène zieht einen imaginären Zylinder und stakst zur Tür. *Au revoir!*«

Die Wachen versperren ihm den Weg.

»Du kannst nicht gehen, Eugène.« Monsieur Lacroix' Stimme bleibt ruhig und gemäßigt. Wohlüberlegt, worum ich ihn früher beneidet hätte. Jetzt erkenne ich die Eiseskälte darin.

»Sie können ihn nicht einsperren!« Meine Worte sind die züngelnde Hitze zu seiner Kälte.

Monsieur Lacroix' Blick durchbohrt mich. »Ich würde es Bettruhe und Genesung nennen, nicht Einsperren.«

Eugène strafft die Schultern. »Ich genese nicht, indem du mich mit unerprobten Präparaten ruhigstellst!« Dann taumelt er nach vorn wie ein alter Mann, dem man seinen Gehstock genommen hat. Er streckt seine Hände aus, findet keinen Halt.

Ich stürze zu ihm, doch er knallt schon auf die Knie.

Monsieur Lacroix sinkt neben Eugène und greift seine Arme, bevor er ganz zu Boden stürzt.

Nur dumpf dringt das Keuchen von Armand und Jean zu mir durch.

Schweißperlen schimmern auf Eugènes Stirn. Ich erstarre. Obwohl ich ihn halb von hinten sehe, jagt mir der Ausdruck in seinen Augen einen Schauder über den Rücken. Schüttelfrost ergreift ihn, so heftig wie Henri, als er tagelang mit Scharlach ans Bett gefesselt war.

»Merkt ihr, was ihr ihm antut?«, zischt Monsieur Lacroix und zieht Eugène auf die Beine. »Seit Wochen antut?«

Ich weiche unter seinem Blick zurück. »Wir wussten nicht –«

Eugène reißt sich von seinem Vater los, strauchelt zu uns. Armand und Jean hasten an seine Seite und stützen ihn.

»Lüg mich an. Aber belüg nicht dich selbst.« Monsieur Lacroix pirscht zu mir. »Ihr *wusstet*, dass er krank ist. Dass er seine Grenzen schon viel zu lange überschreitet.«

Ich sehe zu Boden, presse die Nägel in meine Handflächen. Natürlich wusste ich davon. Nur nicht, wie *schlimm* es ist.

Monsieur Lacroix' frisches, blumiges Eau de Toilette und der stechende Geruch von Rasierseife schlagen mir entgegen, so nah tritt er. »Ich dachte, *er* hätte *dich* mit in seine frivolen Machenschaften gezogen.« Seine Stimme wird leiser, bis nur noch ich ihn hören kann. »Doch anscheinend ist es andersherum. *Du* hast ihn in dein jugendliches, albernes Detektivspiel gezogen. Ohne Rücksicht auf Verluste.«

Jedes Wort ist ein Spritzer ätzender Säure auf meinem Herzen. Ich starre zu Eugène. Bleiche Haut, tiefe Augenringe.

»Ich komme mit euch«, ringt er sich ab. Seine Schultern und Hände beben. Aber nicht vor Wut.

Monsieur Lacroix hat recht. Eugène hat Tag und Nacht an meiner Seite gekämpft, statt etwas zu unternehmen, damit es ihm besser geht. Das habe ich nicht nur zugelassen, ich habe ihn *angestiftet*. Ich sehe an Eugène vorbei und schlucke. »Wir besuchen dich, sooft es geht.«

»Ihr könnt meinen Sohn nicht besuchen. Solange ihr ihn ablenkt, konzentriert er sich nicht auf seine Genesung.«

Meine Gedanken schwirren. »Wir *müssen* ihn besuchen.«

Monsieur Lacroix greift den Kragen meines *Manteau*. Ich blicke in schwarze, leere Augen. Aber vielleicht, vielleicht mit einem Funken Liebe für Eugène. »Frage dich, warum du ihn sehen willst. Für ihn – oder für *dich*?«

Wochenlang, monatelang hat Eugène alles für mich gegeben. Gierig nahm ich es an, hungernd nach Hilfe, um meine Familie zu beschützen. Mich zu beschützen.

»Odette«, murmelt Eugène eindringlich, warnend, flehend, als könnte er meine Entscheidung hören, bevor ich sie ausspreche.

»Sie haben recht.« Meine Worte schmerzen heftiger als die von Monsieur Lacroix. Sie stechen nicht, sie *zerreißen*. Er lässt von mir ab, und mit letzter Kraft drehe ich mich zu Eugène. »Wir können nicht weitermachen wie bisher.«

»Wie wollt ihr ohne mich weitermachen?«

»Wir finden einen Weg.« Weil er den Kopf schüttelt, verbissen wie eh und je, lege ich meine Hände an seinen Kiefer. Halte ihn still. »Es ist nicht für immer, oder?«

Eugène rührt sich nicht, nur sein Atem geht leise und ein wenig rasselnd. Streift meine Handgelenke.

Und ich lege Eiseskälte um mein Herz, damit ich die Worte über meine Lippen bringen kann, von denen ich weiß, dass sie bei ihm Wirkung zeigen. »Ich könnte mir nicht verzeihen, wenn dir etwas geschieht«, flehe ich und weiß selbst nicht, wie wahr es ist. Wahr, jedoch gewählt, um ihn zu manipulieren. Ich glaube, ich habe mich in meinem Leben nie mehr verabscheut.

In seinen Augen sehe ich die Gegenwehr schwinden. Doch dann den Moment, in dem er sich entscheidet, *nicht* klein beizugeben. Also mache ich auf dem Absatz kehrt, bevor er etwas sagen kann, dass *mich* einknicken lässt.

»Odette, das kannst du nicht ernst meinen!«

Ich widerstehe dem Drang, mir die Hände auf die Ohren zu

schlagen. Ohne zurückzuschauen, rase ich den Flur hinab. Höre Jeans und Armands Schritte. Die Schritte der Wachen, die Eugène den Weg versperren. Höre Eugène. Eugène. Eugène.

Der Weg durch die verwinkelten *Catacombes* ist ohne Eugènes Schattenspringen so mühselig, dass wir den Tempel nach den ersten Tagen kaum mehr verlassen. Nur zweimal besorgen wir mit einem der Schmuckstücke von Louise einen Korb Schwarzbrot, Linsen und Rüben. Alles, was lange hält.

Und dann lesen oder kämpfen wir. Jeden Tag. Den ganzen Tag.

Solange das Adrenalin vom Kämpfen durch mich schießt, denke ich nicht an Eugène. Das rede ich mir zumindest mal wieder ein, als ich Armands Haken ausweiche.

Seit vorgestern hält er seine Kraft nicht mehr zurück.

Ich tänzle um ihn herum, lasse einen Hieb in seine Rippen fliegen. »Wie kann es sein, dass wir ausgerechnet ohne Eugène macht- und tatenlos versauern?«, presse ich durch meine Zähne, während er meine Faust zur Seite schlägt.

Die Anspannung in seinem Körper verfliegt, und wir lassen die Arme sinken. Armand streicht sich die Locken aus dem Gesicht. »Weil du unsere *Tacticienne* bist, ich das *Cœur*, Jean der *Rabat-joie*, Louise die *Pochette-surprise* – und Eugène der *Colle*. Nicht wirklich mit einer Kompetenz, aber nun, Kleber hält uns zusammen.«

»Ich bin *was*?« Jean pikst die Nadel, mit der er das Loch in einer meiner Hosen stopft, durch den Stoff, als müsste er das Metall einer Ritterrüstung durchbohren.

Armand sinkt in einen Schneidersitz. »Jede Gruppe braucht einen skeptischen, kühlen, missbilligenden Kopf.«

»Dann nenn mich den *Sceptique* der Gruppe«, murrt Jean und widmet sich noch intensiver seiner Stopfarbeit. Dafür, dass er die größten Hände von uns hat, ist er bei Weitem der Geschickteste in Sachen Handarbeit.

»Anscheinend würde *La Diva* noch besser passen.« Armand wirft seinem Freund ein entwaffnendes Grinsen zu. Sie kabbeln sich weiter, doch ihre Stimmen treten in den Hintergrund, als ich auf den Rücken sinke, der Marmorboden kalt unter meiner erhitzten Haut. Die beiden stellen meine Entscheidung, Eugène bei seinem Vater zu lassen, nicht infrage. *Ich schon.* Tag und Nacht hier unten eingepfercht zu sein, macht die Zweifel nicht besser. Stein, Stein, Stein, wohin ich auch schaue. »Wie ein Mausoleum. In dem wir bei lebendigem Leib begraben wurden«, murmle ich zu mir selbst.

Armand beugt sich über mich. »Du weißt, dass du den Tempel verlassen kannst?«

Ich drehe den Kopf zur Seite, um die leichte Sorge in seinem Blick nicht sehen zu müssen. Die Wahrheit ist, es fühlt sich richtig an, eingesperrt zu sein. Genauso wie Eugène.

Armand stupst meinen Oberschenkel mit den Zehen an. »Ist jetzt nicht der ideale Zeitpunkt, um deine Familie zu besuchen?«

»Ich kann euch nicht allein lassen!« Wir müssen etwas tun, damit Eugène Fortschritt vorfindet, wenn er wieder bei uns ist. »Und ich kann weder die Zeit noch das Geld für eine Fahrt durch die halbe Weltgeschichte verschwenden.«

»Tu nicht so, als müsstest du einen transatlantischen Seeweg nach Indien finden, Odette. Du fährst nur ein paar Stunden Richtung Nantes«, schnaubt Armand. »Bleib zwei oder drei Tage dort. Deine Anwesenheit ändert genauso wenig an Eugènes Zustand wie deine Abwesenheit.«

»Es fühlt sich trotzdem falsch an.« Ich weigere mich, zu ihm zu sehen, doch statt ihm betrachtet mich die Statue der Hestia und reckt mir ihre Schale mit dem häuslichen Herdfeuer entgegen. Beinahe, als wollte sie mir vorwerfen, dass ich meine Familie vernachlässigt habe.

»Du hast ihnen nur wenig Kostgeld mitgegeben. Francs für die nächsten Wochen kannst du nicht per Post schicken.«

Ich zurre an einem losen Faden meiner Hose. »Redest du mir ein schlechtes Gewissen ein, um das andere schlechte Gewissen zu übertönen?«

»Außerdem haben wir nicht herausgefunden, wie die Nyx an ihre Versuchspersonen gekommen sind.« Armand hält meine Hand still, bevor ich die Naht meiner Hose komplett aufribble. »Dein Vater könnte Licht ins Dunkel bringen.«

Ich betrachte den Faden zwischen meinen Fingern. Nachdem ich Papa gerettet habe, wollte ich ihn nicht mit Fragen aufwühlen. Aber seine Zeilen im Brief lassen hoffen, dass es ihm mittlerweile besser geht. Langsam sehe ich zu Armand hoch. »Ihr kommt ohne mich zurecht?«

Armand verschränkt die Arme. »Da warten zwei Dutzend Geschwister unter zehn Jahren seit Wochen auf deine Dienste, und du sorgst dich um *uns*? Sind wir so unzuverlässig?«

»Soll ich das wirklich beantworten?« Im Aufstehen wuschle ich ihm durchs Haar und grinse – von Herzen. »Außerdem habe ich nur vier Geschwister. Und alle außer einem sind älter als –«

Armand klatscht in die Hände. »*Fantastique*, das wäre geklärt!«

»Ich besorge einen Koffer.« Jean wirft einen skeptischen Blick auf meine Kluft aus Reithose und Männerhemd. »Und ein Reisekleid.«

Armand zieht beide Augenbrauen hoch. »Sicher, dass bei Modefragen nicht eher mein Talent benötigt wird?«

»Sie will ihre Familie auf dem Land besuchen, kein verruchtes *Cabaret* leiten.«

»So schätzt du meinen Geschmack ein?« Armand greift sich an die Brust. »Du hast noch nie etwas Schöneres gesagt!«

Mit meiner geblümten Tasche und dem Reisekleid aus robustem Leinen, das ich nicht besser als staubfarben beschreiben kann, fühle ich mich wie die Protagonistin aus einem von Louise' Romanen. Der *Gare Montparnasse* wimmelt schon vor Passagieren und Schaulustigen, die, an die Geländer der Bahnübergänge gelehnt, die Züge beobachten, während ich mir meinen Weg über das Gleis durch Nebelschwaden im Morgenlicht bahne.

Als ich meine Tasche die steile Stiege hochhieve, starren mich mehrere Menschen an, die ich ignoriere. Erst auf meinem Platz im sonst leeren *Compartiment* wird mir klar, dass eine allein reisende Frau zwar kein achtes Weltwunder ist, aber definitiv aus der Reihe tanzt. Ich stopfe die Tasche in die Ablage und grinse. Vor wenigen Monaten hätte ich mich furchtbar unwohl gefühlt. Wann ist es mir egal geworden, als Nonkonformistin wahrgenommen zu werden? Das ist wohl Eugènes Einfluss.

Sofort meldet sich das Stechen in meinem Herzen wieder. Doch ich balle die Hände zu Fäusten. Ich tue, was am besten für ihn ist, egal, wie schwer es mir fällt.

Der Schaffner auf dem Gleis pfeift, und die letzten Fahrgäste rennen zu den Türen. Ich lehne mich näher ans Fenster, um das Treiben zu beobachten. Ein Mann hastet vorbei, der eine Taschenuhr in sein Jackett schiebt. Keine Taschenuhr. Ein *Medaillon*. Fackel, Kreuz und Schwert im Blech eingraviert.

Das Emblem der Nyx.

Ich weiche vom Fenster zurück. Er steigt ein. Dampfschwaden hüllen die Eisenbahn ein, während sie losfährt.

Ist er überhaupt wegen mir hier? Wenn nicht, mache ich ihn

mit einem überstürzten Aufbruch nur auf mich aufmerksam. Ich verharre mit flachem Atem. Weiß nicht vor oder zurück.

Dann huscht ein Schatten am *Compartiment* vorbei. Der Nyx. Er sieht mich nicht an. Langsam ziehe ich die Reisetasche herunter, doch setze mich und umklammere sie auf meinem Schoß.

Ein Zufall. Wäre er wegen mir in der Eisenbahn, würde er nicht so offensichtlich an mir vorbeigehen, sondern mich verdeckt beobachten. Ich wickle den Griff der Reisetasche um meine Hand, bis meine eingequetschte Haut brennt.

Nein. Ich kann nicht riskieren, die Nyx zu meiner Familie zu führen, egal, wie gering die Wahrscheinlichkeit ist. Ich springe auf, muss verschwinden. Paris rast verschwommen an mir vorbei, und ich zögere.

Wenn er weiß, dass ich in der gleichen Eisenbahn bin wie er, ist es zu spät zum Verschwinden. Sie könnten alle Orte an der Linie durchforsten, bis sie meine Familie finden.

Aus meiner Reisetasche zerre ich das Buch, das ich für Juliette eingesteckt habe. Schlage wahllos eine Seite auf. Falls er mich beobachtet, darf er nicht wissen, dass ich ihn bemerkt habe. Ich gebe vor, in der Lektüre versunken zu sein, während ich über meine Möglichkeiten nachdenke. Felder und Wälder ziehen an mir vorbei, Haltestellen, Dörfer. Immer wieder übermannt mich Panik, zerstreut meine Überlegungen. Nur vage bemerke ich die Wanderung der Sonne.

Denk nach, Odette. Die Bahnstrecke über Orléans und die Loire entlang bis nach Nantes ist beliebt. Durchaus denkbar, dass die Nyx hier zufällig einen Abgesandten hinschicken. In dem Fall passiert nichts, wenn ich wie geplant kurz nach *Angers* am *Gare Savennières* aussteige. Aber sollte er mir folgen, reicht es nicht, ihm an meiner Haltestelle zu entwischen – ich müsste ihn aufhalten. *Ausschalten.*

Wieder und wieder gehe ich die Feinheiten meines Plans durch, bis die Nachmittagssonne mein *Compartiment* erwärmt und ein Schaffner den *Gare Savennières* ankündigt.

Ich schiebe mich an den Abteilen vorbei bis zum Ausgang. Ein junges Paar studiert eine aufgefaltete Landkarte, und hinter den beiden – der Nyx. Ich umklammere meine Reisetasche fester, damit sie mir nicht aus der Hand rutscht.

Unter meiner Hutkrempe werfe ich einen schnellen Blick zum Nyx. Gebaut wie eine Bohnenranke, lang und drahtig. In einem Kampf wäre ich nicht völlig unterlegen. Doch er sieht nicht zu mir, nicht einmal aus den Augenwinkeln. Keine Anzeichen von Anspannung, keine Hand an einem in seiner Hosentasche verborgenen Messer.

Mein Kopf rattert wie die Eisenbahn, während wir für den Halt abbremsen. Drei Möglichkeiten. Er fährt weiter, er steigt zufällig aus, oder er steigt aus, weil *ich* aussteige. Fährt er weiter, ist klar, dass er nicht weiß, wer ich bin. Aber steigt er aus, muss ich wissen, ob wegen *mir*.

Die Eisenbahn hält mit einem lauten Kreischen, und die Türen öffnen sich zur winzigen Haltestelle direkt am Streckengleis. Das Paar schreckt auf, faltet unter Geplänkel seine Karte und versperrt den Weg nach draußen. Der Nyx verharrt an Ort und Stelle. Ebenso wie ich.

Dann schubst die Frau ihren Mann durch die Tür auf den Bahnsteig. Der Schaffner pfeift – der Nyx rührt sich nicht. Mit angehaltenem Atem warte ich. Und warte.

Der Schaffner greift den Türgriff.

Ich atme aus und schiebe mich im letzten Moment die Stufen hinab. Nicht abgehetzt, was seine Aufmerksamkeit auf mich ziehen könnte, sondern wie eine Pariserin, die zögert, irgendwo im Nirgendwo auszusteigen. Der Schaffner zückt mit einem gutmütigen Lächeln die Mütze und schließt die Tür, während ich vorgebe, meinen Hut zu richten. Unter der Krempe hervor beobachte ich den Nyx hinter dem Glas. Er sieht mich nicht einmal an.

Dann tuckert die Eisenbahn davon. Mit der Reisetasche in meinem verkrampften Griff haste ich durch Dampfwolken den verlassenen Bahnsteig mitten auf dem Land hinab.

Kapitel 5

Mit dem Stück Zeitungspapier in der Hand, zwischen dessen Zeilen Madame Bouchard die Adresse aufgeschrieben hat, stapfe ich durch die sich windenden Gassen des verschlafenen Dorfes *Savennières*. Die höchstens zweistöckigen Häuschen des Ortskerns weichen schnell Feldern mit vereinzelten Bauernhäusern. Als wanderte ich durch einen … nun, nicht unbedingt durch einen Traum. Durch ein *Gemälde*. Vielleicht, weil ich seit Jahren in keinem Dorf war.

Auf einem Feldweg, der sich zwischen Äckern und Weingärten den sanft aufsteigenden Hügel hochschlängelt und von Silberweiden gesäumt ist, holt mich der Fahrer eines Wagens mit hoch gestapelten, duftenden Heuballen ein. Er bestätigt, dass ich mich auf dem richtigen Weg befinde, plappert eine ganze Weile über die Hausnummern, die die Bauernhöfe erst seit ein paar Jahren haben, und bietet mir an, mich ein Stück mitzunehmen. Ich schlage sein Angebot aus. Früher hätte mich der Marsch geschafft, doch jetzt hilft mir das stramme Tempo, meine Nerven zu beruhigen.

Den Hof erkenne ich, noch bevor ich die Hausnummer aus Kupfer an der Bruchsteinmauer entdecke. Denn auf der Mauer, im Schatten eines Haselnussstrauchs, hockt Juliette. Ich halte inne und presse beide Hände gegen meinen Mund. Ihr Anblick, vertieft über ein Buch gebeugt, ist so vertraut, dass er all die Wochen, in denen ich sie nicht gesehen habe, wegwischt.

Dann grinse ich. Wie im Brief angekündigt, hält sie tatsächlich eine abgegriffene *Bibel* in den Händen. Also schleiche ich mich an sie heran und ziehe das Buch aus der Reisetasche. »Kann ich eine so fromme junge Mademoiselle trotzdem für ein Buch über Algebra begeistern?«, brumme ich mit verstellter Stimme und schiebe das Buch vor ihre Nase.

Juliette springt kreischend auf. »Odette!«, jubelt sie, pfeffert die Bibel zusammen mit meinem Buch auf die Mauer und zerrt mich in eine Umarmung, die mich fast erwürgt.

Ich schlucke, denn damit habe ich nicht gerechnet. Endlich schaffe ich es, ebenfalls meine Arme um sie zu schlingen. Sie riecht wie immer, doch fühlt sich anders an. Ihre Schultern sind breiter. Nicht mehr ihre Wirbelsäule tritt hervor, sondern die Muskeln daneben. Hier bekommt sie offensichtlich nicht nur genug zu essen, sondern auch reichlich körperliche Ertüchtigung.

Grinsend löse ich mich von ihr. »Ein paar Wochen ohne Bücher, und du kehrst der Wissenschaft den Rücken zu?«

Ihr Lachen lässt ungewohnt viele Sommersprossen auf der sonnengebräunten Haut ihrer Nase und Wangen tanzen. »Wir müssen alle auf dem Hof mit anpacken.« An der Hand zieht sie mich durch das schmiedeeiserne Tor über den mit Lavendel gesäumten Weg zum zweiflügligen Bauernhaus. »Aber es ist gar nicht so übel, wie ich zuerst dachte.«

Die Gerüche von Pferden, Stroh und Dung erinnern mich an den Marktplatz, nur dass sich hier statt der sauren Ausdünstungen gedrängter Menschen und dem Mief gammelnden Fleisches der Duft von Flieder und saftigen Wiesen daruntermischt.

Weinreben und Duftwicken klettern an den Fugen des Bruch-
steinmauerwerks empor, und die Sprossenfenster stehen weit
offen, um die frühsommerliche Luft hereinzulassen.

»Wir leben im rechten Flügel, in den Kammern der Mägde
und Stallburschen, die Madame und Monsieur Beaumont in
den arbeitsintensiven Monaten anheuern.« Juliette zerrt die
große Holztür auf, hinter der eine weitläufige Küche liegt, anscheinend das Herzstück des Wohngebäudes. »Aber Madame
meint, dass sie dieses Jahr wohl niemanden brauchen, wenn wir
noch länger bleiben wollen. Weil wir so tüchtig arbeiten.«

Ich erhasche einen Blick auf den massiven Holztisch, der
mehr als einem Dutzend Menschen Platz bietet und voll bela-
den mit halb geschälten Kartoffeln, verstreuten Petersilienwur-
zeln und dicken Rosmarinzweigen ist. »Wo sind Madame und
Monsieur Beaumont? Ich muss mich bei ihnen bedanken!«

Juliette schiebt mich durch eine weitere Flügeltür, die sich
nach hinten in den Gemüsegarten öffnet. Bienen summen um
Mohn und buschige Sträucher Rosmarin herum, an denen noch
die letzten hellvioletten Blüten des Frühlings hängen, doch Juliette lässt mir keine Zeit zu verarbeiten, wie unwirklich male-
risch alles wirkt. »Mama! Papa, Henri, Jo!«, ruft sie so laut, dass
es über die sich hinter dem Garten erstreckenden Felder mit
Weinreben und Apfelbäumen, frisch gepflügtem Acker und
Weiden mit gemächlich grasenden Kühen hallt. »Schaut, welche Stadtratte sich zu uns verirrt hat!«

Hinter einem Beerenstrauch schießt Jo hervor, die Hände
und der Mund mit dem Saft tiefroter Johannisbeeren gefärbt.
»Ich habe zwanzig gegessen!«, erklärt sie mit stolzgeschwellter
Brust. »Und kann sie alle zählen! Eins, zwei, drei, vier, fünf, …«

Juliette flüstert mir verschwörerisch ins Ohr. »Sie wird dir
heute noch mindestens vier Mal vorzählen. Zeig dich nicht *zu*
begeistert, sonst verdoppelt sich die Häufigkeit.«

»… neunzehn, achtzehn, zwanzig!«, beendet Jo.

Trotz Juliettes Warnung hebe ich Jo hoch und schwinge sie durch die Luft. »*Fantastique!* In deinem Alter konnte ich nur bis fünfzehn zählen!« Ein wenig keuchend setze ich sie auf den Boden. Definitiv schwerer als beim letzten Mal. Im Lager der Nyx. Ich verdränge die Erinnerung. Was mir leichtfällt, sobald Jo ihre klebrige, rote Hand in meine schiebt, die andere in Juliettes. Wir schaukeln sie hin und her, während wir zum moosbewachsenen Gartenzaun schlendern.

Zwanzig oder dreißig Meter den Garten hinab klammert Papa sich an den Pfosten eines Holzzauns.

Mein Lächeln vergeht. Ich schüttle meine Hand aus dem Griff meiner Schwester, um zu ihm zu hasten – doch er richtet sich mit einer Leichtigkeit auf, die ich seit Jahren nicht mehr gesehen habe. Ein wenig schnaufend ruckelt er am Pfahl, der fest im Boden steckt, aber als er sich über die Stirn wischt und über die wogenden Wiesen schaut, *lächelt* er. Er sieht stolz aus. Erschöpft, trotzdem zufrieden.

Henri tritt aus einem Schuppen, einen Stoß Holzlatten in den Armen. »Odette!« Das Holz kullert über den Boden, und praktisch fliegend überwindet er die Distanz zwischen uns, um mir in die Arme zu fallen.

»Hast du nicht behauptet, du wärst mittlerweile größer als ich?«, bemerke ich lachend und drehe uns um die eigene Achse, damit wir nicht unter seiner Wucht auf den Hosenboden stürzen. Doch er *ist* gewachsen. Er ist bereits so groß wie die vier Jahre ältere Juliette, die sich mit Jo ins Gras hockt, um einen Marienkäfer zu beobachten. Nun, für ein paar Monate nur *drei* Jahre älter, um genau zu sein. »Herzlichen Glückwunsch zum Geburtstag, übrigens!« Grinsend lasse ich Henri los. »Aber ich weiß nicht, ob ein Lügenmärchen erzählender Bengel ein Geschenk verdient.«

»Ich habe einfach *vergessen*, wie groß du bist! Das ist *deine* Schuld, weil du nicht mit uns gekommen bist.« Mit gerümpfter Nase hebt er die Spitzenborte meines Ärmels an, als hätte ich den Stoff durch Kuhfladen gezerrt. »Aber das Landleben schickt sich wohl nicht für eine *Grande Dame* wie dich.« Er ist nicht nur gewachsen. Er hat *Sarkasmus* gelernt.

»Sei nicht so frech«, ich drücke ihm das in die zerknitterte Gazette des Vortags gewickelte Päckchen in die Hände, »oder ich bringe dir nicht bei, wie man damit umgeht.«

Henri wickelt das Zeitungspapier auseinander, bis er das Stilett in den Händen hält, das ich im Tempel gefunden habe. Seine Augen weiten sich, bis sie so rund sind wie der simple Bergkristall im versilberten Griff der Waffe. »*Du* bringst *mir* bei, mit einem Dolch zu kämpfen?«

»Nicht nur dir.« Ich zerre ihn am Ellbogen mit mir, um unserem deutlich langsameren Papa entgegenzugehen. »Auch Mathilde und Juliette. Und das ist ein Stilett, kein Dolch.«

»Aber ihr seid *Mädchen*.«

»Und was soll das bedeuten?« Ich halte ihn an der Schulter zurück. »Willst du nicht, dass wir in der Lage sind, uns gegen die Menschen zu wehren, die euch gefangen genommen haben?«

»*Désolé*.« Er starrt auf seinen Fuß, mit dem er eine Kuhle ins Gras bohrt. Trotz seines Wachstums und des Sarkasmus wieder das Kind, das ich kenne. »*So* meinte ich das nicht.«

»Ich weiß, wie du das meintest. Und genau deshalb solltest du darüber nachdenken, ob es richtig ist, dass du tun darfst, was deine Schwestern nicht dürfen, nur weil sie Mädchen sind.«

»Versprochen.« Henri nickt langsam, und wir laufen weiter. Es wird mehr brauchen als dieses Gespräch, damit er unsere gelernte Ordnung hinterfragt. So wie bei mir.

Mit ein paar letzten langen Schritten schließe ich auch Papa in die Arme, mit seinen roten Wangen und dem strahlenden

Lächeln. »Die Landluft tut dir gut«, murmle ich in seine Schulter. Jede Silbe schmerzt im Hals, das Gefühl nicht gänzlich unangenehm.

»Nun, es ist nicht die von Madame Bouchard verordnete Meeresbrise, aber allemal besser als der Pariser Mief.« Er lacht leise an meinem Ohr. Seine Schultern, noch immer schmal, zittern leicht. Dann schiebt er mich von sich weg, hält meine Schultern und studiert mich von Kopf bis Fuß. »Ich wusste, wie stark du bist. Jetzt sehe ich es dir an. Ich muss mir wohl gar nicht so viele Sorgen darüber machen, dass du diesem Orden entgegentrittst.«

»Seit ich Mama und die anderen aus den Fängen der Nyx befreit habe, bin ich ihnen nicht mehr *wirklich* entgegengetreten. Höchstens geflohen. Auch wenn ich wünschte, es wäre anders.« Das Gewicht kehrt zurück und drückt auf mein Herz. »Ich hätte euch alles viel eher erzählen müssen. Nicht erst in der knappen Stunde, als ihr eure Sachen packen und mit Madame Bouchard aus Paris fliehen musstet.«

Er legt eine raue Hand an meine Wange. »Was, wenn wir dir verboten hätten, deinen Weg weiterzugehen? Alles hätte noch viel schlimmer kommen können.«

Ich hole zittrig durch die Nase Luft, schaue zur Seite. »Sieht Mama das auch so?«

Er lächelt. »Frag sie selbst.«

Das Arbeitszimmer im ersten Stock ist kaum mehr als ein Kämmerchen mit einem Sekretär, auf dem sich ledergebundene Notizbücher neben einer Schreibfeder und einer Gaslampe stapeln. Die Fensterläden stehen weit offen und lassen eine Brise mit dem zarten Hauch der Duftwicken herein. Mama lehnt über der Schulter einer rüstigen Madame am Sekretär und fährt mit dem Finger über eine Zeile im Geschäftsbuch vor ihnen.

Und ich erstarre im Türrahmen.

Wir haben uns nie ausgesprochen. Sie war so sauer wegen meiner heimlichen nächtlichen Arbeit, dass es *mich* sauer gemacht hat und ich der Konfrontation so lange aus dem Weg ging, bis sie von den Nyx verschleppt wurden. Vielleicht hat sie mir nie verziehen?

»… wenn du regelmäßig Geld verleihst, sollest du zumindest ein *paar* Zinsen darauf berechnen.«

»Das sind jahrelange Nachbarn. Ich kann nicht einfach –« Madame Beaumont schüttelt den Kopf – und entdeckt Papa und mich im Türrahmen. Sie verengt die Augen, sodass sich die Falten in ihrer ledrigen, olivfarbenen Haut vertiefen. »Sieh an, wen haben wir denn da?« Da ist eine Strenge an ihr, in ihrer kerzengeraden Haltung und ihrem noch gerader geschnittenen Kleid aus trostlos matschbraunem Stoff, durch die ich mich sofort grundlos schuldig fühle.

»Madame Beaumont, ich bin Odette Leclair.« Ich verbiege meinen Körper zu etwas Ähnlichem wie einen Knicks, und Papa starrt mich an, als hätte ich eine Pirouette auf Spitzenschuhen hingelegt. »*Merci beaucoup*, dass Sie meine Familie so großzügig aufgenommen haben.« Hastig krame ich in meiner Tasche. »Natürlich zahle ich Ihnen Logis und Kost, ich habe –«

»Du musst hungrig sein.« Madame Beaumont steht auf und streicht nicht existente Falten aus ihrer gestärkten Schürze. »Begrüße deine Mutter, dann kommst du herunter in die Küche.«

»*Oui, bien sûr, Madame!*«

Mit steifen Schritten geht sie aus dem Arbeitszimmer und hörbar die Treppe hinab.

»*Ma petite chouette!*« Mama nimmt mein Gesicht in beide Hände. Ihre Augen sind so groß und glitzernd, dass der Kosename besser zu ihr als zu mir passt.

Nach einem zittrigen Atemzug bricht ein Damm in mir. »Mama! Verzeih, dass ich so vieles verheimlicht und euch in Gefahr gebracht habe!«

Sie streicht mir über den Hinterkopf. »Wir haben beide Fehler gemacht«, sagt sie rau. »Ich verlasse mich seit so vielen Jahren auf dich. Aber da ich mich auf dich verlasse, hätte ich dir auch *vertrauen* sollen. Dass du die richtigen Entscheidungen triffst, nicht nur, wenn es mir das Leben erleichtert, sondern auch, wenn es mein Leben erschwert.«

Der Zorn darüber, dass sie die Dinge nicht aus meinem Blickwinkel sehen konnte, gluckert in mir hoch. Doch genauso schnell verpufft er, nun, da ich ihr gegenüberstehe. Denn ich konnte die Situation genauso wenig aus ihrem Blickwinkel betrachten. »Du hast dir bloß Sorgen gemacht.«

»Und die Sorgen waren nicht gerade unberechtigt, nicht wahr?« Leises Lachen durchwoben von noch leiserem Schluchzen. Dann presst sie mich an sich, an ihre warme, starke, sanfte Schulter. »Aber du hast uns gerettet und beschützt, so wie schon all die Zeit vor den Nyx. Seit Jahren bürde ich dir diesen Ballast auf. Und jetzt kämpfst du dafür, dass Paris wieder sicher für uns wird.«

Meine Augen brennen, und ich presse meine Nase in ihr Kleid. »Ihr seid das Wichtigste für mich. All das tue ich *gern*.«

Mama umschließt mein Gesicht erneut mit beiden Händen und öffnet den Mund, als wollte sie widersprechen. Doch dann schließt sie ihn wieder und streicht mit dem Daumen über meine Wange. »Ich wünschte, es gäbe eine andere Möglichkeit. Ein anderes Leben für dich, eines, das du verdienst. Einen Weg, wie du tun kannst, was du wirklich willst.«

Ich berühre ihre Hände an meiner Wange und schüttle den Kopf. Verdränge die hinterlistigen Gedanken an *Universités* und *Laboratoires*. »Es *gibt* nichts anderes, das ich tun will.« Mein

Magen meldet sich mit einem Rumoren, und ich wische mir grinsend über die Augen. »Außer vielleicht etwas zu essen.«

Mama verschränkt ihre Finger mit meinen. »Wenigstens dafür kann ich sorgen!«

In der Küche schreitet Madame Beaumont zwischen dem Steinofen, der sogar noch älter als der Herd in unserem alten *Appartement* sein muss, und dem gigantischen Esstisch hin und her. Jetzt merke ich auch, dass sie nicht einfach nur steif geht, sondern leicht hinkt. Ein alter Arbeitsunfall? Das Chaos aus Gemüse und Kräutern ist Holzschalen und Löffeln gewichen, und auf dem Herd gluckert ein riesiger Topf, der die Küche mit dem Aroma von in Butter geschwenktem Rosmarin und Kartoffeln füllt. Ich lehne mich näher zu Papa. »Wir haben keine fünf Minuten gesprochen. Wie hat sie das in der kurzen Zeit geschafft?«

»Wir fragen uns nicht, wie Madame Beaumont ihre Wunder vollbringt, wir huldigen ihnen nur«, flüstert er zurück.

Ein untersetzter Mann mit Knollnase, Haut wie hellem, gegerbtem Leder und den Augen eines treuen Bernhardiners schleppt eine Kanne durch die Tür. Seine beige-braune Tracht aus Cord und Leinen wirkt neben Madame Beaumont geradezu gewagt farbenfroh. Seine Augen weiten sich, als er mich erblickt. »Oh! Madame Leclair?« Ruckartig setzt er die Kanne ab, aus der weißliche Flüssigkeit spritzt.

»Oscar!« Madame Beaumont knallt ein Holzbrett mit Baguette auf den Tisch. »Wenn wir so viel Milch übrig haben, dass du sie verschütten musst, können wir ja eine Kuh verkaufen.«

»Wie schön, endlich die Letzte der Familie Leclair kennenzulernen!« Monsieur Beaumont wischt seine Hand an der ausgebeulten Hose ab, lehnt sich über den Tisch und hält sie mir hin. »Und bitte, nenn mich Oscar. Wie deine Geschwister.«

Ich schüttle seine schwielige, warme Hand und unterdrücke ein Grinsen, weil Oscar für mich seit jeher ein Hundename ist und perfekt zu ihm mit seinem Bernhardinerblick passt. »Ich freue mich ebenfalls. Vielen Dank, dass Sie meine Familie bei sich aufgenommen haben. Ich habe Geld dabei, um –«

»Oscar.« Madame Beaumont drückt mir einen Krug mit frischer Milch in die Hände, bevor ich nach meinem Portemonnaie greifen kann. »Rufe die Kinder zum Abendessen.«

Ihr Mann salutiert vor ihr wie vor einem ranghohen Offizier, doch sie schnalzt nur mit der Zunge und dreht sich zum Ofen.

»Ich glaube, ich habe noch nie etwas so Köstliches gerochen, Madame Beaumont«, versuche ich eine unangenehme Stille zu vermeiden, nachdem Oscar im Garten verschwunden ist.

»Gibt es in Paris keine Kartoffeln?« Sie stochert im Feuerholz herum, bis Funken sprühen.

»Schon, aber …« Ich räuspere mich. Beim Olymp, mit Menschen wie ihr kann ich wirklich nicht umgehen. Oder Menschen wie sie nicht mit mir? Hastig sehe ich zu Mama. »Wo ist eigentlich Mathilde?«

Henri schlendert herein, die Unterlippe in voller Konzentration zwischen den Zähnen. Er schnitzt an einem Holzstück herum – mit dem Stilett.

»Das ist nicht zum Schnitzen!«, stöhne ich.

Madame Beaumont, mit dem Rücken zu uns, schnalzt wieder mit der Zunge. »Schuhe aus und Hände waschen!«

Henri wirft ächzend den Kopf in den Nacken, schüttelt jedoch die Schuhe von den Füßen und schiebt den Dolch in ein improvisiertes Holster, das aus in Streifen geschnittenen Lumpen an seinem Gürtel baumelt. Dann schlurft er zum Waschzuber und hebt auf dem Weg dahin Jo hoch, die durch die Tür gerannt kommt. Leise fluchend schrubbt er den Beerensaft von ihren Händen.

Juliette trudelt als Letzte ein und pfeffert ihr neues Buch auf den Esstisch. Mit einem hastigen Blick auf Madame Beaumonts Rücken nimmt sie es erneut an sich, legt es auf eine Anrichte und gleitet neben mich auf die Holzbank.

Ich lehne mich grinsend zu ihr. »Sei ehrlich, wie oft am Tag fliegen zwischen euch beiden die Fetzen?«

Juliette zuckt mit den Schultern. »Madame Beaumont ist schon in Ordnung.«

»Mathilde kauft Parmesan«, erklärt Mama verspätet und ignoriert Jos Jubeln bei der Erwähnung von Käse. »Den hat Madame Beaumont heute Morgen auf dem Markt vergessen.«

»Wieder bei den Pomeroys?« Breit grinsend setzt sich Henri gegenüber von mir auf den Stuhl. »Deren Geselle und Mathilde sind *Tourtereaux*.«

Juliette schnipst ihren Zeigefinger gegen Henris Stirn. »Um *Tourtereaux* zu sein, müsste er zumindest die *leiseste* Ahnung haben, dass Mathilde sich in ihn verguckt hat.«

»Was ist mit mir?«, weht Mathildes verträumte Stimme mit dem Fliederduft herein. In aller Ruhe stellt sie einen Weidenkorb auf die Arbeitsfläche und ein in Papier geschlagenes Päckchen daraus auf den Esstisch.

Ich starre sie an. »Bist du nicht im Geringsten überrascht, dass ich hier bin?«

Mathilde neigt den Kopf, während sie Parmesan aus dem Papier wickelt. »Oh, nein, ich wusste, dass du kommst.«

»*Woher?*«

»Ich habe davon geträumt«, flötet sie und macht sich daran, den Weidenkorb im Bauernschrank zu verstauen.

Madame Beaumont hält sie zurück. »Lass ihn draußen stehen. Morgen früh musst du Eier von den Pomeroys besorgen.«

Mathildes Nasenspitze rötet sich. »Aber wir haben noch ein halbes Dutzend Eier.«

»Ich backe einen Kuchen«, entgegnet die Hausherrin unwirsch.

»Ich hätte doch gerade schon welche mitnehmen –«

Madame Beaumont deutet mit der Suppenkelle auf Mathildes Brust. »Wenn du einer alten Frau ihre Vergesslichkeit vorhalten willst, fahr ruhig fort!«

Mama, Papa und Juliette grinsen verstohlen. Und ich verstehe langsam, was hinter der strengen Fassade steckt.

Sobald vor jedem eine Schüssel Kartoffelsuppe steht, beruhigt sich alles ein wenig. Die Suppe ist warm und sämig, durch die Butter und den Rosmarin so viel reichhaltiger als die dünnflüssigen Brühen mit schrumpeligen Kartoffelstücken, die es sonst bei ärmeren Familien gibt. Die Beaumonts sind beim besten Willen nicht vermögend, aber auf dem Land gibt es frisches, erntereifes Gemüse, nicht die herangeschafften Reste der Märkte in den Pariser Armenvierteln.

Meine Geschwister lachen, stehlen sich löffelweise geriebenen Parmesan vom Teller, und ich rechne damit, dass Madame Beaumont streng auf den Tisch schlägt und Tischmanieren verlangt. Doch jedes Mal, wenn ich sie anschaue, verdrängt sie das seichte Lächeln von ihrem Gesicht. Oscar zeigt seine Gefühle offener. Er gibt vor, mit Mama zu reden oder sich umständlich Milch einzuschenken, sodass Jo in Ruhe den Parmesan von seinem Teller stehlen kann.

Sie sind hier sicher. Satt. *Glücklich.*

Nach dem Abendessen scheuchen Madame und Monsieur Beaumont Jo, Henri und Juliette aus der Küche, um mit ihnen die Kühe und Hühner zu füttern. Sie wissen, dass ich Dinge mit Mama, Papa und Mathilde besprechen will, die meine jüngeren Geschwister nicht mitbekommen sollen.

Mathilde rührt Blütenhonig in die Milch, die Madame Beaumont aufgekocht hat, und stellt jedem eine Tasse vor die Nase. Ich klammere meine Hände um die dampfende Tasse und betrachte Mama und Papa mir gegenüber, während Mathilde einen zweiten Kessel Milch für die anderen aufsetzt.

Ihr monotones Rühren und die unbewusst gesummten Töne eines Wiegenlieds beruhigen mich. Vielleicht summt sie auch nicht ganz so unbewusst, wie es scheint.

Ich nippe vorsichtig, lasse die Note von Honig auf meiner Zunge zergehen und atme tief ein. »Papa, wir konnten nie darüber sprechen, wie du in die Fänge der Nyx geraten bist.«

Er starrt hinab auf seine Tasse, und erst als Mama ihre Hand auf seine legt, sieht er auf. »Der Maschinenmensch in Monsieur d'Amboises Fabrik hat einigen ein Angebot unterbreitet. Eine Gehaltserhöhung, wenn wir in der Nachtschicht eine neuartige Technik testen. Eine Stunde in *Sirènes*, bevor wir unsere übliche Arbeit verrichten. Wir durften niemandem davon erzählen, mussten Verträge unterschreiben.«

»Wie lange hast du das mitgemacht?«

»Zwei Wochen. Ungefähr.«

»War dir dein verschlechterter Zustand egal?« Er schweigt, und ich starre zu Mama. »Du hast nichts mitbekommen?«

Mama streicht sich über das Gesicht. »Es schien ihm nicht schlechter zu gehen. Oder ich habe das auf die Umstellung auf Nachtschichten geschoben? Vielleicht *hätte* ich etwas bemerken sollen. Aber die Bezahlung konnten wir gut gebrauchen, weil du –« Sie stockt, doch ich weiß, was sie sagen wollte. Ich habe kaum noch Geld nach Hause gebracht.

Papa springt auf, die Hände auf den Tisch gestemmt. »Es ging mir gut! Nur ein wenig Schwindel. Nichts, was ich nicht schon kannte. Erst eine Nacht, bevor du gekommen bist, hat sich mein Zustand rapide verschlechtert. Ich –« Schweiß perlt auf seiner Stirn, und die gesunde Röte seiner Wangen verblasst.

Mathilde drängt Papa sanft zurück auf seinen Stuhl. »Ich habe Papa nach seiner Schicht vor unserem Appartement entdeckt. Es … ging ihm nicht gut. Er wusste nicht, wo er ist, wie spät wir es haben. Erst dachte ich, er wäre betrunken, aber …« Sie schüttelt den Kopf. »Ich habe ihm gesagt, wofür sie ihn auf der Arbeit auch bezahlen, er muss aufhören.«

Papa tätschelt Mathildes Hand. »Ich habe den Zuständigen mitgeteilt, dass ich zu meiner normalen Arbeit zurückkehren möchte. Sie haben mich wieder in *Sirènes* gezwungen. Nein, nicht gezwungen. Ich bin freiwillig gegangen.« Seine Hände krampfen sich um die Kante der Tischplatte. »Sie haben mir den Vertrag gezeigt, den ich unterschrieben habe. Ich habe ihn nie ganz gelesen. Es waren so viele Seiten, so kompliziert geschrieben, und ich …« Er sieht mir nicht in die Augen. Er hat sich schon immer geschämt, dass er nur notdürftig lesen und schreiben kann. Schlechter als seine Kinder.

Ich balle meine Hände zu Fäusten. »Du bist nicht schuld. Und *nicht* freiwillig zurück in *Sirènes* gegangen. Sie haben sich Menschen herausgepickt, deren Schwächen sie ausnutzen konnten.«

»Ich weiß nicht, was passiert wäre, wenn du mich in jener Nacht nicht gefunden hättest.« Ein wenig Kampfgeist kehrt in Papas Blick zurück. »Sie dürfen damit nicht durchkommen, Odette. Sie dürfen das nicht noch mehr Menschen antun.«

Er denkt, ich kämpfe. Verändere etwas. Wie erkläre ich ihm, dass ich in den letzten Wochen absolut nichts gegen die Nyx tun konnte? Ich kann es nicht, verknote nur meine Finger, verborgen unter dem Tisch. »Woher wussten sie von unserer Verwandtschaft? Die Nyx kannten meinen Namen nicht und konnten daher auch nicht wegen deines Namens darauf schließen, dass deine Tochter die Lichtbringerin ist.«

»Ich … Ich weiß es nicht.«

Eine ganze Weile schweigen wir vor unseren leeren Tassen. Das ist das große Rätsel. Wie haben sie herausgefunden, wer meine Familie ist, um sie zu entführen? *Nichts* hat darauf hingewiesen. Ich reibe meine feuchten Finger auf meinen Oberschenkeln trocken. Irgendetwas übersehe ich.

Die anderen kommen vom Füttern der Tiere zurück, und unsere Unterhaltung ist beendet. Der unbeschwerte Tumult lullt mich schnell ein. Ich kann lachen, trotz allem. Und wenn ich ab und zu still werde, weil ich an Eugène denke, an sein Zuhause, das so anders ist, mache ich mir zum ersten Mal keinen Vorwurf.

Zur Schlafenszeit dirigiert mich Madame Beaumont in die Kammer, in der Mathilde schläft. Der Raum ist sogar so groß wie unser altes gemeinsames Zimmer, doch mit nur einem Bett, das wir uns teilen. Es macht mir nichts aus. Im Gegenteil.

Mit der Daunendecke bis zum Kinn gezogen, betrachten wir den Sternenhimmel, der hier so viel klarer hinter dem Fenster strahlt als in Paris. Keine Lampen, deren Licht gegen die Sterne ankämpft. Keine Luftschiffe, die sie verdecken. Kein Rauch, der auch nachts nie ganz verfliegt. Keine überlaufende Kanalisation, die der wachsenden Bevölkerung nicht standhält. Keine Diebe in engen Gassen. Keine Seuchen, die sich in kürzester Zeit ausbreiten.

»Wollt ihr überhaupt zurück nach Paris?«, purzelt es über meine Lippen. Der zweite Teil hallt nur durch meinen Kopf. *Zurück zu mir?*

Mathilde dreht sich zu mir und sieht mich lange an. Irgendwann nimmt sie meine Hand. »Willst *du* denn zurück?«

Ich starre den Mond und die Sterne an, bis sie vor meinen Augen verschwimmen. Bis der Himmel wirkt wie das steinerne Sternentuch der Nyx-Statue im Tempel. »Ich *muss* zurück.«

»Bist du sicher?« Bei jeder anderen Person würde ich einen

Vorsatz vermuten. Der Versuch, mich mit einer rhetorischen Frage zu einer anderen Schlussfolgerung zu bringen. Aber nicht bei Mathilde. Sie will es einfach nur wissen.

»Um zu kämpfen.«

»Für was?«

Für euch, natürlich, will ich sagen. Doch ich zögere. Denn sie sind hier, nicht wahr? In Sicherheit.

Und ich könnte bleiben. Bei ihnen, für immer. In diesem Paradies, von dem ich, rational betrachtet, weiß, dass das Leben nicht so rosig wäre, wie es scheint. Trotzdem wäre ich weg vom Kampf, vom Leid in Paris. Und auch wenn ich mich deswegen feige und verräterisch fühle, schreit alles in mir danach, bei meiner Familie zu bleiben. Nur kann ich nicht einfach bleiben, ohne Armand und Jean Bescheid zu sagen. Nicht, ohne mich von Louise zu verabschieden. Eugène ein letztes Mal zu sehen. Sicherzugehen, dass er auf dem Weg der Besserung ist. Sie zurückzulassen würde ein Loch in meinem Herzen hinterlassen, das sich schon jetzt auftut. Aber das Loch, das meine Familie bereits hinterlassen hat, würde sich im Gegenzug wieder füllen.

Lohnt es sich, in Paris weiterzukämpfen? Diesen ohnehin verlorenen Kampf? Ich denke, nicht.

Also schließe ich die Augen. Presse sie zusammen, um mich zum Schlafen zu zwingen.

Der zweite Tag vergeht wie im Flug. Wie ein Traum. Ich erzähle nur Mama und Papa von meiner Entscheidung, weil ich nicht weiß, wie lange es dauert, meine Angelegenheiten in Paris zu klären. Doch beim gemeinsamen Weg zum *Gare Savennières*, bei jedem Blick in die Gesichter meiner Geschwister und beim tränenreichen Abschied werde ich beinahe schwach. Und dann hinterfrage ich die gesamte Zugfahrt über meine Entscheidung.

Jedes Mal mit dem gleichen Schluss. Im Grunde wollte ich immer nur kämpfen, um meine Familie zu schützen.

In Paris kann ich das nicht mehr.

Das letzte Funkeln der untergehenden Sonne tanzt über meine schweren Augenlider. Was, wenn ich Eugène vorschlage, mit mir zu kommen? Der Gedanke von *ihm* und dem Landleben ist so absurd, dass ich lospruste. Ich stelle ihn mir panisch zwischen trampelnden Kühen vor, in Reihen von Karotten kniend, auf einer Kutsche mit einem Strohhalm zwischen den Zähnen, und lache, bis Tränen an meinen Augenwinkeln prickeln. Wieso denke ich überhaupt über so etwas nach? Er gehört nach Paris. Ich gehöre … irgendwo anders hin.

Nicht an seine Seite auf jeden Fall.

Mit einem Ruck halten wir an. Ich schnappe meine Tasche und steige aus. Der gleiche Dampf und Geruch wie bei meiner Abfahrt erfüllen den *Gare Montparnasse* auch bei Nacht.

»Bei Hadès, ich habe vergessen, wie sehr es hier stinkt«, murmle ich und raffe meinen Rock, um ihn nicht durch eine Pfütze aus Regenwasser, Maschinenöl und anderen Flüssigkeiten, die ich gar nicht erst identifizieren will, zu schleifen.

Ein Dandy hält mir die Tür des Haupteingangs auf und schnaubt. »Wenn Sie das schon als Gestank empfinden, biegen Sie am besten nicht in eine der Straßen von *L'Hadès* ab.«

»*Merci*. Ich werde versuchen, das im Hinterkopf zu behalten.« Wenn meine zuckenden Mundwinkel ihm auffallen, zeigt er das nicht. Und ich verliere ihn aus dem Blick, weil ich über die Straße haste, um den Omnibus zu Louise zu erwischen, dessen Pferde tatsächlich gegen ein motorisiertes Modell ausgetauscht wurden. Seufzend setze ich mich. Wie lange bin ich mit ihm nicht mehr zu ihr gefahren? Alles in mir sträubt sich gegen die Gespräche, doch es fühlt sich richtig an, das mit ihr zuerst zu führen. Oder ich bin einfach noch zu feige, Eugène gegenüberzutreten. Einen Unterschied macht es wohl nicht, denn beim Gedanken an jeden von ihnen schmerzt meine Brust, als wränge jemand mein Herz wie einen nassen Lappen aus.

Der ölige, algige Geruch der Seine wabert zu mir herüber. Schon? Im letzten Moment springe ich aus der Kutsche und eile die *Rue de Lille* hinab. An der Fassade des *Hôtel d'Amboise* klettere ich hoch, knacke das Fensterschloss mit bebenden Fingern und gleite in Louise' Zimmer.

Alles ist dunkel. Schläft sie? Ich schleiche zum Bett, doch es ist leer. Mein Herz verkrampft. Ein neuer Entführungsversuch der Nyx? Ich schiebe die Hand unter die Decke – kalt. Hätte sie jemand im Schlaf verschleppt, wäre es noch warm. Aber wo – ihre Stimme hallt von unten herauf.

Ich husche durch die Tür, den Flur, die Treppe hinab. Muss sichergehen, dass es ihr gut geht. Da, im Salon brennt Licht. Durch die halb angelehnte Tür sehe ich nur Louise, die am zierlichen Tisch sitzt. Ich presche hinein, ohne nachzudenken. Erstarre. *Merde*, was, wenn ich mitten in der Nacht vor ihren Eltern in ihren Salon platze –

Doch das sind *nicht* ihre Eltern. Sondern ein *Mann*. Edwin Bingley, der sich mit den Händen auf der Stuhllehne abstützt. Und sie auf den Hals küsst.

Ich stoße ein Gurgeln aus und drehe mich so schnell um, dass ich einen Folianten von seinem Bücherständer reiße. So etwas ist *nicht* für meine Augen bestimmt.

»Was zum Teufel tust du hier?«, zischt Louise atemlos. Im nächsten Moment surrt ein Geräusch durch die Luft, das verdächtig nach den Schnüren eines Korsetts klingt. Himmel, Olymp und Unterwelt!

»Odette, wieso sagst du nichts?«

»Ich will nicht wie meine Mutter klingen«, zwinge ich hervor.

»Du kannst *nicht* schon wieder sauer sein!« Mit einem harschen Griff an meine Schulter dreht sie mich zu sich, als hätte sie *mich* in einer kompromittierenden Lage erwischt und nicht umgekehrt. »Du hast gesagt, du lässt mich eigene Entscheidungen treffen. Und ich weiß, dass deine Beziehung zu Eugène nicht so unschuldig ist, wie du tust!«

Ich öffne den Mund, aber schiebe jeden Gedanken an Eugène in eine tiefe Ecke. Später. Ich muss die Situation entschärfen, denn tatsächlich würde ich mein Gefühl nicht als *sauer* beschreiben. Ich *wusste*, dass etwas zwischen ihnen ist, ich will es nur nicht unbedingt aus erster Reihe *sehen*.

Louise plustert sich auf. »Außerdem bin ich alt genug!«

»Na, *er* ist *auf jeden Fall* alt genug«, versuche ich auf versöhnliche Weise zu sticheln. Doch ich klinge *boshaft*. Wieso lässt der bloße Gedanken an Eugène etwas in mir hochbrodeln, das alles vergiftet?

Edwin richtet die abgenutzten Hosenträger und hat wenigstens den Anstand, an der Nasenspitze zu erröten. »Es war nicht mehr als ein Kuss. Ich schwöre, alles, was weitergegangen wäre, hätte ich im Keim erstickt.«

»Edwin!«, mit glitzernden Augen schlägt Louise ihm locker auf den Arm. »Was, außer eines Kusses, hattest du denn noch im Sinn, von dem du dich hättest abhalten mü–«

Ich patsche meine Hand auf ihren Mund. »Du kannst mit ihm tun und lassen, was du willst, ich bin nicht sauer. Aber, bei Iris' Wind und Gnade, hör auf, darüber zu *reden*«, stöhne ich. Dann knie ich mich hin, um endlich die losen Pergamente aufzusammeln. Gut, vor allem, um ihnen nicht in die Augen sehen zu müssen. Doch ich halte inne.

Das ist nicht das erste Mal, dass ich die Seiten dieses Psalters aufhebe. In Royalblau, Gold und Purpur zeigen die Pergamente Bibelszenen, aber verflochten mit Elementen der Alten Götter.

Nymphen, Personifikationen der Melodie, der Wüste – und der Nacht. *Nyx.*

Mit ihrer graublauen Haut in der gleichen Farbe wie das Sternentuch hinter ihr und der zum Boden gerichteten, erloschenen Fackel hat sie mich schon einmal in den Bann gezogen. Nur konnte ich sie zu der Zeit nicht einordnen.

»Ich habe gerade eine Minute lang mit dir gesprochen, ohne eine Antwort zu erhalten.« Louise nimmt mir die Blätter ab. »So wie immer, wenn dich etwas beschäftigt.«

Schluckend umklammere ich meine Knie. Schaue zu Boden. »Ich bin hier, um mich zu verabschieden.«

Louise löst meine Arme und zieht mich an ihnen auf die Beine. »Du bist gerade erst wieder in Paris angekommen.«

»Um mich zu verabschieden«, beharre ich störrisch, weil die Alternative das in meinem Hals brennende Schluchzen wäre.

»Ich verstehe nicht, was –«

»Ich verlasse Paris.« Meine Lippen zittern, und als sie nach meinen Händen greift, weiche ich zurück. »Meine Familie braucht mich.«

»Das meinst du nicht ernst.«

Edwin räuspert sich. »Ich glaube, sie *meint* es ernst.«

Louise wedelt mit ihrer Hand, als wäre er eine lästige Mücke. »Sie meint es *nicht* ernst. Odette, das meinst du nicht ernst! Ich lasse nicht zu, dass du so einen Fehler machst!«

Wenn meine Mimik nur die Hälfte vom Schmerz in mir zeigt, versteht sie mich. »Louise …« Louise, die gewohnt ist, zu bekommen, was sie will. Aber heute nicht.

»Nein!« Sie stampft auf den Boden. »Das akzeptiere ich nicht.«

»Louise –« Alles Weitere bleibt in meinem Hals stecken. Stattdessen schlinge ich meine Arme um sie.

Louise wackelt hin und her, schnaubt, dann vergräbt sie das

Gesicht im rauen Stoff meines Reisekleids. Gleich darauf schiebt sie mich weg, die Augen rot und der Mund schmollend. »Du schläfst eine Nacht darüber, bevor du –«

»Es ist nach Mitternacht.« Die Stimme hinter mir, wie eine knisternde Gewitterwolke vor dem Blitzeinschlag, lässt mich herumschnellen. Monsieur d'Amboise schiebt Edwin mit der Smaragdspitze seines silbernen Gehstocks von uns fort. »Und ich würde gerne wissen, was einer der Leibwächter meiner Tochter außerhalb seiner Arbeitszeit in unserem Haus zu suchen hat. Allein mit zwei unverheirateten Mesdemoiselles.« Ohne die Stütze seines Stocks steht er steif da, obwohl er sich bemüht, seinen schmalen Körperbau größtmöglich aufzuplustern.

Schluckend starrt Edwin auf den Smaragd, dessen Kanten sich in den groben Twill seines Hemds bohren. Scharf genug, um nicht nur Haut, sondern auch Knochen zu zerschneiden.

»Papa, es ist nicht das, wonach es aussieht!« Louise wirft sich an den anderen Arm ihres Vaters, sodass er strauchelt.

Merde. Die geröteten Augen kommen wie gerufen, aber etwas Schlimmeres hätte sie kaum sagen können. Wieso verliert sie gerade *jetzt* ihre Silberzunge, wo ihr Papa Edwin mit seinem Gehstock bedroht und – *Oh.* Edwin *bedeutet* ihr etwas.

»Ich bin daran schuld!« Hastig trete ich zwischen die Männer. »Ich war in der Gegend und … und …« Wenn Louise ernsthaft *verliebt* ist … Ich kann nicht zulassen, dass die beiden getrennt werden, nur weil die Regeln das verlangen. So wie bei mir und – *Nein.* Es geht um *Louise.* »Mein *Fiacre* wurde aufgehalten, ich habe meinen Anschluss verpasst, und wegen der späten Uhrzeit wusste ich mir nicht anders zu helfen, als mich bei Louise in Sicherheit zu bringen. Ihr kam die Idee, dass mich einer ihrer Leibwächter nach Hause begleiten könnte. Aber wir wollten niemanden dazu bringen, seinen Posten zu verlassen, also wollten wir Monsieur Bingley darum bitten.«

»Dies ist das dritte Mal, dass du in Trubel rund um Louise verwickelt bist. Ihre Entführung, ihren Ausflug auf die Exposition und nun das hier.« Monsieur d'Amboise studiert mich über den Goldrand seiner runden Brillengläser hinweg. »Habe ich deinem Vater nicht sogar Arbeit in meiner Firma besorgt?«

Ich erstarre. Das wäre *die* Gelegenheit herauszufinden, was passiert ist, nachdem ich Papa befreit – nein! All das liegt bald hinter mir. Jetzt muss ich Louise helfen. Ich verknote die Finger bewusst offensichtlich. »Mein Papa … ist kränker geworden.« Flatternde Augenlider. »Deshalb war ich so spät unterwegs. Er liegt im *Hôpital Hôtel-Dieu*.«

Monsieur d'Amboise räuspert sich unbehaglich. Über so etwas redet niemand gern. »Meine besten Genesungswünsche.« Er nimmt etwas vom Druck seines Gehstocks von Edwins Brust, lässt jedoch nicht ganz ab. »Dennoch erwarte ich, dass Sie, Monsieur Bingley, in Zukunft mehr Dekorum an den Tag legen und Situationen wie diese vermeiden.«

Edwin macht einen Diener. »Jawohl, Sir. Monsieur.«

Monsieur d'Amboise zieht seinen Arm aus Louise' Umklammerung, nimmt den Gehstock herunter und faltet die behandschuhten Hände darauf. »Louise, sag der Haushälterin Bescheid, sie soll Monsieur Bingley und Odette begleiten.«

Louise sieht hastig zu mir. »Madame Martin ist schon am Schlafen! *Ich* könnte die beiden beglei–«

»Madame Martin ist unser *Dienstpersonal*! Geh und weck sie.«

Die *Bourgeoisie*, wie man sie kennt und liebt. Bevor Louise ihren Vater um den Finger wickelt, uns doch begleiten zu dürfen, und weiter auf mich einredet, räuspere ich mich. »Eine Begleitung ist nicht nötig! Wenn Sie verzeihen, meine Eltern machen sich sicher große Sorgen.« Ich schreite zur Tür. »Dennoch, *merci infiniment*! Meine Mutter wird nicht wissen, ob sie Ihnen für meine sichere Heimkehr danken soll oder Héra höchstpersönlich!«

Monsieur d'Amboise wirft mir einen letzten Blick zu, den ich ignoriere. Erst als die Haustür hinter Edwin und mir ins Schloss fällt, atme ich tief aus.

»Er hat dich äußerst argwöhnisch angeschaut.«

»Wohl eher dich.« Ich dirigiere Edwin über den Vorhof. »Wir müssen so tun, als würdest du mich nach Hause bringen.«

Auf der *Rue de Lille* hält Edwin mich zurück. »Der Argwohn galt *dir*. Als du über deine Mutter gesprochen hast.«

Ich stocke. Nicht, weil ich über Mama gesprochen habe. Sondern weil ich Héra erwähnt habe. Es ist nicht völlig abwegig, dass ein Mädchen aus der *Bourgeoisie* eine Floskel mit den Alten Göttern benutzt, aber … Monsieur d'Amboise ist nicht grundlos einer der besten Erfinder in Paris.

Er verdächtigt mich, nicht die zu sein, die ich vorgebe.

Auch das ist egal, sobald ich Paris verlassen habe.

Ich schwinge mich über die Mauer des *Hôtel Lacroix* und lande sanft im Garten hinter dem Haus. Das Gras wuchert erstaunlich wild für ein schickes *Hôtel particulier* wie dieses, und aus dem Wintergarten fällt sanftes Licht. Wären da nicht die feinen Metallstreben zwischen den Scheiben, würde das üppige Grün des Gartens direkt in das des Wintergartens übergehen. Drinnen steht Madame Lacroix vor ihrer Staffelei, das Pinselende zwischen den Lippen. Allein schaffe ich es nicht an den Wachen vorbei – und ich habe zumindest die leise Hoffnung, dass sie mir hilft. Also klopfe ich an das Glas.

Sie dreht in aller Ruhe den Kopf zu mir, steckt sich den Pinsel hinters Ohr und öffnet die Glastür. »Du bist wegen Eugène hier.« Mit ihren fliederfarbenen Augen mustert sie mein Gesicht. »Er würde sich freuen, aber …«

»Ich weiß, er darf keinen Besuch empfangen.« Ich presse mich halb in die fleischigen Blätter einer Tropenpflanze, um zumindest das Gefühl zu haben, mich zu verbergen. »Können Sie nur eine einzige Ausnahme machen?«

»Ich glaube, das wäre keine gute Idee.« Wehmut legt sich so offenherzig auf ihr Gesicht, dass mein Herz aussetzt.

»Geht es ihm schlechter?«

»Er *behauptet*, es gehe ihm besser. Doch er würde alles sagen, um von hier wegzukommen. Sogar seine Gesundheit riskieren. Ein Treffen mit dir verstärkt seinen Wunsch bestimmt.«

Schluckend starre ich die Blattmaserung der Tropenpflanze an. Ich sollte ihn in Frieden genesen lassen. Wenn es ihm besser geht, schreibe ich einen Brief. Vielleicht besuche ich ihn eines Tages. *Vielleicht.* Ich bohre die Finger in meine Arme.

»Odette?« Mein Name wie weintrunkenes Flüstern.

Ich fahre herum, mit pochendem, schmerzendem, hüpfendem Herzen.

Eugène steht im Türrahmen und starrt mich an, seine Haut blass, sogar im warmen Kerzenlicht. Nicht trunken. Nur sein ganz eigener Tonfall aus samtener Verlockung und trügerischer, beinahe göttlicher Überheblichkeit. Und dieser Wärme.

Ich weiche zurück. »Du darfst nicht … Ich wollte nicht …«

Madame Lacroix tätschelt meine Hand. »Das Schicksal hat wohl entschieden. Ich lasse euch allein.«

»Bitte, bleiben Sie!« Ich lange nach ihr, doch sie dreht sich weg. »Sie hatten recht, ich hätte nicht …«

Sie schwebt durch die Tür von dannen.

Eugène verharrt an den Türrahmen gelehnt, mit verschränkten Armen. »Sag nicht, du besuchst meine Mutter, aber wolltest deinem alten Kumpan Eugène keine ein oder zwei Minuten deiner Zeit schenken!« Er schiebt die Ärmel seines rubinroten, mit schweren Goldfäden und einer Doppelreihe Knöpfen bestickten *Justaucorps* hoch. Darunter trägt er eine wahnwitzige Kombination aus aufgeknöpftem Seidenhemd und weiter Hose, in der er mit den *Sans-culottes* gegen die Aristokraten mit ihren engen Kniebundhosen hätte rebellieren können.

»Was *trägst* du da?«, kommt es trotz allem, halb keuchend, halb lachend, aus mir heraus.

»Ich habe mich nur fürs Abendessen schick gemacht. Die einzige Zeit, wo ich aus dem Zimmer darf.«

Langsam pirsche ich näher, fasziniert davon, wie er dandyhaften Überfluss, bohemische Nachlässigkeit und gegen die herrschende Macht rebellierenden Esprit in einer Aufmachung vereinen kann. »Du siehst aus wie der wahr gewordene Albtraum deines Vaters.« Nein, nein, ich sollte gehen! Oder ihm die Wahrheit beichten. Aber *keine* Plauderei beginnen!

Er verbeugt sich mit viel händewedelndem Trara. »*Merci beaucoup!* Das war mein Ziel.«

»Eugène Lacroix!« Ich kann nicht anders, als mich aufzuplustern. »Ich kämpfe gegen die Nyx, suche Lösungen, *sorge* mich um dich – und du heckst kleine *Rachefeldzüge* gegen deinen Vater aus?« Mein Atem geht keuchend, weil ich so unerklärlich aufgebracht bin. Weil er herumtändelt, während ich die schwerste Entscheidung meines Lebens treffe, ihn schon jetzt *vermisse*, so sehr, dass es mich zerreißt. Und er … er …

Er stößt sich vom Türrahmen ab, taumelt wie im Traum zu mir und zieht mich in seine Arme.

Seine Lippen streichen über meine Schläfe und lassen etwas in mir zerfließen. »Ich habe es vermisst, gegen die Nyx zu kämpfen und mit euch zu planen.« Seine gewisperten Worte an meinem Ohr schmelzen all meine Vorsätze zu Karamell, süß und klebrig und viel zu berauschend. »Keinen Tag länger bleibe ich hier. Ich gehe mit dir.«

»Eugène …«, ringe ich mir ab und schiebe ihn mit den Händen an seiner Brust von mir. Doch dann, als stände ich unter dem Einfluss von Dionysos' Ekstase, gleiten sie unter den festen Stoff seines lächerlichen *Justaucorps*, an seinen Seiten entlang, zu seinem Rücken. Unter meiner Berührung spannen sich seine Muskeln an, weiten sich seine Rippen ein wenig stärker.

Eine seiner Hände findet meinen Nacken, und ich neige den Kopf instinktiv ein wenig höher.

Sein Atem wandert über meine Schläfe, bis er einen Kuss und leise Worte an meine Stirn presst. »Ich habe *dich* vermisst.«

Ich dich auch. Ich dich auch. Ich dich auch. Ich schlucke die Worte herunter, bis mein Herz sie herausbrüllen will. »Du musst hierbleiben, um zu genesen.«

Eugène lehnt sich zurück, bis wir uns in die Augen sehen. »Ich kann im Tempel genesen. Ich will bei dir sein.«

Ich starre die Goldknöpfe seines *Justaucorps* an. »Das geht nicht. Ich …« Die Worte fallen mir beim zweiten Mal nicht leichter. Im Gegenteil. »Ich verlasse Paris. Für immer.«

»Wieso −?«

»In der Stadt kann ich nichts mehr bewirken. Ich beschütze meine Familie, wie ich es seit jeher wollte.«

Sein Atem streift über meine Stirn. Dann schüttelt er den Kopf. »Ich verstehe dich. Deine Familie ist das Wichtigste. Aber was ist mit unserem Kampf? Mit Armand, Jean und Louise?« Er lehnt seine Stirn an meine. »Was ist mit *uns*?«

»Mit *uns*?« Ich stoße ein leises, harsches, ungläubiges Lachen aus, das viel zu sehr wie ein Schluchzen klingt.

»Wir gehören *zusammen*, Odette.«

Ich bin seine Ausflucht. Sein Fluchtweg aus dem Haus seines Vaters. Damit er sich nicht der Realität stellen muss, spinnt er sich aus den kurzen Momenten der Nähe etwas zusammen.

»Das ist nicht echt, Eugène«, ringe ich mir ab. Ich muss dafür sorgen, dass er sich nicht an diese Vorstellung klammert, die niemals real werden kann. Die ihn davon abhält, sich auf seine Genesung zu konzentrieren. »Bitte, mach aus deinem flüchtigen Interesse nicht mehr, als es tatsächlich ist.«

»Ist das noch immer das Bild, das du von mir hast?«

»Es geht nicht darum, was ich von *dir* denke.« Zu nah an der Wahrheit, die ich selbst nicht wahrhaben will. Schon lange verheimliche ich meine Herkunft nicht mehr, um meinen Platz bei den Nachtschwärmern zu sichern. Oder weil ich befürchte, er würde einem Mädchen aus dem *Prolétariat* nicht helfen.

Eugène studiert mit gefurchten Brauen mein Gesicht. »Warum fällt es dir so schwer, das zwischen uns zuzulassen? Zu vertrauen? In mich, in die Ernsthaftigkeit meiner Absichten, in meine *Gefühle* für –«

Ich stoße ihn von mir. Denn es sind keine Gefühle für mich, nicht wirklich. Der einzige Grund, warum ich zu feige war, die Wahrheit zu sagen. »Was immer du glaubst, was das zwischen uns ist, hat keine Zukunft.« Ich sammle all meine Kraft, um sein Bild von uns zu zertrümmern. Etwas zersplittert in mir wie zartes Glas. Etwas, das ich gegen alle Vernunft behütet habe. Aber nun nicht mehr. Nicht, wenn ich ihm schade, indem ich die falsche Odette aufrechterhalte. »Ich komme nicht aus der *Bourgeoisie*, Eugène.«

Eugène weicht zurück, und über seine leicht offenen Lippen kommt nur abgehackter Atem. Etwas in seinem Blick verändert sich. Er sieht mich anders an.

Ich wusste es.

Ich *wusste*, es würde so kommen. Dennoch bin ich nicht darauf vorbereitet, wie seine Reaktion die Scherben in meiner Brust gnadenlos zu Pulver zermalmt, das überall scheuert und brennt.

Er öffnet den Mund, streckt eine Hand nach mir aus.

Bevor er mich berühren kann, anders als zuvor, presche ich

117

an ihm vorbei. Ich könnte seine Worte nicht ertragen. Egal, ob Wut, Enttäuschung, Abneigung oder Bedauern. Denn es ist egal. Der schmerzende Schnitt ist das einzig Richtige.

Jean und Armand nehmen meine Entscheidung gefasster auf als Louise und – ich presse meine Tasche an mich. »Ist es in Ordnung, wenn ich hier schlafe und erst morgen abreise?«

Armand befreit die Tasche aus meinem Griff. »Du hast *immer* einen Platz bei uns. Wir sind dir nicht böse, dass du gehst.«

Ich nicke knapp und wende mich unserem Bettenlager zu.

Jean hält mich am Arm zurück. »Wir sind dir nicht böse – aber wir *sind* traurig, dass du gehst.«

»*Traurig*«, schnaubt Armand, »welch tiefgründige Beschreibung deines reichhaltigen Gefühlslebens.« Er gestikuliert wild. »Wir sind bestürzt! Erschüttert! Gramgebeugt!«

Ich lache, schluchze, schließe die beiden in die Arme. »Ich bin auch gramgebeugt.«

Armand winkt ab. »Musst du nicht sein. Du wirst bei deiner Familie sein. Und du hast mehr für die Pariser getan, als manche Politiker während ihrer gesamten Amtszeit.«

Die beiden begleiten mich zu meiner Matratze, stellen meine Reisetasche, die ich hier nicht mehr auspacken werde, daneben und umarmen mich noch einmal. Ich glaube, ich bedanke mich für ihr Verständnis, für ihre Hilfe all die Zeit über, entschuldige mich, sie mit dem Kampf allein zu lassen, doch ganz kann ich es vor Murmeln und brennendem Hals nicht mehr nachvollziehen, als ich allein auf meiner Matratze hocke.

Meine Hände beben, und ich reiße die Tasche auf meinen Schoß, um sie zu umklammern.

Meine Entscheidung ist richtig.

Doch dann knistert etwas in der Seitentasche. Ein Stück Papier schaut heraus. Noch immer zittrig zerre ich es hervor.

Ein Brief. Mit den krakeligen Buchstaben von Papa. Ich öffne ihn, ohne nachzudenken. Presse meine Hand auf den Mund.

Odette,

ich wünsche mir nichts sehnlicher, als all meine Kinder an meiner Seite zu wissen. Ich vermisse dich, jeden Tag, so wie wir alle. Doch ich weiß, wo du hingehörst. Ich weiß, dass *du* weißt, wo du hingehörst. *Nach Paris.*

Eine Träne tropft auf die nächsten so vertrauten Worte.

Wäre ich ein selbstsüchtiger Mann, würde ich dich zu mir holen. Aber ich will nicht selbstsüchtig sein. Und du *bist* nicht selbstsüchtig. Du und ich sehen eine *bessere* Zukunft. Wende den Blick nicht von ihr ab, wenn es dir so unerträglich erscheint wie mir, auf ewig das Gegenwärtige zu betrachten.

Ich zerknülle das Papier so heftig, dass ich mich an den scharfen Kanten schneide. Denn noch immer täuscht er sich in mir. Ich habe es versucht. Habe versucht, an die anderen Menschen zu denken. Aber es reicht. Ich *bin* selbstsüchtig.

Und bei meiner Familie muss ich das gegenwärtige Paris nicht mehr betrachten.

Kapitel 6

Der *Boulevard du Montparnasse* erschlägt mich mit Eindrücken. So schmutzig, so laut. So *lebendig*. Die Lebhaftigkeit zieht mich in ihren Sog und lässt mich gleichzeitig die Ruhe des Bauernhofes der Beaumonts herbeisehnen. Die Gegensätze meiner Empfindungen lassen das Gedränge vor mir verschwimmen. Und deshalb dauert es einen Moment, bis es mir klar wird.

Das ist kein normaler Trubel für einen Dienstagmorgen. Selbst im geschäftigen Paris nicht. Schreie, fliehende Menschen und vermummte Gestalten sind *nicht* normal.

Rebellen. Sie zerschlagen Schaufenster, die mit ausgeklügelten Lichtanlagen ausgeleuchtete Ware und die Leuchtbuchstaben über den Läden der reichen Händler.

Ich fliehe in eine Seitenstraße am Rand von *L'Hadès*, denn wo Rebellen wüten, sind die Nyx meist nicht weit entfernt. Doch hier ist es noch schlimmer. Die Rebellen machen auch vor Werkstätten, Nähereien und Kurzwarenläden, in denen Arbeiter aus dem *Prolétariat* angestellt sind, nicht halt.

Das ist nicht richtig. Ich verstehe ihren Unmut; mehr, als mir lieb ist. Aber was soll sich an ihrem Leid ändern, wenn sie *anderen* Menschen Leid zufügen?

Ich dränge mich in eine kaum mehr als schulterbreite Gasse zwischen einer Wäscherei und einer Taverne und atme tief ein. Paris' Luft aus Qualm, Pisse und Rage. Ich habe es so satt. Meine Familie ist in Sicherheit, nur das zählt. Ich werde bei ihnen sein, all das hier hinter mir lassen.

Vorsichtig strecke ich den Kopf aus der Gasse. Vor einem Schaufenster breitet ein Krämer, der in seinem eleganten Dreiteiler in der Protestmenge heraussticht wie Héraclès unter bloßen Sterblichen, die Arme aus. Drei Leibwächter an seiner Seite drängen die Angreifer zurück.

Doch ein Mann mit einem mottenzerfressenen Tuch über dem Mund durchbricht die Barrikade aus menschlichen Fleischbergen. »Ihr häuft euren Reichtum nicht weiter auf unsere Kosten an!« Er stößt den Krämer zur Seite und zerschlägt das Schaufenster mit dem Ellbogen. Dann die Keramik darin.

Ich kralle mich an der Mauer fest, um nicht loszurennen. Was bringt es, mich einzumischen? Ich könnte dieses Handgemenge auflösen – aber nicht die Dutzend anderen. Und das ist das Problem, oder? Ich kann nichts verändern. Bin unbedeutend für das große Ganze.

Die Gendarmerie stürmt die Straße, das Royalblau ihrer Uniform und das Gold ihrer Schulterstücke ein so harscher Kontrast zur tristen Kleidung der Menge. Sie beachten mich nicht, während sie Prügeleien auflösen und Menschen festnehmen. Für sie bin ich eine aus Versehen hereingeratene reiche Mademoiselle. Wenn ich mich ruhig verhalte, passiert mir nichts. Ich starre auf den Boden, wo ein Flugblatt halb aufgeweicht an den Klinkersteinen klebt. Etwas über eine neue Ära der Arbeit.

Ein hohes Kreischen sticht in meinen Ohren. »Mama!« Ein Mädchen, vielleicht fünf, klammert sich an das Bein einer Frau mit dem gleichen fahlbeigen Teint und blassrotem Haar. Sie presst die Hand auf den Mund des Mädchens. Die einzige Farbe ihrer Haut – die rote, wundgeschrubbte Hand einer Wäscherin. »Wir wollen nur mehr darüber wissen, bevor wir die Maschine benutzen«, erklärt sie mit beschwichtigender Stimme.

Dennoch zerrt ihr ein Gendarm mit lächerlich gezwirbeltem Schnauzer die Arme auf ihren Rücken, bis sie aufstöhnt.

Ich muss mich raushalten.

»Sie hat nichts getan!«, jault das Mädchen, das kaum bis zur Hüfte der Frau reicht. »Nehmt mir Mama nicht weg!« Sie zerrt an den Armen des Mannes, um seinen Griff zu lösen.

Der Gendarm *tritt* nach ihr.

Mein Herz explodiert, schießt Blut durch meine Adern, bis ich lodere. Ich presche aus der Gasse, und mit einem animalischen Laut im Rachen reiße ich den Gendarmen von der Frau weg und zu Boden. »Lauft!«, rufe ich Mutter und Tochter zu.

Der Gendarm windet sich unter mir, stößt meine Tasche fort, doch ich ringe mit ihm, drücke seine Schultern in den Boden, meinen Unterarm an seine Kehle, mit aller Kraft, mit gefletschten Zähnen, bis sein Schnauzer zittert. Etwas schlingt sich um meinen Hals, zerrt mich von ihm runter. Ein beleibter Gendarm, der mich am Kragen packt wie einen bissigen Hund an der Leine, sodass sich der andere vom Boden aufrappeln kann. Er richtet seine Pistole auf mich.

Zwei weitere von ihnen ergreifen die Mutter und ihre Tochter, während das Handgemenge um uns herum neue Höhen erklimmt. Der jüngere von ihnen zwingt die Frau auf ihre Knie, verdreht ihre Arme, bis ein Knacken durch die Luft vibriert. Sie schreit nicht. Beißt auf ihre Unterlippe, bis Blut über ihr Kinn rinnt. Selbst aus der Entfernung sehe ich den Stahl in ihren Augen – sie will ihrer Tochter nicht noch mehr Angst einjagen.

Der junge Gendarm, rosawangig und mit um die Schultern

schlackernder Uniform, zuckt zusammen. Reue flirrt über sein Gesicht, nur ein Hauch, aber genug für mich.

»Bei Héra, es sind eine Mutter und ihr Kind!«, schmettere ich ihm flehend entgegen, halte den weißglühenden Zorn hinter meinen Zähnen zurück. Zorn, der sein Mitleid verkümmern lassen würde. »Bitte, lassen Sie die beiden gehen!«

Sein Blick flackert zu mir, hinunter zur Frau, zum Blut, das auf ihre Schürze und den Boden tropft, zum Mädchen mit den tränenüberströmten Wangen. Jede Farbe weicht aus seinem Gesicht. Ein Glimmer Hoffnung in der von den Nyx infiltrierten Gendarmerie. Es gibt gute Menschen, gute Menschen mit *Macht*, wenn er auch nur ganz unten in der Rangfolge steht.

Doch der schnauzbärtige Gendarm blafft ihn an. »Lass die Straßenratte nicht entkommen!«

Seine Worte ersticken das Mitleid im Jüngeren. Er greift die Frau härter, bis sie gequält aufstöhnt.

Ich rühre mich nicht im Griff des beleibten Gendarmen. Mit vier von ihnen kann ich es nicht aufnehmen, niemals. Leiste ich Widerstand, bringe ich die beiden nur in größere Gefahr. Ich helfe ihnen, indem ich nichts tue.

Doch wieso fühle ich mich dann so hilflos?

Zwischen den kämpfenden Menschen taucht Georgette auf – eine Titanide, die vom Olymp ins Menschenreich niederfährt.

Sie entreißt dem älteren Gendarmen das kleine Mädchen, und dieser zückt seinen Schlagstock. Ein Wirbelwind aus schlichtem Kleid, Schürze, eng geflochtenen Zöpfen und großzügigen Kurven stürzt aus der Wäscherei neben uns und schmettert ihm einen Zinneimer gegen den Kopf. *Zoé.*

Der Mann brüllt, als ihm Flüssigkeit aus dem Eimer ins Gesicht spritzt. »*Merde!* Was ist das?« Er versucht, sein Gesicht abzuwischen, über das sich tiefrote Striemen ziehen.

»Natronlauge«, blafft Zoé mit einem Glühen in den sonst so sanften rehbraunen Augen. »Wünschst du dir jetzt, dass deine Obrigkeit sich für ungefährlichere Chemikalien in Wäschereien eingesetzt hätte?« Während der Ältere mit den Händen im verätzten Gesicht davonjagt, fährt Zoé zum Jüngeren herum und hebt den zerbeulten Eimer.

Er lässt von der Mutter ab, die zu Zoé stolpert, und weicht mit erhobenen Händen zurück. »Erbärmlich«, knurrt der schnauzbärtige Gendarm und schwenkt seine Pistole zur Mutter.

Ich straffe die Schultern und lasse Eis das Feuer in mir verschlingen. »Bringt sie in Sicherheit«, zische ich, leise, so leise, dass die Männer meine Stimme, die Stimme einer Frau, so wie immer überhören. Sogar der, der mich noch festhält. Doch Georgette und Zoé hören mich.

Zoé täuscht an, dem jungen Gendarmen den Rest der Natronlauge entgegenzuschleudern. Er weicht zur Seite, und sie tritt ihm in die Kniekehle, sodass er zu Boden sinkt. Sie schleppt die Mutter mit einem Arm um ihre Taille in die Wäscherei, und Georgette folgt mit dem Mädchen.

»Hinterher! Los!« Der Gendarm fuchtelt mit seiner Pistole in die Richtung des Jüngsten, der sich aufrappelt und losrennt.

Ich ramme meinen Hinterkopf gegen die Nase des Gendarmen.

Der Ruck und sein Stöhnen klirren durch meinen Körper, und ich könnte schwören, das metallene Brennen seines Schmerzes in *meinem* Rachen zu fühlen.

Ich reiße mich los, während er zu Boden sinkt, und schlage dem Schnauzbärtigen mit einem Hieb aufs Handgelenk. Seine Pistole rattert über den Boden, verschwindet zwischen den Beinen der Demonstranten. Er langt nach mir, träge, weil er mich unterschätzt, und ich weiche aus. Seine Augen verengen sich. »Mach es nicht schwerer für dich, als es sein muss.«

Der Gendarm auf dem Boden krümmt sich, Blut sickert aus seiner Nase und Tränen aus seinen Augen. Doch das wird ihn nicht lange aufhalten. Und er hat noch seine Waffe. Ich kann die beiden nicht besiegen – aber fliehen kann ich erst, wenn sie nicht mehr auf mich schießen können.

Also tänzle ich um den schnauzbärtigen Gendarmen herum, immer gerade so außerhalb seiner Reichweite. Erwischt er mich, und ich gehe unter seiner Masse zu Boden, ist es vorbei. Ich weiche halbherzigen Hieben aus, dem ersten, zweiten, dritten, jeder ein wenig ruckartiger, unüberlegter. Für ihn bin ich eine nervige Mücke.

Der Gendarm am Boden greift nach meinem Kleid und zieht am Stoff, bis ich nicht mehr ausweichen kann.

Mein Angreifer schwingt seine Faust, zielt auf mein Kinn. Er unterschätzt mich. Mit der minimalen Kopfbewegung lasse ich seinen Hieb an mir vorbeirauschen, folge der Bewegung des Schlagarms, als er ihn zurückzieht. Er schützt Solarplexus, Kinn und Nase, ein geübter Kämpfer.

Also schlage ich ihm mit der flachen Hand aufs Ohr. Er brüllt auf, greift nach seinem Ohr und stolpert nach hinten, sein Gleichgewichtssinn durch das Knalltrauma geschädigt.

Ich stampfe auf die Hand, die noch immer mein Kleid hält. Knochen knirscht unter meinem Absatz, er stöhnt röchelnd, und dann bin ich frei. Hat wohl zarte Seidenschläppchen erwartet, keine Stiefel. In einer geschmeidigen Bewegung zerre ich die Pistole aus seinem Holster. Meine Tasche, einige Meter entfernt – nein, nur Kleidung. Ich stürze in die Menge.

Natürlich folgen sie mir, fluchend und brüllend.

Ich quetsche mich ziellos durch die eng gedrängten Menschen, die meinen Vorteil – Schnelligkeit und Wendigkeit – zunichtemachen. Niemand macht mir Platz, doch auch meine Verfolger müssen eine Kerbe in die Menge schlagen. Die

Kämpfe, Schreie, das Weinen, Flehen und Fluchen betäuben mich. Wohin? Glas von Schaufenstern knirscht unter meinen Sohlen.

»Odette!«, hallt Georgettes Kampfgebrüll über die Menge. Sie lehnt aus einem Giebelfenster oben in der Wäscherei.

Ich schlage einen Haken in ihre Richtung. Hagere Gesichter mit aufgeplatzten Lippen, rau aufgeschürften Wangen, gebleckten Zähnen. Atem in meinem Nacken.

Die Tür zur Wäscherei schlägt auf. Zoé schwenkt einen weiteren Zinneimer durch die Luft und starrt einen Punkt hinter mir an. »Ihr wollt *nicht* hier drinnen gegen mich kämpfen, wo ich über all die Laugen und Säuren gebiete!«

Japsend stürme ich die drei Stufen hoch, und Zoé zieht mich durch die Tür, bevor sie sie zuzerrt und verschließt. Ein paar Frauen in Schürzen mit den eingestickten Insignien der Wäscherei verbarrikadieren den Eingang mit Holzbottichen, in denen Dutzende Bettlaken in Laugenwasser schwappen.

Zoé verfrachtet mich auf einen Schemel aus aufgequollenem Holz. Die Feuchtigkeit sickert durch mein Kleid, doch meine Knie beben zu sehr, als dass es mich stört. Die rothaarige Mutter eilt an meine Seite, greift meine Hand mit ihrer heilen. »*Merci*«, haucht sie, so zittrig, wie ich mich fühle. Dann hastet sie zu ihrer Tochter.

Was wäre passiert, wenn auch nur eine von uns nicht hier gewesen wäre? Ich hätte ohne Zoé und Georgette nicht entkommen können. Ohne Zoé hätte Georgette nichts ausrichten können. Ohne ihre Tochter hätten die Gendarmen nicht gezögert, ihr mehr anzutun. Und die Gendarmerie hätte die Frau weggesperrt, ihr Kind zum Leben auf der Straße verbannt – wäre *ich* nicht gewesen.

Mit einem stechenden Atemzug schlinge ich meine Arme um mich, und in der Tasche meines Reisekleids knistert Papier.

Nein. Ich versteife meine Finger, bis meine vom Kampf wunden Knöchel spannen und brennen, nur um das Papier nicht hervorzuholen. Denn ich bin unbedeutend für das große Ganze.

»Bist du verletzt?«

Ich schrecke auf und blicke in Zoés Gesicht. Etwas brennt in meiner Brust. Muss raus. »Wie können die Demonstranten die *Lebensgrundlage* dieser Menschen zerstören? Was hat das für einen Sinn?« Ich schüttle den Kopf. »Es gibt andere Wege, gegen die Ungerechtigkeiten zu protestieren, als Unbeteiligten zu schaden!« Nie wollte ich weniger in Paris bleiben. Nicht für Menschen, die auf diese sinnlose Gewalt zurückgreifen.

»Unbeteiligte?« Georgette steigt die Holztreppe zum Dachstuhl herab. »Diese Menschen sind keine unbeteiligten Unschuldigen. Geschäftsmänner, deren Reichtum auf der Ausbeutung anderer aufbaut.« Sie spuckt auf den Boden wie ein Tabak kauender Matrose.

Zoé deutet um sich, auf die Frauen und ein paar Jungen, alle mit entzündeten Armen. »Wir verbarrikadieren uns seit drei Tagen hier, um unseren Dienstherren zum Umdenken zu bringen. Verzichten auf Gehalt, obwohl es für die meisten schon *mit* Gehalt eng ist. Aber wir sind nie gewalttätig geworden.« Sie schüttelt den Kopf. »Und er hetzt uns die Gendarmerie auf den Hals, damit diese schreckliche *Maschine* heute pünktlich angeliefert werden kann. Er sieht sich als *Visionär*.«

Eine Maschine? Ich klammere mich am Schemel fest. »*Sirènes?*«

»Sie erzählen uns *nichts* darüber. Wir haben Angst davor, Odette, was sie mit uns machen. Deshalb wehren wir uns. Auch wenn du es nicht nachvollziehen kannst.« Sie deutet auf mein schickes Kleid. Ein Kleid, das nicht wirklich meins ist.

Madame Carbonnes Nähstube, in der Mama und Mathilde gearbeitet haben, liegt nicht weit entfernt von hier. Wenn sie noch in Paris wären und dort arbeiten würden … Früher hätte ich ihnen geraten, das bisschen Leid zu ertragen, damit sie kein *schlimmeres* Leid erfahren. Doch das Geschwür aus Leid für das *Prolétariat* in Paris wächst und wächst, egal, was wir tun.

Die Menschen handeln aus Verzweiflung. Haben keinen anderen Weg als diesen. Und das ist nicht *ihre* Schuld. »Ich verstehe es, trotzdem −«

»Odette, du bist ein liebes Mädchen, mit dem Herz am rechten Fleck. Aber als Mädchen aus der *Bourgeoisie* hast du wohl noch zu wenig gesehen, um zu verstehen −«

»Du hast gut reden«, unterbricht Georgette Zoé. »Sind *deine* Eltern nicht steinreich?«

Zoé greift an ihre Handgelenke, wie um ihre Ärmel über die Hände zu ziehen, die jedoch bis zu den Ellbogen hochgekrempelt sind. »Ich habe mehr gesehen als Odette. Meine Familie widmet sich seit Jahren der Arbeit mit Bedürftigen.«

»Warum arbeitest du dann jetzt *hier*?« Georgette macht eine ausladende Handbewegung. »Und wieso hat selbst Katya nur davon erfahren, als sie dir zufällig über den Weg lief?«

»Weil eine Handvoll Firmen die Geschäfte meiner Eltern immer mehr verdrängen! Seit Monaten! Und ich … ich tue einfach, was ich kann, damit meine Geschwister nicht bald hungern müssen.«

Sie beschützt ihre Geschwister. Mein Herz pocht so heftig, als schlüge das von Zoé mit in meiner Brust. Und Firmen, die andere verdrängen − Zeus' Blitz soll mich treffen, sollten die Nyx da nicht ihre Finger im Spiel haben.

»Wieso hast du uns nichts davon erzählt?« Georgette weicht einer Wäscherin mit Zuber aus, schert sich nicht darum, dass Schmutzwasser auf ihren Traum aus Seide und Spitze spritzt.

»Ihr …« Zoés Lippen beben ganz leicht. »Ihr würdet es nicht verstehen, wenn ich die Bemühungen der *Suffragettes* hinter meine Arbeit stelle. Ich *weiß*, ihr hättet Mitgefühl für meine Situation. Dennoch verstehst du meine Umstände, die Umstände des *Prolétariats*, genauso wenig wie Odette.«

Sie fühlt sich allein. Allein mit ihren Sorgen.

Ich greife ihre Hände, lasse sie die Rauheit meiner Finger spüren. Lasse sie den Schmerz, den Hunger und die Angst in meinen Augen sehen, die nie ganz vergehen, egal, wie gut ich Kämpfen lerne, mich mit schönen Kleidern verkleide und Geld für Lebensmittel habe. »Ich verstehe es.«

Zoés Augen weiten sich. »Du bist −« Sie schluckt. »*Deshalb* bist du auch nicht vor dem Kampf geflohen, sondern hast Marlene und ihrer Tochter geholfen.«

Langsam nicke ich. Begreife es jetzt erst selbst.

Georgette schlingt ihre Arme von hinten um Zoé. »Ist dir nie der Gedanke gekommen, dass wir deine Sorgen ein *wenig* mehr verständen, würdest du sie uns anvertrauen?«

Ihr Gespräch versickert im Gluckern der Wasserkessel und dem Schrubben auf Waschbrettern, während ich den Brief anstarre, den ich plötzlich halte. Der so schwer wiegt. Nun begreife ich. Ganz gleich, ob eine Wäscherin und ihre Tochter, ob zwei oder zweihundert oder zwei Millionen Menschen − ich kann nicht wegschauen, wenn ich helfen *kann*. Denn mir ist etwas klar geworden. Jemand wie Eugène kann es sich leisten zu kämpfen. Aber er kann es sich ebenso leisten, *nicht* zu kämpfen. Für Menschen mit Reichtum und Macht ist das Leben gut. Die wenigsten der Menschen, die etwas ändern *können*, *wollen* auch etwas ändern. Doch Menschen wie Marlene und ihre Tochter, wie Zoé, wie ich, wie meine Familie, wie die Arbeiter und Armen, *wollen* etwas ändern. Doch wir *können* nicht.

Nur hat sich etwas in meinem Leben geändert, als ich eine Nachtschwärmerin wurde. Jetzt *kann* ich kämpfen. Etwas ändern.

Ich dachte, ich kann nicht mehr, will nicht mehr, muss nicht mehr. Da habe ich mich getäuscht.

Ich streiche die Knitter aus Papas Brief, stecke ihn wieder ein und balle die Fäuste. »*Sirènes* wird heute geliefert?«

Die beiden *Suffragettes* lösen sich aus ihrer Umarmung, und Zoé räuspert sich. »Deshalb wollen sie die Straßen freibekommen. An unseren Arbeitgeber wird die erste *Sirènes* geliefert – von fünf Stück, die sie auf der Exposition versteigert haben. Alle gingen an Unternehmer in der Nähe.«

Ich verknote meine Finger. »Hier in *L'Hadès* sitzen vor allem mittelständische Unternehmen wie die Wäscherei. Wieso wurden sie nicht von vermögenderen Firmen überboten?«

Georgette lehnt sich mit den Ellbogen auf Zoés Schultern. »*Das* habe ich mich auch schon gefragt.«

Die Nyx müssen die Fäden gezogen haben. Aber *warum?*

Schwerfällig klopft es an der Tür. Alle zucken zusammen.

»Dieses Kasperletheater ging nun lang genug«, ertönt eine ebenso schwerfällige Stimme. »Sofort öffnen!«

Die rothaarige Frau hastet zum Fenster und schlägt sich die Hand vor den Mund. »*Sirènes* ist da!«

Einige rennen zu ihr ans Fenster, andere ziehen sich weiter zurück. Ihr Murmeln überschlägt sich. *Alles umsonst. Wir konnten von Anfang an nichts ausrichten. Wir haben versagt.*

Ich springe auf. »Ihr habt so lange ausgeharrt«, raune ich, und alle blicken zu mir. Ich schlucke. »Könnt ihr noch eine Weile länger durchhalten?«

Sie schauen sich an, dann auf den Boden. *Wir haben Angst*, hallen Zoés Worte durch meinen Kopf. Sie fürchten die Konsequenzen, wenn sie sich länger wehren.

»Ihr müsst nur die Lieferung hinauszögern«, ergänze ich hastig. »Euren Arbeitgeber in ein Gespräch verwickeln, den Eindruck erwecken, dass ihr nachgebt. Den Platz für *Sirènes* zustellen, bevor ihr ihn hereinlasst, und euch Zeit lassen, ihn wieder freizuräumen.«

Die meisten von ihnen nicken vorsichtig.

Es hämmert fester an der Tür. »Holt den Rammbock.«

Ich atme tief ein. »Gibt es einen Weg aufs Dach?«

Zoé nickt und deutet die Treppe hinauf, zu einer Leiter.

Ich haste die Stufen hoch. »Wir müssen so viele Eimer mit Säure wie möglich hochschaffen.« Ich klettere die Leiter hinauf und stoße die Luke auf. Die rothaarige Frau lehnt unterdessen an der Tür, doch zwischen den Frauen, die Eimer für Eimer füllen und heranschaffen, geht das Gespräch unter.

»Willst du allein gegen sie kämpfen? Mit der Säure?« Georgette reicht mir die Eimer, als wären es Federkissen, damit ich sie durch die Luke aufs Dach schieben kann.

Obwohl meine Muskeln brennen, halte ich nicht inne. »Ich kämpfe nicht mit der Säure. Ich zerstöre mit ihr *Sirènes*.«

Zoé stellt ihren Eimer heftiger als notwendig ab.

»Aber *danach* kämpfst du gegen sie?«

»Wenn sie mich erkennen, fällt der Angriff nicht auf die Wäscherinnen zurück, sondern auf …«

»Die unfassbar geheime Geheimgesellschaft, der du und Eugène angehört«, beendet Zoé seufzend.

Es poltert an der Tür, und die rothaarige Frau weicht zurück. Der Arbeitgeber brüllt durch die Tür. »Genug geredet. Aufmachen, *sofort*, oder wir rammen die Tür auf!«

»Versteckt die Eimer! Weg von der Leiter!« Einhändig scheuche ich die Frauen fort und klettere aufs Dach.

»Ich kämpfe mit dir!«, faucht Georgette und rollt ihre breiten Schultern. In *Seide* drapierte Schultern.

Ich halte mitten im Schließen der Falltür inne. »Ich weiß, du bist groß und vermutlich stark, aber du kannst nicht gegen ausgebildete Gendar–«

»Herrgott, ich habe mir doch nicht umsonst dreimal den Meistertitel im Untergrund-Boxen geholt.« Mit gerümpfter Nase klettert sie hinter mir her und stemmt sich gegen die Tür, bevor ich sie schließen kann.

»Du –« Ich starre Georgette in ihrem Seidenkleid an. »*Was?*«

»Ich bin gebaut wie eine Amazone, meinst du, den Geldesel lasse ich ungemolken?«

»Ich helfe ebenfalls.« Zoé folgt ihr, und schon hocken die beiden neben mir. »Du kannst das nicht allein machen.«

Alles in mir wehrt sich dagegen. Doch hatte ich mich nicht entschlossen, Hilfe anzunehmen? Also nicke ich, auch wenn es mir schwerfällt. Das hier ist nicht nur mein Kampf. »Bringen wir die Eimer zur Dachkante. Schnell, aber leise.« Geduckt und bepackt hasten wir über das Dach, und ich schaue vorsichtig auf die Straße unter uns.

Mehrere Männer in nichtssagender Uniform und mit Schutz der Gendarmerie räumen Holzkisten von Pferdekutschen. Metall klirrt in ihnen. Weiter hinten, von den meisten Gendarmen umgeben, ein hoher, in Holzwolle und Karton eingepackter Zylinder. *Den* meiden wir am besten.

Schweigend holen wir die restlichen Eimer heran, während die Männer schwitzend und grummelnd Kisten schleppen. Keine Ahnung, was sich in der Wäscherei abspielt, doch da sie die Dutzenden Kisten vor der Tür stapeln, gehe ich davon aus, die Ablenkungsmanöver zeigen Wirkung.

»Die meisten Kisten stehen direkt unter uns.« Ich umklammere den Griff eines Eimers fester. »Auf drei. Eins.«

Georgette nickt mit gefurchten Brauen. »Zwei.«

»Drei!«, ruft Zoé, und wir kippen die ersten Eimer über dem Rand des Dachs aus. Säure sickert in das Holz der Kisten, und Männer springen vor den Spritzern weg.

»Was …?« Ein uniformierter Mann mit Backenbart starrt

auf die Kisten, aus denen Dampf emporsteigt. »Schützt die Lieferung!«

Die ersten Männer preschen los, doch schreien, als die Säure ihre Haut verätzt. Die anderen springen fluchend zurück.

»Ich hoffe, das zerstört diese elende Maschine«, knurrt Georgette, während wir weitere Kisten übergießen.

»Holt die Weibsbilder vom Dach!«, brüllt der Backenbart. Sein Gesicht läuft krebsrot an, obwohl der Feigling kaum unter einem Dachvorsprung hervorschaut. Einige von ihnen rennen ums Haus, andere versuchen, die Fassade zu erklimmen.

»Vermutlich richtet die Säure nichts gegen das Metallgerüst aus, das hat eine besondere Legierung.« Ich schleudere einen leeren Eimer gegen den Kopf eines Mannes, der seine Pistole auf uns richtet. »Aber die Mechanik, die Motoren, Stromkabel – Héphaïstos müsste sie mit einem Wunder segnen, damit sie das Zeug noch benutzen können.«

Wir schütten die nächsten Eimer aus, auch wenn offensichtlich ist, dass wir nicht lange genug ausharren können, um alle Kisten zu zerstören. Ich beiße die Zähne zusammen. *Bitte, Athéna, lass uns einfach die richtigen treffen.*

Dunkle Wolken blähen sich rings um uns auf. Rauchbomben? Ein schrilles Kreischen durchbohrt meine Ohren, und ich weiche zurück. Kein Rauch.

Schatten. Schatten, der die Nachmittagssonne verdrängt.

»Zurück!«, brülle ich Georgette und Zoé zu. Ich trete einen Eimer vom Dach, der in den finsteren Schwaden verschwindet.

Der Schattendämon bäumt sich vor uns auf und reißt seinen Schlund auf. Sein Kreischen gellt über die Dächer. Es ist Mittag, sonnenhell – ich kann nicht lichtwirken.

Ich zerre Zoé und Georgette mit mir zurück. Die Bilder der ausgezehrten Soldaten, ihre wortwörtlich ausgesaugten Hüllen in der Lagerhalle, drängen sich vor mein inneres Auge.

Sein Tentakel rauscht durch die Luft. Zoé kreischt markerschütternder als der Dämon. Ich lasse mich mit ihr und Georgette zu Boden fallen, und Luft zerrt durch die Wucht seines Angriffs an meinen Haaren. Georgette und ich rappeln uns auf, schleppen die schockstarre Zoé mit uns.

»Was bei Hadès' linkem Ei *ist* das?«, brüllt Georgette.

Der Schattendämon der Nyx. Als ich ihn in der Lagerhalle befreit habe, ist er vor Licht zurückgeschreckt. Wieso schadet ihm die Sonne nicht?

»Schaff Zoé vom Dach!« Ich stoße die beiden zur Seite, richte mich zu voller Größe auf. Lenke seine Aufmerksamkeit auf mich.

Der Dämon holt erneut aus. Ich zücke mein Stilett, so klein, so erbärmlich menschlich im Angesicht eines Dämons. Nur aus den Augenwinkeln bekomme ich mit, wie Georgette und Zoé vom Dach klettern. Der Dämon schwingt seinen Tentakel nach mir. Ich will wegspringen. Zwinge mich, angewurzelt stehen zu bleiben. Erst im letzten Moment weiche ich aus, stoße meine Klinge durch den Schatten – und sie gleitet hindurch, ohne ihn zu verletzen.

Der Greifarm reißt mich zu Boden, und ich schlittere über das Dach. Rapple mich hastig auf, knie vor ihm. Schattenranken umgeben mich zu allen Seiten. Ich starre in die flackernde Fratze des Dämons. Das Monster bebt im Sonnenlicht, als müsste es kämpfen, nicht vom Licht vertrieben zu werden. Ich lag falsch. Er leidet *Qualen*. Qualen, die ihn nur anstacheln.

Die Schatten ziehen sich enger um mich. Ein Sog geht von ihnen aus, zerrt an meinem Inneren, so schmerzhaft, dass ich keinen Ton herausbringe. Als saugten sie meine Seele aus, um sie in die Unterwelt zu verbannen. Nutzlos wedeln meine Arme umher, irgendein Instinkt in mir, der mich weiterkämpfen lässt. Doch ich kann den Schatten nicht greifen. Ich atme, ich *weiß*, ich atme, höre jeden keuchenden, rasselnden Atemzug, dennoch ersticke ich.

»Halt!« Eine ruhige, warme Stimme. Von weit, weit weg. Der Dämon hält inne. Der *Sog* hält inne.

Nach Luft, nach *Leben* japsend falle ich nach vorn auf meine Hände. Sehe Blut unter meinen Nägeln. Woher?

Irgendetwas in mir ist falsch. Als hätte jemand meine Organe herausgenommen und an den falschen Stellen wieder eingesetzt. Nur, dass es nicht meine Organe sind, die falsch sind. Ich habe keine Schmerzen, mein Atem geht ruhiger und ruhiger. Die Umgebung nimmt Form an.

Der Dirigent steht einige Meter von mir entfernt, der Dämon wie ein riesiger Parasit hinter ihm. Nicht der Dirigent. *Clément.* Auch mit der Maske der Komödie erkenne ich ihn nun. Sein massiger Körper, früher in der unförmigen Kutte der Bruderschaft behäbig, aber jetzt in der Uniform der Nyx massiv und kraftvoll. Er legt den Kopf schief. »Ganz allein unterwegs, Odette? Du solltest es besser wissen.«

Der Drang, mich zu übergeben, lässt meinen Körper erbeben. Er klingt nicht hämisch, sondern ehrlich *besorgt*. So, wie er es uns immer vorgespielt hat.

Der Schattendämon züngelt zu mir, und ich strample mit Beinen und Armen, um von ihm wegzurutschen.

»Ich sagte *Halt*«, herrscht Clément ihn an und reckt etwas in die Luft. Das schwarz gebrannte Füllhorn. Prompt zieht sich der Dämon zischelnd zurück. Damit können sie ihn *kontrollieren*. Der Dämon kreischt und bäumt sich auf, ein ungezähmter Bluthund. Nun, *gerade so* kontrollieren.

Clément hat uns betrogen. Die Nachtschwärmer. *Eugène.*

Feuer lodert in mir hoch, verbrennt die Furcht. Eugène hat ihm vertraut, ihn *verehrt*. Ich komme auf die Füße. »Wie konntest du uns verraten? Die Werte der Nachtschwärmer?«

»Welche Werte, Odette? Freiheit und Frieden? Gleichheit aller Menschen? Eine bessere Zukunft?« Er schüttelt den Kopf, langsam und schwer, sodass das Grinsen seiner Maske aufgesetzt wirkt, wie um Trauer zu überspielen. »Die Bruderschaft, die dich nicht aufnehmen wollte, weil du das Pech hattest, als Frau geboren zu sein?«

Ich blecke die Zähne. »Was erhoffst du dir durch deine Taten?«

»Vermutlich unterscheiden sich meine Ziele weniger von deinen, als du glauben willst.«

»Aber die Methoden«, fauche ich und starre sein Füllhorn an. Etwas daran lässt mich nicht los. Das schwarz gebrannte Metall, die bedrohlich scharfkantige Form eines Objektes, das eigentlich für Nahrung und Fürsorge steht.

»Was glaubst du, mit deiner kleinen Aktion zu erreichen?« Clément deutet hinter sich, wo ich die Kisten nur vermuten kann. »Du zerstörst eine *Sirènes*. Und dann? Merkst du nicht, dass du gegen Windmühlen kämpfst?« Wieder scheint er nicht darauf aus, mich zu fassen, sondern mich zu *überreden*. Mich wie ihn sehen zu lassen. Wie die *Nyx*.

Dass er recht hat, ist am schlimmsten. Nächste Woche kann schon die nächste *Sirènes* geliefert werden. Ich richte nichts aus. Mit knirschenden Zähnen pirsche ich mich näher an ihn heran. Will einen genaueren Blick auf das Füllhorn werfen. »Was soll ich deiner Meinung nach tun?«

Er atmet aus wie ein Politiker vor einer Rede. »Du weißt, dass es feste Ordnungen gibt, die wir nicht ändern können. Gut und Böse. Links und rechts. Arm und Reich. Mann und Frau. Jung und Alt.« Gut, er redet. Ist beschäftigt, sodass ich nachdenken kann. Das Füllhorn schimmert matt, als er auf mich deutet. »Aber es gibt auch Veränderungen, die wir beeinflussen *können*. Du, wenn du nicht länger dagegen ankämpfst.«

»Wie haben sie dich auf ihre Seite gezogen?«, knurre ich. »Reichtum? Versprechungen? Macht? Frauen?« Erst vor Kurzem habe ich über ein Füllhorn gelesen. »Wobei bist du schwach geworden?« Dieser seltsame Gegensatz. Ein Füllhorn als Symbol des Gottes der Unterwelt. Hadès.

Hadès' Füllhorn.

Clément bebt vor zurückgehaltener Wut. »Ich bin nicht *schwach* geworden! Weltliches bedeutet mir nichts!«

Besitzen die Nyx eines der Artefakte der Götter?

Nein, das kann nicht sein. Es gibt keine Götter. Doch da ist dieses Flüstern. Wenn Clément wahrhaftig Hadès' Füllhorn hält – sind vielleicht auch die anderen Artefakte real.

»Dir steht es nicht mehr zu, das Füllhorn zu führen!«, dringt die Stimme des Orchestrators durch die Schattenwand.

Clément wirbelt herum.

Mein Überlebensinstinkt übernimmt, und ich werfe mich aufs Dach, rutsche über den Vorsprung. Clément mag mich erneut laufen lassen – aber sicher nicht der Orchestrator. Ich lande auf den Füßen und rolle mich ab, so wie Eugène es mir gezeigt hat. Ohne mich umzusehen, hetze ich durch Gassen.

Wie oft habe ich in der letzten Zeit von Artefakten gelesen oder gehört? Da ist dieser seltsame Sog … Ich muss zum Tempel. Zu den anderen. Oder bin ich zu verzweifelt auf der Suche nach *irgendetwas*, das uns im Kampf helfen könnte? Vielleicht.

Aber *falls* es weitere Artefakte gibt, werde ich sie finden.

Kapitel 7

Im Tempel will ich mich direkt auf das Buch über die Artefakte stürzen. Doch nachdem ich die wegen meiner schnellen Rückkehr entgeisterten Nachtschwärmer auf den neusten Stand gebracht habe, bestehen sie darauf, mich zu verarzten. Ich lasse mich erst darauf ein, als Armand stöhnend verspricht, an meiner Stelle das Buch durchzugehen.

Jean bugsiert mich auf meine Matratze und versorgt meine oberflächlichen Wunden. »Es ergibt keinen Sinn, dass Clément dich praktisch hat fliehen lassen.«

Ich zische und kralle die Finger in die Laken, weil er billigen Branntwein auf die Schürfwunde an meinem Knie tupft. »Wäre nicht das erste Mal.«

Armand blickt vom Buch auf. »Es ergibt auch keinen Sinn, dass Clément dich überhaupt in die Bruderschaft gelassen hat. Und dir ermöglicht hat, deine Fähigkeit zu verbessern. Er hätte dich am ersten Tag ausschalten sollen.« Er zieht eine entschuldigende Grimasse. »Nichts für ungut.«

»Vermutlich glaubt er, er könnte Odette für die Zwecke der Nyx missbrauchen.« Jean tupft an meiner Oberlippe herum, sodass sich der Geschmack von Eisen mit dem von vergorenen

Kartoffelschalen mischt. »Dein Lichtwirken könnte man nicht nur als Gefahr für die Nyx sehen, sondern als *Bereicherung*.«

Ich bringe es nicht über die Lippen, dass Clément es für unnötig hält, mich mit Zwang zu kontrollieren. Er glaubt, ich wechsle *freiwillig* auf seine Seite. Hastig schiebe ich Jeans Tupfer fort und presse meine Hand auf den Mund, um die Übelkeit zurückzuhalten. Clément findet, ich *passe* zu den Nyx.

Stöhnend klappt Armand das Buch zu. »Hast du nicht eh schon entschieden, welche Artefakte am nützlichsten wären?«, murrt er und reibt sich über die Augen. »*Excusez-moi*, aber einen Schinken wie diesen kann ich mir wirklich nicht antun.«

»Sag doch einfach, dass du keine Lust hast zu lesen.« Jean wickelt eine Mullbinde um mein Knie.

»Der unfähige Autor ist schuld, dass ich die Seite lese, aber am Seitenende merke, ich habe über etwas viel Fesselnderes nachgedacht und die Worte nicht *wirklich* registriert, obwohl ich sie gelesen habe. Nur um alles ein zweites Mal zu lesen, mich so sehr zu konzentrieren, dass mich das *Konzentrieren* ablenkt. Ich meine, würde es ihn *umbringen*, Bilder zu nutzen, oder, bei den Göttern, ein paar verflixte *Absätze* einzubauen?« Sein überdramatisches Flair spielt Unbekümmertheit vor, wäre da nicht der Trotz in seinem Blick.

Jean wandert zu ihm, und halb erwarte ich die Schelte von Louise' Vater, er müsse sich einfach besser konzentrieren. Deswegen hat Louise sich so oft bei mir ausgeheult, bis ich ihre Schultexte gelesen und ihr erklärt habe. Doch Jean wuschelt bloß durch Armands Locken. Hinter seinem mir zugewandten Rücken verbirgt er den flüchtigen Kuss auf Armands Stirn nicht ganz. »Das, was dich beim Lesen ablenkt, ist draußen im Kampf der angehaltene Atem unserer Feinde, das Lösen einer Granatenzündung, die Stolperdrähte, die du lange vor uns anderen bemerkst, oder?«

Armand zuckt immer noch betont gleichgültig die Schultern, aber lehnt sich in Jeans Berührung.

Im Gegensatz zu Jean wusste ich nie, was ich zu Louise sagen kann, damit es ihr besser geht. Ihre Schwäche kann auch eine Stärke sein, wie eine Medaille mit zwei Seiten. Ich wünschte, ich hätte das früher gewusst. Vielleicht könnte es ihr zumindest im Studium helfen. Ich greife meinen Athéna-Anhänger, fahre über die Perle und das Emaille. Etwas tief in mir regt sich, etwas Bitteres. *Groll.* Aber ich missgönne Louise das Studium nicht, auf keinen Fall!

»Odette?« Armand tippelt mit den Fingerspitzen auf dem Ledereinband. »Nützliche Artefakte?«

»Oh, ja.« Ich streiche mir über den Mund, streiche die verhasste Bitterkeit weg. »Ich habe tatsächlich schon überlegt, welche Artefakte wir gebrauchen könnten. Doch ich erinnere mich nicht an alle, also sollten wir den Text —«

»Odette«, seufzt Armand.

»Schon gut«, murre ich. »Arès' Schwert, durch das einem die eigenen Leute bedingungslos folgen. Der Speer seiner Schwester Athéna, der, mit Weisheit geführt, jeden Mann niederstreckt. Héraclès' Keule verzehnfacht die Kraft ihres Trägers.«

»Wir wissen also, *was* wir suchen, nur nicht *wo*.« Bevor ich widersprechen kann, hebt Jean die Hand. »Willst du Wochen mit Bücherwälzen und Diskutieren verplempern, um unsere Liste möglicher Artefakte zu perfektionieren? Und dann fliegt uns auf magische Weise zu, wo sie zu finden sind?«

Ich umschlinge meine Knie, starre die Statuen der Götter an, bleibe an Apollon hängen, dem Gott der Kunst und Poesie mit seiner Lyra. Mein Herz stolpert. Ich kenne eine Person, die zumindest eine *Ahnung* hat, wo eines der Artefakte sein *könnte*. Nur will ich nicht dorthin. Allein der Gedanke, *ihm* so nah zu sein, ohne ihn zu sehen —

Doch ich muss diesem roten Faden folgen.

Also blicke ich langsam hoch. »Ich besuche Eugènes Mutter.«

Wieder arbeitet sie an einer Leinwand im Wintergarten, als ich anklopfe, und öffnet mir. »Gut, dass du da bist. Ich weiß nicht, was zwischen euch vorgefallen ist, aber vielleicht macht eine Aussprache es Eugène ein wenig leichter.«

Ich sehe sie nicht an. »Hat sich sein Zustand verschlechtert?« *Merde*, das wollte ich nicht fragen. Louise habe ich auf dem Weg hierher besucht, und sie war so wütend wie erleichtert. Eugène hingegen kann ich nicht sagen, dass ich doch bleibe. Kann ihm nicht gegenübertreten.

»Er ist vor allem unglücklich.« Sie seufzt mit der Pathetik einer *Demoiselle en détresse*. Von ihr hat Eugène also die Theatralik. »Meinen Zufluchtsort habe ich in meinen Bildern gefunden. Aber keine Malerei, Gedichte oder Klavierstücke haben je für Eugène gereicht, um hier glücklich zu sein.«

Meine Nägel bohren sich in meine Handflächen. Ich kann nicht über Eugène nachdenken. Nicht über Madame Lacroix, die Zuflucht vor der Kälte des Hauses und ihres Mannes sucht. Ich muss ihm helfen, indem ich unsere Spur weiterverfolge. Auch, um herauszufinden, was die Nyx über seinen Zustand wissen. Also stemme ich die Füße fester in den Boden.

»Sie haben mir von Apollons Lyra erzählt –«

»Hast du sie besorgt?« Ihre Augen leuchten auf wie Jos in Gegenwart eines Stücks Brie.

»Wieso sind Sie so sicher, dass die Lyra auf dem *Palais Garnier* die echte ist?«

»Weil ich darüber gelesen habe.« Madame Lacroix durchstöbert ihre Stapel Bücher über Kräutertränke, Geistererscheinungen und Séancen. »Ein Anführer stahl den Göttern ihre

141

Artefakte, um seine Heimat gegen Caesars Angriff zu verteidigen. Und in den Jahren darauf, durch Ploutos' Schatulle für Wohlstand, Démétters Weizenbündel für reiche Ernte, Héras Diadem für Eintracht und all die anderen Artefakte, florierte Paris. Die Nachkommen des Anführers versteckten die Artefakte überall in Paris, in Statuen, Mosaiken und Skulpturen. Verborgen vor Plünderern, aber Teil der Stadt, falls eines Tages erneut schwere Zeiten kommen sollten.« Sie stößt mit ihrem Ellbogen gegen einen der Büchertürme, und einige schwere Lederbände knallen auf den Boden. »Die Arrondissements sind nicht grundlos nach den Göttern benannt.«

Ich schiebe mich wieder zwischen die Pflanzen, falls jemand dem Knall auf den Grund gehen will. »Müsste seine Lyra nicht in *L'Apollon* versteckt sein, statt in *L'Aphrodite*?«

Sie wühlt ungestört weiter und keiner scheint ihn gehört zu haben. »Der namenlose Anführer lebte vor Hunderten Jahren, als Paris noch Lutèce hieß. Aber Paris, wie wir es kennen, wurde erst vor etwa vierzig Jahren in die Arrondissements aufgeteilt. Die Nachkommen versteckten die Artefakte so viele Jahrhunderte zuvor, dass kaum jemand mehr weiß, welche Rolle die Alten Götter tatsächlich für Paris spielten. Statuen wurden versetzt, Schätze geklaut, Kunst verkauft. Und vermutlich hat Aimé Millet beim Erbau des *Palais Garnier* Apollons Lyra unwissend in seine Statue eingebaut.«

»Ich war bei der Statue des Apollon.« Ich schüttle langsam den Kopf. »Er hält eine Lyra aus vergoldetem Gips. Sieht nicht gerade aus wie ein Artefakt aus Héphaïstos' Schmiede.« Seufzend sinke ich auf einen Bergère-Sessel und stütze den Kopf in die Hände. Ich jage einer Legende hinterher. Es existieren keine Artefakte, natürlich nicht. Wie konnte ich nur –

»Gold?« Madame Lacroix' Schuhspitzen stoßen gegen meine, und ich blicke zu ihr hoch. Mit gerunzelter Stirn blättert sie durch ein Buch, kaum größer als ihre Hand und amateurhaft gebunden. »Bist du sicher, dass sie goldfarben ist?«

»Die billige Lackierung kann man selbst vom Boden nicht –«

Sie hält mir das aufgeschlagene Buch vor die Nase. Eine Postkarte und ein gepresstes Veilchen verdecken die rechte Seite. Links jedoch – Apollons Lyra. Ähnliche Informationen wie im Buch aus dem Tempel, aber mit teils verlaufener Tinte handgeschrieben. Skizzen der Lyra, von Apollons Gesicht, von Skulpturen unterschiedlichster Epochen. Langsam schaue ich vom Buch – eher einer Sammlung Pergamente zwischen zwei zusammengenähten, lederbezogenen Pappen – auf. »Ist das wirklich eine glaubhafte Quelle? Es sieht aus, als hätte meine kleine Schwester das in der Schule gebastelt.«

Madame Lacroix tippt auf die Postkarte.

Eine kolorierte Photographie der Statue des Apollon auf dem *Palais Garnier*, in zierlichen Druckbuchstaben mit dem Jahr 1864 beschriftet. »Die Lyra ist –« Ich greife nach der Karte, halte sie näher an mein Gesicht. »Die Lyra ist *silber*!«

Madame Lacroix hockt sich vor mich, sodass wir auf Augenhöhe sind. »Jemand muss die echte Lyra gestohlen haben. Jemand, der *auch* darüber Bescheid weiß.«

Die Nyx.

Meine Finger verkrampfen, und ich lege die Postkarte zurück, bevor ich sie zerknittere.

»Jemand ist mir zuvorgekommen.« Sie springt auf. »Vermutlich diese arrogante Schlange Madame Desmarais. *Desmarais – vom Sumpfland*«, speit sie. »Wie passend für diese Sumpfhexe! Hat schon immer damit angegeben, was für ein musikalisches Genie ihr Goldjunge Pierre im Gegensatz zu Eugène ist.«

»Ich glaube nicht, dass *Madame Desmarais* –«

Sie schlägt sich mit der Faust in die Handfläche. »Nein,

meine *Schwester*. Oh, sie konnte es nie ertragen, dass ich in *einer* Sache ein klein wenig talentierter bin als sie.«

Ich räuspere mich. »Steht im Buch, wo die *anderen* Arte–«

»Ich habe einfach nur eifriger geübt als du, Delphine«, äfft sie eine affektierte Stimme nach, *»deshalb wird* mein *Ölgemälde auf der Weihnachtsfeier ausgestellt.«* Madame Lacroix schnellt zu mir herum, den Finger erhoben wie eine Professorin, die eine bahnbrechende Entdeckung macht. »Von wegen! Sie hat die Lyra gestohlen, um mich auszustechen!«

Ich springe auf. »Die Menschen, die *Sirènes* vertreiben, besitzen Hadès' Artefakt! Und sie werden damit Menschen verletzen, so wie Eugène!« Die Wahrheit bringt sie zum Verstummen, und ich fahre leiser fort. »Sie beschwören mit dem Füllhorn Dämonen, die ihre Erfindung mit Energie versorgen. Die Maschine, die verantwortlich für Eugènes Zustand ist. Einen Dämon haben sie auf uns losgelassen, der einige von ihnen getötet hat. Und beinahe Eugène und mich.«

Ihre Lippen beben. Vielleicht war das zu *viel* Wahrheit. Doch dann blättert sie mit angespanntem Kiefer im Büchlein. »Hadès' Füllhorn. Der Gott der Unterwelt, ein missverstandener Gott.« Sie hält die Doppelseite über ihn zwischen uns. »Seine Schatten sollen niemandem schaden, sondern die Seelen der Verstorbenen sicher in die Unterwelt geleiten.«

Der Sog des Dämons. Es hat sich angefühlt, als würde meine Seele in die Unterwelt gezogen. Ich strauchle nach hinten, lasse mich in den Sessel fallen. »Aber der Schattendämon *hat* getötet. Sie haben ihm befohlen, die Seelen von Menschen zu holen, deren Zeit noch nicht gekommen ist.«

Madame Lacroix umklammert das Buch, bis ihre Fingergelenke knochenbleich hervortreten. Sie nickt grimmig. »Du brauchst also ein Artefakt, das dir im Kampf hilft.«

»Arès' Schwert, Athénas Speer oder Héraclès' Keule.«

144

Madame Lacroix durchblättert das Buch, fährt mit dem Finger über die Textzeilen zu Arès, Athéna und Héraclès, schüttelt jedes Mal den Kopf. »Madame Philomene hat keine konkrete Vermutung zu ihren Aufenthaltsorten.« Sie lässt die Schultern sinken. »Ausgerechnet die nützlichsten Artefakte?«

Ich verschränke die Arme und lasse nicht zu, dass die Enttäuschung überhandnimmt. »Waffen wie diese sind vermutlich begehrt. Wandern von Besitzer zu Besitzer, statt irgendwo in Paris verschollen zu sein.« Ich schaue ihr über die Schulter und schlage die nächste Seite auf. »Artémis' Pfeil und Bogen verfehlen nie ihr Ziel. Und … ebenfalls kein Hinweis.«

»Wie wäre etwas weniger Kriegerisches?« Der Elan findet zurück in Madame Lacroix' Stimme.

Ich nicke, dankbar, die Perspektive eines anderen Menschen zu haben. Es ist zu früh, um aufzugeben. »Wenn ein Artefakt nicht dazu verwendet werden kann, seinen Feinden die Köpfe einzuschlagen, ist die Wahrscheinlichkeit vielleicht größer, dass es niemand an sich genommen hat!«

»Hermès' Schuhe?« Madame Lacroix tippt auf die Tintenzeichnung der geflügelten Sandalen.

»Verschafft die Fähigkeit, fliegen zu können, mir wirklich einen Vorteil, wenn unsere Gegner Luftschiffe haben?« Ist es absurd, mit Eugènes elfenhafter, abergläubischen Mutter nach göttlichen Artefakten zu forschen? Ich beiße mir auf die Unterlippe. Es *sollte* absurd sein, aber fühlt sich nicht so an. Einen anderen Anhaltspunkt haben wir sowieso nicht.

Aufgeregt blättert sie ein paar Seiten zurück. Erfüllt die gemeinsame Recherche sie auf ähnliche Weise? »Dionysos' Thyrsosstab. Angreifer in kopflose Ekstase zu versetzen, könnte sie aufhalten, *ohne* Gewalt einzusetzen.«

Dionysos. Zumindest für ein paar Minuten habe ich nicht an Eugène gedacht. Ich räuspere mich. »Steht im Buch etwas zu

Nyx?« Das Erste, was mir in den Sinn kommt, um vom Thema abzulenken – doch sofort ist da wieder dieser Sog.

»Nyx ist keine der Hauptgötter. Falls es Artefakte von ihr gibt, stehen sie nicht hier drin. Du könntest weitere Quellen zu Rate ziehen. Aber ich bezweifle, dass andere Gelehrte an Madame Philomenes Brillanz heranreichen, um Vermutungen über ihre Aufenthaltsorte anzustellen. Du solltest dich auf die konzentrieren, zu denen Madame Philomene Hinwei–«

»Mama? Bist du unten?«, ertönt Eugènes Stimme im Flur.

Instinktiv drehe ich mich in seine Richtung, starre mit pochendem Herz die Tür an. Dann weiche ich zurück.

Madame Lacroix stoppt mich mit einer Hand an meinem Rücken. »Du kannst mit ihm reden. Ich glaube wirklich, mein Mann hat unrecht, und Besuche würden ihn –«

»Ich muss gehen«, krächze ich und stürze zur Gartentür. Mit zitternden Fingern rüttle ich am einfachen Schloss.

»Odette«, raunt Madame Lacroix hinter mir. Meine Ohren rauschen so sehr, dass ich garantiert keine Entgegnung auf ihren Überredungsversuch finden werde.

Doch sie öffnet die Tür und steckt dann das Büchlein in meine Manteltasche. »Besuch ihn, wenn du dich bereit fühlst.«

Ich starre die Statue der Nyx im Tempel an. Im Gegensatz zu den zwölf olympischen Göttern, die ihre jeweiligen Artefakte halten, ist ihre Hand leer. Ich sollte Madame Lacroix' Rat folgen und mich auf die Artefakte konzentrieren, zu denen es Hinweise gibt. Ich steige auf den Sockel der Statue, schiebe meine Finger in Nyx' halb geschlossene Faust. Der Lapislazuli ist glatt geschliffen, bildet einen perfekten Tunnel. Als hätte sie einst tatsächlich etwas gehalten. Existiert ein Artefakt von Nyx? Die Neugierde lässt mich nicht los, obwohl ich mich für den rationalen Weg entscheiden sollte.

Aber wenn ich eins gelernt habe, dann, dass ich nicht allein bin. Und mit der Hilfe meiner Freunde muss ich mich nicht für einen Weg entscheiden. Noch nicht. Deshalb durchforstet Armand den Tempel nach Büchern, die uns mehr über die Artefakte verraten könnten. Jean ist den zweiten Morgen in Folge zur *Bibliothèque nationale de France*, Paris' größter Sammlung von Büchern, aufgebrochen.

Und ich mache mich auf den Weg durch die *Catacombes*. Vor dem Ausgang wartet eine der Kutschen der d'Amboises. Aus ihr ertönt das Lachen von Louise, die einen Termin mit Professeur Aguillard von der Sorbonne ausgemacht hat, deren Bibliothek für ihre umfangreiche Sammlung der *Faculté de théologie* bekannt ist. *Falls* es irgendwo in Paris Informationen über Nyx' Artefakt gibt, dann am wahrscheinlichsten dort.

Vor der Kutsche nicke ich dem Fahrer zu, dann steige ich in die Karosse. Ich kann nicht anders, als die Nase zu rümpfen. Denn natürlich sitzt Edwin Bingley neben Louise. *Neben* ihr, nicht gegenüber, wo ich Platz nehme. »Brauchen wir seine Unterstützung, um in die Bibliothek zu kommen?«

Louise rümpft ebenfalls die Nase. »Natürlich nicht. Aber ich darf ohne Wachschutz das Haus nicht verlassen, vergessen?«

»Das muss mir entfallen sein. Weil du dich nur daran hältst, wenn es dir in den Kram passt«, murmle ich, trotz der klappernden Räder laut genug, um ihr ein Grinsen zu entlocken.

Edwin lehnt sich zurück und breitet die Arme auf der Lehne aus, einen hinter Louise. »Und wie kommt ihr dort rein? Denn sogar ich weiß, dass die Bibliothek nur für Studenten zugänglich ist. Und genau gekommen bist *du*«, er tippt Louise an, »noch keine Studentin. Und Odette *gar* keine.«

Merci für die Erinnerung. Trotzdem deute ich auf Louise, die mir gestern ein fliederfarbenes Kleid mitgegeben hat und dessen Zwilling in Rosé trägt – aus Duchesse-Seide und venezianischer Spitze, um zu zeigen, wie viele Spenden unsere Väter fließen lassen könnten.»Sie hat sich etwas überlegt.«

Louise starrt an die vollends uninteressante Kutschendecke.

»Du sagtest, du *würdest* dir etwas überlegen!«

Jetzt studiert sie die in ihren Handschuh verwebten Perlen.

»Aber ich hab nicht gesagt, *wann*.«

»Louise!«, stöhne ich.

Sie stöhnt noch übertriebener. »So schwer ist das doch nicht.« Sie kräuselt die Nase, ein sicheres Zeichen, dass sie einen Plan schmiedet, dann schlägt sie die Hände an die Wangen und reißt die glänzenden Augen auf. »Professeur, wie soll ich Ihren renommierten Vorlesungen mit dem gebührenden Respekt folgen, ohne mich vorzubereiten? Sie wären wahrlich mein Erretter, wenn Sie mich nur ein oder zwei Stündchen zur Recherche in die Bibliothek lassen!«

Ich schüttle den Kopf. »Wieso fallen dir solche Intrigen immer so natürlich zu?«

Edwin hingegen starrt sie an, wie Caesar seinen Vertrauten Brutus nach dem Mordanschlag angeschaut haben muss. »I turn my back on organized crime«, murmelt er die Worte in seiner Muttersprache schneller als sein Französisch und mir zur Hälfte unbekannt, »just to flee right into the arms of the next criminal mastermind.«

Louise greift hastig meinen Arm. »Edwin scherzt.« Sie muss glauben, ich verstehe so viel von seinem Englisch wie sie. »Er ist nicht mehr kriminell.«

»Wer hat etwas von krimi– Moment, *was*?« Ich japse nach Luft. »Nicht *mehr* kriminell?«

Die Kutsche hält, und Louise springt auf. »Da sind wir ja schon!«, jauchzt sie und hüpft aus der Kutsche.

»Ich warte hier«, erklärt Edwin.

Der Plan ist nicht perfekt. Er ist praktisch eine Improvisation. Dennoch folge ich Louise seufzend. Denn ich muss es versuchen. Dieser Sog drängt mich dazu herauszufinden, was es mit Nyx' Artefakt auf sich hat. Oder ist es ein Zwang? Will *ich* danach suchen – oder zieht mich etwas von außerhalb in diese Richtung?

Hinter Louise trete ich in das *Vestibule* der Sorbonne und vergesse den Sog. Die imposante Vorhalle erinnert mit dem Marmor, den Korinthersäulen und hohen Decken an die Architektur der Antike. Fast als wanderten wir durch einen prächtigen griechischen Tempel. Überall makelloses Weiß, ab und zu unterbrochen von tiefschwarzem Eisen und effektvollen Goldverzierungen. Zwei riesige symmetrische Treppen rahmen die doppelflügelige Tür aus dekorativ gewundenem Eisen ein. Nur wenige Studenten laufen zu dieser Zeit unter den Gewölbebögen der Vorhalle entlang, und dank der Stille dringen ab und an Passagen der Vorlesung durch die Tür. Ich starre die eleganten goldenen Lettern über ihr an. *Grand Amphithéâtre.* Nichts will ich lieber, als durch sie in den Vorlesungssaal zu treten.

»Es ist so furchtbar prätentiös.« Seufzend starrt Louise eine Statue an. »Ich werde herausstechen wie ein *Loup Blanc*.«

Ich starre die Tür an, damit Louise mein Gesicht nicht sehen kann. »Wie kann ein weißer Wolf herausstechen, wo hier doch alles so schrecklich trostlos weiß ist?«

»Ich weiß, dass du weißt, dass das ein Sprichwort ist.«

Ich beiße meine Zähne fester aufeinander. Jedes Wort würde ich später nur bereuen.

Louise tänzelt vor mich. »Wenn es dich *so* traurig macht, verzichte ich auf die Sorbonne!«

Die Wörter in mir sind so scharf und eisern, sie würden meine Zähne zertrümmern, hielte ich sie zurück. »Mich stört *nicht*, dass du zur Sorbonne gehst!«

»Was stört dich dann? Oder bist du wegen Eugè–«

»Mich stört, wie wenig dir das Studium bedeutet!« Zu laut, ich bin zu laut. Tief einatmen. Das Brennen im Hals ausatmen. »Dass du es einfach so aufgeben könntest.«

»Mir bedeutet das Studium doch etwas. Es ist nur nicht so weltverändernd, wie du denkst.« Louise zuckt mit den Schultern. »Mehrere meiner Freundinnen haben Plätze an einer *Université* bekommen, so eine große Sache ist das nicht.«

Meine Schneidezähne bohren sich scharf in meine Unterlippe. Für *mich* ist das eine große Sache. Aber ich kann meinen Gemütszustand nicht schon wieder an ihr auslassen, also schüttle ich den Kopf, bis all die Gedanken an ein Studium verschwinden. Und etwas tiefer in mir, die an Eugène. »Vielleicht hast du recht.«

Louise öffnet den Mund, doch die Tür zum *Grand Amphithéâtre* schwingt auf, und Studenten in schwarzen Anzügen strömen heraus. Auch von oben rieselt eine wirre Tonfolge aus angeregten Diskussionen und Scherzen auf uns nieder. Es liegen mehr Blicke auf uns, als Louise' Schönheit an allen Ausgeh-Abenden zusammen auf sich gezogen hat.

»Touché, du hattest recht.« Ich presse mich näher an sie, als uns die schwarz gekleidete Masse von Studenten verschlingt. Unsere Kleider lassen uns wie ein delikater Strauß blasser Zierblumen wirken. »Wir *stechen* heraus wie weiße Wölfe.«

Louise manövriert uns gegen die herausströmenden Burschen. »Du könntest mit Professeur Aguillard reden, ob er eine Ausnahme machen und eine verspätete Zulassung für dich –«

»Lass gut sein«, sage ich etwas zu überstürzt, als wir eintreten. »Zu viele Ersuche könnten ihn verärg…«

Das *Grand Amphithéâtre* hat seinen Namen *mehr* als verdient. Ich habe nicht erwartet, dass der Hörsaal einem römischen Amphitheater so sehr ähnelt. Durch die Glaskuppel fällt Nachmittagssonne auf die Sitzplätze, die zweistöckigen Galerien und die sechs Gelehrtenskulpturen in Nischen. Der Saal muss an die tausend Zuhörer fassen. Nur dass sie, statt Gladiatorenkämpfen zuzuschauen, den Professoren lauschen, hinter deren Podium ein riesiges Wandgemälde emporragt.

Wir schleichen durch die Sitzreihen zu Professeur Aguillard, der am Pult Bücher aufeinanderstapelt. Er trägt einen langen, grau melierten Bart und ähnelt in seiner Aura der Skulptur von Descartes. Dennoch ist er jünger, als ich gedacht hätte. Nicht *jung*, aber seine Haut ähnelt noch nicht den Pergamenten, die er studiert, sondern ist von einem fahlen Ockerton, der wohl kräftiger wäre, verbrächte er seine Tage nicht in Bibliotheken, *Bureaus* und Hörsälen. Er sieht auf und rückt eine Brille zurecht. »Ah, Mademoiselle d'Amboise, gut, dass Sie schon da sind!« Er winkt uns über die Köpfe der letzten Studenten heran. »Ich habe Sie völlig vergessen!«

Louise lehnt sich im Gehen näher zu mir. »Hat er auch vergessen, sein Brillengestell zum Optiker zu bringen?«

»Eher hat er vergessen, wo er sie hingelegt hat, nur um sie unter Bücherstapeln wiederzufinden. Oder unter seinem Po.« Ich presse die Lippen aufeinander. Das muss die Nervosität sein. Héra, steh mir bei, dass ich mich nicht *vor* ihm blamiere, weil ich vergesse, wie man sich benimmt.

Natürlich kichert Louise, ohne das zu verbergen.

Professeur Aguillard faltet die Hände vor dem Bauch, sobald wir vor ihm stehen. »Welch Freude, dieses vitalisierende Geräusch Ihres Lachens! Genau das fehlt in unseren tristen Hallen! Ich wusste, es hat Vorteile, Mesdemoiselles das Studium zu gewähren!«

»Ihre männlichen Studenten lachen nie?«, platzt es aus mir heraus. »Ist das anatomisch begründet oder –«

Louise stampft auf meinen Fuß, und erst als ich die Lippen zusammenpresse, um nicht zu ächzen, bemerke ich, wie patzig ich klinge. Ich blamiere mich also nicht vor Nervosität, sondern vergräme Professeur Aguillard direkt.

Doch er lächelt selig weiter und wedelt mit seinem erhobenen Zeigefinger. »Ich wünschte, mehr meiner Studenten hinterfragten meine Worte so wie Sie. Werden Sie auch hier studieren, Madame …?«

»Leclair«, bringe ich es hinter mich. »Nein, ich habe mich nicht zum Studium eingeschrieben.«

»Schade, schade«, murmelt er in seinen Bart, dann klatscht er in die Hände. »Was kann ich für Sie tun?«

»Wie Sie wissen, beginne ich in einigen Wochen mein Studium. Da ich Ihren Vorlesungen unbedingt folgen können möchte, hatte ich gehofft, bereits Vorarbeit in der Bibliothek leisten zu können.« Louise setzt diesen ganz leichten Schmollmund auf. »Ich fürchte, es fällt mir ein wenig schwerer als Männern wie *Ihnen*, all diese komplizierten … *Dinge* zu verstehen.«

Ich starre auf den Boden, um nicht mit den Augen zu rollen. Sie muss nicht *so* dick auftragen, oder?

»Ich verstehe Ihr Anliegen, Mademoiselle d'Amboise. Aber Sie wissen doch sicherlich, dass die Bibliothek nur den aktiven Studenten vorbehalten ist? Beabsichtigen Sie, Madame Leclair mit in die Bibliothek zu nehmen?« Täusche ich mich, oder liegt da ein Hauch von Argwohn in seiner Stimme?

»Aber Professeur!« Louise greift sich an die Brust, eine Zurschaustellung von Entrüstung, die ihn von *mir* ablenkt. »Sie können doch nicht erwarten, dass ich mich ohne Begleitung in einem Saal voller …« Louise senkt die Stimme und flüstert hinter vorgehaltener Hand weiter, »… voller alleinstehender *Junggesellen* aufhalte?«

»Nein, nein, natürlich nicht!« Er hebt beide Hände vor die Brust. »Aber ich fürchte, wenn überhaupt, kann ich nur Sie allein in die Bibliothek lassen. Und selbst dafür müsste ich beide Augen zudrücken!«

Merde. Louise und ich schauen uns an, und in ihrem Blick liegt ratlose Panik, wie auch ich sie spüre. *Ich* muss nach Informationen suchen. Dieser Sog ist in *mir*.

»Ohne Begleitung – nein, das kann ich meinem Papa nicht antun!« Louise hakt sich bei mir unter, als fiele sie gleich in Ohnmacht, dann lässt sie ihr Markenzeichen, das Flattern ihrer Wimpern, zu neuen Höhen anschwellen. »Ich sorge mich nur so, den Studieninhalten nicht gewachsen zu sein!«

»Mademoiselle d'Amboise, meine Verehrteste!« Professeur Aguillard spiegelt die Position von Louise Hand, ganz eingenommen von ihrer Darbietung. »Wie wäre eine kleine Rundführung als Entschädigung? Ich weiß, das ist nicht das Gleiche, aber es wäre mir eine Ehre, Ihnen ein wenig die Sorge vor diesem unbekannten Ort zu nehmen. Sie könnten zumindest einen *kurzen* Blick in die Bibliothek werfen.«

Louise' Lippen öffnen sich bebend, keine Frage, um zum Höhepunkt ihrer Aufführung anzusetzen.

Ich zwicke ihr in den Unterarm. »Eine fantastische Idee! So kannst du deine angespannten Nerven beruhigen. Ich weiß, in so aufwühlenden Zeiten neigst du immer zu diesen«, ich drücke ihren Arm etwas fester, »schrecklichen *Schwächeanfällen*.« Louise' Arm tätschelnd, seufze ich in Professeur Aguillards Richtung. »Zart wie eine Mimose, die Gute.«

Louise drückt meinen Arm zurück und schnieft. »Es *würde* mir guttun, die Sorbonne besser kennenzulernen.« Natürlich versteht sie auf Anhieb, was ich vorhabe. Wie nannte Edwin sie noch mal? *Criminal Mastermind.*

Professeur Aguillard beginnt seine Führung voller Heiterkeit. Oder er ist einfach nur unglaublich erleichtert, Louise' nervlichem Zusammenbruch entkommen zu sein. Die Prachthallen, Gänge und anderen Hörsäle sind kaum weniger beeindruckend als das *Grand Amphithéâtre*. Und überall liegt diese besondere Note von *Erkenntnis* in der Luft.

Alles in mir prickelt, sodass ich den Grund unseres Besuchs vergesse, bis der Professeur uns durch eine dunkle Holztür in den Lesesaal der Bibliothek leitet. Bücherregale erstrecken sich an den Wänden des langen Raums, unterbrochen von hohen Fenstern zu beiden Seiten. Beinahe kitschig wölbt sich die Decke, verziert mit Alabasterfresken und Malereien. Die seeschaumgrünen Seidentapeten sehen aus wie etwas, das Louise als Abendrobe bestellen würde. Doch es sind die unzähligen Tischreihen, die meine Aufmerksamkeit auf sich ziehen. Unter dem Schein zierlicher Leselampen studieren junge Männer und zwei oder drei Frauen ihre Lektüre. Da ist ein rasches Ziehen in meinem Magen, das ich verdränge.

Der Professeur wispert knappe Worte zum Saal, offensichtlich bemüht, ihn schnellstens wieder zu verlassen.

Ich nicke Louise zu.

Sie schluchzt herzzerreißend – und ohrenbetäubend – auf. »Oh, *mon Dieu*! Wie soll ich je dieser verehrten Institution gerecht werden?« Sie wirft ihre Hand an die Stirn. »Mir ist so blümerant! Ich spüre, wie die Farbe meine Wangen verlässt«, wehklagt sie, obwohl ihre Wangen so rosig strahlen wie eh und je. »Ich glaube, ich werde – oh, ja, mein Bewusstsein –« Dramatisch sinkt sie zu Boden.

Ich weiche zurück. Sie hat übertrieben, *niemand* nimmt ihr – ein halbes Dutzend Studenten rempelt mich zur Seite, um Louise zu Hilfe zu eilen.

Ich presse meine Hand gegen den Mund, um nicht loszuprusten, während ich, langsam rückwärtsgehend, forthusche. Die *Docteurs* haben wirklich ganze Arbeit geleistet mit ihrem Quatsch über den weiblichen Hang zur Hysterie.

»Frische Luft, ich brauche frische Luft«, dringt Louise'
Wehklagen zu mir. Beinahe fühle ich mich schlecht. Nicht, weil
wir diese Männer hinters Licht führen, sondern weil wir ihr ver-
klärtes Bild von Frauen bestärken. Aber nur beinahe.

Sie tragen Louise wortwörtlich auf Händen aus der Bibliothek, übertönen sich mit Beteuerungen, welcher Innenhof am
nächsten liege. Dennoch habe ich nicht viel Zeit, bevor mein
Fehlen bemerkt wird. Also stibitze ich nach einem Blick auf die
drei schlicht gekleideten Studentinnen einen grauen *Manteau*
von einem der Stühle und werfe ihn über mein roséfarbenes
Kleid.

Das Problem ist, die Bücher im Lesesaal sind ein Bruchteil
des *gesamten* Bestands. Mehrere Magazine liegen in den be-
nachbarten Gebäudeteilen. Und ich habe keine Ahnung, wo ich
die Suche beginnen soll. Weiß nicht einmal, wo Bücher über
Mathematik und wo über Philosophie stehen. Mit verknoteten
Fingern mustere ich die Studenten. Sie müssen sich auskennen.
Auf Zehenspitzen schleiche ich zur am harmlosesten aussehen-
den Mademoiselle weit hinten, die, tief über ein Buch gebeugt,
tonlos die Lippen bewegt.

Neben ihr räuspere ich mich. »*Pardon*, können Sie mir sagen,
wo ich theologische Bücher finde?«

Ohne hochzublicken, stößt sie den leisesten Seufzer aus.
»Hast du bei der Einführung nicht aufgepasst?«

Ich verlagere das Gewicht, weil mehrere Studenten zu uns
schauen. »Ich …«, beginne ich so leise, dass meine Stimme
bricht. »Es waren so viele Informationen am ersten Tag, und …«

»Die Einführung zur Bibliothek war nicht am ersten Tag.«
Sie sieht hoch, zur rosa Seide, die zwischen dem *Manteau* her-
vorblitzt, danach in mein Gesicht. »Bist du nicht eines der
Mädchen, die vom Professeur herumgeführt wurden?«

»Nein, ich …« Mit erhobenen Händen weiche ich zurück.

Fantastique, schuldbewusster kann ich mich nicht verhalten. »*Excusez-moi.* Es ist mir eingefallen, ich störe nicht weiter.«

»Darfst du überhaupt hier sein?« Ihre Stimme schwillt an, sodass die Aufmerksamkeit des ganzen Lesesaals auf uns liegt. Zwei Studenten tuscheln miteinander, dann stehen sie ruckartig auf, vermutlich, um einen Professeur zu holen.

Ich mache auf den Fersen kehrt. Pralle gegen Stühle, während ich mich durch die Tischreihen quetsche. Ich kann die Tür vor ihnen erreichen. Das Pochen meines Herzens muss von den Wänden widerhallen wie das Poltern der Stuhlbeine.

Nur noch ein paar Meter. Ich strecke die Hand zur Klinke aus – und etwas reißt an meinem Herzen. Der innere Sog zerrt mich von der Tür weg, sodass ein Ruck durch meine Gliedmaßen geht und ich strauchelnd halte.

»Wir haben Sie gesucht!« Professeur Aguillard hastet vom anderen Ende des Lesesaals zu mir.

»Es tut mir leid, Professeur. Im Tumult habe ich Sie irgendwie verloren und …« Ich werfe der jungen Frau einen flehenden Blick zu. »Plötzlich habe ich mich verlaufen.« Kurz verharrt sie, mit halb offenem Mund. Dann setzt sie sich mit zusammengepressten Lippen hin. »Zufällig kam ich wieder hier an und …« Die beiden Studenten bahnen sich einen Weg zu uns. »Vielleicht sollten wir die fleißigen Lerner nicht weiter stören?« Bevor er reagieren kann, manövriere ich den Professeur am Arm durch die Tür. »Ich hielt es für die beste Idee, auf Sie zu warten, wo wir uns verloren haben.«

»Ich mache Ihnen ja keinen Vorwurf.« Er tätschelt meinen Arm, dann löst er meinen Griff. »Kommen Sie. Die Zuwendung der Kavaliere konnte Madame d'Amboise etwas Aufregung nehmen.« Zwinkernd hält er mir die Tür zu einem Innenhof auf.

Louise hockt auf dem Rand des Springbrunnens, umringt

von besagten Kavalieren. Mindestens fünf Jacketts liegen zwischen dem moosbewachsenen Stein und ihrem eleganten Kleid. Damit Professeur Aguillard mein Augenrollen und Grinsen nicht sieht, renne ich auf Louise zu. »Geht es dir gut?«

Zwei Studenten treten auseinander, um mich zu ihr zu lassen, ohne ihre stützenden Arme von ihren Schultern zu nehmen. Louise strahlt mich an, als wäre nie etwas gewesen. Was ja auch im Grunde der Wahrheit entspricht. »Die Gentilhommes haben alles getan, um mich aufzupäppeln.«

»Du solltest trotzdem auf schnellstem Wege nach Hause.« Ich drücke ihre Hände eindringlich. Wer weiß, ob die beiden Studenten uns verfolgen, um mich zu verraten.

»Ich fürchte, du hast recht, meine Liebe«, seufzt sie und lässt sich von den Studenten auf die Beine helfen.

Unter hastigen Danksagungen verabschiede ich uns von Professeur Aguillard und den Studenten, die dreinblicken, als entrisse ich ihnen nicht Louise, sondern ihren Grund zum Leben. Fest untergehakt bugsiere ich Louise über den Innenhof. »Müssen wir in Betracht ziehen, dass du bereits im Besitz eines Artefaktes bist, weil dein Papa dir unwissentlich den Gürtel der Aphrodite gekauft hat?«

»Bitte. Als hätte ich einen Gürtel mit Liebeszaubern nötig, um Männer zu bezirzen.« Sie schweigt, bis wir das *Vestibule* erreichen. »Außer vielleicht bei Edwin«, murmelt sie so leise, dass ich sie beinahe überhöre.

Draußen zerre ich sie auf die andere Straßenseite. »Du hast in fünf Minuten ein halbes Dutzend reicher, gut aussehender, gebildeter Messieurs um je einen deiner Finger gewickelt. Ich bezweifle, dass du für einen Mann, der gleichermaßen verbrecherisch wie dröge ist, *mehr* benötigst.«

»Er ist *nicht* dröge.«

»Aber verbrecherisch?«, schnaube ich.

»Ich kann bei ihm nicht einfach mit den Wimpern klimpern und ein wenig vom Fußgelenk zeigen, damit er hin und weg ist.« Sie verschränkt die Arme. »Daran erkennt man die *Guten*.«

Seufzend weise ich auf einen der zarten Stühle vor einem Café mit bemalten Schaufenstern und seidenen Sonnenschirmen. Beim *Garçon*, der in Windeseile an unserem Tisch steht, bestelle ich zwei Café Noisette und Eclairs. Eclairs machen *alles* besser. Besonders Louise' Stimmung.

»Er hat dich geküsst, Louise.« Sie öffnet den Mund, doch ich hebe die Hand. »Ich weiß, dass das kein ewig anhaltender Liebesschwur ist. Aber ich *sehe*, wie er dich ansieht.«

Unsere Bestellung kommt auf zartem Porzellangeschirr an, und Louise zupft an den gezuckerten Lavendelblüten ihres Eclairs herum. »Weil ich hübsch bin«, murrt sie.

Oui, was für ein Fluch. Doch statt die Augen zu verdrehen, drücke ich kurz ihre Hand. »Weil er die wahre Louise sieht. So wie ich. Wie Eugène, Armand und Jean.« Ich teile mein Eclair mit der Silbergabel. »Die Louise, wegen der wir überhaupt noch leben. Er hat mitbekommen, wie du eine Lagerhalle mit einer Bombe in die Luft gejagt hast.«

Louise grinst, stopft sich einen großen Bissen in den Mund, um das zu überspielen, und ähnelt dadurch einem Hamster.

»Wenn *das* einen Mann nicht dazu bringt, sich unsterblich zu verlieben, weiß ich auch nicht weiter.« Ich werfe die Arme in die Luft. Theatralisch, so wie Eugène es machen würde, um mir ein Lächeln zu entlocken. Die Muskeln um mein Herz verengen sich, obwohl Louise nun aus vollem Herzen lacht.

»Hat sich der Ausflug gelohnt? Was hast du erfahren?« Louise nippt an ihrem Café, ohne mich aus den Augen zu lassen.

»*Noch* nichts.« Ich nehme einen Bissen Eclair, lasse die Gabel im Mund, bis die Schokolade auf meiner Zunge schmilzt.

Hmm, das hellt nicht nur Louise' Stimmung auf. »Aber ich weiß, *dass* ich dort etwas finde. Also muss ich zurückkehren.«

»Professeur Aguillard wird sich hüten, dich ein zweites Mal in die Bibliothek zu lassen.«

Ich lehne mich vor. »Deshalb werde ich auch nicht fragen.«

Kapitel 8

Ein paar Wachen patrouillieren um die Sorbonne, doch ich muss nur wenige Minuten im Nieselregen auf dem Dach gegenüber ausharren, bis ich ihre Routen verinnerliche. Sobald der Wachmann hinter der Häuserecke verschwindet, klettere ich die Fassade hinab, husche über die Straße und ziehe mich an den Vorsprüngen der Sorbonne zu einem der Fenster im ersten Stock hoch. Ich bin kaum außer Atem, dennoch beben meine Finger, während ich das Schloss knacke. Sekunden später gleite ich durch das Fenster in den menschenleeren Lesesaal und schleiche zur Tür, bei der ich den Sog so heftig verspürt habe. Ein Teil von mir ist überzeugt, dass es nur Einbildung war. Doch sobald ich aufhöre zu atmen, um keine noch so kleine Regung in mir zu verpassen, flammt er wieder auf.

Langsam einatmend lege ich eine Hand an die mir nächsten Bücherrücken. Ich muss keine Titel erkennen. »Vertrau einfach der unerklärlichen Eingebung, die dich dazu bringt, nachts in Bibliotheken einzubrechen. Keine große Sache, oder?«

Ich mache den ersten schweren Schritt und folge dem Sog, ohne die Bücherrücken loszulassen. Jeder Schritt fällt mir leichter, führt mich sicher die Regale entlang.

Die Bücher versengen meine Finger. Die Hitze schwillt an, umhüllt mich, als würde Mama Eintopf kochen, ohne die Fenster zum Lüften zu öffnen. Und doch kann ich nicht loslassen.

Bis ich über ein Buch fahre, so eiskalt, dass ich erschaudere.

Meine Sinne sind so geschärft, dass ich schwören könnte, sogar meinen Atem im Dunkel zu sehen. Ich ziehe das Buch heraus und fahre über die eingeprägten Buchstaben, spüre jeden Haarriss in der Goldschicht. Hastig schlage ich das Inhaltsverzeichnis auf. Durch das Fenster neben mir fällt etwas Licht der Straßenlaterne, sodass ich die Wörter entziffern kann. Da! Noch vor den olympischen Göttern, vor den Titanen, direkt im ersten Kapitel. Die *Protogonoi*, die *Urgötter*, Chaos, Gaia, Erebos – und Nyx. Ich blättere zu ihrem Eintrag.

Eine Schemazeichnung von Nyx' Fackelzepter nimmt die gesamte Höhe der Seite ein. Sie gleicht der Fackel vom Bildnis bei den d'Amboises. Die Abbildung daneben lässt mich stutzen. Ein Rechteck erstreckt sich über die gesamte zweite Seite, versetzt mit Diamanten aus feinen Federstrichen. Ich erkenne die kleinsten Ausrisse von zerlaufener Tinte an den Linien. Was soll das darstellen? Meine Sinne schärfen sich noch ein wenig mehr, bis ich sogar Staub und vergilbtes Papier in der stehenden Luft rieche. Und … teures Eau de Parfum.

Ich fahre herum, das Buch an meine Brust gedrückt.

Eugène lehnt an der vordersten Tischreihe. »Du bleibst in Paris, besuchst meine Mutter«, er schüttelt seine Haare aus, die sich vom Nieselregen leicht kringeln, »aber schenkst deinem alten Compagnon Eugène keine Minute deiner Zeit?«

Ich umklammere das Buch fester. »Bist du wirklich *hier*?«

Er stößt sich grinsend vom Tisch ab. »Nun, ich denke oft darüber nach, ob wir uns nicht alle in unserem ganz persönlichen Konstrukt der Realität befinden.« Es *ist* Eugène. So etwas kann sich meine Fantasie nicht ausdenken, auch wenn es nicht das erste Mal ist, dass ich diese Worte höre. Er gestikuliert mit den Händen, als wäre er Platon. »Die Frage, ob ich *hier* bin, was dieses *hier* überhaupt ist und –«

»Du bist krank!« Ich marschiere auf ihn zu. »Also, was *tust* du hier?«

»Existieren?«, schlägt er quietschfidel vor.

Mein Geständnis.

»Außer natürlich, du glaubst, dass unsere Existenz –«

Kurz vor ihm weiche ich zurück. *Er weiß, wer ich wirklich bin.*

Alles dreht sich, trotzdem entgeht mir nicht der Schmerz, der durch seine Mimik ruckt. Er *will* mich behandeln wie zuvor, aus Mitleid oder Güte oder Anstand. Doch er schafft es nicht.

»Warum bist du hier, Eugène?«

»Louise hat mir gesagt, dass du in Paris bleibst, nach den Artefakten suchst – und wo du bist. Odette, in mir erhärtet sich so langsam der Eindruck, du wolltest das vor mir geheim halten!« Noch eine Bemühung, die frühere Ungezwungenheit aufrechtzuerhalten. Als wir zusammen gegen unseren Stand rebelliert haben. Nur, dass ich nicht mehr die rebellische, aber ihm letztendlich ebenbürtige Mademoiselle bin. Jetzt bin ich unter seiner Würde.

»Du solltest nicht durch den Regen laufen, um –« Meine Nägel brennen, so fest kralle ich sie in den Einband. »Bitte, sag nicht, du versuchst ein Gentilhomme zu sein, der seine Avancen des Anstands halber offiziell beendet.«

»Ich will nicht …«, stößt er abgehackt aus. Dann wirft er die Hände in die Luft. »Denkst du wirklich *so* von mir?«

Ich runzle die Stirn. »Dass du Gentilhomme genug bist, deine Avancen nicht ohne Erklärung einzustellen?«

»Dass es für mich einen Unterschied macht, wie viel Geld deine Familie hat oder welchen gesellschaftlichen Stand!« Etwas blitzt in seinen Augen auf, das beinahe an Zorn erinnert. Doch er tritt näher, umfasst meine Hände am Buch, und jede Regung in seinem Blick zerschmilzt zu etwas Warmem, Sanftem, Verzweifeltem. »Für mich ändert das nichts.«

»Das ist noch schlimmer.« Seine Nähe reißt mein Herz quälend langsam in Fetzen. »Wären deine Gefühle ehrlich, würdest du mich nicht in diese Lage bringen. Mir nicht für ein paar gestohlene Momente voller Berührungen im Dunkeln nachstellen, obwohl wir keine Zukunft haben. Wären deine Gefühle ehrlich, würdest du nichts tun, was mich als mittellose Frau mein Leben lang mit Konsequenzen strafen könnte.«

Seine Finger verkrampfen sich um meine. »Wegen dieser verdammten gesellschaftlichen Regeln?«

Ich blicke zur Seite, um mich nicht von Sternenaugen erweichen zu lassen. »Regeln, die mich *beschützen*.«

»Vor *mir*?« Da ist etwas siedend Heißes in seinen Worten, das mein Herz versengt. Dem angestrengten Ton seiner Stimme nach zu urteilen seines nur noch mehr.

»Vor einem gebrochenen Herzen«, rinnt es über meine Lippen.

Sein Atem stockt. Dann sind die leisen Luftzüge eine ganze Weile das Einzige, was ich höre. Bis er mein Gesicht in die Hände nimmt. »Ich würde niemals dein Herz brechen«, raunt er und fährt mit den Daumen die Linien meines Kiefers entlang.

Ich blicke auf, kann nicht anders. »Aber das hast du schon«, wispere ich. Die Wahrheit. »Denn egal, wie sehr du das Gegenteil behauptest, ich habe es nach meiner Beichte in deinen Augen gesehen. Genauso wie heute. Du betrachtest mich anders, seit du davon weißt.«

Eugène öffnet leicht die Lippen, schließt sie wieder. Dann lacht er leise. Er wagt es, zu *lachen*. »Du weißt so vieles, verstehst so vieles. Nur dieses Mal liegst du *falsch*.« Ich schüttle den Kopf, doch der leichteste Druck seiner Finger lässt mich innehalten. »Ich wusste, dass du nicht aus der *Bourgeoisie* stammst. Seit unserem ersten Treffen. Es hat mich nie gekümmert.«

Seine Behauptung raubt mir den Atem. So eine *Lüge* habe ich am allerwenigsten von ihm erwartet.

»*Natürlich* wusstest du das«, speie ich die ätzende Mischung aus Sarkasmus, Erbitterung und Unglaube aus. Wäre es ihm wirklich bewusst gewesen, hätte er es nie so weit kommen lassen. Ich weiche zurück, zerre seine Hände von mir.

Eugènes Finger streichen rasch über den Kragen meiner Nachtschwärmer-Uniform, versinken zwischen dem Stoff und der zarten Haut meines Halses. Seine kühlen, regennassen Finger lassen mich erschaudern. Er zieht die Kette mit dem Athéna-Anhänger heraus. Um mich daran vom Zurückweichen abzuhalten?

Keuchend lange ich nach seinen Händen, um mich zu befreien.

Doch er hält den Anhänger sanft, sodass die feingliedrige Kette locker durchhängt. Lehnt sich zu mir, seine Stirn nur einen Hauch von meiner entfernt, um auf Athéna hinabzublicken – wie in der Nacht, als wir uns kennenlernten. »Das ist der einzige Schmuck, den du damals getragen hast. In all der Zeit seitdem trägst.« Er sieht durch seine dunklen Wimpern zu mir. »Athéna der Alten Gottheiten.«

»Auch einige Menschen aus der *Bourgeoisie* glauben an die Alten Gottheiten.« Ich denke, ich vergesse das Atmen. Wenn er wusste, dass ich lüge – wenn er wusste, wer ich wirklich bin –, wenn all seine Worte und Berührungen nicht der Odette aus der *Bourgeoisie* galten, sondern *mir* –

Eugènes Mundwinkel zucken. »Aber sie tragen nicht die gebrauchte Kette ihrer Freundin. Oder ihre Kleider.« Langsam richtet er sich auf, zeigt auf seine Brust, ohne die Kette loszulassen. »Glaubst du wirklich, *mir* wäre es nicht aufgefallen, dass deine Garderobe aus genau drei Kleidern besteht, die so weit von maßgeschneidert entfernt sind, wie es nur möglich ist, und deren Farben nicht auf deinen Teint, Haare oder Augen abgestimmt sind? *Mir?*« Erneut deutet er an seinem Ensemble aus modischem Firlefanz herab.

Obwohl sich meine Rippen, mein Zwerchfell und Herz so starr anfühlen, als hätte jemand meinen Brustkorb mit Zement aufgefüllt, stoße ich ein atemloses Lachen aus, das in meinem Hals brennt. »Warum hast du nie etwas gesagt?«

»Weil ich gehofft habe, du vertraust es mir irgendwann von dir aus an.« Seine Stimme ist samtweich, sodass ich nicht anders kann, als hochzublicken. In seine Augen. Kein Sternenhimmel, sondern so leuchtend und unwirklich wie die strahlende Corona bei der Sonnenfinsternis, die ich als Kind gebannt beobachtet habe. »*Deshalb* sehe ich dich anders an. Ich war mir sicher, endlich dein Vertrauen gewonnen zu haben. Doch dann wurde mir klar, dass dein Geständnis nur dazu gedacht war, mich von dir zu stoßen.« Jede Silbe ist eine Überwindung für ihn.

Aphrodite weiß, sie wären für mich so schwer, dass ich Worte wie diese nicht über meine Lippen bringen würde, die mich verletzlich machen würden. Aber er ist stärker, mutiger als ich. Bereit, verletzt zu werden.

»Vielleicht war es ein Fehler, dir nie deutlich zu verstehen zu geben, was ich empfinde. Ich wollte warten, bis du mir vertraust. Du *musst* bemerkt haben, wie ich für dich –« Er stockt. Legt seine Stirn gegen meine, sodass wir die gleiche Luft atmen. »Ich bin mir nicht sicher, ob du überhaupt ähnlich empfindest. Bezweifle es stärker als je zuvor.«

Ich könnte ihn in dem Glauben lassen. Es würde alles so viel einfacher machen. Seine Genesung, unsere Mission, mein Leben. Den Zustand meines Herzens. Doch da ist dieser kleine, glühende, unvernünftige, träumerische Teil in mir, der so ehrlich sein will wie er. Ich löse eine Hand vom Buch. Sachte streiche ich mit den Fingern über die Knöchel seiner Hand, die weiter meinen Anhänger umklammert.

Eugène holt scharf Luft.

Ich komme zu mir und lasse ab von ihm. »Wie stellst du dir das vor?«, bringe ich kopfschüttelnd hervor.

»Wie soll ich mir das schon vorstellen?« Seine Augen funkeln. Er wittert seine Chance in meinem flüchtigen Ausrutscher. »Sogar *du* musst Bücher über Romanzen und das pure Entzücken erwiderter Gefühle gelesen haben. Pâris und Hélène, Orphée und Eurydice, Elizabeth und Mr Darcy, Roméo und Juliette –«

»Sind Roméo und Juliette nicht auf tragische Weise gestorben?«

Er winkt ab. »Wen interessieren schon die Details? Ich würde an deiner Seite lachen, kämpfen, schlafen. Ich würde –«

»Steht in diesen Büchern auch, was passiert, falls dein Vater davon Wind bekommt? Und dich enterbt?«, schnaube ich, obwohl seine Worte – unziemliche, pathetische, glorifizierende Worte – etwas in mir aufwirbeln. Schmetterlinge, wunderschöne Monarchfalter vielleicht oder Nachtfalter. Nachtschwärmer.

»Auf das Erbe verzichte ich liebend gern.«

Wieder atme ich schnaubend aus, durch die Nase, dieses Mal fast ein Lachen. »Und wovon lebst du dann? Ich fände es nämlich schön, wenn wir zumindest ein *wenig* älter als Roméo und Juliette werden würden. Denn anders als in den Büchern kann man *nicht* von Luft und Liebe leben.«

Eugènes Finger tanzen über meinen Hals, meinen Kiefer.

166

»Ich glaube, ich könnte es.« Er lehnt sich zu mir herab, die Stimme nur noch ein Flüstern, das über meine Lippen schwirrt. »Ich würde es versuchen, wenn du mich lässt.«

Ich halte den Atem an, damit mir sein Duft, seine Worte, seine Nähe nicht zu Kopfe steigen. Ich darf nicht aufhören zu denken. Aber alles in mir wirbelt, als wäre ich trunken von Champagner und Möglichkeiten. Von *ihm*.

Eugène lehnt sich zurück und lässt meine Kette los, sodass die Welt um mich wieder etwas Form annimmt. »Oder wir verdienen einfach Geld mit Nachtschwärmer-Aufträgen.« Er zuckt mit den Schultern, nonchalant, als wäre nichts. Nichts zwischen uns. Nur, dass seine Pupillen geweitet sind und sein Atem in zu hastigen Zügen über seine Lippen streicht.

Er ist nervös, unfassbar nervös. Wegen *mir*.

Also schlucke ich alle Bedenken herunter. All die Unsicherheit, dass jemand wie er es nicht mit jemandem wie mir ernst meinen könnte. Dass ich nicht genug bin. Das Buch kracht auf den Boden, und ich schlinge meine Arme um seinen Hals, presse mich an ihn. Nah, nah, so nah es geht.

Er taumelt nach hinten, umgreift meine Taille mit beiden Armen, bis wir gegen den Tisch stoßen.

Ich kann den Regen in seinem Haar riechen, vermischt mit der Pomade. »Du musst aufhören, mir solche Dinge zu sagen«, raune ich an seinem Hals. »Oder ich glaube sie irgendwann.« Ein Hauch Eau de Parfum, das er vor Stunden aufgetragen haben muss. Obwohl er in seinem Zimmer eingepfercht ist. Was durch seinen Kopf geht, ist mir so schleierhaft wie eh und je. Und trotzdem presse ich meine Lippen an seinen flatternden Puls, an diese berauschende Mischung aus Parfum und *ihm*.

»Ich würde zu jedem Gott beten, dem Einen Gott oder Aphrodite oder Hadès, damit du sie irgendwann nicht mehr nur glaubst, sondern *weißt*. Weißt, dass ein Weg für uns existiert.«

Eugène zieht mich vor sich, zwischen seine Beine, unser Gewicht halb auf dem Tisch.

Wie wäre es wohl, mit ihm an der Sorbonne zu studieren? In vollkommener Stille nebeneinander über Büchern zu kauern? Verstohlene Küsse zwischen Bücherregalen auszutauschen?

Seine Finger graben sich in meinen *Manteau*, angespannt an meinem unteren Rücken, nicht nur, um mich zu halten. Aus Nervosität, immer noch.

Wie wäre es, seine Hände *unter* meinem *Manteau* zu spüren? Eugènes Herzschlag hämmert gegen seine Rippen, gegen *meine* Rippen. Würde er sich anders anfühlen, unter meinen Fingern, ohne Lagen von Kleidung dazwischen? Solche Gedanken ziemen sich nicht. Doch sie wandern schon weiter, fantasieren, wie sich sein Kiefer unter meinen Lippen anfühlen würde. Ich kann ein lautloses Seufzen nicht zurückhalten oder verhindern, dass sich meine Lippen leicht öffnen. Ihr Streifen über Eugènes Hals wirkt auf ihn wie ein Funken an Zunder.

Er zerrt an der Brosche, die seine alberne *Cravate* hält. »*Merde*«, lacht er atemlos, weil sie sich nicht löst. Weil ich mit den Fingern über seinen Nacken streiche, jeden Nackenwirbel nachzeichne. Bis meine Nägel durch sein dort kurzes Haar fahren und sich sein Lachen in einem erstickten Geräusch verfängt. Er lässt vom Knoten ab, greift stattdessen mein Gesicht. Drei unserer verschmelzenden Atemzüge lang sieht er mich an, unsicher, fragend, rastlos. Ich traue meiner Stimme nicht, deshalb ziehe ich ihn am Nacken näher zu mir. Schließe die Augen, denn eine Sekunde länger in seine Firmamentaugen zu blicken, würde mir das Bewusstsein rauben.

Eugène verteilt Küsse auf meine Wangen. »Du bist geblieben«, raunt er zwischen ihnen.

Meine Finger winden sich in den längeren Haaren an seinem Hinterkopf, unwillkürlich und ein wenig zu fest. Vielleicht, um seinen Mund dahin zu leiten, wo ich ihn spüren möchte.

Ein unterdrückter Laut löst sich in seiner Kehle, doch mit der Konzentration eines Wissenschaftlers bei der Entdeckung seines Lebens widmet er sich weiter meinen Wangenknochen.

Ich raune etwas, das beschämend nach einem Flehen klingt, mich endlich zu küssen. *Richtig* zu küssen.

Er stockt für einen Atemzug, dann gleiten seine Lippen meinen Kiefer hinab. Ich versuche, weiter zu atmen, während er versengende Wörter gegen meinen Mundwinkel wispert. Nein, nur eines. »Odette.« Seine Lippen finden meine. *Endlich.*

Der Kuss reißt mir den Boden unter den Füßen weg. All die Kämpfe und Verfolgungsjagden – und *dies* ist der Moment, in dem ich mir sicher bin, hilflos auf den Boden zu sinken, wenn ich mich nicht an seine sich hebenden Schultern klammere. Ich weiß nicht, was ich tue. Habe keine Erfahrung darin, nicht wie er mit seinen lodernden Lippen und windverwehten Atemzügen. Aber ein seltsamer Instinkt übernimmt. Es ist wie eine komplizierte Rechenaufgabe, bei der mich jeder Schritt zur Lösung beflügelt. Mein Herz überschlägt sich, und ich lehne mich gierig in den Kuss, als hätte ich nie etwas anderes getan.

Eugènes Atem rast über meine Lippen, gefolgt von einem hungrigen Laut. In einer zügigen Bewegung dreht er mich um, hebt mich auf den Tisch. »Weißt du, was du mit mir tust?«, raunt er in meinen Mund. Mit festem Griff zieht er mich zur Tischkante, zu sich, und ich verschränke meine Beine über seinen Kniekehlen – und er erstarrt.

Unsere Münder driften auseinander, und seine Hände gleiten von meinen Oberschenkeln auf die Tischplatte, an der er sich abstützt. Ich will protestieren, doch er lehnt seine glühende Stirn an meine und starrt mich aus dunklen Augen an. »Du weißt immer noch nicht, was du tust, oder?«

Die gleiche Frage wie vor so vielen Wochen. Da ist dieser Teil in mir, der beweisen will, dass ich weiß, wie man Gleichungen löst, eine Formel anwendet, wohin so ein Kuss führt. Und ich *weiß*, wohin er führt. Ich bin nicht behütet wie die Mädchen aus der *Bourgeoisie*. Aber ich weiß nicht, ob ich *bereit* für die nächsten Schritte bin. Bei Dingen wie diesen *sollte* ich es wissen, *sollte* mir sicher sein. Also schüttle ich den Kopf, obwohl sich jede Faser in mir dagegen wehrt.

Eugène fasst mein Gesicht, dieses Mal sanft und innig, sodass ich ihm ins Gesicht sehe. »Wenn du dich nicht wieder dafür entscheidest, Paris zu verlassen«, ein unschuldiger Kuss auf meine Lippen, dann auf meine Stirn, der mich mit einer anderen Art Wärme erfüllt, »haben wir alle Zeit der Welt.«

Ich berühre seine Hände an meinen Wangen, und für einige Sekunden, Minuten oder Stunden blicken wir uns an. Die Realität holt mich schleichend ein, erinnert mich nur vage daran, wo ich bin und warum ich hier bin und dass *er* nicht hier sein sollte. Denn Sternenhimmelaugen, die eigentlich nicht in ein Leben wie meines gehören, machen es einem schwer, sich aus einem unwirklichen Moment wie diesem zu lösen.

Sternenhimmelaugen. Sterne am Himmel, das Funkeln von Diamanten in dieser Samtschwärze, die die Nacht als Decke über die Welt legt. Ich springe auf. Das zweite Bild im Buch, neben der Fackel. Nyx legt ihr sternenbesetztes Tuch über die Welt, um die Nacht einzuläuten.

Ich umklammere Eugènes Schultern. »Nyx hat *zwei* Artefakte!«

»Sollte es mich kränken, wie schnell deine Gedanken zu diesen Artefakten mit zweifelhafter Existenz zurückkehren?«

»Nein, nein«, murmle ich, während ich das Buch vom Boden fische. »Es ist mir klar geworden, weil ich zu lange in deine Sternenhimmelaugen gestarrt habe.«

Jetzt zieht er eine Augenbraue hoch, und Vergnügen funkelt in seinem Blick. »Meine *was*?«

An der Hand zerre ich ihn zum Fenster. »Keine Zeit dafür!« Ich ziehe mich auf den Fensterrahmen, drehe mich zu ihm, um ihn anzustrahlen. »Ich weiß, wo ihr *zweites* Artefakt ist!«

Der Tempel ist menschenleer. Vermutlich sind Jean und Armand unterwegs, um unsere Verpflegung aufzustocken. Ob und was sie herausgefunden haben, muss ohnehin warten. Erst vor den Götterstatuen halten Eugène und ich an. Vor Nyx.

Eugène starrt ihre halb geöffnete Hand an, in der sie eigentlich das Fackelzepter halten sollte. »Vielleicht war der Überfall, wegen dem die Nachtschwärmer das Quartier verlassen haben, kein normaler Angriff.«

»Du meinst, sie waren hier, um die Fackel zu stehlen?« Ich kraxle neben ihn auf den Sockel der Statue und grinse. »Dabei haben sie ihr zweites Artefakt wohl übersehen. Ihr sternenübersätes Tuch.«

»Ihr Tuch?« Er wirft einen skeptischen Blick hinauf. »Es ist meisterhaft gemeißelt – aber immer noch aus *Stein*.«

»Und genau aus dem Grund haben sie das Tuch bestimmt nicht bemerkt.« Ich ziehe mich am polierten Lapislazuli hoch. Meine Finger gleiten von den glatten Falten ihrer Tunika ab, und ich rutsche ein Stück ab. Im letzten Moment finde ich mit dem Fuß in einer tieferen Kuhle Halt.

»Brich bitte nicht ihre Finger ab«, weht Eugènes Spötteln zu mir hoch. »Die Statue ist jahrhundertealtes, kostbares Gut.«

Ich beiße die Zähne zusammen und arbeite mich Stück für Stück höher. Er kann noch so viel darüber spotten, dass ich ein Stück *Stein* für eines der Artefakte halte. Doch schon das erste Mal im Tempel hatte ich das Gefühl, ihr gemeißeltes Tuch würde fließen wie *echter* Stoff.

Ich schlinge meine Arme um Nyx' Hals. Vielleicht war der Sog, als ich unter ihr gelesen habe, kein vages Ziehen in Richtung der Artefakte. Vielleicht war es ein Wink mit dem Zaunpfahl, weil das Artefakt direkt unter meiner Nase war. Gut, *über* meiner Nase. Ich starre in Nyx' Gesicht. »Wenn das hier *dein* Werk ist, könntest du dich beim nächsten Mal ein *bisschen* weniger vage ausdrücken?«, knirsche ich hervor, überlege es mir jedoch hastig besser. »Aber das ist nur meine demütigste Bitte. Falls das möglich wäre. *Merci beaucoup.* Amen.«

»Bitte, mach nicht noch ein Kreuz!«, ruft Eugène. »Das gehört zum Einen Gott, nicht zu den Alten Göttern.«

Ich winke ab und ziehe mich auf Nyx' Schulter, ihr Tuch als Baldachin über mir, jeder Diamantstern groß wie ein Taubenei.

»*Prolétariat und* Gotteslästerung. Man könnte meinen, du legst es darauf an, dass mein Vater mich enterbt.«

Ich werfe Eugène einen missbilligenden Blick zu. »Psst. Das hier ist ein geschichtsträchtiger Moment.«

»Ich kann schon die Schlagzeile sehen. *Heidnisch veranlagte Mademoiselle aus der Arbeiterschicht stürzt von jahrhundertealtem Nationalgut, erschlägt allseits geschätzten Jungerben. Liebender Vater erschüttert!*«

Um nicht loszulachen, presse ich die Lippen zusammen. Ich habe bereits Nyx' Statue mit meiner Kletterpartie besudelt und ihre rhetorischen Fähigkeiten bemäkelt. Wenn ich jetzt noch ihr diamantenbesetztes Tuch stehle, sollte ich das zumindest mit einem *Rest* Ehrfurcht tun. Vorsichtig strecke ich die Hand nach dem steinernen Tuch aus. Streife mit den Fingern über die tiefblauen Falten.

Feine Partikel, wie glitzernder Sternenstaub, lösen sich vom Tuch. Die starre Form zerfällt, und der Stoff schwebt gen Boden, als hätte jemand das wogende Tuch mitten im Fall eingefroren und meine Berührung die Starre geschmolzen.

Mit angehaltenem Atem greife ich das Sternentuch. Sein Gewebe, fein wie Blütenstaub und fest wie Canvas, legt sich um meine Finger. Kühl und seidig, tiefstes Mitternachtsblau durchzogen von Sternen aus Silbergarn, das wertvoller als jeder Diamant schimmert. Seine Berührung beruhigt mich, meine Gedanken, meine Gefühle, mein Innerstes.

Doch unter der Oberfläche, in mir, knistert Elektrizität. Energie, die ich viel zu lange unter Verschluss gehalten habe. Als wäre sie ein Fluch, kein Segen. Ich lasse das außergewöhnliche Gewebe durch meine Finger fließen. Wovor habe ich mich gefürchtet?

Grinsend sehe ich zu Eugène hinab. »Wenn ich das hier verkaufe, kann dein Vater mit seinem Erbe einpacken.« Ich werfe das Tuch über meine Schulter und gleite an der Statue hinunter. Sicher komme ich vor Eugène auf meinen Füßen auf. »Aber vorher sollte ich das Sternentuch ausprobieren. Falls der Nutzen den materiellen Wert übersteigt.«

Die Wohnhäuser, Botschaften und Ministerien in *L'Héra* sind nicht von so vielen Lampen erleuchtet wie die anderen reichen Arrondissements voller *Cabarets*, Geschäfte und Restaurants. Also fahren wir in einer Kutsche Richtung Seine.

Eugène sitzt dichter an mir, als es die für vier Menschen ausgelegte Rückbank verlangt, und spielt mit dem Sternentuch in meinem Schoß. »Wohin fahren wir?«

Ich grinse. »Fühlt sich nicht so schön an, zur Abwechslung derjenige zu sein, der völlig unwissend entführt wird, oder?« Trotz meiner Genugtuung kann ich die Anspannung nicht ganz unterdrücken. Ich warte, ob er mit einer unangemessenen Entgegnung in der Art, dass er sich jederzeit von mir entführen lassen würde, auf meine Vorlage eingeht.

Doch sein Blick verfinstert sich. »Nach *Le Zeus*?«

»Zur *Seine*«, halte ich hastig dagegen. »Ich brauche mehr Lampen, um meine Ahnung auszutesten.«

Falls er mein Flunkern durchschaut, zeigt er es nicht. Ohne vom Stoff abzulassen – ist ihm klar, wie ablenkend seine Pianistenfinger durch die Seide fahren? –, sieht er zu mir. »Was glaubst du, kann das Sternentuch?«

»Nyx kann damit die Abenddämmerung kontrollieren. Aber ich bin nicht sicher, wie es bei Menschen funktioniert. Bloße Menschen werden wohl kaum den Verlauf der Gestirne beeinflussen können, um die Sonne untergehen zu lassen.«

Die Kutsche rattert über einen losen Klinkerstein, und unsere Schultern stoßen gegeneinander. Ich starre Eugène an, dann das seichte Grinsen auf seinen Lippen, die ich eben erst –

Reiß dich zusammen, Odette, das gerade war nur seine Schulter!

»Nun, hast du schon *versucht*, die Sonne untergehen zu lassen?« Das Schmunzeln verwebt sich mit seiner Stimme.

Ich deute zum Himmel. »Es ist bereits *Nacht*, Eugène.«

»Ist mir wohl entgangen.« Er breitet genüsslich die Arme auf der Rückenlehne aus. »Ich werde schließlich nicht jeden Tag wie Perséphone von Hadès entführt, um an seiner Seite als Königin über die Unterwelt zu regieren.«

Ich rolle die Augen. Natürlich musste da noch etwas kommen. »Wenn du keine fünf Minuten ernst bleibst, sorge ich dafür, dass du nicht mehr an meiner Seite in der Kutsche sitzen, geschweige denn *über die Unterwelt* herrschen kannst.«

Er legt die Hände zu einem Gebet zusammen. »Ich werde ernster sein als eine Messe zu Karfreitag im Vatikan«, erklärt er mit einem Funkeln in den Augen, das verrät, wie sehr ihm unser Geplänkel Freude bereitet. So, wie schon lange nicht mehr. Liegt das an unserem – an dem, was heute Nacht passiert ist? Kann das so eine Veränderung hervorrufen? »Versuch doch, die Sonne *auf*- statt *unter*gehen zu lassen.«

Aus den Augenwinkeln betrachte ich seine leicht geröteten Wangen. So erholt hat er lange nicht mehr ausgesehen. Es sollte mich erleichtern, aber etwas in mir fragt sich, wie lange das anhalten wird. Seufzend lege ich den Kopf in den Nacken. »So funktioniert das nicht. Ich glaube, mit dem Tuch ruft sie die Nacht – und mit der Fackel den Morgen.«

Die Kutsche hält an der im Mondlicht glitzernden Seine, und wir steigen aus. Ich umklammere das Tuch, während wir über die *Pont Alexandre III* mit ihren Goldstatuen und verzierten Laternen wandern. Umgeben von illuminierten Dampfschiffen, auf denen ausgelassene Feiern stattfinden. Und am Ufer die pompösen Häuser mit ihren leuchtenden Fenstern. In der Mitte der Brücke halte ich an, Eugène hinter mir. Ich starre über die sanften Wogen des Flusses.

Eugène nimmt mir das Tuch aus den Händen und breitet es aus. In leichten Wellen fällt es bis zum Boden, obwohl er die Hände hoch in die Luft streckt. »Ich kenne einen *Couturier*, der daraus ein atemberaubendes Kleid schneidern könnte.«

Schnaubend nehme ich das Tuch und wickle es um meine Schultern. »Egal, wie gern *du* in einem Abendkleid gegen die Nyx kämpfen würdest, ich werde ihnen garantiert nicht in einer Abendrobe entgegentreten.« Ich atme auf, weil seine Alberei meine Anspannung ein wenig gelöst hat.

Eugène zuckt mit den Schultern und zuppelt am provisorischen Umhang herum. »Bitte. Wenn du im Anblick unserer Feinde aussehen willst wie ein Kind, das Verkleiden spielt.«

Ich zerre das Tuch aus seinem Griff. »Such dir deinen eigenen hübschen Stoff, statt auf meinen neidisch zu sein.« Ich werfe ihm ein letztes Grinsen zu, dann lege ich meine Hände an die kalte Steinbrüstung, um mich zu erden.

Energie, Elektrizität, *Macht* surrt durch mich hindurch. Doch als ich das Lichtwirken entfessle, überrollt es mich nicht,

175

wie ich erwartet hätte. Keine Macht. Nyx' Sternentuch schenkt mir *Kontrolle*.

Ich muss mich kaum auf die Reihe der Straßenlaternen zu meinen Seiten konzentrieren, um sie eine nach der anderen zu löschen und wieder zu erleuchten. Die Menschen auf der Brücke halten inne. Ich lasse die Lampen eine Melodie aus Licht spielen. Die Macht, die aus mir strömt und zu jeder einzelnen Glühbirne züngelt, jagt mir keinen Schrecken mehr ein.

»*Impressionnant*«, wispert Eugène und tritt neben mich.

Ich spüre auch seine Fähigkeit. Die Art, wie sie die Schatten ruft und von den Schatten gerufen wird.

Mit zusammengebissenen Zähnen erweitere ich mein Wirkungsfeld. Die Lichter der Dampfschiffe setzen ein wie die Streicher eines Orchesters im Crescendo. Dann die Laternen an den Uferpromenaden. Das Zusammenspiel lässt die Menschen um uns herum jauchzend ans Geländer rennen. Sie müssen denken, es wäre ein geplantes Spektakel, eine Lichtinstallation wie der *Palais de l'Électricité* auf der *Exposition Universelle*. Niemand bemerkt, dass *ich* dafür verantwortlich bin. Niemand achtet auf mich.

Nur Eugène.

Ich grinse, weil er einen seltenen Moment der Sprachlosigkeit durchlebt. Mein Inneres fühlt sich an, als erleuchteten es Tausende Glühbirnen in den schönsten Goldtönen.

Und dann küssen wir uns, ohne dass ich weiß, wer den ersten Schritt gemacht hat. Kurz, zart und fahrig, mit leicht aneinanderstoßenden Zähnen und einem Gewirr aus Gliedmaßen und ersticktem Lachen. Bei Weitem nicht so berauschend und instinktiv wie zuvor. Aber die Lichter tanzen um uns, und ich weiß nun, wie sich sein Grinsen an meinen Lippen anfühlt.

Dann ziehe ich mich zurück, und sein Grinsen verblasst mit dem Lichterspiel. Ich lasse meine Hände an seinen Oberarmen hinabgleiten. »Das Tuch ist ein Fortschritt.« Ein paarmal öffne ich den Mund, doch jeder Anfang scheint verkehrt. »Aber wir sind den Nyx noch immer unterlegen. Ich bin nicht sicher, ob wir etwas gegen sie ausrichten können. Und ich bin nicht sicher —«, ich stocke, bis Eugène mit dem Daumen über mein Kinn fährt, meinen Kopf nach oben neigt und wir uns in die Augen blicken, »ob es eine Zukunft gibt. Für uns.«

»Was kann ich tun, damit du Klarheit erlangst?«

»Vor heute habe ich nie in Betracht gezogen, wie es wäre, mit dir …« Wärme schießt in meine Wangen, weil die Stimme in meinem Kopf wispert, dass das gelogen ist.

Eugène grinst. »Du bist *wirklich* schlecht im Flunkern.« Sein Grinsen verklingt, und er sieht mich an wie eine unlösbare Rechenaufgabe. »Aber du denkst darüber nach? Über uns?«

»Ich werde darüber nachdenken, versprochen. Dennoch, Eugène, bitte —« Mit den Fingerspitzen fahre ich die dunklen Schatten unter seinen Augen nach, die trotz seiner momentanen Euphorie noch da sind. »Du musst zu Hause genesen. Ich will gar nicht darüber nachdenken, wie du den Wachen entwischen —«

»Du, Armand und Jean habt das Dachfenster offen gelassen.«

Mein Herz verkrampft. »Warst du oben? Bei *Sirènes*?«

Er erblasst, zuckt zusammen. »Ich habe *Sirènes* nicht benutzt. War hin- und hergerissen, zugegeben, aber als ich das offene Fenster gesehen habe, bin ich sofort verschwunden. Um bei dir zu sein. Mit euch zu kämpfen.«

»Genau das meine ich. Niemand hat etwas davon, wenn du dich aufopferst. Du darfst dich nicht länger dagegen *wehren*, gesund zu werden.« Ich balle die Fäuste. »Und ich werde in der Zwischenzeit ein weiteres Artefakt finden. Hébés Kelch. Der Nektar der Götter könnte dich heilen.« Ich werfe ihm einen

177

strengen Blick zu. »Aber er kann dich nicht von den Toten auferwecken. Also tu mir den Gefallen und sorge nicht dafür, dass ich mit Charon verhandeln muss, um dich aus der Unterwelt zu holen. Dafür bleibt neben dem Kampf mit den Nyx wirklich keine Zeit.«

Eugène sieht mich an, die Unterlippe etwas hervorgeschoben. Ich verstehe, wie schwer es ihm fällt, sich untätig zurückzuziehen. Bin nicht sicher, ob *ich* es könnte.

Doch dann löst er die Brosche von seiner *Cravate*. Eine silberne *Fleur de Lys*. Das gleiche Lilienkreuz, das in seinem Portemonnaie eingebrannt ist – ein Familienwappen? »Ich werde dir nie verzeihen, wenn der Nektar der Götter nicht mindestens so gut mundet wie ein zwanzig Jahre gereifter Merlot«, murrt er, rafft das Sternentuch mit geschickten Fingern zu etwas, das einer Robe der Haute Couture erstaunlich ähnelt, und steckt alles mit der Brosche fest.

»*Merci.*« Ich streiche über das Silber und könnte schwören, noch seine Wärme darauf zu spüren. »Aber so kann ich nicht durch halb Paris stiefeln. Wieso ziehe ich nur all diese realitätsfernen reichen Schnösel wie dich und Louise an?«

Ich lande in seinen Armen. Wir passen so perfekt ineinander, als hätte ein Goldschmied uns als Statue gegossen. Ich weiß nicht, wann wir uns das nächste Mal sehen werden. Um den Schmerz in meiner Brust zu zerquetschen, presse ich mich näher an ihn. »Ich komme zu dir, sobald ich Hébés Kelch habe«, flüstere ich mein Versprechen an seine Schläfe.

Kapitel 9

»Hört auf, die ganze Zeit von einem Fuß auf den anderen zu treten«, zische ich Jean und Armand zu. »Oder ihr verbraucht all eure Kraft, noch bevor es losgeht.«

»Moment.« Armand verengt die Augen. »Wenn du so überzeugt davon bist, dass dich dein Tuch unbesiegbar macht, wieso brauchst du uns dann überhaupt?«

Ich stoße ihm den Ellbogen in die Seite und lasse den Blick über die Straße gleiten. Keine Spur von den Nyx. »Ich habe nie behauptet, unbesiegbar zu sein.«

»Aber du hast uns dazu gebracht, die Nyx mit unseren Fähigkeiten anzulocken. Was, falls ich dich daran erinnern darf, beim letzten Mal nicht besonders gut ausging.«

Nur war ich damals allein, verzweifelt – und hatte nicht das Tuch. Ich kontrolliere den Sitz von Eugènes Brosche, die das dunkle Material wie ein knielanges Cape mit Kapuze um mich drapiert, sodass ich nicht über die ansonsten bis auf den Boden hängenden Lagen stolpere. »Sehe ich aus wie ein Kind, das Verkleiden spielt?«

Armand streicht ein paar Stofffalten um mein Gesicht herum glatt. »Du siehst aus wie Nyx, *Chérie*.«

Ich ziehe die Kapuze aus seinem Griff, um sie über meine warmen Wangen zu drapieren. »Übertreib nicht«, murre ich.

Jean deutet auf das Ende der Straße, wo drei breitschultrige Gestalten heranmarschieren. »Wollen wir kämpfen oder die drei auch um ihre Meinung zu deiner Aufmachung bitten?«

Wir treten aus dem Schatten des Gebäudes und nähern uns ihnen vorsichtig. Die Flaneure der Nacht weichen uns aus. Spüren sie die Elektrizität, die unter meiner Haut züngelt?

»Warum sind alle drei gebaut wie Schwergewichte beim Boxen?«, stöhnt Armand. »Welchen erklären wir jetzt zum Ziel?«

Ich schlucke, während wir und unsere Feinde aufeinander zugehen, als spielten wir eine Szene aus einem *Roman d'aventures* nach. Nur dass sie Kupfermasken statt Cowboyhüte tragen. »Den kleinsten?«, schlage ich vor.

»Du meinst den, der immer noch zwei Köpfe größer ist als du und ich?«, schnaubt Armand. »Da muss ich bloß aufpassen, dass ich den nicht aus Versehen zerquetsche wie eine Fliege.«

»Halte dich einfach an den Plan«, raune ich und bleibe stehen. Armand und Jean tun es mir gleich.

Eine Kutsche mit dampfbetriebenem Panther als Zugtier schlingert um unser Grüppchen herum, und jemand wirft uns Flüche aus der Karosserie entgegen. Ich habe den Ort des Aufeinandertreffens gut gewählt. Vom *Trottoir* aus beobachten uns einige Menschen, zwischen denen wir im Notfall verschwinden können. Aber nicht so viele, dass sie unserem Kampf nicht ausweichen können.

»Ein seltenes Vergnügen, dass ihr Ratten aus euren Löchern kriecht«, gackert der mittlere, kleinste Nyx. Unser Ziel.

»Du meinst: die Motten aus ihren Schränken?« Die Gestalt rechts von ihm, so groß wie Jean und mit doppelt so breiten Oberarmen. Eine Frau, der Stimme nach zu urteilen. Eine andere als die beim letzten Mal.

Meine Hände zucken zueinander, doch im letzten Moment falte ich sie vor mir, statt meine Finger unsicher zu verknoten. »Wir sind zwei jahrhundertealte Geheimorganisationen. Müssen wir wirklich Zeit mit Sprücheklopfen verschwenden, als wären wir verfeindete Straßenbanden?«

Die Frau verschränkt die Arme. »Was wollt ihr? Wir fallen kein drittes Mal auf euren kleinen Trick rein, uns an- oder wegzulocken.«

»Wir wollen mit *einem* von euch reden.«

Sie lacht gellend. »Und ihr glaubt, es geht einfach einer von uns mit euch?«

Ein Rundfahrt-Luftschiff schwebt über die Straße und verdeckt die Sterne am mondlosen Himmel. Auf die Sekunde genau.

»Nicht wirklich.« Ich reiße meine Hände hoch und lasse die elektrische Energie frei. Mit einem flackernden Surren sterben alle Lichter der Straße.

Armand, in der Schattenform eines Steinadlers, schießt mit einem Kreischen in die Luft.

Die Nyx starren zu ihm hoch. Auch ich kann für einen Atemzug nicht den Blick von der Spannweite seiner rauchigen Flügel nehmen, doch Jean stößt sich neben mir mithilfe eines Schattenstrangs vom Boden ab, und ich komme zu Sinnen. Während er auf ein *Hôtel particulier* springt und über die Dächer jagt, stürme ich los. Zücke mein Stilett. Eugènes Stilett.

Die Nyx streben auseinander, bevor Armand auf sie herabstürzen kann. Sie scheinen instinktiv zu wissen, dass wir drei einer Granate gleich am meisten Schaden anrichten, wenn wir sie auf einen Schlag treffen. Sich aufzuteilen, ist die logische Reaktion, um unsere Attacke zu entschärfen.

Und die, mit der wir gerechnet haben.

Armand steuert auf den kleinsten Nyx zu, der sich beim kurzen Gespräch rausgehalten hat. Die umstehenden Menschen fliehen. Nur ein paar Mutige pressen sich mit den Rücken an Häuserwände, um zu gaffen.

Ein paar Armlängen von der Nyx entfernt, hole ich mit dem Stilett aus. Aus der Nähe ist sie gigantisch. Und sie lacht. Lacht mir ins Gesicht. Bemüht sich nicht, in Kampfposition zu gehen, nicht einmal die Arme zu heben, obwohl sie ahnen muss, dass ich wendiger bin als sie.

Jean springt vom Dach, segelt auf den größten Nyx zu, bevor der mich ins Visier nehmen kann.

Mein Lichtwirken knistert am Silbergriff des Dolchs, will ausbrechen. *Noch nicht.* Es gehorcht.

Im letzten Moment schwenke ich zur Seite, rase um die Flanke der Nyx.

Träge folgt ihr Oberkörper meiner Bewegung, als wäre ich ein aufgeregter Welpe, der um sie herumwuselt. Ich halte inne, und ihre Augen verengen sich minimal vor Irritation.

Dann entdeckt sie Jean, der mit einem Schattenstrang an der Straßenlaterne hinter mir Schwung holt und auf sie zusteuert.

Sie geht in Kampfhaltung. Starrt zu Jean hoch, der mit seinem Schattenstrang ausholt. Sein Blick huscht zu mir, und mit einem Nicken zeige ich ihm, dass ich bereit für unser geplantes Manöver bin. Sofort lasse ich etwas Kontrolle bröckeln, schicke die Energie punktuell verdichtet zu ihrem Ziel.

Die Straßenlaterne zwischen Jean und der Nyx explodiert mit der Leuchtkraft einer göttlichen Strafe.

Und meine Gegnerin, die dank Jeans Ablenkungsmanöver direkt in die Quelle stiert, kreischt markerschütternd auf.

Obwohl ich die Augen zusammenpresse, schmerzt die alles überflutende Grelle durch meine Lider hindurch. Ich lösche das Licht, zwinge meine brennenden Augen auf und stürze nach vorn.

Währenddessen stolpern die letzten Menschen in Geschäfte oder Gassen, doch sie bleiben wuselige Schatten im verschwommenen Hintergrund. Armands Adlersilhouette hebt sich ab, beschäftigt den kleinsten Nyx weiter.

Als ich die Nyx erreiche, knallt Jean hinter ihr auf den Boden, die Handballen gegen seine Augenhöhlen gepresst. Sie fährt jaulend und blind zum Krach seines Aufpralls herum. Und in diesem Moment ramme ich meine Schulter in ihren Magen.

Wir stürzen zu Boden, und der Aufprall erschüttert meine Kieferknochen. Aber ich rolle mich ab, über die Straße. Irgendwie stoppe ich, stemme ein Knie, einen Fuß und beide Hände in den Boden. Halb in der Hocke starre ich zur Nyx.

Sie windet sich stöhnend auf dem Boden, schabt mit bebenden Fingern über ihre Augen, als wollte sie sie lieber ausreißen, als weiter den Schmerz zu ertragen.

Mein Gewissen schlägt seine Zähne wie ein tollwütiger Hund in mein Herz, doch ich rapple mich auf. Sie wird schon wieder, auch wenn sie für diesen Kampf außer Gefecht gesetzt ist.

Ich haste zu Jean, der sich mit einer Hand über den Augen auf die Knie kämpft. Einen Arm schlinge ich um seine Mitte und ziehe ihn auf die Beine. »Geht es?«

»Kennst du einen guten Optiker?«, keucht er und schüttelt Staub aus seinem Haar. »Ich bräuchte eventuell eine Brille. Oder eine Augentransplantation.«

»Du wusstest, was passiert. Und nur weil sie das an einer Gazelle geschafft haben, würde ich mich an deiner Stelle nicht direkt als menschliches Versuchsobjekt zur Verfügung stellen.«

Wir drehen uns zum größten Nyx, der mit gekrümmtem Rücken hinter der Laterne steht. Die gesamte Wucht der Lichtexplosion hat ihn nicht getroffen, doch er wusste nicht wie wir, wann er die Augen schließen muss.

Ich klopfe Jean auf den Rücken. »Kannst du Armand ablösen?«

Er wischt sich über den Mund, verschmiert das Blut, das aus seiner aufgeschürften Unterlippe tropft. »Ich kann schließlich nicht zulassen, dass er sich zu Tode langweilt, oder?« Mit einem seines typischen einseitigen Grinsens trabt er los.

Ich pirsche von hinten zum Nyx, der sich langsam aufrichtet. Verglichen mit ihm ist meine vorherige Gegnerin ein zartes Reh. Aber ich darf keine Angst zulassen.

Mit erhobenen Händen lasse ich meine Energie durch die Häuser springen. Ein schwindelerregender Sturm aus Licht blitzt hinter den Fenstern auf, ohne Rhythmus oder Takt. Wie das Mündungsfeuer einer Gewehrsalve.

Der Nyx kauert sich zusammen, hebt schützend die Hände vor das Gesicht. Er wirbelt herum, will der Desorientierung entfliehen. Bemerkt zu spät, dass ich hinter ihm stehe.

Mit aller Kraft trete ich gegen sein gebeugtes Knie und spüre, wie sich seine Kniescheibe unter meinem Stiefelabsatz verschiebt. Ich würge, als er einknickt. Schlucke und setze einen zweiten Tritt seitlich an sein Knie.

Gurgelnd stürzt er ganz zu Boden. Da ist etwas Widerwärtiges in der Art, wie sich seine Kniescheibe in den Beton presst und unnatürlich absteht. *Ich* habe ihn so zugerichtet. Kann nicht wegschauen, selbst, als sich die Übelkeit in meinem Magen hochwiegelt und meine Speiseröhre verätzt.

Ein Ruck geht durch mich.

Er zerrt am Sternentuch, das nicht von meinen Schultern gerissen wird. Stattdessen knalle ich auf mein Steißbein, und der Schmerz durchzuckt mich bis in die Zehen und Finger. Prickelt in jeder Haarwurzel meines Kopfes. Ich trete nach ihm, doch er kauert schon über mir, auf allen vieren, das Gesicht verzerrt.

»Runter!«, knurre, wimmere ich. Trete wieder aus, versuche, mein Knie in irgendeinem Weichteil seines Körpers zu versenken. Ich treffe nur auf Knochen oder gestählte Muskeln.

Etwas Silbernes baumelt vor meinen zusammengekniffenen, tränenverschwommenen Augen.

Das Medaillon der Nyx.

Er nutzt die Lücke in meiner Gegenwehr und grapscht eine Handvoll Umhang am Hals. Wieder gibt das Tuch nicht nach. Er kann es nicht einmal zuziehen, um mich damit zu würgen, als wandelte sich das Material in seiner Hand zurück in Stein. Wahrlich ein von Göttern geschaffenes Objekt. Wutschnaubend drückt er meinen Schädel so fest auf den Pflastersteinboden, dass er ihn nur dank der Schichten des Sternentuchs unter meinem Hinterkopf nicht aufspaltet.

Er hat mich auf eine Idee gebracht.

Ich greife nach dem Amulett, wickle die dicke Kette um meine Hand, auch wenn mir schwarz vor Augen wird. Ich nehme immer mehr Kette, bis sie sich in seinen Hals gräbt und die Haut zwischen ihren Gliedern einquetscht.

Er würgt, lässt von meinen Haaren ab.

Mit zusammengebissenen Zähnen drehe ich die Kette noch ein letztes Stück enger, bis meine abgeschnürten Finger pulsieren, als stünden sie kurz vor dem Zerplatzen.

Mit einem Ruck verschwindet sein Gewicht von mir. Die Kettenglieder reißen, ihre Spannung um meine Finger löst sich. Das Kreischen eines Adlers, von *Armand* ertönt, der den Nyx mit seinen Greifklauen durch die Luft schleppt. Fort von mir.

Ich japse nach Luft, das Medaillon noch in der ausgestreckten Hand. Jeder Atemzug mindert das Pulsieren in meinem Hinterkopf, bis ich mich auf die Beine kämpfen kann. Ich richte den Umhang aus Nyx' Sternentuch, der mich vor Schlimmerem beschützen konnte. »*Merci*«, flüstere ich ein Stoßgebet gen

Nachthimmel. Zur Sicherheit. Dann schleppe ich mich zu Jean und dem kleinsten Nyx. Wobei klein relativ ist. Selbst auf Knien in Jeans Schatten gefesselt, reicht er mir bis zum Kinn und kämpft wie ein Ochse.

»Er kann sich nicht befreien?«, frage ich zittrig.

Jean schüttelt den Kopf, ohne vom Nyx fortzublicken oder seine ausgestreckten Hände zu senken.

Der Schattenadler legt einen brisanten Sturzflug hin, nur um sich im letzten Moment zurück in Armands menschliche Form zu verwandeln und auf sanften Sohlen neben uns zu landen. Er zeigt auf die Schaufenster, hinter denen sich Schaulustige die Nase platt drücken. »Sollen wir das Ganze in eine etwas unbeobachtetere Umgebung verlegen?«

Die Straße ist so leer gefegt, dass ich unsere Zuschauer vergessen habe. Ich deute in eine Gasse. »Bevor irgendjemand die Gendarmerie ruft.«

Armand und ich flankieren Jean, der den Nyx an seinen Schattensträngen wie eine Marionette durch die Gasse schweben lässt. Als wir in einen Hinterhof gelangen, steht Schweiß auf seiner Stirn. Viel Zeit bleibt uns nicht.

Armand zerrt dem Nyx die Kupfermaske vom Kopf, und ein rundes, etwas aufgequollenes Gesicht mit ausgeprägten Muskeln am Kiefer kommt zum Vorschein.

»Welche Artefakte besitzt ihr außer Hadès' Füllhorn?«

Er starrt mich mit herunterhängendem Kiefer an.

Armand schleicht um ihn herum, bis wir ihn eingekesselt haben.

Jean zuckt mit dem Kinn in Richtung der Straße. »Müssen wir deine Freundin heranschaffen, um dich zum Reden zu bringen? Oder soll ich gleich etwas Spitzes suchen, womit ich deine Fingernägel vom Fleisch hebeln kann?«

Ich unterdrücke ein Japsen und baue mich noch größer auf.

»Wisst ihr, wo weitere Artefakte sind? Sag uns alles, was du weißt, und wir lassen dich gehen.«

Jean verbiegt den Hals, bis seine Wirbel knacken. »Nachdem ich dich bewusstlos schlage, natürlich.«

Armand rollt hinter dem Nyx mit den Augen, doch ich reiße meinen Blick von ihm los, um auf den Mann herabzuschauen. »*Rede*. Wir wissen, dass das Füllhorn kein Geheimnis ist. Sie schwingen es durch die Gegend, als wäre es nicht gefährlicher als eine Mausefalle.«

Er spuckt Blut aus, das auf meine Stiefel spritzt. »Ich weiß nicht, wovon du sprichst. *Ungeziefer*.«

Ich umklammere die Kette des Medaillons. Einen gefesselten Mann werde ich nicht verletzen – aber das muss er ja nicht wissen. Also wische ich meine Stiefel ekelerregend genüsslich an seiner Hose ab. »Rede.«

Der Nyx schnaubt, und aus seiner Nase sprüht weiteres Blut.

»Odette.« Schweißtropfen rinnen über Jeans Schläfen.

»Rede!«, zische ich. Der Kampf, all die Gefahr kann nicht umsonst gewesen sein. Zu wissen, dass ich mit dem Sternentuch halbwegs eine Chance gegen die Kämpfer der Nyx habe, reicht nicht. »Welche Artefakte besitzt ihr?«

»Wir besitzen keine Artefakte.«

Hilflos blicke ich zu Armand, der mit den Schultern zuckt.

Niemand von uns will einen Menschen *foltern*. Ich stoße ihm meine Hände gegen die Brust, und das Medaillon klirrt gegen die Schnallen seiner Uniform. »Welche Artefakte? Héraclès' Keule oder Arès' Schwert vielleicht?« Ich atme tief ein. »Hébés Kelch?« Armands Schattenstränge flackern, lockern sich, und Panik surrt durch meine Adern. »Rede! Habt ihr das Fackelzepter von Nyx gestohl–?«

Merde. Das wollten wir nicht erwähnen, falls die Nyx nichts von seiner Existenz wissen.

Der Blick des Nyx huscht herab. Zu meiner Hand. Wieso zu –

Nein. Zu dem Medaillon darin.

Ich starre es an, das Emblem darauf. Das Gebilde aus Schwert, Kreuz – und *Fackel*. Stilisiert und beinahe roh, trotzdem erkenne ich in den Linien die Konturen von etwas anderem.

»Die Nyx!«, brüllt Armand, und ich schrecke auf.

Durch die Gasse schleppt sie sich zu uns. Und hebt eine Pistole.

Etwas in mir stolpert, setzt aus. Doch Jean löst seine Schatten und rammt dem Nyx einen Ellbogen ins Gesicht.

Dunkelheit umhüllt mich. Armand. In einem Strudel aus Schwärze und Adlerkreischen schweben wir davon, über ein paar Häuser. Dann straucheln wir in der Luft, Armand vom Kampf zu ausgelaugt, um uns zwei lange zu tragen. Wir stürzen auf ein Dach, kullern übereinander, rappeln uns auf.

»Ab hier ohne unsere Fähigkeiten«, stoße ich aus, und wir stürmen los, über die Dächer, keuchend und schwitzend, klettern irgendwann an einer Häuserwand hinab. Durch Gassen, im Zickzack.

»Sie haben mehr eingesteckt als wir«, keucht Jean im Rhythmus seiner klatschenden Schritte. »Niemals holen die uns ein.«

Wir taumeln in einen kleinen Pavillon in irgendeinem mir unbekannten Park und sinken auf eine Bank.

»*Merde.*« Armand wischt sich über die Stirn. »Wir haben nichts herausgefunden!«

»Doch, haben wir.« Ich lehne meinen pochenden Kopf an seine Schulter und hebe das Medaillon. »Erinnert dich das an etwas?«

»Teils protzig, teils wie aus einer Grabbelkiste gezogen – ich möchte fast sagen, die Antwort lautet *Eugènes Kleiderschrank?*«

Ich ramme meinen Ellbogen in seine Seite, auch wenn ich grinsen muss. An Eugène erinnert zu werden, schmerzt nicht mehr so wie in den letzten Tagen. »Das Emblem. Die Fackel darin ähnelt der Zeichnung von Nyx' Fackel im Buch von Madame Lacroix. Sie ähnelt ihr nicht nur, sie sieht ihr zum Verwechseln ähnlich.«

Jean lehnt sich näher heran. »Das heißt, sie besitzen die Fackel von Nyx?«

Ich seufze. »Oder *besaßen* sie einmal. Das Emblem könnte jahrhundertealt sein. Eventuell hatten sie die Fackel, als sie das Emblem entwickelten, und dann haben die Nachtschwärmer sie an sich genommen. Wir müssen herausfinden, ob sie beim Überfall zurück in die Hände der Nyx gelangt ist.«

»Kaum jemand weiß, was genau passiert ist. Das ist ewig her. Dekaden, vielleicht ein Jahrhundert.«

»Wenn wir doch *nur* jemanden kennen würden, der aussieht, als lebte er seit über einem Jahrhundert.« Ich drehe das Medaillon in meinen steifen Fingern. »*Und* Kenntnisse über die Nachtschwärmer und die Nyx hat.«

Jean und Armand starren mich an. »Nein«, stoßen sie gleichzeitig aus. »Das meinst du nicht ernst?«

Ohne einen Schattenspringer müssen wir wohl oder übel mit der Eisenbahn fahren. Und ich muss wieder ein Reisekleid tragen, um nicht aufzufallen. Immerhin haben wir die stundenlange Fahrt über Zeit, Pläne zu schmieden. Das Tuch verschafft uns einen kleinen Vorteil, aber das hilft kaum gegen Hinterhalte oder Fallen. Oder dagegen, dass Clément uns vermutlich den Großteil der Nachtschwärmer auf den Hals gehetzt hat.

Wir entscheiden, bis zur Abenddämmerung zu warten. Ob mit oder ohne Fähigkeiten, wir sind ihnen zahlenmäßig unterlegen, aber zumindest hilft Nyx' Tuch in der Dunkelheit.

Also warten wir an der Küste, vertreten uns die Beine, stärken uns mit altem Schwarzbrot aus dem Tempel und ein paar Trauben.

Als sich das Wasser mit der Ebbe zurückzieht und sich die Abendröte auf dem durchfurchten, nassen Sand spiegelt, waten wir los. Wir verbergen unsere Ankunft nicht. Auf dem offenen Gelände rings um *Mont-Saint-Michel* entdecken sie uns sowieso.

Doch niemand kommt uns entgegen.

Dann stehen wir vor dem Tor der Insel, die mit ihren verwinkelten Plateaus vor uns in den Himmel ragt. Auch hier keine Wachen.

»Also Hinterhalte im Dorf«, murmelt Jean, und wir marschieren durch das Tor. Das erste Mal, dass ich *Mont-Saint-Michel* nicht über die *Catacombes* betrete. Die Rückkehr fühlt sich dadurch nur noch falscher an. Zwischen den ersten Häusern, die sich entlang des schmalen Weges auftun, erstarren wir.

Das Dorf ist leer gefegt.

Offene Haustüren klappern in der Meeresbrise, Freesien und Lavendel welken in ihren Kästen, die Waren des einzigen Ladens liegen mehrere Meter den Weg hinauf verstreut.

Armand hebt einen handflächengroßen Plüschhund auf. »Was ist hier passiert?«

Mein Herz wummert in einem unsteten Rhythmus. All die Zeit dachten wir, Clément hätte die Nachtschwärmer unterlaufen und ließe sie mit den Nyx zusammenarbeiten.

Ich presche los.

Was, wenn die Nyx *Mont-Saint-Michel* überfallen haben? *Ausgelöscht* haben? Nicht nur die Nachtschwärmer, sondern ihre Familien. Ich kämpfe gegen die Steigung an, gegen die abgelaufenen, verwitterten, unsteten Treppenstufen.

»Wir hätten sichergehen müssen, dass es ihnen gut geht«,

wispert Armand mit rauer Stimme hinter mir. Die Wucht seiner Schritte verschluckt beinahe jedes Wort.

Oben, vor der Abtei, fegt René den Vorhof.

Ich halte so abrupt, dass Armand und Jean in mich hineinlaufen.

René schaut auf, starrt uns an. Er trägt nicht mehr die einfache weiße Kutte der Adepten. Aber auch nicht, wie er es sich wohl immer gewünscht hat, die schwarze Kutte mit dem Skapulier der Mönche. Als wüsste er, was ich denke, zuppelt er das abgetragene Wams eines einfachen Mannes zurecht. »Ihr lebt noch?« Sogleich widmet er sich wieder den vertrockneten Blättern.

»Ehrlich gesagt«, murmelt Armand mit einem Hauch von Amüsement, »habe ich mir das *Willkommen zurück* weniger freundlich vorgestellt.«

Ich trete näher zu René, ganz egal, dass es eine Falle sein könnte. »Was ist passiert?«

»Nun, manchmal fallen Blätter von Bäumen und landen auf unserem Land und Grund.«

»Du weißt, was sie meint!« Jeans Schultern zittern.

Seufzend stützt sich René mit beiden Händen auf den Besenstiel. »Nach eurem kleinen Fiasko ist Clément geflohen. Und bevor er mit Verstärkung zurückkehren konnte, sind die meisten anderen ebenfalls geflohen.«

»Die Dorfbewohner?«, keuche ich.

Er zuckt mit den Schultern und spaziert die Treppe hinauf in die Abtei. »Und die meisten Nachtschwärmer. Wir wurden ja schon vorher nicht von Beitrittsanfragen überrannt, doch jetzt sind wir nur noch eine Handvoll.«

Wir blicken uns an, dann hasten wir hinterher.

Ich eile an Renés Seite. »Aber sie leben? Sie konnten fliehen, bevor die Nyx angegriffen haben?«

Schnaubend schiebt sich René durch eine Tür, ohne sie uns aufzuhalten. »Die Nyx haben nie angegriffen. Sie wussten, dass niemand hierbleibt. Weil wir ein Haufen Feiglinge sind.« Er stößt die nächste Tür auf. »Deshalb hat Clément wohl getan, was er getan hat. Wir waren zu viele Jahre zu feige zum Handeln.«

Ich stoße ihn gegen das Gemäuer und presse ihn in die ungeschliffenen Steinquader. »Du findest, er hat *richtig* gehandelt?«

René starrt mit gerümpfter Nase auf mich herab, einen widerspenstigen Funken in den blassbraunen Augen. Dann schlottert sein Kinn. »Glaubst du, ich habe nicht die letzten Wochen damit verbracht, darüber nachzudenken, wie viele mittlerweile von den Nyx aufgegabelt wurden?«, flüstert er. »Ein Haufen zerstreuter Nachtschwärmer mit ihren Familien, ihren *Kindern* – wie viele mussten ihre Fähigkeit einsetzen, gegen wilde Tiere oder Verbrecher, bevor sie auch nur annähernd Arbeit oder Unterkunft finden konnten? Ein gefundenes Fressen für die Nyx.« René sackt in sich zusammen. »*Jede Nacht* frage ich mich, wie viele schon tot sind, weil sie für die Nyx keinen Wert haben. Während ich tatenlos auf *Mont-Saint-Michel* festsitze.« Der große, hasserfüllte Junge zittert in meinem Griff wie das papierdünne Laub, das er weggefegt hat.

Ich schlucke, denn egal, wie wenig ich ihn leiden kann, ich verstehe seine Gefühle. Meine Hände lockern sich, sind weniger Schraubstöcke und mehr Stütze. »Es ist genauso wenig deine Schuld wie unse–«

»Es *ist* meine Schuld. *Ich* habe Clément hierhergebracht, in der Nacht, als er die Bibliothek in Brand gesteckt hat. *Ich* habe ihn nach Paris gebracht, zu seinen kleinen Treffen mit den Nyx, und zu gottlosen Zeiten zurückgeholt. Habe nie hinterfragt, was er dort zu tun hatte, warum er manchmal verletzt war oder –« Er reißt sich aus meinem Griff und funkelt mich voller

Hass an, der nicht mir gilt. »Also, *nein*, ich finde nicht, dass Clément richtig gehandelt hat.«

Eine Tür knarzt, und wir beide schrecken zurück.

»Ich hätte es wissen müssen. So ein Tumult nach Wochen der Stille kann nur von *euch* verursacht werden.« Auguste steht im Türrahmen, das Kerzenlicht des Refektoriums wie ein Heiligenschein hinter ihm. Welche Ironie.

»Auch wir haben mit jemand Erfreulicherem als dir gerechnet«, speit Armand. »Ein paar Nyx, zum Beispiel.«

Auguste funkelt ihn von oben herab an. Dann seufzt er, als hätte er für die Auseinandersetzung keine Kraft. Er dreht sich um und schickt uns mit einer Handbewegung ins Refektorium. »Kommt. In den Kesseln, die für Dutzende Menschen gedacht sind, koche ich jedes Mal zu viel Suppe.«

René eilt hinter ihm her, während wir uns stumm, aber mit vielsagenden Blicken beraten.

»Wir *wollten* mit ihm reden, oder?«, erinnere ich schließlich an unser Ziel.

Sie nicken, und auch wir betreten das Refektorium, in dem es unverwechselbar nach angebranntem Kohl stinkt.

Armand würgt, vielleicht zur Erheiterung, vielleicht, weil er nicht anders kann. »Dieses Aroma angeschmorten Gemüses, wie bei einem Koch der Haute Cuisine, *fantastique*!«, ruft er Auguste zu, der in der Küche nebenan hörbar werkelt.

»Als hätte die Bibliothek nie aufgehört zu brennen«, murmle ich, und die beiden grinsen. Das nennt man dann wohl Galgenhumor. Er sorgt nicht dafür, dass ich mich wohler fühle, während ich mich an einen der langen Tische setze.

René trampelt mit rot geränderten Augen und einem Stapel Schüsseln aus der Küche. Er knallt sie auf den Tisch und zögert einen Moment mit gerümpfter Nase, bevor er sich auf den freien Platz neben mir setzt.

Auguste schleppt einen Topf heran und knallt ihn ebenfalls auf die Tischplatte. Eine Menge unterdrückter Emotionen hier, so wie es scheint. »Ich bin *nicht* der Koch der Bruderschaft, also erwartet nicht zu viel.«

Wir stieren in den Topf voller unförmiger Klumpen und undefinierbarer Farben.

René krallt sich mit finsterer Miene eine Schüssel. »*Niemand* ist von etwas anderem ausgegangen, Auguste.«

Die Spitze gegen den ihm ehemals so verehrten Abt kommt so unerwartet, dass ich lospruste. René starrt mich an, dann läuft seine konstant gerümpfte Nase rot an.

Mitten im Auffüllen hält Armand inne. »Ich glaube, René entdeckt gerade eine für einen Heranwachsenden völlig neue Gefühlsregung.«

René reißt ihm den Schöpflöffel aus der Hand. »Als würde ich mich je in diese – diese *Jezebel* verlieben!«

»Niemand hat etwas von *verlieben* gesagt«, säuselt Armand mit spöttischer, vielsagender Grimasse.

»Wo wir gerade beim Thema sind.« Auguste zwingt René mit einer Hand auf seinem Unterarm dazu, sich zu setzen, statt Armand die Suppenkelle um die Ohren zu hauen. »Wo ist Eugène?«

Jeder Funken Vergnügen siecht dahin. Wir drei sinken tiefer in unsere Bänke und starren die Suppe an. Ich fasse mir ein Herz und probiere einen Löffel, vielleicht in der Hoffnung, von dem Gebräu ausgeknockt zu werden, bevor ich etwas zum Thema Eugène sagen muss. Sie schmeckt besser als erwartet. Mehr wie altes Schuhleder als ein gestrandeter Kadaver eines unentdeckten Tiefseeungeheuers, nach dem die Suppe aussieht.

Auguste schnaubt. »Er ist bei der ersten Gelegenheit abgehauen, nicht wahr? Ist er ja immer, sobald es ein wenig unangenehm wurde.«

Ich pfeffere den Löffel in die Schale, doch bevor ich Auguste anfahren kann, baut sich Armand vor ihm auf. »Sobald etwas unangenehm wurde? Würdest du das, was du mit ihm gemacht hast, als er zu uns kam, auch so beschreiben? Als *ein wenig unangenehm*?«

Augustes Lippen schmälern sich. »Ich tat, was bei einem verwöhnten Bengel wie ihm notwendig war. Zu seinem Besten.«

Genauso wie René starre ich zwischen Armand und Auguste hin und her. »Wovon sprecht ihr?«

»Unwichtig«, murrt Auguste.

Doch Armand betrachtet mich mit großen, düsteren Augen. »Eugène hat dir nie davon erzählt?«

»*Wovon* erzählt?« Meine Stimme wackelt, ohne dass ich genau weiß, warum.

Armand sinkt zurück auf seinen Platz. »Es steht mir nicht zu, darüber zu reden. Nicht hinter seinem Rücken.«

Jedes Mal, wenn Eugène vor Auguste zurückwich. Die Art, wie er in der Gegenwart des Abtes immer ein Stück von sich selbst verlor. Die Furcht in seinem Blick. Mein Besteck klappert auf den Boden. Halb über den Tisch gelehnt, zerre ich Auguste an der Kapuze seiner Kutte zu mir. »Was hast du mit ihm gemacht?«

Auguste verengt die Augen. »Es war alles Teil des Trainings. Schattenspielerei, um ihn zu motivieren.«

Renés Griff um seinen Löffel wird fester. »Hast du ihn diese *Illusionen* durchleben lassen? Du hast *mich* mit achtzehn dazu gezwungen, und ich konnte tagelang nicht schlafen. Du warst nur zu Beginn Eugènes Mentor.« René erbleicht. »Auguste, wie alt war er, als du –«

Die Nähte von Augustes Kutte knirschen unter meinem Griff. »Er war *elf*, als er zu euch kam«, zische ich. Ich muss nicht wissen, was das für Illusionen sind. Es reicht, dass Eugène, der sich niemals fürchtet, der am liebsten jedes Risiko eingeht, der sich weder von den Nyx, von Straßendieben oder von Großindustriellen einschüchtern lässt, noch Jahre später davon gezeichnet ist. »Er war ein *Kind*!«

Auguste starrt auf einen Punkt irgendwo hinter mir.

Ich stoße ihn auf die Bank und reiße meinen Beutel auf. Tränen stechen in meiner Kehle. Und Wut. Der Gedanke, dass der elfjährige Eugène in Auguste genau das Gleiche gesucht haben muss wie in seinem Vater, im Concierge Albert und in Clément, macht die Vorstellung nur noch unerträglicher.

Armand versucht, meine Hand zu nehmen, doch ich zerre das Amulett und die lose Buchseite aus meinem Beutel und knalle sie auf den Tisch. »Was kannst du uns hierüber sagen?«

Er studiert das Emblem. »Das Symbol des Ordens der Nyx.«

»So weit sind wir auch schon.« Ich tippe mit einem verkrampften Zeigefinger nacheinander auf die beiden Fackeln. »Das Emblem sieht aus wie das Fackelzepter der Göttin Nyx. Weißt du, ob der Orden beim Überfall auf das Quartier etwas gestohlen hat? Einen Teil der Statue der Nyx?«

»*Dort* versteckt ihr euch also?«

Schweigend starre ich ihn an, bis er seufzt und sich näher zum Emblem beugt. »Ich habe Gerüchte gehört, dass die Bruderschaft ein mystisches Objekt besitzt, das Nyx höchstpersönlich gehört haben soll. Gesehen habe ich es nie. Und ich weiß nicht, ob der Orden damals etwas gestohlen hat.«

Ich falle zurück auf die Bank.

»*Fantastique.*« Armand faltet die Hände vor seinen Augen, während Jean und René wie Statuen dasitzen.

Auguste streicht sich die Kutte glatt und starrt die Fackel auf der Buchseite an. »Aber ich *habe* diese Fackel an einem anderen Ort gesehen.«

Jean springt auf und stemmt eine Hand auf den Tisch. »Wo?«

»In der *Basilique du Sacré-Cœur*.« Es scheint unmöglich, doch sein wächsernes Gesicht verliert noch einen Hauch mehr Farbe.

Ich lehne mich vor. »Wie *sicher* bist du?«

»Es ist fünfzehn Jahre her. Ich habe gegen einige Nyx gekämpft, die –« Er starrt kurz in die Ferne, dann räuspert er sich. »Durch halb Paris habe ich sie verfolgt, aber plötzlich verschwanden sie einfach in der im Bau befindlichen *Sacré-Cœur*. Ich habe sie eine halbe Ewigkeit gesucht, jede Ritze der *Basilique* inspiziert. Nichts. Aber ich bin mindestens ein Dutzend Mal an der Fackel vorbeigelaufen. Glaubt mir, es ist die gleiche.«

Jean schüttelt den Kopf. »In Paris könnten Tausende ähnliche Symbole existieren. Das bringt uns gar nichts.«

»Die Fackel ähnelte diesen Zeichnungen nicht, sie ist die *gleiche*. Und sie war kein *Symbol*.« Auguste presst die Worte hervor. »Was ich in der *Basilique* gesehen habe, war eine *echte* Fackel. In den Händen einer Statue.«

Armand, Jean und ich schauen uns an. Die Bauarbeiten an der *Sacré-Cœur* begannen vor fünfundzwanzig Jahren. Die perfekte Gelegenheit, um ein Artefakt zu verstecken.

Ich verknote die Hände. »Ich bezweifle, dass die Nyx ein Artefakt praktisch unter der Nase der Kirche verstecken, die uns Nachtschwärmer unterstützt.«

Schnaubend zuckt Armand die Schulter. »Eine Statue der Nyx steht im Quartier der vom Dreifaltigen Gott gesandten Nachtschwärmer. Wieso sollte ein die Göttin Nyx verehrender Orden da nicht auch etwas in einer christlichen Kirche verstecken? Die Grenzen sind offensichtlich schon lange nicht mehr so klar, wie sie einmal schienen.«

»Was kommt als Nächstes?« Jean schüttelt den herabhängenden Kopf. »Der Orchestrator enthüllt, dass er der *Papst* ist?«

Stumm starren wir ihn an, dann brechen Armand und ich in Gelächter aus. Es hallt von den Wänden des kahlen Refektoriums so wie vermutlich nie zuvor. Zumindest nicht zu Augustes Zeiten.

»Das war kein Witz«, bemerkt Jean mit einer steilen Falte zwischen den Brauen und bringt uns damit nur noch mehr zum Lachen. Eigentlich sollte es nicht so witzig sein, doch mir ist, als hätte seine trockene Bemerkung einen Damm aus Anspannung, Sorge und Konzentration gebrochen.

Ich wische mir Tränen aus den Augenwinkeln. »Vielleicht wurde der Orden der Nyx auch von Jésus gegründet?«

Armand verstummt, dann blähen sich seine Wangen auf wie die eines Frosches, und er prustet lauter als zuvor los. »Ja, genau«, quetscht er die Silben wie einen Schluckauf zwischen dem Lachen hervor. »Oder vielleicht ist Nyx auch nur der Dreifaltige Gott *en travesti*.«

Auguste schlägt so heftig auf den Tisch, dass wir schlagartig verstummen. Seine Hand bebt, wohl vor Schmerz. »Ist das euer übliches Vorgehen? Gotteslästerung und kindisches Gegacker? Ich dachte, Eugène wäre der nutzlose Teil eures Grüppchens, aber offensichtlich seid ihr keinen Deut besser. Wen wundert es, dass ihr keinerlei Fortschritte macht?«

Mein erster Instinkt ist, ganz klein zusammenzuschrumpfen.

Doch in mir bäumt sich ein Feuer auf, das nach Weite und Größe verlangt. Ich richte mich auf und lasse die Elektrizität durch meine Finger gleiten. »Du wagst es, *uns* vorzuwerfen, keine Fortschritte zu machen?« Mit einer Hand erhasche ich einen Zipfel von Nyx' Sternentuch in meiner Tasche. Die elektrischen Lampen dimmen zu einem trüben Schein herab. »*Du* bist der Abt und hast nicht mitbekommen, dass dein engster

Vertrauter ein Verräter ist. Hast zugelassen, dass sich deine Schützlinge in eine Ruine verkriechen und die Bewohner von *Mont-Saint-Michel* fliehen.« Ich balle die Faust, und die Lampen flammen nacheinander auf, grell wie fallende Sterne.

Auguste zuckt zurück, schirmt seine Augen mit einem Arm ab.

Ich schüttle den Kopf, und das Leuchten der Glühbirnen folgt der Bewegung. »Nicht *wir* haben dabei versagt, die Nyx zu bekämpfen und die Nachtschwärmer zu beschützen. Sondern *du*.«

Jeder starrt mich mit unterschiedlichen Graden der Ehrfurcht an. Nur Auguste mit erschüttertem Entsetzen, das ihn nicht mehr wie den personifizierten Tod wirken lässt, sondern wie jemanden, der dem Tod ins Auge geblickt hat.

Ich räuspere mich und lasse das Licht zurück in seine normale Strahlkraft springen. »Nun, da das geklärt ist, sollten wir zurück nach Paris und *Sacré-Cœur* auf den Kopf stellen, oder?«

Die beiden nicken, können ein zufriedenes Grinsen nicht ganz unterdrücken, und wir stehen auf. Ohne ein weiteres Wort verlassen wir das Refektorium und traben hintereinander die Wendeltreppe hinab.

Auf der untersten Stufe hält mich jemand am Arm zurück. Auguste. Er starrt mich von oben herab an, als wäre es nicht schon genug, dass er mich auf ebenem Boden überragt. »René und ich kommen mit euch. Ihr braucht unsere Hilfe.«

»Wir kommen gut ohne euch aus«, zische ich.

Sein Blick verdüstert sich, bis ich darin erahne, wie er den jungen Eugène so traumatisieren konnte. Doch dann sacken seine Schultern ein. »Du hast recht«, presst er beinahe wie ein Wort hervor. »Es ist meine Schuld. Lasst mich helfen. Lasst –« Etwas noch Dunkleres flirrt durch seine Augen. *Verzweiflung.* »Lass es mich wiedergutmachen. *S'il te plaît.*«

Beinahe, beinahe sage ich Ja. Aber ich schüttle den Kopf. Der Zorn in mir ist stärker als mein Mitgefühl. »Wir können dir nicht vertrauen. Brauchen deine Hilfe nicht.«

»Nicht vertrauen? Ich war *nicht* der Verräter, auch wenn ihr das von mir gedacht habt. Ich habe euch die Flucht vor Clément ermöglicht. Wieso bei Gott könnt ihr mir nicht vertrauen?«

Ich zerre meinen Arm so heftig aus seinem Griff, dass es schmerzt. »Weil du ein grausamer Mensch bist«, zische ich, den nur für diesen Mann reservierten Ausdruck in Eugènes Gesicht so klar in meiner Erinnerung. »Ganz gleich, dass du nicht der Verräter bist. Ganz gleich, was du für uns tust. Nichts wird ungeschehen machen, was du Eugène angetan hast.«

Ich mache auf der Stelle kehrt und lasse ihn erstarrt im Dunkel der Treppe stehen.

Kapitel 10

Obwohl die Rückfahrt mehrere Stunden Schlaf ermöglicht, bekomme ich anders als Jean und Armand kaum ein Auge zu. Wir teilen uns eine Sitzbank in unserem *Compartiment*, sodass Jean und ich mit den Köpfen an Armands Schultern lehnen und ich das Sternentuch über uns ausbreiten kann. Keine wirkliche Verbesserung des Komforts. Doch trotz meiner vom stundenlangen Sitzen steifen Gelenke, der Kälte und dem unablässigen Ruckeln hüllt sich eine seltsame Friedlichkeit um mich.

Ein Rascheln auf Armands anderer Seite. Jean reibt sich die Augen, dann sieht er vom Sternentuch zu mir. »Glaubst du, Nyx heißt gut, dass wir ihr Artefakt zweckentfremden?«

»Gäbe sie mir das irgendwie zu verstehen, würde ich es sofort sein lassen. Aber Eugène hatte recht – die Götter schweigen. Und wir müssen selbst entscheiden, für was wir kämpfen.« Grinsend zucke ich mit den Schultern. »Oder wofür wir ihre Artefakte verwenden.«

»Sicher, dass sie nicht mit uns reden?« Jean, den ich nicht sonderlich religiös eingeschätzt hätte, vor allem nicht, was die Alten Götter betrifft, streckt seine langen Beine aus. Für ihn muss die Nacht noch unbequemer gewesen sein.

Ich schnaube. »Tun sie nicht.«

»Wer hat dir gesagt, dass du nach den Artefakten suchen sollst? *Wo* du suchen sollst?«

»Meine Intuition?«, schlage ich wenig überzeugt vor.

Jetzt schnaubt Jean, doch dann kündigt ein schrilles Pfeifen unsere Einfahrt in den *Gare Saint-Lazare* an.

Armand regt sich mit genuschelten Beschwerden, wirft sich hin und her, bis das Tuch auf den Boden rutscht.

Hastig hebe ich es auf und falte es sorgsam. Nicht, weil ich doch an die Existenz der Götter glaube. Höchstens, weil es eine hochgradig unwahrscheinliche, aber dennoch mögliche Erklärung für das sein kann, was mich geleitet hat.

Wir klettern auf den Bahnsteig, so früh nur spärlich besucht. Armand hüpft die Stufen zur Fußgängerbrücke über den Schienen hoch, als wäre er nicht gerade erst aufgewacht. Oben deutet er abwechselnd auf Jean und mich. »Wir drei, heute Nacht, Rendezvous in der *Sacré-Cœur*?«

Ich schüttle den Kopf. »Wir sollten *jetzt* gehen, um die Nyx –«

Jean greift meine Schulter und deutet mit dem Kinn auf die vereinzelten Menschen, die über die Brücke huschen und uns verstohlene Blicke zuwerfen. »Sprechen wir später darüber, wenn wir unbeobachtet sind.«

»So vertrödeln wir wertvolle Zeit.« Ich bleibe stehen, mit einer bockigen Überzeugung, die Louise Konkurrenz machen könnte.

Stöhnend nimmt Armand unsere Handgelenke und zieht uns durch Wartehallen, Treppen, Gänge, ohne unsere Proteste zu beachten. Durch eine schwere Tür, deren Schloss er in Windeseile knackt, als wäre es nicht das erste Mal, gelangen wir auf das Dach des Bahnhofs. Er breitet die Arme vor dem Panorama des sich sanft erhebenden *Montmartre* aus, auf dem die strahlend weiße *Sacré-Cœur* über Paris zu wachen scheint. »Ist das unbeobachtet *und* zeitig genug?«

Die Morgendämmerung hinter dem Bauwerk taucht die gestreckten Kuppeln in korallenfarbenes Licht. So wirkt sie noch mehr wie die Hagia Sophia in Istanbul, von der sie inspiriert ist.

Ich seufze. »Die Nyx sind uns so viele Schritte voraus. Wir müssen die Fackel *sofort* suchen.«

Jean verschränkt die Arme. »Es wäre schlauer, bis zur Nacht zu warten. Nur mit unseren Fähigkeiten haben wir eine Chance.«

»Eben. Sie erwarten uns tagsüber nicht.« Ich starre Jean an und er mich ebenso.

Dann drehen wir uns gleichzeitig zu Armand. »Was sagst *du*?«

Armand druckst herum, bevor er entschuldigend die Schultern zuckt. »Am Morgen besuchen nur wenige Menschen die Kirche. Nicht *zu* viele Augen, die uns dabei beobachten, wie wir Kircheneigentum stehlen. Aber die *Sacré-Cœur* wird auch nicht *so* leer sein, dass die Nyx uns direkt entdecken. Ich bin für jetzt.«

»Nun gut«, schnaubt Jean, gefolgt von etwas, das sich verdächtig nach *elender Verräter* anhört. Doch als Armand ihm einen Welpenblick zuwirft, winkt er ab. »Lass das, oder ich überlege es mir anders.«

Im Park deutet Armand auf die *Funiculaire de Montmartre*, die parallel zur steilen Treppe den Hügel zur *Sacré-Cœur* hochtuckert. »Wir sollten damit fahren.«

Ich presse meine Tasche mit unserem restlichen Budget an mich. »Zu teuer. Und es sind nur noch hundert Meter.«

»Aber so sehen wir wie stinknormale Voyageure aus. Falls die Nyx den Umkreis der *Sacré-Cœur* beobachten.«

Mit einem Grollen im Hals schiebe ich ihn zum Tickethäuschen, statt weitere Zeit mit einer Diskussion zu verschwenden. »Falls sie uns beobachten, beobachten sie uns schon *hier*.« Ich bezahle, scheuche sie in den leeren Waggon und die Stufen hinauf bis zum oberen Fenster. »Also, *bitte*, wenn wir drinnen sind, keine weitere Diskussion, weil du zur *Tarnung* Geld spenden willst oder etwas in der Art.«

Der Waggon gleitet los, und Armand lehnt sich ans Fenster, wo er die Aussicht auf die atemberaubende *Sacré-Cœur* genießt, als machten wir wirklich einen Spaßausflug. »Warum bist so unfassbar angespannt?«

Ich beiße mir auf die Zunge, denn obwohl seine Worte wie ein Vorwurf klingen, höre ich auch das ehrliche Interesse darin.

Überraschenderweise antwortet Jean. »Weil die Existenz der Fackel beweist, dass es andere Artefakte gibt.« Er wirft Armand einen vieldeutigen Blick zu. »Wie Hébés Kelch.«

Armand dreht sich vom Fenster fort und betrachtet mich betreten. »Vergiss nicht, es gibt auch andere Wege, Eugène zu helfen, als einen verschollenen Kelch mit magischem Heilwasser.«

»Wenn dir einer einfällt, gern raus damit«, murmle ich und kralle mich noch fester an die Griffstange.

Die Kabine kommt ratternd zum Stillstand, und wir treten auf den Vorplatz der *Sacré-Cœur*. Armand greift meine Hand und drückt leicht zu, während wir zum Eingangsportal wandern. »Falls wir Hébés Kelch nicht entdecken, finden wir einen anderen Weg. Ich verspreche es.«

Ein Teil von mir will widersprechen und ihm vorwerfen, dass er dieses Versprechen nicht halten kann.

»Ich verspreche es auch«, murmelt Jean, und als er meine andere Hand nimmt, erstickt die Wärme der zwei meine Zweifel. Ich bin nicht allein.

Vor der Tür nicke ich mit neuer Entschlossenheit. »Konzentrieren wir uns auf Nyx' Fackel«, erkläre ich, und wir treten in die *Basilique*.

Ihr Äußeres ist fertiggestellt, doch innen merkt man, dass der Bau noch nicht abgeschlossen ist. Ein Gerüst lehnt an einer der gewaltigen Säulen im Hauptschiff, neben denen ich mich unfassbar winzig fühle. Der gleiche schneeweiße Stein wie außen wirkt hier dunkler, weil die Mosaikfenster so hoch liegen, und das schummrige Licht lässt die *Sacré-Cœur* nur mystischer wirken. Aber vor allem lenkt es den Blick auf das gigantische, strahlende Mosaik in der Gewölbedecke über dem Hochaltar. Das satte Royalblau und die vergoldeten Keramiksteinchen scheinen im Dämmerlicht zu leuchten. Es zieht uns magisch an, sodass wir zwischen den Bänken entlang zur Apsis huschen, wo der Altarraum mit dicken Bogensäulen von dem ihn umgebenden runden Chorumgang abgetrennt ist. Mehrere kleine Kranzkapellen sollen die Pilger zum Spenden animieren.

Auf dem Mosaik streckt eine Jesusfigur die Arme aus, und Goldstrahlen gehen von ihr aus. Um sie herum stehen kleinere Figuren, Heilige und Pilger aus aller Welt.

»Hübsch.« Armand zuckt mit den Schultern und stiert in ein vergoldetes Weihwasserbecken vor dem prächtigen Altar. »Aber keine Statue.«

Ich schüttle den Kopf. »Ihr sucht die Kapellen des Chorumgangs ab. Ich arbeite mich durch die Statuen im Hauptschiff.«

Weil die beiden nicken und im Chorumgang verschwinden, haste ich zur ersten Kapelle in der Seitenwand. Über zwei Beichtstühlen zeigen Mosaike Szenen aus dem Leben von Saint Vincent de Paul, dem der Altar in der Mitte gewidmet ist. Doch die Statue, die auf ihm stehen sollte, fehlt. Vermutlich eine der Dekorationen, die noch angefertigt werden.

Ich gehe zur nächsten Kapelle, in der eine Statue auf dem Altar steht – aber sie ist viel zu klein, um die Fackel zu halten, die zuvor in der gigantischen Hand der Nyx steckte. Ebenso wie die Marienstatue in der Nische daneben. Ich knirsche mit den Zähnen und weiche einem einsamen Pilger aus, der durch den Haupteingang tritt und mich nicht beachtet, dann stehe ich in der nächsten Kapelle. Und erstarre. Denn das Mosaik zeigt eine mir wohlbekannte Szene. Saint Michel, der den Drachen niederstreckt – und Aubert d'Avranches mit dem Bau von *Mont-Saint-Michel* beauftragt. Auch die Statue auf dem Altar zeigt den geflügelten Erzengel im Kampf mit dem Drachen.

Als Waffe hält er einen *Stab*.

Mit pochendem Herzen trete ich näher. Doch der Stab ist ebenfalls zu klein, ganz abgesehen davon, dass es ein Speer und kein Fackelzepter ist. Aber es ist eine *weitere* Verbindung zwischen den Nyx und den Nachtschwärmern. Ich drehe mich zu einer kleineren Statue, eine junge Frau in einfacher Rüstung und mit kinnlangem Haar, die neben Saint Michel im Gebet kniet, und muss grinsen. Jeanne d'Arc, dank der ich überhaupt Teil der Bruderschaft werden konnte. Vielleicht eine Nachtschwärmerin wie ich, die zu ihrer Zeit als Frau erst recht nicht in die Bruderschaft aufgenommen wurde. Trotzdem wählte Saint Michel auch sie aus.

Ich greife mir ans Kinn. Was hat Eugène an dem Tag *noch* erzählt? Die Kirche finanziert die Aufträge. Aber in Zeiten, da sie korrupt ist, arbeitet die Bruderschaft im Geheimen *gegen* sie. Der Bau von *Sacré-Cœur* begann vor fünfundzwanzig Jahren, zu einer Zeit, in der die katholische Kirche keinen guten Ruf hatte. Und das Heilige Herz Jesu, nach dem die *Sacré-Cœur* benannt wurde, behielt bis heute den Beigeschmack der Royalisten und Revolutionsgegner. Wenn die Bruderschaft für Revolution und die Nyx gegen Reformen kämpfen – standen zur Zeit der Erbauung die Nyx und die Kirche vielleicht auf der *gleichen* Seite.

Ich schnelle herum, mit rauschenden Ohren. Habe ich mich

zu sehr auf die *Fackel* fixiert? Das Mosaik – hastig presche ich los. »Armand!« Ich ignoriere das Entsetzen der drei oder vier Betenden auf den Bänken. »Jean!«

Ihr Schlurfen ertönt aus dem Chorumgang, doch ich komme schlitternd unter dem Mosaik zum Stehen, statt sie zu holen. Das Rauschen schwillt an, rasendes Blut in meinen Ohren.

Da, vor dem weißen Gewand der Jesusfigur, schwebt ein Herz.

»Keine Statue mit Fackel im Chorumgang.« Jean tritt an meine Seite. »Hast *du* etwas gefunden?«

Ich zeige mit bebendem Finger hoch.

Er folgt meinem Deut. »Das Heiligste Herz Jesu. Sinnbild der unendlichen Liebe Jesu, des göttlichen Erbarmens und der Sühne unserer Sünden«, trägt er wie auswendig gelernt vor. »*Denn von innen, aus dem Herzen der Menschen, kommen die bösen Gedanken, Unzucht, Diebstahl, Mord, Ehebruch, Habgier, Bosheit, Hinterlist, Ausschweifung, Neid, Verleumdung, Hochmut und Unvernunft. All dieses Böse kommt von innen und macht den Menschen unrein.*«

Armand baut sich mit verschränkten Armen neben Jean auf. »Diebstahl, Mord, Ehebruch und so weiter verstehe ich ja – aber was hast du gegen Ausschweifung, Unvernunft und einvernehmliche Unzucht einzuwenden?«

Jean bedenkt ihn mit einem an Fassungslosigkeit grenzenden Blick. »Das ist aus der *Bibel. Évangile selon Marc.*«

»Du gebildeter, elitärer *gosse de riches*«, schnalzt Armand und stupst ihn an. »Ich verdränge immer, wie viel dir in deinem Goldkäfig über diesen Kirchenkram eingebläut wurde.«

»Seht ihr nicht, was *im* Herzen ist?«, unterbreche ich sie, bevor ich vor Ungeduld platze.

Drei Atemzüge lang inspizieren sie das Mosaik.

Dann keucht Jean. »Fackel, Auge, Schwert, Dornenranken!«

Armand erklimmt die Stufen in den Altarraum mit verengten Augen. »Das Emblem des Ordens der Nyx?«

Also sehe nicht nur ich es.

Ich kralle mich an Jean fest, damit ich nicht strauchle. »Was, wenn sie hier mehr als die Fackel versteckt haben?« Meine Stimme ist so belegt, dass ich schlucken muss. »Was meinte Auguste? Die Nyx, die er verfolgt hat, sind plötzlich einfach verschwunden.«

Sie beide starren mich an.

Seufzend deute ich um mich. »Vielleicht liegt die Zentrale der Nyx in der *Sacré-Cœur*? Hinter einem Geheimgang, den Auguste nicht entdeckt hat. Dorthin haben sie vielleicht auch die Fackel gebracht.«

»Gewagte These.« Armand zuckt skeptisch die Schultern.

»Hast nicht *du* gesagt, die Grenzen zwischen den Nyx und den Nachtschwärmern verschwimmen?«

»Ja, richtig. *Und* Jean hat gesagt, dass der Papst der Orchestrator ist.« Armand schneidet eine Grimasse. »Glaubst du alles, was wir sagen?«

»Dann hält Jesus also einfach nur das verdamm–«, ich starre über die Schulter zu den betenden Menschen, »das Emblem der Nyx, weil der Künstler es *schön* fand?«

»Er zeigt zur Kuppel«, wirft Jean ein.

Wir drehen uns gleichzeitig zu ihm. »Was?«

»Jesus. In dieser Position werden seine Arme *nie* dargestellt. Er zeigt auf etwas. Auf *diese* Kuppel.« Jean dreht mich zum Hauptschiff, über dem die fast zwanzig Meter breite Kuppel thront. Dutzende Fenster im oberen Bereich spenden schwaches Licht. Unter ihnen, halb verborgen hinter einer Mauer mit schmalen Steinbögen, verläuft ein kreisrunder Galeriegang.

»Wir müssen dort hoch!«, wispere ich mit bebenden Händen.

Armand lehnt sich mit einem Unterarm ans Weihwasserbecken. »Ich hab schon versucht, die Tür zum Treppenhaus aufzumachen, aber konnte das Schloss nicht knacken. Zu hoch entwickelt. Was seltsam ist, in einer Kirche.«

Ich drehe mich triumphierend zu ihm. »Du meinst hoch entwickelt wie *all* die Technologie der Nyx?«

»*Bien!*« Zähneknirschend wirft Armand die Arme in die Luft. »Vielleicht *ist* hier ihre Zentrale versteckt.«

Ich grinse ihn selbstgefällig an, und er schneidet eine Grimasse zurück.

Jean räuspert sich überspitzt auffällig. »Schön und gut, dass wir jetzt alle an einem Strang ziehen. Doch solange von euch niemand Hermès' Flügelschuhe gefunden und vergessen hat, uns anderen Bescheid zu sagen, kommen wir dort nicht hoch.«

Ich lasse meinen Blick über alle Teile der Kirche gleiten. Dann grinse ich. »Könnt ihr die Leute ablenken?«

»Was hast du vor?«, fragt Jean.

Gleichzeitig reibt sich Armand feixend die Hände. »Nichts leichter als das!« Er holt tief Luft – und steckt eine Hand bis zum Gelenk in das Weihwasserbecken. »*Mon Dieu!*«, ruft er aus vollem Halse. »Meine Hand! Sie wurde geheilt! *Un miracle de Jésus*, das Weihwasser – ein Wunder wurde vollbracht!«

Stöhnend bedeckt Jean sein Gesicht mit einer Hand. »Bei Zeus«, murmelt er, während die Besucher wie aufgescheucht nach vorne stürzen – und ich an ihnen vorbei zum Gerüst an einer der Säulen schleiche.

»*Oh, mon Dieu*«, begleitet Armands Lobeshymne mich beim Erklimmen des wackligen Holzgerüsts, in dem sich mein Rock immer wieder verfängt. »Wahrlich ein Wunder! Nach dem Unfall, der meine Hand zertrümmert hat, konnte ich sie nicht mehr bewegen, keine Werkzeuge mehr schmieden, die Wange meiner wunderschönen Frau«, er macht eine theatralische

Pause, in der ich sogar aus dem Augenwinkel erkenne, wie er Jean mit seinem Blick aufzieht, »*Jeanne* nicht mehr streicheln.«

Keuchend hieve ich mich auf die oberste Plattform des Gerüsts und verschnaufe kurz. Gut, ich verschnaufe nicht, ich versuche, ob der Höhe nicht auf der Stelle in Ohnmacht zu fallen. Nicht runterschauen. Alles, nur nicht runterschauen.

Ich schaue runter.

Die Besucher, die vor Armand ihre Hände vor den Mund oder im Gebet zusammenschlagen, verzerren sich seltsam.

Er streckt ihnen seine Handfläche mit der wirklich winzigen, offensichtlich seit Jahren verheilten Narbe entgegen. »Und jetzt? Geheilt! Nicht als eine kleine Narbe erinnert an die Qualen der letzten Wochen!«

Jean taxiert die Beichtstühle, als zöge er in Erwägung, sich in einem von ihnen vor Scham zu verkriechen. Ich bin sicher, Armand könnte die Zeugen seines Wunders noch tagelang im Bann halten, trotzdem muss ich mich zusammenreißen.

Also schließe ich die Augen, atme tief durch, mehrmals. Als ich die Augen wieder öffne, merke ich, dass meine Hand in der Tasche steckt und das Sternentuch der Nyx umklammert. Nun, wenn es hilft. Ich rapple mich auf, eine Hand an der Engelstatue am oberen Ende der Säule neben mir, um nicht herunterzustürzen, die andere am Tuch.

»Hat jemand von *Ihnen* ein Gebrechen? Wer traut sich? Treten Sie vor!«, ruft Armand mit dem Flair eines Jahrmarkt-Magiers.

Nicht wieder hinsehen! Ich greife den detaillierten Wandfries unten an der Brüstung der Kuppelgalerie, suche am glatten Stein Halt mit den Füßen. Meine Arme brennen, mein Kopf dreht sich, doch ich ziehe mich höher, bis ich auf dem schmalen Vorsprung stehe. Viel zu hoch! Bevor ich erstarren kann und für immer hier oben feststecke, ziehe ich mich den letzten Rest nach oben und stürze mit dem Kopf voran über die Mauer. Lande in der schmalen Galerie. Mehrere Atemzüge lang bleibe ich schwer atmend auf dem Boden liegen. Wenn ich mich täusche und diese Tortur *völlig* umsonst durchgestanden habe –

Ich schüttle den Kopf und stehe endlich auf. Noch wacklig auf den Beinen, aber jeder Schritt durch die runde Galerie sicherer. Vier Durchgänge, die von draußen sichtbar sind, führen auf das Dach, von wo aus man auf die zweite Ebene der Kuppel, zu den vier kleineren Kuppeln und zum Glockenturm gelangt. Dazwischen jedoch befinden sich weitere vier Türen. Schmal, sehr unauffällig und *sehr* verschlossen. Vermutlich ist eine der normale Zugang, dessen Schloss Armand nicht öffnen konnte. Doch wohin führen die anderen drei? Über jeder von ihnen prangt eine Heiligenstatue, eingequetscht zwischen Wand und Decke, als müssten sie diese tragen. Ich recke den Kopf, um die Skulptur über mir besser zu erkennen.

Ein bärtiger Mann mit Heiligenschein und einem geflügelten Löwen über den Schultern. Er hält ein Buch, in dem *MARCVS* eingemeißelt steht. Lateinische Buchstaben – für *Saint Marc*. Die vier Evangelisten und ihre geflügelten Begleiter? Ich musste sie in der Schule auswendig lernen … Wie war das noch gleich? Saint Marc mit dem Löwen, Saint Jean mit dem Adler, Saint Matthieu mit dem Menschen und Saint Luc mit dem Ochsen.

Seufzend lehne ich mich an die Wand. Es gibt also *acht* mögliche Wege, vier verschlossen und vier auf das vermaledeite Dach. Selbst wenn ich es schaffe, die schmalen Stufen draußen zu erklimmen – es ergibt keinen Sinn. Wieso zeigt das Jesus-Mosaik so eindeutig hier oben hin, nur damit der Weg wortwörtlich in alle Himmelsrichtungen weiterführen könnte?

Vielleicht irren wir uns einfach.

Ich stoße mich von der Wand ab – und verenge die Augen.

Etwas an der Statue von Saint Matthieu ist nicht richtig. Ich trete näher.

Der bärtige Saint Matthieu, erkennbar am gemeißelten Pergament mit seinem lateinischen Namen. Aber der Mensch über ihm … Was auf den ersten Blick wie die entsprechenden Flügel von Adler, Löwe und Ochse aussieht, *sind* keine Flügel. Sondern ein Tuch.

Ein *Sternentuch*.

Ein triumphierendes Geräusch löst sich in meiner Kehle, und ich schlage meine Hand auf den Mund. Doch unten ist es ohnehin so laut, dass mich niemand hört.

Mein Herz stottert.

Denn von unten erklingen nicht mehr Armands Worte über sein Wunder, sondern schwere Schritte. Und zwei Stimmen, die mir einen Schauer über den Rücken jagen.

Gebückt spähe ich mit flauem Magen über die Brüstung. Armand und Jean stehen noch vor dem Altar – die Pilger flüchten zu den Seitenschiffen. Vermutlich, weil die beiden ihre Dolche gezückt haben. Zwei andere Gestalten pirschen auf sie zu, in der Uniform der Nyx. Obwohl ich nur ihre Rücken sehe, der eine zierlich, der andere massig wie ein Stier, erkenne ich sie sofort.

Der Orchestrator – und *Clément*.

Dieser zückt seine Drahtpeitsche, lässt sie vor sich ein paar träge Funken sprühen. »Wie nett von euch, mir einen Besuch abzustatten. Damit habe ich gar nicht gerechnet.« Er legt den Kopf schief. »Aber ich erinnere mich nicht daran, euch meine neue Adresse mitgeteilt zu haben?«

»Auguste hat uns von der gestohlenen Fackel der Nyx erzählt. *Wo* habt ihr die Statue hingebracht?«, blafft Armand ohne Zögern. Eine Finte, um zu verbergen, dass wir über ihre Zentrale Bescheid wissen. *Clever, Armand.*

»Warum hast du uns verraten?«, knurrt Jean jäh, mit bebenden Schultern. Er muss sich offensichtlich zurückhalten, Clément nicht anzugreifen.

Ihre Fähigkeiten. In dieser Helligkeit stehen sie den beiden Nyx machtlos gegenüber. Doch *ich* kann mich unbemerkt auf Clément und den Orchestrator stürzen. Mit bebenden Händen krame ich in meiner Tasche nach dem Stilett. *Merde*, ich sollte auch im Kleid ein Holster am Oberschenkel tragen!

»Ich habe *euch* verraten, weil ich meine Prinzipien *nicht* verraten konnte. Und glaubt mir, mich schmerzt, dass ich es tun musste. Aber die Welt lässt mir keine andere Wahl.« Der Schmerz und die Ehrlichkeit in seinen Worten legen sich schwer und ätzend in meinen Magen. Gleichzeitig ertaste ich endlich meine Waffe.

Clément seufzt. »Denn sie versinkt im Chaos, und die Nachtschwärmer haben das jahrelang einfach zugelassen.«

Ich klettere auf die Brüstung, schwanke in der Hocke und muss mich festklammern. *Einatmen.*

Mit geschlossenen Augen schüttelt Armand den Kopf. »Oder hast du in Wahrheit die erstbeste Gelegenheit ergriffen, als dir die Nyx mehr Macht versprochen haben, weil du so verbittert wegen deiner Fähigkeit bist?« Er öffnet die Augen mit einem Augenrollen, bei dem er mich für den Bruchteil einer Sekunde durchdringend ansieht. *Ich soll mich nicht zeigen.*

Clément stürzt ein paar Schritte nach vorn. »Ich bin *nicht* verbittert wegen meiner … Fähigkeit.«

Ich umklammere den Dolch fester. Nein, ich *muss* ihnen helfen.

»Du kannst sie ja nicht einmal *aussprechen*«, speit Jean so heftig, dass sich alle Blicke auf ihn richten.

Nur ich merke, wie Armand den Kopf schüttelt. Ich verstehe ihn, als brüllte er mich an. *Flieh, Odette, beschütz die Mission.*

Lass sie nicht mitbekommen, dass wir von ihrer Zentrale wissen. Jean und ich kommen allein klar. Meine Beine zittern, weil ich mich nicht aus der Hocke lösen kann.

Jean tritt näher zu Clément, die Stimme ein höhnisches Zischen. »Los, sprich es aus. *Dunkelseher.*«

Clément gibt ein ersticktes Geräusch von sich, und erst jetzt wird mir bewusst, dass er *nie* über seine Fähigkeit gesprochen hat. *Was* ist das Problem mit seiner Fähigkeit?

»Es muss an einem nagen, so unfassbar *nutzlos* zu sein«, fährt Jean fort. »Sag mir, hast du schon vorher mit *ihnen* unter einer Decke gesteckt?« Er ruckt mit dem Kinn in Richtung des Orchestrators. »Oder erst als Odette zu uns kam? Als sie dein Dunkelsehen endgültig zu einem überflüssigen Relikt alter Zeiten degradiert hat?«

Ich habe *was*? Langsam gleite ich zurück in den Galeriegang.

»Das reicht!« Der Orchestrator tritt mit einem ruckartigen Schritt neben Clément und hält ihn am Arm zurück. »Werden Sie diese Kinder los, Dirigent, oder ich tue es.«

Jean schleudert etwas vor ihre Füße. Eine Rauchgranate. Sie detoniert und hüllt die brüllenden Männer in dichten Rauch. Jean und Armand stürzen zu einer Seitentür.

Meine Hand mit dem Dolch zuckt, doch ich presse sie nur noch fester gegen meinen Oberschenkel. Ich darf Clément und den Orchestrator nicht angreifen, auch wenn ich Jean und Armand damit mehr Vorsprung verschaffen könnte.

Also kauere ich mich mit dem Rücken an die Brüstung. Die beiden werden entkommen, garantiert. Schwere Schritte von Kampfstiefeln hallen zu mir hoch. *Lenk dich ab, Odette.* Was meinte Jean damit, ich hätte Cléments Dunkelsehen degradiert? Gebrüll, von Clément, so ungehalten, so anders als der bedachtsame Mönch, den ich kannte, dass ich zusammenzucke.

Er wirkte in seinen Kutten immer so behäbig, doch hat damit nur über seine Körperkraft hinweggetäuscht. War die Kampfkunst ein Versuch, sein Dunkelsehen auszugleichen?

Ein Relikt alter Zeiten.

Natürlich. Dunkelseher haben keinen großen Nutzen im ausgeleuchteten Paris. Eine Tür klappert, und die Schritte der zwei leichteren Fußpaare verklingen. Mein Lichtwirken jedoch kann die Lichter kontrollieren.

Ich lege den Kopf auf die Knie und zähle die Schritte, bis die beiden Nyx durch die Tür preschen. Eins, zwei, drei, dann der vierte, nachgezogene Schritt. Der Dirigent und seine Prothesen, ein Arm und ein Bein. Eins, zwei, drei, *vier*. Hat er die Gliedmaßen im Kampf verloren? Eins, zwei, drei, *vier*. Die Gelegenheit ergriffen und sich einen übermenschlichen Arm gebaut, mit den Ressourcen und dem Wissen der Nyx? Eins, zwei, drei – die Tür schlägt zu.

Ich bin allein. Habe Armand und Jean ohne mich flüchten lassen. Aber die beiden hätten es nicht anders gewollt. Und obwohl mich alles dazu drängt, einen Weg in die Zentrale zu suchen – die *Sacré-Cœur* könnte jeden Moment vor Nyx wimmeln. Ich muss verschwinden.

Am Fuße von Nyx' Statue zusammengekauert, warte ich im Tempel.

Zuerst fühle ich mich unendlich allein. Aber mit jeder verstreichenden Minute steigern sich meine Sinne, höre ich seltsamere Geräusche aus den Geheimgängen der *Catacombes*. Im Dunkeln tapsende Schritte. Brüchige Fingernägel, die über Stein kratzen. Ein tiefes, hohles Murmeln, das Wasser sein könnte. Oder etwas anderes.

Vielleicht bin ich doch nicht so allein.

In den *Catacombes* liegen mehr menschliche Gebeine, als ich

Sterne am Himmel zählen könnte. Und wenn Hadès' Füllhorn Seelen in die Unterwelt schicken kann, wer sagt, dass nicht auch Tote wieder zum Leben erweckt werden können?

Ich springe auf und klatsche mir gegen die Wangen. Darf nicht vor Sorge in düstere Gedanken versinken.

Also stiefle ich durch den Tempel, jeder Schritt in der weitläufigen Halle hallend, und räume auf. Denn es sieht aus, als hätten wir nicht nur die Geheimgänge gesprengt, sondern den Tempel gleich mit. Ich klopfe unsere Betten aus und gehe unsere Lebensmittel, Verbandssachen und sonstigen Proviant durch. Armand und Jean brauchen so lange, weil sie sichergehen, nicht verfolgt zu werden. Eindeutig. Überall liegt Kleidung verstreut, die ich im Zuber schrubbe. Dann sammle ich Bücher ein und sortiere sie in die Regale.

Ich hocke vor dem Räderwerk des Orrerys und muss einsehen, dass ich nicht dazu imstande bin, es zu reparieren, als sie endlich in den Tempel stolpern. Keuchend und mit einer Schicht aus Schweiß und Staub bedeckt, aber wohlauf.

Ich springe auf, doch meine Knie knicken ein, so lange saß ich in der Hocke. »Hestia sei Dank, ihr seid zurück!«

Armand sinkt auf den Metallsockel des Orrerys, schmiegt sich daran, als wäre er ein Rettungsanker. »Wessen Idee war es, unter der Sonne zu schwitzen und unter dem Mond zu schlafen?«

Jean schleppt sich zum Wasserbottich auf dem Beistelltisch und reißt sich dabei schamlos sein Hemd vom Leib. Beinahe lache ich, weil mir der Anblick seiner drahtigen Muskeln vor ein paar Monaten noch etwas ausgemacht hätte. Bevor ich wochenlang mit ihnen hier eingepfercht war und mich daran gewöhnt habe. Jetzt macht es mir eher etwas aus, *wie* drahtig sie sind.

Also marschiere ich zu Jean und baue mich auf der anderen

Seite des Bottichs auf. »Du bist ein ganzes Stück größer als wir. Das heißt, du brauchst auch mehr Essen.«

Kurz hält er beim Waschen inne und sieht mich durch triefende Haare an. »Ist das eine *neue* Erkenntnis für dich?« Sofort klatscht er sich wieder Wasser ins Gesicht.

»Wieso rationierst du dann deine Essensportionen?«

Er wischt sich über das nasse Gesicht. »Tue ich nicht.«

Bevor er sich wegdrehen kann, halte ich ihn am Arm zurück. »Du hungerst nicht, das stimmt. Trotzdem musst du *mehr* essen, wenn du nicht all deine Muskeln verlieren willst. Und wir haben genug Vorräte, um es nicht dazu kommen zu lassen.«

»Nur, wie lange noch?«, schnaubt er.

Armands Stöhnen weht vom Orrery herüber. »Bringt mir niemand ein Getränk? Der schlechteste Service in ganz Paris, ehrlich!«

Ich drücke Jeans Arm etwas fester. »Wie wäre eure Flucht in ein paar Wochen verlaufen, wenn du so weitermachst?«

Er starrt auf den Boden, mit seinen tröpfelnden Haarspitzen wortwörtlich bedröppelt.

Mein Herz erwärmt sich, da er mir auf eine Weise ähnelt, wie es meine Geschwister nicht tun. Meine *leiblichen* Geschwister. Denn auf eine andere Art *ist* er mein Bruder. Kein jüngerer, den ich beschützen will. Auch kein älterer, der mich behütet. Sondern ein mir ebenbürtiger, dessen Beweggründe ich *verstehe*. Ich weiß, was jemand zu *mir* sagen müsste, damit ich Einsicht zeige. »Du willst Lebensmittel sparen, um uns zu beschützen, oder? Aber du beschützt uns am besten, indem du uns nicht des *einen* Nahkämpfers beraubst, der ohne seine Fähigkeit eine Chance gegen die Nyx hat.«

Langsam sieht er auf. »So habe ich das noch nicht betrachtet.«

Ich schlinge einen Arm um seine Schultern, halb Umarmung, halb Schwitzkasten, sodass er in die Knie gehen muss und ächzt. »Dafür haben wir ja einander, oder?« Ich schleife ihn zu Armand, bevor ich ihn loslasse. »Weil die anderen manchmal Dinge sehen, vor denen wir die Augen verschließen.«

»Wie vor eurem verdurstenden Kompagnon?« Stöhnend schleppt Armand sich zu unserem Trinkwasser und füllt einen Becher randvoll. »Wenn Eugène hier wäre, hätte er längst eine Flasche Champagner mit mir geköpft. Ich werde das Gefühl nicht los, er ist der *Einzige*, dem ich etwas bedeute.«

»Zumindest Clément schien dich auch vermisst zu haben.« Ich stupse ihn zur Wanne, die wir näher an das Bassin geschoben und mit einer der Wasserpumpen verbunden haben.

Er schnaubt über den Rand seines Bechers hinweg.

Während ich den Paravent aufstelle und die Wanne mit eiskaltem Wasser tief unten aus den Zisternen volllaufen lasse, kocht Jean drei Kessel Wasser auf und schleppt sie heran.

Armand steigt mit einem lauten Platschen in die Wanne, und ich hocke mich auf der anderen Seite des Paravents vor Jean. Er hat ein paar Schürfwunden, die ich vorsichtig von Schutt und Staub befreie, bevor das Blut gerinnt.

Armand holt tief Luft, und ein weiteres Mal platscht das Wasser, so als würde er untertauchen. Prustend kommt er wieder hoch. »Hast du in der Kuppel etwas gefunden?«

Vor Aufregung presse ich den Wattebausch mit Alkohol zu fest gegen Jeans Schläfe, sodass er aufzischt. »*Pardon*«, murmle ich, tupfe vorsichtiger weiter und erhebe die Stimme. »Dort oben befinden sich vier Türen mit den vier Evangelisten. Nur, dass Saint Matthieu nicht von einem geflügelten Menschen begleitet wird, sondern von *Nyx*.«

Jean schüttelt den Kopf. »Die Nyx haben eine Zentrale in der *Sacré-Cœur* errichtet. In der verflixten *Sacré-Cœur*.«

Mit einem blassvioletten Morgenmantel von Louise über

einer frischen Nachtschwärmer-Hose tritt Armand vor uns. »Also, was ist der Plan?« Wasser rinnt aus seinen Locken, über Schultern, Oberkörper und sammelt sich zu seinen Füßen. »Spazieren wir einfach rein? Weil das heute so gut geklappt hat?«

Aus den Augenwinkeln bekomme ich mit, wie Jean erst Armands Oberkörper anstarrt, dann das Bodenmosaik.

Ich schnaube. Das habe ich also davon, seit Wochen auf Schicklichkeit zu pfeifen. Ich stupse Jean an. »Kann eure Reinszenierung von Roméos und Juliettes erstem Aufeinandertreffen noch ein wenig verschoben werden?«

Armand stemmt die Hände in die Hüften. »Wir mussten *wochenlang* dieses Anschmachten und *Tun-sie's-tun-sie's-nicht* zwischen dir und Eugène aushalten.« Mit einer Hand quetscht er meinen Mund zu einer Grimasse. »Lass den armen Kerl einen unschuldigen Blick auf seinen anbetungswürdigen Roméo werfen.«

»Ich arbeite mit zwei *Kindern* zusammen«, grummelt Jean wie ein griesgrämiger Großvater und springt auf, ohne dass er seine roten Ohren verbergen kann. »Können wir uns *bitte* wieder darauf fokussieren, wie wir Nyx' Fackelzepter bekommen?«

Armand und ich grinsen uns hinter Jeans Rücken an, dann räuspere ich mich. »Für ein Ablenkungsmanöver sind wir zu wenige. Also müssen wir uns reinschleichen.«

»Sie glauben vermutlich, dass wir nur wegen der Fackel dort waren.« Jean verschwindet hinter dem Paravent. »Vielleicht erwarten sie uns kein zweites Mal. Aber vielleicht gehen sie auch auf Nummer sicher und erhöhen ihre Sicherheitsmaßnahmen.« Bei ihm plätschert das Wasser viel leiser.

Armand trabt auf und ab. »Wir wissen nicht, wie groß ihre Zentrale ist. Wie viele von ihnen sich dort herumtreiben. Wie viele Waffen sie besitzen.«

»Also nachts«, überlege ich laut. »Die Dunkelheit verbirgt uns und ermöglicht das Einsetzen unserer Fähigkeiten.«

»Was ist mit ihren Lichtwaffen?« Armand hält inne.

Richtig, ich konnte sie nicht mit meinem Lichtwirken löschen.

Doch etwas *anderes* konnte es!

Ich reiße eine Hose und ein Oberteil aus unserer Sammlung und werfe sie über den Paravent zu Jean. »Zieh dich an! Es ist Zeit für unsere *Pochette-surprise*.«

Kapitel 11

Wir kraxeln nacheinander durch das Fenster in Louise' *Boudoir*, in dessen Mitte das Himmelbett quer steht, kopfüber darauf der Bergère-Sessel und der Hocker ihrer Coiffeuse, die wiederum vor der Tür steht. Kissen und Bücher liegen überall verstreut.

»Du musst dich mehr anstrengen!« Louise schiebt mit hochrotem Kopf an der einen Seite ihres Kleiderschrankes.

Doch Edwin, der an der anderen Seite zieht, hält inne und deutet zu uns. »Sie vermehren sich wie Kaninchen.«

»Richtest du gerade dein Zimmer neu ein? Mit *ihm*?« Für einen Moment kann ich nur das Chaos anstarren, sodass ich kaum mitbekomme, wie Jean einen Blick durchs Fenster wirft, keine Frage, auf der Suche nach Verfolgern.

Louise wischt sich über die glänzende Stirn und stemmt dann die Fäuste in die Hüften. »Es ist *Mittag*. Du kannst nichts gegen Edwins Anwesenheit sagen!«

»Ich glaube nicht, dass dein Vater ihn dafür bezahlt, dein Zimmer neu einzurichten.«

»Er bezahlt mich, um sie vor Gefahren zu beschützen.« Edwin greift wieder nach dem Schrank. »Und ohne meine Hilfe wäre sie längst unter diesem *Mastodonte* von Kleiderschrank be-

221

graben.« Er zieht, legt sein ganzes Gewicht in die Bewegung, bis eine Ader an seiner Schläfe hervortritt und er aufhört. »Wie zur Hölle können Kleider eine halbe Tonne wiegen?«

»Wer *ist* das?«, murmelt Armand mir mit großen Augen zu, während die beiden den Schrank weiter bearbeiten.

»Edwin, ihr –«, ich suche nach dem richtigen Wort, entscheide mich für das unverfänglichste, »*Leibwächter*.«

»Ich bin *sicher*, das ist alles, was er ist«, spottet Armand und beobachtet grinsend das Geplänkel und Abmühen der zwei. Dann nickt er zustimmend. »Er ist niedlich.«

»Niedlich? Wohl eher gefährlich und dröge.« Doch ich werfe einen Blick auf den ähnlich blassen und hellhaarigen Jean, der mit ernster Miene nun auch noch den Flur sichert, und seufze. »Nun, anscheinend hast du klare Vorlieben.«

»Er sieht in jedem Fall besser aus als *Eugène*.« Armand betont den Namen, als hätte Eugène den Charme einer Nacktschnecke.

»Er sieht *nicht* besser aus als Eugène!« Sofort schießt heißes Blut in meine Ohren.

Denn Armand grinst mich süffisant an, äußerst zufrieden, dieses Geständnis aus mir herausbekommen zu haben.

»Die Luft ist rein.« Jean schließt die Tür des *Boudoirs*, und das leise Klicken erinnert mich daran, dass wir wegen etwas Wichtigem hier sind.

»Jetzt lasst mich helfen, damit ihr heute noch fertig werdet!« Mit drei langen Schritten bin ich am Schrank, schiebe Edwin ein Stück zur Seite und packe mit an. Ein Ächzen löst sich in meiner Brust. »Zur Unterwelt, der wiegt ja wirklich eine halbe Tonne! Ist das Verschieben dieses Schranks die dreizehnte Aufgabe des *Héraclès*?« Mit zusammengebissenen Zähnen zerre ich am Schrank, und sobald auch Jean und Armand schieben, verfrachten wir ihn endlich an die vorgesehene Stelle.

Louise wischt sich über die Stirn und betrachtet das Werk. Dann zieht sie eine Schnute. »Ich glaube, es hat mir vorher besser gefallen.« Sie wirft uns ein strahlendes Lächeln zu und deutet auf den Schrank. »Wärt ihr so freundlich?«

Edwin will prompt loslegen, doch ich zerre ihn vom Schrank weg. »Das muss warten.« Weil sich Louise' Lächeln in ein Schmollen wandelt, fahre ich schnell fort. »Denn wir brauchen deine Hilfe! Niemand sonst kann das erledigen!«

Louise pflückt ihren Bergère-Sessel vom Bett und lässt sich hineinsinken. »Soso.« Sie breitet die Arme auf der Rückenlehne aus wie ein in einer Verhandlung überlegener Großindustrieller. »Ihr gebt also endlich zu, dass ihr mich braucht.«

»Das haben wir sicher schon ein Dutzend Mal«, murrt Jean und schlägt die Arme von Armand fort, der versucht, seinem Freund einen von Louise' ausladenden Hüten aufzusetzen.

»Wir brauchen eine Waffe«, fahre ich fort. »Eine von denen, die die Lichtwaffen der Nyx ausschalten.«

Louise zieht eine Hälfte ihrer Unterlippe zwischen die Zähne. »Ich kann keine mehr klauen, das weißt du.«

»Aber könnten wir eine *kaufen*?«

Sie schaut schräg nach oben. »Mit genug Geld, wieso nicht?«

»Weil ihr beim Kauf von Waffen Daten hinterlegen müsst«, prescht Edwin dazwischen und sinkt auf das Bett. Wo er wirklich nicht so heimelig aussehen sollte. »Das würde viel zu viel Aufmerksamkeit auf euch lenken.«

»Es muss einen Weg geben, anonym an so eine Waffe zu kommen.« Armand betrachtet sich mit dem Hut im Spiegel.

»Ein Hehler?«, schlägt Jean vor.

Armand dreht sich mit hochgezogenen Brauen und ausdrucksloser Miene zu ihm. »Und wie viele Hehler kennst du?«

Ich mache einen überstürzten Schritt auf Edwin zu. »*Du* kennst doch sicherlich einen Hehler!«

»Ganz schön vorurteilsbehaftet, oder?«

Ich spitze die Lippen. »Wenn ich mich recht erinnere, hast *du selbst* gesagt, du seist aus einer kriminellen Organisation ausgestiegen.«

»Die Betonung liegt auf *ausgestiegen*.« Als wir ihn alle erwartungsvoll anschauen, lehnt er sich seufzend auf seine Unterarme. »Seit wann bin ich eigentlich die Gouvernante einer Gruppe Kinder?«

»*Quelle impertinence!*«, grummelt Armand. »Er ist höchstens fünf Jahre älter.«

»Euch ist klar, dass der Schwarzmarkt nicht ganz ungefährlich ist? Und teurer als der legale Weg.«

Ich krame die letzten von Louise' Schmuckstücken hervor und breite sie auf dem Bett aus. »Das sollte reichen, oder?«

Jean beugt sich über den Schmuck. »*Attends un instant.* Trägst du das Zeug *immer* mit dir rum?«

»Natürlich. Wir können nicht riskieren, es im Tempel zu lassen, falls wir nicht zurückkehren können.«

Edwin hustet, bis wir ihm wieder Aufmerksamkeit schenken. »Der Klunker sollte reichen. Das ändert nichts an der Gefahr.«

»Ich denke, es ist gefährlicher zu tun, was wir tun, *ohne* diese Waffe zu besorgen«, gebe ich zurück.

»Und wir *werden* es tun.« Louise verschränkt die Arme und vereint die Beharrlichkeit einer trotzigen Göre und einer majestätischen Rachegöttin in sich.

Mit einem kurzen Blick auf Louise stöhnt Edwin gequält. »Mein … Kontakt braucht Zeit, um so etwas Spezielles zu besorgen.« Er steht vom Bett auf. »Ich mache ein Treffen aus. Louise meldet sich bei eu–«

In einem Sturm aus lindgrünem Organza fällt sie ihm um den Hals. »*Merci*, Edwin, *merci*! Du bist der Beste.«

Er tätschelt ungelenk ihren Rücken, dann schiebt er sie fort. Beinahe genervt, wäre da nicht die rote Nasenspitze.

Armand krallt sich den Schmuck. »Wir müssen das veräußern.« Er öffnet das Fenster, dreht sich aber noch einmal grinsend zu mir um. »Und *du* kannst in der Zwischenzeit den für dich schönsten Mann auf Erden auf den neuesten Stand bringen. *Falls* ihr dazu kommt.« Er wackelt mit den Augenbrauen und verschwindet durch das Fenster, bevor ich ihm einen von Louise' Samtpantoffeln an den Kopf pfeffern kann.

Ich klopfe an Madame Lacroix' Wintergarten, mittlerweile fast ein Ritual, und dieses Mal öffnet sie verschwörerisch grinsend. »Warst du erfolgreich mit den Artefakten?«

Ich husche hinein und überlege kurz, sie anzulügen. Aber ich traue ihr, auf die Art, wie ich Eugène traue. Deshalb lächle ich zurück. »Ihre Hilfe war unbezahlbar, Madame Lacroix!« Ich betrachte ihr neuestes Gemälde auf der Staffelei. Der *Tour Eiffel* in einer sich endlos erstreckenden Wiese.

»Bitte, nenn mich Delphine.« Sie zieht einen Pinsel aus ihrem schwarzen Chignon, und ihr Haar fällt in sanften Wellen bis zur Mitte ihres Rückens. »*Heute* willst du zu Eugène.«

»Woher wissen Sie –«, unter ihrem strengen Blick korrigiere ich mich schnell, »woher weißt du das?« Dann, weil Panik mir den Hals zuzuschnüren droht. »Hat Eugène etwas *erzählt*?«

Ihre Augen funkeln. »Kein Wort. Das musste er auch nicht. Man kann den Jungen lesen wie ein Buch.«

Da bin ich anderer Ansicht, obwohl Eugène schon bei unserem ersten Treffen das Gleiche behauptet hat. »Bist du wirklich sicher, dass mein Besuch ihm nicht schadet?«

»Mein Mann weiß alles über Maschinen, Geschäfte und die Beweggründe von *Associés*. Aber er weiß wenig über seinen Sohn.« Sie zuckt die Schultern. »So sind Väter eben.«

»Mein Vater ist anders«, setze ich bissig dagegen, sodass ich erschrocken zurücktrete.

Sie schenkt mir ein Lächeln, das ein Künstler unter dem Titel *La Mélancolie* festhalten könnte. »Dann hoffe ich, eines Tages sind alle Väter so wie deiner.« Sie schaut zur Tür. »Ich stelle sicher, dass die Luft rein ist!« Schon huscht sie nach draußen wie die flüchtige Erscheinung einer Nymphe.

Seufzend streiche ich meine Locken zurecht, bemerke, was ich tue, und presse die Hände gegen meine Oberschenkel. Louise hat mich praktisch angefleht, eines ihrer schönsten Kleider zu tragen, was ich vehement abgelehnt habe. Anscheinend hat sie mir dennoch einen Floh ins Ohr gesetzt, dass meine Aufmachung eine Rolle spielt. Dabei ist am Hemd und der Hose der *Suffragettes* nichts auszusetzen. Nun, außer vielleicht, dass ich ein altes Hemd von Eugène trage, das mir etwas zu groß ist. Aber das hier ist nicht der *Bal de l'opéra de Vienne*.

Meine Ohren sind immer noch etwas warm, als *Delphine* zurückkehrt. »Mein Mann ist geschäftlich unterwegs. Und die Wachen gehen gerade dem *mysteriösen, geisterhaften Geräusch* auf den Grund, das ich im Weinkeller wahrgenommen habe.« Sie lächelt mich an, die Unschuld in Person.

»*Merci*, Delphine«, raune ich und husche auf den Flur. Wie ausgestorben, jede kahle Nische. Geisterhafte Geräusche aus dem Keller scheinen hier durchaus möglich. Der Geruch von Freesien, der in meiner Nase pappt, fühlt sich in all der Kühle umso verkehrter an.

Doch dann knacke ich das Schloss zu Eugènes Zimmer, klopfe an und gleite auf sein gemurmeltes *Herein* hin hinein, wo mich stattdessen *sein* Duft umhüllt. Geschmolzener Zucker und Kaminfeuer. So opulent und köstlich, ein Reichtum, der noch immer nicht in ein Leben wie meines passt. Ich schließe die Tür und lehne mich mit dem Rücken an sie. Die satten

Grüntöne verschwimmen, ebenso wie all die goldgerahmten Gemälde an den Wänden und die Leinwände, die überall stehen. Mein Herz sollte nicht so sehr pochen.

»Was gibt es nun schon wieder?« Er schaut nicht von der Zeichnung auf, die er mit flüchtigen Kohlestrichen auf ein Papier bringt. »Eine weitere dieser Pillen? Jemand, der mir ein Wiegenlied singen soll? Oder –«

»Sie geben dir Pillen?«

Seine Hand rutscht weg, verwischt die Kohle. Dann schaut er langsam hoch, Marmorhaut, Sternenaugen und Dunkelheit so verboten wie die Nacht. Er *sieht* besser aus als Edwin. Besser als Edwin, Jean und Armand zusammen, stellt mein Herz mit einem heftigen Schlag fest. *Merde.*

»Hast du Hébés Kelch gefunden?«, fragt er heiser und springt auf, schwankt. Schwarze Kohle auf seinen langen Fingern.

Ich reiße den Blick von seinen Händen. Es sind nur *Hände. Was ist los mit dir, Odette?* Schluckend erinnere ich mich an den Grund des Besuchs. »Ich arbeite dran. Aber ich wollte –«

»Dann bist du wegen *mir* hier?« Grinsend kommt er näher, trägt weder Schuhe und Socken, noch ein *Gilet* oder *Jaquette* über dem weiten Leinenhemd, das er an der Taille nachlässig in den Bund seiner Hose gesteckt hat. Als wäre er ein Pirat, ein mittelloser Schriftsteller oder etwas ähnlich Bedenkliches.

»Wir haben die Zentrale entdeckt.« Ich klammere mich an die Tür, denn er grinst so breit, dass ich gar nicht anders kann, als an den Kuss zu denken. »Dort verstecken sie die Fackel.«

»Ich wusste, du findest sie. Erzähl mir etwas, das ich *nicht* weiß.« Er neckt mich, aber da ist auch ein Hauch von ehrlichem Vertrauen zwischen den Silben.

Und deshalb formen sich die nächsten Worte hinter meinem Herzen. Weil ich ihm nichts mehr vorenthalten will. »Wir haben mit Auguste gesprochen.«

Anscheinend ist etwas in meiner Mimik oder meinem Ton, das ihm genau verrät, *worüber* wir geredet haben.

Eugène bleibt stehen, zwei Armlängen entfernt, und ein Dutzend Emotionen huschen über sein Gesicht. »Wie viel weißt du?« Seine Hand verkrampft sich an seiner Seite, das Weiß der Knöchel noch stechender neben den Spuren der Kohle.

»Nicht viel. Ein paar Andeutungen über Illusionen aus Schattenspielerei. Nun, und ich wusste von Anfang an, was seine Gegenwart mit dir macht. Nur nicht, *warum*.«

Er wird blasser, die Augenringe tiefstes Violett im Kontrast. All seine Gedanken zeichnen sich schmerzhaft sichtbar in seiner Mimik ab. Ich zähle seine Atemzüge. Flach und angestrengt. Bin bei zwölf, als er endlich etwas sagt. »Ich dachte, ich wäre gut darin, es zu verbergen.«

Das bringt mich tatsächlich zum Lächeln, auch wenn mein Herz sich weiterhin so anfühlt, als würde es jemand quälend langsam zerreißen. »Hast du nicht behauptet, du seist ein offenes Buch?« Ich deute vage nach unten. »Deine Mutter hat eben genau das Gleiche gesagt.«

Er zuckt mit den Schultern. »Vielleicht will ich, dass du nur *manche* Geschichten darin lesen kannst.«

Mein Herz stolpert. *Verloren.* Das ist der Ausdruck in seinen Augen. Dann stolpern im gleichen Rhythmus gewisperte Wörter über meine Lippen. »Vielleicht will ich *alle* lesen.«

Seine Brauen neigen sich auf diese schmerzhafte, hoffnungsvolle Art, die mich so trifft, weil ich das Gefühl von dem kenne, was *ich* vor ihm verborgen habe. Ich überwinde die Distanz zwischen uns und schlinge die Arme um ihn.

Wieder passen wir perfekt ineinander, als wäre keine Zeit seit unserer letzten Berührung vergangen. Nach nur einem Herzschlag erwidert er die Umarmung. Zieht mich näher, näher, noch näher, als könnte es nie nah genug sein.

»Ich muss es nicht sofort lesen«, murmle ich und lege mein Kinn auf seine Schulter. »Wenn man nicht so viele Bücher besitzt, lernt man, sich Zeit mit ihnen zu lassen.«

Er lacht tonlos und vergräbt das Gesicht an meinem Hals. Seine Lippen und sein Atem streichen zart über die Haut an meinem Schlüsselbein, wo das Hemd ein wenig zu locker fällt. Gut, dass ich mir Louise' Kleid mit dem rüschenbesetzen Kragen nicht habe andrehen lassen.

»Du hast dein Leben für deinen Vater riskiert«, murmelt Eugène. »Ist er es wert?« Seine unausgesprochene Frage klingt mit. Anders als Auguste, Clément oder *sein* Vater.

»Ja«, entgegne ich nur.

»Mhm«, summt er, plötzlich wieder mit einem Anflug von Heiterkeit. Seine Finger finden die Stelle, wo der feste Stoff meiner Hose in die hauchdünne Seide des Hemds übergeht. »Ich schätze, ein paar Jahre kann ich noch warten.«

Mein Atem stockt, weil er über meine Wirbelsäule streicht. Sachte, und dennoch spüre ich es so deutlich, dass genauso gut kein Hemd zwischen unserer Haut liegen könnte. »Worauf?«

Seine Hand hält inne. »Die nächste Vaterfigur in meinem Leben«, erklärt er zögerlich.

Und auch ich brauche einen Moment, um zu begreifen. Dann prickelt mein Gesicht, kann sich wohl nicht entscheiden, ob es glühend rot anlaufen oder jegliche Farbe aus ihm weichen soll. Ich schiebe Eugène von mir, gerade genug, um ihn anzusehen.

»Vielleicht hätte ich das nicht sagen sollen.« Er greift sich an den Nacken, und die Hand, die dadurch an meinem Rücken fehlt, vermisse ich viel zu sehr.

Könnte ich mir doch klarer über alles sein. Ihm eine klarere Antwort geben. Beteuern, dass er genau das Richtige gesagt hat, oder verlangen, dass er so etwas nie wieder ausspricht. Nichts davon kann ich. *Noch nicht.* Also entschlüpfe ich der Umarmung und steuere zum Tisch. »Was hast du gezeichnet?«

Eugène prescht an mir vorbei und klatscht beide Hände auf das Papier. »Nur Kritzeleien.«

Mit hochgezogenen Augenbrauen sehe ich ihn an. »Du genierst dich doch nicht für deine Kunst? Ausgerechnet *du*?«

»Natürlich nicht.« Er hebt das Kinn ein wenig. Und natürlich, überall in seinem Zimmer lehnen Leinwände, einige mit Bleistiftskizzen, andere zur Hälfte bemalt und manche beendet.

»Du hast mir nie erzählt, was du studierst. Malerei?« Vielleicht ist das ein Anfang, um eine Antwort zu finden. Mir nicht mehr zu verbieten, Neues über ihn zu erfahren.

Eugène schnaubt so heftig, dass es fast ein Keuchen ist. »Als ob mein Vater das zugelassen hätte. Ich studiere an der *Faculté des Lettres.*«

»Wie Louise? Literatur?«, frage ich überrascht und sehe Bilder eines anderen Lebens vor meinem inneren Auge, in dem ich mit meiner besten Freundin und *Eugène* die Sorbonne besuche.

»Schön wär's«, stöhnt er. »Mein Vater findet, dass bei meinen vielen Unzulänglichkeiten und spärlichen Talenten das Studium Moderner Sprachen der Firma zumindest halbwegs nutzt.«

»Also bereitet es dir keine Freude?«

Er zuckt mit den Schultern. »Ich kann damit leben.«

Ich verknote die Hände, denn das ist etwas, was ich vor Monaten auch über *meine* Zukunft gesagt hätte. Ich kann damit leben, dass meine Abenteuer mit Louise bald enden und ich mit irgendeinem Ehemann eine Familie gründe, irgendwo als Wäscherin arbeite. *Ich kann damit leben.*

»Und ich habe ein wenig Ruhe vor meinem Vater. Wenn ich schon keine Maschinen wie er erfinde, kann ich mich zumindest um eine internationale Expansion kümmern.« Sein Blick verfinstert sich, obwohl sein Ton nonchalant bleibt. Solche Gedanken helfen ihm sicher nicht beim Genesen.

»Ist es etwas Anstößiges?« Ich tänzle einen Schritt näher und versuche, etwas durch seine Finger zu erspähen.

»Odette!« Eugène platziert seine Hände noch lückenloser auf dem Papier. »Es ist *nichts* Anstößiges.«

Mit hochgezogener Augenbraue sehe ich ihn an, bis er stöhnend nachgibt. »*Bien*«, murrt er und hält das Blatt hoch. Die Kohlestriche sind fahrig und grob, doch unter dunklen Locken starrt mich unverkennbar mein eigenes Gesicht an.

Sollte ich geschmeichelt oder peinlich berührt sein?

Hastig, vielleicht, weil mein Schweigen ihn beunruhigt, kramt er weitere Blätter hervor. »Die anderen habe ich auch gezeichnet«, erklärt er und hält mir die Skizzen entgegen.

Armand und Jean beim Trainingskampf. Louise mit dem Strombrecher am Fenster der Lagerhalle. Ich in der Garderobe der *Suffragettes*, als ich das erste Mal die Hose trug. Ein schlafender Armand mit kreuz und quer geworfenen Gliedmaßen vor dem Orrery. Georgette mit gerunzelter Stirn bei einer Partie *Jeu du moulin*. Ich in ein Buch vertieft vor der Statue der Nyx. Jean, der eine Hose flickt. Katya und Armand in einer hitzigen Diskussion. Louise, die sich dreht, sodass der alte Rock aussieht wie eine Kreation von Madame Paquin. Ich, winzig vor *Sirènes*, eine Granate vor mir ausgestreckt. Meine Familie. Madame Curies *Laboratoire*, strahlende Proben um mich herum und strahlendere Augen in meinem Gesicht. Louise, Armand, Jean und ich auf den Kissen und *Récamièren* im Unterschlupf.

Schluckend streiche ich über das letzte Bild. Als wir noch alle zusammen waren. »Zeichnest du das aus dem Gedächtnis?« Ich ignoriere, wie rau meine Stimme klingt.

»Ich denke, du hättest mitbekommen, wenn ich mitten im Kampf mit den Nyx mein Skizzenbuch gezückt hätte, oder?«

Sachte lege ich das Blatt auf den Tisch. »Du bist ein bisschen talentierter als Armand, das muss ich zugeben.«

Er lacht, eine Mischung aus gedämpftem Schnauben und Prusten, das Gegenteil seines üblichen selbstherrlichen Grinsens. Es sollte nicht so attraktiv sein.

Und doch will ich mich über den Tisch beugen, meine Hände in diesem albernen Hemd vergraben und ihn auf der Stelle küssen.

Stattdessen blättere ich durch die Skizzen, bis ich das von Louise in der Lagerhalle finde und ihm hinhalte. »Wir besorgen einen dieser Strombrecher. Hast du eine Idee, warum sie etwas gegen die Lichtwaffen anrichten können und *ich* nicht?«

Er stützt sich auf dem Tisch ab und starrt das Bild an. »Richtig, du meintest, die Lichtwaffen sind nicht elektrisch. Aber damit der Strombrecher sie lahmlegen kann, müssen sie *doch* mit Strom funktionieren.«

»Eben. Also *müsste* ich etwas gegen sie ausrichten können.«

»Es könnte ein Schutz verbaut sein, den dein Lichtwirken nicht durchdringt. Vielleicht …« Seine Arme beben, und er stößt sich zu langsam ab, um das zu verbergen.

Ich kann nicht mehr lange bleiben, er braucht Ruhe. Aber das müssen wir noch klären. Ein paar Minuten nur. Ich weiß, wie wichtig es ihm ist, zu helfen. Er akzeptiert die Situation besser, wenn wir ihn nicht völlig ausschließen.

Doch zusätzlich überlegt er so konzentriert, dass mir etwas wärmer wird, während ich ihn unbemerkt beobachten kann. Wie er seine Haare, die mittlerweile ein wenig zu lang sind und über seine Wangenknochen streifen, aus dem Gesicht wischt. Die Art, wie er kaum merklich die Unterlippe zwischen die Zähne zieht. Und das Leuchten in seinen Augen, weil ihm eine Erkenntnis kommt. »Mein Vater verwendet elektromagnetische Impulse als Teil des Sicherheitsprotokolls. Falls Maschinenmenschen außer Kontrolle geraten, könnte man sie damit lahmlegen. Nicht, dass das jemals passiert wäre.«

»Moment. Monsieur Lacroix wie in *Entreprise Machines et Mécanique Lacroix*? *Dein Vater* baut die Maschinenmenschen?«

»Die Verbindung stellst du erst jetzt her? Hast du dich nie gefragt, was mein Vater macht, dass wir so viel Geld haben?«

Ich verschränke die Arme. »Ich – nein, *sämtliche* Menschen interessieren sich nicht halb so sehr für euren Reichtum, wie ihr *Godelureaux* glaubt.«

»Das heißt, dein Interesse galt eher meinem Gesicht?« Er grinst süffisant wie eh und je. »Oder meinem insgesamt auf so verwegene Art charmanten Naturell?«

»*Incroyable*«, stöhne ich, mit den Augen rollend. Bevor er sich weiter in seinen Spielchen suhlen kann, fahre ich fort. »Das heißt, Monsieur d'Amboise kauft Maschinenmenschen bei seinem größten Konkurrenten? Ich dachte, sie *hassen* sich?«

»*Hassen* ist so ein großes Wort. Ich würde sagen, sie sind sich zuwider.«

»Inwiefern ist das besser?« Er öffnet den Mund, und ich hebe die Hand. »Spar dir die Antwort. Zurück zu den Lichtwaffen – ich kann sie also nicht ausschalten, weil das einen elektro*magnetischen* Impuls benötigt, aber mein Lichtwirken nur den *elektrischen* Teil beeinflusst?«

»Ich würde nicht mein liebstes *Gilet* darauf verwetten, aber ja, das ist meine Vermutung.«

»Das erklärt einiges. Und vielleicht finden wir einen Weg, die Sicherung zu umgehen. *Merci*.« Ich grinse. »Dein Vater irrt sich wohl, was deine Unzulänglichkeiten betrifft. Du weißt ziemlich gut über die Firmenprodukte Bescheid.«

»Bitte verrate ihm das nicht. Sonst besteht er noch darauf, dass ich doch in ein naturwissenschaftliches Studium wechsle.« Er grinst zurück. »Apropos liebstes *Gilet*.« Eugène wandert zu seinem silberbeschlagenen Kleiderschrank und reißt die Türen wie bei der Eröffnung eines Opernhauses auf. »Der Strombrecher wird unser letztes Geld verschlingen.« Er hält mir das *Gilet* mit der Silberstickerei und den eingenähten Diamanten entgegen, das er auf dem *Tour Eiffel* trug. In der Tat sein liebstes – das hat er damals ausgiebig betont. »Wenn ihr das verkauft, sollte es eine Weile reichen.«

Mein Blick fällt auf den restlichen Inhalt seiner Garderobe. Er hat sich keine zwei Mal in der gleichen Aufmachung gezeigt, doch im Schrank hängen nur ein paar Teile, zwischen denen gähnende Leere herrscht.

Eugène hat schon vorher Stücke verkauft.

Ich habe mich ab und zu gewundert, wie lange unser erster und einziger Sold ausreicht, aber zwischen all den Geschehnissen kam ich nie dazu, das wirklich zu hinterfragen. »Wir haben mehr als genug Schmuck«, murmle ich. Den ganzen modischen Firlefanz und seine Faszination dafür verstehe ich nicht. Doch ich verstehe, wie viel es ihm bedeutet. Ich bringe es nicht übers Herz, auch noch sein liebstes *Gilet* zu verscherbeln.

»Bist du sicher?« Die Diamanten am *Gilet*, das er sinken lässt, funkeln im Kerzenlicht.

»Edwin meinte, Louise' Schmuck reicht aus.«

Ein Muskel seines Kiefers zuckt. »Wenn Edwin das sagt.«

Ich starre ihn an. »Bist du *eifersüchtig*?« Ich muss lachen, weil es einfach *zu* absurd ist.

Er weicht meinem Blick nicht aus, hat einen trotzigen Zug um den Mund, als sammelte er Kraft, um es abzustreiten. »Ja.«

Oh. *Nicht*, was ich erwartet hatte.

Mein Lachen versiegt. Wieso schafft er das nur so oft? Ich bin gelassen, die Welt ergibt Sinn, und dann sagt er etwas, das die Zahnrädchen und Spannfedern in mir zum Stocken bringt, bis ich nicht mehr richtig atmen kann.

Ich kann mich nicht entscheiden, ob ich sein ernstes Gesicht oder den Boden anstarren soll, und so bleibe ich am wallenden Stoff seines Hemdes hängen. Etwas rührt sich tief in mir. Das Bedürfnis, *ihm* den Atem zu rauben. Und ich glaube, ich *weiß*, wie ich das schaffen könnte. *Dass* ich es schaffen könnte.

»Danke für deine Hilfe mit den Lichtwaffen«, erkläre ich und verknote meine Finger, statt ihn zu mir zu ziehen. »Aber ich muss zurück, bevor sich die anderen sorgen.«

»Natürlich«, entgegnet er, ohne zu zögern.

Ich bereue meine Entscheidung direkt.

Doch es wäre nicht richtig. Nicht in seinem Zustand. Nicht, solange diese Unsicherheit in mir verharrt. Denn egal, was er behauptet, wir bleiben Roméo und Juliette, nur ohne die ganze verklärte Romantik einer ausgedachten Geschichte, sodass allein die drohende Tragik übrig bleibt.

Und ich muss erst herausfinden, ob ich bereit dazu bin.

»Ich kann nicht fassen, dass du mich gebeten hast mitzukommen!« Louise betrachtet die heruntergekommenen Gassen in *L'Arès* wie andere das *Chateau de Versailles*. Ein wenig Unbehagen merkt man ihr nur an, weil sie ihren *Manteau* enger um sich zieht. Womit sie sich kaum gegen den nächtlichen Nebel schützen kann, der an den modrigen Baracken haftet.

Ein Kerl wirft aus einer Gasse heraus ein Auge auf Louise' pelzbesetzten *Manteau*, und ich funkle ihn an, bis er wegsieht. »Du erkennst, ob der Strombrecher echt ist.«

Ihre Brust schwillt noch mehr an, und ich schicke ein Stoßgebet zu Athéna, dass ich daran gedacht habe, sie sämtlichen Schmuck ablegen zu lassen. Dennoch bleibt es nicht bei dem einen Blick. Obwohl Jean, Armand und ich Louise, so gut es geht, einkesseln, erkennt jeder im Umkreis von einem Kilometer, dass sie nicht nach *L'Arès* gehört.

235

In einem beengten Hinterhof zwischen zusammengezimmerten Häusern wartet Edwin auf uns. Zum ersten Mal bin ich dankbar für seine ganovenhafte Ausstrahlung, die andere Ganoven Abstand halten lässt. Ich manövriere uns zu ihm. »Waren alle Friedhöfe, Geisterhäuser und Zellen in der *Salpêtrière* ausgebucht, oder warum treffen wir uns ausgerechnet *hier*?«

»Nächstes Mal überreiche ich euch eine Waffe am helllichten Tag im *Jardin des Tuileries*. Oder direkt bei Louise zu Hause, unter der Nase des Mannes, dem sie gestohlen wurde?«

Zwei Kerle mit ausgehungerten Mienen preschen in den Hof. Sie rempeln uns an, stoßen Louise fort von mir. Ich grapsche nach ihr, bekomme sie nicht zu fassen. Mein Herz setzt aus.

Doch Armand schlingt einen Arm um sie, während Jean den einen der beiden weiterstößt. Edwin und ich schlagen gleichzeitig unsere *Manteaus* zurück, sodass der andere das Stilett an meinem Oberschenkelholster und Edwins Revolver erblickt. Sie wuseln davon wie Kellerasseln.

»Zieh den *Manteau* aus«, knurrt Edwin. »Und lass ihn hier liegen. Er ist es nicht wert, dass wir überfallen werden.«

»Er ist von *Maison Worth*, den kann ich nicht einfach wegwerfen!«

Meine Zähne malmen aufeinander. Sie hat *kein* Gespür für Gefahr. Was nicht ihre Schuld ist, aber mich daran erinnert, warum ich sie zuvor aus allem raushalten wollte.

Edwin wirft die Hände in die Luft. »Ich kaufe einen neuen.«

»Nichts für ungut, aber den kannst du nicht einmal bezahlen, wenn er aus der vorletzten Saison stammt.« Louise schiebt die Hände in die Taschen. »Außerdem ist mir *jetzt* kalt.«

Edwin zerrt sich seinen ausgefransten *Paletot* vom Leib. »Du kannst meinen tragen.«

Mit leuchtenden Augen schält sich Louise aus ihrem Pelzungetüm und wirft es hinter eine Mauer, als böte er ihr im Tausch Marie Antoinettes Hochzeitskleid.

Edwin winkt uns weiter. »Gehen wir zum Übergabeort.«

»Der finstere Hinterhof in einem der kriminellsten Viertel von Paris reicht nicht als Übergabeort?«, raune ich Armand zu, und trotz allem lacht er.

Schweigend bahnen wir uns einen Weg durch die Gassen zwischen baufälligen Gebäuden. Umhüllt vom penetranten Gestank aus Schimmel und Abwasser.

Ein Glimmer Kupfer in der abzweigenden Straße!

Mit ausgebreiteten Armen halte ich die anderen zurück, luge, an die Wand gepresst, um die Ecke.

Ein maskierter Nyx dirigiert drei Kisten schleppende Arbeiter durch die Gasse. Zwei Gendarmen begleiten sie und leuchten die Gasse mit Taschenlampen aus.

»Was tun sie da?« Jean hebt den Kopf über meinen, um sie zu beobachten, gleichzeitig klebt Armand an meinem Rücken, um an mir vorbei um die Ecke zu sehen.

»Wenn mich nicht alles täuscht: Kisten schleppen?«, schlage ich vor, und Armand gibt mir einen Klaps auf den Hinterkopf. »Wie die, in denen sie die Bauteile von *Sirènes* zur Wäscherei transportiert haben. Nur kleiner«, ergänze ich, während sie die Kisten mit einem Brecheisen aufstemmen.

Der Nyx deutet an einer der Laternen hoch, deren Glas eingeschlagen ist wie so viele hier.

»Wollt ihr ein Schwätzchen mit ihnen halten, oder sollen wir eure Ware holen, bevor sie jemand anders an sich nimmt?« Edwin zieht Jean von mir weg, und auch Armands Gewicht verschwindet von meinem Rücken. Im Augenwinkel sehe ich noch, wie einer der Arbeiter etwas aus der Kiste hievt, das im Licht der Taschenlampen aufblitzt, bevor Edwin mich zurück in die Gasse zerrt. Wie die Linsen der Lichtwaffen.

Ich schüttle den Kopf. Richtig. Keine Zeit verlieren.

Edwin führt uns ein Stück weiter durch die Gassen, dann in eine düstere Kaschemme mit klebrigem Boden und dem Gestank von verschüttetem Bier. Im Hinterzimmer zündet er eine Gaslampe an und schiebt ein paar Fässer zur Seite, hinter denen ein klobiges Stück Metall liegt.

Der Strombrecher.

Er sieht so aus, wie ich ihn in Erinnerung habe. So gut ich mich eben erinnere, wenn man die Umstände bedenkt. Aber jeder kann eine Hülle bauen, die echt *wirkt*.

»Louise!« Ich winke sie herbei, und sie quetscht sich zwischen mir und Edwin durch, um sich vor dem Strombrecher hinzuhocken. Sie summt, dreht den Metallkasten in alle Richtungen, klopft mit dem Fingerknöchel gegen diverse Stellen und schnüffelt sogar einmal an den Kabeln. Ich bin nicht sicher, ob das notwendig ist, und auch Edwin rollt die Augen.

Dann steht Louise mit dem Strombrecher in beiden Händen auf. »Die Seriennummer ist falsch. Drei Ziffernreihen aus je sechs Zahlen werden auf die Unterseite eingeprägt. Eine feste Folge für *Entreprise d'Amboise*, eine für die spezifische Fabrik und eine, um jeden Strombrecher zweifelsfrei identifizieren zu können. Der hier –«, sie schiebt die Unterseite in Edwins Gesicht, »hat nur *zwei* Ziffernreihen.«

Er schiebt das Metall fort. »Weil er die Fabrik verließ, bevor die letzte Nummer eingeprägt wurde. Sobald die drauf ist, kann nachvollzogen werden, welcher Arbeiter sie gefertigt hat.«

»Alles schön und gut, aber –«

Edwin hebt die Hand. »Die letzte Ziffernreihe ist auch die Chiffre zum Abschalten. Ohne die Zahlen kann der Strombrecher nicht gestoppt werden, falls man es sich anders überlegt. Außer man hat die Generalchiffre von Monsieur d'Amboise. Die ich *habe*. Ist das Beweis genug für die Echtheit?«

»Mhm.« Louise verschränkt die Arme. »Wie lautet der Code?«

»140182.«

Jean runzelt die Stirn. »Woher wissen wir, dass er stimmt?«

»Der Code *stimmt*«, erklärt Louise ohne Zögern.

Wie kann sie so sicher −? Oh. Ihr Geburtsdatum. Beinahe grinse ich. Es *war* die richtige Entscheidung, sie mitzunehmen.

Ich atme schwer aus, krame den Geldbeutel aus meiner Tasche und werfe einen Blick zu Edwin. »Wie viel schulden wir dir?«

»Achthundert Francs.«

Beinahe lasse ich den Beutel fallen. Wir haben nicht grundlos den ganzen Rest Schmuck eingetauscht, ich wusste, es wird teuer. Aber achthundert Francs sind mehr als Papas halbes Jahresgehalt. Ich schlucke und schütte die Scheine und Münzen aus dem Beutel in meine Hand. Dann zähle ich sie ab. Hundert, zweihundert, dreihundert. Bitte, Ploutos, lass zumindest noch ein *paar* Francs übrig. Vierhundert, fünfhundert. Zumindest genug für die nächsten Wochen. Sechshundert, siebenhundert, − achthundert. Nur ein paar Münzen übrig.

Edwin nimmt die Scheine an. »Ich hoffe, das ist es wert.«

Das hoffe ich auch.

Kapitel 12

Auf dem Dach der *Sacré-Cœur* bläht der Wind das Sternentuch um meine Schultern auf, und ich überprüfe den Sitz von Eugènes Brosche. Dann nicke ich Armand und Jean zu. Hintereinander schleichen wir über den Giebel bis zur Tür, die in die Kuppel führt, und Armand macht sich am Schloss zu schaffen. Es klickt, und wir gleiten hinein. Mit den Rücken an die Wand gedrängt, inspizieren wir den Rundgang.

»Keine Wachen«, murmelt Jean. »Sie ahnen wirklich nichts.«

Ich deute zur Tür, über der Saint Matthieu und Nyx wachen.

Armand kniet sich vor das Schloss, bearbeitet es, bis er genervt aufstöhnt. »Diese verflixten Schlösser von ihnen.«

Zähneknirschend trete ich zu ihm und begutachte das komplizierte Metallgebilde. Natürlich schützen sie ihre Zentrale nicht mit einem gewöhnlichen Schloss.

»Was ist das?« Mit verengten Augen streicht Armand über eine glatte, münzgroße Fläche am Schloss. »Glas?«

Ich lehne mich zur Linse, die mir zwischen dem glänzenden, kompliziert verwobenen Gold nicht aufgefallen wäre.

Armand hebt den Dietrich wie eine Spitzaxt. »Ich könnte es einschlagen. So öffnet sie sich best–«

»Nein!« Ich greife seinen Arm. »Es muss einen Trick geben.«
Jean beugt sich über unsere Schultern. »Sieht aus wie eine der Linsen in ihren Lichtwaffen.«

»Nur, dass sie vielleicht kein Licht abgibt.« Meine Stimme überschlägt sich. »Sondern *aufnimmt*! Elektrisches Licht, so wie ich die Nyx kenne. Eine Kerze wird nicht genug leuchten.«

Armand blickt sich um. »Hier gibt es keine elektrische Lampe.«

»Aber irgendwie müssen die Nyx es bewerkstelligen.« Ich stütze mich auf den Knien ab, um mich aufzurichten.

Jean starrt auf den Boden, dann ruckt sein Kopf hoch. »Ich hab eine Idee! Wartet kurz!« Er schießt durch die Tür aufs Dach.

Armand setzt sich mit dem Rücken an die Wand und seufzt. »Du hast nicht zufällig ein Kartenspiel dabei?«

Schnaubend sinke ich neben ihn. »Ja, genauso wie eine Auswahl an Büchern, ein Grammophon und ein wenig Strickzeug. Weil uns auf unseren Missionen so oft langweilig wird.«

Gequält grinsend steckt Armand die Beine aus. »Dann heißt es: warten. Für wer weiß wie lange.«

»Das fällt dir schwer, oder?«

Armand sieht mich an. »Warten?«

Ich nicke. »Genauso wie lesen.«

Er lässt den Kopf gegen die Wand sinken. »Jean hat mir das Buch von einem *Docteur* Weikart über andere, denen es so geht, gezeigt. Er wollte Medizin studieren. Also Jean, nicht Weikart. Vor … mir und den Nachtschwärmern und alledem.«

Ich stütze den Kopf auf die angezogenen Knie, sodass ich ihn anschaue. »Ich glaube, Louise geht es ähnlich wie dir.«

»*Das* Buch konnte ich lesen. Weil mich jedes Wort wie ein Messerstich getroffen hat. Unaufmerksam, oberflächlich, fehlerhaft, leichtsinnig, unüberlegt, abgelenkt, unbeständig.«

Ich stoße einen abfälligen Lacher aus. »Dieser Weikart hat keine Ahnung.« Sachte stupse ich ihn an. »Ich meine, *ja*, vielleicht trifft einiges auf dich zu. Aber was Jean im Tempel gesagt hat, stimmt ebenfalls. Wenn es darauf ankommt, nutzt du all das zu deinem Vorteil. Du hast diese Linse entdeckt. Du merkst Dinge, die uns nicht auffallen.«

Armand spielt an seinen Fingern herum. »So wie Louise' Leichtsinn im Ernstfall zu Mut wird?«

»Und wie sie auf die besten Ideen kommt, sobald wir in einer Zwickmühle stecken. Ich wüsste nicht, wie ich ohne euch −« Ich erstarre beim Anblick seiner Handfläche.

»… diesen Satz beenden kann?«, ergänzt er lachend.

Ich greife seine Hand und ziehe sie näher zu mir. Streiche über die glatte Haut ihrer Innenfläche.

Er schnaubt. »Du weißt, dass Jean und ich ein Paar sind?«

»Wo ist die Narbe?« Vielleicht vertue ich mich mit der Seite. Ich lange nach der anderen Hand. *Nein.*

Armand starrt auf seine Handflächen. »Glaubst du, ich entwickle Regenerationskräfte? Eine *neue* Fähigkeit wie du?«

Mein Herzschlag hämmert gegen meine Rippen. »Du hast gesagt, es sei ein Wunder.«

»Ich würde eine neue Fähigkeit definitiv einem einmaligen Wunder vorzie−« Er schnappt nach Luft.

Synchron springen wir auf, stürzen an die Balustrade und starren hinab zum Altarraum.

»Das Weihwasserbecken!« Ich drücke seine Hand. Die Hand mit der Narbe, die er hineingesteckt hat, um den Pilgern ein Wunder vorzugaukeln.

»Autsch!« Armand windet sich aus meinem Griff und reibt sich die Finger. »Du machst meiner Mutter Konkurrenz, als sie Zwillinge geboren hat.«

In meinem Kopf schwirren Fragen zu seiner Familie herum,

aber die Gedanken an Eugène verdrängen alles andere. Ich umklammere die Brüstung. »Das war kein Wunder.«

»Ich mein, ich hab keinen Narren an der Kirche gefressen, aber Lob gebührt ihnen, wo Lob gebührt. Sie haben ein verdammtes Weihwasserbecken mit heilenden Kräften!«

»Es ist kein Weihwasserbecken.« Ich kämpfe gegen den Drang an, nach unten zu springen. »Sondern Hébés Kelch.«

Ein Schatten taucht neben mir auf, und ich weiche zurück. Doch es ist nur Jean. Er wedelt eine Taschenlampe durch die Luft. »Von einem Gendarmen geborgt.«

Ich lasse die zum Kampf gehobenen Arme sinken.

Jean runzelt die Stirn. »Ich hatte mehr Enthusiasmus ob meines Fundes erwartet.«

»Nun, mach dich auf *unseren* Fund gefasst.« Armand schiebt ihn zur Brüstung und deutet auf das Becken. »Hébés Kelch. Hat die Narbe auf meiner Hand verschwinden lassen.«

Ich versuche, ruhig zu atmen. »Es könnte Eugène heilen.«

Für ein paar Momente starrt Jean hinunter, dann auf Armands Handfläche und zurück. »Etwas groß, um als *Kelch* durchzugehen, oder?« Er reibt sich über das Gesicht. »Aber viele Kulturen kennen Konzepte von heilenden und unsterblich machenden Flüssigkeiten. Die Vorstellung vom *Fontaine de Jouvence* könnte Hébés Artefakt entsprungen sein. Also was, wenn die Wahrheit irgendwo zwischen einem Kelch und einem Brunnen liegt?«

Armand zuckt mit den Schultern. »Oder, wilde Idee, die Götter sind einfach *größer* als wir, und was für uns ein Becken ist, ist für sie nur ein oller Trinkbecher?«

»Ganz gleich, das Wasser kann *heilen*. Trotzdem –« Mit einem Stechen in der Brust löse ich den Blick vom Becken. »Zuerst Nyx' Fackel. Mit ihr ist es hoffentlich ein Kinderspiel, auch an das Wasser zu gelangen.«

Die beiden nicken, und Jean schaltet die Taschenlampe an. Wir stellen uns vor die Tür, Armand und ich mit unseren Dolchen in den Händen, und Jean leuchtet die Linse an. Mit angehaltenem Atem warte ich auf ein Geräusch, ein Wasserrauschen wie auf *Mont-Saint-Michel* vielleicht, doch nichts.

Jean schüttelt die Taschenlampe. »Nicht hell genug?«

»Halt sie noch mal hin«, murmle ich und beschwöre die Energie in mir herauf. Sobald das Licht auf die Linse gerichtet ist, schicke ich die Elektrizität in das kleine Gerät. Die Helligkeit schwillt graduell an, so kontrolliert durch das Tuch um meine Schultern, dass ich lächeln muss. Keine zerspringenden Glühbirnen mehr.

Ein Klicken. Die Tür öffnet sich einen Spalt. Hastig lösche ich das Licht, damit wir niemanden auf uns aufmerksam machen. Dann deute ich auf den Gang. »Legen wir los.«

Eine ganze Weile folgen wir einer Konstruktion aus Tunneln und Treppen, die sich durch das Gemäuer *Sacré-Cœurs* schlängeln muss. Wir sprechen kein Wort, aus Angst, dass die engen, hohlen Tunnel jeden Ton wie ein Trichter zu den Nyx tragen.

Tiefer und tiefer steigen wir hinab, und irgendwann wird die Luft merklich kühler. Ein seltsamer, kaum wahrnehmbarer Druck liegt auf meinen Ohren. Wir müssen unter der Erde sein.

Dann treten wir durch eine Gittertür, hinter der sich der Gang in drei Richtungen aufteilt.

»Eigentlich sollte unter der *Sacré-Cœur* nichts sein«, flüstert Jean. »Nun, abgesehen von mehreren Dutzend dreißig Meter langen Säulen, die das Fundament der Kirche stützen, weil der Lehmboden allein zu instabil für das Gewicht wäre. Tunnel zwischen die Säulen zu bauen, macht die Bemühungen zunichte.«

»Außer, all das war nur ein Vorwand, um die Zentrale der Nyx zu errichten.« Ich hebe ein abgebrochenes Stück vom weißen Stein auf. »Eine ähnliche Taktik wie beim Quartier der Nachtschwärmer, oder?«

»Und wo gehen wir jetzt entlang?« Armand starrt in den mittleren der identischen Gänge, der wiederum in Abzweigungen endet. »Wenn das so weitergeht, verirren wir uns schneller, als Dionysos eine Weinflasche leeren kann.«

Ich reibe mit dem weißen Stein über einen der dunkleren, unebenen Quader. Ein heller Strich bleibt darauf zurück. »So finden wir zurück.«

Weil uns nichts anderes übrig bleibt, marschieren wir los. Nach einigen Gängen habe ich ein grobes Gefühl, dass sich das Netz relativ symmetrisch durch den Grund zieht. Manchmal durchqueren wir größere Räume mit abgeschlossenen Türen zu den Seiten, einmal ein Mausoleum mit aus grobem Stein geschlagenen Särgen, dann schmale, feuchtkalte Gänge.

Schließlich klopft Armand mir auf die Schulter, bevor ich um die nächste Ecke gehen kann. Er legt den Finger an seinen Mund und deutet auf einen vergitterten Schacht, der bis zu unseren Knien reicht. Ich dachte, er wäre für Abwasser und zum Belüften – doch schwacher Lichtschein fällt hindurch.

Ich gehe in die Hocke und linse durch die Stäbe. Unter uns liegt eine in den dunklen Stein geschlagene Halle, deren meterhohe Decke von einem Dutzend Säulen getragen wird. Angelaufener Stein, Moos und tropfende Stellen erinnern an eine Grotte, obwohl Grundriss und Wände rechtwinklig angelegt sind. Die Halle sieht verwahrloster aus, als sie es nach fünfundzwanzig Jahren sein sollte. Vielleicht, weil sich die Feuchtigkeit des Lehmbodens in den porösen Stein frisst.

»Nur drei Mann.« Armand deutet auf die Nyx, die an einem Tisch in der Mitte hocken. Über ihnen pendelt eine gigantische Lampe, die eine einzelne Lichtsäule in den Raum wirft. Sie werkeln an Waffen herum, von denen ein Dutzend auf dem

Tisch liegt. Hochglänzendes Metall, neueste Technik im harschen Kontrast zur heruntergekommenen Halle.

Gegenüber von uns, am anderen Ende der Halle, ragt eine Statue der Nyx bis zur Decke empor. Ihr tiefschwarzes Material glänzt aalglatt, mehr Erdöl als Metall, ohne Kerben, Kratzer oder die Textur von gebürstetem und geschwärztem Eisen.

Ich halte die Luft an und greife Armands Arm. Sie hält ein Fackelzepter aus dem gleichen Material.

»Ist uns nicht entgangen«, murmelt Armand. »Vier Portale zu jeder Seite. Nur, wie kommen wir zu ihnen?«

Ich lasse den Blick über die Durchgänge schweifen. Torbögen so hoch wie Kirchentüren, zu denen das Labyrinth aus Tunneln führen muss. Dann fixiere ich die riesige Lampe. »Vielleicht müssen wir weder die Türen finden noch mit den Nyx kämpfen.«

»*S'il te plaît*«, stöhnt Jean. »Kein weiteres Unterfangen, bei dem wir im Untergrund liegende Gänge sprengen.«

Ich schüttle den Kopf. »Ich kann das Licht löschen – und während die Kerle beschäftigt sind, schlüpft Armand als Vogel durch die Gitterstäbe und schnappt sich das Zepter.«

»Kein Kampf«, überlegt Armand, »und falls sie uns entdecken, sind wir weg, bevor sie hier ankommen. Wir müssten nicht einmal den Strombrecher benutzen.« Er schüttelt die Arme aus, dann flackern Schatten um seine Konturen.

Doch Jean legt ihm eine Hand an die Brust, bevor er sich verwandeln kann. »Du gehst da nicht rein. Wir wissen nicht, wie viel die Fackel wiegt. Ein Vogel, der durch das Gitter passt, kann das Teil selbst im besten Fall nicht tragen.«

»Drinnen kann ich mich in einen größeren Raubvogel verwandeln«, entgegnet Armand mit verschränkten Armen.

»Nein, Jean hat recht. Wenn du groß genug bist, um die Fackel zu tragen, bist du auch eine zu große Zielscheibe.« *Merde.*

Ich kaue auf meiner Unterlippe, während ich die Männer und ihre Waffen beobachte.

»*Ich* kann es tun.« Jean sinkt auf die Knie. »Treffen sie meine Schatten, verletzt mich das nicht.«

»Das ist ganz schön weit.« Armand sieht zu Jean, der im Begriff ist, die Hand auszustrecken. »Das glatte Fackelzepter mit Schatten zu greifen, wäre schon aus der Nähe kein Klacks.«

Jean lässt die Hand sinken. »Und falls es zu Boden fällt, wissen sie, dass wir hier sind.«

Wieso zweifelt er an sich?

Nun, ausgerechnet *ich* kann ihm keinen Vorwurf machen, aber … Ich weiß, wie er mit Schatten spielt. Wortwörtlich *spielt*, so viel geschickter als Augustes Brachialität. Er kann es schaffen. Aber manchmal braucht man ein wenig Ansporn. Also löse ich die Brosche und lege das Sternentuch über Jeans Schultern. »Du hast gesehen, was es mit meinem Lichtwirken macht.« Auffordernd lächle ich ihm zu.

»Steht dir«, feixt Armand. »Genau deine Farben.«

Jean und ich ignorieren ihn mit rollenden Augen, auch wenn ich die Mimik nicht gänzlich ernst meine. Denn ich spüre, wie sich Jeans Muskeln bei der Alberei entspannen.

Ich greife das Tuch mit der einen Hand und strecke die andere aus. Der Effekt ist schwächer, weil ich es nicht selbst trage, doch nach wenigen Sekunden flackert die Lampe. Ich dämme ihr Licht, bis es für die Nyx wirken muss, als wäre sie erloschen. Gleichzeitig lässt ihr Restlicht noch die Konturen des weitläufigen Raums erahnen.

Die Männer murren, nicht gerade außer sich vor Überraschung. Vielleicht fällt das Licht hier öfter aus. Jean starrt zur glatten Silhouette der Statue und lässt einen Schattenstrang an der Decke entlangwandern. Das Genöle unter uns wird lauter, aber keine Wortfetzen dringen an mein Ohr.

Jeans Atem geht flach, als sein Strang das Fackelzepter erreicht und sich darum windet. Mit einem Zucken seiner Finger zerrt der Schatten an der Fackel. Einmal, zweimal, dreimal, bis sie mit einem metallenen Scharren aus Nyx Hand rutscht.

Wir halten den Atem an.

Die Männer horchen nicht auf. Jean fährt fort, zieht seinen Schatten zurück, und die Fackel schwebt zittrig durch die Luft. Direkt über dem Tisch rutscht sie zur Seite.

Ich japse nach Luft, ebenso wie Armand.

Doch Jean ballt die Hand, und das Zepter stabilisiert sich. Sein Arm bebt, und auf seiner gefurchten Stirn bildet sich Schweiß, während er es näher und näher holt. Erst als die Spitze der Fackel vor dem Gitter schwebt, atme ich wieder.

Jean keucht, sackt zusammen, und ich greife nach ihm, um ihn zu stützen. Die Fackel schlingert und droht, aus dem Schatten zu rutschen.

Armand streckt einen Arm durch das Gitter. Jeans Schatten lösen sich auf – und Armand bekommt das Zepter gerade noch zu fassen. Doch das Gewicht der Fackel am anderen Ende sackt gen Boden, sodass das Metall scheppernd gegen die Steinwand knallt.

Jean stürzt an Armands Seite, um die Fackel hochzuziehen, und das Tuch gleitet aus meinem Griff. Die Lampe in der Halle flammt auf.

Und die Nyx starren zu uns hoch.

Wir springen auf. Jean und Armand tragen das Fackelzepter, und ich führe sie durch die Gänge. Halte im Rennen Ausschau nach meinen weißen Markierungen. Unsere Schritte hallen von den Wänden, ebenso wie metallenes Klirren, jedes Mal, wenn wir um eine Kurve biegen und die Fackel gegen Stein stößt.

»Legt ihr es darauf an, dass sie uns finden?«, keuche ich und suche die Wand im nächsten Gang ab. Dort! Ich stürme weiter.

»Nein, wir testen, wie haltbar Nyx' Fackel ist«, knurrt Armand. »Wieso ist sie überhaupt so riesig? So kann sie doch kein Mensch nutzen!«

»*Du* meintest, die Götter sind größer als wir.« Jeans Stimme hört man seine Erschöpfung an. »*Merde*, ich dachte, das Sternentuch verstärkt unsere Fähigkeiten. Warum fühle ich mich wie durch den Fleischwolf gedreht?«

Ich beiße mir kurz schuldbewusst auf die Zunge. »Wäre jetzt der richtige Zeitpunkt, um zu sagen, dass ich glaube, das Tuch funktioniert nur mit meinem Lichtwirken?«

Wir preschen in den nächsten Gang, und Jean keucht auf. »Wieso hast du dann –?«

»Der Glaube kann Berge versetzen«, entgegne ich und ernte ein verhaltenes Kichern von Armand.

Das von Gebrüll übertönt wird, welches durch die Gänge hallt.

»Weiter!«, presse ich hervor.

Nach der nächsten Ecke liegt die Gittertür am Ende des Gangs vor uns. Wir rennen, erreichen die Tür, und ich reiße sie auf. Lasse die beiden zuerst hindurchstürmen.

Das Gebrüll kommt näher.

Also schnappe ich mir einen Stein, schiebe ihn unter das Gitter und zerre die Tür zu, bis der Felsbrocken sie verkeilt.

Keine Zeit, um zu testen, ob es hält. Ich stürze hinter den beiden her. Jede Stufe scheint ein wenig höher, ein wenig steiler. Mit röchelndem Atem presche ich durch die Tür auf den Rundgang der Kuppel, wo Jean und Armand schon nach draußen hasten. Doch ich halte inne.

Hébés Kelch. Vielleicht ist das die einzige Gelegenheit.

»Odette!« Armand hält die Tür auf.

Die eine Hälfte meines Körpers drängt zu ihnen und die andere nach unten zum Weihwasserbecken, sodass ich auf der

Stelle verharre. *Ich muss es versuchen.* Mit knirschenden Zähnen bewege ich mich endlich, klettere auf die Balustrade. »Geht ohne mich.«

»Warte!« Armand legt sein Fackelende ab, und ich wappne mich für seine Einwände. Aber er läuft zu mir und hängt die Tasche mit dem Strombrecher über meine Schulter. »Zur Sicherheit.«

»*Merci*«, murmle ich und greife den Gurt fester. »Dafür, dass du mich nicht aufhältst, vor allem.«

Er zuckt die Schultern. »Ich würde das Gleiche für Jean tun.«

Anstatt zu antworten, beiße ich die Zähne zusammen und klettere das Gerüst herab. Konzentriere mich auf ihre verklingenden Schritte, während ich Sprosse für Sprosse tiefer steige. Auf meinen Atem. Hauptsache, nicht nach unten schauen.

Unerwartet stoße ich mit der Fußspitze gegen den Boden, sodass ein scharfer Schmerz durch meine Zehen schießt. Es vergeht, sobald ich auf dem Boden stehe.

Ich brauche etwas, um das Wasser zu transportieren. Eilig laufe ich los und schaue mich um, doch die Kirche verfügt wirklich über kein sehr breit gefächertes Angebot an Behältern. Erst vor dem Becken fallen mir die Kerzenständer ins Auge, die am Fuß eine flache Schale zum Auffangen des Wachses haben. Aber ich kann einer Kirche nicht die Kerzen stehlen, oder?

Mit einem tiefen Aufatmen entdecke ich leere Blumenvasen hinter dem Altar. *Etwas* besser als Kerzen, aus irgendeinem Grund. Also nehme ich eine von ihnen, entschuldige mich vage gen Himmel und husche zum Weihwasserbecken. Ich atme tief ein. Es ist für einen guten Zweck. So vorsichtig wie möglich tauche ich die Vase unter, auch wenn das wohl keinen großen Unterschied für Gott macht.

Doch als hätte er nur darauf gewartet, dass ich ein Sakrileg begehe, bricht gleißendes Licht durch die Decke. Ich weiche zurück, halte mir den Arm vor das Gesicht und suche meine Erinnerung nach einem hängen gebliebenen Gebet ab.

»Du dachtest, ihr könnt einfach herein- und wieder heraus-spazieren?«, dröhnt eine Stimme. Ein Bariton, den ich viel zu gut kenne, um ihn für Gottes Stimme zu halten.

»Clément«, knurre ich mit allem Hass für ihn. Meine Augen gewöhnen sich an das gleißende Licht – aus Lampen an der Gewölbedecke, die den Lichtwaffen ähneln. Ich muss nicht raten, ich *weiß*, dass ich diese ebenfalls nicht löschen kann.

Hinter Clément im Gang blitzen *richtige* Lichtwaffen auf. In den Händen von zehn, fünfzehn Nyx. *Merde.*

Doch das Gewicht auf meiner Schulter erinnert mich an den Strombrecher. Langsam lasse ich ihn auf den Boden sinken, täusche vor, dass ich es tue, um die Arme in Kapitulation zu heben. »Wir können das ohne Gewalt klären, oder?«

»Das habe ich dir oft genug angeboten, Odette«, seufzt er.

»Hören Sie auf, mit der Ratte zu spielen«, erklingt eine sanfte Stimme, und ich weiche zurück. Der Orchestrator, ein paar Meter entfernt im Seitengang. Kaum einen Zug der weinenden Maske erkenne ich im gleißenden Licht.

Jean trägt noch das Sternentuch.

Ich kann nicht kämpfen, selbst wenn ich die Lichtwaffen außer Betrieb setze. Aber ich *kann* im Dunkeln immerhin flie-hen.

»Ist es wahr, was Armand gesagt hat?«, speie ich in Cléments Richtung. Ablenkung. Herauszögern. »Dass es dir nur um dich ging? Um deine Fähigkeit? Oder sollte ich sagen, *Unfähigkeit?*«

Clément tritt einen abgehakten Schritt näher, bevor er sich fängt. »Du weißt nicht, wovon du redest, Odette.«

»Eugène! *Jetzt!*«, brülle ich hoch in Richtung der Kuppel.

Sie alle drehen sich um, stieren nach oben.

Und ich sinke in die Hocke, um den Strombrecher anzuschalten, so wie Louise es mir erklärt hat. Bei Héphaïstos' Hammer und Amboss, lass ihn echt sein. Lass mich alles richtig machen!

»Ein Täuschungsmanöver!«, brüllt Clément.

Der Strombrecher piept, und der Zeiger einer winzigen Uhr setzt sich in Bewegung, tickt gen Null.

Ich warte nicht, bis er hochgeht, sondern renne los, die Vase unter einen Arm geklemmt. Nutze die Panik der Männer, die nicht wissen können, dass es keine echte Bombe ist.

Doch zwei von ihnen stürmen ebenfalls zur Seitentür und zücken die Pistolen.

»Keine Schüsse!«, brüllt Clément. »Wir brauchen sie lebend. Die schmächtige Göre bekommt ihr so in den Griff!«

Ich weiche zur Seite aus, renne den Gang hinab. Wo noch mehr von ihnen stehen. Mit zusammengebissenen Zähnen presse ich mich zwischen den Bänken durch, aber auch an deren Ende lauern Nyx. Jede Sekunde muss der Strombrecher hochgehen, nur so lange muss ich entwischen. Im Dunkeln kann ich fliehen.

Ich klettere auf die Sitzflächen, dann auf die Lehnen, renne über die Reihen, ohne nach unten zu schauen. Wenn ich sehe, wie schmal die Lehnen sind, stürze ich.

Es bleibt hell. *Merde.*

Hat Edwin uns doch eine Fälschung besorgt? Mit einem langen Satz springe ich auf die andere Seite der Bänke, und Weihwasser spritzt aus der Vase. Ich kann sie nicht loslassen.

Die Nyx hasten hinter mir her, kesseln mich ein.

Als ich in den Seitengang springe, kann ich einen kurzen Blick zum Strombrecher nicht unterdrücken. Der Orchestrator hockt daneben, seine zur Trauer verzerrte Maske auf seltsame Art auch beinahe ein Grinsen.

Das verdammte Teil geht nicht hoch! *Merde, merde, merde.*

Ich sitze in der Falle! Als ich einem der Nyx ausweiche, fällt mein Blick auf das Gerüst. Der einzige Ausweg, den sie noch nicht versperrt haben. Unter dem glühenden Licht steuere ich darauf zu. Ich werde nicht einmal die Hälfte erklimmen können, bevor sie es einreißen. Ich gehe das Risiko ein. Alles ist besser, als mich zu ergeben.

Aus dem Nichts grätscht mir einer von ihnen zwischen die Beine.

Mit einem unterdrückten Schrei stürze ich, umklammere die Vase fester, statt den Fall abzufedern. Meine Schulter prallt auf den Boden, und ich atme durch den mich blendenden Schmerz.

Der Nyx kommt näher. Dutzende Stiefel kommen näher.

Ächzend stemme ich mich hoch. Ich sollte das Weihwasser aufgeben. Doch mein Arm bleibt um die Vase geklammert.

Die Nyx umzingeln mich, strahlen mich mit den Lichtwaffen an, bis meine Augen tränen.

»Odette!«, ruft jemand direkt über mir.

Blinzelnd starre ich hoch, erkenne Armands und Jeans Köpfe über der Brüstung. Warum sind sie wieder –?

Etwas Langes, Schwarzes stürzt herab.

Im letzten Moment springe ich zur Seite. Nyx' Fackel kracht auf den Boden, zersplittert den Stein, und die Männer weichen zurück. Gleichzeitig zerbricht das Zepter, dort, wo der Griff in die Fackel übergeht.

Einen Atemzug lang versteinert jede meiner Fasern.

»*Merde*, wir haben gerade nicht wirklich Nyx' Artefakt zerstört?«, gellt Armands Stimme zu mir herab.

Bevor die Fackel aus meiner Reichweite rollen und in die Hände unserer Feinde gelangen kann, stürze ich mich auf sie. Wo mich die erste Berührung des Sternentuchs beruhigt hat, mir alle Befürchtungen nehmen konnte, lässt das glatte Metall unter meiner Haut etwas in mir hochschießen. Eine Schockwelle aus Elektrizität. Sie funktioniert auch ohne den Stab! Doch mein Körper fasst die Energie nicht einfach. Er leitet sie weiter.

Unkontrolliert bricht sie hervor, hundertfach verstärkt. Die Lichtwaffen flackern auf. Was immer sie für eine Sicherung eingebaut haben – ich brauche keinen elektromagnetischen Puls. Nur Nyx' Fackel.

Ich beiße die Zähne zusammen, zwischen denen trotzdem ein Kampfgrollen entweicht, und schicke mehr Energie hinterher.

Die Lichtwaffen zerbersten in den Händen der Nyx. Sie schreien auf, und für einen Wimpernschlag sehe ich, wie sich Scherben und Metallsplitter durch ihre Rüstungen bohren. Dann explodieren auch die Lampen an den Decken und lassen Dunkelheit und Glas über uns hereinbrechen.

Ich renne. Presse die Fackel mit dem einen Arm an mich, umklammere die Vase mit dem anderen. Stoße in der Finsternis gegen wehklagende Nyx, von denen manche nach mir greifen. Ich ducke mich unter ihren Pranken weg, angetrieben von diesem Rausch aus Macht in meinen Adern. Renne zum Haupteingang, durch den sich der Sternenhimmel abzeichnet.

»Du führst beide Artefakte von Nyx«, gellt Cléments Stimme durch die *Sacré-Cœur*. »Sicher, dass du nicht doch wie gemacht für den Orden der Nyx bist?«

Meine Finger bohren sich in die Vase, und ich muss sie zwingen, locker zu lassen, bevor das Porzellan zerbricht. Sobald ich durch die Tür in die Nacht presche, vergeht das Gefühl. Seine Worte können mir gleichgültig sein, jetzt, da wir im Besitz von Tuch, Fackel und dem Wasser aus Hébés Kelch sind. Vielleicht hat wirklich Nyx selbst mich auf sie gestoßen – aber in jedem Fall haben *wir* sie uns aus eigener Kraft erkämpft.

Draußen klettern Jean und Armand an der *Sacré-Cœur* herab, und ich falle ihnen in die Arme, bevor wir jubelnd weiterrennen. Als wir außer Atem sind, rasten wir auf einem Mansardendach.

Armand lacht aus vollem Herzen. »Drei mittellose Kinder ohne wirkliche Bleibe stehlen ein vermaledeites Götterartefakt aus den Fängen des wohlhabenden Ordens mit Dutzenden, wenn nicht Hunderten Mitgliedern. Wieso nur wird niemand je davon erfahren? Eine Schande.«

»Sei dankbar, dass nie jemand erfahren wird, wie wir eine *Kirche* ausgeraubt haben.« Ich blicke in die Vase. Einiges ist rausgeschwappt, doch es befindet sich noch reichlich Weihwasser darin. Tief atme ich auf.

Etwas raschelt, und Jean legt das Sternentuch um meine Schultern. »Offensichtlich solltest besser du es tragen.«

Ich schließe die Silberbrosche und nicke langsam.

Armand springt auf. »Und nun? Lassen wir die Korken knallen?«

»Wie wäre es mit einer Nacht Schlaf?«, murrt Jean.

Ich richte mich auf und sehe über die Dächer zu *Le Zeus*, wo sich die *Colonne Vendôme* und der *Arc de Triomphe* von den Häusern abheben. »Ich bringe Hébés Wasser zu Eugène.«

Jean reicht mir die Fackel. »Pass auf, dass du nicht auf die Nyx stößt.« Ein Lächeln stiehlt sich in seinen einen Mundwinkel. »Die mussten heute genug Verluste erleiden.«

Ich grinse und betrachte die Fackel. Ohne den Stab ist sie recht handlich. Schmal und elegant, wie aus einem Guss. Das Material gleitet noch unwirklicher unter meinen Fingerkuppen entlang als das Tuch. Beinahe wie lackiertes Porzellan, doch so hart wie Metall. Härter. Nicht von dieser Welt.

»Hast du deine Metallseile dabei?«, frage ich Armand.

Er zerrt eines aus einer Tasche. »Lang genug?«

»Perfekt.« Ich forme eine Fassung, mit der ich die Fackel an meinem Oberschenkelholster befestige. Testweise springe ich auf und ab. »Etwas sperrig, aber tut seinen Dienst.«

Dann ziehe ich die beiden ein letztes Mal an mich. »Ich bin so froh, euch zu haben«, murmle ich, auch wenn mir bei den Worten abwechselnd heiß und kalt wird. Nur reicht es nicht, ihnen zu vertrauen. Ich muss ihnen zeigen, wie dankbar ich dafür bin, ihnen vertrauen zu *können*.

Beide tätscheln meinen Rücken, dann jage ich über die Dächer. Frei wie Artémis, furchtlos wie Athéna, mächtig wie Nyx.

Mein Herz wummert so sehr, dass ich den Umweg über Eugènes Mutter überspringen muss. Die endlose Macht surrt durch meine Adern, und vielleicht erklimme ich die Fassade dank ihr in Rekordzeit, obwohl die Vase unter meinem Arm klemmt. Doch als ich mich auf die Fensterbank ziehe, scheint dämmriges Licht aus dem Dachboden.

Jemand werkelt dort herum!

Beinahe stürze ich mich vom Sims, um nicht entdeckt zu werden – bis ich merke, dass die Silhouette vor *Sirènes* Eugène ist.

Ein eisiger Griff zerquetscht mein Herz.

Dann erkenne ich, was er tut. Eugène reißt ölschwarze Kabel aus *Sirènes*, und um ihn herum liegen bereits bronzene Platinen, Zahnräder und eine zerschlagene Schallplatte.

Mit rasendem Puls klopfe ich ans Fenster.

Eugène blickt von seinem Werk der Zerstörung auf. Hastig huscht er zu mir und öffnet das Fenster.

»Was tust du da?«, hauche ich, ohne mich aus der Hocke bewegen zu können, obwohl das ziemlich offensichtlich ist.

Seine Pupillen weiten sich, was daran liegen muss, dass er aus dem Licht getreten ist. »Mir ist etwas bewusst geworden. Es geht bergauf, jetzt, wo ich mich auf die Behandlungen meines Vaters einlasse. Aber das reicht nicht. *Ich* muss etwas tun. Ich muss *wollen*, dass es mir besser geht. Und solange *Sirènes* hier steht, kann ich nie loslassen.« Grinsend zuckt er mit einer Schulter. »Also nehme ich diesen *Tas de merde* auseinander, so wie wir *alle Sirènes* zerstören werden.«

Mit immer noch tobendem Herzschlag schaue ich zu ihm herab. Ich weiß, ich sollte etwas sagen. Er wartet auf eine Antwort, aber die Art, wie jeder meiner Atemzüge die Haarsträhnen in seiner Stirn aufwirbeln, zieht mich in einen Bann.

»Ich habe Hébés Kelch gefunden«, erkläre ich dann atemlos und halte ihm das Gefäß hin.

Er zieht eine Augenbraue hoch. »Eine *Vase*?«

Ich atme ermüdet auf. »Darin habe ich das Wasser nur transportiert. Das ich übrigens unter Einsatz meines Lebens für dich besorgt habe.«

»*Merci*, Odette«, flüstert er, doch stellt die Vase ab, ohne den Blick von mir abzuwenden. »Du hättest das nicht für mich tun müssen. Trotzdem, ich –« Er streicht sich durchs Haar.

Wieder rührt sich dieses Bedürfnis tief in mir, meine Hände im champagnerfarbenen Hemd zu vergraben, ihn näher zu ziehen und ihm den Atem zu rauben, so wie er ihn mir raubt.

Er sieht mich an, als bewahrte ich die Antworten auf alle Fragen des Universums hinter meinen Lippen.

Und vielleicht tue ich das. Denn dieses Mal fühlt sich das Verlangen *richtig* an. Dieses Mal kann ich ihm eine Antwort geben. Habe *meine* Antwort gefunden.

Ich lehne mich vor, und obwohl meine Muskeln zittern, weil ich umständlich auf dem Fenstersims hocke, fiel mir in meinem ganzen Leben noch keine Bewegung so leicht.

Eugènes Hände finden meine Wangen, die Berührung so langsam, als würde die Zeit stillstehen, und so, so *richtig*. Genauso richtig fühlt es sich an, meine Finger in seinen Nacken zu pressen und ihn zu küssen. Ein flüchtiger Kuss, zart wie der Flügelschlag eines Monarchfalters. Doch da liegt ein Versprechen von *mehr* im verhaltenen Gleiten unserer Lippen aneinander, als ich mich zurücklehne.

Er starrt mich aus geweiteten, dunklen Augen an. »Kann ich dich noch einmal küssen?«

Ich nicke, spüre, wie sich ein Grinsen auf meinen Mund schleichen will. Bevor es erblüht, zieht Eugène mich zu sich und verschlingt das Lachen. Er küsst mich so unbeirrt, wie eine Motte zu gleißendem Licht drängt. Seine Hände lösen sich von meinen Wangen, streichen so bedachtsam meinen Hals hinab, dass mein Herz unter seinen Fingerspitzen pocht. Mit einer Hand hält er meinen Nacken, während die andere über meine Schulter bis zu meiner Taille gleitet. Mühelos rutsche ich von der Fensterbank in seine Arme. Die gegensätzlichen Gefühle von etwas mir so Unbekanntem, das sich dennoch so richtig, so *vertraut* anfühlt, drängen mich noch enger zu ihm.

Seine Finger zucken, drücken in meinen unteren Rücken, die Bewegung so jäh, dass sie unwillkürlich sein muss. Und sie zieht mich näher, gegen seine Hüften. Wärme rauscht durch mich hindurch, in meine Wangen, wickelt sich um mein Herz, und ich seufze instinktiv, der Laut süß auf meinen Lippen.

»Odette, *ma vie*, Odette«, raunt Eugène, hastig und leise, mein Name beinahe ein Flehen.

Die Wärme in mir glüht wie all die Lichter von Paris zusammen. Meine Zähne streifen über seine Unterlippe, und das entlockt ihm einen stockenden Laut tief in der Kehle, sodass ich es erneut probiere. Mit mehr Intensivität.

Seine Hüftknochen stoßen gegen meine, und ich könnte schwören, seine Knie geben genauso wie meine etwas nach. Doch dann drückt sich der Fensterrahmen in meinen Rücken und sein Knie zwischen meine Beine, und ich kann an nichts anderes denken als die verhaltene Bewegung seiner Hüften.

Er hält sich zurück. Weil er das für mich tut und weil ich wünschte, er täte es *nicht*, vergrabe ich die Finger in seinem Hemd. Ziehe die Seide aus seinem Bund, um seine Haut darunter zu erkunden, die vage Kurve seiner Seiten, unter den Rippen. Weich, aber stählern, auf eine Art, wie ich es auch nach all der Zeit als Nachtschwärmerin nicht bin.

Er schnappt nach Luft, sein Mund plötzlich an meinem Kiefer. Ich lasse meine Finger über seine Haut gleiten, nach vorn, wo sich seine Muskeln zusammenziehen. Seine Zähne sinken leicht in meinen Hals. Sein Atem und der gemurmelte Laut gedämpft, sosehr pressen seine Lippen gegen meine Haut.

Ich atme durch meine Nase aus, beinahe ein Lachen, so berauschend sind seine fahrigen Berührungen. »Du bist so stürmisch.«

»Ich kann nicht anders«, raunt er hinter mein Ohr, während er mit hektischen Händen an meinem Harnisch zerrt. Dann stoppt er abrupt, weicht zurück, legt die Stirn auf meine Schulter.

»Es scheint, als *könntest* du anders.« Ich lasse die Seide seines Hemdes zwischen meinen Fingern rollen.

»Ich will nichts tun, was du nicht möchtest.«

Zart fahre ich mit den Fingernägeln die harten Kurven seiner Leisten nach und bringe ihn so dazu, zusammenzuzucken.

Er lacht leise. »Aber du machst mir das nicht gerade leicht.«

»Wie wäre es, wenn ich dir einfach mitteile, wenn du aufhören sollst?«

Er hebt den Kopf und studiert mich. Dann verdunkeln sich seine Augen noch mehr – was physikalisch unmöglich ist, also muss irgendwo ein Licht ausgegangen sein. Oder seine Berührungen lösen die Halluzinationen aus, die beim Absinth am ersten Abend mit ihm ausblieben. Er streift mit den Lippen über mein Ohr. »Wie wäre es, du sagst mir, wann ich *weitermachen* soll?« Jede Silbe folgt so quälend langsam dem Bogen meines Ohrs, dass ich die Zehen in den Boden grabe.

Ich will ihn loben, leicht stichelnd seine so fantastische Idee preisen. Doch er hebt mich auf den Fenstersims, lässt seine Daumen mit leichtem Druck über die Innenseiten meiner Oberschenkel gleiten, und nur ein verwaschenes *Ja* rinnt über meine Lippen. Dann noch eins, als sein Mund den Übergang von Hals zu Schulter findet.

Seine Hände wandern über meinen Rücken, und er befreit mich endlich aus dem verfluchten Harnisch, das mit einem leisen Rascheln und Klackern der Ösen zu Boden fällt.

Meine Gedanken überschlagen sich, bis ich nichts mehr denke. Ich beuge mich vor, finde seine Lippen, und er nimmt sich ein paar Augenblicke, um mich ohne Hast zu küssen, tief und süß. Als ich nicht mehr richtig atmen kann, lässt er von mir ab, setzt einen hastigen Kuss an meinen Kiefer.

Ich greife seine Handgelenke, zerre ein wenig an ihnen, ohne zu wissen, warum. Er scheint es besser zu wissen als ich. Warm und sicher fächert er die Hände unter meinem Nachtschwärmer-Oberteil an meinen Bauch aus.

Ich mochte es nie, schmal und feingliedrig zu sein, denn meine Größe allein reicht nicht, um andere zu beschützen. Mochte noch weniger, wie ich Louise manchmal aus *eitlen* Gründen um ihre Kurven beneidet habe. Doch Eugène berührt mich auf eine beinahe huldigende Art, die mir bewusst macht, dass Artémis ebenso schön wie Aphrodite ist. Oder Athéna, Déméter, Apollon.

Mein Atem versiegt ganz, als er mit dem Daumen an der Naht meiner Korsage entlangfährt, die kaum mehr als eine Handbreit meiner Haut bedeckt. Kurz verweilt er in der Kuhle unter meinem Brustbein. Dann schiebt er mein schon bis zur Taille gerafftes Oberteil höher, tauscht seine Finger gegen seinen Mund aus, und ich ringe nach Atem.

»Ist das in Ordnung?«, murmelt er glühend an meiner Haut.

Ich nicke, auch wenn da eine kleine, unsichere, unerfahrene Stimme in mir klingt. Doch das Rauschen in meinen Ohren und Adern übertönt sie. »Ja«, raune ich, weil er sich immer noch nicht rührt, »*ja*.«

Eugène fährt fort, mit einer Konzentration wie beim Zeichnen, aber gleichzeitig so trunken, wie er bei unserem ersten Treffen den geschmolzenen Zucker vom Absinthlöffel gekostet hat. Ich weiß nicht, wohin mit meinen Händen, entscheide mich für seinen Nacken, wo sich meine Finger von allein in seinen Haaren vergraben. Sollte ich *mehr* machen? Seine Zähne streifen über eine besonders empfindliche Stelle, und ich beiße mir unwillkürlich auf die Unterlippe. Ich *sollte* mehr machen, oder? Und ich *will* ihn berühren, so wie er mich. Doch Eugène lässt mir keine Gelegenheit, das in die Tat umzusetzen. Mir war nach all den Erzählungen nicht bewusst, dass es sich so gut anfühlen würde. So gut anfühlen *kann*.

Ich muss über mich selbst schmunzeln, und mein Atem wandelt sich in eine Mischung aus Lachen und Seufzen.

Eugène hebt den Kopf, sieht mich fragend an. Ein wenig hungrig, frustriert vielleicht über die Unterbrechung, aber auch achtsam und ein bisschen unsicher.

Ich ziehe ihn hoch, presse einen raschen Kuss auf seine Lippen. »Wenn ich geahnt hätte, wie es sich anfühlt, hätte ich die vorherigen Male vermutlich nicht unterbrochen.«

Sein Grinsen lässt etwas tief in mir glühen, und dann küssen wir uns richtig. Endlos lang, tief, atemlos.

»Ich bin nicht sicher, ob du mittlerweile weißt, was wir tun«, wispert er dann rau.

»Eventuell weiß ich es«, entgegne ich leise.

Eugène atmet unstet aus, und seine Hände tanzen über die sanfte Wölbung unter meiner Korsage, so provozierend sachte, dass ich mir das Stück Stoff vom Leib zerren will.

Aber als seine Hände die Schnürung meiner Hose finden, setzt mein Herz aus. Durch das alles umfassende Rauschen schwappen die Bedenken in mir hoch. Vielleicht weiß ich es doch nicht. Oder ich weiß es, bin jedoch nicht bereit.

Bevor ich den Mund öffnen kann, hält er inne. Er sieht nicht auf, der Blick weiterhin dort, wo seine Hand zwischen uns schwebt. »Wir können aufhören. Jederzeit. Aber es gibt auch Möglichkeiten –«, er stockt, und durch seine tiefschwarzen Haare entdecke ich zarte Röte auf seinen Wangen. »Du weißt, dass das hier keine Alles-oder-nichts-Sache ist? Es gibt Wege, wie ich – wie wir –« Sein Ringen nach den richtigen Worten legt sich warm um mein Herz.

Ich presse mein Gesicht an seinen Hals, schöpfe Mut aus seinem vertrauten, kostbaren Duft. »Ja«, murmle ich dann, als würde ich kein anderes Wort mehr kennen. Ich räuspere mich leise. »Zeig mir, wie. Bitte.«

Eugène küsst mich rasch, ruhelos. »Mir scheint, du weißt schon viel zu viel. Anders kann ich mir nicht erklären, was du mit mir anstellst.« Seine Worte steigen mir zu Kopf, lassen endgültig jede Rationalität versiegen.

Und dann steigen mir seine *Berührungen* zu Kopf. Seine Lippen an meinem Hals, meinem Schlüsselbein, tiefer, wo sie über meine Kurven streichen, nie *ganz* an der richtigen Stelle. Mit den Fingern gleitet er von diesem glühenden Punkt unter meinem Bauchnabel aus tiefer. Im gleichen Moment finden sein Mund und seine Finger die perfekte Stelle.

Mein Atem wandelt sich in ein ersticktes Geräusch, und ich verliere jedes Gefühl für Zeit und Raum. Denn da ist nur sein stockender Atem, seine Finger, versengend und einen Hauch unsicher. An jedem einzelnen Klang meiner Atemzüge scheint er festzumachen, was mir zusagt, was nicht und wie er mich noch ein *wenig* perfekter berühren kann.

Ich glaube nicht, dass es besser werden kann. Doch dann schafft er auch das, und ich müsste wohl lachen, würde mir nicht der Atem im Hals stecken bleiben, weil es plötzlich *zu* perfekt ist. Ich erschaudere, presse mich an ihn, gegen seine Hand, presse meine Stirn gegen sein Grinsen, gegen die gemurmelten, unverständlichen Worte, alles zusammen zu viel, zu perfekt, bis er meinen Namen wispert. *Odette*, bahnt es sich durch meine Lippen, durch mein Herz, meinen Unterleib, und ich weiß nicht, ob die Sterne, die ich sehe, seine Augen, der Nachthimmel oder Sinnestäuschung sind.

»Sicher, dass ich das einfach so trinken sollte?« Eugène schnuppert am Weihwasser im Cordial-Glas, stellt es dann mit gerümpfter Nase auf seinen Schreibtisch. »Riecht wie ein dreistündiger Ostergottesdienst.«

Ich setze mich im Schneidersitz auf die *Récamière* in der Mitte seines überladenen Schlafzimmers und fülle das restliche Weihwasser in eine Kristallkaraffe. »Das liegt am Chrisam. Ich würde mir aber eher Gedanken darüber machen, wer alles seine Griffel ins Weihwasser gesteckt hat.«

»*Merci*, sehr beruhigend.« Mit einer Grimasse hebt er das Glas. »Na dann. *Santé!*« Er kippt das Wasser so geübt herunter, dass ich mit den Augen rolle, und schüttelt sich, als hätte ich ihn gezwungen, in eine Zitrone zu beißen.

»So schlimm kann es nicht sein«, lache ich.

Er sieht mich über den Glasrand an. »Es ist definitiv nicht das *Beste*, was mir heute passiert ist.«

Mit warmen Ohren werfe ich eines der unbrauchbaren Dekokissen nach ihm. Ich hatte *gerade* geschafft, nicht mehr daran zu denken! Das Wabern eines Schattensprungs knistert durch den schummrigen Raum, und er weicht dem Kissen lachend aus. Es *geht* ihm besser, das war nicht bloß ein Spruch.

Ich bedenke ihn mit einem finsteren Blick. »Wenn solche Anspielungen jetzt an der Tagesordnung sind, war das das erste und letzte Mal.«

»Nein!«, bittet er, *inständig*, und schattenspringt so schnell vor mich, dass mir schwindelig wird. Sanft nimmt er meine Wangen, damit ich in sein reumütiges Gesicht sehe. Wärme sammelt sich hinter meinem Bauchnabel – bis sich die Reue in das Grinsen des die Götter überlistenden Prométhée wandelt. »Das würdest du *wirklich* nicht wollen.«

Natürlich kann er es nicht sein lassen, mich aufzuziehen. Das Schlimmste ist, dass sich die Wärme in meinen Wangen nicht völlig unangenehm anfühlt. »Spürst du gar nichts?«

»Was?« Seine Augen weiten sich, dann öffnet er den Mund, um schließlich seinen Nacken zu reiben. »Natürlich spüre ich – du *musst* mitbekommen haben, dass ich –«

Ich springe auf, gebe ihm einen leichten Hieb gegen den Oberarm und schiebe mich an ihm vorbei. »Ich meine, vom *Weihwasser*, du *chaud lapin*!«

»Oh.« Noch immer reibt er sich den Nacken. »Ich fühle mich wacher, würde ich sagen. Ich meine, ich war in den letzten Wochen nie *müde* im eigentlichen Sinne, aber ich fühle mich erholt. Körperlich. Allerdings wirkt *Sirènes* sich vor allem auf den Geist aus.« Dann schnalzt er mit der Zunge. »Übrigens ist *chaud lapin* nicht gerade nett.«

»Wäre es dir poetischer lieber? *Satyr?*« Ich blicke über die Schulter und inspiziere die Schatten unter seinen Augen. »Armands Narbe war noch sichtbar, nachdem er sie ins Wasser gehalten hat. Hébés Magie könnte Zeit brauchen.«

»Mir war es lieber, als du mich Dionysos genannt hast«, murrt er, anstatt auf das wichtigere Thema einzugehen.

Trotzdem drehe ich mich grinsend ganz zu ihm. Denn das ist meine Gelegenheit, es ihm zur Abwechslung gleichzutun. »Das *könnte* ich wieder tun. Wenn du dich *anständig* benimmst, vielleicht beim nächsten Mal?« Sogleich steigt mir Hitze vom Dekolleté bis in die Wangen. Was habe ich mir nur gedacht?

Seine Mimik aus hochzuckenden Augenbrauen und Grinsen macht es nicht besser. »Ich glaube, du brauchst *etwas* mehr Erfahrung, bis du so einen Spruch souverän durchziehen kannst.«

Ich widme mich hoch konzentriert dem Krimskrams auf seinem Nachttisch. »Ganz schön große Töne, dafür dass es dir die Hälfte der Zeit die Wörter geraubt hat«, murmle ich. Dann fällt mir ein Silbertablett mit zwei Fläschchen aus Braunglas ins Auge, kleinere Versionen von denen in den *Pharmacies*. Eines hebe ich hoch, um die ausgefransten Druckbuchstaben des Etiketts zu lesen. *Ephedra sinica.* »Was ist das?«

Eugène kommt an meine Seite, sodass sich sein Arm an meinen presst, als er das andere Fläschchen nimmt. *Barbiturique* steht darauf. »Sie regulieren meinen Schlaf-Wach-Rhythmus.«

»Ich dachte, du bekommst nur Baldrian?«

»Hat nicht wirklich geholfen, oder?« Er zuckt mit einer Schulter, deutet dann auf die Flasche in meiner Hand. »Das wird aus der chinesischen Ephedra hergestellt. Ein Heilkraut.« Er schüttelt den Behälter in seiner Hand, und darin rasseln Pillen. »Bei dem bin ich mir nicht sicher. Aber beide gehören zu den fortschrittlichsten Medikamenten auf dem Markt.«

Die Augen rollend, drehe ich das halb volle Fläschchen. Eine andere Nummer als das, was Madame Bouchard für uns in *L'Hadès* herstellt. »Natürlich scheut der Vater von dir *Enfant roi* keine Kosten und Mühen, was deine Behandlung anbelangt.

Ehrlich gesagt, bin ich nur überrascht, dass er nicht den Leibarzt von Königin Victoria einbestellt hat.«

»Vielleicht hätte er das, wenn Sir Stewart nicht im Februar verstorben wäre«, erklärt er stumpf.

Ich werfe ihm einen wenig amüsierten Blick zu. Dann stelle ich das Fläschchen ab. »Hilft es denn? Konntest du schlafen?«

»Ich weiß nicht, ob ich es *schlafen* nennen würde. Es erinnert mich eher daran, als mich ein Nyx bewusstlos geschlagen hat und ich plötzlich irgendwo anders aufgewacht bin, weil Jean und Armand mich in Sicherheit geschleppt haben. Aber immerhin bin ich nicht *wach*. Eine Verbesserung, oder?« Er schiebt die Flaschen hin und her, bis sie genau mittig auf dem Tablett stehen. »Mein Vater sagt, wenn sich alles weiter so gut entwickelt, sieht er keinen Grund, warum ich nicht bald gelegentlich rausdarf.«

Ich drücke seine Hand. »Er vertraut dir, dass du vernünftige Entscheidungen triffst. Weil du Verantwortung gezeigt hast.«

»Er wird keinen Preis für den Vater des Jahres gewinnen, aber … vielleicht hat all das unser Verhältnis ein wenig gekittet.« Er blickt von den Medikamenten zur Kristallkaraffe und wieder zurück. »Ich soll sie nicht absetzen, selbst wenn es mir besser geht. Glaubst du, mit Hébés Wasser …«

»Ich halte Wechselwirkungen für unwahrscheinlich. Hébés Wasser ist kein Medikament, sondern … *Magie*? Trotzdem sollten wir deinen Zustand genau beobachten.« Stöhnend reibe ich mir über die Augen. »Ich wünschte, wir müssten nicht herumexperimentieren. Doch solange sich dein Zustand bessert, machen wir alles richtig. Hoffentlich.«

Kapitel 13

»*Parfait!*«, jauchzt Louise und dreht mich zu ihrem Spiegel.

Ich muss schlucken, denn nach allem, was ich bisher getragen habe – von ihrem wunderschönen *Mousseline*-Kleid bis zur Kampfuniform der Nachtschwärmer –, ist das hier der ungewohnteste Anblick. Eine *Robe de bal*. Kopfschüttelnd streiche ich über die Stickereien auf dem exquisiten Taft. »Wie kannst du ein Kleid im exakt gleichen Silber wie dem der Sterne auf dem Nyx-Tuch besitzen?« Dann stöhne ich auf. »Louise, ich sehe lächerlich aus! Das ist viel zu übertrieben!«

Louise rafft die Falten im Tuch, das sie kunstvoll um meine Schultern und Arme drapiert hat. »Stell dich nicht so an! Ich habe ein Kleid mit geradezu *spartanischem* Schnitt gewählt, damit es mit dem Tuch ein Ganzes bildet. Niemand wird merken, dass sie eigentlich nicht zusammengehören. Das wolltest du doch? Unauffällig in die *Soirée* eingeschleust werden, um die Großindustriellen zu bespitzeln, und gleichzeitig dein Tuch tragen, falls dich dort einer der Nyx erkennt.«

Ich schnaube. »Sie werden mich nicht erkennen. Weil ich aussehe wie eine in Silberfolie verpackte Praline!«

»Du siehst wunderschön aus!« Vehement steckt sie ein *Dia-*

dème in meine Locken. »Die Gentilhommes werden sich nicht von dir losreißen können.«

Versuchsweise mache ich ein paar Schritte. Mit allem könnte ich leben – nur nicht mit der ausschweifenden, glasperlenbesetzten Schleppe, die sich hinter mir auf dem Boden ausfächert. So schwer, als würde jemand auf ihr stehen. »Und *ich* werde vor ihnen nicht fliehen können.«

»Du musst nicht vor der dir gebührenden Aufmerksamkeit fliehen, nur weil du Eugène hast«, schnaubt sie.

Wie so oft in den letzten vier Tagen flammt bei der bloßen Erwähnung seines Namens die Erinnerung an … an das … Mit glühendem Kopf schreite ich zum Kleiderschrank. »Hast du *wirklich* nichts anderes?« Ich reiße die Türen auf.

»Nicht!« Louise wirft sich zwischen mich und die Türen.

Doch zu spät. Schreiend stolpere ich zurück. Dort liegt ein *Mann* auf dem Boden des Schrankes.

»Louise, was –?« Ich schaue genauer hin. Gold blitzt auf. »Ist das –?«

»REM-IV«, tönt es blechern aus dem Schrank. »Ihr Vater arbeitete bei *Entreprise d'Amboise Automobile*. Monsieur Leclair.« Der Maschinenmann rappelt sich auf.

Ich gehe noch einen Schritt zurück. »Louise, wieso hast du dieses«, ich schnappe nach Luft, »*Ding* in deinem Schrank?«

»REM-IV«, wiederholt die Blechbüchse.

»Rémy«, korrigiert Louise mit verschränkten Armen. »Er heißt Rémy.« Sie wendet sich zu ihm. »*Du* heißt Rémy.«

»Mademoiselle d'Amboise, Sie können mir keinen neuen Namen geben. Dazu ist nur mein Erwerber autorisiert.«

Louise wirft die Arme in die Luft. »Zum tausendsten Mal führen wir dieses Gespräch.«

Ich greife ihren Unterarm. »Ich dachte, er wurde zerstört?«

Sie druckst herum, dann nimmt ihre Ehrlichkeit überhand.

»So hieß es auch. Aber bei meinen Recherchen habe ich ihn im Restlager gefunden, wo er auf seine Zerstörung gewartet hat.« Sie greift meine Schultern. »Ich hätte ihn doch nicht einfach *dalassen* können? Kannst du dir vorstellen, wie das sein muss? Zwischen Schrott darauf zu warten, dass dich irgendeine Metallpresse zerstört?«

»Er ist eine *Maschine*. Er fühlt nicht wie wir.«

»Woher willst du das wissen?«, speit sie voller Inbrunst.

Ich drehe mich zum Maschinenmann. »Rémy, warst du traurig oder angsterfüllt, als du darauf gewartet hast, dass sie dich –« Meine Stimme stockt. »Als du im Restlager gewartet hast?«

Er legt surrend den Kopf schief. »Ich empfinde keine Emotionen wie Sie beide.« Triumphierend sehe ich zu Louise, bis er fortfährt. »Aber ich schätze, es wäre bedauerlich, könnte ich trotz einwandfreier Funktion keinen Zweck mehr erfüllen.«

»Ha!«, stößt Louise aus.

Ich reibe mir über das Gesicht. »Das ist nun wirklich keine Aussage, die seine Empfindungsfähigkeit beweist.«

»Und selbst wenn nicht.« Louise schnappt sich ihren *Manteau* aus Seide von der Farbe grünen Tees. »Es macht Spaß, mit ihm zu reden, und er betrachtet meine Probleme rein objektiv!«

»Was für Probl–«

»Die *Soirée* wartet nicht auf uns!« Als kleidete sie sich für eine Schlacht, stülpt sie sich den *Manteau* über. »Rémy, du bewachst Odettes Fackel, ja?« Dann stürmt sie aus dem Raum.

Hektisch suche ich nach der Schlaufe der Schleppe. »Louise, warte!«, rufe ich und kraxle die Treppe hinab. »Bist du sicher, dass die Fackel bei ihm in sicheren Händen ist?«

Draußen klappert nur die Kutschentür.

Ich grummle so lange wegen meiner Aufmachung und Louise' heimlicher Rettungsaktion, dass mir erst auf halber Fahrt in der

Privatkutsche der Familie d'Amboise auffällt, wie *anders* die nächtlichen Straßen in *L'Héra* aussehen. *Heller.*

Louise rutscht neben mir auf dem Sitz hin und her. »Papa wird schimpfen, weil ich so viel zu spät komme.«

»Er hätte dich ihn ja begleiten lassen können, wenn es ihm so wichtig ist«, halte ich abgelenkt dagegen. Ich verenge die Augen. Die Laternen – ihre Glühbirnen wurden ausgetauscht.

»Es ist weder mir noch Mama erlaubt, an den geschäftlichen Besprechungen teilzunehmen«, schnaubt Louise. »Wir Frauen dürfen uns nur auf der Feierlichkeit danach blicken lassen.«

»Wo ist Edwin?«, frage ich. »Brauchst du heute keinen Leibwächter?«

Louise rutscht noch heftiger hin und her. »Nicht für die kurze Strecke. Und im *Salle des fêtes* gibt es ausreichend Wachen.« Sie lehnt sich über mich zum Fenster, quetscht mich ein und deutet hinaus. »Schau, ein *Automobile* mit Verbrennungsmotor!« Sie drückt sich die Nase am Glas platt, um den hinter uns mit lautem Röhren in die *Avenue* einfahrenden Wagen zu begaffen. Mehrere Kutschen weichen dem knatternden, Rauch speienden Monstrum aus. »Papa überlegt, unsere Kutschen gegen *Automobiles* auszutauschen. Aber er ist noch nicht sicher, ob er einen französischen, deutschen oder amerikanischen Hersteller will.«

»*Wenn* jemand in Paris ein *Automobile* mit Verbrennungsmotor hat, dann sieht man das natürlich hier«, murmle ich und lasse mich zurückfallen.

Auf der *Avenue de la Motte-Picquet* quetscht sich unsere Kutsche zwischen die dicht an dicht gedrängten anderen Fahrzeuge. Vor der Zufahrt zum *Salle des fêtes* staut es sich, weil die illustren Gäste mit allzu viel Tamtam aussteigen. Niemand mit Rang und Namen lässt sich die Feierlichkeit entgehen.

Louise zupft abermals an meinem Sternentuch herum.

»Wozu eigentlich all der Aufwand mit der Fackel, wenn du sie jetzt zu Hause lässt?«

Sanft schiebe ich ihre Hände zur Seite. »Heute kämpfe ich nicht.« Mit einem Seitenblick werfe ich ihr ein Grinsen zu. »Ich weiß, du siehst das vermutlich anders, aber wir können nicht den gesamten Orden nur zu fünft besiegen. Wir müssen die Drahtzieher finden.«

Mit einem Ruck halten wir und warten das Geklapper des Kutschers ab. Louise runzelt die Stirn. »Was tut ihr, wenn ihr einen von ihnen erwischt? Ihn *töten*?«

Ich öffne und schließe den Mund. Darüber habe ich noch nie wirklich nachgedacht. Ich *hätte* es tun sollen. »Wir könnten sie einsperr—«

Die Tür knallt auf, und der Kutscher führt Louise an der Hand heraus. Danach hilft er mir.

Vor dem *Salle des fêtes* drängen sich die Gäste, alle Mesdames in Roben wie meine oder *noch* extravaganter, die Männer mit hohen Zylindern und Seidenanzügen. Der eigentliche Festsaal, eine runde Glaskuppel auf hohen Arkadensäulen, liegt *in* der gläsernen *Galerie des Machines*.

Louise jauchzt, während wir uns einreihen. »Wie hübsch!«

»Sieht aus wie ein Kürbis«, schnaube ich.

»Ja, genau! Die verzauberte Kürbiskutsche von *Cendrillon*!«

Eine Madame mit einer Dogge an einer goldenen Leine rempelt mich an, und ich weiche zur Seite, bevor der Hund oder sie auf meine Schleppe tritt. Mit Getöse fährt nun auch das *Automobile* ein, und unwillkürlich drehe ich mich mit allen anderen Gästen um. »Natürlich«, murre ich.

Denn hinter dem Steuer des aufsehenerregenden *Automobile* sitzt kein Kutscher, sondern Monsieur Lacroix. Begleitet von Delphine – und Eugène. Ohne Kutscher, der den Wagen wegfahren kann, lassen sie ihn einfach am Straßenrand stehen.

Louise umklammert meinen Arm. »Er lässt Eugène wirklich nach draußen!«

»Scheint so«, murmle ich und wende den Blick hastig von Eugène ab, dessen burgunderfarbener *Manteau* vielleicht einst ein Courtier am Hofe Bonapartes trug, aber mit der schweren Goldstickerei an Kragen und Ärmeln eher dem Kaftan eines *Tsar* ähnelt. Ich bin nicht davon ausgegangen, dass Monsieur Lacroix sein Versprechen ernst meint. Habe ich ihn falsch eingeschätzt?

Louise bohrt mir ihren Ellbogen in die Rippen. »Wirst du heute mit ihm tanzen?«, neckt sie in einer Singsangstimme, bei der ich auf *Apéritifs* hoffe, um ihr den Mund zu stopfen.

»Ihre Einladungen, werte Mesdemoiselles?« Ein Portier in tannengrüner Uniform hält uns die offene Hand hin.

Louise zerrt eine mit Silberlack verzierte Karte aus ihrer Tasche und gibt sie ihm.

Er schaut von ihr zu mir. »Diese Karte ist nur für eine Person gültig, Mademoiselle.«

Ich werfe ihr einen schneidenden Blick zu. Das hätte ihr wirklich eher auffallen können. *Bevor* ich mich in dieses Monstrum aus Silber geworfen habe, zum Beispiel.

Louise setzt ihren besten Schmollmund auf und greift sich ans Herz. »Oje, ich habe mich so sehr auf heute Abend gefreut, dass ich die Karte gar nicht richtig gelesen haben muss. Aber ich kann nicht ohne Begleitung auf die *Soirée* gehen!« Sie klammert sich so fest an meinen Arm, dass es mir vor Schmerz nicht schwerfällt, mein Grinsen zu unterdrücken. »Papa wird außer sich sein, wenn ich der Feier nicht beiwohne. Oder ohne Begleitung komme. Nicht wahr, *Odette*?« Ihre Hacke bohrt sich in meinen Fuß.

Ich stöhne, wandle aber den Laut in Worte. »In der Tat! *Monsieur d'Amboise* wird außer sich sein!«

»Monsieur d'Amboise?« Die Stimme des Mitarbeiters schrillt durch die Luft. »*Der* Monsieur d'Amboise?«

Wir beide nicken mit riesigen Augen und versuchen, die nörgelnden Menschen hinter uns zu ignorieren.

Er zieht eine hin- und hergerissene Grimasse, dann schüttelt er den Kopf. »Ich darf niemanden ohne Einladung hereinlassen. Ich könnte eine Begleitung für Sie organisieren, Madame d'Amboise, oder einen *Fiacre* rufen, der Sie beide –«

»Die Mademoiselle kann doch sicherlich *mich* begleiten?«, ertönt eine kultivierte Stimme hinter mir. Der Samtstimme von Eugène so ähnlich, nur, als hätte jemand den Samt in Wasser getaucht und im tiefsten Winter auf der Straße gefrieren lassen. Die wartenden Menschen hinter uns tuscheln nun.

»Monsieur Lacroix!« Der Mitarbeiter steht plötzlich stramm wie ein Soldat. »Haben Sie etwa noch eine Begleitung offen?«

»Nein«, weht seine Entgegnung mit einem Hauch Blumenduft über meine Schulter. Dann steht er an meiner Seite.

Der Blick des Mitarbeiters geht von ihm zu mir und wieder zurück. »Das … Das ist schon in Ordnung«, haspelt er.

Monsieur Lacroix berührt sachte meinen Ellbogen und deutet mit dem dekorativen Ebenholzgehstock zur Tür. »Mademoiselle Leclair, wenn Sie gestatten, wäre es mir eine Ehre.«

»*Merci beaucoup*, Monsieur Lacroix, aber Sie müssen nic–« Louise stößt ihr Knie gegen meins, und ich schlucke die instinktive Erwiderung herunter. »*Merci beaucoup.*«

Der Mitarbeiter tritt zur Seite, Monsieur Lacroix hakt Delphine unter, und wir treten ein. Alles geht so schnell, plötzlich ist Eugène statt seines Vaters an meiner Seite und grinst. »Hast du wirklich versucht, ohne Einladung auf einen der exklusivsten Bälle zu kommen?«

»Ich wusste nicht, dass man eine Einladung braucht!«

»Hättest du, wie von mir vorgeschlagen, euren Plan genauer

mit mir besprochen, wäre dir dieser Fauxpas nicht unterlaufen.«

»Du bist der Letzte, den man wegen gesellschaftlicher Gepflogenheiten zu Rate ziehe sollte.«

Louise quetscht sich zwischen uns hindurch an die Seite von Monsieur Lacroix. »*Merci* für Ihre Hilfe. Wäre es sehr unhöflich, wenn Odette und ich zuerst meinen Vater aufsuchen?«

Ich höre seine Antwort nicht, weil die Musik des Orchesters durch die Glaskuppel dröhnt, sobald wir in den runden *Salle des fêtes* treten. Fünfzehntausend Menschen soll er fassen – und als ich ihn sehe, fällt es mir nicht schwer, das zu glauben.

Eugène streift mit der Hand über meinen Rücken, durch die drängende Menge verborgen vor fremden Blicken. Auf der Höhe meiner Taille, für die Umstände völlig unangebracht. »Ich hoffe, dein erster Tanz ist noch nicht reserviert?«

»Ich bin nicht zum Vergnü–« Ich räuspere mich. »Ich habe eine Mission, wie du weißt. Keine Zeit für Tänze.«

Er grinst wissend, doch bevor er einen Spruch darüber bringen kann, dass ich einen Tanz mit ihm als Vergnügen ansehe, greift Louise meine Hand und zerrt mich fort. Und ich kann ausatmen.

Ich bin froh, dass sein Vater ihm wieder zutraut, sein Zuhause zu verlassen. Aber musste es unbedingt heute sein? Hier?

Den ganzen Weg zu Monsieur und Madame d'Amboise über bekomme ich nichts von Louise' Tratsch über die illustren Besucher mit. Mein Blick huscht ziellos über die Arkadensäulen, die das Glasdach mit seinem Muster aus leuchtenden Farben halten. Rosa, Gelb, Purpur und Gold verleihen dem Licht im Saal weiche und warme Nuancen. Mit den Tribünen rings um die Tanz- und Veranstaltungsfläche und den schweren Samtvorhängen wirkt der *Salle des fêtes* wie der aufsehenerregende *Nouveau Cirque*.

Wir begrüßen Louise' Eltern, eines der wenigen Male, dass ich ihre Mutter treffe. Sie ist bildschön, wortwörtlich. Wie ein Gemälde, das zum Betrachten an der Wand hängt, aber mehr nicht. Ich sehe schnell weg. Ihr leeres Lächeln schmerzt seltsam. *Louise* ist ihre Tochter – das *kann* nicht alles sein, was sie ist. Doch selbst Louise redet über ihre Mutter kaum anders als über eine Sitzgruppe im *Hôtel d'Amboise*. Zum Glück bleibt wenig Zeit für Gespräche, denn der Zeremonienmeister im Frack hebt seinen goldenen Zylinder, während alle Gäste hastig auf ihre Plätze huschen. Die Musik verklingt mit dem aufgeregten Gemurmel.

»Verehrte Gäste, Mesdames et Messieurs! Willkommen zur Festivität, bei welcher wir die Errungenschaften unseres geliebten Paris zelebrieren wollen!«

Die Menge klatscht, der Zeremonienmeister redet weiter, und ich blicke über das Publikum. Jemand von ihnen *muss* zu den Nyx gehören. Aber … es sind Tausende Menschen. Leise seufze ich. Ich habe noch die ganze Nacht Zeit, versteckte Zeichen zu entdecken. Das Emblem der Nyx, jemanden mit dem Amulett, das ich in meinem ehemaligen Zuhause gefunden und später auf der Eisenbahnfahrt gesehen habe. Irgendetwas. Nur von hier aus kann ich natürlich nichts davon erspähen, genauso wie ich zwischen den Tausenden Menschen Eugène nicht finden könnte. Nicht, dass ich das versuche. Ich richte mich auf und bemühe mich, die feine Mademoiselle zu spielen.

»– und deshalb freue ich mich, Monsieur Lacroix und seine bahnbrechende Erfindung vorstellen zu dürfen!«, endet der Zeremonienmeister, begleitet von einem Tusch des Orchesters.

Monsieur Lacroix? Ich verenge die Augen, und tatsächlich, er stolziert die Treppe der Tribüne hinab, auf der Delphine und Eugène sitzen. Also kann ich ihn doch erspähen.

Monsieur d'Amboise schnaubt auf eine Art, die ich nur als

verächtlich bezeichnen kann, und nimmt seine runde Brille von der Nase, um sie zu putzen. Er will wohl unter keinen Umständen sehen, was sein größter Konkurrent veranstaltet.

Alle anderen beobachten gebannt, wie fünf Männer ein mit Seidentüchern verdecktes Gebilde hereinschieben. Mir läuft ein Schauder über den Rücken, als Monsieur Lacroix unter tosendem Applaus das Tuch herunterzieht.

Sirènes.

Schluckend suche ich Eugènes Blick, doch der ist starr auf seinen Vater fixiert. Er wusste davon nichts.

»Wir alle, die wir hier versammelt sind«, beginnt Monsieur Lacroix, und alle verstummen, »haben große Verpflichtungen unserer Stadt gegenüber. Frankreich gegenüber.« Er tritt mit genau bemessenen Schritten an die Seite von *Sirènes*. Diese Maschine ist vergoldet, nicht kupfern, und unter schmaleren Spulen finden sich en vogue gebogene Sessel. »Aber genauso haben wir das Recht, die Früchte unserer Arbeit zu genießen.«

Ich kralle meine Finger in die Oberschenkel und kann den Blick kaum von Eugène losreißen. Das ist *Sirènes*, wie er sie kennt. *Sirènes*, die der *Bourgeoisie* noch mehr Zeit für ihr Vergnügen schenken soll.

»Machen Sie heute die zauberhafte Nacht zum Tag, Mesdames et Messieurs!«, ruft Monsieur Lacroix. Wie kann er wissen, wie es Eugène geht, und sie dennoch einführen?

Ein Dröhnen in meinen Ohren blendet den Rest aus. Ich muss ihn nicht hören, um zu wissen, was er verspricht. Ich weiß sogar, was er *nicht* sagt. Hiermit soll die Akzeptanz von *Sirènes* gesteigert werden. Sind die letzten Vorbehalte der wenigen Reichen mit einem Fitzelchen Gewissen ausgemerzt, steht dem wahren Plan nichts mehr im Wege.

Die *Bourgeoisie* vergnügt sich Tag und Nacht dank *Sirènes* – und das *Prolétariat arbeitet* Tag und Nacht.

Starr verfolge ich am Rand der Tanzfläche, wie die Menschen für *Sirènes* anstehen. Mustere diejenigen, die mit seligem Lächeln auf den Sitzen fläzen und aus Kristallgläsern mit trüber, blattgold-durchwobener Flüssigkeit trinken.

Zu spät, um mich darauf vorzubereiten, entdecke ich Monsieur Lacroix, der mit Eugène im Schlepptau auf mich zu stolziert. Er verbeugt sich tief. »Madame Leclair, als Ihr offizieller Begleiter gebührt hoffentlich mir Ihr erster Tanz?«

Mein erster Tanz? Instinktiv blicke ich zu Eugène, auf dessen Gesicht sich dank meiner Reaktion ein Grinsen schleicht. Nur erreicht es seine geweiteten Augen nicht.

»Oder haben Sie Ihren ersten Tanz bereits versprochen?«

Hastig sehe ich fort von Eugène. »Es wäre mir eine Ehre. Wenn Ihre Frau nichts dagegen hat?« Doch ich entdecke Delphine nirgendwo. Nimmt er sie oft zu Veranstaltungen wie dieser mit? Bestimmt er auch bei ihr, wann sie ausgehen darf?

Monsieur Lacroix antwortet irgendetwas und hält mir die Hand hin. Immer der perfekte Gentilhomme, führt er mich in gebührendem Abstand auf die Tanzfläche. Als er eine Hand an meine Taille legt und mit der anderen meine nimmt, verweben sich die heiteren Töne des *Valse* mit den unwirklichen Klängen von Debussys *Sirènes* aus der Maschine.

Monsieur Lacroix führt mich mit einstudierter Sicherheit durch die ersten wiegenden Schritte. »Wo haben Sie meinen Sohn kennengelernt?«

Nach jeder Drehung heftet sich mein Blick an *Sirènes*. »Über Louise d'Amboise«, murmle ich vage und drehe mich unter seinem Arm. Immer mehr Menschen warten, während ihre Vorgänger strahlend und staunend davontorkeln. Ich schlucke, so sehr erinnern sie mich an Eugène, bevor die Nebenwirkungen ihn einholten – und so *wenig* an Papa, als ich ihn völlig von Sinnen aus *Sirènes* gezerrt habe.

Ich gleite zurück in Monsieur Lacroix' Arme, und er starrt erwartungsvoll zu mir herab. Er hat mich etwas gefragt, oder? »*Comment?*« Meine Ohren glühen.

»Ob Sie vorhaben, *Sirènes* auszuprobieren«, wiederholt er ohne eine Spur Verurteilung ob meiner Unhöflichkeit. Er leitet mich mit sanftem Druck in eine komplizierte Schrittfolge, dieser Gentilhomme, der Wörter wie *desavouieren* kennt und das dennoch nie mit seinem Gegenüber tun würde. Trotzdem fühlt sich jeder meiner Schritte in seiner Gegenwart wie ein Fehltritt an.

Sachte schüttle ich den Kopf, kann kein Wort hervorbringen, ohne ihn wegen *Sirènes* anzuschreien.

»Sie sind vorsichtig. Skeptisch.« Sein Blick liegt dunkel und sternenlos auf meinem Gesicht. »Eigenschaften, die ich bei meinen Mitarbeitern schätze. Nachdem *Toussaint Métallurgique* auf mich zukam, war genau das meine oberste Priorität. Vorsichtig zu sein. Die Ergebnisse skeptisch zu betrachten. Alles, um die Sicherheit von *Sirènes* zu erhöhen.«

»Die Menschen des *Prolétariats* wollen *Sirènes* nicht«, murmle ich, obwohl ich es besser wissen sollte.

Er gibt einen gepressten Laut von sich, halb Seufzen, halb Schnauben. »Die Menschen wollten keine Webstühle, keine Eisenbahnen, keine motorisierten Kutschen, keinen Pockenimpfstoff, sie wollten nicht einmal *Bücher*. Wie würde ihr Leben ohne all diese technischen Fortschritte aussehen?«

Schon wieder schafft er es, Zweifel in mir zu säen. Weil er *recht* hat. Monsieur Lacroix dirigiert mich in eine komplizierte Schrittfolge – er erhöht und erhöht die Schwierigkeit unseres Tanzes. Als wollte er mich *testen*. Vielleicht ahnt er, so wie sein Sohn, dass ich nicht bin, wer ich vorgebe zu sein. Oder er will mich aus dem Konzept bringen, mich stolpern sehen.

Er hebt die Hand, in der meine liegt, um mich in die nächste

Drehung zu manövrieren, doch ich halte dagegen, versteife meine Finger und verlagere mein Gewicht in die andere Richtung. »Nur weil die Menschen nicht immer wissen, was das Beste für sie ist, müssen sie alles widerstandslos akzeptieren? Monsieur Lacroix, Sie arbeiten an der Sicherheit von *Sirènes*, *wegen* der Menschen, die protestieren. Sie wissen selbst am besten, dass Sie keinen Finger krümmen würden, hätten die Menschen *Sirènes* einfach hingenommen.«

Wir halten mitten auf der Tanzfläche inne, und er starrt mich an. »Ich halte große Stücke auf Ihre Skepsis, Ihr Gespür und Ihre Auffassungsgabe. Eine Schande, dass es für Frauen bei *Entreprise Machines et Mécanique Lacroix* keinerlei Platz gibt.« Die Muskeln um seine Augen zucken. »*Noch* nicht. Es liegt an Ihnen, an Menschen wie Ihnen, ob Sie den Fortschritt unterstützen oder hemmen wollen.«

»Ich bin also gegen Fortschritt, weil ich gegen eine Ihrer Erfindungen bin? Was für ein angenehmer Zufall für Sie, dass der Fortschritt mit *der* Erfindung einhergeht, die *Ihnen* ein Vermögen einbringt.«

Er lacht, und ich zucke zusammen, so sehr klingt er wie Eugène. Dann spannen sich seine Finger an meinem Rücken an. »Hat mein Sohn Ihnen Versprechungen gemacht?«

»Was?«

»Hat er um Ihre Hand angehalten?« Er klingt nicht einmal unhöflich. Eher, als wäre er von seinem Sohn, von der gesamten *Welt*, genervt, aber hätte sich angeeignet, das zu verbergen.

Ich reiße mich los. »Er hat *nichts* dergleichen getan!«

»Vergnügt er sich einfach so mit Ihnen?« Seine Oberlippe zuckt. »Ich hielt Sie für vernünftiger, Mademoiselle Leclair.« Wie mit Mikroskop und Skalpell ausgestattet, legt er genau die Bedenken frei, die mich so lange gehemmt haben.

Ich erschaudere, weil ich mich so sehr zurückhalten muss,

ihn nicht mit einem Stoß auf den Hosenboden zu befördern. »Sie glauben, Sie haben die ganze Welt durchschaut, nicht wahr? Aber Sie kennen mich nicht. Sie kennen nicht einmal Ihren eigenen Sohn. Eugène ist nicht so, wie Sie denken. Er ist ein guter Mensch. Ein *Homme d'honneur*.«

»Ein *Homme d'honneur*? Er ist ein *Kind*. Ein Kind, das spielen, faulenzen und schmarotzen will.«

Das Rosa, Gelb, Purpur und Gold um mich herum laufen rot an. »Und inwieweit ist das ein Unterschied zu dem, was *Sie* der *Bourgeoisie* mit Ihrer vermaledeiten Maschine versprechen? Womit Sie Ihr Geld anhäufen?«

Monsieur Lacroix' Mund öffnet sich, mehrmals. Dann lacht er wieder, leise und verhalten. Ein wenig so, als wäre es sehr lange her, dass er keine Entgegnung auf etwas wusste.

Ein Arm schlingt sich um meine Taille, warm, vertraut und nur etwas steif. Eugène. »Du hast also meinen Vater sprachlos gemacht. *Félicitations*. Das letzte Mal müsste gewesen sein, als er mich nach der Geburt seinen Geschäftspartnern präsentiert hat und ich prompt in die Windel gemacht habe.«

Ich presse die Lippen aufeinander, um nicht loszuprusten. Die Wut zerrt in eine Richtung und die Erleichterung über Eugènes Anwesenheit in die andere, sodass ich das Gefühl habe, mein Gehirn kullert hin und her.

Eugène klopft seinem Vater auf die Schulter. »Lass mich dich ablösen. Bevor noch etwas passiert.«

Monsieur Lacroix hebt das Kinn. »Du glaubst nicht wirklich, ich würde ihr auch nur ein Haar krümmen?«

Schwungvoll greift Eugène meine Hand. »Nicht *du* ihr«, flötet er mit einem Funkeln in den Augen, und schon schwingen wir in halbherziger Tanzhaltung davon.

Eugène lacht, so warm und vertraut wie seine Berührung zuvor, während wir den *Salle des fêtes* mit fliegenden Tanzschritten durchqueren. Wie konnte ich nur eine Sekunde lang finden, sein Vater klänge wie er?

»Konntest du schlafen?«, frage ich vorsichtig.

»Schon. Ich weiß nur nicht, ob das am Wasser oder den Medikamenten liegt.« Am anderen Ende des Parketts lässt Eugène mich los und tritt einen Schritt fort von mir.

»Das war der großartig angekündigte erste Tanz?« Ich lache, ohne dass es diese flüchtige Leere ganz überdecken kann.

»Ich dachte, du wärst nicht zum Vergnügen gekommen?« Er lehnt sich an die Balustrade der Tribüne und verschränkt die Arme. »Ein guter Plan, hier nach den Drahtziehern zu suchen. Aber bei so vielen Gästen hätten Armand und Jean helfen sollen.«

»Sie nehmen die Spur bei *Toussaint Métallurgique* wieder auf. Es *muss* dort Hinweise geben, egal, wie gut sie das verbergen.«

Langsam nickt Eugène, dann stützt er sich mit den Unterarmen auf die Balustrade. »Es ist frustrierend, wie wenig wir herausgefunden haben. Ich habe sogar meinen Vater gefragt, ob er von einem Orchestrator gehört hat. Er hat mich angeschaut, als hätte ich ihn gebeten, im *Pas de deux* von *Le Lac des cygnes* den Schwarzen Schwan Odile zu meinem Prinz Siegfried zu tanzen. Meinte, er würde die Orchestratoren jedes Ensembles in Paris kennen, ich müsse schon spezifischer werden.«

»*Kannst* du Ballett tanzen?«, frage ich grinsend.

Eugène stellt sich aufrecht hin, eine Hand an der Balustrade. »Ich habe keinerlei Ausbildung erhalten, aber mit meiner natürlichen Anmut und Agilität sollte ich ein Naturtalent sein.« Er verbeugt sich mit ausschweifender Armbewegung, und mein Grinsen wandelt sich in ein Lachen.

»Hier bist du!« Fluchend und mit den Händen in ihren Hüften, baut sich Louise zwischen uns auf. »Du kannst wann anders mit Eugène poussieren, jetzt wird gearbeitet!«

Ich weiche von Eugène zurück und verfluche mich sogleich dafür, so ertappt zu wirken.

»Herzergreifend, deine Freude, mich nach all der Zeit wiederzusehen«, moniert Eugène mit hochgezogener Augenbraue.

Louise winkt ab. »Wie immer ein innerliches Blumenpflücken, dich zu treffen. Nun mach dich nützlich, halte mit den Männern ganz oben Konversation und achte auf das Emblem der Nyx.«

»Also genau das, was ich eigentlich auf Veranstaltungen wie dieser vermeide«, seufzt Eugène theatralisch, während Louise mich wegzieht.

Ich blicke über die Schulter, doch er ist hinter Tanzpaaren und plaudernden Gästen verschwunden.

»Medaillons und ein Emblem aus Auge, Fackel, Kreuz und Dornenranken«, murmelt Louise und hakt sich bei mir unter. Wir schlendern durch die Menge, so wie es einige andere junge Mesdemoiselles auch tun, um die üppige Dekoration zu bewundern oder über die Anwesenden – insbesondere die alleinstehenden Messieurs – zu tratschen. Nur dass von den anderen Freundinnen wohl niemand die Gäste der Veranstaltung so ausspitzelt wie wir.

»Sollten wir reden, um den Schein zu wahren?«, frage ich nach unserer ersten Runde. Schon jetzt brennen meine Augen vom ständigen Hin- und Herschauen.

»Gute Idee!« Louise rempelt einen Mann an, der seine Taschenuhr herauszieht. Kein Emblem. »Pardon!«, flötet sie und zieht mich weiter. »Aber worüber? Worüber reden Mädchen, außer über Geheimorden, göttliche Artefakte und illegale Besorgung von Waffen? Gott, es ist, als hätte ich alles verlernt!«

Ich starre gebannt auf das Einstecktuch eines Mannes mit Backenbart. Das Emblem – nein, nur Initialen. »Louise, wie weit bist du ... wie weit bist du mit Edwin gegangen?«

Sie windet sich aus meinem Griff. »Fängst du wieder damit an?«

»Nein, nein!« Ich nehme ihre Hände, bevor sie sie in die Hüften stemmen oder auf mich einprasseln lassen kann. »Ich meine … wie geht man sicher, dass man nicht … du weißt schon, wenn man sich näherkommt … dass eine Frau nicht –«

»*Odette!*« Langsamer, als es menschenmöglich sein sollte, weiten sich ihre Augen und ihr Mund zu einem Abbild vollständiger Erschütterung. Dann zieht sie mich zur Seite und lehnt sich zu mir. »Das ist *überaus* unanständig! Ich bin *schockiert*!« Ihre Augen glitzern, als wäre sie alles, nur nicht schockiert. »Hast du mit Eugène …«

»Nein!« Ich widerstehe dem Drang, ihr die Hand auf den Mund zu schlagen. »Natürlich nicht!« Mein Nacken glüht, denn auch wenn es technisch gesehen vielleicht nicht ganz der allgemeinen Definition von dem entspricht, an das Louise denkt, hat es sich praktisch doch sehr danach angefühlt. Trotzdem benötigte ich dafür keine gewissen Vorsichtsmaßnahmen. Soweit ich weiß. Bei Aphrodite, wieso weiß ich so wenig darüber?

Louise neigt den Kopf näher. »Aber hast du vor …?«

»Ich habe *nichts* vor!« Ich bohre meine Hacken in den Boden. »Nur für den Fall der Fälle … aus theoretischer Neugierde …« Weil Louise mich so wissend angrinst, presse ich die Lippen aufeinander. Jedes Wort verschlimmert meine Lage.

Doch dann hakt sie sich wieder bei mir unter und setzt das Flanieren fort, jetzt mit zusammengesteckten Köpfen. »Nun, *theoretisch* würde ich sagen, dass es bestimmt Wege gibt, gewisse Folgen zu vermeiden«, wispert sie. »Mama lässt sich etwas in ihrer *Pharmacie* zubereiten, ganz diskret natürlich, gegen ihre *Kopfschmerzen*. Mich kann sie damit nicht täuschen. Mehr weiß ich aber auch nicht.« Sie grinst. »Denn *anständige* Mesdemoiselles warten mit so etwas bis zur Hochzeit.«

Fantastique. Ich kann in keine *Pharmacie* gehen. Geschweige denn, mir so etwas leisten wie die reichen Mesdames. Ich lasse den Blick über die Gäste gleiten. Mich auf ihre Medaillons, Einstecktücher und gravierten Gehstöcke zu konzentrieren, macht es mir ein wenig einfacher, darüber zu reden. »Das heißt, du hast mit Edwin nie …« Ich räuspere mich. »Du wartest wirklich bis zur Hochzeitsnacht?«

»Nun, allzu lange muss ich da ja nicht warten«, murmelt sie vor sich hin. Sofort schlägt sie sich die Hand vor den Mund.

Ich halte ruckartig an. »Was soll das heißen?«

Louise reißt die Augen auf, dann presst sie schelmisch die Lippen aufeinander, um schließlich zu grinsen. »Ich wollte es dir eigentlich nicht so zwischen Tür und Angel sagen, aber …« Sie duckt den Kopf, eine so untypische Geste für sie, dass sie ganz fremd aussieht. »Ich werde bald heiraten.«

Ich schnappe nach Luft. »Louise, du kannst nicht mit Edwin durchbrennen! Egal, wie romantisch es in Romanen klingt, du weißt nicht, wie es ist, arm zu sein! Von der Gesellschaft verstoßen und –«

Louise schüttelt den Kopf. »Ich brenne *nicht* mit Edwin durch.« Ihr Strahlen flackert. »Papa hat eine Vermählung arrangiert.«

Ihre Worte überrollen mich. Zeus höchstpersönlich könnte mit einem Streitwagen durch die Glaswand brechen und mich über den Haufen fahren, und ich würde keinen Unterschied merken.

Sie starrt auf den Boden, dann wieder zu mir, mit neuer trotziger Inbrunst. »Dass ich arm oder von der Gesellschaft verstoßen werde, musst du also nicht fürchten.«

Ich ringe mir ein Krächzen ab. »*Zwingt* er dich dazu?«

»Papa und ich haben viel darüber gesprochen, und ich bin zu dem Entschluss gekommen, dass es das Richtige ist.«

»Was ist mit Edwin?«

»Was soll schon mit ihm sein?« Sie zuckt die Schultern. »Das war von vornherein nur eine flüchtige Liaison.«

Ich dachte, er bedeutet ihr etwas. Habe mich gegen ihren Vater gestellt, weil ich nicht zulassen konnte, dass ihre Beziehung zum Scheitern verurteilt ist. So wie bei Eugène und mir. Ich dachte, sie *liebt* ihn, allen Regeln und Hürden zum Trotz.

»Wieso sagst du nichts?« Sie legt eine Hand an meinen Arm.

Ich zucke weg. Wieso trifft mich das so sehr? Ich sollte mich freuen, so wie vor einer gefühlten Ewigkeit für meine ehemalige Freundin Pauline. Meine Gliedmaßen beben, als ich hochblicke. »Aber die Hochzeit ist nicht allzu bald, oder? Erst nach deinem Studium?«

»Herrgott, Odette! Ich brauche kein Studium, wenn ich heirate!« Louise wirft die Arme in die Luft und zieht einige Blicke auf sich. »Ist das alles, woran du denken kannst? Das Studium? Du hast dich noch nicht einmal erkundigt, wer mein Zukünftiger ist, *wie* er ist, was ich für ein Hochzeitskleid tragen werde, oder –«

Alles an mir zittert, sosehr muss ich mich zurückhalten, nicht zu schreien oder in unerklärliche Tränen auszubrechen, und ich glaube, ich atme nicht richtig, vielleicht fühlt sich so Ertrinken an, aber es gibt keinen *Grund* für meine Überreaktion, außer dass sich alles anfühlt, als hätte jemand die Welt auf den Kopf gestellt und irgendetwas ganz Wichtiges in mir zerschlagen und –

Meine Finger brennen, dort, wo ich sie in den Anhänger der Athéna kralle. Es hat ihr nie so viel bedeutet wie mir. Unser Versprechen. Unsere gemeinsamen Träume.

»Du bist sauer auf mich, weil ich nicht studieren werde«, stellt sie frostig fest.

Ich umklammere den Anhänger noch fester. »*Nein.*«

»Statt sauer auf *mich* zu sein, solltest du dich vielleicht einfach selbst bewerben.« Ihre Stimme übertönt die Melodie des *Valse*. Tanzpaare bleiben stehen, um zu starren.

Ich spüre ihre Blicke wie Nadelstiche in meinem Nacken. »Du weißt, dass ich das nicht kann«, presse ich hervor.

»Natürlich kannst du das! Aber du bist lieber sauer, dass ich *deinen* Traum nicht auslebe.« Sie ballt die Hände zu Fäusten. »Weil du dich nicht traust, es zumindest zu *versuchen*!«

»Du kannst mit deinem Leben anstellen, was du willst, und ich würde dich bei *allem* unterstützen. Also nein, ich bin *nicht* sauer darüber, dass du das Studium sein lässt!« Ein Feuer verbrennt mich von innen, und gleichzeitig schwappen Tränen in mir hoch, die es nicht löschen können. Pure Willenskraft lässt sie schwer und heiß in meinem Hals verharren, statt aus mir herauszubrechen. »Ich bin sauer, weil du mir jahrelang etwas anderes vorgespielt hast!« Ich hole Luft, spüre das Brennen jedes Wortes im Rachen. »Du hast mir Hoffnung gegeben, wieder und wieder, dass sich etwas für uns ändern kann. Nicht für *mich*, nicht in dieser Zeit, aber für *dich*. Und durch Frauen wie dich vielleicht auch irgendwann für Frauen wie *mich*.«

»Odette …«, beginnt sie schwerfällig. »So eine Verantwortung kannst du mir nicht aufbürden. Das ist nicht fair.«

»Das hätte ich nie, wenn du mir von Anfang an die Wahrheit gesagt hättest.« Ich will nur weinen, in meinem Bett, in meinem Zuhause, das nicht mehr existiert. Weinen, bis ich mich fange und über diese maßlosen, ungerechtfertigten Gefühle hinwegkomme. Selbst das kann ich nicht.

Ein eiserner Griff um meinen Oberarm lässt mich nach Luft schnappen. »Ihr behelligt mit eurem Gezänk die anderen Gäste.« Sein Lederhandschuh knirscht.

»Papa! Wir haben –«

Monsieur d'Amboise lehnt sich auf seinem Gehstock aus

purem Silber näher zu ihr, ohne mich loszulassen. »Du blamierst mich vor sämtlichen *Associés*. Untergräbst nicht nur diesen wichtigen technologischen Fortschritt, sondern auch meine Geschäftsabschlüsse, die *dir* dein sorgloses Leben ermöglichen.« Sein Knie stößt dumpf, blechern, gegen den Gehstock. Vielleicht eine Beinschiene gegen sein Humpeln? »Ich hoffe, dein Betragen deinem zukünftigen Ehemann gegenüber lässt nicht so sehr zu wünschen übrig.«

Ich entziehe mich seinem Griff, und falls Monsieur d'Amboise über meine Kraft überrascht ist, zeigt er es nicht. *Associés*. *Geschäftsabschlüsse.* Der größte Konkurrent von Monsieur Lacroix – und selbst *er* unterstützt *Sirènes*.

Natürlich finden wir keine Drahtzieher, wenn sämtliche Großindustrielle unter dem Bann der Nyx stehen. Dem Versprechen noch größeren Vermögens, größerer Macht.

Monsieur d'Amboise dreht sich langsam zu mir. »Du verlässt besser die Veranstaltung. Deinen schrecklichen Einfluss auf meine Tochter habe ich lange genug geduldet.«

Jeder starrt mich an, entgegen seiner Worte ganz und gar nicht von dem sich ihnen bietenden Theater belästigt, sondern unterhalten. Ich kann nicht gehen. Neben all dem, was passiert ist, habe ich völlig das Ziel aus den Augen verloren.

Nach einem Blick auf die umstehenden Gaffer hebt er die Hand mit dem Gehstock und räuspert sich, strauchelt ohne die Stütze leicht. »Ich begleite Sie natürlich nach draußen und stelle sicher, dass ein *Fiacre* Sie wohlbehalten nach Hause bringt.«

Ich sehe zu Louise und bereite mich innerlich darauf vor, sie nach ihren garantiert folgenden Widerworten vor dem stillen, wie Gewitterwolken bedrohlichen Zorn ihres Vaters abzuschirmen.

Doch sie sieht zur Seite.

Etwas in mir zerreißt, und die klaffende Leere verschluckt

all die unvergossenen Tränen. »*Bien*«, presse ich hervor und wirble herum. Schaue mich nicht um, ob Monsieur d'Amboise folgt, mir mit seinem Bein folgen *kann*.

Ich fühle nichts, und das ist seltsam befreiend. Stürme durch die Tür, die Auffahrt hinab.

»Madame Leclair, ich rufe Ihnen einen *Fiacre*«, ruft Monsieur d'Amboise mir hinterher.

»*Non, merci*, das ist nicht nötig.« Ich haste an den Kutschen vorbei, kann nicht in einer Karosserie eingesperrt sein.

»Madame Leclair!« Dem Klang seiner Stimme und dem Klappern des Gehstocks nach zu urteilen, hält er mit mir Schritt.

Ich raffe mein verflixtes Kleid und verfalle in eine Mischung aus Rennen und Stolpern. Die Hilfe eines Förderers von *Sirènes* ist das Letzte, was ich will. Die Menschen auf dem *Trottoir* starren mich an, dann meinen deutlich älteren Verfolger. Das sollte ihn zum Aufgeben zwingen.

Schritt, Schritt, klack. »*S'il vous plaît*, nun warten Sie doch.« Schritt, Schritt, klack.

Grollend raffe ich die komplette vor Silberfäden, Glasperlen und Stickerei kiloschwere Schleppe in meine Arme und presche in die *Avenue de Suffren*, die am kitschigen *Village Suisse* mit dem so offensichtlich künstlichen, den Alpen nachgeahmten Berg und den pittoresken Fachwerkhäusern, vorbeiführt. Eine der Attraktionen, die um diese Uhrzeit geschlossen ist.

»Madame Leclair!« Schritt, Schritt, klack schallt es überstürzter durch die leere Straße. »Es ist gefährlich für Sie, hier allein durch die Nacht zu wandern.« Schritt, Schritt, Schritt, Schritt. Er lässt nicht locker.

»Sie meinen, weil mich aufdringliche Gestalten in verlassene Gassen verfolgen könnten?«, knurre ich und fahre herum. Der humpelnde, zarte, akademische Erfinder ist keine wirkliche Gefahr. Meine Worte sollen ihm nur bewusst machen, wie *unge-bührlich* er sich verhält.

Doch er stürmt auf mich zu. Ohne zu humpeln, den Gehstock unter dem Arm, und jeder Schritt wie eine überheizende Dampfmaschine. Abgehakt, mechanisch, aber brachial.

Ich schrecke zurück.

»Odette«, beginnt er irgendwie gleichzeitig gönnerhaft und schmerzerfüllt. Er braucht den Gehstock nicht zum Laufen. Sondern, um den mechanischen Gang zu verbergen.

Seine *Prothese*.

Eine, wie er sie ebenso als Arm trägt – verborgen unter den Handschuhen, die er nie ablegt.

Ich taste wild nach dem Stilett an meinem Oberschenkel.

»*Sie* sind der Orchestrator.«

Kapitel 14

Ich warte nicht auf seine Antwort, sondern hetze zum ummauerten Gelände des *Grande Roue,* dessen riesiges Rad mit den schaukelnden Gondeln zu dieser Uhrzeit geschlossen ist.

Dort kann ich mich verstecken. Denn allein, im störrischen Silberkleid und ohne Nyx' Fackel bestehe ich keine Minute. Ich werfe einen Blick über die Schulter. Er *schlendert* hinter mir her. Kein Wunder. Ich habe seine Überlegenheit im waffenlosen Kampf gegen Eugène gesehen.

Ich presche um das Ende der Mauer. *Louise' Vater ist der Orchestrator.* Mein Keuchen brennt noch heftiger. Da, ein Gittertor! Ich springe an ihm hoch, kralle meine Hände um das scharfkantig geschmiedete Eisen. *Louise.* Sie ahnt nichts davon. Wie soll ich ihr das nur sagen?

»Odette!«, hallt sein sanfter Tenor zu mir. Ruhig und gewählt. »Ich habe nicht vor, dir etwas anzutun.«

Mehrmals rutsche ich ab, dann bleibt die Schleppe hängen. Mit den Gedanken bei Louise ziehe ich mich mit aller Kraft hoch, und während das Reißen der Seide durch die Nacht hallt, stürze ich auf der anderen Seite zu Boden.

Ich zerre an den Fetzen zwischen den Metallstreben.

»Du weißt, ich hätte dich längst töten können, wenn es das wäre, was ich will.« Seine Schritte kommen näher, jeden Moment muss er um die Ecke treten.

Merde! Der Stoff bewegt sich kein Stück. *Merde, merde, merde!*

Ich wende mich vom Tor ab und renne durch den Innenhof, das *Grande Roue* ein bedrohlicher Schatten über mir. Das größte Riesenrad der Welt. Weder Hadès' Höllenhund Cerbère noch zehn Centaures könnten mich zu einer Fahrt darin zwingen. Und doch sprinte ich auf die Plattform, von der die Gäste acht Gondeln gleichzeitig betreten können. Ich mache mir nichts vor – hier wird er nachschauen. Also erklimme ich das Gerüst und arbeite mich ohne Blick nach unten zu einer der oberen Gondeln vor.

»Für dich muss ich wie ein Monster wirken.« Er rüttelt am Gittertor. »Aber ich – die Nyx – tun all das, um Menschen zu beschützen. Mädchen wie Louise. Dich. Deine Familie.«

Nur zwei Gondeln über der Plattform. Es muss reichen.

Mit bebenden Fingern öffne ich die Tür und rutsche über den Boden bis ans Ende. Dann presse ich mich an die Wand.

»So skeptisch ich Clément gegenüber war, so skeptisch war ich auch seiner Idee gegenüber, dich nicht einfach auszuschalten«, weht die Stimme des Orchestrators mit seinen Schritten auf der Treppe zu mir. Monsieur d'Amboise. *Louise' Vater.*

Ich presse meine Finger an die Schläfen, um das Pochen zu verjagen. Ich brauche mehr Zeit, um zu entscheiden, was ich tun soll. Um über die Panik hinwegzukommen. Muss mit Eugène, Armand und Jean darüber sprechen. Vor allem mit Louise.

Er rüttelt an der Tür der ersten Gondel.

Ich presse die Hand auf den Mund, um nicht zu wimmern.

»Aber deine Fähigkeit ist erstaunlich. Zu erstaunlich, um sie einfach zu verschwenden.« Die nächste Tür scheppert.

Vielleicht *kann* ich ihn besiegen. Ich habe schon gegen Clément gekämpft, ihn nicht bezwungen, mich jedoch durchaus eine Weile behauptet. Lasse ich mich zu sehr von Panik leiten?

Ich schüttle den Kopf. *Nein.* Selbst wenn ich mit ihm fertigwerden könnte, darf ich nichts riskieren. Ich allein kenne seine Identität. Fängt er mich, kann ich das Wissen nicht mit den anderen teilen.

Die nächste Tür rattert, nur zwei oder drei Gondeln weiter. »Wir wollen dir, deiner Familie und Freunden wirklich nicht wehtun.«

Aber das habt ihr! Das habt ihr! Ich will es ihm ins Gesicht schreien und presse den Handballen in den Mund.

Und dann wird mir etwas bewusst.

Der Überfall der Nyx auf Louise. Der Orchestrator hat ihn angeführt. *Ihr eigener Vater.* Ich beiße in meine Hand, bevor mich die Wut verschlingt, während er klappernd das Gerüst erklimmt. *Er* hat sie dieser Gefahr ausgesetzt.

Ein bitteres Lachen steigt in meiner Kehle hoch, und ich kann es nur schwer unterdrücken. Natürlich, er geriet in Panik, als einer seiner Lakaien Louise erschießen wollte. Trotzdem war die Sorge um seine Tochter wohl nicht groß genug, um sie gar nicht erst in diese Gefahr zu bringen.

Sein Keuchen kommt näher und näher.

Von wegen, er tut das, um Menschen wie Louise zu beschützen. Zitternd vor grimmiger Vorfreude richte ich mich auf. Kann es gar nicht mehr erwarten, von ihm entdeckt zu werden.

Sein schmalschultriger Schatten erscheint vor dem Fenster.

»Du hast Louise nicht beschützt, sondern gefährdet!« Ich ramme mit der Schulter die Tür auf, bevor er sie öffnen kann. Schmerz schießt durch mein Gelenk, und ich kann mich nur im letzten Moment am Türrahmen festkrallen.

Monsieur d'Amboise jedoch stürzt vom Steg. Nein, nicht

Monsieur d'Amboise. Ich starre in sein versteinertes Gesicht, während er die zwei oder drei Meter fällt.

Der Orchestrator.

Ich weigere mich, ihn als irgendetwas anderes zu sehen als ein gesichtsloses Monster mit Maske und Decknamen.

Der schmale Mann prallt mit dem Rücken auf dem Boden auf. Er ächzt, seine runde Brille klappert auf den Boden, und sein Brustkorb scheint zu schrumpfen. Ein Ballon, aus dem jemand die Luft lässt. Sehe ich ihn weiter als Monsieur d'Amboise, empfinde ich Mitleid oder Sorge für ihn. Er ist so viel zarter, unaufdringlicher, sogar kümmerlicher als Clément oder die anderen hünenhaften Nyx. Doch das Äußere täuscht.

Ein Sturz wie dieser sollte selbst im günstigsten Fall leichte Verletzungen mit sich bringen. Aber ich vermute, er kommt unbeschadet davon. Hat die Wucht mit seinen künstlichen Gliedmaßen abgefangen. Meine Klinge hat sich schon mal in seinen Metallarm gebohrt, ohne Auswirkungen. Der gleiche Arm, der Eugène wie eine Puppe in der Luft gehalten hat.

Nicht zögern, hallen Eugènes Worte durch meinen Kopf, die er mir vor so langer Zeit eingebläut hat.

Ich umschließe mein Stilett fester und springe auf die Plattform, dann auf den Boden. »Wie hast du herausgefunden, wer meine Familie ist? Hast du geahnt, wer ich bin, seit ich Louise aus deinen Fängen befreit habe?«

Er hustet, versucht sich aufzurichten, und seine Arme geben nach. Doch nicht unverwundbar? »Louise war nie in Gefahr.«

»Einer deiner Männer hätte sie beinahe erschossen!«

»Und ich habe ihn davon abgehalten.«

»Rede es dir schön, so viel du willst, aber *du* hast Louise gefährdet!« Zitternd bleibe ich vor ihm stehen. »Hast dafür gesorgt, dass sie geflohen ist und von irgendeinem Nyx hätte erstochen werden können, nur weil sie bei uns ist.«

»Du fühlst dich sehr überlegen, oder? Typisch Nachtschwärmer.« Er dreht sich auf die Seite, zerrt sich umständlich das Jackett vom Leib. »Soll ich dir sagen, wie ich deine Familie gefunden habe?« Blut tränkt sein Hemd an den Ellbogen. Nein, an *einem* Ellbogen. Der andere surrt und zischelt leise. Aus dem sifft höchstens Maschinenöl.

Ich recke ihm die Klinge entgegen. »Nicht bewegen!«

Sein Blick findet meinen. Sanft und blassblau wie der von Louise. »Als du und dein Nachtschwärmer-Kumpan unsere Fabrik überfallen habt, hast *du* uns verraten, dass er dein Vater ist. Hast *Papa* geschrien, wieder und wieder.«

»Nein«, keuche ich. Doch ich weiß, dass er recht hat.

Rémy. In ihm wurden alle Informationen zu Papa gespeichert, als er seine Arbeit bei *Entreprise d'Amboise Automobile* begann. Inklusive unserer Adresse.

»Als du uns die Verbindung zwischen Monsieur Leclair und der Lichtbringerin offenbart hast, tja, da hast im Grunde *du* den Befehl gegeben, unsere Leute zu deiner Familie zu schicken.«

Ich spanne den Kiefer an, um mich nicht zu einem Ausbruch hinreißen zu lassen. Er will mich provozieren. Unvorsichtig machen. »Ihr wolltet Rémy zerstören, weil er ein Zeuge eurer Machenschaften war. Wir sind euch nie nähergekommen, so penibel habt ihr jeden Hinweis auf eure Identitäten ausgemerzt. Und *jetzt* zeigst du dich? Völlig grundlos?«

»Rémy?« Er zerrt seinen Handschuh ab, schiebt den Hemdsärmel hoch und legt den metallenen Arm darunter frei. Kupfer, so wie die Masken der Nyx. »Du meinst Rem-IV. Die gleiche weibische Sentimentalität wie meine Tochter.«

»*Weibische Sent*—?«

»Ah!«, macht er mit erhobenem Finger. »Ich sage nicht, dass das etwas Schlechtes ist. Das weibliche Wesen ist sogar ein sehr wichtiger Baustein unserer Gesellschaft.« Er streicht über eine

Eindellung in seinem Unterarm. Ich kann den Blick nicht von den Schrauben, surrenden Gelenken und Drähten reißen, an denen er herumhantiert. Anscheinend zufrieden zieht er den Ärmel wieder über den Metallarm. »Aber, nun, man näht kein Kopfkissen aus Steinen und baut keine Brücke aus Federn, oder? Jeder Mensch ist ein Werkstoff, und es liegt an uns, für jeden den passenden Zweck zu finden. Frauen mit ihrer Emotionalität und Fürsorge *haben* einen wichtigen Zweck.«

Ich kann nicht anders, als zu schnauben. »Das heißt, ich habe es all die Zeit falsch verstanden? Die Nyx wollen mich als *Haushälterin*?« Zu spät beiße ich mir auf die Zunge. Ich darf mich nicht einlullen lassen, muss überlegen, wie ich vorgehe.

»Spiel nicht die Ahnungslose, bitte. Du bist nicht *nur* eine Frau im Gegensatz zu Männern. Du bist auch mächtig im Gegensatz zu den Schwachen. Wissbegierig im Gegensatz zu den Schafen. Du kannst die Fackel von Nyx nutzen. Reich und Arm, Jung und Alt, all das ist dir nicht neu.« Er macht wieder Anstalten, aufzustehen, sackt jedoch zurück. Sein Rücken ist nicht mechanisch verstärkt.

Ich trete einen Schritt näher. Wenn ich –

Nein, *nein*. Noch fester bohre ich die Zähne in meine Zunge. *Die Fackel von Nyx nutzen*, sagte er. Zeigt er sich deshalb? Weil er weiß, dass ich sie immer bei mir trage? Außer *heute*. Heute bin ich angreifbar. Ich muss davonlaufen.

Er neigt den Kopf. »Es gibt bei den Nyx Platz für Frauen wie *dich*, genauso wie es nicht für *jeden* Mann auf der Welt einen Platz bei uns gibt. Ist es so schrecklich, dass wir Ordnung in das Chaos der Welt bringen wollen? Zum Schutze aller?«

Blut sickert zwischen meine Zähne. Er darf mir nicht folgen können. Als er den Mund für weiteres verführerisches, bitteres Gerede öffnet, hebe ich das Stilett.

Doch bevor ich es in sein Bein aus Fleisch und Blut rammen kann, piept und leuchtet etwas an seinem mechanischen Arm.

»Was ist –?«

Ein Schattenstrang rammt sich in meine Seite, schleudert mich durch die Luft. Die Wucht raubt mir den Atem und die Sicht.

Husten weckt mich auf. *Mein* Husten. Und ein durchdringendes Fiepen. Ich zwinge meine Augen auf, sehe nur schmutzigen Asphalt und weit hinten die auf dem Boden kauernde Silhouette des Orchestrators.

Ächzend drücke ich mich ein Stück hoch. Alles schwankt. *Dieses Piepen.* Auf allen vieren kauernd, versuche ich, meine Gedanken zu ordnen. Das Piepen und Blinken des Orchestrators –

Krabbelnd weiche ich zurück.

Eine weitere Silhouette, oben auf einer der Gondeln. »Sie ist noch auf freiem Fuß?«

Clément.

Er sieht auf den Orchestrator hinab, durch die Schlitze seiner Maske der Komödie, Hadès' Füllhorn in einer Hand. Und der Schattendämon in wulstigen Rauchschwaden um seine Schultern.

Der Orchestrator hat Verstärkung gerufen.

Wieso bin ich nicht gerannt? Hustend kämpfe ich mich hoch. Mein Stilett –! Es liegt irgendwo auf halber Strecke zwischen mir und dem Orchestrator, der sich ebenfalls aufrichtet.

Er klopft seine Hose ab. »Wenn du das Füllhorn nicht ein weiteres Mal unerlaubterweise an dich genommen hättest, säße sie längst gefesselt und geknebelt in einer Kutsche.«

»*Ich* habe das Füllhorn gefunden!« Clément springt von der Gondel. Der Aufprall schallt durch den Hof des *Grande Roue*. »*Ich* habe es in die Hände des Ordens gelegt.«

»Hör auf mit deinem Gejammere und kümmere dich um sie.« Der Orchestrator hebt sein Jackett auf und klopft auch das aus.

Ich schüttle den Kopf. Was sind meine Möglichkeiten? Kämpfen, gegen Clément, den Orchestrator und den Dämon. Fliehen, mit den dreien auf meinen Fersen. Und die dritte Möglichkeit –

Mit zusammengebissenen Zähnen balle ich die Fäuste. Mich zu ergeben ist *keine* Möglichkeit. Niemals.

»Töten oder fangen?« Clément zückt das Füllhorn, und der fauchende Dämon folgt ihm mit fließenden Bewegungen.

»Fangen.« Der Orchestrator zieht seinen Handschuh über die metallenen Finger. »Fürs Erste.«

Ich greife das fließende Tuch, lasse seine Ruhe durch mich hindurchgleiten. Es muss reichen. Und mein Dolch. Der mehrere Meter entfernt liegt.

Clément marschiert in aller Ruhe los.

Und ich presche nach vorn.

»Lass sie nicht den Dolch erreichen!«, befiehlt der Orchestrator.

Von einem tiefen Zischen begleitet, hebt Clément das Füllhorn und schickt den Schattendämon zu mir. Grollend jagt er in sich windenden Strängen zu mir, reißt seinen Schlund auf.

Die Erinnerung an das letzte Mal, als er sich um mich geschlungen und beinahe meine Seele aus mir gezerrt hat, schlägt über mir ein wie eine dunkle Flutwelle auf offenem Meer. Sie strömt mir in Nase und Mund, raubt mir den Atem und jeden Sinn für oben und unten. Doch ich renne weiter. Und lasse die kontrollierte Energie in mir hochbrodeln.

Die Lichter am *Grande Roue* springen an, als hätte jemand den riesigen Stromhebel umgelegt. Die Laternen hinter mir erleuchten ebenso jäh. Aber kein grelles Strahlen wie mit Nyx' Fackel, die jeden Schatten vertreibt. Es reicht nicht.

Oder *sollte* nicht reichen.

Denn trotzdem kreischt der Dämon auf, verliert seine Form und weicht vor mir zurück. Nicht vor mir. Nicht vor dem kläglichen Licht. Ich starre den fließenden Stoff um meine Oberarme an. Er hat Angst vor Nyx' Sternentuch.

Im Rennen schnappe ich mir das Stilett. Sie erwarten, dass ich zurück in die Verteidigung gehe. Also stürze ich stattdessen die letzten Meter zu Clément, hebe meinen Dolch und –

Metall trifft auf meinen Ellbogen, bohrt sich zwischen meine Rippen. Ich schreie durch zusammengebissene Zähne auf, und mein Körper knickt ein, als faltete mich der Schlag in zwei Teile. Im Sturz sehe ich erst Sterne, dann das sanfte Gesicht von Louise' Vater, und wieder Sterne. Ich keuche, will meine Arme schützend um meinen Bauch schlingen, doch finde ihn nicht. Der blendende Schmerz ist überall.

»Du bist nicht für den Kampf gemacht.« Die perfekt polierten Leder-Brogues des Orchestrators tauchen vor meinen Augen auf. »Du glaubst wohl, du wärst stärker als Louise, aber es macht keinen Unterschied, ob sie oder du sich gegen jemanden wie uns stellt. Ich besitze genug Selbstreflexion *und* Selbstsicherheit, um zuzugeben, dass ich am unteren Ende der Bandbreite männlicher Leibesbeschaffenheit stehe. Doch sogar gegen mich kommst du nicht an.«

Ich stemme die Hände auf den Boden und ziehe scharf Luft in die Lunge, was die Zwischenräume meiner Rippen entflammen lässt. Aber ich *kann* atmen. Keine gebrochenen Rippen. »Du hast deinen halben Körper durch verdammte Maschinerie ersetzt«, keuche ich, schaffe es nicht, aufzustehen. »Das würde ich nicht unbedingt als *unteres Ende* beschreiben.«

Clément fuchtelt mit dem Füllhorn herum und bändigt den sich aufbäumenden Schattendämon notdürftig. Ich reiße den Blick von ihm. Mein Gegner steht vor mir.

»Ich bin fehlerhaft, wie alle Menschen. Nur, dass *ich* etwas dagegen unternehme.« Kalte Metallfinger ziehen mich am Arm auf die Füße. »So wie ich die Menschheit zu optimieren gedenke. Keine albernen Maschinenmenschen wie von Monsieur Lacroix, die den Menschen ihre Arbeit nehmen, keine Apparaturen oder Pillen. Wahrhaftige Perfektion jedes Einzelnen.«

Er hatte keinen Unfall, oder? Hat sich freiwillig Arm und Bein abnehmen lassen, um in seinen Augen perfekter zu werden. Der Nyx vom Überfall auf Louise, der den Dolch im Bein nicht spürte. Auch er wurde *optimiert*. Wie viele noch?

Ich reiße mich los. »Wieso dieses Verkaufsgespräch?«

»Mir ist klar, was dich davon abgehalten hat, mit uns zu kooperieren.« Er legt den Kopf schief. »Wir könnten unser Versprechen, deiner Familie nichts anzutun, jederzeit brechen, sobald wir haben, was wir wollen. Liege ich richtig?«

Fahrig hebe ich mein Stilett auf und keuche, sosehr sticht die Bewegung. »Für den Schluss muss man kein Genie sein.«

»Ich kann *dich* optimieren.« Sachte hebt er die Arme zu den Seiten, doch ich bin zu erstarrt, um zurückzuweichen. Er verharrt ohnehin in der Haltung eines Predigers. »Arbeite mit uns – und ich mache dich mächtiger, widerstandsfähiger, schneller. Stärker als die meisten Männer.«

Meine Zähne und die Rädchen in meinem Kopf mahlen.

Ein Lächeln umspielt seine Lippen. »Du müsstest dich nicht auf die Versprechen der Nyx verlassen. *Du* könntest deine Familie aus eigener Kraft beschützen. *Tatsächlich* beschützen.«

Ich zittere vor widersprüchlichen Empfindungen. »Du könntest mit diesen Prothesen anderen helfen. Menschen, die eine Hand verloren und nicht mehr arbeiten können. Kinder, die nicht laufen können. Du könntest Gutes tun. Aber du entscheidest dich dazu, Kampfmaschinen zu schaffen. Und du glaubst wirklich, ich würde es dir gleichtun?«

»Wir wissen, wo du deine Familie untergebracht hast.«

»Nein!«, keuche ich. Dann umklammere ich das Stilett fester und schüttle den Kopf. »Nein. Du kannst mich nicht täuschen.«

»Hübsches Fleckchen auf dem Land. Sie müssen glücklich zwischen all den Blumen und Feldern sein.«

Seine Worte treffen mich, als schlüge er mir ein zweites Mal mit der Metallfaust in die Rippen. Obwohl Clément es schafft, die Schattenstränge endlich zurück in das Füllhorn zu beordern, verdunkelt sich alles um mich. »Nein«, wiederhole ich rau. Woher sollten sie –?

Der Nyx im Zug. Ich dachte, er hätte mich nicht erkannt. Habe den perfekten Plan ersonnen, um ihn zu testen. Dachte ich.

»Und die frische Luft!« Der Orchestrator breitet die Arme noch mehr aus. »Geht es deinem Papa vielleicht sogar besser dort? Ein oder zwei Jährchen mehr mit deinen Geschwistern, bevor er sie mittellos zurücklässt? So wie du sie für diesen sinnlosen, infantilen Kampf zurückgelassen hast?«

Moment. *Hübsches Fleckchen auf dem Land.* Ich balle die Hand um mein Stilett zur Faust. »Wie heißt der Ort?«

Er stockt.

»Wenn du mich bedrohen willst, solltest du schon alle Register ziehen. Also – wie heißt der Ort?«

Er knirscht mit den Zähnen.

Sie wissen *nicht*, wo meine Familie ist.

Ich grinse bitter und stählern. »Lass mich raten – euer Handlanger hat erst später begriffen, wer mit ihm im Zug saß? Und er weiß nicht mehr, wo ich ausgestiegen bin.«

Das heißt, ich habe Zeit. Ein wenig. Denn sie werden die gesamte Eisenbahnroute absuchen. Sie lassen meine Familie nie in Frieden. Außer ich sorge dafür.

Also stürze ich mich auf ihn. Egal, ob mit Stilett, mit bloßen Fingernägeln oder mit den Zähnen.

Etwas Knisterndes, Hartes schlingt sich um meinen Fußknöchel, ruckt an mir, sodass ich stürze. Elektrizität erschüttert mich bis hoch zum Kiefer, verhindert jeden Schmerzenslaut.

»Lass sie uns endlich wegbringen.« Clément zerrt an seiner Drahtpeitsche. Der Strom lässt nach, doch das Metall bohrt sich tiefer ins Fleisch. »Sie wird Einsicht zeigen, mit ein wenig mehr Zeit zum Nachdenken.«

Ich kann nicht aufhören, am ganzen Leib zu zittern. Sie dürfen mich nicht gefangen nehmen! Ich muss meine Familie erreichen, bevor sie es tun. Doch als mich Clément wie einen Sack Weizen auf seine Schulter verfrachtet, flattern meine Arme hilflos durch die Luft. Ich will ihn anbrüllen, aber meine Zähne klappern nur aufeinander.

Tastender Schatten umhüllt uns, und der Orchestrator weicht zurück. »Hast du den Dämon immer noch nicht gebändigt?«, faucht er, zum ersten Mal nicht ganz so gefasst. »Gib mir das Füllhorn. Genau deshalb ist es dir verbot–«

Ein Schattenadler stürzt mit einem Schrei auf uns nieder.

Ich atme aus. Irgendwie ramme ich Clément ein Knie in den Brustkorb. Sein Griff lockert sich – genug, damit mich der Adler mit seinen Fängen losreißen kann.

Wir stieben in die Luft, und ich klammere mich an den flüchtigen Vogelkörper. Schattenfedern gleiten durch meine Finger, doch Armand hält mich.

»Merci«, murmle ich. »Merci.« Mehr fällt mir nicht ein, bis wir auf dem Steg des *Grande Roue* landen.

Die Federn verwandeln sich in Armands Uniform. »Verletzungen?« Er greift meine Schultern, studiert mich von Kopf bis Fuß.

Gebrüll auf dem Innenhof, das mich herumfahren lässt. Clément und der Orchestrator weichen vor düsteren Strängen zurück. Nicht die des Dämons, sondern von Jean, der über uns auf einer Gondel steht und seine Schatten spielen lässt.

»Nichts Ernstes.« Sachte schiebe ich seine Hände fort und starre ihn an. »Wieso seid ihr hier?«

Armand legt locker stützend einen Arm um meine Taille. »Der Strombrecher. Wir dachten, er hätte nicht funktioniert – aber dann ist mir eingefallen, dass der Orchestrator neben dem Ding hockte. Was, wenn er ihn *deaktiviert* hat?«

»Das geht nur mit dem Code auf der Maschine. Oder mit –« Ich schnappe nach Luft.

»Oder mit dem Generalcode von Monsieur d'Amboise«, beendet Armand. »Wir sind hergeeilt, sobald es uns klar war, falls er ausnutzt, dass du ungeschützt auf der Veranstaltung bist.« Er zieht einen Dolch hervor. »Bereit für den Kampf?«

»Nun gib mir das Füllhorn!« Der Orchestrator entreißt Clément das Artefakt. »Er wird schon erkennen, dass das Tuch in *ihren* Händen keine Gefahr ist!«

»Wir müssen fliehen.« Ich presse eine Hand gegen meine Brust, während der Dämon in behäbigen Schwaden aus der Öffnung quillt. »Selbst zu dritt ist der Kampf nicht ausgeglichen.«

»Und zu fünft?«

Ich fahre herum. In Nachtschwärmer-Uniform lauern sie auf der Gondel neben uns. Auguste und René.

»Wie habt ihr uns –?« Meine Stimme bricht.

»Es war nicht schwer.« René zückt einen Dolch. »In letzter Zeit hört man in Paris nicht viele Schatten wispern.«

Ich starre Auguste an, der Schatten heraufbeschwört. Etwas kocht in mir hoch. »Ich sagte, wir brauchen eure Hilfe –«

Ein Greifarm aus Schatten peitscht so nah an mir vorbei, dass ich gemeinsam mit Armand auf die Knie stürze. Der Dämon reißt Jean von seiner Gondel.

»Jean!« Armand jagt als Adler hinter ihm her.

»Dein zweiter offizieller Auftrag, Odette.« Auguste schickt seinen Schatten zum Orchestrator. »Ziel ist das Füllhorn.«

»Du meinst wohl, Jean zu befreien und zu fliehen!«

»Verluste haben Nachtschwärmer zu akzeptieren. Priorität hat das Füllhorn. Du und Jean haltet Clément im Zaum. Ich kümmere mich um den Orchestrator und das Artefakt.«

Schlagartig schattenspringt René zu Clément. Das Klirren von Dolch auf Metall erklingt, und seine Schultern erzittern. Vor Erbitterung für seinen ehemaligen Mentor?

»Du hast mir verwehrt, eine vollwertige Nachtschwärmerin zu werden.« Ich balle die Fäuste. »Also, komm damit klar, dass ich nicht nach deinen Regeln spiele!«

»Odette!«, herrscht Auguste mich an.

Ich gleite am Gerüst herab, haste zu Armand. Er kämpft mit den Fängen des Dämons, als jagte er Fliegen. Jean kauert auf dem Boden, umschlungen von Schatten. Die Augen aufgerissen, der Blick eines Menschen, der in die Unterwelt sieht.

Ich renne und beschwöre die Energie in mir hoch. Noch fünf Meter. *Hermès, verleih mir Schnelligkeit!* Noch drei.

»Lass ihn los!« Armand greift nach dem Schatten, der sich um Jeans Hals wickelt. Seine Finger gleiten hindurch.

Meine Elektrizität flackert hoch – und erlischt. Nein!

»Jean, bleib wach, verdammt!«, brüllt Armand, doch der würgt nur, seine Augen rollen nach hinten.

Ich beiße die Zähne aufeinander, breite das Sternentuch aus und werfe mich mit voller Wucht gegen Jean.

Der Dämon weicht kreischend zurück.

Jean und ich rutschen ein Stück über den Boden. Während die Luft aus mir gepresst wird, fährt ein heftiger Atemzug durch Jeans Körper. Ich rapple mich hoch, zerre ihn hinter mir her. Der Dämon stürzt sich auf uns. Hastig weiche ich aus, und wir fallen zu Boden. Gleichzeitig durchbricht einer seiner Tentakel Augustes Schattenspiel.

Renés Blick flackert zu seinem Mentor. Er tritt gegen Cléments Knie, der zu Boden strauchelt, und hastet zu dem von Schatten umschlungenen Auguste. So viel zu Prioritäten und Gehorsam.

Doch ein Schattenstrang wickelt sich von hinten um Renés Hals und zerrt ihn zu Boden.

»*Merde!*«, fluche ich und stürme mit Jean zu Armand, der als Schattenwolf mit einem Satz auf dem Rücken des Orchestrators landet. Keine Sekunde später schlägt er die Fangzähne in dessen Schulter; durchbohrtes Leder knirscht, dann brüllt der Orchestrator. Der Schattendämon lässt von René ab, um Armand zu Boden zu schleudern. Er steht nicht auf.

Ich will zu ihm preschen, doch Jean zerrt mich an der Hand zur Seite. Gerade rechtzeitig ducken wir uns unter dem Dämon weg.

Aus den Augenwinkeln sehe ich, wie René sich hochkämpft. Mit aufgerissenen Augen strauchelt er zurück, und ich weiß genau, wie er sich fühlt. Aber als René von Auguste zu uns blickt, legt sich ein schweres Gewicht in meinen Magen.

René rennt weg. Lässt uns im Stich.

Das kann ich nicht nachvollziehen.

Ein Strudel aus Schatten, Kampfgebrüll, Schmerz und flüchtigen Empfindungen verschlingt mich. Wir kämpfen, vielleicht ein paar Minuten, vielleicht wenige Sekunden. Alles zieht an mir vorbei, ein Albtraum, eine Fiebervision.

Und dann hält der Dämon jeden von uns fest. Aber er saugt uns nicht die Seele aus. Wird er nicht mit vier Menschen gleichzeitig fertig? Was für ein Trost. Keuchend sinke ich auf die Knie, während sich Clément und der Orchestrator zu mir drehen. Was tue ich jetzt? *Denk nach, Odette!*

»Vier gegen zwei?«, erklingt eine kultivierte Stimme. »Und trotzdem unterliegt ihr?« Der namenlose Nyx, gekleidet in das wohl schickste *Costume trois pièces* in ganz Paris – trüge er dazu nicht eine der elfenbeinfarbenen Masken. Der Nyx, der dafür sorgen wollte, dass *keine weitere Brut existiert, die diese Fähigkeit in sich trägt.*

Ein leises Geräusch quält sich meinen Hals hinauf.

»Wer zur Unterwelt ist *das* jetzt schon wieder?«, flucht Armand, und der Dämon zieht sich enger um seinen Körper.

Der namenlose Nyx neigt den Kopf. Etwas an seiner Maske ist *falsch.* Unterscheidet ihn von den anderen. Bizarr verschmelzen drei Fratzen. Die manische Komödie links, die verzweifelte Tragödie rechts – und in der Mitte vor Zorn verzogene Züge. Eine Trifaccia-Maske. »Ich bin der Komponist.«

Der Komponist. Endlich habe ich einen Namen für den Mann, der die Fäden zieht. Ich erzittere, denn seine Finger geistern über meine Wange, liebkosen und verätzen die Haut. Eine Erinnerung. *Atme, Odette.* Nur eine Erinnerung.

»Ein Komponist muss sich darauf verlassen können, dass seine Stücke so gespielt werden, wie er es vorsieht.« Der Komponist verschränkt die Hände vor seinem Körper. »Doch in letzter Zeit stößt mir sauer auf, was ich zu hören bekomme.«

Armand schnauft abfällig. »Odette, was meinst du, wie lange übt er diese Ansprachen vor dem Spiegel?« Er verzieht die Lippen vor Schmerz, weil der Dämon noch fester zudrückt. »Und wozu? Er klingt einfach nur … *reich*«, stellt er mit so viel Abscheu fest, dass ich trotz allem geräuschlos schnauben muss.

»Ich würde alles für ein paar mit Blattgold dekorierte Eclairs geben, mit denen ich ihm das Maul stopfen kann.« Ich schaffe es, das Zittern meines Körpers zu stoppen.

»Die Eclairs würde ich sogar bezahlen«, fällt Jean ein.

Jetzt lache ich – *mit* Geräuschen. Ich bin nicht allein. Dieses

Mal nicht. Langsam kämpfe ich mich unter dem Druck der Schattententakeln auf und starre den Komponisten an. »Sie sind eingeschnappt, weil wir nicht nach Ihrer Pfeife tanzen?«

»Es ist ermüdend, wie viel Gewicht ihr eurer Existenz zuschreibt.« Langsam dreht er sich zu Clément, sodass mich die Fratze der Tragödie in seiner Maske anstarrt. »Ich befürchte, der Missklang meiner Stücke ist dem Dirigenten geschuldet.«

Clément weicht zurück, die Arme vor sich erhoben. »Ich schwöre Ihnen, ich bin dem Orden treu! Ich würde nichts tun, das –«

Der Komponist hebt eine Hand. »Haltlose Anschuldigungen widerstreben mir zutiefst. Deshalb gebe ich Ihnen die Gelegenheit, die Vermutungen zu widerlegen.«

»*Wie?*« Cléments Stimme bebt, und ich bin sicher, sein Gesicht ist genauso bleich wie seine Maske.

»Töte einen der Überflüssigen.«

Das *Grande Roue* neigt sich, stürzt gleich auf mich nieder. Nein, das ist nicht real. Ich beiße mir auf die Zunge.

»Einen deiner räudigen Welpen zu töten, ist Beweis genug.«

»Nein!« Ich torkele nach vorn. Der Dämon schlingt sich um meine Beine, bringt mich zum Stürzen.

»Niemand rührt sich«, befiehlt der Komponist in aller Ruhe.

Der Orchestrator ruckt mit dem Kinn in Richtung des Schattendämons, dann zu Jean, Armand und Auguste. »Schick denjenigen in die Unterwelt, der es wagt, den ersten Schritt zu machen«, befiehlt er ihm ruhig.

Ich erstarre.

»Welchen von ihnen –«, Cléments Stimme klingt gepresst, »welchen von ihnen soll ich töten?«

Er tut es. Ein Schluchzen bleibt in meinem Hals stecken, scharfkantig wie geschliffenes Metall. Es bereitet ihm keine Freude, doch er wird töten, wen der Komponist verlangt.

»Das entscheidest *du*«, entgegnet der Komponist genüsslich.

»Ich ergebe mich«, würge ich hervor. »Aber lassen Sie die anderen leben.«

Der Komponist seufzt schwer. »Ist es immer noch nicht zu dir durchgedrungen? Es geht nicht um dich.«

Clément tritt zu Armand und Jean, steuert eine Stelle zwischen ihnen an. Unsicher. Keiner der beiden liegt ihm mehr am Herzen. Weil sie ihm beide egal sind – oder beide wichtig?

»Du musst das nicht tun!«, flehe ich.

»Nimm die Maske ab und schau ihm ins Gesicht«, flüstert der Komponist und hält ihm eine Pistole hin.

Cléments Maske landet scheppernd auf dem Boden. Er ergreift die Waffe und geht weiter.

»Du musst mich töten!« Verzweiflung gräbt sich tief in Armands Gesicht. »Erinnere dich, wer ich war, als ich einen wichtigen Menschen verlor! Ich überstehe das kein zweites Mal!«

Alles an mir zittert. Die Bedeutung seiner Worte entrinnt mir wie seine Schattenfedern. So lange kämpfen wir zusammen, und ich weiß nicht, wovon er spricht. Wenn er jetzt stirbt –

Jean presst einen gequälten Laut hervor. »Armand *muss* leben. Schattenwandler sind so viel seltener und –«

Ein abgehacktes Lachen von Armand unterbricht ihn. »Lässt du mich *jetzt* am Leben, um das Erbe der Nachtschwärmer zu schützen, erlangst du ihr Vertrauen nie.«

Sie feilschen um das Leben des anderen.

Eine Träne sickert vor mir in den Boden, und ich starre sie an. Stammt sie von mir? Ein Klicken lässt mich aufblicken. Clément entriegelt die Pistole. Richtet sie auf Armand.

»Ist es so weit mit dir gekommen, alter Freund?« Auguste reckt den von Schatten umschlungenen Hals. »Tötest einen wehrlosen Jungen, zu dessen Schutz du dich einst verpflichtet hast?«

Clément legt den Finger an den Abzug.

Ich krümme mich vor Schmerz, der keiner Wunde entspringt. Wieso tue ich nichts?

»Mit einer Pistole, weil du noch immer nicht weißt, wann du eine Grenze überschreitest«, speit Auguste. »Ich dachte, seit du dein Dunkelsehen verloren hast, wüsstest du es besser.«

Mit bebenden Schultern dreht sich Clément zu Auguste. »Ich verlor meine Fähigkeit, weil ich andere *beschützt* habe.«

Textpassagen aus dem Lehrbuch schwirren durch meinen Kopf. Über die wortwörtlichen Schattenseiten der Fähigkeiten.

Auguste schnaubt. »Es ging nie um andere. Du wolltest zu viel. Du musst immer weiter und weiter gehen in deinem Fanatismus. Damals hast du deine Fähigkeit so lange für *das Richtige* eingesetzt, bis sie verloren hast – und heute gehst du wieder für das zu weit, was du für *das Richtige* hältst.«

»Nur, dass ich dieses Mal etwas gewinne.« Clément beugt sich mit bebendem Körper über Auguste. »Ich verliere nichts.«

Da ist nur Abscheu in Augustes Blick. »Du verlierst deine *Menschlichkeit*.«

Mehrmals öffnet Clément den Mund.

Ich muss etwas sagen. Muss ihn aufhalten. Doch ich kann nichts anderes tun, als die Erschütterungen meines Körpers im Zaum zu halten. Das Sternentuch gleitet über meine Schultern nach vorn, sammelt sich um mein glühendes Gesicht, droht, mich zu ersticken. Der Dämon zuckt zurück.

»Aus dir spricht nichts als Neid.« Clément fletscht die Zähne. »Weil du nie imstande warst, andere zu beschützen.«

Das Sternentuch. Kann der Dämon meine Seele ergreifen, wenn ich es trage? Ist es überhaupt wichtig? Der Orchestrator hat mich nicht in den Befehl an den Dämon eingeschlossen. Nur durch seine Gestik, aber …

Clément knackt seine Finger. »Du kannst sie nicht schützen,

so wie du Madeleine und Olivier nicht beschützen konntest. Weil du *schwach* bist. Nie *weit* genug gehen kannst, auch nach fünfzehn Jahren nicht. Nicht so wie ich.«

»Ich habe *alles* getan, um sie zu finden!« Augustes Stimme klingt fremd. Wer sind Madeleine und Olivier?

»*Alles getan?* Du bist stundenlang durch die *Sacré-Cœur* gedackelt, während ich die gesamte *Basilique* niedergerissen hätte.« Clément lacht auf. »Und du wirfst mir vor, dass ich zu mehr in der Lage bin? Dass ich die Welt beschütze, wo du nicht einmal Frau und Sohn beschützen konntest?«

Seine Familie. Auguste starrt regungslos auf den Boden.

Einst habe ich darüber gescherzt, hinter seiner Art müsse ein gebrochenes Herz stecken. Mein Brustkorb zieht sich zusammen. Wenn ich gewusst hätte, dass … Ich schüttle den Kopf. Das ist jetzt egal. Alles ist egal, außer dieser einen Sache.

Clément spuckt Auguste vor die Füße. »Ich tue, was getan werden muss.«

Ich kann ihn als Einzige aufhalten.

Er hebt die Pistole und richtet sie auf Armand. Kein Zittern mehr in den Händen. Keine Worte, kein Flehen, kein Kampf, keine Verletzung, nichts hält ihn davon ab, Armand zu töten. Weitere zu töten.

Außer *ich* töte *ihn*.

Also stürze ich los. Mein Stilett liegt vertraut in meiner Hand. Ich muss es tun. *Nicht zögern.* Muss es tun.

Aber als sich Clément zu mir dreht, Erstaunen statt Panik in seinen runden Zügen, sehe ich nicht *sein* Gesicht. Ich sehe Eugènes, wenn jemand Clément erwähnt. Nur Schmerz in den Augen wegen des Verlusts seines Mentors.

Ich greife das Stilett fester. Egal, was Cléments Tod mit Eugène machen wird – ich darf nicht zögern.

Doch eine Armlänge vor ihm tue ich es.

Er nutzt den Moment der Unsicherheit und lenkt meine Klinge an sich vorbei. »Ich hatte so viel mehr von dir erwartet«, murmelt er, während ich strauchle, seine Finger um mein Handgelenk das Einzige, was mich vor einem Sturz bewahrt.

Nein. *Nein.* Mein Zögern, ein weiteres Mal unser Niedergang.

Schatten huschen an mir vorbei. Jemand stößt mich zur Seite.

Clément stößt ein Ächzen aus.

Auguste. Er bohrt seinen Dolch tief in Cléments Brust, lässt nicht ab, selbst als dieser zusammensackt und sich sein Ächzen in ein Gurgeln wandelt. Dröhnender in meinen Ohren als das ferne, dumpfe Brüllen anderer Menschen.

Der Schattendämon kreischt ausgehungert auf. Stürzt sich auf Auguste. Der Erste von ihnen, der einen Schritt gemacht hat.

Ich reiße den Blick von Clément los, der auf dem Boden zuckt, während Blut in Rinnsalen aus seinem Mund quillt und Blasen wirft. Versuche, mich zu bewegen, um Auguste zu helfen.

Ich bekomme Cléments leere Augen nicht aus dem Kopf.

Der Dämon zerrt etwas Unstoffliches aus Auguste. Dunkel wie getrocknetes Blut, in dem ab und zu Flecken von verborgenem Glimmen aufstieben. Ich kann nicht wegsehen. Muss in Augustes geweitete Augen schauen, mir jede Regung, jede Höllenqual, jedes unausgesprochene Wort darin einprägen.

Jemand zerrt an mir.

Ich schlage um mich. Darf ihn nicht allein lassen.

»Lass sein Opfer nicht umsonst gewesen sein!« Armand schlingt seine Arme um mich und zittert so sehr wie ich.

Ich stemme mich gegen ihn. Augustes Körper krümmt sich nach hinten. Der Dämon wirbelt um seine Gliedmaßen.

»Odette«, streift Armands gequältes Wispern über meine Wange. Heiß wie die Tränen, die dort hinabrinnen. Seine und meine.

Ich muss bei Auguste bleiben, wenigstens das. Vielleicht aus Eigennutz. *Weil du ein grausamer Mensch bist.* Für mein Gewissen. Weil ich meine Worte nicht mehr zurücknehmen kann. *Nichts wird ungeschehen machen, was du Eugène angetan hast.* Weil ich ihm auch *jetzt* nicht verzeihen kann. Nicht ganz.

Augustes verkrampfter Körper erschlafft. Sein Blick findet meinen. Seine Lippen beben. »Meine Familie«, raunt er, dann schließt er die Augen.

Und er lächelt.

Kapitel 15

Ich weiß nicht, wie wir fliehen konnten. Oder wie wir in den Tempel gekommen sind. Irgendwann starre ich auf meine Finger. Sie umklammern Armands Hand. Seit wann?

»Was, wenn er Clément nicht töten konnte?«, murmelt Armand und lehnt den Hinterkopf an das Orrery, vor dem wir kauern. Sein Kinn bebt. »Wenn Auguste grundlos gestorben ist?«

Jean lässt sich im Schneidersitz neben uns nieder. »Wir konnten durch sein Opfer fliehen.«

Armand verschränkt seine Finger fester mit meinen. »Wir hätten fliehen können, ohne dass er stirbt. Falls Clément überlebt, hat Augustes Tod *nichts* gebracht. Wir hätten –«

»Er ist tot.« Keine Höhen oder Tiefen in meiner Stimme. »Seine Augen – sie sahen aus wie die von Auguste.«

Endlich sind wir einen Schritt weiter, haben die Reihen der Nyx ein wenig zerschlagen.

Doch es fühlt sich nicht an wie ein Sieg.

Irgendwann löse ich meine Hand aus Armands und stehe auf.

»Ich muss meine Familie holen. Die Nyx kennen die Bahnstrecke, an der sie wohnen.« Ich greife meinen *Manteau*, dann bleibe ich stehen. Reibe mir über die Stirn. »Und ich muss mit Eugène reden. Ihm von Clément erzählen. Und Louise –«

»Das muss nicht *sofort* sein.« Jean springt auf. »Ruh dich aus, ein paar Stunden nur, und –« Er sieht in meine Augen und begreift. »*Wir* holen deine Familie, in Ordnung?«

»Aber –«

Armand tippt sachte mein Handgelenk an, bis ich zu ihm herunterblicke. »Du vertraust uns doch, oder?«

Ich schlucke die instinktive Erwiderung herunter und konzentriere mich auf seine warmen Augen. Langsam nicke ich.

»*Du* musst mit Eugène reden«, setzt Jean hinterher. »Es ist besser, wenn er es von dir hört.« Seufzend deutet er an mir herab. »Und zieh zumindest etwas anderes an. So würden dich die Nyx sogar vom Mond aus entdecken.«

Ich sehe zu den Fetzen, in denen Louise' Silberkleid an mir herabhängt. »Zweifelhaft. Vom Mond aus betrachtet, sind wir alle viel zu unbedeutend.«

Jeans Mundwinkel zuckt. »Du bezweifelst, dass wir vom Mond aus sichtbar sind, aber nicht, dass überhaupt jemand von dort auf uns herabschauen könnte?«

»Bei den Nyx würde es mich nicht einmal mehr wundern, wenn sie ein Luftschiff bauen, das zum Mond fliegt.«

»Dann wären wir sie wenigstens auf der Erde los.«

Jetzt muss auch ich lächeln. Trotz allem haben wir einander, und diese seltsame Art, allen Rückschlägen mit Galgenhumor zu begegnen. Wir stehen alles durch. Zusammen.

Schon auf dem Weg zu unserer Kleidersammlung weiß ich, dass ich nichts tragen kann, was an Kampfkleidung erinnert. Oder an die Robe, deren Fetzen rot gesprenkelt sind. Cléments Blut. Also ziehe ich eine cremefarbene Schluppenbluse und einen schlicht geschnittenen schwarzen Wollrock hervor. Die groben Stoffe unter meinen Fingern erinnern mich an zu Hause. An früher. Mit einem Blick in den angelaufenen Spiegel stopfe ich die letzten Falten der Bluse in den Rockbund.

So viele Rollen habe ich in der letzten Zeit gespielt, aber *diese* Odette aus dem *Prolétariat* war ich schon lange nicht mehr. Und ich werde nie wieder sie sein.

Auf dem Weg durch die *Catacombes* spiele ich das kommende Gespräch durch. In Dutzend Varianten, die ich am Ende des Gangs auf ein halbes Dutzend eingeschränkt habe.

Eine dunkle Silhouette springt von der Treppe auf mich zu.

Ich weiche zurück, pralle mit dem Rücken an die unebene Felswand, ein Dolch blitzt auf, ich dränge die Arme des Angreifers fort von den lebenswichtigen Körperteilen. Zu langsam. Die Klinge geht zu meinem Hals, stoppt an der Haut. Mein Puls hämmert gegen die kalte, tödliche Schneide.

»Odette?«

Ich blinzle. »*Eugène?*«

Der Druck der Klinge verschwindet, und warme Hände ziehen mich von der Mauer weg. »Es geht euch gut?« Spärliches Licht fällt durch Lücken in der Holztür und zeichnet die Konturen seines Gesichts aus diesem Winkel klarer.

»Was tust du hier?«

»Euer kleines Rendezvous beim *Grande Roue* ist nicht unbemerkt geblieben. Ich wusste, dass ihr beteiligt seid, als ich das Wispern von Jeans und Armands Schatten –« Er nimmt meine Hand. »Sollen wir erst mal aus den *Catacombes?*«

Ich nicke, und wir stapfen die Treppe hinauf und durch die Tür. Grelles Licht aus Straßenlaternen blendet mich. Ich muss es ihm sagen. Aber wie, wenn die Wörter durcheinanderkullern wie Schrauben in einem umgestoßenen Werkzeugkasten?

»Als ich es aus dem Gedränge im *Salle des fêtes* geschafft

habe, wart ihr nicht mehr dort. Deshalb bin ich zum Tempel gekommen.« Eugène starrt in die abzweigendenden Gassen. »Sie haben wirklich ganze Arbeit geleistet.«

»Womit?«

»Die Überwachung.« Er deutet hoch, zu den in akkuraten Abständen strahlenden, dreiarmigen *Candélabre*-Laternen. Wo früher bernsteinfarbenes Gaslicht schummerte, leuchten nun elektrische Glühbirnen die Straßen des Residenzviertels aus. Wobei *früher* relativ ist. Erst vor wenigen Tagen musste ich zur *Pont Alexandre III* fahren, weil das elektrische Licht in *L'Héra* nicht für meine Sternentuch-Experimente reichte.

»So wie in *L'Arès*«, raune ich. »Die Nyx haben neue Glühbirnen eingebaut! Glühbirnen mit der Technologie ihrer Lichtwaffen! Innerhalb einer Woche haben sie ganz *L'Héra* ausgeleuchtet?«

»Nicht nur *L'Héra*. Jede Straße von *Le Zeus* bis zum *Salle des fêtes*, durch die mein Vater heute gefahren ist.« Eugène öffnet ein gusseisernes Tor, hinter dem wir uns den Spaziergängern auf einer schmalen Allee zwischen Grünflächen und einem behäbigen Gebäude anschließen. Hier strahlen die Laternen ebenfalls so hell, dass viele Mesdames Sonnenschirme tragen.

»Die Strecke führt über repräsentative Boulevards, die seit Jahren ausgeleuchtet sind.«

»Mein Vater hat nicht den direkten Weg genommen.« Eugène streicht sich über den Nacken. »Ich glaube, … *mir* zuliebe. Damit ich Abwechslung habe. Ich weiß, gebt den Journalisten von *Le Petit Journal* Bescheid, der Großindustrielle Lacroix hat etwas Uneigennütziges für eine andere Person getan. In den letzten Tagen spricht er auch mehr mit mir. Hochgradig unangenehm natürlich, wie ein Roboter, dem man grundlegenden menschlichen Austausch beigebracht hat, aber nun, er bemüht sich immerhin. Oder?«

Das Gebäude endet und gibt den Blick auf die weitläufige Parkanlage frei, wo Mesdames die Köpfe zusammenstecken, *Artistes* die exotischen Pflanzen im unwirklichen Laternenlicht malen und sogar eine Handvoll Messieurs ein Radrennen über die geometrisch angelegten Fußwege veranstalten. Für die *Bourgeoisie* bedeutet die Ausleuchtung der Nacht Freiheit. Öffnen sie ihre Augen je genug, um zu erkennen –

Ich erstarre. »Wo sind wir?« Zwischen all den Menschen kann ich ihm doch nicht von Cléments Tod erzählen!

»Der *Jardin du Luxembourg*.« Eugène nimmt meine Hand, um mich einen Pfad am Rand eines lang gezogenen Wasserbassins hinabzuführen. »Ich wollte den *Fontaine Médicis* schon immer mal bei Nacht sehen.«

»Wir müssen wieder gehen!« Wie konnte ich mich nur so lange mit Gesprächen über die Straßenausleuchtung und Monsieur Lacroix davor drücken, Eugène die Wahrheit zu sagen?

Er bleibt vor der künstlichen, haushohen Grotte stehen, die in ihrer Opulenz geradewegs aus einem italienischen Renaissance-Garten stammen könnte. »Keine Sorge, du musst dich nicht wegen deines Kleids unwohl fühlen«, summt er und studiert die Statuen in den drei Nischen des angelaufenen, bemoosten Steins. Sanftes, indirektes Licht zaubert auf seltsame Weise Leben in die Marmorgesichter.

Mein erster Impuls besteht darin, ihn zu fragen, wieso bei Hadès' Höllenfeuer er meine Kleidung dann überhaupt erwähnt. Doch kein Ton kommt hervor. Stattdessen starre ich den Zyklopen *Polyphème* in der mittleren Nische an, der seine Angebetete *Galatée* in den Armen von *Acis* entdeckt. Riesenhaft, aus düsterer Bronze und auf den Knien über das marmorweiße Liebespaar gebeugt, starrt er auf sie hinab – so wie gefühlt die Menschen im Park über mir und Eugène lauern.

»Was ist passiert?« Eugène studiert mich statt der Statuen.

»Nichts«, plappere ich zu schnell heraus. *Merde.*

Er lehnt sich gegen eine der vor blassvioletten Nelken überquellenden Vasen. »*Nichts?*«

Ich mustere die feinen Kräuselungen im flachen Wasserbecken. Hätte ich nur *irgendetwas* gesagt, statt ewig zu schweigen. Dann hätte ich das Gespräch verschieben können.

Unüberhörbar einatmend, stößt er sich von der Vase ab. »Ist *doch* etwas mit Armand oder Jean? Ich habe dich kaum zu Wort kommen lassen. Sind sie *verletzt?*«

Ruckartig sehe ich auf. »Nein! Bei Athénas Willen, *sie* sind nicht verletzt!« Jetzt hole *ich* lautstark Luft.

»*Sie* sind nicht verletzt?« Er hat es gehört. »Wer dann?«

Ich schaue über die Schulter. Abgeschirmt von Efeuranken und dem tief hängenden Blattwerk versinkt ein weiteres Paar mehrere Meter entfernt ineinander. Eine Nachricht wie diese überbringt man nicht *so.*

»Warum verrätst du nichts?« Er steht so nah, dass ich die hochkochende Panik in seinen Augen sehe. »*Was* ist passiert?«

Es wäre grausamer, ihn im Dunkeln zu lassen, als mit der Wahrheit herauszurücken. Also ziehe ich ihn hinter die hoch aufragende Wand der Grotte, tiefer in den Schatten.

Kein anzügliches Funkeln deswegen in seinem Blick. Unter meinen steifen Fingern ist jeder Muskel in seinem Unterarm zum Zerreißen angespannt. »Du kannst es mir sagen«, murmelt er trotzdem leise und beherrscht.

»Der Orchestrator …« Er weiß selbst *das* noch nicht. »Louise' Vater ist der Orchestrator. Er hat mich verfolgt und –«

»Louise' Vater?« Eugènes Finger zucken.

Ich presse die Lippen aufeinander. »Das ist gerade unwichtig.« Eugène nickt knapp. »Mit einer Apparatur hat er Clément gerufen. Und den Anführer der Nyx, den *Komponisten.* Auguste und René haben uns gefunden, und –«

Eugène öffnet leicht den Mund. Vermutlich hat er ein Dutzend Fragen, die ich ihn nicht stellen lassen kann. Nicht jetzt.

»Der Komponist hat Clément befohlen, als Treuebeweis Jean oder Armand zu töten.«

Er greift meinen Arm fester. »Ich dachte, die beiden −«

»Sie sind wohlauf. Aber …« Ich muss einatmen, sosehr es auch brennt. »Wir mussten Clément davon abhalten. Er hätte es getan, Eugène. Und danach hätten sie mit uns anderen weitergemacht, also mussten wir ihn aufhalten.« Ich darf nicht länger Umschreibungen suchen, weil er so davon ausgeht, dass Clément nur verletzt wurde.

Doch bevor ich die verätzenden Buchstaben formen kann, lehnt Eugène seine Stirn an meine. »Hast du es getan?«, wispert er. »Oder einer der anderen?«

»Es −« Ich schlucke das Brennen herunter. Wieso bekomme *ich* keinen vernünftigen Satz zustande?

Seine Finger beben an meinem Arm. »Schon in Ordnung, wenn *du* −«, ringt er sich ab. »Sein Leben oder das von einem von uns. Ich werfe dir nicht vor −«

»Auguste hat ihn getötet.« So schnell hätte er mir vergeben. Wieso schmerzt das Wissen noch mehr?

»Auguste?« Eugène lehnt sich zurück. Keine Sterne in seinen Augen, nur tiefstes Schwarz.

»Sie haben ihn deswegen ermordet. Seine Seele in die Unterwelt geschickt, mit dem Füllhorn. Weil er uns beschützt hat.«

»Uns beschützt? *Auguste?*« Eugène lacht tonlos. Immer noch beben seine Hände.

Mir entgeht nicht, dass er über alles spricht, nur nicht über Clément. Wenn er die Zeit braucht, um das zu verarbeiten, gebe ich sie ihm. Ich halte seine Arme einen Hauch fester. »Ich glaube, er wollte etwas wiedergutmachen. Uns gegenüber, aber nicht ausschließlich. Hat er je seine Familie erwähnt?«

318

Langsam schüttelt Eugène den Kopf.

»Sie haben seine Frau und seinen Sohn entführt. Er konnte sie nicht retten. Vielleicht hat er heute eine Möglichkeit gefunden, zumindest jemand anderen vor den Nyx zu retten.«

Eugène atmet flach. »Lag ihm doch etwas an uns?«

»Obwohl er uns nicht leiden konnte?«

»Ich meine, ich kann meinen Vater auch nicht unbedingt leiden, trotzdem würde ich ihn nicht tot sehen wollen. Würde ihn beschützen.« Er zuckt mit den Schultern, furcht dann die Stirn. »Die Sachen, die Auguste getan hat ... Die Illusionen, die mir Bestrafung oder reine Grausamkeit zu sein schienen ... Wollte er, dass ich stärker werde? Stark genug, um mich verteidigen zu können?«

»So wie es sein Sohn nie konnte?« Ich rücke näher. »So nobel seine Beweggründe gewesen sein mögen, das macht es nicht weniger grausam, was er dir angetan hat. Du musst ihm nicht verzeihen, wenn du nicht kannst, das weißt du?«

Schmerz gräbt sich in Eugènes Mimik. Weil er genauso gut wie ich weiß, dass meine Worte nicht nur für Auguste gelten. Sondern auch für Clément. Seine Fingerspitzen streifen ein paar Millimeter meinen Arm hinauf. »Kannst du –«

»Natürlich«, murmle ich und ziehe ihn zu mir, meine Arme fest um seinen Nacken.

Mit einer fließenden Bewegung umklammert er mich, irgendwo zwischen Taille und Schulterblättern, und presst harte Atemzüge gegen meine Kehle. Er muss sich ein wenig krümmen, ich mich ein wenig zu sehr strecken.

»Du bist etwas zu klein, um eine wirklich behütende Umarmung zu geben.«

»*Excusez-moi*, ich bin beinahe so groß wie *du*!« Halbherzig stoße ich mein Knie gegen seins. »Obwohl *mir* nicht täglich das Beste vom Besten aufgetischt wurde.«

»Kein Kunstwerk. Ich bin nicht gerade ein Titan.«

»Trotzdem *bist* du groß«, schnaube ich, ohne genau zu wissen, wieso ich ihn plötzlich bestärke. »Nicht so wie Jean oder Georgette. Aber groß *genug*. Für mich.«

Er hebt den Kopf, bis seine Lippen über meinen Kiefer fahren. »Und du bist perfekt groß«, murmelt er und schickt Wärme meine Wirbelsäule hinab. Dann schiebt er mich ein Stück weg und grinst. »Auf perfekte Weise dieses *winzige Stückchen* kleiner als ich. Ein *petit bout de chou*. Eine *Demi-portion*.«

Ich bohre ihm einen Finger in die Brust. »Noch *ein* Spitzname, und ich mache dich zu einer *Demi-portion*!«

Sein Grinsen ist warm, und das schmerzt umso mehr.

»Es ist gut, dass du scherzen kannst. Doch du darfst all das nicht für immer verdrängen, Eugène.«

»Ich komme damit zurecht. Versprochen.« Sanft nimmt er mein Gesicht in die Hände, und sein warmes Grinsen wandelt sich in ein warmes Lächeln. Doch in seinen Augen fehlen die Sterne.

Ich muss einen Ort finden, an dem meine Familie unterkommen kann. Schon wieder. Sie können nicht im Tempel leben, eingepfercht unter der Erde, davon abhängig, dass wir von unseren Missionen zurückkehren und sie versorgen.

Also schleiche ich wenig später wieder durch Paris, klettere über die Dächer von *L'Hadès*, bis ich das Dachfenster in Madame Bouchards Eckhaus erreiche. Sanft klopfe ich an. Ich habe kein Geld mehr, um sie zu bezahlen. Es reicht kaum noch, um Lebensmittel zu besorgen. Vielleicht lässt sie sich auf eine andere Abmachung ein. Doch für eine Abmachung müsste sie mich erst mal empfangen. Ich traue mich nicht, lauter zu klopfen, falls hier Nyx herumstreunen, also knacke ich das Schloss und gleite in das Kämmerchen.

Etwas klirrt unten im *Laboratoire*. Metallisch.

Ich zerre mein Stilett hervor, schleiche einstudiert die Treppe hinab, bis ich durch die Sprossen sehen kann.

Halb sitzt, halb hängt Madame Bouchard auf einem Drehschemel und bückt sich zu einer Metallschale auf dem Boden. Ich atme auf, bis mir auffällt, wie sie ihre Hand gegen ihren Unterarm presst. Wie sie ihr Gesicht verzerrt, auf dem eine leichte Schweißschicht glänzt.

»Erschrecken Sie sich nicht. Ich bin es«, flüstere ich und haste die Stufen hinab. Dann betrachte ich ihren Arm, den sie halb unter ihrem Schultertuch verbirgt, das trotz der offensichtlich gewissenhaften Pflege viele Jahre alt ist.

»*Ich* bin es? Wie informativ.« Bemüht ungerührt zieht sie das Tuch enger. Sonnengelb und Terrakotta, geziert von Schwalben auf mohnroten Tupfern. Perfekt, um Blutflecken zu verbergen. »Es könnte also Staatspräsident Émile Loubet, der Kaiser von China oder Zeus höchstpersönlich sein.« Sie will Stärke vorgaukeln. Doch der Goldschimmer ihrer dunkelbraunen Haut ermattet mit jedem Wort mehr.

»Ist Ihnen aufgefallen, dass Sie keine Frau genannt haben?«, erkläre ich unbekümmert und trete vorsichtig näher.

Sie lacht auf, zuckt gleich darauf zusammen. »Dein Mundwerk hast du vor mir noch nie gezügelt, nicht wahr?«

»Was ist passiert?«

Seufzend schlägt sie das Tuch zurück, wickelt den dürftig um den Unterarm gebundenen, tiefroten Lappen ab und legt eine klaffende Schnittwunde offen. Zwischen den angeschwollenen Rändern und dem hervorquellenden Blut liegt gelbliches Gewebe frei, das teilweise verkohlt aussieht. Kleine Brandmale sprenkeln die Haut darum.

Ich muss mich zwingen, nicht zu würgen. »Haben Sie versucht, die Wunde *selbst* zu kauterisieren?«

»Nur provisorisch. Müsste ich nicht mit links arbeiten, könnte ich längst am Hafen als Kistenschlepperin anheuern, wenn ich wollte.« Sie deutet mit dem Kinn auf ein paar abgewogene Flüssigkeiten und Pulver auf dem Tisch. »Chemische Kauterisation ist in diesem Fall deutlich überlegen.«

Ich blicke von den Zutaten auf dem Tisch zu dem auf dem Boden verstreuten Pulver, presse die Lippen zusammen und nehme ihr die Metallschale ab. »Was ist der nächste Schritt?«

»Die Waage ist verzwickt, du kannst nicht –«

»Sie konzentrieren sich darauf, auf die Wunde zu pressen. Bevor Sie ohnmächtig werden.« Ich platziere die Schale und justiere das Gegengewicht, bis die Waage ausgeglichen ist. Madame Bouchard verstummt, und ich sehe grinsend auf. »Ich habe Ihnen lange genug zugeschaut.«

»Zehn Gramm von dem Pulver dort.« Sie deutet auf eines der Schälchen. »Silbernitrat.« Dann beobachtet sie mich beim Abmessen mit einem zierlichen Spatel. Ein paar knappe Anweisungen später seufzt sie. »Vielleicht hätte ich dir mehr beibringen sollen. Ich brauche jemanden, der meinen Laden irgendwann übernimmt. Aber vor ein paar Jahren schienst du das Interesse verloren zu haben.«

Das habe ich nie. Doch meine wahren Beweggründe behalte ich für mich, bevor sie mir wieder das Angebot unterbreitet, ihrer geheimen Organisation beizutreten. Keine Ahnung, wie oft ich das noch ablehnen könnte. Bewusst hoch konzentriert vermenge ich die Mixtur. »Wer hat all das *Ihnen* beigebracht?«

»Die Professoren an der *Boston University School of Medicine*.«

Ich halte beim Rühren inne. »Sie haben in Amerika studiert?«

»Traust du mir das nicht zu?«

»*Ihnen* schon.« Ich widme mich wieder der dünnflüssigen Paste. »Den meisten anderen Menschen nicht.«

»Nun, einfach war es nicht. Mit zehn habe ich in Boston Rebecca Lee Crumpler kennengelernt. Die erste afroamerikanische Frau, die einen Doktor der Medizin erlangte.« Madame Bouchard sieht in die Ferne. Normalerweise redet sie nie über ihre Vergangenheit, und ihr Ton ist ein wenig lallend, aber es ist gut, wenn sie redet. Bei Bewusstsein bleibt. »Sie hat mich inspiriert. Doch als ich es ihr zehn Jahre später gleichtat, war ich erst die vielleicht vierte oder fünfte schwarze Doktorin der Medizin.« Madame Bouchard, die jedes Kompliment ruppig von sich weist, reckt die Schultern etwas mehr und lächelt selbstzufrieden.

Ich halte ihr meine Hand hin, in die sie ihren Arm legt, und lächle mit ihr. »Ich kann nur erahnen, wie schwierig Ihr Weg war, den Sie gemeistert haben.« Vorsichtig tröpfle ich das Konzentrat auf ihre Wunde, und ihr zischender Atem verflicht sich mit dem Zischeln ihrer sich schließenden Haut. »Mir war schon immer klar, wie viel Sie für uns in *L'Hadès* tun. Aber Sie haben noch so viel Weitreichenderes getan.«

Grob pappt sie ein Stück Mullbinde auf ihre Brandwunde und wickelt eine weitere darum. Jeden Versuch, ihr zur Hand zu gehen, wiegelt sie ab, und ich lächle breiter. Da ist sie ja endlich wieder, die ruppige Art.

Sie blickt so abrupt von ihrem Arm auf, dass ihre Goldohrringe klimpern. »Warum bist du hier?«

Richtig, da war ja etwas. Ich trete von einem Fuß auf den anderen. »Die Nyx haben herausgefunden, wo wir meine Familie untergebracht haben. Meine Freunde holen sie, nur … Ich weiß nicht, wohin ich sie bringen soll.«

»Ich kann dir nicht helfen.«

»Falls es um die Bezahlung geht – ich finde einen Weg. Nur aktuell kann ich nicht –«

Madame Bouchard tätschelt meine Hand. »Ich hätte dir

auch schon beim ersten Mal geholfen, wenn du kein Geld gehabt hättest.« Sie verzieht gequält die Brauen. »Allerdings kenne ich niemanden mit ausreichend Platz gut genug, außer einigen der Frauen unserer Organisation. Die kann ich nicht fragen, weil ich unsere Verbindungen nicht offenlegen darf.«

Ich sacke auf einen Stuhl und streiche mir über das Gesicht.

»Kann ich irgendetwas anderes für dich tun? Brauchst du Geld?«

»Nein! *Merci*, aber das ist wirklich nicht notwendig.« Mit umherirrenden Gedanken stemme ich mich hoch. Noch habe ich Optionen. Ich kann es bei den *Suffragettes* versuchen.

Madame Bouchard begleitet mich die Treppe hoch bis zum Fenster. Sie schwankt, und ihre Augenlider hängen tief.

»*Merci*, dass Sie mich angehört haben, Madame Bouchard«, verabschiede ich mich hastig. Sie muss sich ausruhen.

»*Je suis désolée.* Ich wünschte, ich könnte dir helfen.«

Ich klettere auf den Fenstersims. Dann halte ich inne, drehe mich um. »Es gibt doch etwas, wobei Sie helfen könnten.«

Erwartungsvoll zieht sie eine Augenbraue hoch.

Mit warmen Ohren wende ich den Blick ab. Aber sie kann ich Dinge fragen, die ich mich bei meinen Eltern nie trauen würde. Also atme ich ein. »Können Sie mir verraten, ob es Möglichkeiten gibt … nun, für Frauen, die keine Familie … ich meine, zuverlässigere Wege, als jeden Monat Ilithyie anzubeten, dass …« Oh, bei den Göttern, wieso stammle ich so?

»*Ilithyie* anzubeten?« Madame Bouchard schnaubt. »*Bitte*, sag, dass du auch ohne mich weißt, dass es bessere Möglichkeiten als *Gebete* gibt.«

Hilflos zucke ich mit den Schultern. Ich habe eigentlich Wichtigeres zu tun. Nur … wer weiß, wann ich wieder eine Gelegenheit wie diese habe?

»Ist es wegen dieses hübschen Jungen?« Bevor ich antworten

kann, setzt sie sich seufzend auf einen Stuhl. »Natürlich seinet-
wegen«, murmelt sie, dann blickt sie auf. »Im Laufe der Zeit
wurden unzählige Methoden ausprobiert, manche nützlich,
manche wirkungslos und manche geradewegs gefährlich. Du
kannst die Tage deines Zyklus zählen, um sichere und unsichere
Phasen zu ermitteln.« Oh, sie kommt *direkt* zur Sache. Ich ziehe
die Schultern höher, um meine glühenden Ohren zu verbergen,
doch sie fährt ungerührt fort. »Der Zeitraum vor der Blutung ist
am sichersten – allerdings ist das beileibe nicht zuverlässig genug! Natürliche Schwankungen und andere Faktoren können
großen Einfluss haben.«

Ich murmle vage, weil ich eine andere Entgegnung ohnehin
nicht aussprechen könnte.

»Trink *keine* Kupfersalze. Schwämme können zusätzlichen
Schutz bieten, aber *nicht* in Zitronensaft oder Essig getränkt.«
Ihre Art, alles zu erklären, als würde sie aus einem Physikbuch
vorlesen, lässt die Wärme in meinen Ohren schwinden. »Keine
Akazienrinde oder Lilienwurzeln einführen! Einige Menschen
arbeiten an mechanischen Schutzvorrichtungen –« Beim Blick
in mein Gesicht, dem vermutlich gerade jede Farbe entweicht,
schnaubt sie. »Kein *Keuschheitsgürtel* oder Ähnliches. Ein Schutz
aus Kautschuk, der jedoch nicht bezahlbar ist, zumindest noch.«

Ich weiß, das hier ist etwas Unerhörtes, wenn nicht gar
Sündhaftes. Aber es fühlt sich nicht so an. Es fühlt sich an, als
sollte man *immer* so darüber sprechen.

Madame Bouchard steht auf. »Komm, ich gebe dir etwas,
das ich mit den Frauen unserer Organisation entwickelt habe.
Aus den Substanzen, die am effektivsten Wirkung gezeigt haben.«

Ich haste hinter ihr die Treppe hinab. »Wie viel –«

»Es ist kein vollständiger Schutz. Das muss dir bewusst
sein.« Zielsicher öffnet sie eine der unzähligen Schubladen ihres

Apothekerschranks und zieht eine kleine Schatulle aus Blech hervor. Als sie sie mir reicht, wird ihr Blick sanfter. »Wenn irgendetwas passiert, kannst du zu mir kommen. Weißt du, woran du merkst, dass du –«

»Meine Mutter hat nach mir vier Kinder bekommen. Also ja«, presse ich hervor und schiebe die Schatulle fort von mir. »Aber ich brauche das hier nicht. Es war nur ... theoretische Neugierde. Ich sollte nicht –« Schluckend schaue ich zur Seite. »Schon gar nicht in der aktuellen Situation.«

Zwei Atemzüge lang hängt Stille zwischen uns. Dann nimmt Madame Bouchard mein Kinn zwischen Daumen und Zeigefinger, bis ich sie ansehe. »Es ist deine Entscheidung. Doch was auch immer du mit diesem Jungen machst oder nicht machst – willst du mit ihm sein, egal, auf welche Weise, verwehre es dir nicht. Wir können nur weiterkämpfen, wenn wir die Dinge in unserem Leben zulassen, *genießen*, für die sich der Kampf lohnt.«

Mit bebenden Händen nehme ich die Schatulle an mich und blicke von ihr zu Madame Bouchard hoch. »Da sind ein paar Aspekte, die ich nicht ganz durchblicken konnte. Haben Sie noch ein paar Minuten Zeit?«

Madame Bouchard schenkt mir eines ihrer seltenen Lächeln und hebt ihren verbundenen Arm. »Etwas anderes als reden kann ich hiermit ohnehin nicht machen.«

Nachdem ich erneut halb Paris durchquert habe, treffe ich im Appartement der *Suffragettes* nur mir unbekannte Mädchen und Frauen an. Ich kann mich wohl glücklich schätzen, dass um drei Uhr nachts überhaupt jemand wach ist. Eine von ihnen erklärt, dass Georgette die ganze Nacht unterwegs sei, aber am Morgen Zoé in der Wäscherei besuchen wolle. Sie bieten mir an, bei ihnen zu schlafen, und obwohl ich erst ablehnen will, lasse ich mich in eines der Zimmer führen. Irgendwann *muss* ich schlafen.

Als eine der Frauen mich irgendwann unsanft weckt, habe ich nicht das Gefühl, für mehr als eine Stunde die Augen geschlossen zu haben. Trotzdem raffe ich mich auf und fahre ein Stück mit dem Omnibus, dann laufe ich den Rest zu Fuß, während der Tag in Paris' dunstigen Gassen erwacht. Und der Mief aus Abwasser, Qualm und ungewaschenen Menschen von *L'Hadès*. Die Wäscherei mit ihrer Mixtur aus duftenden Seifen und chemischen Mitteln zu betreten, ist eine Erlösung.

Bis ich hinten im offenen Raum das Konstrukt aus Metall und ölschwarzen Kabeln entdecke. *Sirènes.*

Ich erstarre, bis mich eine Frau mit einem Stapel Bettlaken anrempelt. Ihre Augen sind glasig, und sie beachtet mich nicht.

Durch die Geräuschkulisse aus kochendem Wasser und Schrubben – kein Geplapper wie zuvor – schwirrt Katyas Stimme zu mir, viel zu schrill. »Wie kannst du ernsthaft behaupten, auf unserer Seite zu sein, und gleichzeitig dieses … dieses *Ding* akzeptieren?«

»Wieso verstehst du nicht, dass meine Situation eine andere ist als deine?«, entgegnet Zoé so viel sanfter im Kontrast.

Ich stolpere durch die Wäscherei, bis ich sie ein paar Meter vor *Sirènes* entdecke. Ich wende den Blick von den Frauen *in der Maschine* ab. Von dem noch lange nicht volljährigen Mädchen, dessen Augen hinter geschlossenen Lidern rollen.

»Deshalb kämpfen wir doch dafür, dass sich etwas ändert!« Katya richtet sich mit geballten Händen und zerzaustem Dutt auf. »Deshalb sind wir *Féministes*!«

Zoé macht eine unschlüssige Geste mit den Armen an ihren Seiten. Selbst durch die halbe Wäscherei ist unübersehbar, wie sich gleichzeitig ihre Mimik stählt. »*Féministes*, die für die Rechte *weißer Féministes kämpfen*.«

»Das … Das ist nicht wahr«, stottert Katya wie eine Dampf-maschine, die den Geist aufgibt und eine letzte klägliche Wolke ausstößt. »Wenn wir weiterkämpfen –«

»Wenn wir weiterkämpfen, hast vielleicht *du* das Glück, zu deinen Lebzeiten noch wählen zu können.« Zoé schlingt die Arme um sich, als ich die beiden erreiche. »Aber ich nicht.«

»Und was soll das –« Katya erblickt mich und zerrt mich näher. »Was sagst du dazu, dass Zoé *Sirènes* benutzt, nachdem du mit ihr dafür gekämpft hast, die Maschine loszuwerden?«

Ich trete von einem Fuß auf den anderen. Madame Bouchards Erzählung über ihr Studium hallt in meinen Gedanken wider. »Ich habe nie wirklich darüber nachgedacht, ob anderen Frauen noch *mehr* Steine in den Weg gelegt werden als mir. Doch Zoé hat recht. Ich *hätte* darüber nachdenken müssen. Zumindest weiß ich, dass *viele* Menschen oft keine andere Wahl haben. Und wenn Zoé sagt, dass das ein Grund dafür die Arbeit der *Suffragettes* ist, sollten wir ihr vielleicht –«

Katya wirft die Hände hoch, und ihre zerzausten Haare scheinen vor Zorn aufgeladener als sonst. »All das ist kein Grund, fröhlich in diese gefährliche Maschine zu steigen!«

»Odette, veranstaltest du etwa illegale Hahnenkämpfe?« Ein Arm sinkt schwer auf meine Schulter. Georgette.

»Ich steige sicher *nicht* fröhlich in *Sirènes*!« Zoés sanfte Stimme übertönt die Geräuschkulisse der Wäscherei, sodass wir alle zusammenzucken. »Ich habe keine andere Wahl, damit meine Familie nicht verhungert!«

»Wenn du mir einen Moment zuhören … Ich könnte dir doch …« Katya atmet abgehackt. »*Merde!*« Sie tritt mit voller Wucht gegen *Sirènes*, sodass das Metall rattert und sie vor Schmerz tiefrot anläuft. Dann stürmt sie davon.

Einen Moment lang kann ich nur starr Zoé anschauen, deren runde, weiche Schultern heftig auf- und absinken.

Georgette klopft mir auf die Schulter. »Ich hoffe, du hast auf Zoé gesetzt. Sie hat definitiv –«

Ich stoße ihr einen Ellbogen in die Seite. »Nicht jetzt!«

Schlagartig wird Georgette ernst. »Was *genau* ist passiert?«

»Nichts.« Bebend wendet Zoé sich ab.

»Katya sorgt sich um dich«, presse ich hervor, und Zoé hält mit dem Rücken zu uns inne. »Sie hat Mist gebaut. Auch wenn sie dir helfen will, hätte sie anders reagieren –«

»Sie will mir nicht helfen. Dazu müsste sie auch nur ein einziges Mal meine Perspektive einnehmen.« Zoés Stimme bebt wie ihre Schultern, und sie klingt gleichzeitig so verwundet und kämpferisch, dass es in meinem Herzen sticht. »Sie will, dass ich weiter ein Lächeln aufsetze, dank dem sie die Realität ausblenden kann.«

Unsicher sehe ich zu Georgette, die mit den Schultern zuckt. Ich trete zu Zoé. »Die *Suffragettes* können sich ändern, oder? Aber Georgette und ich können nicht entscheiden, *wie*.«

Georgette hält ihre Stimme sanfter als je zuvor. »Zoé, *du* könntest es. Du könntest die Bewegung prägen.«

Zoé schüttelt den Kopf. »Ich will nur, dass zumindest meine *Freundinnen* mir zuhören. Meine angeblichen Freundinnen.« Das leise Zittern ihrer Stimme kann sie mit einem harschen Wischen über ihr Gesicht nicht ganz verbergen. »Ich muss weiterarbeiten.« Ohne einen Blick zurück verschwindet sie zwischen den anderen Wäscherinnen.

»Sollten wir ihr –«

»Es bringt nichts, wenn *wir* zu ihr gehen«, unterbricht Georgette mich. »Katya ist ihre beste Freundin, seit die beiden sich bei uns getroffen haben. Nur sie ist wirklich von Bedeutung.« Abwinkend leitet sie mich nach draußen. »Sie braucht eine Weile, bis sie sich abregt. Dann bereut sie jedes Wort und wirft sich vor Reue praktisch vor Zoés Füße.«

»Ich glaube nicht, dass das reicht«, murmle ich vor der Tür, wo mir der Straßenmief wieder entgegenschlägt.

»Aber wir können darüber reden, wie wir etwas ändern können.« Georgette rafft ihren Taftrock, damit er nicht durch die Pfützen schleift.

»Glaubst du wirklich, Zoé könnte eine neue Bewegung führen?« Sie ist so schüchtern und sanftmütig, dass ich sie mir nun wirklich nicht dabei vorstellen kann, wie sie im Stile Madame Auclerts Wahlurnen aus Protest zu Boden tritt.

Rigoros nickt Georgette. »Absolut. Aber es ist ihre Entscheidung, ob sie das möchte.« Ruckartig hält sie mich fest, und wir stoppen mitten auf der geschäftigen Straße. »Wieso bist du überhaupt hier?«

»Meine Familie ist in Gefahr«, flüstere ich, auch wenn uns in dieser Geräuschkulisse kaum jemand belauschen wird. »Ich brauche einen Ort, wo sie sicher sind.«

»Wie viele?«

Ich stocke. Es geht nicht *wirklich* um die Anzahl. »Meine Mutter, drei Schwestern, … ein kleiner Bruder und mein Vater.«

Georgette verzieht mitleidig die Augenbrauen. »Du weißt, ich würde dir helfen, und vielleicht machen die anderen für deinen kleinen Bruder eine Ausnahme, aber …«

»Nicht für meinen Vater.«

»Es tut mir leid, wirklich. Nach deinem Einsatz in der Wäscherei hast du eigentlich etwas gut. Hilft es, wenn zumindest deine Mutter und Schwestern bei uns unterkommen?«

Eine andere Unterkunft nur für Papa und Henri zu finden, ist sicher leichter als für alle zusammen. Ich drücke Georgettes Unterarm. »*Merci*. Es ist mehr als großzügig, vier von ihnen einen Platz zu bieten.«

Georgette lächelt ein wenig zerknirscht. »Kommt vorbei, wann immer ihr wollt. Ich wünschte, ich könnte mehr tun.«

»Du tust schon genug, wirklich. *Merci*. Doch ich muss jetzt weiter, zu –« Louise. Meiner Familie. Den anderen sagen, dass *Sirènes* doch ihren Weg in die Wäscherei gefunden hat.

»*Au revoir!*« Georgette wirft mir einen Luftkuss zu. »Und viel Glück!« Ich blinzle, und sie ist in der Menge verschwunden.

Seufzend trabe ich los. Vorbei an Lieferanten, die die allzu bekannten Holzkisten in einen weiteren Betrieb schleppen. Eine böse Vorahnung ergreift meinen Nacken wie eine eisige Klaue.

Vielleicht bin ich feige, weil ich zum Tempel haste, um dort vermutlich ewig auf meine Familie zu warten, anstatt mich dem Gespräch mit Louise zu stellen. Aber nachdem ich Eugène von Clément erzählt habe, bringe ich es nicht über mich, auch noch Louise über ihren Vater aufzuklären.

Ich trete aus den *Catacombes* in den Tempel und hocke mich direkt vor den Eingang. Zumindest weiß ich, dass Louise sicher ist. Der Orchestrator hätte sie oft genug für eine weitere Erpressung nutzen können. Doch nachdem sie beim ersten Versuch beinahe erschossen worden wäre, hat er es sich wohl anders überlegt. Sie bedeutet ihm etwas. Darauf kann ich zählen.

Meine Lider sinken nach unten. Es schadet nicht, kurz auszuruhen, oder? Ich warte ohnehin nur untätig. Vielleicht bin ich zu aufgewühlt, um einzuschlafen. Oder …

Meine Stirn kollidiert mit etwas Hartem. Stöhnend schrecke ich auf. Mein Knie. Ich bin auf mein Knie gesunken. Ich reibe mir über die Augen, weil die Sonne aus einem anderen Winkel durch die Lichtschächte fällt. Wie viel Zeit ist vergangen? Ein paar Stunden vielleicht. Mittag.

Ich lasse mich auf den Rücken sinken, strecke meine steifen Beine aus. Vage meldet sich mein Magen, nicht wirklich Hunger, sondern die Erinnerung, dass ich Hunger haben *sollte*.

Langsam richte ich mich auf. Madame Bouchard hat recht, dass ich etwas brauche, für das sich der Kampf lohnt. Aber um weiterkämpfen zu können, muss ich auch meinen Rat an Jean befolgen und etwas *essen*. Muss mir Schlaf erlauben. Beides wohl doch etwas wichtiger, als Eugène zu küssen oder –

Mit einem Kopfschütteln rapple ich mich ganz hoch und marschiere zu unseren schwindenden Vorräten neben dem Herd. Ich kann direkt etwas für die anderen vorbereiten, die sicher nach dem plötzlichen Aufbruch und der Fahrt hungrig –

»Ihr wohnt in einem *Palast*?«, erklingt die ungläubige Stimme von Henri hinter mir.

Mein Herz hüpft in meinen Hals, und ich lasse das Baguette fallen, um herumzuschnellen. Armand schiebt Henri weiter, sodass einer nach dem anderen aus dem Gang treten kann, während ich zu ihnen renne. Als Jean zuletzt folgt, reiße ich die erstbesten drei an mich. Henri, Jo und Juliette. »Es tut mir so leid, dass wir euch vom Hof wegholen mussten«, murmle ich in Juliettes Haar.

»Ist ja nicht deine Schuld«, entgegnet sie und schiebt mich sanft fort, um sich umzuschauen.

Einmal drücke ich Henri und Jo noch ganz fest, dann schlinge ich die Arme um Mama, Papa und Mathilde. Umständlicher als bei meinen drei kleinsten Geschwistern, aber irgendwie schaffen wir es, dass jeder jeden berührt.

»Ihr müsst erschöpft sein!« Ich führe sie zum Tisch.

»Jean und Armand haben sich gut um uns gekümmert.« Papa lässt sich auf einen Stuhl fallen. »Zur Abwechslung war die Reise mit deinen Geschwistern ein Klacks, weil Jean so gut mit Kindern kann. Sie vergöttern ihn seit der ersten Minute.«

»Jean?« Ich ziehe eine Augenbraue in Richtung des stoischen, ernsten Kerls hoch. Wirklich niemand, den ich für eine Sensation bei Kindern eingeschätzt hätte. Eher Armand, der –

mir eine Grimasse schneidet. »Sieh mich nicht so an. Ich finde Kinder beängstigend«, flüstert er mir verschwörerisch zu. »Sie sind so ehrlich. Je jünger, desto schlimmer. Sie sind *gnadenlos*.« Er deutet zu meinen Geschwistern und hebt die Stimme. »Aber diese sind natürlich zauberhaft. Ich kümmere mich um das Essen.« Im Wegschlurfen murmelt er etwas, das sich nach *Endlich ein wenig Ruhe* anhört. Gleichzeitig verraten seine angespannten Schultern, dass eventuell *mehr* dahintersteckt. Zum zweiten Mal, seit Clément sein Leben bedroht hat, wird mir klar, wie wenig ich über ihn weiß. Oder Jean. Das muss ich aufholen, doch wie immer steht Dringenderes an. Also quetsche ich mich auf einen Stuhl zwischen Mama und Mathilde. »Wir müssen klären, wo ihr unterkommt. Ich –«

»Ich will wieder nach Hause«, murrt Jo mit gefurchten Brauen.

Mit einem Stich im Herzen blicke ich zu ihr. »In *L'Hadès* oder zu Madame und Monsieur Beaumont?«

Sie starrt erst nach links, dann nach rechts. Schließlich verschränkt sie die Arme. »Egal, eins von beidem.«

Mathilde streicht ihr über den Kopf und sagt mit sanfter Stimme: »Das geht leider nicht, *Souriceau*. Aber wir machen es uns hier gemütlich, ja?«

Ich verschränke die Finger. »Ihr könnt nicht bleiben, das wäre zu gefährlich, falls wir überfallen werden. Oder falls jemand sieht, wie wir Lebensmittel für fast ein Dutzend Menschen heranschaffen. Doch ich habe schon eine sichere Unterkunft für Mama, Mathilde, Juliette und Jo gefunden. Papa und Henri, für euch muss ich –«

»Wir bleiben zusammen.« Juliette ballt beide Hände auf der Tischplatte zu Fäusten.

»Juliette«, beginne ich gequält. »Ich weiß, es ist beängstigend, von den anderen getrennt zu sein, aber –«

Mama greift meine Hand. »Wir wollen nicht wieder voneinander getrennt sein. Als Familie sollten wir zusammenhalten.«

Jo kullern plötzlich dicke Tränen die Wangen hinab. »Papa soll bei mir bleiben! Er hat Angst, wenn ich ihn nicht beschütze!«

»*Du* hast Angst, nicht er«, murrt Henri mit verschränkten Armen. Wieso werde ich das Gefühl nicht los, er verschränkt sie, um sich nicht an Papa zu klammern?

Aber natürlich. Die Zeit, in der sie getrennt waren, Papa verletzt bei Madame Bouchard und die anderen gefangen in der Lagerhalle der Nyx, sitzt noch immer tief in ihren Knochen.

Leise seufze ich. »Ich suche einen Ort, wo ihr alle unterkommen könnt. Aber wenn ich in ein paar Tagen nicht –«

»Wir bleiben.« Mama steht auf und hebt das Kinn. Papa legt die Hand an ihren Arm, doch sie starrt weiter mich an.

Ich springe auf, die Panik, sie nicht beschützen zu können, schwer und gebündelt in meiner Brust. »Ich sagte, es ist zu gefährlich hier!«

»Und ich sagte, wir wollen nie wieder getrennt sein. Damit meinte ich auch *dich*, Odette!« Mamas Augen funkeln. Nicht vor Sturheit, sondern weil sich dort Tränen sammeln.

Ein Feuer lodert in mir auf, das rasch jede Mauer aus Entschlossenheit zerstört. Bis nur ein warmes Glühen zurückbleibt. »*Bien.* Ihr könnt bleiben«, hauche ich.

Juliette bricht in Jubelrufe aus, Jo hampelt auf ihrem Stuhl herum, und Henri wirft eine Karte vom Tisch, nach der er sich eine Ewigkeit bückt. Mama und Mathilde umarmen sich.

Papa kommt zu mir, um mich an sich zu drücken. »Vergiss nie wieder, dass du auch ein Teil dieser Familie bist.«

Schweigend erwidere ich die Umarmung. Doch die Wärme in mir weicht jäh einer eisernen Kälte. Denn ab jetzt darf ich keine Fehler mehr machen. Ich *muss* zurückkehren, von jeder

Mission. Falls mir etwas geschieht, sitzen sie hier unten fest. Wenn ich keinen Erfolg habe, können sie nie in ihr altes Leben zurückkehren. Denn die Nyx werden nie damit aufhören, nach ihnen zu suchen. Jede mit der Lichtbringerin verwandte Seele auszulöschen.

Kapitel 16

»Damit ich das richtig verstehe – du musst dringend mit Louise reden, seit zwei Tagen, und bist jetzt *hier*?« Eugène lehnt sich gegen die Rückenstütze seiner *Récamière*. Sitzen kann man auf ihr nicht mehr, da sie und der Rest seines Zimmers vor neuen Zeichnungen, Skizzen und Leinwänden überquellen.

»Weil ich nicht weiß, ob ich mit ihr über ihren Vater reden *sollte*.« Ich fahre mit den Fingern die Konturen von Nyx' Fackel nach, ohne die ich nie mehr den Tempel verlasse. »Was passiert, wenn sie erfährt, dass er der Orchestrator ist? Dass er ihre Entführung inszeniert hat? Menschen getötet hat? Für Louise wäre es ein Schock – aber zusätzlich könnte das Wissen eine Gefahr für sie sein. Oder?«

Eugène schmunzelt. »Deine ganze Familie, Jean und Armand versauern im Tempel, und du kommst für einen Rat zu *mir*?«

»Falls du dich dem nicht gewachsen fühlst, kann ich auch wieder gehen.« Schulterzuckend drehe ich mich zur Tür. Um ihn zu ärgern, aber vor allem, um meine glühenden Wangen von ihm abzuwenden.

»Nein! Geh nicht!«, ruft Eugène mir mit dem Pathos eines überkandidelten Laienschauspielers hinterher.

Ich schnaube. Zögere mit der Hand auf der Klinke. Eigentlich haben wir für so etwas keine Zeit … »*Nur Eile rettet mich, Verzug ist Tod*«, flöte ich und eile durch die Tür. Madame Bouchards Worte sind Brandbeschleuniger zu dieser Albernheit, die Eugène in mir auflodern lässt.

Seine Schritte folgen mir auf den Flur. »Setzt du gerade *Shakespeare* gegen *mich* ein?«

Mit kaum verhohlenem Lachen drehe ich mich zu ihm. »Welche Wahl bleibt mir, wenn eine Lerche herumkrakelt, um mich zu ärgern, statt mir einen Rat zu geben?«

»Ich bin ziemlich sicher, dass ich eher der Typ Nachtigall bin.« Grinsend langt Eugène nach meiner Hand.

Doch ich tänzle ein paar Schritte von ihm fort. »*Glaub, Lieber, mir: Du bist eine Lerche.*«

»Die Stelle habe ich anders in Erinnerung«, murmelt er und kommt näher. »Das erste und vielleicht einzige Mal in deinem Leben, dass du Poesie über deine Lippen bringst, und du sagst ausgerechnet *so etwas* zu mir?«

»Wieso?« Ich lege den Kopf schief. »Was für eine Textstelle würdest du denn lieber von mir hören?«

Eugène öffnet leicht den Mund, schließt ihn mit sich verdunkelnden Augen. »Da würden mir *einige* einfallen«, beginnt er langsam, die Stimme wie Sirup und gleichzeitig herausfordernd. Dann zuckt er die Schultern. »Aber Bedeutung hätten sie nur, wenn sie aus eigenem Antrieb –«

Es knallt über uns, *draußen*, wie ein explodierendes Schießpulverlager.

Ich zucke zusammen, starre Eugène an. Unsere Hände finden sich, und wir hasten in Begleitung des Krachs die Treppe zum Dachgeschoss hoch. Vorbei an den Überresten vom *Sirènes*-Prototypen, bis wir uns am Fenster aneinanderquetschen. Ich suche den Himmel ab, bis ich, halb hinter Dächern verborgen, glitzernden Funkenregen entdecke. Noch ein Knall, und mit summendem Dröhnen fällt ein Wasserfall aus Silber vom Himmel.

»Ein *Feu d'artifice*?« Eugène lacht und schüttelt den Kopf. Sein Arm streift meinen, so nah sind wir uns.

Oh, bei Aphrodite, genau hier hat er – kurz betrachte ich sein Spiegelbild, dann wieder das Feuerwerk. Denkt er auch daran? Nicht nur jetzt, sondern *immer*. Nicht, dass *ich* immer daran denken würde, aber …

Er stupst mich mit der Schulter an. »Wir müssen wohl nicht hinter *allem* einen Angriff der Nyx vermuten.«

Richtig, die Nyx. *Der Orchestrator.* Etwas in mir verpufft wie ein fehlerhafter Feuerwerkskörper, die Ernüchterung noch heftiger im Kontrast zum glitzernden Farbenspiel draußen. »Ich weiß noch immer nicht, was ich wegen Louise tun soll.«

Eugène schiebt das Fenster auf und klettert hinaus. »Meinem Rat darfst du auf dem Dach lauschen!«

»Eugène, was soll –« Ich seufze, denn von ihm baumeln nur die Füße vor dem Fenster, dann verschwindet er ganz aus meinem Blick. Tiefer seufzend, folge ich ihm, erklimme die Fassade.

Mhm. Das haben wir ewig nicht gemacht. Nicht zusammen.

Er sitzt schon auf dem höchsten Punkt des Dachs, den Rücken an den Schornstein gelehnt, während ich das Mansardendach hochklettere. »Man sollte meinen, nach allem, was wir erlebt haben, nimmst du unsere Situation ein *wenig* ernster«, murre ich. »Aber du tust immer noch einfach, wonach dir der Sinn steht, oder?«

»Du hast Angst, dass Louise in größerer Gefahr ist, wenn sie von der Identität ihres Vaters erfährt?«, fragt er, ohne den Blick vom *Feu d'artifice* zu nehmen.

»Ihr Unwissen könnte das Einzige sein, was sie vor den Nyx schützt.« Ich hieve mich auf den flachen Teil des Dachs.

»Wissen ist gefährlich.« Eugène hält mir die Hand hin.
»Unwissen gefährlicher.«

Kurz vor ihm halte ich inne. »Das klingt ... erstaunlich
weise.« Ich spitze die Lippen. »Und ich weiß nicht, ob es wirklich so einfach ist.«

»Nun, als du das Wissen über die Nachtschwärmer und die
Nyx erlangt hast, war das gefährlich.« Grinsend zuckt er mit
der Hand, sodass ich sie ergreife und neben ihm Platz nehme.
Er lässt nicht los. »Aber hättest du *nicht* von alledem erfahren –«

»Wäre es noch gefährlicher gewesen«, stöhne ich und betrachte ihn in seiner strahlenden Selbstzufriedenheit ein paar
Atemzüge lang. »Mir gefällt nicht, wie sehr *dir* gefällt, dass du
recht hast.«

Er schnaubt, und das Feuerwerk spiegelt sich in seinen nach
oben gerichteten Augen. »Ich weiß, ich bin hübscher als das *Feu
d'artifice*, aber im Gegensatz zu ihm kannst du mein Gesicht
jeden Tag betrachten. Genieß das Spektakel.«

»Charmant wie immer, deine Bescheidenheit«, murmle ich,
doch sehe auch hoch.

Es *ist* hübsch. Ein Meer aus geschmackvollen Tönen zieht
sich über die gesamten *Champs-Élysées* und die *Rue de Rivoli*.
Gold wie die hochkarätigen Uhren aus den Luxusläden der *Rue
de la Paix* in *Le Ploutos*. Die warmen Funken, wenn ein Schmied
in *L'Héphaïstos* ein glühendes Schwert bearbeitet. Blasse Silberfäden, wie die Näherinnen sie in feinen Fäden mit den Stoffen
der *Bourgeoisie* verweben.

Ich deute über die erleuchteten Straßen. »Wieso fühlt sich
das *Feu d'artifice* so anders an als die Lichter der Stadt?«

»Weil es uns an eine Zeit erinnert, als Licht noch unbändiges Feuer war.« Eugène lehnt sich vor, um mich besser betrachten zu können. »Ungeheuer verjagende Fackeln und hoch aufgetürmte Freudenfeuer, um die Menschen tanzten, nicht gezähmte Beleuchtung in reglementierten Abständen hinter Glaskästen.«

»Ich erinnere mich nicht an so eine Zeit«, schnaube ich. »Du bist nicht so viel älter, dass *du* sie erlebt haben kannst.«

»*Etwas* in uns erinnert sich. *Hier.*« Er presst seine Hand mit meiner darin an seine Brust. Sein Herz pocht gegen meine Finger. Langsam und kräftig. »Und ich bin sicher, auch in fünfzig oder hundert Jahren hallt die Erinnerung an diese Zeiten noch in den Menschen wider.«

Wissenschaftlich betrachtet, ist seine Behauptung nicht haltbar. Aber ich widerspreche nicht. Denn wie könnte ich dieses Gefühl verspüren, wenn nicht ein kleines Fünkchen Wahrheit daran ist? Doch dann lodert das Gefühl auf seltsame Weise in mir hoch. »Ich hasse es.«

»Das *Feu d'artifice*?« Ungläubig zieht er eine Augenbraue hoch. »Es ist so ziemlich die *eine* schöne Sache, die den Menschen in Paris seit Ewigkeiten widerfahren ist, also wieso –«

»Das ist es eben *nicht*.« Ich springe auf. Weiß selbst nicht, wieso meine Fäuste an meinen Oberschenkeln beben oder woher die Worte kommen. »Es ist für die *Bourgeoisie*. Für die anderen haben sie die neuen *Straßenlaternen* installiert.«

»Sie können doch trotzdem das Feuerwerk betrachten.«

Ich wende mich zu ihm. »Können sie? Die meisten schlafen, zu erschöpft von den zwölfstündigen Schichten. Wer weiß, wann sie nicht einmal mehr schlafen, sondern durch *Sirènes* auch nachts arbeiten müssen? Und die wenigen, die es *wagen*, am Nachtleben teilzunehmen, kontrollieren sie mit den Laternen.«

»Odette …« Er nimmt meine Hände in seine. Sanft, so sanft, obwohl meine Finger vor Wut verkrampfen.

»Sie *gewinnen*, Eugène«, klage ich. »All unsere Bemühungen, unsere Opfer, unsere Verluste – und die Nyx gewinnen.«

340

»Wenn du aufgeben willst –« Ich öffne den Mund, doch er greift meine Wangen, sein Blick so intensiv auf mir, dass ich verstumme. »Wir können fort von hier. Zusammen. Ich könnte dich entführen, und wie Hadès und Perséphone würden wir über unser eigenes Reich herrschen, weit weg vom Olymp der Nyx. Noch habe ich ein paar Wertgegenstände, die etwas Geld bringen, und wir könnten uns ein kleines Häuschen auf dem Land suchen. Ich müsste natürlich die Arbeit dort lernen, aber ich glaube, ich wäre ein passabler Winzer, denkst du nicht?«

Ich starre in seine unschuldige Miene. Dann schubse ich ihn so halbherzig, dass er sich keinen Millimeter bewegt. »Du weißt viel zu gut, was du sagen musst, oder?«

Sein Grinsen kommt beinahe, *beinahe*, gegen das Licht des *Feu d'artifice* an. »Das heißt, wir bleiben. Wir kämpfen.«

Ich berühre seine Hände an meinen Wangen. Gewissheit steigt in mir auf. »Und wir kämpfen *jetzt*. Die Straßenlaternen müssen zerstört werden.«

»Wir? *Zusammen?*« Unsicherheit schwingt in seiner Stimme mit, während ich mich von ihm löse und mich den Straßen unter uns zuwende. Er zweifelt, ob ich ihm das zutraue.

»Es geht dir besser, oder? Ein wenig Vandalismus zum Wiedereinstieg ist da genau das Richtige.« Trotz der Gewissheit stolpert mein Atem, und ich blicke zu ihm. »Ich brauche dich.«

»Scheint, als wäre Shakespeare gar nicht nötig«, sagt er leise, beinahe wie nur für sich, beinahe wie eine *Huldigung*. Einen zerspringenden Goldregen lang sehen wir uns an.

Und bevor ich mich zu ihm lehnen kann, zieht er mich in einen Kuss. Zu kurz und zu unschuldig, um Verlegenheit zu verspüren oder mich darin zu verlieren. Aber genau richtig, um einen Strom aus Überzeugung und Lichtwirken unter meiner Haut fließen zu lassen.

Wir lehnen uns ein Stück zurück, ohne einander loszulassen.

Wenn sein Gesicht meines auch nur annähernd spiegelt, lächle ich grimmig und kampfbereit. Athénas und Arès' Lächeln vor der nächsten Schlacht.

Mir war nicht klar, wie sehr ich das Schattenspringen mit Eugène vermisst habe. Doch beim Gleiten über die Dächer von *Le Zeus* fühle ich mich, als wäre das letzte Mal Jahre her. Und dann ist es so vertraut, der Sog, unsere verschränkten Hände, der Wind in meinem Gesicht, als wären seitdem bloß Sekunden vergangen.

Ich atme flach, damit der Qualm des erloschenen Feuerwerks so wenig wie möglich in meiner Nase brennt. »Wir müssen in Bewegung bleiben, damit die Nyx uns nicht aufspüren können.«

»Ich übernehme das. Konzentrier du dich auf die Laternen.«

Und genau das tue ich. Ich vertraue darauf, dass er mich sicher führt. Sobald ich mich leicht und ungebunden von allem Weltlichen fühle, rufe ich das Lichtwirken in mir hervor. Nur das glitzernde Meer aus Laternen unter mir existiert. Leuchtadern, die sich durch Paris' kränkelnden Körper ziehen.

Energie durchströmt mich, verstärkt durch die Fackel, kontrolliert durch das Tuch. Und durch meine Wut.

Ich lasse sie frei, und sie löst sich in einem heftigen Stoß, der meine Wirbelsäule nach hinten biegt und mich verkrampfen lässt. Etwas ist anders als zuvor. Beinahe schmerzt es. Beinahe fühle ich mich wie Zeus, der seinen grollenden Donner auf die Menschheit herabschickt.

»Kannst du aufhören?«, fragt Eugène sanft, weit weg. Er drückt meine Hand, ein Anker. Ich lasse die Energie versickern. Atme. Sehe nur Schwarz. Atme. Atme. Ächze und schaue dann nach unten. Der Beinahe-Schmerz verpufft. Denn ein gutes Viertel von *Le Zeus* liegt im Dunkeln.

»Ha!«, bringe ich hervor. Weniger triumphierend, als ich mich fühle. Doch wir landen auf der für eine christliche Kirche so seltsam wie ein römischer Tempel anmutenden *La Madeleine*, und aufgedrehte Rastlosigkeit schäumt wie Champagner in mir hoch.

»In Bewegung bleiben, erinnerst du dich?«, fragt Eugène grinsend und zieht mich in den nächsten Schattensprung. »Du meinst es wirklich ernst«, ergänzt er nach dem Absprung mit einem Blick auf die verfinsterten Straßen.

Wieder zerre ich die Elektrizität tief aus meinem Inneren. Konzentriere mich auf die nächsten Lichter, spüre jedes von ihnen, ihre Wärme, als stände ich direkt vor ihnen. Mit einem weiteren Ruck durch meinen Körper pulsiert das Lichtwirken um mich. Teile von *L'Ilithyie* und *Le Ploutos* versinken in Dunkelheit, und ich könnte schwören, dumpf die erregten Beschwerden der Pariser zu hören.

»Ich schaffe nicht ganz Paris«, keuche ich zittrig.

»Davon bin ich auch nicht ausgegangen. Ohnehin würde ich nicht durch ganz Paris schattenspringen können. Ich achte mehr auf meine Gesundheit, verantwortungsbewusst und den ganzen Kram, den ich jetzt bin, schon vergessen?«

Wir halten auf den verdunkelten *Palais Garnier zu.* »Konzentrieren wir uns auf die ärmeren Arrondissements, um den Menschen dort ein Stück Freiheit zurückzugeben.«

»Der *Bourgeoisie* die Beleuchtung ihrer Spielplätze zu nehmen, könnte auf Dauer mehr bringen. Ihnen zeigen, dass nicht jeder ihren Wohlstand aufgrund des Leids anderer hinnimmt.«

Ich knirsche mit den Zähnen. »Lass uns beides tun. Über *L'Aphrodite, Le Dionysos, L'Hébé,* dann zum Zentrum.«

Sanft drücken wir uns von der Kuppel vom *Palais Garnier* ab. Er steuert uns zu *L'Aphrodite.* »Hältst du das durch?«

»Ich muss. Aber wir können stoppen, wenn es zu viel wird.«

Wir arbeiten uns schweigend vor. Ich, weil ich all meine Kraft benötige. Eugène, weil er mich wahrscheinlich, so schwer es ihm auch fällt, nicht ablenken will. Ich verdunkle immer nur die Teile der Arrondissements, die ich erreiche, ohne dass wir Tausende Umwege und Absprünge unternehmen müssen. Schon über *Le Dionysos* geht mein Atem keuchend, und die Elektrizität in mir flackert. Doch der Anblick der *Sacré-Cœur*, die Erinnerung an Augustes Familie, die er dort zum letzten Mal sah, an sein Opfer, schicken eine neue Welle der Kraft durch mich.

Wir überfliegen *L'Hébé* genau an der Grenze. Eugène wählt einen engeren Radius, als mir lieb ist, aber ich kann nicht lichtwirken und gleichzeitig unseren Schattensprung beeinflussen. Dann verliere ich das Gefühl für Raum und Zeit.

Ruckartig zerrt Eugène an mir, holt mich aus meiner Konzentration. Die Elektrizität entgleitet mir und versengt meine Finger, sodass ich scharf aufzische. »Was –«

Ein Luftschiff kreuzt unsere Flugbahn, schneidet uns den Weg ab. *Nein.* Es steuert direkt auf uns zu.

Ein stilisiertes Lilienkreuz prangt an seiner Seite, schwarz gestrichenes Metall. Doch darüber, nur ein Flackern im richtigen Licht und richtigen Blickwinkel, ein ebenso stilisiertes Auge.

»Die Nyx«, röchle ich. Das *Merde* bleibt mir im Hals stecken.

»Kämpfen steht außer Frage«, presst Eugène hervor. »Wir landen, verschwinden in den dunklen Gassen. Ein Luftschiff ist zu langsam, um uns zu verfol–«

Ein Dröhnen weht herüber. Von zwei Maschinen auf der Gondel des Luftschiffs, mit den ledrigen Flügeln einer Fledermaus. Wie die jahrhundertealten Entwürfe von Leonardo da Vinci, die den Maschinen aus gegerbtem Leder und Holzgerüsten viel zu sehr ähneln.

»Die Nyx haben eine verdammte Flugmaschine entwickelt?«
Eugènes Unglaube lässt uns schwanken.

Ich kann nur sprachlos beobachten, wie sich die Maschinen
von der Gondel stürzen. Wie die Gleiter, die Otto Lilienthal
erfand – bis er beim letzten der fehlgeschlagenen Sturzflüge
ums Leben kam. »Eine so schwere Maschine kann nicht fliegen«, erkläre ich gepresst. »Es braucht mit Gasen gefüllte Kor-
pusse, die leichter sind als die Luft, wie bei Luftschif–«

Die Flugmaschinen steigen in die Höhe. Das Dröhnen ihrer
Motoren nähert sich uns mit besorgniserregender Geschwindigkeit. Und dann schießen sie auf uns.

Eugène reißt uns aus der Schusslinie. »Sieht das für dich aus,
als könnten sie nicht fliegen?«

Die Schüsse versiegen, weil die Maschinen im engen Radius
wenden müssen. Eugène will uns gen Boden steuern, doch ich
halte dagegen. »Nein! Sie sind zu schnell. Wenn wir jetzt landen, können sie problemlos zielen. Wir müssen weiter, Haken
schlagen und sie zu Wendemanövern zwingen!«

»*Bien.* Ich lege mein Leben in deine Hände, aufgrund deiner
Annahmen über Flugmaschinen, die vor zehn Sekunden laut
dir noch nicht fliegen konnten und –«

»Eugène!«

Wir stoßen uns von einem Kirchturm ab, berühren den
Grund kaum mit den Fußspitzen. Wechseln im steilen Winkel
die Richtung. Ein paar Schüsse, viel zu nah. Weiter in flachen
Sprüngen, überstürzt, so anders als das übliche Gleiten in möglichst langen, gebogenen Flugbahnen. Alles in mir brennt.

»Das ist offiziell ein echtes göttliches Wunder!«, keucht Eugène, während die Flieger ihre Wendemanöver ausführen.

»Die Flugmaschinen?« Ich sehe zurück. Sie holen uns nicht
ein – wir hängen sie aber trotz der erzwungenen Wendemanöver
nicht ab. »Ich würde sie eher als göttliche Strafe bezeichnen.«

»Ich meine, dass sie uns jedes Mal verfehlen!«

Wir drücken uns vom Dach des *Louvre* ab, die *Rue de Rivoli* dahinter zur Hälfte im Dunkeln. Und dann vergesse ich, wie man atmet. Es ist kein Wunder –

»Eine Treibjagd!« Entsetzen flutet mich. »Sie wollen uns nicht erschießen – sie treiben uns in die Arme der *wahren* Jäger.«

Anstatt uns von der glatten, vergoldeten Spitze des *Obélisque de Louxor* abzustoßen, klammern wir uns fest. Nur wenige Sekunden, bis sie die Wendung abschließen. Er starrt mich an.

»Wie können wir entkommen?«

Der Wind trägt das Motordröhnen der wieder heranjagenden Maschinen zu uns. »Gar nicht!«, brülle ich und ziehe Eugène mit mir. Der Schattensprung ist wacklig, lässt meinen Magen erst absinken, dann in die Höhe schießen. Ganz egal, denn weit springen wir ohnehin nicht. Von beiden Seiten hetzen sie zu uns, treiben uns in die einzig mögliche Richtung. Auf die behäbige *Pont de la Concorde*. Bronzestatuen von Soldaten und Offizieren zieren die zwölf flachen Sockel in der Brüstung, haben vor einiger Zeit die Marmorstatuen ersetzt, die zu schwer für die Brücke waren.

Ich kneife die Augen zusammen. *Eine* Statue ist golden und ein ganzes Stück kleiner – nein, keine Statue. Der Maschinenmensch Rémy. Und neben ihm erwartet uns der Orchestrator.

Vor sich hält er, ihre auf dem Rücken gefesselten Hände fest in seinem Griff, eine Gestalt halb über die Seine gebeugt.

Louise.

Ich vergesse alles um mich herum. Der Boden rast auf mich zu – wir landen – *stürzen* –, ich darf kein wortwörtlicher Klotz an Eugènes –

Wir schlagen auf dem Boden auf, rollen über Schotter und Beton. Etwas Scharfes explodiert an meiner Lippe, jäh genug, um meine schmerzenden Gliedmaßen auszublenden, bis wir zum Liegen kommen. Stöhnend richte ich mich auf, so wie Eugène neben mir. Greife an meinen Mund. Blut an meinen Fingern.

»Ein wenig Hilfe wäre nett gewesen«, hustet Eugène.

Meine Ohren klingeln, und das Gewehr, das Rémy auf uns richtet, ist gerade meine kleinste Sorge. Sobald das Klingeln versiegt, stürze ich zum Orchestrator. Zu *Louise*.

Nur dass Eugène mich am Arm zurückhält. »Nichts überstürzen!« Egal, wie sehr ich zerre, er lässt nicht locker. »Er tut ihr nichts, solange er sie als Druckmittel nutzen kann.«

Mit einem heftigen Ruck reiße ich mich los, verharre aber an Ort und Stelle, ein paar Meter von Louise und ihrem Vater entfernt. An beiden Enden der Brücke versperren Handlanger der Nyx die Brücke. Schaulustige drängeln sich hinter ihnen.

Er hält Louise halb in der Luft, die Arme unnatürlich verbogen, sodass sie mit ihren Zehenspitzen in zarten Seidenschühchen hektisch Halt sucht. Ihre Locken hängen über ihren Augen, nur der schmutzige Lumpen, mit dem sie geknebelt ist, sichtbar. Ich durchforste meine Erinnerungen nach Berichten über Menschen, die in die Seine gefallen sind. Ob sie das überlebt haben. Es gibt eine Formel, mit der ich berechnen könnte, mit welcher Geschwindigkeit sie auf der Wasseroberfläche aufprallen würde. Doch ich bin nicht einmal in der Lage, die Fallhöhe einzuschätzen. Weil es egal ist. Weil –

»Du weißt, dass sie nicht schwimmen kann!«, fauche ich.

»Ihr passiert nichts, wenn ihr euch gesittet verhaltet.« Ihr Vater löst eine Hand, um seine Maske der Tragödie zu richten, und Louise sinkt nicht einen Zentimeter tiefer. »Ihr zerstört nun also Straßenlaternen wie gewöhnliche Delinquenten. Das ist eure große Revolution?«

Ich beiße mir auf die Zunge. Nicht wieder in seine Gespräche verwickeln lassen. »Eugène, du musst Jean und Armand holen.«

»Ich lasse dich nicht –«

»Beim letzten Mal waren wir ihnen zu *fünft* unterlegen.« Nun, zu viert, bedenkt man, dass René floh, noch bevor der Komponist auftauchte. »Wer soll dieses Mal sein Leben opfern, damit der andere entkommen kann?«

»Ich brauche nur ein paar Minuten. Aber versprich mir, dass in der Zeit nicht *du* dein Leben opferst.«

»Nicht, wenn es sich vermeiden lässt.« Wir nicken uns zu, und Eugène verschwindet schattenspringend. Ich wende mich dem Orchestrator zu. »Lassen Sie Louise los.«

»Sobald du zurückgibst, was nie dir gehörte.« Er deutet auf die Fackel an meinem Harnisch, das Tuch um meine Schultern.

Einige Atemzüge vergehen, dann reiße ich mit bebenden Fingern den Stoff von mir, gefolgt von der Fackel.

»Gut so«, summt er. »Langsam zu mir.«

Ohne die Augen von ihm zu lassen, pirsche ich näher. Nur einen ganz leichten Drall nach rechts, den er nicht bemerkt.

Er streckt die freie Hand aus. »Gib sie mir.«

Ich nehme einen tiefen Atemzug. Hebe die Artefakte. Und halte sie über die Brüstung. »Lassen Sie Louise gehen, oder *keiner* von uns sieht die Artefakte je wieder.«

»Glaubst du, wir haben nicht die Mittel, sie aus der Seine zu fischen?«

Kein Blick zu Louise. Sobald ich in ihr Gesicht sehe, würde meine Entschlossenheit bröckeln. »Bis ihr das versucht, hat der Strom sie schon wer weiß wie weit fortgespült.«

»Du glaubst, ich bluffe«, stellt er ruhig fest.

Louise gibt einen vom Knebel gedämpften Laut von sich. Ich kann nicht anders, als sie anzuschauen. Muss wissen, dass es ihr gut geht. Sie windet sich in seinem Griff, bis sie ihr Haar aus dem Gesicht schüttelt und mich ansieht. Tränen versickern im Lumpen. Sie schüttelt heftig den Kopf.

Zittrig atme ich aus. Was soll das heißen? *Er blufft nicht? Lass ihn mich nicht in die Tiefe stürzen? Überlass ihm nicht die Artefakte, egal, was er tut?* Ich reiße den Blick von ihr, um den Orchestrator anzufunkeln. »Was tust du, sobald du die Artefakte hast? Lässt du uns einfach gehen? Riskierst du einen Kampf?«

»So weit habe ich nicht gedacht.«

Ich blecke die Zähne. Er *lügt.* »Du stößt sie ins Wasser, damit ich sie rette und du mit den Artefakten fliehen kannst.«

Ich dachte, Louise würde ihm irgendwo in seinem düsteren Nyx-Herzen etwas bedeuten. Dass er bereit ist, seine eigene Tochter zu opfern –

Die Elektrizität in mir bäumt sich auf, obwohl sie völlig ausgeschöpft sein sollte.

»Mach keinen Fehler.« Langsam lässt er Louise sinken, bis sie auf den Füßen steht.

Neue Tränen strömen über ihre Wangen – vor Erleichterung, den Zug auf ihren Armen und Schultern los zu sein.

»Wie wäre es damit. Du legst die Artefakte auf den Boden und gehst ein paar Schritte zurück. Ich lasse Louise zu dir, und erst wenn ihr fort seid, nehme ich die Artefakte.« Er zerrt den Knebel aus Louise' Mund. »Was hältst *du* davon?«

Sie beißt ihm beinahe die Finger ab. Knurrt und ringt mit ihm. Keine Spur der Zerrissenheit. Könnte ich das, wenn es um *meinen* Vater ginge? Dann starrt sie zu mir. »Nimm die Artefakte und verschwinde!«

Ich grabe die Finger tiefer in das Sternentuch. Von allem, was sie hätte sagen können, bewegt mich diese selbstlose, heroische Aufopferung am wenigsten dazu, sie zurückzulassen. Denn er wird sie wieder und wieder als Druckmittel verwenden.

Louise windet sich, bis sie ihren Vater anfunkelt. »Und du, lass Rémy aus der Sache raus!« Ihr Blick geht zum Maschinenmann. »Leg einfach die Waffe hin und geh. Bitte, Rémy!«

Ich brauche Eugène nicht an meiner Seite, um zu wissen, dass er es genauso sieht. Louise ist wichtiger als jedes Artefakt.

Der Orchestrator schnalzt mit der Zunge. »Er hört nicht auf dich, auch wenn du ihn aus dem Müll gezerrt hast. *Mein* Befehl ist für ihn Gesetz.« Langsam schaut er zum Maschinenmann. »Und du hilfst meinen Feinden nicht, richtig?«

Rémy hält die Waffe weiter im Anschlag. Er erschießt Louise, ohne zu zögern, sollte ihr Vater es befehlen.

Ich würde *Tausende* Artefakte für Louise riskieren – aber kein einziges Mal Louise für alle Artefakte der Welt.

Langsam lege ich die Artefakte vor mich. »Öffne die Fesseln an ihren Händen. *Dann* gehe ich zurück.«

Er zögert nur eine Sekunde, bevor er sich an den Knoten macht. Während sie ihre Handgelenke reibt, mit schmerzverzogenem Gesicht die Schultern rollt, packt er ihren Nacken. »Zurück.«

Obwohl sich jede Faser dagegen sperrt, weiche ich zurück.

Und dann stößt der Orchestrator Louise von sich.

Sie springt vom Sockel, knickt beim Aufsetzen ein, doch kämpft sich hoch. Rennt zu mir, die Locken zerzaust, das Gesicht rot gefleckt, die Augen angsterfüllt und kämpferisch. »Odette!«

Ich breite die Arme aus, und ein Schluchzer löst sich in meinem Hals.

Sie funkelt mich empört an. »Ich hab dir *befohlen*, du sollst nicht auf ihn –«

Etwas rammt sie in die Seite.

Jemand mit einer Trifaccia-Maske.

Louise' Augen weiten sich, als sie über die Brüstung stürzt, und die Zeit bleibt stehen. Ich renne los. Natürlich kann ich sie zu fassen kriegen. Die Welt hält an, verdammt noch mal!

Aber das ist nur eine Täuschung.

Ich pralle gegen die Brüstung, recke meine Arme nutzlos hinunter.

Sie rast auf die Fluten zu, die Arme zu mir gestreckt. Und dann schreit sie. Nein, sie schreit nicht, sie brüllt einen Namen. »Rémy! Hilf mir!«

Ich bohre meine Finger in die Steinbrüstung.

Jemand reißt mich zurück, bevor ich ihr hinterherspringen kann, und ich werfe mich gegen den Griff. Die Arme schlingen sich fester um mich. »Armand fängt Louise!« Eugènes Stimme streift über meine Schläfe. Die Umgebung klärt sich, ich werde ruhiger, und Eugène lässt von mir ab. Ein metallenes Surren tönt von irgendwo. Jean lauert mit gezücktem Dolch und gezückten Schatten ein Stück hinter uns.

Sie sind hier. Ich bin nicht allein.

Doch der Komponist steht zwischen uns und dem Orchestrator, alle drei Gesichter seiner Maske vor Hohn verzerrt. Er hält die Artefakte.

Er hat Louise von der Brücke gestoßen.

Und ich weiß nicht, ob Armand rechtzeitig kam. Ob die Fluten Louise in ihrem viellagigen Samtkleid bereits unter Wasser gezerrt haben. Poséidon nahm sich unzählige sterbliche Geliebte – wenn *Hélène de Troie* Schönheit Kriege auslösen konnte, reicht die von Louise zumindest für die Besessenheit des Gottes der Meere, und –

»Atme, Odette.« Der Druck von Eugènes Hand auf meiner Schulter holt mich aus meinem Gedankenstrudel. Ich gehorche, merke erst jetzt, dass ich abgehackt und rasselnd nach Luft schnappe.

Kreischend schießt Armands Schattenadler in die Höhe.

Allein.

Mein Atem setzt ganz aus. Dunkelheit schleicht sich von außen in mein Blickfeld.

Doch dann taucht ein goldener Hoffnungsschimmer auf. Wortwörtlich. Ich greife mir an die Brust, in die Luft strömt.

Rémys goldene Form klettert über die Brüstung, und an seinen Rücken klammert sich Louise mit triefendem Haar.

»Ich wusste nicht, dass du meterhohe Steinpfeiler hochklettern kannst, Rémy«, japst sie und hustet Seine-Wasser aus.

»Rem-IV«, korrigiert er.

Mein Brustkorb verzieht sich zu etwas, das tonlos Luft aus mir presst und unter anderen Umständen wohl Lachen geworden wäre.

»Wieso gehorcht er *deinen* Befehlen?« Der in seinen Grundüberzeugungen erschütterte Ton des Orchestrators setzt dem noch die Krone auf. »Er ist fehlerhaft. Er untersteht allein *meinem* Befehl, um mich zu schützen, um meinen –«

»– *Besitz* zu schützen?«, beendet Louise und schüttelt sich die Haare aus. »Vielleicht ist ihm nach all den emotionalen Gesprächen mit deiner *unnötig weibisch-sentimentalen Tochter* klar geworden, dass ich für dich genau das bin. *Ein Besitz.* Oder ich habe recht, und er ist *mehr* als ein Haufen Metall und Kabel, der nett zu mir ist, weil ich nett zu ihm bin.«

»Rem-IV«, dröhnt der Orchestrator und deutet auf Jean und Armand, die nebeneinander in Kampfposition gehen. »Nimm die beiden gefangen.«

Rémy blickt von ihm zu Jean und Armand, zu Louise. Anscheinend surren die Rädchen in ihm auf Hochtouren. Dann neigt er leicht den Kopf in Louise' Richtung. »Neben Metall und Kabeln bestehe ich auch aus Platinen, Draht, Schmiermittel –«

Louise winkt ab. »Das kannst du später in Ruhe erklären.«

Ich mache drei große Schritte zu ihr. »Bei Hadès' Unterwelt, du hast eine Maschine neu eingestellt, indem du mit ihr *geredet* hast!«, hauche ich und ziehe sie zu Eugène. »Vielleicht solltest du weder studieren noch heiraten, sondern einfach die Geschäfte deines Vaters übernehmen.«

Rémy folgt uns, während Louise mich mit erhobenem Kinn und geplagt verzogenen Brauen ansieht. »Das könnte ich. Aber es ist nicht das, was ich will.«

Hastig streichle ich ihre Wange. »Ich weiß. Ich weiß, und das ist in Ordnung. Es tut mir leid, dass ich –«

»Genug davon.« Der Komponist verschränkt die Hände hinter dem Rücken. »Von alledem. Ein unbedeutender Maschinenmensch, eine unbedeutende Tochter, vier unbedeutende Nachtschwärmer – zu lange habt ihr mir Ärger bereitet.«

Etwas knarzt dumpf und tief. Wie ein Grollen tief unter einem Berg einstürzender Minengänge.

»Ergreift die Lichtbringerin. Die Übrigen sind entbehrlich«, befiehlt der Komponist. Doch wem? Keiner der Nyx ist nah genug, um –

In meinem Augenwinkel – Bewegung. Schimmernde Bronze.

»Kann mir *bitte* jemand sagen, dass ich einen Schlag auf den Kopf abbekommen habe?«, bemerkt Eugène langsam, und ich drehe mich in die Richtung, in die er schaut.

Ich weiche zurück. »Wie kann das –?«

Vier der Bronzestatuen auf den Podesten regen sich.

Erwachen zum Leben.

Etwas an ihnen erinnert an Rémy, aber auf die Art, wie etwas an einem Löwen an eine Straßenkatze erinnert. Soldaten mit bronzenen Schwertern, Speeren und Äxten, die zu ihren Zeiten en vogue waren. Die metallenen Platten ihrer Körper reiben übereinander, und das Quietschen vibriert in meinen Knochen. Als hätten sie zu lange regungslos dort gestanden. Die Marmorstatuen von zuvor – wurden sie in Wahrheit nicht ersetzt, weil sie zu schwer waren, sondern ... *hierfür?*

Für eine Armee aus Maschinenmenschen, die den Nyx dient.

»Wir müssen weg!« Ich ziehe die beiden mit mir.

»Sie brauchen kein Licht, um zu kämpfen.« Die Stimme des Komponisten lässt mich über die Schulter blicken. »Fühlen keinen Schmerz. Brauchen keine Lichtwaffen.«

Als wäre der militärische Gleichschritt in ihren Korpussen verankert, springen die Stauten wie ein einziger Organismus von ihren Podesten. Die Aufschreie der Schaulustigen dringen bis zu uns.

Der Orchestrator kraxelt von seinem Podest, hastet an die Seite des Komponisten. »Lass meine Tochter gehen. Ihr Opfer ist nicht länger notwendig, um –«

Der Komponist hebt beherrscht eine Hand.

Die Maschinenmenschen kesseln uns ein. Schwingen ihre Klingen, die so laut und scharf durch die Luft zischen, als könnten sie sogar den Stickstoff vom Sauerstoff spalten. *Merde.* Durch die letzten Lücken in ihren Reihen können wir nicht fliehen.

Rémy tritt ihnen entgegen, nicht wie wir von menschlichem Zögern erstarrt. Stellt sich zwischen die Statuen und Louise, aber auch schützend vor Jean und Armand. Ein bronzener Soldat langt nach ihm, doch Rémy weicht aus. Jean und Armand nutzen die Auseinandersetzung und hasten zu uns.

»Eugène, du schattenspringst mit Odette«, übernimmt Armand das Kommando und deutet nach oben. Richtig, wir müssen nicht zu Fuß fliehen. Armand tritt an Louise' Seite. »Ich fliehe mit Louise. Jean kann mit seinem –«

Flügelschlagen mischt sich unter das Surren der Waffen. Kaltes Grauen streicht seine Finger meine Wirbelsäule hinab, als ich hochschaue.

Ich habe die vier Statuen der Erzengel vergessen.

Mit träge schlagenden Schwingen aus spiegelglatter Bronze lauern sie über uns, die überirdisch schönen Gesichter in ihrer Teilnahmslosigkeit furchtbarer als die der Soldaten.

Das Entsetzen in mir schwillt an. *Jetzt* müssen wir kämpfen. Mit Maschinen, gegen die unsere Fähigkeiten nutzlos sind. Ich werfe einen hastigen Blick auf Eugène. Er kann nicht kämpfen, nicht nach all dem Schattenspringen. Wirklich anders sieht es bei mir nicht aus, aber er kann zumindest –

Ich greife seine Schultern. »Wir können nicht uneingeschränkt kämpfen, wenn wir Louise beschützen müssen. Du musst sie in Sicherheit bringen, weit weg.«

Die Zerrissenheit in seinen Augen spricht Bände. Er ist wie immer bereit, sein Leben zu riskieren.

»Odette«, ruft Armand alarmiert.

Bewegung in meinen Augenwinkeln, eine aufblitzende Axt. Das Krachen von Metall auf Beton.

Unbeirrt fixiere ich Eugène. »Du hast gesagt, du bewunderst mich dafür, alles für meine Familie zu tun. Doch *alles zu tun*, bedeutet nicht immer zu *kämpfen*.« Ich flehe, mit meinen Worten und Augen. »Für wen willst du dich in den Kampf stürzen? Für uns – oder nur für dich?«

Die Zerrissenheit verhärtet sich zu Gewissheit. Er greift Louise' Hand und wirft mir einen letzten tiefen Blick zu. Dann verschwinden sie in einem Strudel Dunkelheit.

Und das Heft eines menschenhohen Schwertes rammt meine Schulter.

Ich schlinge die Arme schützend um den Kopf, überschlage mich auf dem Boden. Zu viel Wucht, um den Rest von mir einzurollen. Knie und Ellbogen krachen gegen Stein, und etwas platzt auf. Bitte nur Haut, nicht die Knochen!

Erst als ich zum Liegen komme, schwappt das Gefühl in

meinen Körper. Brennen, das mich zischend durch die Zähne einatmen lässt, kein tief ausstrahlender Schmerz, von dem mir übel wird. *Reiß dich zusammen!* Wenn wir zusammenarbeiten, finden wir eine Lücke in ihrer Verteidigung.

Ich rapple mich auf, suche die Brücke nach Armand und Jean ab. Überall Bronze und Schatten, der vielleicht von den beiden stammt oder einfach Dunkelheit ist.

Einer der Erzengel stürzt auf mich herab. Gespenstisch still, wo ich den Schrei eines Raubvogels erwarte.

Ich gehe in die Knie. Er reckt mir seinen Speer entgegen. Noch ein paar Sekunden. Die Spitze rast auf meine Brust zu, ich atme aus und springe aus dem Weg. Der Speer durchbohrt den Steinboden der Brücke, eine metallene Schulter streift mich, dann kracht auch der Engel in den Boden.

Dort, Jean und Armand, im Kampf mit zwei der gigantischen Maschinenmänner!

Ich renne los. »Sie müssen Schwachstellen haben!«, brülle ich. »Kabel oder Motoren, irgendetwas! Wenn wir die finden —«

Jean schwirrt, auf seinem Schatten getragen, zwischen den Bronzesoldaten entlang. Armand wechselt zwischen Schattenvögeln und -mäusen, um ihnen zu entwischen.

Keuchend stütze ich mich auf meine Oberschenkel. *Das ist kein Kampf.* Wir versuchen einfach nur, nicht getroffen zu werden.

Der Komponist lacht.

Ich schieße hoch. Er besteigt am Ende der Brücke eine Kutsche, und ich stürme zu ihm. Weiche den kämpfenden Statuen aus, während er mich, noch immer lachend, dabei beobachtet.

»Ist das hier eine Art Gladiatorenkampf für dich?« Mein Hass treibt mich voran. »Ein perverser Zeitvertreib von deiner Sänfte aus?«

»Willst du, dass es aufhört?«

Ohne mein Tempo zu drosseln, erklimme ich die Kutsche. Dieses Mal gibt es keinen Grund zu zögern. Hass treibt meine Faust mit dem Stilett voran.

Er muss sterben.

Ich stoße die Klinge zu seinem Bauch. Es gibt nur noch ihn.

Die Kutsche wackelt. Ein eiserner Druck legt sich um meinen Hals. Das Stilett klappert auf die Brücke, und meine Füße lösen sich vom Boden.

»Dann musst *du* aufhören«, fährt der Komponist gelassen fort.

Meine Hände flattern hilflos gegen den Metallarm, der mich hochhebt. Mir die Luft abschnürt. Der Orchestrator, so viel schmaler und unauffälliger neben dem Komponisten, hält mich in der Luft wie eine Puppe. Ich habe ihn nicht kommen sehen.

Gurgelnd klammere ich mich an den Arm, instinktiv, um so viel Druck wie möglich von meinem Hals zu nehmen.

»Aufhören, gegen den Fortschritt zu kämpfen.« Der Komponist deutet über die Schaulustigen, und der Orchestrator dreht mich, bis ich sie überblicken kann. »Die Menschheit braucht eine führende Hand. Ihr wollt Fortschritt. Wir wollen Fortschritt mit *Kontrolle*. Für das Wohl aller. Also, beende deinen sinnlosen Kampf, damit es keine weiteren Toten gibt.«

»Ich höre nicht auf.« Meine Beine zucken unwillkürlich, und ich starre ihn an. »Nicht, wenn euer Fortschritt bedeutet, dass die Menschen leiden!« Ich schlage meine Nägel in den künstlichen Arm. Dann, höher, ins Fleisch.

Der Orchestrator ächzt, lässt jedoch nicht lockerer.

»Ich höre nicht auf!«

Der Komponist nickt einmal abrupt. »Benutz es«, befiehlt er.

Der Orchestrator zückt etwas mit seiner freien Hand, eine metallene Kugel. Eine Granate?

»Ich werde nicht aufhören!« Mein röchelndes Japsen hallt in meinen Ohren wider.

Direkt vor meinem Gesicht explodiert gleißendes Licht. Ich schreie, kann nicht anders. Jemand brennt meine Augen mit heißem Eisen aus. »Ich werde nie aufhören!«

Plötzlich liege ich auf dem Boden, krümme mich.

»Armseliger kleiner Mann, euer Clément.« Der Komponist. Wo?

Wann bin ich gefallen? Alles glüht knallrot – ich habe die Augen geschlossen. Sie brennen zu sehr, um sie zu öffnen.

»Verliert seine ohnehin schon unnütze Fähigkeit.« Finger greifen mein Kinn und überdehnen meinen Nacken, damit ich hochschaue.

Nur erkenne ich nichts, solange ich die Augen zulasse.

»Wusstest du, dass er nichts mehr sehen konnte? Viele Jahre lang. Er kam zu uns, weil er wusste, dass wir helfen können. So wie wir allen Menschen helfen können.«

»Warum erzählst du –« Ich ächze. Meine Lider kleben weiter aneinander, als hätte sie wirklich jemand mit Eisen versengt.

»Wir *konnten* ihn heilen. Ihm zeigen, zu welchen Wundern wir fähig sind.« Er streicht mit einem Finger über meine Lider, hält mich mit der anderen Hand im Nacken davon ab, vor Abscheu zurückzuweichen. »Aber auch wir hatten etwas davon. Haben viel über das Dunkelsehen gelernt. Über Cléments *bedauerlichen* Zustand. Eine wissenschaftliche Erklärung für etwas, das so mystisch, unerklärlich schien.«

Endlich schaffe ich es, meine Augenlider aufzureißen. Das Brennen lässt nicht nach. Und alles um mich ist gleißend hell. Nur verschwommene Konturen wie Reflektionen in einem facettierten Diamanten.

»Wusstest du, dass man im Grunde jedes Phänomen nachahmen kann, sobald man es vollständig verstanden hat?«

»Nein. Nein.« Ich taste ziellos umher. Rufe die Elektrizität in mir. Doch sosehr ich mein Lichtwirken heraufbeschwöre, sosehr es auch unter meiner Haut prickelt, nichts passiert. Ich muss die Lichter sehen, um sie zu löschen.

Ich werde am Kragen hochgehoben. Etwas Metallenes schrappt über den Boden. Mein Stilett? Wird er –

»Armand! Jean!«, schreie ich. »Verschwindet! Es ist vorbei!«

»Ich fürchte, der Rat kommt zu spät. Bedauerlicherweise.«

Keine Kampfgeräusche. Kein Knirschen von Bronze auf Bronze. Ich bäume mich auf. »Unser Protokoll! Wenn die Nyx uns finden, kämpft jeder für sich! Bekommen sie alle von uns in ihre Gewalt, haben wir verlor–«

Stumpfes Metall hämmert gegen meine Schläfe.

Mein Kopf ruckt zur Seite, und Galle kriecht ätzend meinen Rachen hinauf. Ich spucke sie aus. »Wir haben es uns geschworen!«

Noch ein Hieb, und meine Schläfe zerbirst.

Kapitel 17

Ich erwache. Ich *erwarte*, das mit dröhnenden Kopfschmerzen und in einem feuchtkalten Verlies zu tun. Doch ich versinke praktisch in der weichsten Matratze, auf der ich je lag. Ich kann mich nicht überwinden, meine Augen zu öffnen. Mein Kopf summt nur leicht, und auf meiner trockenen Zunge liegt ein Hauch von Bitterkeit. Wie nach Madame Bouchards Tropfen, als ich mir mit zwölf meine Finger in einer Tür eingequetscht und stundenlang nicht mehr aufgehört hatte zu weinen. Die Nyx haben mir Schmerzmittel gegeben. *Teure* Schmerzmittel. Ich schüttle mich. An den Schmerz in meinen Fingern erinnere ich mich kaum noch – aber daran, wie ich erst nach einer Woche bemerkte, dass Papa und Mama am Abend weniger aßen als wir Kinder. Nachts wollten meine heißen, bitteren Tränen so viel länger als nach der Quetschung nicht versiegen. Jetzt ist mir auf seltsame Weise danach zumute, genauso zu weinen.

Ich reibe mir über das Gesicht. Obwohl ich keine Schmerzen verspüre, die Hiebe gegen meine Schläfe müssen ihre Spuren hinterlassen haben. Die Nyx sperren mich ein, ich habe keine Ahnung, wie es meinen Freunden geht, – und ich verliere mich in jahrealten Erinnerungen.

Ich muss einen Weg hier raus finden. Wo auch immer *hier* ist.

Langsam richte ich mich auf und öffne die Augen. Gleißende Helligkeit, als stände ich direkt vor einer Glühbirne. Ich reiße den Arm vor mein Gesicht, doch kein Schatten legt sich über meine Augen. Sie strahlen mich mit Lichtwaffen an. Hitze steigt meinen Nacken hoch.

Vorsichtig taste ich nach meiner Schläfe. Klebrig und warm unter meinen Fingern. Ich habe nicht geschlafen, ich war *ohnmächtig*. Und nicht sehr lange. Kein Wunder, dass sich jeder Gedanke wie verklebt anfühlt. Aber ich muss mich konzentrieren.

Auch wenn sie mich mit Lichtwaffen blenden, habe ich immer noch andere Sinne. Atme. Atme. Holz. Frisch gewaschene Laken. Blumen, *Freesien*. Ich schüttle mich vor Gänsehaut.

Vorsichtig taste ich mit den Füßen, bis ich die Bettkante finde, und setze mich auf sie. Jetzt hören. Stille, abgesehen vom Summen meiner Ohren. Doch dann das Surren von … etwas Elektrischem? Die übertakteten Lampen. Mein rauer Atem. Sonst nichts. Da ich keine Stimmen, kein Hufgeklapper, keinen Wind von draußen höre, hört ebenso niemand mich.

Mit den Händen schiebe ich mich hoch. Wanke in weißem, endlosem Nichts. Mein Atem beschleunigt, wird zu hektisch, um wirklich Sauerstoff in meine Lunge zu befördern. Jemand erdrosselt mich! Ich kralle nach den Händen, die mich würgen. *Merde*, was –?

Atme, Odette! Ich grapsche um mich, bis meine Fingerknöchel gegen etwas Hartes, Hölzernes stoßen. Scharfer Schmerz schießt meinen Arm hoch und löst meine zugeschnürte Kehle.

Ich befinde mich nicht in einem endlosen Nichts, auch wenn es so aussieht. Da, unter meinen Fingerkuppen, ist der Beweis. Bedächtig fahre ich die Konturen nach, die polierte

Maserung, die gleichmäßigen Buckel, die verleimten Kanten. Das Bett.

Dann gehe ich weiter. Solange ich etwas mit meiner Hand berühre, bin ich *hier*. Ein Nachttisch. Eine Lampe, schwer, Messing vielleicht. Ich taste zaghaft nach der Glühbirne – kalt. Seltsam. Dann schiebe ich sie an den Rand, wo ich sie vom Bett aus als Waffe greifen könnte. Weiter. Jedes Möbelstück einprägen. Einen Stuhl an die Wand rücken, damit ich nicht darüber stolpern kann. So grell. Den weichen Teppich abmessen, in Fußlängen, seinen Abstand vom Bett, zu den Wänden. Sieben zögerliche Schritte von einer Wand zur anderen. Das Zimmer ist klein, aber immer noch größer als mein ehemaliges Zimmer mit Mathilde.

Kein Verlies, sondern ein Schlafzimmer in einem *Hôtel particulier*. Voll mit Möbeln, doch ohne die kleinen Elemente, die aus einem Zimmer das Zimmer *von jemandem* machen.

Und nirgendwo finde ich eine weitere Lampe. Sie müssen an der Decke hängen.

Ich kauere Stunden auf dem Tisch am Fenster, ohne etwas außer Licht zu sehen. Fahre mit den Fingern über Fugen, Holzstreben, das Schlüsselloch. Meine Beine prickeln vom ungelenken Sitz. Mit einer Haarnadel pfriemle ich am Schloss herum, bis meine Finger so sehr zittern, dass sie mir herunterfällt.

Ich lasse meine Stirn gegen die kühle Scheibe sinken. Ist sie kühl – oder ich fiebrig? Wann habe ich das letzte Mal geschlafen? Die Medikamente überdecken vielleicht die Schmerzen meiner Verletzungen – und ich mache alles nur schlimmer. Ist genau das ihr Plan? Langsam rutsche ich vom Tisch. Zwinge mich, freihändig zum Bett zu gehen. Unsere Körper verspüren Schmerzen nicht grundlos – der Kopfschmerz sollte mich an zu starker Bewegung hindern. Daran, die Gehirnerschütterung, oder was auch immer ich habe, zu verschlimmern.

Zur Erholung brauche ich Schlaf. Was habe ich mir gedacht? Dass ich übermüdet, verletzt und, ohne sehen zu können, durch einen vollmöblierten Raum springe und meine Entführer mit einer Nachttischlampe außer Gefecht setze?

Ich lege mich ins Bett, egal, wie angreifbar ich mich dort fühle. *Lass dich nicht von deiner Angst leiten.* Müdigkeit, eher Erschöpfung, übermannt mich plötzlich.

Doch sosehr ich mich zwinge, langsam zu atmen, die Muskeln zu entspannen – ich kann nicht schlafen. Selbst durch meine geschlossenen Lider brennen die hochgetakteten Lampen. Glühend rot.

Meine Gedanken rasen, verirren sich, verpuffen, um wieder mit voller Wucht in mir zu explodieren. Es ist so grell. Glühende Kohlen auf meinen Augen. Vielleicht *sind* meine Augen glühende Kohlen.

Ich glaube, es vergehen Stunden. Es könnten auch nur Minuten sein. Ohne den Stand der Sonne zu sehen, verliere ich das Zeitgefühl in Rekordzeit. Wie kann das sein? Ich weiß nicht, wann ich das letzte Mal zur Sonne geschaut habe, um zu wissen, wie spät es ist. Aber vielleicht ist genau das der springende Punkt. Mein Unterbewusstsein nimmt den Sonnenstand wahr, irgendein Instinkt. Ich drehe mich auf den Bauch, vergrabe mein Gesicht in dem nach Blumen duftenden Kissen. Auch so dringt das Licht durch jeden Spalt, durch den festen Stoff. Versengt meine Augen. Hält mich wach.

Jemand lacht. Ich. Ihre Stromkosten müssen *absurd* hoch sein.

Ich rufe mein Lichtwirken hervor. Wieso habe ich daran nicht eher gedacht? Was auch immer sie mir gegen den Schmerz gegeben haben, muss mich stärker beeinflussen, als ich dachte.

Doch weil *alles* hell ist, findet die Elektrizität in mir kein Ziel. Keinen Weg nach draußen. Zischelnd zerplatzt sie in meinen Handflächen, ein Stromschlag, der meine Haut zerfrisst. Mein Stöhnen bohrt sich in meine Schläfen.

Ich presse die Handballen so fest gegen meine Augäpfel, dass ich sicher bin, den Druck sogar im Gehirn zu spüren. Ich bin müde. Vielleicht sollte ich den Stuhl so oft in die Höhe werfen, bis ich all die Lampen zerbrochen habe. Vielleicht später, wenn nicht mehr alles so schwer an mir ist. Wenn das Licht aus ist.

Es ist nicht, dass ich schlafen *sollte*. Nicht mehr. Ich *will* schlafen. Muss.

Etwas tröpfelt über meine Augen und Wangen. Blut? Von meinen Handflächen? Panisch reibe ich es fort, schnuppere nach der metallischen Note. Noch mehr platscht auf meine Hände, wie Regen gegen eine Scheibe. Kein Blut. Ich weine. Natürlich. Natürlich weine ich. Ich will doch einfach nur schlafen.

Ein Knarzen, Schuhsohlen auf Parkett. »Wie fühlst du dich?«
Ich fahre herum, in Richtung der Tür, zwei Schritte vom Ende des Bettes auf der X-Achse, vier auf der Y-Achse. Ich muss meinen rechten Arm ausstrecken, um die Lampe zu ergreifen – oder war es der linke Arm?
»Übelkeit? Magenbeschwerden?« Elegante Schritte kommen auf mich zu. Wie können Schritte *elegant* sein? »Du weißt noch, wer du bist, oder?« Wenn das *besorgt* klingen soll, würde sogar Rémy bessere Arbeit abliefern.
Rémy. Konnte er Louise wegschaffen? Nein, das war nicht Rémy. Ein Ächzen kämpft sich meinen verdorrten Hals hoch,

als versuchte jemand, ein Schiff durch die ausgetrocknete Seine zu schieben. Eugène ist mit Louise geflohen, und –

»Wenn du nicht sprechen kannst, rufe ich natürlich sofort die *Docteurs*. Zu deinem Wohl. Wir wollen ja nicht, dass eine Gehirnerschütterung unentdeckt bleibt, also müssten sie in deine Augen leuchten, um dich zu untersuchen.«

Alles, nur das nicht! »Bitte, stellen Sie die Lichtwaffen ab«, stöhne ich und klinge geisterhaft verzerrt, als hätte mich jemand mit einem der ersten Grammophone aufgezeichnet.

»Wie erfreulich, dass du wohlauf bist.« Es ist der Komponist, oder?

Mein Arm hebt sich nicht, um die Lampe zu greifen. Stattdessen finde ich genug Kraft, um zu reden. »Mir ist klar, dass das hier eine Foltermethode ist, um Gefangene zum Reden zu bringen.« Ein räusperndes Husten oder hustendes Räuspern. »Aber ich rede erst, wenn Sie das Licht löschen.«

»Ich fürchte, das wird nicht möglich sein.«

Dieser elende *Sac à merde*. Er foltert mich.

Plötzlich finde ich doch die Kraft, um die Lampe zu greifen.

Doch die Tür fällt ins Schloss. Und die Lampe aus meiner Hand.

Könnte ich den Unterschied spüren, ob jemand ein glühendes Eisen *in* meine Schläfe bohrt oder *aus* meiner Schläfe herauszieht? Vermutlich nicht. Gerade fühlt es sich einfach nur so an, als würde jemand mit einem Schürhaken in meinem Kopf herumstochern wie beim verzweifelten Versuch, einen Kamin nicht erlöschen zu lassen.

Warum zur Unterwelt haben die Götter eigentlich keinen von ihnen mit der Heilkunst betraut, den ich um Erlösung bitten kann? Sicher, irgendwann in Apollons langer Liste von Schutzherrschaften taucht die Heilkunst auf. Aber mal ehrlich – wie Erfolg versprechend wäre es, einen *Poeten und Künstler* in meinem Kopf herumstochern zu lassen? Ich lache, zucke zusammen. Jetzt sehe ich Eugène als Apollon vor mir, der mir schwört, er könne mich verarzten, obwohl er nur ein Semester lang in die Medizin hineingeschnuppert hat, bevor er in der Poesie seine wahre Berufung gefunden hat. Nein, Eugène schreibt keine Gedichte, oder? Er malt. Doch es ging gar nicht um Eugène, sondern um Apollon, weil – warum eigentlich? Oh, Apollon ist auch der Gott des Lichts. Vielleicht kann er mir helfen?

Ewigkeiten später schaffe ich es, ein Gebet herauszupressen. »*S'il te plaît*, Héraclès«, plätschert der falsche Name aus mir heraus, »wenn es sein muss, zieh mir deine Keule über den Kopf.« Etwas daran ist witzig, doch ich weine nur wieder.

Etwas Nasses, Eisiges streicht über meine Stirn.

Ich lange danach, bin nicht sicher, ob sich meine Hände überhaupt bewegen. Als hätte jemand meine Arme durch die hohlen Handschuhe einer Kettenrüstung ersetzt, oder –

»Haben Sie meine Arme amputiert?«, krächze ich.

Er schnalzt mit der Zunge, als wäre ich ein kleines Kind, das er belehren muss. »Ich säubere deine Wunde.« Der Lappen verschwindet, und stattdessen drückt etwas Glattes gegen meinen Mund. »Trink.«

Wasser schwappt gegen meine ausgetrockneten Lippen. Und ich presse sie fester zusammen, schüttle den Kopf.

Seufzend lässt er von mir ab. »Wie du meinst. Aber ich müsste nicht warten, bis du trinkst, wenn ich dich vergiften wollte. Und überhaupt, was hätten wir davon, deine Arme zu amputieren?«

Ein Funken tief in mir drängt Widerworte hoch. Ein wenig

so, wie ich nicht anders kann, als auf Eugènes Provokationen einzugehen. Auch wenn das in diesem Fall vielleicht keine so gute Idee ist. »Was weiß ich, um meine Arme jemand anderem anzunähen, in der Hoffnung, mein Lichtwirken übertragen zu können?«

Er stößt ein Lachen aus, abgehakt und seltsam *ungeübt*, als überraschte der Laut ihn selbst. »Du kommst wahrlich auf düsterere Ideen, als all wir Nyx zusammen.«

Nicht das erste Mal, dass mir das einer von ihnen sagt. Und nicht das erste Mal, dass ich mich dagegen aufbäume. »Düstere Ideen zu haben und düstere Ideen in die Tat umzusetzen, sind zwei verschiedene Paar Schuhe.«

»Aber beide Schuhpaare tragen dich über den gleichen Weg. Das eine nur etwas langsamer.« Das Scharren von Stuhlbeinen über Teppich. Er steht auf. »Das Wasser nehme ich mit. Du stößt es ja eh nur um, genau wie die Lampe. Ich hasse Verschwendung.«

Beinahe, beinahe verdrehe ich meine brennenden Augen. »Dann empfehle ich weniger Eau de Parfum.«

Wieder lacht er. »Ich kann kaum fassen, dass ich dich tatsächlich *mag*.«

»Bei Arès, mir wäre lieber, Sie hacken mir Arme *und* Beine ab, als mich zu mögen.«

»Ruh dich aus. Du brauchst deine Kraft für das, was wir vorhaben.« Schritte auf Teppich, dann auf Holz.

»Wie soll ich schlafen, während Sie mich mit Dutzenden Lichtwaffen anstrahlen?« Lalle ich? Es fühlt sich so an. Als schwölle meine Zunge an wie nach einem Wespenstich.

»Du kannst Ruhe auch ohne Schlaf bekommen.«

»Löschen Sie einfach das Licht.«

Das Quietschen der Türklinke jagt mir einen Schauder über den Nacken. Lässt tief verwurzelte, urmenschliche Panik in mir hochbrodeln, für deren Eindämmung mir die Kraft fehlt. »Nein!«, bricht es aus mir heraus. »Nein, bitte! Löschen Sie die Lichter! Bitte, lassen Sie mich schlafen! Nur ein paar Stunden! Ein paar Minuten!«

Die Tür fällt zu, und ich bin allein mit dem Licht.

Vage entsteht in mir die Frage, wieso *er* sich um mich kümmert. Der Komponist, das Oberhaupt der Nyx, der sich sonst kaum die *bourgeoisen* Hände schmutzig macht, der nun wirklich Besseres zu tun haben sollte, versorgt meine Wunde? Gibt mir zu trinken? Dahinter muss irgendeine Absicht stecken. Nur welche?

Bei Poséidon, das *Wasser*. Hunger kenne ich zu gut, aber nie zuvor in meinem Leben war ich wahrhaft *durstig*. Ich hätte etwas trinken sollen. Jetzt hat er es mir weggenommen. Entrissen, um mich zu quälen.

Doch ich bleibe eisern. Gebe ihm, gebe den Nyx nicht, was er will. Sie wollen. Was war das überhaupt?

Merde. Dieser Durst. Wenn er mir eine Phiole mit nach Morast stinkendem Gebräu geben und offenbaren würde, dass das Zeug Gift ist, würde ich es herunterkippen wie göttlichen Nektar.

»Wie gesagt, ich fürchte, das ist nicht möglich.« Eine Hand in meinem Nacken hebt meinen Kopf an.

Gierig schlinge ich das Wasser herunter, das mir im Hals stecken bleibt, so vertrocknet und geschwollen kleben meine Schleimhäute zusammen. »Was?«, huste ich. Wovon spricht er?

»Die Lichter zu löschen. Ich fürchte, das ist nicht möglich.«

Habe ich danach gefragt? Seit wann ist er wieder hier? Ist er überhaupt gegangen?

»Bitte. Bitte lassen Sie mich schlafen«, weint jemand und

zerreißt mir das Herz. Ich will ihr helfen. Will mein Lichtwirken hervorrufen und jede Lampe der Stadt löschen. »Sie müssen einfach nur den Lichtschalter betätigen«, flüstere ich ihm das Geheimnis zu. »Bitte.«

»Odette«, seufzt er tief und lang. »Erinnerst du dich daran, was auf der Brücke passiert ist?«

Die Brücke? Ich habe mein Lichtwirken mit dem Tuch und der Fackel ausgetestet. Habe Eugène umarmt. Ich spüre das Gewicht seiner Arme um mich. Aber davon spricht er nicht, oder? Das ist viel zu lange her.

»Wir haben gekämpft.« Das Runzeln meiner Stirn schickt eine Welle Schmerz durch meine Schläfen. »Warum haben Sie mir einen Schürhaken in die Schläfe gerammt?« Das Brennen breitet sich in meine Nase aus, und Tränen kochen in mir hoch. »Warum machen Sie das Licht nicht aus? Ich will doch nur schlafen!«

»Es geht nicht.«

»Sie lügen!«, speie ich. Schluchze und wimmere, auf eine Art, die vage Übelkeit in meinem Magen heraufbeschwört. »Bitte, löschen Sie die Lichtwaffen! Bitte!« Die Worte kamen flehend über meine Lippen.

»Odette. Hier sind keine Lichtwaffen. Lediglich eine verhängte Wandlampe am anderen Ende des Raums.«

Nein. Ich greife nach meinen Augen, erwarte ausgebrannte Augen*höhlen.* »Was haben Sie getan?« Meine Augäpfel rollen unter den Lidern hin und her. Tief in mir verknotet sich Grauen mit Verständnis.

»Das Gleiche, was Clément mit sich selbst getan hat. Nun, nur dass wir einen Weg finden mussten, den … *Effekt* bei allen Nachtschwärmern anzuwenden.«

Clément konnte viele Jahre nichts sehen. Hat der Komponist behauptet. Ist das wahr oder eine List? Sie wollen, dass ich *glaube*, nie wieder sehen zu können. Um mich weich zu bekommen. Um mich zu brechen. Ich schüttle vehement den Kopf.

»Du glaubst, deine Augen erholen sich?« Vorgespieltes Interesse.

»Ja«, fauche ich. Aber ich glaube es nicht. Ich *spüre*, dass es permanent ist. Spüre es tief in mir.

Seine Hand landet auf meiner Schulter, behutsam. Unendlich schwer. »Sie *könnten* sich erholen.«

Hoffnung flimmert in mir auf. Ich *wusste* es. Wusste, dass –

»Wenn *wir* dich heilen.« Das Gewicht, seine Wärme, sein Gestank nach Freesien verschwindet von meiner Seite. »Und nur dann.«

Dunkelheit. Es muss ein Traum sein.

Nein! Ich klammere mich an die Schwärze, doch sie rinnt durch meine Finger wie Armands Schattenfedern. Immer wenn mir bewusst wird, dass ich schlafe, wache ich auf. Bei besonders schönen Träumen klingt noch etwas Wehmut nach.

Aber nie zuvor bin ich tränenüberströmt erwacht.

Zwei paar Hände zerren mich aus dem Bett, viel zu abrupt, nachdem ich schon aus dem Traum gerissen wurde, sodass Übelkeit in mir hochsteigt.

»Es ist Zeit für unseren ersten Ausflug.« Der Komponist. Er muss beobachten, wie mich die zwei anderen aufrichten. »Du siehst aus, als hätte man dich aus der Seine gefischt und in einem Steinbruch trocknen lassen. Doch keine Sorge. Niemand wird dich erblicken, also kein Grund, dich wegen deines Erscheinungsbildes unwohl zu fühlen.«

Eugène? Ist er hier? Nein, er hat nur etwas Ähnliches gesagt, als wir …

Ich stöhne, denn sie binden meine Hände hinter meinem Rücken fest. Zurren sie zusammen, bis meine Knöchel aufeinanderschaben. So wie Louise gefesselt war. *Oh, bei allen Göttern des Olymps, lass sie in Sicherheit sein.*

»Nein, nein«, schnarrt der Komponist. »Die Augenbinde ist unnötig. Mir nach, *s'il vous plaît.*«

Die beiden schieben mich nach vorn.

»Gott, diese Inkompetenz«, murmelt der Komponist.

Ich stolpere über den Teppichrand, den ich doch eigentlich in- und auswendig kenne. »Wohin bringen Sie mich?«

»Das siehst du früh genug«, leiert er herunter. »Oh, *pardon*«, setzt er hinzu, die Silben gestreckt wie durch ein träges Grinsen. »Das tust du ja leider *nicht.*«

Ich beiße die Zähne aufeinander und strauchle weiter. Sie können mich nicht lange haben schlafen lassen, aber es reicht, um etwas klarer zu denken. Doch auch wenn ich versuche, mir zusammenzureimen, wie lange ich schon hier bin, finde ich keine klare Antwort.

Sie stoßen mich durch eine Tür nach draußen. Ich sauge die frische Luft ein, und sie erfüllt mich mit so viel Verzückung, dass ich kurz davor bin, mich zu *bedanken.* Ich würge und beiße mir auf die Zunge.

»Ab jetzt komme ich allein zurecht.« Der Komponist greift meinen Ellbogen, und ich schlage mit meinen fixierten Armen aus, ohne dass er loslässt. »Willst du allein die Kutsche erklimmen? Das lässt sich einrichten, aber jammere mir nicht die Ohren voll, wenn du dir die Beine brichst und nicht mehr fliehen kannst.«

Ich verenge die Augen, bin mir ziemlich sicher, dass ich einigermaßen in seine Richtung blicke, doch lasse mich von ihm die Stufen hochführen. Lieber gekränkter Stolz und unverletzt, als ihm aus Prinzip die Stirn zu bieten. Nicht jeder Kampf muss gekämpft werden.

Die Kutschfahrt verläuft still, abgesehen von den Geräuschen der Außenwelt, die auf mich niederprasseln, als hätte man mich mitten in ein Orchester gesetzt. Bei Hadès' linkem Ei, jetzt fange *ich* mit diesen musikalischen Metaphern an.

Wir halten, und er dirigiert – nein, nicht schon wieder! – mich aus der Kutsche.

Es muss Nacht sein. Bei Tag könnte er nicht einfach eine gefesselte Mademoiselle durch die Gegend schieben. Es braucht kein Wort von ihm, um zu wissen, dass ich trotzdem nicht auf mich aufmerksam machen darf. Sie würden mich bestrafen – und jeden aus der Welt schaffen, der mir zu Hilfe eilen würde.

Wir gehen durch eine knarzende Tür in einen Raum, der, dem Hall unserer Schritte nach zu urteilen, so schmal wie eine Gasse sein muss. Die Luft steht, wie in den *Catacombes*, nur trocken und staubig. Eine knarzende Holztreppe hinauf, an deren Ende ich außer Atem bin. Mein Kopf schwirrt so sehr, dass ich mich ohne Gegenwehr auf einen Stuhl verfrachten lasse. Er bindet meine gefesselten Arme an der Lehne fest, dann meine Fußknöchel an den Stuhlbeinen.

Nicht fragen, was er vorhat. Keine Angst zeigen.

Er stülpt etwas über meinen Kopf, eng, hart und fremd, und ein Laut wie von einem angeschossenen Reh entwischt mir. »Was ist das?« Ich werfe mich hin und her, zerre den Kopf aus seinen Händen. »Was haben Sie vor?«

»Nur eine Maske.« Er zurrt Riemen an meinem Kopf fest.

Der *Geruch*. Eine uralte Münze, die durch zu viele schwitzige, ungewaschene Hände gewandert ist. Mir war nicht bewusst, dass man Metalle am Geruch unterscheiden kann. Aber es ist *Kupfer*. Ich trage eine Maske der Nyx. »Nehmen Sie sie ab!« Ich kipple stärker auf dem Stuhl hin und her.

Er greift die Lehne, sodass meine Bewegungen nichts mehr ausrichten, und schiebt mich mühelos nach vorn. Bis das Scharren der Stuhlbeine verklingt. »Mit ihr kannst du sehen.«

Ich erstarre. Blinzle. Die Maske oder eher das Wissen, eine Maske der Nyx zu tragen, schnürt mir die Luft ab. Doch ich *kann* sehen.

Noch immer erstrahlt alles viel zu hell, aber es zeichnen sich Konturen ab. Das Weiß modriger Knochen vor dem Weiß frischen Schnees. Meine Knie, die Kante der Sitzfläche.

Ein Abgrund, direkt vor mir.

Ich befinde mich auf einer Art Dachboden, von dem aus man in den Hauptraum eines Lagerhauses herabblicken kann. Er besteht aus Holzbalken und Brettern, etwas, wo man Stroh lagert, keine wertvollen Maschinen.

Die vielleicht langweiligste Aussicht, die sich mir je bot, und dennoch sauge ich jedes verschwommene Detail ein, das ich erkennen kann.

»Ich würde mich an deiner Stelle nicht rühren, damit du nicht herunterstürzt.«

»Was soll –«

Er steigt die Treppe hinab. Lässt mich allein.

Ich atme ruhig ein und aus. Ignoriere den Gestank des Kupfers. Behalte einen kühlen Kopf. *Nimm alle Informationen auf. Jedes Detail kann dir später helfen.*

Unter mir knarzt es, und ich reiße die Augen auf. Eine große Scheunentür schwingt auf, und durch sie treten zwei Gestalten. Ich kann sie nur schwer ausmachen, und als sie in der Mitte des Raums stehen bleiben, verschwimmen ihre Konturen fast komplett. Ein Gemälde nur aus Weißtönen.

»Ein ungewöhnlicher Ort für ein angeblich offizielles Treffen.« Ein untersetzter Mann, der mit lebhaftem Unterton spricht. Der weiß, wie man Reden hält.

»Bitte verstehen Sie, dass dies nicht Ihrer Einschüchterung, sondern meinem Schutz dienen soll.« Der Komponist.

»Ihrem Schutz?« Der untersetzte Mann lacht. »Mein Guter, man könnte meinen, *Sie* wären der *Président de la République*.«

Der *Président de la – Émile Loubet?* Der Komponist trifft sich mit unserem Staatsoberhaupt in einer *Scheune?*

»Nun, Sie haben sicher nicht vergessen, dass *Sie* ausgesprochen wenige Feinde haben, weil *wir* dafür sorgen, dass diese Feinde mit *uns* beschäftigt sind.«

»Und das, obwohl ich nie um dieses Schutzschild aus Mitgliedern eines obskuren Geheimordens gebeten habe.« Er akzentuiert jedes Wort mit ausdrucksstarken Gesten. Das *ist* Émile Loubet.

»Monsieur Loubet, wir verfolgen die gleichen Ziele.«

Ich will schreien, dass sie das nicht tun.

»Darüber bin ich mir nicht sicher«, entgegnet Loubet. Er wurde erst vor Kurzem gewählt, und viel weiß ich nicht über ihn. Aber es heißt, er sei ein ehrlicher Mensch, stehe für bürgerliche Werte ein, wähle immer den Mittelweg. Niemand, der die extremen Wege der Nyx gutheißt.

»Was ist das Schlimmste, was Ihnen passiert ist? Als Ihnen dieser erhitzte, adlige Raufbold einen Stock über den Kopf gezogen hat?« Der Komponist breitet die Arme aus. »Glauben Sie, *ohne* unseren Einfluss würde es dabei bleiben?«

»Das klingt nach einer Drohung.«

»Sie erwarten unseren Schutz, ohne zu einer Gegenleistung bereit zu sein. Und implizieren, *wir* wären Schurken, weil wir unser Leben nicht bedingungslos riskieren?«

Monsieur Loubet schweigt, und ich strecke meine tauben Finger so gut es geht. *Warum* lässt der Komponist mich zuschauen?

»Ich verstehe Ihr Zögern«, fährt der Komponist sanfter, taktvoller fort. »Bewundere es sogar. Und ich erwarte keine sofortige Antwort. Ich bitte Sie nur, darüber nachzudenken, was das Beste für Frankreich ist. Wir bieten Ihnen mehr als persönliche Sicherheit. Die Sicherheit des ganzen Landes. Frieden und Wohlstand zum Beginn eines neuen Jahrhunderts.« Der Komponist legt Loubet eine Hand auf die Schulter. »Frankreichs *Belle Époque* mit *Ihnen* als Schirmherr. Als Leuchtfackel der Nation.«

»Diese Maschinen … *Sirènes* …«

»Haben Sie von der Dachsammer gehört?« Ich erkenne nichts, aber Loubet muss wohl den Kopf schütteln, denn der Komponist fährt fort. »Ein Zugvogel, der während seiner Reise gen Süden sieben Tage lang wach bleibt. Vielleicht sogar länger. Und das *ohne* Einbußen seiner kognitiven Fähigkeiten.«

»Beeindruckend. Was genau –«

»Wenn Vögel dazu in der Lage sind, wieso sollte es uns verwehrt bleiben? Wieso sollten unsere Tugenden – Fleiß, Arbeitseifer, Produktivität, Schöpfungskraft – darunter leiden, dass wir ein Drittel unseres Lebens verschlafen?«

»Nur dass Menschen, so bedauerlich das auch ist, über kurz oder lang den Schlaf brauchen, um all das zu schaffen.«

»Aber was, wenn nicht?« Der Komponist lehnt sich vor. »Was, wenn wir eines Tages frei sind von der Last des Schlafs, der Untätigkeit? Welche Wunder könnten wir vollbringen? Was stände dem Frieden im Weg, wenn kein Mann mehr Schlaf *bräuchte*?«

Ich bohre die Zehen in den Boden, um keinen Laut von mir zu geben. Dieser fanatische Ton. Klingt es für den schon wieder schweigenden Loubet anders? Hört er die verheißungsvolle Vision einer utopischen Zukunft, nicht das leere Versprechen eines selbstsüchtigen Mannes?

Loubet räuspert sich. »Ich habe durchaus von Ihren Versuchen gehört. Ihren *Experimenten* und den Nebenwirkungen. Wie viel Leid wollen Sie mit dieser eventuellen Zukunft entschuldigen?«

»Und das Leid wie vieler zukünftiger Menschen wollen Sie durch den Schutz dieser wenigen Menschen entschuldigen? *Patrioten*, die bereit sind, für Frankreich alles zu geben. Wie unterscheidet sich das von Soldaten, die ihr Leben für die Zukunft geben?«

»Wir sind beide keine großen Philosophen, die darüber –«

»Der Unterschied, Monsieur Loubet«, unterbricht der Komponist ihn, »ist, dass diese Männer durch *Sirènes* nicht *sterben*. Sie arbeiten, verdienen mehr Geld, ernähren ihre Familie, verbringen *Zeit* mit ihrer Familie, statt in irgendeinem Schützengraben zu liegen, wohlwissend, dass sie den nächsten Tag vermutlich nicht erleben. *Das* ist der Unterschied, den Frankreich in der ganzen Welt anstoßen kann.«

»Monsieur …« Schon das einzelne Wort klingt so zerrissen, als würde jedes weitere Argument des Komponisten all seine Überzeugungen in Fetzen reißen und neu zusammensetzen. »Geben Sie mir Bedenkzeit.«

»Natürlich.« Sanft, so ekelhaft sanft.

Ich zittere so sehr, dass die Stuhlbeine leise auf dem Boden klappern. Ob er mir zeigen wollte, dass sogar der *Président* auf der Seite der Nyx steht, oder mich ebenfalls indoktrinieren wollte – ganz egal. Denn das Schlimme ist, er hat *beides* geschafft. Ich will seinen verheißungsvollen Worten keinen Glauben schenken, weiß, wie sehr er die Realität beschönigt – und doch stimmt dieser kleine, verräterische Teil in mir zu.

Ich muss dagegen ankämpfen.

Ich zittere, bis der Komponist zurückkehrt und mir die Maske vom Kopf reißt. Zum ersten Mal bin ich froh über das gleißende Nichts. Froh, seine Trifaccia-Maske nicht sehen zu müssen. Er spricht kein Wort, weiß, dass jeder gönnerhafte Spruch, jede Selbstgefälligkeit, jedes vorgegaukelte Mitgefühl mich nur gegen ihn aufbringen würde. Mich in meinen wankenden Gedanken schmoren zu lassen, ist viel effektiver.

Ich erinnere mich an den Weg durch das Haus zurück in mein Gefängnis. Gut. Dieses Mal zähle ich die Schritte. Da ich anscheinend kurz geschlafen habe, bevor er mich zu seinem kleinen Spektakel gebracht hat, gewöhnt sich mein Körper wohl an die Helligkeit. Wenn ich wieder schlafen kann, kann ich auch zu Kräften kommen. Einen Fluchtplan schmieden.

Er stellt mich mitten im Raum ab. »Benötigst du etwas?«

Ich kreuze die Arme. »Meine Freiheit?«

»Ich dachte an etwas Realistischeres. Wie Wasser oder Essen.«

»Sie *wissen*, welche Grundbedürfnisse ein Mensch hat. Entscheiden Sie, ob Sie eine Spur Menschlichkeit zeigen oder mich langsam dahinsiechen lassen wollen.«

Ein Tippeln, wie kurze Fingernägel auf Holz. »Du wirst versorgt, nachdem du ein Bad genommen hast. Zwei Hausmädchen werden dir helfen. Aber denke nicht, dass ich die Tür außen unbeobachtet lasse.«

Ich schnaube. Natürlich weiß ich es besser, als überstürzt zu fliehen. Jeder Fehlversuch wird ihn dazu bringen, die Sicherheitsvorkehrungen zu erhöhen. Kräfte sammeln und auf den richtigen Moment warten. Aber er darf nicht mitbekommen, dass ich meine Kräfte sammle. Ich bohre mit einem Fuß auf dem Boden.

»Ist etwas?«

Ich verkrampfe meine Finger und meinen Kiefer. Als *wollte* ich nicht, dass er meine Unsicherheit mitbekommt. »Können Sie … etwas gegen das Licht tun? Damit ich schlafen kann?«

Ein beinahe gequälter Atemzug. »Schlaf ist auch ein Grundbedürfnis.« Ich ringe mir ein humorloses Grinsen ab. »Zumindest *noch*.«

Ein, zwei, drei Herzschläge, dann verlagert er hörbar sein Gewicht. »Wie gesagt, ich befürchte, das ist nicht möglich.«

Ich lasse den Kopf wieder gen Boden sacken. Meine Unterlippe bebt. Doch als seine Schuhe auf dem Parkett klackern und daraufhin die Tür ins Schloss fällt, grinse ich.

Er *soll* glauben, ich könnte nicht schlafen. Denn er will mich wach halten. Damit ich erschöpft bleibe. Schwach. *Beeinflussbar.* Sobald er merkt, dass ich schlafen kann, denkt er sich etwas Neues aus, um mich davon abzuhalten.

Ich kann ein paar Stunden Schlaf erschleichen, ohne dass es auffällt. Stellt er mir ein Grammophon ins Zimmer, das dauerhaft plärrt, kann ich nichts dagegen ausrichten. Oder gegen die Stimulanzien, die er bei *Sirènes* einsetzt.

Ich muss meine Züge machen, bevor er mitbekommt, dass ich spiele.

Er schleppt mich zu anderen Gesprächen. Mit Politikern, mit Großindustriellen, mit wichtigen Persönlichkeiten von Paris, die er allesamt von seinen großartigen Visionen überzeugt.

In meiner Zelle zeigt er mir die Glocke an der Wand, mit der ich die mir zugeteilten Hausmädchen rufen kann. Sie bringen mir vollmundigen Traubensaft, wenn ich um Wasser bitte. Eclairs und Brie mit süßsäuerlicher Preiselbeersauce, wenn ich nach Brot frage. Führen mich zur Wanne mit nach Honig und Milch duftender Seife, wenn ich um ein nasses Tuch bitte. Ich sage ihm, dass ich weiß, was er vorhat. Er antwortet nicht.

In einem Salon setzt er mir wieder die Maske auf, verfrachtet mich auf den Sessel einer Sitzgruppe hinter Samtvorhängen und nimmt gegenüber von mir Platz. Lässt mich nicht aus den Augen, während der Orchestrator hinter den Vorhängen mit einer Gruppe Arbeitern diskutiert. Ihre Bedenken ernst nimmt. Unklarheiten bereinigt. Versprechungen gibt. Die geplante Gehaltssteigerung für die rangniedrigsten Arbeiter anspricht, deren Höhe mir Schwindel bereitet.

Weitere Geschäftsgespräche, mal hinter Wänden mit Gucklöchern, mal von den Galerien zweistöckiger Prunksäle aus. Jeder Tag verschwimmt mehr.

Als ich ohne Maske einer Versammlung von gut betuchten Frauen der *Bourgeoisie* in einem eleganten Etablissement lausche, lässt er mich in meinem Séparée neben dem der Mesdemoiselles allein. Mit verbundenen Händen und Füßen harre ich Ewigkeiten nach Ende der Besprechung dort aus. Es ist ein Test, wie viel Kampfgeist noch in mir steckt. Auf meinem Fluchtweg wartet garantiert einer der Wachmänner nur darauf, mich einzufangen. Also harre ich aus, bis der Komponist zurückkehrt.

In meiner Zelle erwarten mich neue Kleidungsstücke aus erlesenen Stoffen. Kleider *und* Hosen. Verspielte Schnitte und einfache, zweckmäßige Kleidung. Niemand schreibt mir vor, was davon ich zu tragen habe. Schnaubend wische ich all die Stücke vom Bett, dann gehe ich die Zelle ab. Ich habe sie mir so gut eingeprägt, dass ich merken würde, wenn etwas auch nur einen Zentimeter verrückt worden wäre. Bett, Nachttisch, Teppich, Tisch, Fenster, Vorhänge. Glattes Holz und schwerer Samt. Alles an Ort und Stelle.

Der Komponist bringt mich in eine Fabrik, deren Besitzer sich gegen *Sirènes* entschieden hat. Verschwindet und befiehlt einem seiner Wachmänner, mich stundenlang durch die Anlage zu stoßen. Eingefallene Gesichter, sogar in meiner Sicht aus Weißtönen. Nicht alle Stationen sind besetzt. Gesprächsfetzen von zwei Arbeitern, die sich uneinig sind, ob sie in eine Fabrik mit *Sirènes* wechseln sollen. Beide fürchten sich vor *Sirènes* – doch noch mehr fürchten sie sich davor, ohne die Maschine auf der Strecke zu bleiben.

Bett, Nachttisch, Teppich, Tisch, Fenster, Vorhänge. Glattes Holz und schwerer Samt. Alles an Ort und Stelle. Aber warum ist es wichtig, das zu wissen? Ein heiserer Laut rinnt aus meiner Kehle, und ich reiße an den Vorhängen, bis sie auf dem Boden liegen und die Haut unter meinen Fingernägeln brennt.

Auf dem Metallsteg, der über eine leere Lagerhalle führt, bleibt der Komponist hinter mir stehen. Er legt die Hände auf die Stuhllehne, während ich mich mit ihm im Nacken kaum auf das Geschehen vor mir konzentrieren kann. Er lässt mich eine Hinrichtung beobachten. Ich blinzle nicht, aus Angst, die brennenden Tränen hinter meinen Lidern überfluten das Innere der Kupfermaske und ertränken mich.

Wenn ich noch einmal das glatte Holz der Möblierung berühre, zerfetze ich sie mit bloßen Händen wie die Vorhänge. Sie würden die Möbel ersetzen, so wie die Gardinen. Japsend schrecke ich im Bett auf. Sie *wollen*, dass ich die Beherrschung verliere, mich verausgabe. Meine beste Gegenwehr ist, *nichts* zu tun. Ihnen nicht in die Hände zu spielen.

Der Komponist führt mich mit großen Gesten und anpreisenden Worten durch eine andere Fabrik. Eine *mit Sirènes*. Als wäre ich eine Nyx, die er initiiert. Die beschwingten Arbeiter, ihre vollen Wangen, die gepflegten Maschinen sind zu schön, um wahr zu sein. Und es *ist* nicht wahr. Es. Ist. Nicht. Wahr.

Stundenlang harre ich in der gleißenden Leere meiner Zelle aus. Licht, Stille, Schweigen, reglose Möbel, stagnierende Luft. Langeweile. Niemals hätte ich geglaubt, dass der Entzug meiner Sinneseindrücke das Schlimmste ist, was mir die Nyx antun könnten. Ich drehe jeden Gedanken zigmal, und es reicht gerade so, um nicht zu schreien. Die Fetzen der Machenschaften der Nyx unterbrechen als Einziges die stundenlangen Qualen. Ich weiß nicht, was von beidem schlimmer ist.

Wörter prasseln auf mich ein, an verschiedenen Orten, die zu einem Klumpen aus Holz, Beton, Tapetenmustern, Stühlen und Menschen verschmelzen. Der Einfluss der Nyx schlängelt sich nicht wie Fühler durch Paris – sondern durchwebt die Stadt wie ein verästeltes, lebensnotwendiges Geflecht aus Adern.

Zitternd kauere ich mich auf dem Bett in meinem Zimmer zusammen. Nein. Meine *Zelle*. Nur der Komponist redet mit mir. Und ich rede mit niemandem. Weiß nicht, wann ich das letzte Mal etwas gesagt habe. Ich habe Angst. Denn ich *fiebere* dem nächsten Ausflug entgegen. Stunden über Stunden mit meinen Gedanken als einzigem Begleiter. Papa streicht über meinen Kopf und flüstert, dass der Verlust meiner Sinneseindrücke immerhin nicht schlimmer ist als der Verlust meiner Familie. *Doch*, brülle ich ihn an. Und ich weine, bebend und krampfend, stundenlang, weil ich so empfinde.

Ich brauche, ersehne, lechze nach dem Kaleidoskop aus Eindrücken, von denen mich manche bis aufs Mark erschüttern, manche an eine bessere Zukunft glauben lassen.

»Der Weg der Nachtschwärmer führt zu nichts«, sagt der Komponist, wie immer seltsam blechern durch seine Maske.

Jemand kämmt mein Haar, aber nicht er. Wenn er es wäre, würde ich ihm den Kamm entreißen und durch die Nase ins Gehirn rammen. Der vehemente Impuls lässt mich erzittern.

»Deine einzige Möglichkeit, die Welt zu verbessern, ist, dem Orden beizutreten. Du könntest schnell Einfluss nehmen. Alle würden zu dir aufblicken. Zu unserem Leitstern.«

»Clément?«, murmle ich. Versucht er es immer noch mit der gleichen Nummer?

»Clément ist tot.«

»Oh.« Ich reibe über meine trocknen Augen. »Das tut mir leid.« Klarheit schwappt über mich. Richtig, Clément ist tot. »Waren Sie nicht gegen sein Bestreben, mich zur Nyx zu machen?«

»Dein Lichtwirken, die natürliche Inklination zwischen dir und den Artefakten der Nacht – ich muss dich nicht zu einer Nyx machen. Du bist bereits Nyx. *Die* Nyx.«

Bitter schnaube ich, und der Laut verwandelt sich in hämisches Lachen. Ich lache *ihn* aus. »Sie glauben, ich wäre Nyx? Ich kann nicht einmal mehr meine Fähigkeit einsetzen. Eine beeindruckende Göttin haben Sie sich ausgesucht.«

Das stundenlange Lachen schmerzt in meiner Kehle, brennt in meinen Augen, quillt über meine Wangen.

Ich schlafe. Sie *wissen*, dass ich schlafe, und tun nichts dagegen. Jeden Tag steigern sie sich in ihren Bemühungen um mein Wohlbefinden.

Und dann lassen sie mich zu Eugène.

Seine Stimme – sie wickelt sich warm um mein Herz. Noch nie habe ich etwas Süßeres vernommen. Ich strecke die Hände aus, will seine Wangenknochen nachfahren, sein schnöselig frisiertes Haar zerzausen, meine Finger in seiner albernen *Cravate* vergraben. Meine Knöchel stoßen gegen eine Wand, und ich atme scharf ein.

Ich blinzle, um den Nebel loszuwerden. Er lichtet sich gerade genug, damit ich merke, dass ich auf dem staubigen Boden eines beengten Gangs kauere. Das Gefühl, in einer Wand eingemauert zu sein, drückt auf meinen Brustkorb. Ein Dienstbotengang? Die Wand vor mir wird von einem kaum mehr als drei Finger breiten Gitter durchbrochen. Wohl eher der Lüftungsschacht eines *Hôtel particulier* der *Bourgeoisie*.

»Ich sehe aus wie ein Bestatter. Schlimmer. Wie jemand, der von der Stange kauft.« Eugène.

Ich presse meine Hand gegen die Kupfermaske vor meinem Mund. Haben die Nyx ihn gefunden? Halb auf dem Bauch, halb auf dem Ellbogen robbe ich die letzten Zentimeter zum Gitter.

»Du siehst formidabel aus.« Sein Vater! Umständlich neige ich den Kopf, bis ich trotz der Maske durch das Gitter sehen kann. Der Salon vom *Hôtel Lacroix*. Aber wenn die Nyx wissen, wo Eugène ist, wieso nehmen sie ihn nicht gefangen? Ich presse die Lippen aufeinander. Sie würden ihn verletzen, wenn ich nach ihm rufe. Er ist ein Druckmittel.

»Formidabel«, grummelt Eugène und blickt an sich herunter. Ich erkenne nicht, was das Problem ist. Die Weißtöne lassen nur die Konturen eines maßgeschneiderten *Costume trois pièces* hervortreten. »Mein Leben lang habe ich darauf gewartet, *so* bezeichnet zu werden.«

Vermutlich ist genau das das Problem. Kein aufgebauschter Mantel, kein vor Silberstickerei steif in die Luft ragender Kragen, kein Zentimeter Stoff zu viel. Wärme sprudelt in mir hoch, ein erheitertes Lachen, das ich herunterschlucke. *Eugène*. Es ist wahrhaftig Eugène.

»Was ist es, das du sein willst? Eine Bereicherung für die Menschheit – oder ein *Dandy*?« Monsieur Lacroix spricht *Dandy* aus, als würde er *Meuchelmörder* meinen.

»Ich –«

»Ein Mann, dessen Berufung, Lebensinhalt, Seele, Energie und Existenz sich darum dreht, was er *trägt*? Andere kleiden sich, um zu leben, und du lebst, um dich zu kleiden?«

»*Nein*«, presst Eugène hervor, als müsste jeder Buchstabe eine eigene Lücke in seinen zusammengebissenen Zähnen finden.

»Das Theater wäre gar nicht nötig, hättest du nicht deine Garderobe – wenn man es denn so nennen kann – für dieses Mädchen verkauft, das du aus der Gosse aufgelesen hast.«

Die Beleidigung trifft mich nicht. Ich kann nur Eugènes Silhouette anstarren, als wäre sie eine Engelserscheinung.

Er verschränkt die Arme. »Ich habe es nicht für *sie* getan.«

Das trifft mich nun doch. Mehr, als es sollte, schließlich hat er recht. Das Geld war nicht für mich, sondern –

»Richtig. Eure kleine, infantile Mission.« Monsieur Lacroix seufzt. »Ich bin froh, dass du endlich zur Raison gekommen bist und diesem Verein aus verblendeten Nachtfaltern –«

»Nachtschwärmern«, murrt Eugène.

»– den Rücken zugekehrt hast. Du hast dich sogar adäquat bei den Verhandlungen geschlagen. Auch wenn ich bei deiner Geburt nicht damit gerechnet habe, dass es über zwanzig Jahre braucht, bis du mich stolz machst.«

Eugène steht starr da, und ich knirsche mit den Zähnen, würde am liebsten das Gitter aus der Wand reißen und Monsieur Lacroix an den Kopf werfen.

Doch dann tritt sein Vater zu Eugène und legt eine Hand auf seine Schulter. Blickt ihn eine Weile aufmerksam an. »Aber du machst mich stolz«, sagt er leise und ernst. Seine Hand verharrt auf Eugène. »*Mon garçon.*«

Ich sollte Eugènes Zusammenzucken nicht sehen können, doch tue es. *Spüre* es. Mein Herz verkrampft. Clément hat ihn ab und zu so genannt, und ich glaube, das bedeutete Eugène mehr, als er je zugegeben hätte. Sein Kopf sinkt. »Papa ...«

»Du hast großartige Fortschritte gemacht. Sabotiere dir deine Errungenschaften nicht, weil du dieser *Liaison* nachhängst.«

»Odette ist –«

»Du vergisst, dass ich auch einmal jung war«, unterbricht

Monsieur Lacroix ihn. »Ich verstehe die Aufregung, die eine *Affaire* außerhalb deines Standes bietet. Dass sich eine *Filette* von so niederer Geburt in Gebaren und Sittlichkeit von den bekannten Mesdemoiselles auf eine Art unterscheidet, die der jugendlichen, heißblütigen Unvernunft den Eindruck vermittelt, sie wäre die Liebe deines Lebens.«

Die Wärme meiner Wangen staut sich unter der Maske, eine Kombination aus der Wut wegen seiner Missbilligung meiner Person und dem Wissen, dass er über Eugène und mich Bescheid weiß. So *explizit* Bescheid weiß. *Die Liebe deines Lebens.* Ich schüttle den Kopf, der so nur mehr dröhnt.

»*Rede* mit mir«, drängt Monsieur Lacroix, als gäbe es auf der Exposition einen Preis für den Vater des Jahres, den er gewinnen will. »Wenn dich der Gedanke, sie wäre etwas Besonderes, von deinem Weg abbringt, können wir gewisse Maßnahmen ergreifen, um –«

»Sie ist wie die anderen, Vater. Unbedeutend.«

Ich erstarre. Seine Worte stechen in meinem Herzen. Doch es ist sein *Ton*, der meinen Brustkorb aufbricht und mein Herz aushöhlt.

Er meint, was er sagt.

Und ich wusste es. Wusste es die ganze Zeit *besser*, als mich von seinem Sog mitreißen zu lassen. Eine Ablenkung. Eine *Liaison*. Eine *Affaire*. Etwas, das er zur Seite wirft, sobald er meiner überdrüssig ist. Wie die Nachtschwärmer, nun, da sein Vater sich ihm zuwendet.

Ich kauere mich auf dem Boden zusammen und presse die Hände auf die Ohren, kann seine Stimme nicht mehr hören. Ein winziger Teil in mir *freut* sich für ihn. Weil er nie etwas sehnlicher wollte, als die Zuneigung seines Vaters. Und das ist der endgültige Beleg dafür, wie naiv, verklärt und illusorisch ich mich in ihn verliebt habe.

Vor Eugène war ich zufrieden. Aber ich habe von *mehr* geträumt. Habe mir insgeheim mehr versprochen, als ich ihn kennengelernt habe – eine höhere Bestimmung, die Macht, etwas zu ändern, Anerkennung, Wissen, Veränderung, Freunde, *Gefährten*. Ich wollte zu viel. Alles, was man gewinnt, kann auch wieder genommen werden.

»Du hast so vieles verloren«, ertönt eine Stimme, die wie Eugène, sein Vater, *mein* Vater, Madame Bouchard, Clément, Marie Curie und der Komponist klingt.

Noch fester presse ich die Handflächen auf meine Ohren, doch er löst meinen Griff mühelos. Der Komponist, direkt vor mir, die Trifaccia-Maske durch die Weißtöne all ihrer Konturen beraubt. »Den Jungen. Jean und Armand. Die Nachtschwärmer. Deine Sicht. Den Kampf.«

»Mein Lichtwirken«, krächze ich. Nichts kann ich mehr tun.

Er richtet mich auf, beinahe sanft wie ein krankes Kind. »Bringen wir dich nach Hause.«

Ich nicke nur. »Warum muss ich so schwach sein?«

Er schlingt meinen Arm um seine Schulter. »Weil du dich nicht traust, mächtig zu sein. Wahrhaft mächtig.«

»Lassen Sie mich raten«, schnaube ich, doch es klingt wie ein Lallen. »Wenn ich mich euch anschließe, verleiht ihr mir diese Macht? Ihr heilt meinen Blick als Dank? Wie bei Clément?«

»Clément war *schwach*.« Er verfrachtet mich auf die Rückbank der Kutsche. »Du nicht. Du brauchst uns nicht, genauso wie du die Nachtschwärmer nie brauchtest. Ich kann dir zeigen, wie du das Tuch und die Fackel richtig einsetzt. Du könntest sehen, aus eigener Kraft. Du kannst Licht ins Dunkel bringen. Du kannst der Welt ihren Weg weisen. Du kannst eine Göttin sein und den Menschen Ordnung schenken.«

Wenn ich die Nyx nicht aufhalten kann, kann ich sie zumindest lenken? War das seit jeher meine Bestimmung? Dann hätte all der Schmerz einen Sinn.

Ich hätte nicht grundlos alles verloren.

Kapitel 18

Der Komponist fährt mit mir in seiner überdachten Kutsche durch Paris, ohne mir das Ziel zu verraten. Ich trage etwas, das der Kleidung der Nyx ähnelt. Gebräuntes Leder, Riemen und Schnallen, alles schwer und undurchdringlich. Hatte ich das auch schon an, als er mich Eugène hat sehen lassen? Vor … einer Woche? Oder zwei? Noch länger?

»Ich habe deine Maske vergolden lassen«, erwähnt er beiläufig. »Jeder soll sehen, dass du wichtiger bist als die anderen Nyx.«

»Wichtiger als *Sie*?« Ich bewege meine Hände, ungefesselte Hände, leicht im Schoß. Sie fühlen sich fremd an.

Er nickt. »Wichtiger als ich.« Er neigt den Kopf nach vorn, als verriete er mir ein großes Geheimnis. »Ich bin unwichtig. Aber vergiss nicht, im Grunde bist du kaum wichtiger. Was über uns allen steht, ist unser nobles Ziel.«

»Ach, richtig. *Frieden, Gleichheit und Ordnung.*« Früher hätte ich die Augen verdreht.

»Kein Grund, bissig zu werden«, ermahnt er dennoch. Dann seufzt er. »Nenn es, wie du willst. *Forme* es, wie du willst, zu Frieden oder Eintracht oder Glück oder Erlösung. Am Ende

388

bleibt das Bestreben das gleiche, egal, wie wir es nennen oder erreichen. Die Kontrolle über das menschengemachte Chaos, welches uns sonst verschlingen wird.«

»Kein Verkaufsgespräch nötig. Sie haben mich überzeugt, dass nur dieser Weg für mich existiert.« Irgendwo in mir weiß ich, es sollte eine Lüge sein, um ihn in Sicherheit zu wiegen. Aber eine Lüge würde meine Zunge verätzen oder mich triumphieren lassen, weil er sie glaubt. Meine Worte fühlen sich wahr an. Seit wann? Seit Eugène? Oder danach? Was ist nach Eugène passiert?

»Du bist betrübt wegen des Jungen.«

Ich verknote meine Finger, die taub bleiben. Merkt er mir an, dass ich an ihn denke? Ich schnaube. Damit, dass ich ihm weniger bedeute als er mir, komme ich mittlerweile klar. »Ich bin betrübt, weil ich gefangen gehalten werde, zwei meiner Freunde umgebracht wurden, ich den Rest meiner Freunde nie wiedersehen werde, und meine Familie keine Ahnung hat, was mit mir passiert ist. Aber vor allem, weil ich Monate meines Lebens in etwas gesteckt habe, das sich als zwecklos herausgestellt hat.«

»Das hast du ja hinter dir.« Eine Feststellung, keine Frage. Er weiß, dass er mich gebrochen hat. Schlimmer ist, dass *ich* es weiß – und nichts dagegen tue. Es stört mich nicht. Er hat mir einen neuen Weg gezeigt.

Ich schaue aus dem Kutschfenster. An den Lichtverhältnissen kann ich nicht mehr unterscheiden, ob Tag oder Nacht ist. Umso mehr stechen mir die anderen Unterschiede ins Auge. Die gewagter geschnittenen Abendkleider der Mesdames. Aufgeregtes Kichern aus allen Gassen. Die geisterhaften Arbeiter, frisch aus *Sirènes* oder auf dem Weg dahin. Wandelnde Tote.

»Sie sind nicht tot.« Wieder, als könnte er meine Gedanken lesen. Sollte mich das beunruhigen?

»Sie sehen aber so aus«, entgegne ich nur.

»Ich meine deine Freunde.«

Mit einem einzelnen heftigen Herzschlag wende ich mich zu ihm. »Jean und Armand?«

»Sie konnten dank dir fliehen. In einem deiner schwächsten Momente hast du zwei Leben gerettet.«

»Hören Sie auf mit dieser billigen Schmeichelei«, stöhne ich. Ich warte vergebens auf überwältigende Erleichterung. Wirklich besser als die herumtorkelnden Sirènes-Nutzer bin ich nicht.

Es ist gar nicht übel, frei von plagenden Gefühlen zu sein.

Vielleicht ist Sirènes nicht das Schlimmste, was den Parisern passieren kann. »Ich will, dass Sie mehr Wissenschaftler und Docteurs engagieren, um die Nebenwirkungen zu verringern.«

»Abgemacht.«

Ein Mann in rußbedeckter Arbeitskleidung schließt mit bebendem Arm eine Haustür auf. Die Fenster des Gebäudes sind dunkel. Keine wache Familie, die ihn begrüßt. »Und der Orden der Nyx soll dafür sorgen, dass die Schichten nicht auf mehr als vierzehn Stunden angehoben werden, ganz gleich, ob mehr möglich sind.«

»Bien.« Wie viel Entscheidungsgewalt gesteht er mir zu? Oder sagt er nur zu allem Ja, um mich zu besänftigen?

Ich starre herausfordernd zu ihm. »Frauen bekommen die gleichen Löhne.«

Seine Maske regt sich nicht, doch darunter muss sich Zerrissenheit in seiner Mimik zeigen. »Das wird viel Zeit benötigen. Ich werde nicht lang genug leben, um das mitzuerleben. Und vielleicht auch du nicht.«

Immerhin ist er ehrlich. Was mir nicht reicht. Er kann mehr tun, um zu beweisen, wie ernst er seine Versprechungen meint.

»Sie können Ihren Arbeiterinnen sofort den gleichen Lohn zahlen.«

Der Komponist lacht tonlos. »Wieso glaubst du, ich hätte –«

»Weil kein Zeitungsjunge oder Ledergerber zum Oberhaupt der Nyx hätte aufsteigen können.« Mit verschränkten Armen blicke ich wieder auf die Menschen draußen. »Außerdem stinken Sie nach Großindustriellem.«

Gendarmen stürzen zu einem Pulk Arbeiter, die mit Steinen versuchen, die neuen Straßenlampen einzuschlagen. Keine Glassplitter, kein erlöschendes Licht. Er sieht weg. »Es gibt höflichere Wege, mir mitzuteilen, dass dir mein Eau de Parfum nicht zusagt. Aber du wählst wieder eine Beleidigung.«

Eine andere Gruppe schlachtet eine *Sirènes* aus wie einen Kadaver. Ich bohre die Nägel in meine Handflächen. Noch haben sich nicht alle der neuen Weltordnung unterworfen. Das werden sie, dafür sorge ich. Und dafür, dass es möglichst glimpflich für alle verläuft. *Zumindest das.*

»Wenn ich die Löhne meiner Arbeiterinnen anhebe, kannst du dir zusammenreimen, wer ich bin.«

Wir sind nicht mal auf der Höhe von ihnen, da liegen bereits alle mit den Gesichtern im Dreck. Schlagstöcke der Gendarmerie im Nacken, Stiefel in den Rücken gebohrt. Sie müssen kurz leiden, um nicht *für immer* zu leiden. So wie ich.

»Ist es fair, dass ich an Ihrer Seite kämpfe, ohne zu wissen, wer Sie sind?«

»*Niemand* bei den Nyx weiß, wer ich bin.« Seine Maske stiert auf mich herab. Ob er ohne sie anders klingt? Menschlicher?

»Niemand bei den Nyx kann, was ich kann.«

»Du verhandelst hart.« Die Kutsche bremst, und er lehnt sich vor, um an den Riemen *meiner* Maske zu hantieren. »Wie wäre das? Fürs Erste arrangiere ich, dass ein paar Industrielle, die mir einen Gefallen schulden, gleichzeitig mit mir die Löhne anpassen. Wenn du bewiesen hast, dass wir dir trauen können, gebe ich meine Identität preis.«

Ich nicke, zerre die Maske von meinem Kopf und stolpere nach draußen. Ein Handlanger führt mich hinauf in mein Zimmer.

Ich werfe mich aufs Bett, drücke das Gesicht ins Kissen. Keine Tränen kommen. Es macht mir nichts aus, dass Eugène es nie ernst mit mir meinte. Ich wusste immer, dass nichts daraus werden kann. Ich bin realistisch. Jetzt mehr denn je.

Aber … Mein Brustkorb verkrampft. Ich ziehe die Knie an die Brust. Ich weine nicht. Es berührt mich nicht. Ich komme darüber hinweg. *Bin* darüber hinweg.

Ich atme zittrig ein.

Er sucht nicht einmal nach mir.

Es ist so einfach, sich mitreißen zu lassen. Gegen nichts anzukämpfen und nur Energie in die Punkte zu stecken, bei denen ich etwas ausrichten kann. Ich muss mich nicht länger entscheiden, ob ich hinsehe oder die Augen verschließe.

Nichts belastet mich mehr. Kein Streit mehr mit Louise. Keine Sorgen um Jean und Armand. Keine Aufopferung für meine Familie. Keine falschen Hoffnungen durch Eugène.

»Würdest du mir und einigen anderen Ordensmitgliedern beim Abendessen Gesellschaft leisten?«

Seit wann ist der Komponist in meinem Zimmer?

Ich schüttle den Kopf, um die Bilder und Geräusche in meinem Kopf zu verjagen. Nur Licht. »Natürlich.«

Die Bewegung seines Arms spüre ich als sachten Luftzug, begleitet vom Freesien-Duft. Er hakt mich unter, als wäre ich aus kostbarstem Glas. »Es ist wichtig, dass sie dich kennenlernen. Einige von ihnen haben noch Vorbehalte, also wäre es von Vorteil, du zeigst dein bestes Benehmen.«

Ich folge ihm durch den Flur. »Wann habe ich mich bitte jemals *nicht* von meiner besten Seite gezeigt?«

Sein Lachen hallt die Treppe hinab, so seltsam vertraut, und erwärmt mich. Mein gläsernes Inneres, dank ihm nun orange glühendes Material, das ein Glasbläser zu etwas Besserem, Stärkerem formt.

Im Foyer lässt er mich warten. Eine Tür klappert, dann kommen seine Schritte wieder auf mich zu. Er setzt mir die Maske auf, unser kleines Ritual, mit dem er mir die Sicht schenkt.

Ich atme auf, als die Weißtöne sich voneinander abheben.

Am Arm führt er mich durch eine Doppeltür in einen Speisesaal, wo zwei Dutzend Nyx um eine reich gedeckte Tafel sitzen. Sie plaudern miteinander. Scherzen. *Lachen.*

Ich meine, Stimmen zu erkennen. Der Nyx, der Eugène mit einem Streifschuss verletzt hat. Mit dem Orchestrator lacht der Hüne, der drohte, Louise zu erschießen. Der, der meinen Kopf fast auf dem Boden gespalten hätte. Einer von denen, die uns den Unterschlupf genommen haben. Mehr von ihnen, die ich im Stimmengewirr nicht ausmachen können sollte. Vielleicht ist mein Gehör so geschärft, vielleicht bilde ich es mir ein.

Ganz egal. Denn eisiger Schock schwappt über mein Inneres. Mein Lichtwirken züngelt ziellos in meinen Fingern.

Das sind die Menschen, die meine Familie und Freunde bedroht und verletzt haben.

Heißes Glas zerbirst, wenn es auf kaltes Wasser trifft. Er hat mich nicht hart gemacht – sondern zerbrechlich.

Was zur Unterwelt tue ich hier?

Kein Streit mehr mit Louise? Keine Sorgen um Jean und Armand? Keine Opfer für meine Familie? Keine Hoffnungen durch Eugène? Ist es wirklich gut, dass mich nichts davon mehr belastet?

Wegen all dem habe ich doch überhaupt *gekämpft.*

Ich stolpere, glaube, der Komponist greift mich fester, spricht besorgte Worte, die verfliegen.

Streite ich nicht mit Louise, weil wir uns verstehen wollen, aber nicht immer können? Sorge ich mich nicht um Jean und Armand, weil ich mir ein Leben ohne sie nicht mehr vorstellen will? Bringe ich nicht Opfer für meine Familie, weil sie es jedes Mal wieder wert sind? Mache ich mir nicht Hoffnungen, weil mich allein die Vorstellung von einer gemeinsamen Zukunft mit etwas erfüllt, für das ich in meinem Leben nie einen Platz gesehen habe? Natürlich schmerzt nichts mehr, wenn ich alles fortschiebe, das mich verletzen kann.

»Odette?«

Doch nur solange ich Schmerz spüren kann, spüre ich auch Heilung, Freude, Hoffnung, Bedeutsamkeit, Vertrauen, Nervosität, Wärme, Güte, Versöhnung, Mut, Verletzlichkeit, Selbstlosigkeit, Aufregung, Ruhe, Verzücken.

»Es geht mir nicht gut«, keuche ich und schiebe mich rückwärts aus der Tür. »Können wir das Treffen verschieben?« Ich bemühe mich, meine Stimme ruhig klingen zu lassen.

»Natürlich. Wir wollen doch, dass du dich in bester Verfassung befindest.« Sanft geleitet er mich zurück. Der perfekte Gentleman. Wohlwollender Anführer. Gönnerhafter Vormund. Herablassender Aufseher.

Er setzt mich auf das Bett, verschwindet hinter der Tür, und ich springe auf. Zittere am ganzen Körper, bis ich sicher bin, ich vibriere vor Elektrizität. Mit einem hatte er recht. Ich brauche weder die Nyx noch die Nachtschwärmer. Beide Seiten dachten, sie kennen den richtigen Weg für mich.

Aber jetzt entscheide *ich* meinen Kurs.

Denn ich kenne mein Ziel. Und wenn ich noch so viele Umwege mache, in noch so vielen Sackgassen ende, noch so oft die falsche Abzweigung nehme – ich werde ankommen.

Ich kämpfe mich jeden schmerzhaften Schritt voran.

Doch ich genieße auch jede Rast, jede Blume, jeden Sonnenuntergang, jeden Regenschauer, jede aufregende Stadt, jede idyllische Wiese, jeden Begleiter und jede Bekanntschaft.

Dazu muss ich es nur aus diesem Gefängnis schaffen.

Sie erwarten nicht, dass ich fliehe. Nicht mehr.

Ich muss abwarten und Informationen sammeln. Die Nyx treffen, ihre Schwachstellen aufdecken, das Haus studieren.

Doch das kann ich nicht.

Ich kann keine Sekunde länger bleiben. Also zerre ich aus dem Kleiderberg ein Leinenhemd und eine Hose. Darüber ziehe ich ein *Gilet* an, nicht aus dem Leder der Nyx, aber fest gewobene Fasern, die mir das Gefühl von Schutz geben. Ich muss flink und leise sein, nicht unverwüstlich.

Und ich brauche die Maske. Die irgendwo in einem Raum neben dem Foyer liegt. Dorthin muss ich es irgendwie schaffen, ohne auf jemanden zu treffen.

Ich lasse mein Gesicht in die Hände sinken. So unsichtbar auch alle anderen für mich sind – die blind herumstaksende Lichtbringerin ist alles andere als unsichtbar.

Aber was, wenn ich keine blind herumstaksende Lichtbringerin bin? Ich durchwühle erneut den Kleiderberg. Feine Seide, Samt, gegerbtes Leder, zarte Spitze –

Da! Weich, doch so grob gewebt, dass ich es unter den Fingerkuppen spüre. Baumwolle. Kein Stoff einer reichen Mademoiselle, kein Stoff einer Kriegerin. Der Stoff einer Wäscherin, einer Näherin – eines Hausmädchens.

Ich werfe das Kleid über und taste, ob irgendwo meine Montur darunter hervorschaut. Das nicht, aber ohne Korsage, Unterkleid und all das Zeug fällt spätestens auf den zweiten Blick auf, dass etwas nicht stimmt. Mit den Händen an meinem Rumpf, wo sich die Konturen des *Gilet* abzeichnen, verharre ich im Zimmer. Wie kann ich –

Triumphierend lachend, eile ich die drei Schritte zum Fenster und reiße die Vorhänge herunter. Schwerer Samt, genug Stoffbahnen für drei Abendroben. Ich wickle sie mir um die Schultern, sammle die herabhängenden Stoffenden zu einem überquellenden Haufen in meinen Armen. Perfekt.

Mit angehaltenem Atem öffne ich die Tür. Verharre auf der Schwelle, nur bis ich atmen kann, und verlasse meine Zelle. Meinen goldenen Käfig.

Ich höre niemanden auf dem Flur, und mittlerweile ist auf mein Gehör absolut Verlass. Meine Hand geht automatisch zur Wand, doch ich ziehe sie zurück und umklammere die Gardine. Jeden Moment könnte jemand aus einer der Türen treten. Ich darf nicht wie jemand wirken, der nichts sieht. Ich bin nur ein ganz normales Hausmädchen.

Also richte ich die Wirbelsäule auf und stolziere los. Zwanzig Schritte bis zur Treppe. Ich weiß, wohin ich treten muss. Vertraue auf mein Gefühl. Mein Gedächtnis.

Meine Fußspitze rollt über Teppich – und tippt dann auf Holz.

»Was tust du hier?«, donnert jemand vor mir.

Ich halte nicht inne, um nach der Treppenkante zu tasten, mich auf die Leere unter meinem Tritt vorzubereiten. Mit einem schweren Sinken im Magen nehme ich die erste Stufe, die zweite Stufe, bevor ich anhalte und das Geländer greife. »Sie hat schon wieder die Gardinen heruntergerissen«, brumme ich mit genau der richtigen Mischung aus Verdruss und Unterordnung.

Er entgegnet nichts, und ich spüre, wie er mich anstarrt. Hastig lasse ich einen Teil der Vorhänge aus meinem Griff rutschen und sammle die Bahnen umständlich ein. So muss ich seinen Blick nicht erwidern. Kann mich nicht verraten, weil ich seine Position falsch einschätze und an ihm vorbeischaue. »Wir wollen ja nicht, dass sie einen von uns damit erdrosselt«, setze ich hinterher.

Immer noch nichts. Wieso sagt er nichts? Wenn er mich erkennt, würde er doch nicht *nichts* tun, oder?

Ich beuge meine Finger. Kann ich ihn mit den Gardinen –?

Bellend lacht er auf. »Das jämmerliche Ding?« Er drängt sich an mir vorbei. »Die würde uns nicht mal mehr ein Haar krümmen können, würde man sie mit einer Schrotflinte vor unsere schlafenden Körper stellen.«

Ich bohre meine Zähne in die Zunge, um ihn nicht anzuknurren. *So* denken hier alle über mich? *Das* ist aus mir geworden? Mit den Gardinen an mich gepresst, steige ich die Treppe weiter hinab. Sein Lachen hallt noch immer durch den Flur, synchron mit dem Pochen meines Herzens.

Mein Fuß trifft auf Widerstand, und ein Ruck geht durch mich. Der Boden des Foyers. Ich habe vergessen, die Stufen zu zählen. Das Gewebe unter meinen Nägeln leiert aus. *Reiß dich zusammen.*

Doch ich erstarre. Wenn ich die falsche Tür nehme, in den *Speisesaal* voller *Nyx* platze – ich sollte vernünftig sein. Abwarten. Aber ich kann nicht. *Will* nicht. Also beschwöre ich Louise' Furchtlosigkeit, Eugènes Improvisationstalent, Armands Scharfsinn, Jeans Zielstrebigkeit herauf. Und auch ich selbst bin mehr als meine Vernunft. Da ist die Liebe für meine Freunde und Familie, die ich wiedersehen will.

Mit weiten Schritten durchquere ich das Foyer. Die Tür klickte immer zu meiner Linken. Ich strecke die Hand aus und fahre über die Wand. *Bitte, lass niemanden sehen, wie ich nach der Klinke taste!* Mein Atem geht schneller, mit jeder Sekunde, die meine Finger über die Seidentapete streichen.

Zwei Stimmen rechts hinter mir, der Hall aus einem schmalen Flur. Sie sind noch nicht nah genug, um mich zu entdecken.

Hektisch stolpere ich los. Irgendwo muss diese verdammte –

Die Gardinen verfangen sich in etwas. Ich reiße daran, taste nach dem Übeltäter. Finde die Klinke. Die Stimmen hallen klarer, und ich schiebe mich durch die Tür.

Drinnen lehne ich mich gegen die zufallende Tür.

Als sich nach fünf schweren Atemzügen niemand bemerkbar macht, stoße ich mich ab, lasse die Gardine fallen und taste Meter für Meter die Wände ab. Regalbretter und Kleiderstangen, allesamt leer. Das ist kein Haus, in dem Menschen wohnen, sondern ein Treffpunkt. Ein Gefängnis. Trotzdem *muss* die Maske hier sein. Ich recke mich auf Zehenspitzen, um auch die obersten Regale abzutasten. Doch nichts.

Mit der Unterlippe zwischen den Zähnen mache ich einen Schritt zurück. Und stoße gegen etwas. Hastig drehe ich mich um und fasse glattes Holz an. Ein Tisch mitten im Raum. Mein Herz schlägt mir bis zum Hals, während ich mit den Händen über eine Sammlung von Masken, Dolchen und anderen Waffen fahre.

Perfekt.

Grinsend fahre ich mit den Fingern die Konturen der Masken nach, bis ich die finde, die sich vertraut anfühlt. Meine goldene Spezialanfertigung. Da beißt das aufschneiderische Pathos des Komponisten ihn wohl doch noch in den Hintern.

Ich stülpe mir die Maske über, schüttle mich vor Abscheu, sie zu brauchen, aber entspanne gleichzeitig die Schultern, als sich die Umrisse der Welt um mich herum abzeichnen. »*Merci* für die Maske«, murmle ich, dann greife ich nach einem der Dolche, »und *merci* hierfür.«

Die Tür bricht auf, als träte Arès persönlich sie ein. »Ich wusste, mit dir ist etwas faul!« Der Mann von der Treppe.

Ich schnelle herum, den Dolch in der Hand. Sein Schlagstock donnert auf mein Handgelenk nieder, und mit einem

Aufschrei entgleitet mir die Waffe. Ich presse meinen pochenden Unterarm an mich. Er macht einen Satz auf mich zu; ich weiche zur Seite aus, doch er bekommt mich am Arm zu fassen. Seine Pranke zerdrückt meine pulsierenden Knochen beinahe.

Stöhnend knicke ich ein, und er greift nach meiner Maske. Alles, nur das nicht! Sobald ich nichts mehr sehe, ist der Kampf verloren. Ich lasse mich ganz auf die Knie fallen und grapsche gleichzeitig mit der freien Hand hinter mich. Ungenau ramme ich einen der Dolche in seinen Oberschenkel.

Er brüllt auf. »Du verdammte –«

Ich drehe das Messer, rutsche bei der kleinsten Lockerung seines Griffs an ihm vorbei. Alles ist so grell, selbst mit der Maske. Ich stürze los. Mein Lichtwirken brodelt unter meiner Haut, ungeduldig, und ich kann es nicht unterdrücken. Doch ohne Lichtquelle, ohne Ziel, zerplatzt es schmerzhaft in meinen Handflächen. Ich beiße die Zähne zusammen, presche durch die Haustür und nehme einen hungrigen Atemzug Freiheit.

Dann fliege ich die Stufen hinab und über die menschenleere Straße. Durch die Weißnuancen meiner Sicht erkenne ich nicht, ob Fenster in den Wohnhäusern erleuchtet sind.

»Odette!« Der Komponist. »Bleib stehen, bevor du es bereust!«

Der Impuls, ihm zu gehorchen, und der, ihm den Dolch ins Fleisch zu rammen, reißen mich in unterschiedliche Richtungen. Dann reißt mir etwas anderes den Boden unter den Füßen weg.

Clément. Ich rolle mich auf den Rücken. Nein. Nur seine Drahtpeitsche in den Händen des Handlangers. Er zerrt am Griff, und ich rutsche über das Kopfsteinpflaster. Ein Ruck. Und noch einer. Bis ich vor seinen Füßen liege.

»Verletz sie nicht zu sehr.« Der Komponist hinter ihm wendet mir die verzweifelte Fratze seiner drei Gesichter zu, als bereitete es ihm Schmerzen, mich so zu sehen.

Ich winde mich, versuche, mich auf die Knie zu kämpfen. Wenn der Handlanger mich unter seiner Masse begräbt, ist es vorbei.

Doch mit einem Zerren an der Drahtpeitsche befördert er mich zurück auf den Boden. Er schmeißt sich auf mich. Ich hole aus, aber er fängt meine Faust mit einer Hand ab. Wir ringen miteinander, und meine Gegenwehr lässt ihn die Zähne fletschen. Dann bekommt er mit einer Hand mein Haar zu fassen.

Er reißt meinen Kopf vom Boden und rammt ihn gegen die Pflastersteine. Mein Schrei verdrängt kurz den Schmerz, der daraufhin, pulsierend und schwarz wie Teer, an die Innenseite meines Schädelknochens stößt.

»Ich sagte, nicht zu sehr verletzen! Wir brauchen sie voll funktionsfähig, du inkompetenter Ochse!«

Doch er reißt meinen Kopf vom Boden, um meinen Schädel zu Brei zu schlagen. Wir haben schon einmal gekämpft. Genau so.

»Nimm ihr die Maske ab!«

Der Nyx zerrt an den Riemen in meinem Nacken und reißt die Maske weg. Ich kneife die Augen zusammen, so sehr erschlägt mich das Licht. Nicht aufgeben. Nicht jetzt! Also grabe ich meine Nägel blind in alles, was ich erreichen kann.

Er murrt und zerrt fester an meinem Haar. Will er beenden, was er letztes Mal nicht geschafft hat?

Meine Nägel bleiben an etwas hängen. Eine Nase oder ein Schlüsselbein vielleicht. Ich reiße meine Krallen durch die Barriere, so tief ich kann.

Er jault auf, doch lässt nicht los. Immerhin drückt er meinen Hinterkopf nur noch gegen das Kopfsteinpflaster.

Ich versuche, durch den Schmerz zu atmen, auch wenn jeder Atemzug ein Schluchzen aus meinem Brustkorb zerrt.

Seine Pranken grapschen nach mir. Finden meine Gurgel. Er zerquetscht meinen Hals, als zerknüllte er Zeitungspapier.

»Wie bedauerlich«, erreicht mich gedämpft die Stimme des Komponisten. »Du hattest so große Fortschritte gemacht.«

Dann, mit einem dumpfen Schmerzenslaut, löst sich der Druck von meiner geschundenen Kehle, das Gewicht von meinen Beinen.

Ich japse, jeder Atemzug ein heiseres Pfeifen.

Kampfgeräusche, dann Schritte vor mir. Eine Stimme, dumpf, aber so, so, so vertraut. »Kannst du aufstehen?«

»Eugène.« Sein Name brennt in meinem zerquetschten Hals. Begleitet von Kampfgeräuschen anderer Menschen schiebe ich mich auf die Seite, stemme mich mit den Armen hoch. Halte inne, um das Drehen der Welt in den Griff zu bekommen.

Arme schlingen sich um mich. Ich bäume mich dagegen auf, bis ich die Nachtschwärmer-Uniform unter meinen Fingerkuppen fühle. Warmes, edles Eau de Parfum rieche. »Eugène.«

»In voller Pracht. Dank dir und Hébés Wasser, übrigens. Es wirkt.« Er legt meine Arme um seine Schultern. »Lass nicht los«, murmelt er dann.

Das werde ich nicht. Vielleicht nie wieder.

Wir schattenspringen, und noch nie hat mich Übelkeit so sehr erleichtert. Eine leise, fiese Stimme irgendwo hinter dem Pochen in meinem Schädel erinnert mich an Eugènes Worte seinem Vater gegenüber. Doch sie verblasst.

»Du hast mich gefunden. *Gesucht.*« Selbst in meinen Ohren höre ich, wie die Buchstaben verschwimmen.

»Was hast du gesagt?«, fragt er in den wenigen Sekunden Pause zwischen zwei Schattensprüngen.

»Ich wäre allein entkommen. War praktisch so gut wie weg.«

Sein leises Lachen ertönt. »Natürlich. Aber vielleicht hoffe ich, dass du mich als Helden vergötterst wie Héraclès.«

Schwankend kommen wir zum Stehen, und zum ersten Mal seit Ewigkeiten kriecht Dunkelheit in mein Sichtfeld. »Du bist nicht Héraclès.« Mein Kopf wird schwer, und ich vergrabe ihn in Eugènes Schulter. »Du bist Dionysos.«

Er schleppt mich weiter, ohne Schattensprung. »Habe ich dir je gesagt, dass Dionysos und Nyx Liebhaber waren?«

Mein Stöhnen sickert in seine Nachtschwärmer-Uniform. »So wie Dionysos und Aphrodite, Dionysos und Ariadne, Dionysos und wer weiß wie viele andere.«

Sanft setzt er mich ab, auf einen Stuhl oder ein Bett oder eine Wolke. Er löst sich von mir, und mit einem kehligen Laut greife ich nach ihm. Es raschelt, dann streift sein Atem über mein Gesicht, seine Hände über meine Schultern, als kniete er vor mir. »Odette.« Seine Stimme ist nah, dennoch so undeutlich. »Odette, bleib bei mir.«

»Auf keinen Fall«, empöre ich mich. Ich bleibe nicht bei jemandem, der nicht bei *mir* bleibt. Da ist so einiges mehr, was ich ihm zu sagen habe, aber ich bin nicht sicher, welche Worte es noch über meine Lippen schaffen.

Das Bettlaken zwischen meinen Fingern ist falsch. Ich greife hinter mich. Das Holz zu gerade, zu lackiert. Panik schnürt mir den Hals zu. Krimskram füllt den Nachttisch aus Metall und Glas. Ich springe aus dem Bett, taste nach etwas Waffenähnlichem. Mein Knie knallt gegen Metall, und ein Klirren geht durch den Raum so wie durch meine Beine.

»Zum Dank für deine Rettung randalierst du und bringst meine Farben durcheinander?«

Ich fahre zur Stimme herum, strecke die Arme vor mich. »Wo bin ich?« Der Boden bebt. Oder meine Knie zittern.

Ein Buch klappt zu. »Hat mein Einrichtungsstil so wenig Eindruck hinterlassen?« Vor mir schlurft etwas. Schritte.

Ich weiche zurück. Pralle gegen etwas, das dort nicht stehen sollte. »*Wo* bin ich?« Panik staucht die Silben.

»Odette –« Die Stimme stockt, und jede Heiterkeit verfliegt. »Kannst du nicht *sehen*?« Eugène. *Eugène* ist bei mir.

Mein Brustkorb verkrampft so heftig, dass jede Rippe brennt. Noch nie, selbst in all der Zeit in Gefangenschaft, habe ich mich so hilflos gefühlt. »Ich war mir sicher, du kommst nicht«, rinnt es über meine Lippen.

»*Merde.*« Irgendetwas klappert, das mich zusammenzucken lässt. »Was haben diese verdammten –«

»Eugène«, bringe ich zaghaft hervor. Wieso kann ich die Worte nicht aufhalten? Wieso kann ich meine Hände nicht davon abhalten, sich bebend nach ihm auszustrecken?

Er schlingt die Arme um mich, ohne dass mein geschärftes Gehör mich vorwarnt. »Alles ist gut. Oder wird gut.« Er streicht über meinen Hinterkopf. »Du bist in Sicherheit, in meinem Zimmer in *Le Zeus*, nur für den Übergang. Was auch immer sie getan haben, um dir die Sicht zu nehmen, wir finden eine Lösung. *Ich.* Dieses Mal finde *ich* eine Lösung.«

Seine Nähe schmerzt, dennoch vergrabe ich meine Finger an seinem Rücken. Meine Schwäche wirbelt Übelkeit auf, aber vielleicht ist das in Ordnung. Vielleicht darf ich mir in diesem Moment Schwäche erlauben. »Geht es den anderen gut?«

»Ja«, presst er hervor.

Mein Herz verkrampft. »Sag mir die Wahrheit. Bitte.«

»Wenn es dir besser geht.«

Alles dreht sich, doch ich muss mehr erfahren. Tausende Fragen wirbeln in meinem Kopf, und wahllos stelle ich die nächstbeste. »Wie lange war ich von euch getrennt?«

»Erinnerst du dich nicht?« Da ist Sorge in seiner Stimme,

die sich warm um mich schmiegt und gleichzeitig sticht. »Was haben sie getan, dass du –« Er stockt, führt mich vorsichtig zurück zum Bett. Wieso sticht seine Sorge?

Ich kauere mich auf die Bettkante. »Die Zeit verging so … ich weiß es nicht.«

Er drückt meine Hand. »Du kannst dich ausruhen, bevor –«

»Ich will darüber reden«, plappere ich los und rattere zusammenhanglose Details herunter, Stückchen vom Ende und Stückchen vom Anfang, so verworren, dass Eugène mir vermutlich gar nicht folgen kann. Ich ebenso nicht. Doch ich muss alles loswerden, bei dem Menschen, mit dem es mir am leichtesten fällt, *bevor* ich mich daran erinnere, warum da dieses Stechen hinter meinem Herzen ist, wegen etwas, das er gesagt hat, in Gegenwart seines Vaters. Im Salon des *Hôtel Lacroix* –

Ich schüttle den Kopf für ein wenig mehr Klarheit und schiebe Eugène an. »Wir müssen hier weg«, warne ich durch so schwere Lippen, dass es nur wie ein Raunen klingt.

»Wir siedeln um, sobald du ausgeruht –«

»Die Nyx wissen, wo du wohnst!«

Eugène reagiert nicht. Bezweifelt, dass ich zurechnungsfähig bin, weil die Wörter mit jeder Minute undeutlicher über meine Lippen tröpfeln. Wie kann ich ihn dazu bringen, mir zu glauben? »Ich habe ein Gespräch zwischen dem … Monsieur Lecreu… Lacroi… deinem …«

Er greift mein Gesicht mit beiden Händen. »Wie sicher bist du, dass sie dich das nicht einfach haben *glauben* lassen?«

»Absolut sicher.« *Schmerzhaft* sicher. Viel zu klar sehe ich ihn im Salon vor mir. Viel zu scharfkantig schaben seine Worte über mein Herz, obwohl ich sie verzweifelt fortschiebe. Nicht jetzt. »Wir müssen sofort verschwinden. *Bitte.*«

Er steht auf. »Lass mich das Wichtigste zusammensuchen. Dann brechen wir auf. Warte hier.«

Mit geballten Fäusten verharre ich auf der Bettkante. Ich bin entkommen, und doch kann ich nichts tun. Wird es ab jetzt immer so sein? Ich nehme einen harschen Atemzug. »Eugène?«

»Ich glaube dir. Wir verschwinden. Ich brauche nur –«

»Hast du noch etwas von Hébés Wasser?«

Das Herumwühlen verstummt. »Daran hätte ich auch denken können.« Schon gluckert Wasser, und er drückt mir ein zartes Cordial-Glas in die Hand. »Mehr ist nicht übrig.«

Meine Finger am Glas zittern. »Es hat dich nicht komplett geheilt, oder?« Weihwasser rinnt auf meinen Handrücken. »Wenn es bei mir *gar* nicht hilft, was dann?«

Eugène greift mein Handgelenk, bevor ich mehr verschütte. »Dann finde ich eine andere Lösung. Ich verspreche es.«

Ich nicke und hebe das Glas an die Lippen. Der erste Schluck ist erträglich, den zweiten spucke ich beinahe aus. »Beim Olymp!« Ohne zu atmen, nehme ich noch einen Schluck.

Doch bevor ich austrinken kann, erschüttert ein Beben das Bett, das Glas gleitet aus meiner Hand und zerspringt auf dem Boden.

»*Merde!*« Unter Eugènes Fluchen mischen sich die vertrauten, kurz angebundenen Befehle der Handlanger der Nyx.

Ich springe auf, wanke. Der leicht bittere Nachgeschmack pappt unter meiner Zunge, egal, wie viel ich schlucke. Etwas knirscht unter meinen nackten Füßen.

»Odette! Die Scherben, rühr dich nicht, ich –«

Meine Knie geben nach, und süßer Schlaf streckt seine Fühler nach mir aus. Dunkelheit.

»Odette?« Warme Hände greifen nach meinen Schultern, doch ich lande bereits auf einer Decke aus himmlischen Kristallen.

Kapitel 19

Ich lasse die Augen geschlossen, will nur für ein paar Momente noch nicht mit der Realität konfrontiert werden. Doch Eugène muss mir anmerken, dass ich wach bin. »Du hast länger geschlafen, als wir dachten.« Seine Fingerknöchel streifen über meine Schläfen. »Da ist etwas, das ich dir gern zeigen würde. Wenn Hébés Wasser wirkt.«

Stöhnend presse ich die Handballen gegen meine Lider, sodass er von meinem Gesicht ablassen muss. Dann richte ich mich auf und öffne die Augen. Die Konturen eines Dachzimmers in Weißtönen. Das zum Marmor einer Statue ausgewaschene Gesicht von Eugène, der neben mir sitzt. »Ein wenig.« Ich schaue zur Seite. »Wieso hast du mich gefunden?«

»Du hast dein Lichtwirken nicht oft eingesetzt, und wenn, dann nur schwach, doch jedes Mal hat es den Suchradius eingeschränkt.« Ich runzle die Stirn, und er ahnt meinen Einwand. »Keine flüsternden Schatten wie bei uns anderen, richtig. Deshalb habe ich die Masken der Nyx geholt, die wir vom Luftschiff gestohlen haben.«

»Nicht wie.« Etwas drückt von innen gegen meinen Schädel. »*Wieso.* Ich meinte, wieso du mich gesucht hast.«

»Ich habe dir versprochen, dass ich immer kommen werde, wenn du Hilfe brauchst.«

Meine Augen brennen, sosehr vermeide ich es, ihn anzusehen. »Du hast gesagt, ich wäre unbedeutend.«

»Wann habe ich –«

»Und er meinte, du hättest den Nachtschwärmern den Rücken gekehrt. Dass du –«

»Wie kannst du das gehört haben?«, raunt er.

Also ist es wahr. Kein ausgeklügeltes Schauspiel des Komponisten. Ich stehe auf. Die Weißnuancen verschwimmen.

»Das meinte ich nicht so.« Eugènes Finger berühren meine Handgelenke, und ich weiche zurück. Er folgt mir. »Du *weißt*, dass ich es nicht so meinte.«

»Schon in Ordnung, Eugène.« Mit ausgestreckten Händen schiebe ich ihn fort. Ich komme damit zurecht, solange er mir keine weiteren falschen Versprechungen macht. Oder mich berührt. »Wie geht es Louise? Armand und Jean?«

»Ich habe diese Dinge gesagt, um dich zu *schützen*. Mein Vater hat mir erklärt – so wie *du* zuvor –, dass meine Zuneigung einer Mademoiselle deines Standes schadet. Ich –«

»Mehr war also nicht nötig«, murmle ich mit einem tonlosen Lachen. Der Komponist greift mein Kinn und flüstert mir etwas zu. *Du bist nicht schwach. Du brauchst niemanden.*

»Ich wollte nicht aus Selbstsucht –« Eugène macht einen Schritt auf mich zu. »Hätte er gewusst, dass ich –«

»Du musst nichts erklären.« *Du brauchst* ihn *nicht, Odette. Du hast bereits alles verloren. Alle blicken zu dir auf.* »Ob du es glaubst oder nicht, auch ein Mädchen aus *L'Hadès* kommt darüber hinweg, wenn der großartige, fantastische, *begehrenswerte* Eugène Lacroix einsieht, wie unbedeutend sie eigentlich für ihn –« Entsetzen schneidet meine beißenden Worte ab, weil in meinen Augen *Tränen* prickeln. Warum? *Ich brauche niemanden.*

407

»Odette.« Eugène berührt meine Wange, und ich winde mich unter seiner Hand, als würde sie mich verbrennen. Er zieht sie weg, als würde ich *ihn* verbrennen. »Du *weißt* … du *musst* wissen −«

»Nein.«

Er holt harsch Luft. »Ich weiß, du willst es nicht hören. Das hast du beileibe oft genug deutlich gemacht. Aber, Odette, ob ich es nun ausspreche oder nicht, meine Gefühle *müssen* dir bewusst sein.« Bitterkeit liegt in seiner Stimme, beinahe, als wäre er erbost, wäre da nicht dieser Glimmer von Verzweiflung.

Als hätte ich *ihn* verletzt.

»Eugène, bitte −« Ich muss ihn zum Schweigen bringen. Mein lädiertes Herz zusammenflicken und nach vorne schauen. Bevor er etwas sagt, das mich vom Weg abbringt. Vom Weg, den mir der Komponist gezeigt hat. »Bitte, hör auf, mir −« Mein Zittern lässt meine Zähne gegeneinanderschlagen.

»Vielleicht fühlst du nicht wie ich.« Sein schmerzerfüllter, hoffender Ton passt so sehr zur Zerrissenheit in mir, dass ich seine Finger an meiner Wange nicht wegstoßen kann. »Vielleicht *noch* nicht, vielleicht nie, aber −«

Als seine Lippen über meine Stirn streichen, schlucke ich einen Laut herunter, der mich stranguliert.

»Aber manchmal kann ich kaum *atmen*, so sehr liebe ich dich, und dann fürchte ich, mein Herz hört einfach auf zu schlagen, wenn ich es dir nicht sage oder dich nicht zumindest berühre, dich küsse oder −«

Endlich schaffe ich es, seine Hände von mir zu schieben.

So sehr liebe ich dich.

Und dann schlinge ich meine Arme um seinen Hals, um ihn näher zu ziehen, zu küssen.

So sehr liebe ich dich. Wie können diese wenigen Worte das hinterlistige Flüstern des Komponisten verscheuchen?

Eugène erstarrt.

Ich spüre den überraschten Laut mehr auf den Lippen, als ich ihn höre, und weiche voller Grauen zurück. »Verzeih mir, ich hätte dich nicht einfach –«

Eugène beugt sich zu mir und erstickt meine nächsten Worte mit einem Kuss. Einen ausbleibenden Atemzug lang existiert nur er. Weil ich nur die unklaren Konturen seines Gesichts sehe. Nur das zarte, kurze Gleiten seiner Lippen auf meinen spüre. Nur ihn rieche, bourbongetränkte Eclairs und Wärme. Nur ihn schmecke, noch erlesener und süßer als sein verfluchtes, kostspieliges Eau de Parfum. Nur seinen hinausgezögerten Atemzug höre. Und dann das Grinsen in seiner Stimme, als er gegen meine Lippen raunt. »Ich verzeihe dir, wenn du für die nächsten Male Besserung gelobst.«

»Tue ich«, flüstere ich, obwohl ich nicht genau weiß, *was* ich beteuere, weil ich vergessen hatte, wie sich sein nervtötendes Grinsen an meinen Lippen anfühlt. Oder weil er mich wieder küsst und ich wie eine Motte in seinen glühenden Bann gerate.

»Du hast meine Frage nicht beantwortet«, kommt es zwischen zwei Küssen über meine Lippen.

Eugène zieht mich an den Hüften näher. »Welche?«

»Wie lange ich von euch getrennt war.«

»Lange.« Eugène vergräbt seine Finger in den kurzen Haaren in meinem Nacken, sein Gesicht in meiner Halsbeuge und atmet ein, als ertränke er. »*Viel zu lange.*«

Seine Nähe drängt alles andere in den Hintergrund. *Nur für ein paar Augenblicke erlaube ich mir das.*

Mit einem Arm um meine Taille taumelt er zurück, stößt mit den Kniekehlen gegen das Bett und zieht mich mit sich, bis meine Knie links und rechts von seinen Oberschenkeln in die Matratze sinken.

Oder etwas länger.

Meine Gedanken verfliegen, meine Haut glüht, und ich fühle mich trunken, so viel lege ich in den Kuss. Und dennoch ist da etwas Frustriertes im Zug seiner Zähne an meiner Unterlippe.

Als würde all das nicht *reichen*.

Ich erwarte eigenen Frust, *Selbstzweifel* darüber, nicht genug zu sein. Doch stattdessen sickert ein leises, zufriedenes Summen von meinen Lippen in seinen Mund.

Ruckartig weicht Eugène zurück und atmet scharf ein. »*Merde*.«

Benommen stütze ich mich an seiner Brust ab, meine Finger an der Haut zwischen dem aufgeknöpften Hemd. Er glüht.

»*Merde*, was *tue* ich hier, wie kann ich −« Eugène schiebt mich ein Stück von sich fort, bis ich praktisch auf seinen Knien balanciere. Ich weigere mich, ganz aufzustehen. Er wischt sich über das Gesicht. »*Je suis désolé*, Odette. Du bist durch die Hölle gegangen, wortwörtlich, und nur Minuten, nachdem du zu Bewusstsein kommst, mache ich −«

»Ich dachte, du studierst Moderne Sprachen?«

»Was?« Selbst das Weiß kann seine verdutzte Mimik nicht verschleiern.

»Ich bin *nicht* wortwörtlich durch die Hölle gegangen, sondern im übertragenen Sinne.« Ich spitze die Lippen. »Nach all dem Geld, das dein Vater in deine Ausbildung gesteckt hat, solltest du *zumindest* das gelernt −«

Er zwickt mich so unerwartet in die Taille, dass ich *beschämend* hoch aufkreische. Es wandelt sich in Lachen, während ich nun *doch* aufstehe. Vermutlich ist es besser so. Auch wenn mein Herz und mein Körper meinen Verstand gerade nicht zu Wort kommen lassen wollen.

Er verzieht die Brauen, sodass ich sanft über die gefurchte Haut streiche. Hastig greift er meine Hände, um sie vor seiner

Stirn in der Schwebe zu halten. »Trotzdem habe ich recht. Ich kann nicht einfach –« Er lehnt seine Stirn gegen meine Hände. »Du brauchst Zeit, um alles zu verarbeiten.«

»*Natürlich* hast du recht. So vieles ist passiert, es gibt so viel, das ich fragen will. Ich muss mich ausruhen, mich erkundigen, wie es meiner Familie geht, Louise, Armand, Jean – *dir*. Ich muss die Manipulation des Komponisten in meinem Kopf auf- dröseln, was du zu deinem Vater gesagt hast und … *eben* gesagt hast.« Ich atme tief ein. »Aber wenn zumindest *eine* Sache nicht anders als vorher ist, kann das doch nichts Schlechtes sein. Also verhalte dich so wie immer.«

Eugène betrachtet jede Regung meines Gesichts. Dann presst er einen Kuss auf meine Fingerknöchel. »In Ordnung«, murmelt er zwischen meine Finger und blickt zu mir hoch. Mit zuckenden Mundwinkeln. »Ich *wusste*, du fandest meine char- mante Art von Anfang an unwiderstehlich.«

»Ich bereue es jetzt schon«, murre ich. »Du hast mir noch *immer* nicht gesagt, wie lange ich weg war.«

»*Viel zu lange* ist keine zufriedenstellende Antwort?« Sogar durch den Schleier über meinem Blick strahlt mir sein Grinsen entgegen. »Vier Wochen. In etwa.«

»Oh.« Habe ich mit mehr oder weniger gerechnet? Ich kann nicht aufhören, mit einem losen Faden an meinem Hemdsaum herumzuspielen. Vier Wochen sind eine lange Zeit. Ich muss einfach Schritt für Schritt abarbeiten, was passiert ist.

»Odette …« Er sieht zur Seite, klingt so gequält, dass ich mit glühender Gewissheit weiß, was er fragen will.

Auch ich schulde ihm noch eine Antwort – auf eine nie ge- stellte Frage.

Mein Herz flattert angestrengt und etwas schmerzhaft, aber gleichzeitig verheißungsvoll. Ich *will* ihm antworten. Alles in mir sehnt sich danach, es in Worte zu fassen. Und da er so fühlt wie ich – was ist schon dabei? Dennoch verkrampft sich mein Inneres, und der Faden reißt vom Saum ab. Vier Worte nur, so schwer kann das nicht sein. Ich rolle ihn zwischen meinen Fingern. Drei, wenn ich einfach das *auch* weglasse.

Doch als ich die Worte endlich wie honigsüßen Sirup auf meiner Zunge schmecke und hochblicke, schüttelt er sachte den Kopf. »Es wird Zeit, dass ich dir zeige, was ich dir zeigen wollte.«

Dickflüssig verklebt der Sirup meine Zähne, und meine Gedanken stocken, als pappte der Sirup ebenfalls in meinem Kopf. »Natürlich«, murmle ich und werfe den Faden zu Boden. »Ich sehe aber noch nicht perfekt.«

»Ich denke, es reicht aus.« Eugène steht auf, zuckt mit der Hand zu meiner, deutet dann nur an, ihm zu folgen.

Zum ersten Mal schenke ich der Umgebung wirklich Beachtung. Ich folge ihm durch ein Dachzimmer mit knarzendem Parkettboden, in dem, wahllos verstreut, Möbel stehen, einige mit Tüchern verdeckt. »Was ist das für ein Ort?« Ich streiche über die Dutzende kleinen Glasscheiben des halbkreisförmigen, bodentiefen Sprossenfensters.

Er steigt eine Wendeltreppe hinab. »Erfährst du früh genug.«

Schnaubend stapfe ich hinter ihm die Metallstufen hinab. »Du ziehst es *wirklich* durch, dich wie vorher zu verhalten.«

»Ich bin das Werbegesicht für Gewissenhaftigkeit.«

»Das ist so ziemlich das Letzte, wie ich dich beschreiben würde.« Ich sehe mich im Flur um, der nur aus Backstein und einer hölzernen Doppeltür besteht.

»Ändert *das* vielleicht deine Meinung?« Eugène tritt zur Seite und deutet ausschweifend auf einen Beistelltisch.

»Ist das –?« Meine Hand flattert an meine Brust. Eine silberne Schatulle, in der fein säuberlich gefalteter Stoff schimmert, und daneben eine Fackel. »Die Nyx haben sie mir abgenommen. Wie –?« Ruckartig drehe ich mich zu ihm. »Bist du zurück zu ihnen, um beides zu stehlen? *Allein?*«

»Ich –«

»Das hättest du nicht riskieren dürfen! Ich kann sie nicht einmal mehr einsetzen. Wieso hast du vorher nicht –«

»Lässt du Milde walten, wenn ich entgegen meines Naturells *doch* verrate, dass wir im Quartier sind?«

»Im Quartier?« So schlecht sehe ich nun auch wieder nicht, dass ich den Tempel nicht erkenne. Es sei denn – »*Oben?* In der *Abbaye-aux-Bois*? Wieso bei Hadès' Unterwelt –«

»Das klingt nicht nach Milde.« Eugène dreht mich zur deckenhohen Doppeltür. »Also schwerere Geschütze.«

»Was –«

Eugène stößt die Tür auf, die in einen Raum mit hohen Fenstern an einer Längsseite und einer gedrängten Kochnische in einer Ecke führt. Der Speisesaal des ehemaligen Internats, wo junge Nachtschwärmer zur Tarnung lebten? Nur, dass anstelle der Esstische nun Sessel, Ottomanen und Schemel um Couchtische stehen. Kerzen lassen die Weißnuancen meines Blicks grell strahlen. Ich kämpfe gegen die Panik, mich in Helligkeit zu verlieren – dann erkenne ich die Silhouetten.

Louise kauert über einem Kessel, und Armand entreißt ihr ein vertrocknetes Croissant, bevor sie es in die blubbernde, suppenartige Brühe werfen kann. Jean hält ein Buch in der einen Hand und ringt mit der anderen mit Jo, die von seinen Knien auf seine Schultern steigen will. An einem winzigen Fenster lehnt eine üppige *Grande Dame* und klopft die Asche ihrer Zigarre nach draußen – Jaqueline, die Besitzerin des *Cabaret Déviance*. Hinter ihr diskutiert Madame Bouchard leise und eindringlich mit Zoé. Andere *Suffragettes* stecken, auf einer Holztruhe hockend, die Köpfe zusammen. Papa und Mama sitzen auf einer *Récamière* – er flickt eine Nachtschwärmer-Uniform, sie wetzt die Klingen von einer Kiste Dolche. Ein mir nur vage bekannter Nachtschwärmer poliert sie danach. Georgette stiefelt hinter René auf und ab, der, an einem Sekretär kauernd, ihr Diktat aufnimmt. Henri bringt der zarten, älteren Kellnerin aus dem *Cabaret Déviance* und Madame Beaumont eine Nahkampftechnik bei. Rémy hantiert mit einer Zange an seinem Metallarm. Mathilde, als wäre all das nicht chaotisch genug, *singt.*

Bis zu diesem Moment ist mir meine Kinnlade noch nie *wirklich* heruntergefallen. »All die Menschen – wie ist das möglich?«

»Das sind längst nicht alle. Einige schlafen, halten Wache oder machen Besorgungen. Nicht alle konnten im Tempel unterkommen. Und weil es zu umständlich war, die einen hier und die anderen unten zu verpflegen, oder für Besprechungen zusammenzutrommeln, sind wir *alle* nach oben gezogen.«

»Aber wie hast du es geschafft, sie *zusammenzubringen?*« Die *Suffragettes*, die nicht einmal meinen Bruder bei sich unterkommen lassen wollten. Madame Bouchard, die mit ihrer Organisation nicht in den Krieg hineingezogen werden wollte. René, der im Kampf geflohen ist.

»Seht nur, unsere *Belle au bois dormant* ist endlich erwacht!«, ruft Eugène mit ausgebreiteten Armen.

Alle verstummen und richten ihre Blicke auf mich.

Ich winde mich unter der ungeteilten Aufmerksamkeit, gehe einen Schritt zurück, doch ein halbes Dutzend auf mich zustürmende Menschen macht die Flucht unmöglich.

Mama streicht mir über beide Wangen. »*Ma petite chouette!*«

Die Nächsten schlingen bereits ihre Arme um mich, klopfen mir auf die Schulter oder drücken meine Hände. Ihre Jubelrufe und Beteuerungen überlagern sich so wie ihre Gliedmaßen.

Ich gebe mir Mühe, den Wirbelsturm aus verschwommenen Menschen zu ordnen, allen zumindest ein kurzes Wort zu schenken, und die Wärme in mir rührt nicht nur daher, zwischen ihnen eingekesselt zu sein. Doch ein kleiner Teil wünscht sich, im Dachgeschoss durchatmen zu können.

Als sich die mich umarmenden Menschen abwechseln, legt Eugène eine Hand auf meine Schulter. »Nicht ich habe sie zusammengebracht.« Mit seinem Lächeln und einem kurzen Wisch seines Daumens über meinen Wangenknochen lässt er alle anderen in den Hintergrund treten. »Sie sind wegen *dir* hier. Dein Kampf, nicht zuletzt der auf der *Pont de la Concorde*, von dem übrigens halb Paris Wind bekommen hat, hat sie überzeugt zu kämpfen. Zuerst für deine Rettung. Aber dann auch für –«

Georgette presst mich an sich, sodass meine Füße vom Boden abheben. Schimpfend schält mich Zoé aus der Zerquetschung, und ich werde direkt an Jean und Mathilde weitergereicht.

Sie sind wegen mir hier. Ich versuche gar nicht erst, die Tränen zurückzuhalten. Mehrere Tücher schieben sich vor mein Gesicht, und ich schluchze, lache. Ich will doch nicht zurück ins Dachgeschoss. Und ich muss Eugène nicht fragen, wie er seinen Satz beenden wollte.

Ich habe sie überzeugt zu kämpfen. Zuerst nur für meine Rettung. Aber irgendwann auch für *mehr*.

Für den Kampf gegen die Nyx.

Erst nach einer Viertelstunde merke ich, dass Juliette und Armand fehlen. Panik wallt nur kurz in mir auf, denn Eugène würde mir nicht verschweigen, wenn ihnen etwas passiert wäre. Und dann ist da Louise. Im Getümmel suche ich ihren Blick, doch sie dreht sich weg. Die Erinnerung an den Streit sinkt schwer in meinen Magen. Hat sie mir nicht verziehen?

»Ich zeige dir das Quartier.« Eugène bugsiert mich in einen

Flur, wo mir das Atmen leichter fällt. Hat er gemerkt, wie es mir wegen Louise geht? »Hier im Internat haben sich die meisten eingerichtet.« Er deutet auf die Dutzenden Türen. Hinter einer halb offen stehenden bezieht Monsieur Beaumont ein Bett. Eugène schiebt mich weiter. »Du kannst ein freies Zimmer wählen – aber ich hatte das Dachzimmer angedacht.«

»Ich dachte, das wäre *dein* Zimmer.«

»Ist es.«

Ich halte an. Wir können uns kein Zimmer teilen. Unter der Nase all der Menschen, allen voran meinen *Eltern*, ist es etwas anderes als zuvor im Tempel.

Eugène räuspert sich, doch da schwingt auch sein Grinsen in der Stimme mit. »Wenn du, bevor wir uns ein Zimmer teilen, unbedingt *heiraten* willst, kann ich –«

Ich klatsche ihm eine Hand auf den Mund.

Mit glitzernden Augen tritt er einen Schritt zurück. Ich halte ihn am Arm fest, damit er sich nicht befreien und mich weiter piesacken kann. »Darüber macht man keine Witze!«

Sein Lachen vibriert an meinen Fingern, und er murmelt etwas, das verdächtig nach *Mache keine Witze* klingt.

Ich funkle ihn an, bis er die Arme ergeben hebt, dann lasse ich misstrauisch von seinem Mund ab.

Er blickt an uns herab. »Kein gemeinsames Zimmer, aber falls uns jemand *so* erwischt, ist das in Ordnung?«

Stöhnend werfe ich den Kopf in den Nacken und rücke von ihm weg. »Du bist unmöglich, Eugène.«

»Und genau das hat dir den Kopf verdreht.«

»Ich vermute langsam, es muss doch dein Vermögen gewesen sein.« Grummelnd stapfe ich den Flur weiter.

Er holt auf, die Hände in den Hosentaschen. »Aber ich *habe* all mein Geld für unsere Operation ausgegeben. Nicht einmal meine bezaubernde Garderobe bleibt mir.«

416

Ich stoße die Tür am Ende des Flurs auf, klammere mich auf dem baufälligen Balkon ans Geländer und starre über die *Abbaye-aux-Bois.* »Schaffst du es, das Dachzimmer ein *wenig* ordentlicher als dein Zimmer im *Hôtel Lacroix* zu halten?«

Grinsend stützt er sich mit einem Unterarm auf das Geländer. »Ich kann nichts versprechen.«

»*Fantastique.*« Ich reibe meine Augen. Was ist passiert, dass ich jede Sittlichkeit mit Füßen trete? Ach, richtig. Ich habe erkannt, dass sie uns nur kontrollieren soll. Langsam neige ich den Kopf, um Eugène durch meine Finger anzuschauen. »Was, wenn die Nyx merken, dass die Abtei wieder bewohnt ist?«

Er erklimmt eine Leiter, die auf das Dach führt, und hält nach ein paar Sprossen inne. »Wir verstecken uns nicht länger.«

Mein Herz pocht schneller, doch dann schnaube ich und folge ihm hoch. »Und das hältst du für eine gute Idee?«

»Wie gesagt – Wachen.« Eugène deutet auf zwei Menschen, die sich auf die Läufe ihrer Gewehre stützen. Drei, nein, vier Wachposten an weiteren Ecken des Mansardendachs.

Heftig atme ich ein. »Greifen die Nyx uns an, richten ein paar Wachposten *gar nichts* aus!«

»Vielleicht nicht.« Eugène zieht mich zum Wachpaar. »Aber die Dinge haben sich geändert. Die Nyx haben sich offenbart. Mehrere Politiker haben ihnen die Treue geschworen, und sie stimmen über Gesetze ab, die ihre Macht stärken werden.«

Das ist mir weniger neu, als er denkt. »Hat sich Präsident Loubet zu den Nyx geäußert?«

»Morgen wird er auf der Exposition verkünden, ob *Sirènes* und Vierzehn-Stunden-Schichten für alle Fabriken verpflichtend sein werden oder nicht.«

»Ich dachte, wir hätten Wochen. Monate«, krächze ich. Bilder von den Kutschfahrten überfluten meine Gedanken. Wandelnde Arbeiter auf den Straßen, die Auswirkung von *Sirènes* in ihre Mimik graviert. Bald gehört das zum Stadtbild wie die grellen Laternen. »Wieso hat niemand etwas unternommen?«

»Seit Wochen ersticken sie jede Rebellion im Kern. *Deshalb* ist es wichtig, dass wir nicht im Untergrund bleiben.«

Mein Herz schmilzt zu einem Klumpen Blei. »Weil wir den letzten Protestierenden Hoffnung schenken?«

»*Du*, vor allem.«

Ich lache humorlos auf. »Ein paar Gaffer haben mich einmal kämpfen – und verlieren! – sehen, und jetzt soll ich eine Art Jeanne-d'Arc-Verschnitt darstellen?«

Eugène verschränkt die Arme und betrachtet mich. »Ich bin davon überzeugt.«

»Ich kann nicht einmal mehr lichtwirk–«

»Ich bin *genauso* davon überzeugt«, fällt mir jemand ins Wort, und ich drehe mich um, zu Juliette, die sich mit einem auf der Schulter liegenden Gewehr und in Nachtschwärmer-Kleidung vor mir aufbaut. Weil ich die Hand vor den Mund schlage, zieht sie ihre Brauen zusammen. »Halt jetzt bitte keinen Vortrag, dass ich zu jung bin oder der Wachposten zu gefähr–«

»*Nein!* Du siehst wie *gemacht* hierfür aus.« Ich deute von Kopf bis Fuß an ihr hinunter. Eugène wandert zur anderen Wache, während ich die Arme verschränke. »Viel mehr als ich! Wie kann das sein, obwohl ich Monate mehr Training hinter mir *und* die gleichen Eltern habe?« Mich durchströmt Erleichterung. Armand muss ebenfalls als Wachposten eingeteilt sein. Allen geht es gut.

Ihr selbstgefälliges Grinsen lässt ihre Sommersprossen tanzen. »Artémis und Aphrodite haben auch die gleichen Eltern.«

Ich knuffe ihre Schulter. »Erstens haben sie *nicht* die gleichen Eltern, nur den gleichen Vater, und ich fasse nicht, dass du dir nicht einmal *das* aus der Schule gemerkt hast.«

Sie schneidet eine fragwürdig schuldbewusste Grimasse.

»Und zweitens bist du kaum mit der Weisheit einer Göttin gesegnet, wenn du glaubst, Eugène hätte recht.«

»Dann lass mich dir meine ganz und gar menschliche Weisheit offenbaren.« Juliette wirft einen Arm um meine Schultern, und obwohl sie ein ganzes Stück kleiner als die titanenhafte Georgette ist, sinke ich unter ihren Muskeln genauso ein. »Nicht *du* inspirierst die Menschen zum Kampf. Sie inspiriert das, wofür du *stehst*.«

»Das ergibt keinen Sinn.«

»Inspiriert dich wirklich *das hier*?« Sie zerrt den Athéna-Anhänger unter meinem Hemd hervor. »Ein Anhänger? Die Göttin? Du warst nie besonders gläubig. Also, warum bedeutet dir der Anhänger so viel, dass du ihn nie ablegst?«

Ich greife die kühle Emaille und fahre Athénas Silhouette mit dem Daumen nach. »Weil mich inspiriert, wofür sie steht«, gebe ich stöhnend zu. »Dass es irgendwann mehr, andere Wege für Mädchen und Frauen geben wird.«

»Das war auch *mein* Grund für unser Versprechen«, erklingt Louise' Stimme, und ich fahre zu ihr herum. Juliette streicht über meinen Rücken, bevor sie zu Eugène und der Wache wandert. Louise' Wollkleid flattert im Wind.

Ich schlucke, erst dann kann ich ihr in die Augen blicken. »*Du* hast mir Madame Curie gezeigt. *Du* hast mir von der Sorbonne vorgeschwärmt. *Deine* Begeisterung hat mir gezeigt, dass es andere Wege geben könnte. Wieso gibst du dich jetzt damit zufrieden, dass dein Leben aus einem Mann, einer Familie und einem Haus bestehen wird?«

»Weil es nichts ändert, wenn ich zur *Université* gehe.« Sie macht einen zögerlichen Schritt zu mir. »Ich bin nicht wie du. Auch mit einem Studium ändere ich nicht die Welt.«

»Wieso denkt jeder, *ich* könnte die ganze Welt ändern?«

Louise lacht so schnaubend, dass die Benimmschule ihr das

mit der Rute austreiben wollen würde. »Niemand hat die *ganze* Welt erwähnt. Glaubst du, Marie Curie ändert im Alleingang die ganze Welt? Nein. Sie trägt einen Teil dazu bei, gemeinsam mit anderen, die ein neues Element entdecken oder eine bessere Methode, Wunden zu nähen, oder wie man Brot länger haltbar macht.«

»Willst du damit sagen, ich soll das Brotbacken erforschen?«

»Ich will damit sagen, dass *du* mit einem Studium das erreichen kannst, was du dir wünschst. Ich nicht. Weißt du, was all die studierenden Frauen gemeinsam haben? Ihre Eltern fördern sie. Meine tun das nicht. Sie erlauben mir vielleicht ein Studium, aber nicht, damit irgendetwas anzufangen.«

»Louise −« Panik kocht in mir hoch. »Dein Vater −«

»Ist der Orchestrator.« Lachend betrachtet sie meine Mimik. »Glaubst du, das hab ich noch nicht begriffen?«

»Aber … was tust du jetzt? Hast du mit ihm gesprochen?«

Ihr Lachen weicht Schmerz, der ihr Gesicht einen Hauch älter zeichnet. »Ich bin nach der Brücke zu Jean und Armand geflohen. Alles andere muss ich klären, wenn …« Sie zuckt hilflos mit den Schultern. »Ich weiß nicht, wann.«

Ich überbrücke die letzte Distanz zwischen uns, um ihre Hände zu greifen. Ich an ihrer Stelle wäre vielleicht froh, den Erwartungen ihres Vaters entkommen zu sein. Aber sie ist nicht ich. »Ich wünschte, ich könnte etwas für dich tun.«

»Komm schon, ich weiß genau, welche Frage dir auf dem Herzen liegt.« Sie grinst, wenn auch gepresst. »Ich habe nicht vor, die Heirat abzublasen.«

»Du hast gerade wirklich wichtigere Dinge auf dem Tisch, aber ich verstehe nicht, wieso du ausgerechnet auf die Heirat −«

»Weil das alles ist, was ich tun kann.« Sie hebt das Kinn. »Heirate ich den richtigen Mann, kann ich dafür sorgen, dass es für *meine* Töchter anders sein wird.«

So viele Gedanken hat sie in ihre Entscheidung investiert?
»Ich war selbstsüchtig«, murmle ich. »Habe nicht eine Sekunde
damit verbracht, *deine* Situation zu betrachten.«

»Nun, *ich* war mein ganzes Leben selbstsüchtig.« Louise
zuckt mit den Schultern. »Es ist Zeit, an andere zu denken.«

»Du bist *wirklich* entschlossen.« Ich starre sie ehrfürchtig an.
Sie bringt Opfer, zu denen ich nie imstande war. Oder je sein
werde.

Nickend zieht sie ein goldenes Herzmedaillon unter ihrer
Bluse hervor. »Das ist *mein* Weg, unser Versprechen zu erfüllen.« Sie öffnet das Medaillon, und darin kullert eine Perle. Fast
ein Spiegelbild zu meinem Anhänger mit der Barockperle. Nur
dass ihre aus Holz ist. Eine vom Armband, das ich ihr als Zeichen unseres Versprechens geschenkt habe.

Ich werfe meine Arme um sie. »Ich dachte, mein Armband
würde dir nichts bedeuten. Dass du es vergessen hättest.«

»Ich werde unser Versprechen nie vergessen.« Sie drückt
mich fester an sich. »Oder dich. Oder die Zeit mit dir.«

»Das klingt zu sehr nach einem Ende«, raune ich in ihr Haar.

»Ist es ja auch.« Schulterzuckend schiebt sie mich von sich.
»Das Ende eines Lebensabschnitts.«

Ich umklammere den Anhänger, bis er sich in meine Haut
bohrt.

»Aber wenn du mir *eine* Sache versprichst, kann ich mich
damit abfinden.«

Heftig nicke ich. »Ich werde studieren. Für uns beide. Und
etwas daraus machen. Ich verspreche es.«

»Nicht *das*, du olles Huhn.« Sie rollt die Augen. »Versprich,
dass du Teil meines *nächsten* Lebensabschnittes sein wirst und
mich weiter auf Ausflüge begleitest. *Und* mich zu Rate ziehst,
solltet ihr nicht allein gegen die Nyx ankommen. Das Leben
einer verheirateten Madame ertrage ich sonst nicht.«

»Also … gibst du im Grunde *gar nichts* selbstlos auf, sondern machst weiter wie bisher, nur dass ein Ehemann statt deines Vaters die Eskapaden bezahlt?«

»Im Prinzip triffst du den Nagel damit auf den Kopf.«

Ich wische mir über die Augen. Dann grinse ich. »Perfekt.«

Eugène bringt mich auf die gegenüberliegende Dachseite, wo Armand mit einem anderen Nachtschwärmer seine Schicht beendet. Er strahlt mir so sehr entgegen, dass ich es Meter entfernt erkenne, und ich renne ungehalten los, um ihm in die Arme zu fallen.

»Ich fasse nicht, dass ich so viel Zeit damit verbracht hab, dir das Schlösserknacken beizubringen, und du hast es nicht aus deiner Gefangenschaft geschafft!«, schilt er lachend.

Dann wechseln wir Worte, mehr Umarmungen, und klettern irgendwann zu dritt das Dach hinunter.

»Ich hab noch etwas zu tun, aber Armand zeigt dir sicher den Weg in unser Zimmer.« Eugène spricht es so beiläufig aus, *unser Zimmer*, dass ich beinahe nicht rot werde. Beinahe.

»Was hast du denn vor zu tun?«

Eugène druckst herum. »Ich treffe mich mit Madame Bouchard. Sie versucht sich an etwas, das auf Hébés Wasser beruht, seit sie meine Medikamente gesehen hat. Meint, auf Dauer machen es die Schlafmittel und Stimulanzien nur schlimmer.«

Dankbarkeit für Madame Bouchard erfüllt mich. Schon wieder. »Sie entwickelt bessere Medikamente für dich?«

»Ja, aber sie meint, das reicht nicht. Sie versucht, einen *Docteur* zu finden, der sich mit Erkrankungen des Geistes auskennt und keine mittelalterlichen Praktiken anwendet. Bis dahin gibt sie ihr Bestes, mir zu helfen.«

»Sie *mag* dich«, sage ich grinsend.

Er erwidert mein Lachen. »*Jeder* mag mich!«

»*Au contraire*«, raunt Armand, dann stupst er Eugène an. »Ich würde sie nicht warten lassen.«

Eugène verschwindet hinter einer Tür, und Armand deutet mit einer ausladenden Verbeugung den Flur hinab. Er erzählt mir, wer wo untergekommen ist, was sie mit welchen Räumen vorhaben, wie die Tagesabläufe aussehen, was ich sofort vergesse.

Vor der Wendeltreppe zum Dachzimmer halte ich ihn am Unterarm zurück. »Ich dachte, sie hätten dich und Jean getötet.« Ich schlucke. »Und ich kenne nicht einmal eure Nachnamen.«

Er starrt mich an, dann bricht er in Gelächter aus. »Du machst dir Sorgen, weil du unsere *Nachnamen* nicht kennst?«

Ich zucke mit den Schultern. »Ich weiß so vieles nicht. Aber das ist mir als Erstes eingefallen.«

»Wir nutzen unsere Nachnamen nicht mehr.«

»Warum?«

Plötzlich schlägt seine Stimmung um, und ich klammere mich am Treppengeländer fest, so fremd ist die *Mélancolie* auf seinem Gesicht. »Jean, weil seine Familie ihn verstoßen hat.«

Schluckend studiere ich die zarten Züge seines Gesichts. »Ist es hart für dich, von deiner Familie verst–«

»Meine Familie hat mich nicht verstoßen.« Seine Stimme bebt.

Eisige Drähte bohren sich in mein Herz. »Sind sie –?«

»*Ich* habe *sie* verlassen. Um sie zu schützen.«

Ich öffne den Mund, schließe ihn wieder. Verstehe nicht.

Er schlingt die Arme um sich. »Als meine Fähigkeit ausgebrochen ist, habe ich auf meine Schwestern aufgepasst. Zwillinge. Die Nyx haben mich vor den Nachtschwärmern gefunden. Ich wusste nicht, was passiert. Sie haben eine Waffe auf mich gerichtet. Ich war zur Hälfte formloser Schatten, nahm

Valérie. Aber bevor ich –« Sein Körper erschaudert, und ich will ihn umarmen, aber weiß nicht, ob er das braucht. Seine Arme sind ein Schutzschild. »Sie haben auf mich geschossen. Und meine *andere* Schwester getroffen.«

Tränen brennen tief in meinem Brustkorb. »Es tut mir leid, dass du so etwas durchstehen musstest.« So platte Worte, die ihm nichts vom Schmerz nehmen können.

Er lächelt, ähnelt der Maske der Komödie viel zu sehr. »Es wird besser. Mit der Zeit. Mit den richtigen Menschen.« Im Angesicht von Clément erwähnte er, dass er einst ein *anderer* Mensch war. Als er jemand Wichtiges verloren hat. Er streicht sich harsch über die Wangen. »Lass uns morgen weiterreden.«

Ich nicke nur. Er dreht sich zum Gehen um, doch ich halte ihn an der Hand zurück, schlinge meine Arme um ihn.

»*Merci*«, raunt er.

Oben entzünde ich den Ofen, finde voller Erleichterung eine emaillierte Waschschüssel, mit der ich mich frisch mache, und schaue mich, so gut es geht, im Dachzimmer um. *Unser* Zimmer. Meine Wangen sind warm, während ich das Herzstück, ein Himmelbett, zum ersten Mal wirklich beachte. Ich verenge die Augen. Es ist das Bett aus Eugènes Unterschlupf. Wie zur Unterwelt hat er das hergeschafft?

Langsam sinke ich auf die Matratze, streiche über das Duvet. Mir ist, als hätte ich ein Stück dieser Zeit zurückerhalten.

Lächelnd drehe ich mich auf die Seite. Und erspähe eine Leinwand am Ende des Raums, seltsam in eine Ecke gedrängt. Mit gerunzelter Stirn gehe ich zu ihr. Farben erkenne ich nicht, nur die verschmierten Linien eines Kinns. Ich hebe sie hoch, streiche über das Relief der Pinselstriche. Dank meiner Erinnerung erwachen sie in Waldgrün und Ebenholz zum Leben. Das Gemälde aus Eugènes Zimmer.

Ein unfertiges Porträt von *mir*.

Hastig stelle ich es zurück, als hätte ich etwas *Verbotenes* getan.

Er hat mich gemalt. *Versucht* zu malen. Anders als die Kohleskizzen von uns allen, die er mir gezeigt hat.

Ich presse die Lippen aufeinander. Fühle mich so peinlich berührt vom Wissen um das Porträt, aber gleichzeitig zieht etwas anderes tief in mir.

Schritte erklingen auf der Wendeltreppe, und Eugène steht vor mir, bevor ich vom Gemälde wegtreten und so tun kann, als hätte ich es nie gesehen. Erstarrt mustert er mich. »Ich dachte nicht, dass du es erkennen kannst.«

»Wer sagt, dass ich das kann?«

»Ich müsste tief in die Taschen greifen, um ein rotes Pigment zu kaufen, dass deiner aktuellen Wangenfarbe gerecht wird.«

Ich halte meine Finger ans Gesicht, hoffe, dass noch etwas Restkälte vom Waschen an ihnen haftet und mich kühlt.

Eugène greift meine Hände an meinen Wangen. »Du bist wunderschön«, erklärt er. Als wäre es eine Tatsache.

Ich schaue zur Seite, und all das Weiß verschwimmt. »Sag so etwas nicht«, murmle ich.

»Warum? Ich sage, wenn ich Sterne schön finde, den Mond, ein Gemälde. Wieso nicht auch *dich*?«

»Weil ich nicht weiß, was ich darauf antworten soll.« Ein wenig Verzweiflung schleicht sich zwischen die Silben.

Sanft zieht er meine Hände vom Gesicht, streicht mit dem Daumen über meine Wange. »Du musst nichts sagen.«

»Aber was, wenn ich etwas sagen *will*?« Ich werfe halbherzig die Arme in die Luft, mehr ein Schulterzucken. »Hast du mit deiner Wortgewandtheit und deinem Nerv raubenden Charme überhaupt eine Ahnung, wie es ist, für etwas nicht die richtigen Worte zu finden?«

»Lass mich überlegen.« Er nimmt die nachdenkliche Haltung der Statue *Le Penseur* ein. »*Ja*. Ungefähr seit ich nach einer *Soirée* von den Nyx durch Gassen gejagt wurde.«

Ich lache, stoße ihn leicht gegen die Brust. »*Wieder* die richtigen Worte!«

»Ich fand *Nerv raubender Charme* gar nicht schlecht«, erklärt er grinsend. »Sag ruhig mehr in der Richtung. Nur so zur Übung.«

»Du bist unmöglich!«

»Versuch, das mit etwas Positivem zu verbinden. *Unmöglich zu übersehen*, zum Beispiel.«

»Du *bist* unmöglich zu übersehen.« Ich lasse meine Fingerspitzen über sein *Gilet* gleiten. »Wegen deiner pompösen, prahlerischen, mutigen Aufmachung.«

Sein Grinsen wird breiter. »Oh, mutig bin ich also?«

»Und an Selbstherrlichkeit grenzend selbstsicher!«

»Du machst das immer besser«, sagt er trocken.

»Du schaffst es auszusprechen, dass ich dir den Atem raube.« Ich schlucke, vergrabe die Finger in seinem Hemd. »Und du raubst *mir* den Atem. Öfter, als mir lieb ist. Als ich je zugeben würde.«

Er löst meine Hände aus dem Stoff, legt sie um seinen Hals, und für einen Atemzug sehe ich nur sein ungewohnt ernstes Gesicht. »Werde nicht *zu* gut darin.«

Mein Körper fühlt sich zu eng für all die Empfindungen in mir an. »Du *weißt*, dass du wirklich, wirklich gut aussiehst«, murmle ich und ziehe ihn das letzte Stück näher.

Er lächelt an meinem Mund. Bis ich meinen Körper noch enger an seinen presse und mit der Zunge über seine Unterlippe streiche. »Du bist mutig wie Héraclès.«

»Odette, noch ein paar Worte mehr, und ich glaube, du nimmst mich auf den Arm«, raunt er in meinen Mund.

Wir stolpern zurück, und ich lache. »Wieso? Das hast du dir doch erhofft? Dass ich dich vergöttere wie Héraclès?«

»Daran erinnerst du dich? Du warst halb bewusstlos«, stöhnt er mit einer Art Schamgefühl.

Mit einem letzten Schritt bin ich am Bett, sinke auf den Rand und zerre das Hemd aus seiner Hose. Ich lehne mich vor, um den Stoff auch an seinem Rücken zu erreichen. Mein Atem geistert über die Haut unter seinem Nabel.

Eugène atmet ein, scharf und hart.

»Was ist der nächste Schritt deiner Lektion?« Ich ziehe ihn am Hemd zu mir, und unsere Münder finden sich erneut. »Soll ich beschreiben, was deine Nähe mit mir macht?«, flüstere ich, als er Atem holen muss.

»Ich wusste, du lernst viel zu schnell.« Seine Finger sind an meinen Wangen, wie Pinselstriche über meinen Lippen, an meinem Kiefer, halten am Kragen meines Hemds. *Seines* Hemds. »Kann ich das wiederhaben?«

»Natürlich.«

»Ich meine, *jetzt*«, verdeutlicht er mit einem kurzen Ziehen am obersten Knopf.

Beinahe rolle ich mit den Augen. »Ich meinte *auch*, jetzt.«

Eugène beugt sich tiefer, um mich zu küssen, öffnet jeden Knopf so quälend langsam, dass ich ungeduldig an seinem Hemd zerre, an seinen Hosentaschen, an seinen Handgelenken.

Seine beharrlichen Küsse versiegen nicht, auch als er mich mit dem Rücken in die Matratze drückt. Sein Gewicht ruht auf mir, und seltsamerweise liebe ich die Schwere, die Nähe.

Würde es sich andersherum ähnlich gut anfühlen? Etwas in mir will es herausfinden, nur stehen alle Nervenenden wegen seiner Küsse unter Strom, sodass ich nicht glaube, mich über ihm halten zu können. *Ein anderes Mal.*

Ich habe keine Angst. Ich bin nicht einmal wirklich *nervös*, abgesehen vom Surren des Adrenalins. Weil das nicht das erste Mal ist, nicht wirklich, wenn man die Nacht am Fenster zählt. Aber vor allem, weil es Eugène ist. Eugène, der mich berührt, als wäre ich das Kostbarste auf Erden. Eugène, der alles tun würde, damit es mir gut geht. Eugène, den ich liebe.

»Wie bitte?«, wispert er, seltsam höflich, als könnte er sich gerade nicht gegen die *bourgeoise* Erziehung wehren.

»Ich liebe dich«, wiederhole ich.

Er legt seine Hände an meine Wangen, zart, küsst mich, jagt meine Worte mit der Zunge. Ich kann ihm sagen, wie ich fühle.

Von uns beiden hat er mehr Erfahrung, und er versucht, mich sicher und geschickt zu berühren. Doch seine Fingerspitzen beben an der zarten Haut zwischen meinen Beckenknochen. »Ich glaube, gerade weiß *ich* nicht, was ich tue.«

»Eugène.« Mit beiden Händen bringe ich ihn sanft dazu, mir ins Gesicht zu blicken. »Ich wollte dir noch sagen, dass du das *perfekte* Hutgesicht hast.«

Er hält inne. Lacht so offenherzig über das unerwartete Kompliment, dass seine Anspannung abfällt. Dann fährt er mit einer Hand durch meine Locken. »Ich bevorzuge dich *ohne* Hut.«

Er küsst meinen Hals, meine Schultern, von denen er das Hemd streift. »Vermutlich auch ohne sämtliche andere Kleidung.«

»Das *muss* eine Lüge sein, so sehr, wie du Mode vergötterst«, keuche ich, weil er sich meinem Schlüsselbein widmet.

»Es gibt Dinge, die ich mehr als Kleidung vergöttere, ob du es glaubst oder nicht.« Er findet die Schnürung meiner Corsage, und dann *zeigt* er mir, was er mit Vergöttern meint.

Mit seinen Fingern und seinem Mund, endlos lang und viel zu kurz, bevor er tiefer wandert. Und tiefer, bis ich meine Finger in das Duvet kralle, dann in sein Hemd, das er unerklärlicherweise noch trägt. Eugène lacht an meiner Haut, während ich den Stoff loswerde. Dann will er fortfahren, zwischen meinen Beinen kniend. Ich ziehe ihn hoch.

»Nicht nur ich dieses Mal«, ringe ich mir ab, die Wörter zusammenhangslos. Er versteht mich trotzdem. Vielleicht wegen der Art, wie ich mit den Fingern am Bund seiner Hose entlangwandere, ihn daran näherziehe.

Mein Herz hat bereits oft in meiner Brust, meinem Hals, meinen Ohren und Fingerspitzen gepocht, aber nie so weit unten. Auch nicht beim letzten Mal.

Als der Rest unserer Kleidung auf den Boden neben dem Bett fällt, ist jede meiner Sehnen angespannt. Weil mein Körper schon weiß, wie sich seine Finger angefühlt haben, wie gut es sich anfühlen wird, wenn er –

Doch dann küsst er mich, gleitet in mich, und, *oh*, ich wusste *nicht,* wie es sich anfühlt. Nichts hätte mich darauf vorbereiten können.

Er wispert Worte, die ich nicht verstehe und auf die ich trotzdem etwas entgegne. Ich fühle mich verletzlich und mutig zugleich unter ihm, und bald kann ich nicht anders, als meine Schenkel fester um ihn zu pressen, atemlos zu lachen, ihn am Nacken zum vielleicht hundertsten Kuss heranzuziehen, der immer noch nicht genug ist.

Ein zufriedener Laut kommt über seine Lippen.

Ich glaube, ich werde nie genug bekommen, von seinen Küssen, seiner Stimme, seiner Nähe, von *ihm.*

Doch Eugène gibt mir mehr und mehr von sich, ebenso wie ich von mir, bis es plötzlich, für einen ewigen Atemzug, nicht nur genug ist, sondern *zu viel.*

Und dann perfekt.

Perfekt. *Perfekt.*

»Sie erwarten, dass du mit ihnen sprichst, ist dir das klar?« Eugène lehnt sich an das Sprossenfenster im Dachzimmer.

Ich wende die schon jetzt brennenden Augen von dem schmalen Band der aufgehenden Sonne ab. Dann deute ich stirnrunzelnd um mich. »Über unsere Schlafsituation?«

Schnaubend knöpft er das Hemd auf, in dem er geschlafen hat. »Darüber, was wir gegen die Verkündung tun.«

Mit warmen Ohren schiebe ich mich an ihm vorbei. Als wir uns schlafen gelegt haben, war ich viel zu übermüdet, um wirklich darüber nachzudenken. Aber es *ist* etwas völlig anderes als zuvor im Tempel. »Und was genau *tun* wir?«

Schritte nähern sich über die Wendeltreppe, und ich werfe mir mein Hemd mit noch wärmeren Ohren über. Den Göttern sei Dank sind es nur Armand und Jean, für die es nichts Neues ist, dass wir in einem Raum schlafen – doch beide grinsen so elendig wissend, dass ich es erkenne. Trotz verschwommener Sicht treffe ich Armand mit einem zerknüllten Zeichenpapier am Kopf.

Er grinst breiter. »Ich habe dich auch vermisst.«

Jean rempelt ihn leicht an. »Konzentrier dich. Wir sind zur Lagebesprechung gekommen.«

»Tu nicht so scheinheilig«, murre ich, denn Jean, ausgerechnet Jean, grinst genauso breit. Eugène zieht mich zur Gruppe orientalischer Hocker, wo sich die beiden setzen.

»Wir haben den *Champ d'Arès* ausgekundschaftet«, beginnt Armand, während Jean auf dem Boden eine Karte der Exposition ausrollt, auf der ich nichts erkenne. Fängt ja toll an.

Armand deutet auf einen Fleck, der das *Château d'Eau* sein könnte. »Dort verkündet Loubet heute Abend die frohe Botschaft. Auf der Parkfläche davor bauen sie Reihen von *Sirènes* auf, die mit dem Strom aus dem *Palais de l'Électricité* versorgt werden.«

Eugène lehnt sich näher zur Karte. »Wie viele *Sirènes?*«

Laut Zoé wurden fünf an Firmen versteigert. Die Glaszylinder in der Lagerhalle – genug für zehn weitere.

Jean räuspert sich. »Achtzig.«

Ich springe so überstürzt auf, dass die Karte unter meiner Sohle zerknittert. »*ACHTZIG?*«

»Das müssen *alle* sein, die sie gebaut haben. Genug, um die wichtigsten Fabriken mit einem Schlag auszustatten.«

»Das heißt, wir können auch mit einem Schlag alle *Sirènes* zerstören«, wirft Eugène ein.

Ich fahre auf den Hacken zu ihm herum. »Kannst du bitte *etwas* weniger optimistisch denken? Ist ja nicht auszuhalten.«

»Dann halte *ich* mich eben aus dem Plan raus.« Er verschränkt die Arme und schaut zu Jean. »Übernimmst du?«

»Soll das heißen, *ich* wäre pessimistisch?«

»Nun«, Armand lehnt sich zurück, »wir *haben* dich den *Rabat-joie* unserer Gruppe getauft, also ...«

Jean schenkt ihm einen vernichtenden Blick. »*Le Sceptique!*«

»*Pardon*, daran erinnere ich mich nicht. Odette, erinnerst du dich daran, als unsere *Tacticienne* dich –«

»Moment.« Eugènes Augen leuchten auf. »Habe ich *auch* einen Spitznamen erhalten? *Le Charmeur? Le Divin?*«

»*Le Colle*«, grient Armand.

Eugène rümpft die Nase. »Warum um alles in der Welt *Kleber?*«

»Ich als unsere *Tacticienne* bestehe darauf, dass wir beim Thema bleiben!« Ich lasse mich auf den Hocker fallen. »Denn man erwartet gleich eine verflixte *Ansprache* von mir.«

»Ich als *Le Sceptique*«, betont Jean, »sehe die besten Chancen, wenn wir einen Kurzschluss im *Palais de l'Électricité* auslösen.«

»Ein Kurzschluss wird die Maschinen wohl kaum *zerstören.*«

»Ohne dich waren wir nicht *völlig* untätig.« Armand grinst. »Beim Spionieren haben wir *äußerst* spannende Unterlagen zu einer Schwachstelle gefunden. *Sirènes* braucht Strom, um die Energie der Dämonen zu kontrollieren. Eine Unterbrechung dieser Zufuhr lässt die Schaltkreise unter der Dämonenenergie wegschmoren. Ohne dass die Dämonen entkommen, natürlich.«

»Aber wie schaffen wir es in den *Palais*? Den bewachen sie garantiert besser als den Nationalschatz.«

»Unsere Verbündeten müssen die Nyx und die Gendarmerie beschäftigen.« Eugène steht auf und hält mir die Hand hin. »Und da kommst *du* mit deiner Ansprache ins Spiel.«

Raunend sammeln sich alle im Erdgeschoss, wo Eugène einen weitläufigen, leer stehenden Raum ausgewählt hat. Ich warte mit verschränkten Fingern vor der Tafel, die als Einziges daran erinnert, dass hier früher die jüngsten Nachtschwärmer unterrichtet wurden. Meine Familie und Freunde nicken mir zu, aber es sind die Vertreter der verschiedenen Gruppen, die ich überzeugen muss, sich uns anzuschließen. Sich im schlimmsten Fall sogar für unsere Sache zu opfern.

Madame Bouchard für ihre Organisation, Georgette für die *Suffragettes*, René für den in Paris verstreuten Rest der Bruderschaft, Zoés Vater für eine Vereinigung immigrierter Industrieller, Jaqueline für einige Etablissements.

Sobald alle sitzen, versuche ich, das durch die Fenster gleißende Licht der Straßenlampen und des Sonnenaufgangs zu ignorieren. Dann schlucke ich. »Ich … habe Angst.«

»Fantastischer Anfang«, raunt Armand, und Louise boxt ihn.

»Genauso wie ihr Angst habt. Angst, in das Visier der Nyx zu geraten, wenn ihr euch wehrt.« Meine Stimme schwankt. Ist es

432

zu spät wegzurennen? In der Desorientierung durch dunklen Raum und grellen Lichteinfall entdecke ich Eugène. Er nickt, und ich atme tief ein. »Und ich bin gestern erst aus der Gefangenschaft entkommen. Kann kaum etwas sehen, habe Manipulationen der Nyx hinter mir, bin geschwächt.« Mein Frust schlägt sich in einem verzweifelten Schulterzucken und noch verzweifelterem Lachen nieder. »Also, was weiß ich schon?«

Louise räuspert sich zwischen dem Murmeln der anderen. »Es könnte langsam doch etwas positiver werden.«

Ich strecke den Rücken durch. »*Ihr* wisst besser als ich, was in den letzten Wochen passiert ist. Ihr wisst, warum es wichtiger denn je ist zu handeln.«

Das Licht draußen flackert, wuselnde Schatten vor den hellen Laternen. Ich hebe das Sternentuch und die Fackel. Die Zuhörer verstummen. Alle haben von den Artefakten gehört, aber die wenigsten sie gesehen. »Ich kann die Nyx nicht besiegen. Auch mit den Artefakten nicht oder mit …«

Die Schatten sind *Rebellen*, die hier sind, weil wir ihnen Hoffnung geben. Die noch immer versuchen, die Laternen der Nyx zu zerschlagen. Das *Prolétariat* mit seinen unbedeutenden Bemühungen. Ich streiche mir über die brennenden Augen. »*Wir* können die Nyx nicht besiegen …«

Gemurmelte Worte erfüllen den Raum, die mich nicht erreichen. Menschen aus dem *Prolétariat*, so unbedeutend. Ich balle die Fäuste. So unbedeutend wie ich.

»Odette?«, dringt Eugène durch das anschwellende Raunen.

Ich muss mit *allen* sprechen.

»Was?«, fragt Eugène. Habe ich das *laut* gesagt?

»Ich muss mit *allen* sprechen«, wiederhole ich. Dann presche ich los, durch die starrenden Menschen.

Durch die Tür, wo Eugène sich an meine Seite heftet. »Wenn es dir nicht gut geht, können wir –«

Ich stoße die Eingangstür zur *Rue de la Chaise* auf. »Wir können *nicht* warten!« Das Licht blendet so sehr, dass ich zurückstolpere. Ich beiße die Zähne zusammen, denn ich muss nichts sehen. Habe nichts gesehen, als meine Worte das letzte Mal etwas mit ihnen gemacht haben.

Sobald ich die anderen in meinem Nacken spüre, trete ich vor.

»Ich werde nie aufhören!«, rufe ich mit zitternder Stimme.

Dennoch verstummen die Rebellen.

»Ihr wisst, was ich auf der *Pont de la Concorde* gesagt habe. Ich höre nie auf.« Die Menschen treten näher. Sehnen sich nach einer Leitfigur. Einer Erlöserin. Einer Jeanne d'Arc. Das bin ich nicht. »Aber die Nyx werden mich zum Aufhören *bringen*.« Ich deute auf die Verbündeten hinter mir. »Sie werden *uns* dazu bringen.« Dann lasse ich die Gewissheit über Menschen wie mich durch mich hindurchströmen. »Doch nicht *euch*.«

Eine Hand umschließt meine. Eugène.

»Nicht, wenn ihr *alle* kämpft. Denn ich bin unbedeutend, so wie jeder von euch. Aber nicht *wir*. Nicht das *Prolétariat*. Nicht die *Sans-culotte*s. Nicht die Revolutionisten.«

Jemand weit hinten in den Reihen jubelt. Ein Kampfschrei. Andere stimmen ein, und ich spüre meinen Körper nicht mehr. »Ich weiß nicht, ob wir die Nyx heute aufhalten können. Ich weiß jedoch, dass wir *kämpfen* werden. Wie wir seit Jahren kämpfen.« Ich schwanke. Eugène greift mich fester, und jemand anderes hakt mich unter. Mehrere stützende Hände am Rücken.

»Kämpft heute Abend mit uns«, übernimmt Eugène. »In den Straßen um das Messegelände am *Champ d'Arès*.«

Die Person, die mich unterhakt und schwach nach bitterer Medizin riecht, streckt den Rücken durch. Madame Bouchard. »Ich zeige euch, wie ihr Laternen zerstört, die unzerstörbar scheinen. Und ich bin sicher, unter uns sind Menschen, die euch zeigen, wie man die Nyx besiegt. Wie man andere überzeugt, sich dem Kampf anzuschließen.«

Unsere Verbündeten murmeln zustimmend.

Wärme legt sich um mein Herz. »Und dank euch werden wir diese verfluchten *Sirènes* ein für alle Mal zerstören!«

Kapitel 20

»Genau hier sind wir damals eingebrochen.« Louise legt den Kopf in den Nacken, um am *Tour Eiffel* hinaufzublicken, der für mich nur eine riesige, glühende Pyramide ist. Immerhin schwächt wabernder Dunst die Lichter der Gasse ab, von der aus wir die am Messegebäude verlaufende *Avenue* beobachten.

Trotzdem trete ich von einem Fuß auf den anderen, denn die Laternen rings um den *Champ d'Arès* leuchten noch. »Gibt es Probleme?«

»Gib Madame Bouchard und Zoé mehr Zeit.« Eugène drückt meine Hand. »Sie erklären, wie man die Lösung anwendet.«

Ich atme durch und rufe mir mein Vertrauen ins Gedächtnis. Die beiden haben die letzten Stunden damit verbracht, den Wäscherinnen zu zeigen, wie sie Chemikalien aus der Wäscherei und den Vorräten der Organisation mischen und in Phiolen abfüllen. Es wird funktionieren.

»Hast du die Fackel der Nyx?« Armand kontrolliert zum sechsten Mal den Sitz des Sternentuchs.

»Sie nützt mir eh nichts«, grummle ich. Ob ich zu wenig von Hébés Wasser getrunken habe oder es nicht besser wirkt – mein Lichtwirken funktioniert nicht.

Jean boxt meinen Oberarm. »Die Artefakte schinden immer noch Eindruck. Verjagen den Schattendämon. Spenden Hoffnung.«

Stöhnend schlage ich das zum Cape geraffte Tuch zurück, um die Fackel an meinem Oberschenkel freizulegen. »Zufrieden?«

Die beiden summen zustimmend, doch ein Zischeln, gefolgt von zerplatzendem Glas übertönt sie.

Dann gebrülltes Jubeln der Rebellen.

Zwischen den nächtlichen Nebel mischen sich die Ausdünstungen von Madame Bouchards Lösung, die sich durch das Material der Laternen frisst. Das Brüllen und Klirren, als die Rebellen Glühbirne um Glühbirne zerstören, ist Musik in meinen Ohren. Musik, die für den Komponisten wie das schiefe Geigenspiel eines Kindes klingen muss.

Grinsend scharre ich mit den Füßen, während das Chaos so rasant anschwillt, dass die Gendarmerie nicht lange auf sich warten lässt. Eine Handvoll stürmt aus den Eingangsportalen der Exposition. Gleichzeitig stürzen Menschen aus den Häusern auf der anderen Straßenseite, um sich uns anzuschließen.

»Bereit?«, fragt Eugène ungewohnt ernst, und ich muss die anderen nicht ansehen, um zu wissen, dass alle nicken.

Mit erhobenem Kinn schreite ich voran, Eugène, Jean, Armand und Louise an meiner Seite.

Die *Avenue* liegt beinahe ganz im Dunkeln, als Dutzende Wachen vom Messegelände strömen. Sie rempeln mich an, drängen uns enger aneinander, und die Welt verschwimmt. Doch die Gendarmerie beachtet uns nicht, weil sich die zahlenmäßig überlegenen Rebellen auf sie stürzen.

Dann lichtet sich die Menge, Kämpfe formen sich mitten auf der Straße, und wir gleiten unbemerkt durch das Eingangsportal.

Vereinzelte Wachen stürmen uns entgegen, als wir uns einen Weg durch die zum Zaun strömenden Besucher bahnen. Unter dem *Tour Eiffel* halten wir an, und ich kneife die Augen zu.

Vor uns erstreckt sich der fünfhundert Meter lange Platz zwischen den zwei Ausstellungshallen. Tagsüber strahlen der Alabaster und das Gold der verzierten, endlosen Arkadenfassaden. *Jetzt* erstrahlen Dutzende über Dutzende geschwungene Laternen den wie ein *Parc du château* wirkenden Platz.

Wie konnte ich die verdammte Festbeleuchtung vergessen?

Eugène greift sanft meinen Ellbogen. »Schaffst du das?«

Ich nicke nur, denn ich *muss*. Keine Rebellen, um die Lampen hier zu zerstören – schließlich sollen sie möglichst viel Wachpersonal *weg*locken.

Eugène fädelt meine Hand durch seinen gebeugten Arm, so ungewohnt und sittsam, dass ich schnaube. Doch wir gehen in der Masse aus normalen Paaren unter. Und ich bin dankbar für den Halt. Zwischen den Bäumen der großflächig angelegten Grünflächen spannen sich Schnüre mit glitzernden Lämpchen. Als hätte mich jemand in ein Meer explodierender Sterne geworfen.

Beinahe bemerke ich die *Sirènes* nicht.

Doch wie könnte ich sie übersehen, alle paar Meter Gold und Überfluss, die das ölschwarze Monstrum aus Kabeln verhüllen.

»*Merde*, das ist ja eine *Armee*!« Eugène zerrt mich weiter, sodass ich den Blick von den Dämonen in den Zylindern reiße. Ihre Dunkelheit fühlt sich in der verschlingenden Lichtflut so einladend an, dass mir übel wird.

Als wir uns dem leuchtenden *Château d'Eau* am Ende des Platzes nähern, zieht Louise scharf Luft ein. »Ich wusste es! Wir hätten deine Maske von den Nyx klauen sollen!«

»Es geht schon«, murmle ich und kneife die Augen zusammen. Aus dieser Ferne kann ich die monumentale Grotte noch ausmachen. Lichter illuminieren ihr Inneres in den Perlmutttönen der Muschel von Aphrodite. Statt der Göttin entspringt dort eine dreißig Meter hohe Fontäne, umringt von unzähligen kleineren Quellen und Wasserstrahlen, die sich zu gewaltigen, gluckernden Kaskaden vereinen. Das Publikum jauchzt über das Farb- und Wasserspiel, und wir schieben uns durch bis zum großzügigen, abgerundeten Bassin, in welches das Wasser quillt.

Ich bin sicher, es ist märchenhaft – doch ich bohre meine Finger so fest in Eugènes Unterarm, dass es selbst durch seine Nachtschwärmer-Uniform unter dem *Redingote* schmerzen muss.

Über dem Bassin schwebt eine Bühne, auf der sich eine Silhouette vom Lichtspiel abhebt, die mich vage an den Mann in der Scheune erinnert. Président Loubet.

Ich richte meine tränenden Augen auf den Boden.

»Wenn wir fertig sind«, flüstert mir Armand ins Ohr, »versinkt das alles in wenigen Minuten in Dunkelheit.«

Nickend lausche ich, wie er, Jean und Louise davonhuschen. Ihr Ziel liegt hinter dem *Château d'Eau*. Der *Palais de l'Électricité*. Seine Fassade fächert sich wie die Federn eines Pfaus in edelsteinbesetzten Bögen auf, wird von einem gigantischen Leuchtstern gekrönt – und verbirgt die zahllosen Dampfmaschinen, die alle Gebäude mit Strom versorgen.

Loubet steckt mitten in seiner Verkündung, umringt von anderen Gestalten, die Politiker, Nyx oder beides sein müssen. Eugène und ich versuchen, uns unauffällig zu verhalten und ihr zu lauschen. Doch zwischen den Ehrfurchtsbekundungen der Zuschauer angesichts des *Château d'Eau* und den vereinzelten Protestrufen aus der Menge verstehe ich kaum ein Wort.

Aber wir müssen nichts hören, um zu wissen, was er verkündet. Die hinter uns aufgereihten *Sirènes* sagen alles.

Trotzdem grinse ich. »Ihnen fehlen wohl die Wachen«, flüstere ich, denn die Proteste werden häufiger, mutiger. Die Menschen merken, dass sie keine Konsequenzen fürchten müssen.

»Nur zur Bühne ist das wohl noch nicht durchgedrungen.« Eugène tritt vor mich, sodass sein Gesicht das meiste Licht ausblendet. Er runzelt die Stirn. »Bist du sicher, dass es etwas bringt, mit ihm zu reden?«

»Ein Versuch kann nicht schaden.«

Eugène schnaubt. »Doch. Weil es *gefährlich* ist.«

»Eugène.« Ich ziehe ihn am Kragen seines *Redingote* näher. »Wir greifen gerade zu fünft die Exposition Universelle an. Ich glaube, über Erwägungen zur Gefahr sind wir lange hinaus.« Die Beleuchtung um uns flackert, und ich drücke einen vor allen verborgenen Kuss auf seine Nase.

Einen Wimpernschlag lang schaut er mich verdutzt an, bevor er meine Hand greift. »Dann los.« Er führt mich zur Bühne, wo das Licht wieder flackert. Aus dem *Palais de l'Électricité* wehen unverkennbare Kampfgeräusche herüber. *Bitte, Arès, lass Armand und Jean auf nur wenige Wachen stoßen.* Sie müssen lange genug aushalten, damit Louise ihr Gerät einsetzen kann. Ich weiß nicht, wann sie in die Firma eingebrochen sind, aber ihr Vater wird zu sehr in seiner Rolle als Orchestrator aufgegangen sein, um den Diebstahl mitbekommen zu haben.

Von einem erneuten Flackern begleitet, klettern wir auf den Rand des Bassins. Zwei die Bühne flankierende Gendarmen brüllen, richten die Gewehre auf uns –

Und das Gelände versinkt in Dunkelheit, durch die wir schattenspringen.

Innerhalb einer Sekunde landen wir auf der Bühne. Die Gendarmen brüllen lauter, vermischt mit den Rufen des Publikums, suchen uns noch auf dem Beckenrand. Eugène huscht zu ihnen, um mir Zeit zu verschaffen.

Ich eile zu Loubet, der sich mit den Figuren hinter ihm zum *Palais* gewendet hat. »Président Loubet!«, flüstere ich so eindringlich, wie ich es wage, ohne die Nyx, Politiker und Gendarmen zu alarmieren.

Er dreht sich zu mir, studiert mich von oben bis unten. Sein Blick bleibt an Hose, Dolch und Harnisch hängen. Dann sieht er über meine Schulter zu Eugène, der mit den Wachen kämpft, und zurück. »*Wer* sind Sie?«

Ich halte so viel Abstand zu ihm, dass er hoffentlich nicht zurückschreckt oder die Wachen ruft. »Sie dürfen das Gesetz für *Sirènes* nicht durchgehen lassen!«

Kurz betrachtet er mich, argwöhnisch, aber nicht ängstlich. »Dafür ist es wohl etwas spät.«

Die Wachen hinter ihm stürmen zum *Palais*, während Politiker in Fracks von der Bühne fliehen. Dumpf ertönt ein Knall.

Ein Schuss im *Palais de l'Électricité*!

»Der Komponist belügt Sie«, platzt es aus mir heraus. Nicht meine zurechtgelegten Worte. »*Sirènes* wird keinen Frieden und Wohlstand zum Beginn des neuen Jahrhunderts schaffen!«

Er blickt über die Schulter zu den davonstürmenden Wachen – Nyx, denen das Leben ihrer Marionette einen feuchten Dreck wert ist – und greift in die Innentasche seines Fracks. Vielleicht nach einer Waffe. »Woher kennen Sie den Inhalt dieses vertraulichen Gesprä–?«

»Sie werden keine Leitfackel der Nation sein, sondern Frankreich zugrunde richten, wenn Sie zulassen, dass *Sirènes* den Menschen aus dem *Prolétariat* –«

Eine Explosion sprengt mehrere Scheiben aus dem *Palais de l'Électricité*. Louise' Handschrift, eindeutig.

Doch dann gleitet gleißende Bronze über den *Palais* und durchbricht im Sturzflug das Glasdach.

Zwei Maschinenengel von der *Pont de la Concorde*!

Ich renne los. »Eugène!«, brülle ich, ohne mich zu ihm umzuschauen. Oder zu Loubet. Eugènes Schritte hallen hinter mir, aber meine Aufmerksamkeit liegt auf dem humpelnden Mann mit elfenbeinblassem Gesicht, der durch einen der Arkadenbögen den *Palais* betritt. Kein Gesicht. Eine Maske.

»Der Orchestrator?«, keucht Eugène.

»So früh habe ich nicht mit einem von ihnen gerechnet.« Ich ziehe das Tempo an. Mein Herz wummert in meinen Ohren. Letztes Mal, als die Bronzesoldaten –

Nein. Ich beiße die Zähne aufeinander, stoße einen auf die Maschinenengel gaffenden Wachmann zur Seite. Wir preschen in den *Palais de l'Électricité*, mit den Pfeilern aus Eisen wie eine Bahnhofshalle, die mit jeder erdenklichen Art Dampfmaschine vollgestopft ist.

Ich halte inne. »Wo sind sie, verdammt?«

Da, Bronze hinter der schwarz lackierten Dampfmaschine, die beinahe an die Decke der zweistöckigen Halle ragt. Wir hasten durch die schmalen Gänge zwischen eingezäunten Generatoren, die röhrend Dampf ausspeien.

»Eine Fehlfunktion?«, dringt das Höhnen des Orchestrators zu uns. »Du solltest die Finger von Dingen lassen, die deinen Verstand übersteigen, Louise.«

»*Sac à merde*«, knurrt Eugène.

Ich will ihm zustimmen. Doch als wir die Freifläche hinter der größten Dampfmaschine erreichen, trifft mich der Anblick wie ein Schlag auf die Nase, bei dem die Ohren klingen, die Sicht verschwimmt und die Welt sich auf den Kopf dreht.

Jean liegt zusammengekauert vor der Dampfmaschine, in einem Ölfleck. Nein, einer *Blutlache*. Er presst das verzerrte, kalkweiße Gesicht in den Betonboden und umklammert zitternd seinen Ellbogen.

Die Hälfte seines Unterarms hängt in Fetzen vom Knochen.

Gleichzeitig steigen Übelkeit, Grauen, Unglaube, Schuld und Panik in mir hoch. Ich muss Jean helfen. Doch der Impuls erreicht meine Muskeln nicht.

Was ist passiert? Was bei Hadès' Unterwelt ist *passiert?*

Herzzerreißendes Schluchzen holt mich aus der Starre. Meines?

Nein. Louise, die sich an den Gitterzaun um die kleinere Dampfmaschine gegenüber klammert. »*Je suis désolée*, Jean!«, wimmert sie, während Tränen über ihre fleckigen Wangen strömen, Ruß und Blut verschmieren. »*Je suis désolée, je suis désolée*«, wiederholt sie, bis die Silben verschwimmen.

Hinter ihr kauert Armand, die Arme um sie geschlungen, den Blick starr auf Jeans zuckenden Körper. Armand sieht Auguste, als ihm die Seele entrissen wurde, so ähnlich, dass ich keuchend nach vorn stolpere und würge.

Das ist wegen *mir* passiert.

»Ist es das, was du wolltest?«, erkundigt sich der Orchestrator, als könnte er meine Gedanken lesen. Ich schaue hoch, wo er drei Meter neben Jean die Hände auf seinen Gehstock faltet, flankiert von den zwei Bronzeengeln.

Aber *was* ist passiert?

Eine Fehlfunktion, sagte er, oder? Die Lichter sind doch ausgegangen. Ein Kurzschluss. Es *muss* funktioniert haben.

Ich schüttle den Kopf, und die Sehnen in meinem Hals scheinen kurz vorm Zerreißen zu stehen. Dann klammere ich mich an Eugène. »Wir müssen Hilfe holen«, bringe ich irgendwie hervor und taumle nach vorn. »Jean muss in ein –«

»Niemand rührt sich!« Der Befehl des Orchestrators wird von metallenem Scharren begleitet.

Die Bronzeengel kreuzen ihre Speere vor Jean.

»Papa.« Louise kriecht auf ihn zu, und Armands Arme fallen von ihr. Reglos bleibt er hinter ihr knien.

Jean stöhnt auf, erschaudert, erschlafft.

Eugène schlingt die Arme um mich, noch bevor ich begreife, dass ich losrennen will. Ich bebe, so stählern Eugène mich auch an sich drückt. Der Plan hat funktioniert.

Nur, dass Jean dabei verletzt wurde.

Wir wussten, dass so etwas passieren könnte. Jeder war zu solch einem Opfer bereit.

Louise sackt ein, die Arme aufgekratzt, verkohlte Seide an manchen Stellen mit ihrer Haut verschmolzen. »Papa, bitte, lass sie ihn in ein *Hôpital* bringen. Bitte. Papa. *Bitte.*«

»Bezahlst *du* seine Behandlung?«, schnarrt er. »Nein, du erwartest, dass ich für die Ratte aufkomme, die mein Werk zerstören wollte. Die du dank deines Ungehorsams und deiner Unfähigkeit halb in die Luft gesprengt hast. Denn so ist es jedes Mal, oder? Deine Sperenzchen auf meine Kosten.«

Verluste haben wir Nachtschwärmer zu akzeptieren.

»Und habe ich deine Bälle, Kleider und Banalitäten nicht immer gern finanziert? Auch eine Tochter wie du hat schließlich einen gesellschaftlichen Nutzen.« Der Orchestrator tritt auf sie zu, macht einen pikierten Bogen um Jeans Blutlache. »Dafür habe ich nur eines erwartet. Gehorsam.«

Wir haben genau das erreicht, was wir wollten. Selbst wenn es die Möglichkeit gäbe, alles rückgängig zu machen, würde ich …

Er hält Louise seinen Gehstock hin. »Steh schon auf.«

Selbst wenn es die Möglichkeit gäbe, würde ich nicht … Schluchzend klammere ich mich an Eugène, der so sehr zittert wie ich. Wem mache ich etwas vor? Ich *würde* die ganze Mission aufgeben, um Jeans Verletzung ungeschehen zu machen. Ohne zu zögern.

Doch zu spät. Ich weiß nicht einmal, ob Jean das überlebt. So viel Blut.

»Papa …« Louise verkrampft die Hände, sodass ihre Nägel über den Betonboden kratzen und dunkle Spuren hinterlassen.

Bei Arès, *so viel Blut*.

Der Orchestrator bohrt seinen Stock in Louise' Schulter. »Steh auf, damit ich dich wegbringen und mein Werk vollenden kann.«

»Die *Sirènes* sind zerstört«, kommt es so zittrig über meine Lippen, dass kein Funke vom Triumph zu hören ist.

Quälend langsam dreht er sich zu mir. »Nein.«

»Wir wissen von der Schwachstelle. Den Schaltkreisen, die –«

»Und du glaubst, *wir* wüssten nicht davon? Glaubst, wir implementieren keine Schutzmaßnahmen?« Sein Lachen klingt dumpf hinter der Maske. »Sagt dir Redundanz etwas?«

Ich starre, schaffe es nicht, den Kopf zu schütteln.

»Wie meine Tochter«, seufzt er und deutet auf die röhrenden Dampfmaschinen hinter mir. »Und doch glaubt ihr, etwas ändern zu können. Ängstliche und unwissende *Fillettes*.« Das rhythmische Schleifen der Pumpen überlagert jeden klaren Gedanken über Redundanz, über Ausfallsicherheit und –

Ich wirble herum. Die Dampfmaschinen. Warum zur Hölle *laufen* sie?

Louise' Gerät, der Kurzschluss, die erloschenen Lichter …

Nicht alle Dampfmaschinen laufen, nur ein paar.

Die Lichter springen wieder an. Draußen, sodass sie durch die noch heilen Scheiben brechen wie durch Diamanten, dann die über mir hängenden Lampen. Ich reiße den Arm vor meine schmerzenden Augen.

»Trotzdem hat der Kurzschluss die Schaltkreise zerstört«, knurrt Armand. Er spricht zum ersten Mal. Will nicht, dass Jeans Opfer sinnlos war.

Lachend klopft der Orchestrator gegen die Dampfmaschine.

»Redundanz bedeutet, dass kritische Funktionen eines Systems doppelt vorhanden sind, falls es zu einem Ausfall kommt.«

»Die *Sirènes* sind an *zwei* Stromkreise angeschlossen«, murmle ich. »Als der eine ausfiel, und mit ihm die Beleuchtung, lief der andere weiter. Die *Sirènes* sind nie ausgefallen.«

»Nicht ganz so begriffsstutzig wie Louise, richtig.«

Die Mission ist fehlgeschlagen. Wir haben versagt.

Ich greife Eugènes Arm. »Hol Armand, und mit ihm Jean. Ich kümmere mich um Louise. Wir müssen weg.«

Eugène nickt und löst sich von meiner Seite.

Ich trete auf Louise' vage Silhouette zu, doch eine verschwommene Bewegung im Augenwinkel lässt mich erstarren. Der Orchestrator deutet mit seinem künstlichen Arm auf Jean. »Tötet die Ratte.«

Mit metallischem Schaben heben die Engel ihre Speere.

Ich stürze los. Der Blutfleck hebt sich von der gleißenden Umgebung ab. Werfe mich auf allen vieren über Jean, spüre keinen Schmerz in meinen über den Beton schürfenden Knien, in meinen sich vor Wucht stauchenden Handgelenken.

Das Metallschaben verklingt. Ich spüre auch keine Regung von Jean. Kein Atmen. Nur *meinen* rasselnden Atem.

Schwere Schritte, Metall auf Beton, sich verschiebende Schatten von etwas Großem. Er schickt einen Metallengel, um mich von Jeans leblosem Körper zu entfernen.

»Aus dem Weg, Lichtbringerin.«

Keuchend weigere ich mich hochzublicken, seine diffuse Kontur zu suchen. Sehe auf Jeans Gesicht herab. Wächsern wie Augustes. »Nein«, wimmere ich.

Dumpf höre ich Eugènes Stimme, vielleicht auch Armands. Blende sie aus, ganz gleich, was sie sagen.

Der Orchestrator tritt näher, seine Stimme als einzige deutlich. »Ich erlöse ihn vom Leid.«

»Nein.« Tränen rinnen über meine Wangen. Schwäche, die ich nicht zeigen darf, doch nicht zurückhalten kann.

Das alles ist wegen mir passiert.

Meine Tränen tröpfeln auf Jeans Gesicht – und seine Augenlider zucken. Ich atme bebend ein.

»Er ist so gut wie tot.«

Ein zartes Pulsieren unter der Haut von Jeans Hals. Ich atme aus. Schwache *Schatten* an seinem Arm, die gegen das zerrissene Fleisch drücken. Die Blutung nicht stoppen, aber *zurückhalten*. Nur, dass sein Schattenspiel kein Eigenleben hat.

Jean macht das.

»Nein«, wiederhole ich fester.

»Von Anfang an machst du nichts als Ärger«, stößt der Orchestrator aus, die Stimme wie eine reißende Geigensaite. »So nützt du uns nichts. Wirst uns nie von Nutzen sein.«

»Odette!«, donnert Eugène, doch noch lauter donnert ein Metallspeer in den Boden. Die Erschütterung des zerberstenden Steins vibriert durch meine Knochen.

»Wir haben auch ohne dich erreicht, was wir wollten.« Der Orchestrator dreht sich um, sein künstliches Bein schleift hinterher. »Töte beide.«

Ich presse die Augen zusammen, obwohl ich ohnehin nichts sehe. Obwohl ich das Schleifen des Speers dennoch *höre*. Und dann –

passiert nichts.

Zwei Atemzüge, drei Atemzüge lang. Gegen die Deckenlampen blinzelnd, blicke ich auf.

Louise steht mit ausgebreiteten Armen zwischen mir und dem Metallengel. Zwischen mir und dem Willen ihres *Vaters*.

Sie zittert so sehr, dass das Seidenkleid, auf das sie trotz unseres Vorhabens bestanden hat, wie zerbrechlich flatternde Schmetterlingsflügel bebt.

»Erneut dieser Ungehorsam?« Doch die Hand des Orchestrators bleibt still, ebenso wie die Klinge des Engels neben ihm.

Louise greift sich an den Kopf. Erst am Klimpern erkenne ich, dass sie ihre Ohrringe vor die Füße ihres Vaters wirft. »Ich brauche dein Geld nicht. Lande lieber in der Gosse, oder noch schlimmer, unter der Fuchtel des drögesten Junggesellen von ganz Paris«, ein Armreif und mehrere Ringe folgen, »als *dir* Gehorsam zu leisten.«

So fassungslos wie fasziniert lache ich auf. Dann zerre ich Jean am unversehrten Arm über meine Schulter und stehe auf. Schwanke, bis Schatten etwas Gewicht von mir nehmen.

»Denk an deine Mutter. Wie würde es ihr gehen, wenn –«

»– du mich tötest?«, speit sie, und er zuckt so heftig zusammen, dass selbst *ich* es erkenne. »Das ist doch dein Plan? Alles aus dem Weg räumen, inklusive meiner Person, was deine *Vision* behindert. Deine Vision von was? Was willst du erreichen?«

»Perfektion.« Er muss nicht einmal darüber nachdenken.

»Eine perfekte Welt?«, spotte ich. »Jeden Menschen zu perfektionieren, so wie dich? Du klingst wie das wandelnde *Cliché* eines Bösewichts.«

»Natürlich klingt es so, wenn ein begrenzter Verstand es in seinen begrenzten Worten auszudrücken versucht.« Er fletscht hörbar die Zähne. »Es wundert mich nicht, dass die Visionen des Ordens für euch zu komplex sind.«

Louise' Schultern zittern. »Bin *ich* für dich fehlerhaft? Wie viel musst du an mir ändern, damit ich deiner würdig bin?«

Schritte nähern sich mir. Eugène und Armand.

Der Orchestrator schüttelt den Kopf. »Du verstehst nicht –«

»Nein, ich *verstehe*!«, donnert Louise.

Eugène schlingt einen Arm um Jean, und meine schlotternden Knie singen vor Erleichterung.

Louise bebt vor Zorn. »Du glaubst, dass ich mich brav füge, weil ich nur weitere schöne Kleider im Kopf habe, *verlangst* das sogar – und *verachtest* mich gleichzeitig dafür!«

Als Armand vor Jean tritt, sein Gesicht in beide Hände nimmt, ihm etwas zuflüstert, verkrampft mein Herz.

»Louise –« Der Orchestrator stockt.

Wie entkommen wir den Metallengeln?

Mit ausgebreiteten Armen tritt Louise zurück, bis sie direkt vor uns steht. Ein Schild aus Seide und Entschlossenheit. »Du musst mich töten, wenn du sie töten willst. Denn ich wäre lieber *tot*, als zu dem zu werden, was du für perfekt hältst!«

Stille drückt auf uns nieder, trotz des Dröhnens der Dampfmaschinen. Niemand atmet.

Dann sinkt die Hand des Orchestrators ein winziges Stück. Es könnte nur ein Zucken sein, eine optische Täuschung.

Doch Louise hebt das Kinn. »Genauso wie Odette werde ich nie aufhören zu kämpfen. Kämpfe weiter gegen das, was du erreichen willst, außer du machst dem ein Ende.« Sie atmet tief ein. »Also, willst du mir nicht wieder und wieder so gegenüberstehen, tu mir den Gefallen und beende es *jetzt*.«

Er starrt sie an. Als sähe er sie zum ersten Mal.

Der Speer des Engels neben ihm sinkt auf den Boden.

»Verschwindet.« Die Metallhand des Orchestrators hängt reglos an seiner Seite. »Fragt im *Hôpital de la Charité* nach *Docteur* Paul Berger und erwähnt meinen Namen.«

Eugène zerrt an Jean, und ich folge stolpernd. Louise geht rückwärts, ohne den Orchestrator aus den Augen zu lassen. Armand schiebt mich zur Seite, um meinen Platz einzunehmen, und ich protestiere nicht, auch wenn er kleiner als ich ist und Jean wie ein Sack zwischen ihm und Eugène hängt.

Louise blickt über ihre Schulter, auf Jean, dann Armand. Ihre Lippen öffnen sich bebend, aber tonlos.

»Noch könnt ihr sie zerstören«, raunt der Orchestrator, und wir alle halten inne. Louise starrt zur defekten Metallapparatur, und er schüttelt den Kopf. »Nicht damit. Ihr müsst die Stromzufuhr direkt an den Maschinen unterbrechen.«

Ist das ein Trick?

»Zurück zur Brücke«, befiehlt er den Metallengeln, nimmt die Maske der Tragödie ab und wirft sie zu Boden. Das bleiche Gesicht des Orchestrators wirkt älter. Nein, von Monsieur d'Amboise. Louise' Vater.

»Eugène, Odette, ihr müsst es beenden.« Armand greift Louise' Hand. »Mit Louise schaffe ich es zum *Hôpital*.« Er sieht ihr tief in die Augen. Voller Vergebung.

Louise schluchzt und verscheucht Eugène von Jeans Seite.

Sie, Armand und Jean verschwinden humpelnd zwischen den Dampfmaschinen. Monsieur d'Amboise ist bereits fort.

Eugène und ich schauen uns einige schwere Atemzüge lang an. Kann er genauso wenig wie ich fassen, dass wir eine zweite Chance bekommen haben?

»So liebend gern ich mir auch noch eine Weile mit dir die Ausstellung anschauen würde«, sagt Eugène dann, »sollten wir uns erst um *Sirènes* küm–«

Schatten verschlingt mich, reißt mich fort von Eugène.

»Du hattest so großartige Fortschritte gemacht«, sickert die Klage des Komponisten ein zweites Mal in meine Ohren. Wie Teer, der meine Gedanken verklebt, mein Herz verschluckt, mich ausfüllt. Bis alles schwarz ist.

Träge komme ich zu mir. Will am liebsten liegen bleiben.

»Ich habe mehr von einem Nachtschwärmer erwartet, der seine große, tragische Liebe verteidigt.« Metall klirrt.

Sand bohrt sich in meine Wange. Gleißende Festbeleuchtung verhöhnt meinen dröhnenden Kopf. Bin ich draußen?

Eugène ächzt irgendwo vor mir. Faustschläge treffen auf Körper. Mehr Metallklirren.

»Ihr seid so undankbar«, erklingt die Stimme erneut. »Wir beenden Kriege, Hunger, Armut – aber es reicht nicht. Es reicht euch nie, oder?« Der Komponist, richtig. Er hat … den Schattendämon auf mich gehetzt? Doch wieso bin ich draußen?

Eugène antwortet nicht. Nur sein angestrengter Atem ist zu hören. *Nur* seiner. Sein Gegner –

Ich grolle, tief in meiner Brust, um ganz zu mir zu kommen. Eugène braucht mich. Mit zitternden Armen stemme ich mich hoch. Der *Champ d'Arès* ist leer gefegt. Richtig, normale Menschen fliehen, wenn Ausstellungshallen explodieren.

Vor dem changierenden *Château d'Eau* jedoch kämpfen zwei verschwommene Silhouetten. Eugène und der Komponist.

Auf Knien krieche ich näher. Sand und Licht schmerzen auf meiner Netzhaut. Trotzdem erkenne ich, wie unterlegen Eugène ist. Ich kämpfe mich ganz hoch. Alles dreht sich.

»Schau, deine *Belle au bois dormant* ist erwacht.«

Zähnefletschend stolpere ich zu ihnen.

»Schämst du dich gar nicht?« Der Komponist weicht Eugènes Dolchstoß aus. »Machst dich lächerlich für sie, trittst deinen Stand mit Füßen, und doch kannst du sie nicht davor beschützen, gefangen genommen und verletzt zu werden.«

Meine Schritte werden sicherer, und ich taste nach meinem Dolch. Mein Körper ist nicht erschöpft, nicht verletzt. Es liegt nur an diesem verdammten Licht.

Eugène rammt sein Knie mit einem Ausfallschritt in den Oberschenkel des Komponisten. »Hör auf, über Dinge zu reden, von denen du keine Ahnung hast.«

Der Komponist strauchelt nur kurz. »Aber ich musste mir dein Gejammere doch *tagelang* anhören.«

Meine Hand erstarrt am Holster. *Du hattest so großartige*

Fortschritte gemacht. Dieselben Worte wie bei meiner Flucht. Aber heute galten sie nicht mir – wie schon einmal *während* meiner Gefangenschaft.

»Was?« Eugène weicht zurück, stößt gegen das Bassin.

Der Komponist tastet die Innentasche seines *Manteau* ab. Zieht etwas Kleines, Rundes hervor, aus Metall, das mich blendet.

»Eugène«, warne ich. Eugène Lacroix. La Croix – *das Kreuz.*

»Nicht nur dein Gejammere. Auch noch das deiner Mutter.«

Die *Fleur de Lys* auf Eugènes Portemonnaie. Das in die Kisten bei der Kuppelfabrik eingebrannte Kreuz. Auf dem Luftschiff.

»Nein. Das kannst nicht du sein.« Eugène tastet nach dem Bassin hinter ihm. »Du scherst dich nicht um die Ziele der Nyx. Du hast uns von der Kooperation …«

Verborgen zwischen der Fackel und dem Auge im Emblem der Nyx – ein Kreuz.

»Deine Pläne wurden von den Nyx *gestohlen* … In den letzten Wochen hast du –« Eugène starrt die Trifaccia-Maske an, die der Komponist quälend langsam abnimmt, und merkt nicht, was dieser in seiner anderen Hand wiegt.

Lauter. »Eugène!«, brülle ich. »Schließ die Aug–«

Doch der Komponist jagt die Kugel nicht vor Eugène hoch. Er wirft sie zu mir.

Sie explodiert, bevor ich mit einem Finger zucken kann. Glühende Kohlen auf meinen Augen. Helligkeit verschlingt mich. *Schon wieder.*

Ich stürze zitternd auf den Boden. Nein. Nein. Nein!

»Du bist jünger als ich, mit deiner Fähigkeit gesegnet. Ich benutze sogar nur einen Dolch. Du solltest mich besiegen können, *mon garçon.* Bist der Einzige von deinen Freunden, der es kann. Der noch hier ist. Auf den Beinen steht.«

452

Finger schaben über meine Lider. Meine Finger.

Er lacht, blechern wie aus zerbeulten Instrumenten. »Aber du kannst es nicht. Zu schwach, wie immer.«

Ich stiere durch die Lücken meiner Finger. Nur Flecken vor dem glühenden Kaleidoskop des *Château d'Eau*. Aber ich muss sein Gesicht nicht ohne Maske erblicken. Sehe es vor mir, Eugènes so ähnlich, doch die dunklen Augen ohne Sternenfunkeln.

Monsieur Lacroix greift Eugène am Kragen seines *Redingote*. »Was ist das? Seide aus Italien? Wieder so *hübsch* gekleidet. Kaum ein Fleck drauf. Sag, wie kann es sein, dass dein *Manteau* in besserem Zustand ist als deine Liaison aus der Gosse?«

»Papa ...«

»Scherst du dich mehr um deine Kleidung als um sie, oder sieht sie immer so *dreckig* aus?«

Eugènes verschwommene Kontur zittert. Ich zittere ebenfalls, warte auf seine Worte, die das schmerzhafte Brennen der Worte seines Vaters in meinem Herzen löschen.

Eugène schweigt.

»Ich nehme sie mit mir«, erklärt Monsieur Lacroix, plötzlich wie in einem Geschäftstermin. »Es sei denn, du willst mich aufhalten?« Auffordernd hält er Eugène etwas Längliches, Spitzes hin. Ein Dolch. Er greift Eugènes Hand, schließt sie um den Griff. Presst die Klinge an seinen Bauch.

Ich erschaudere so sehr, dass ich mich nicht bewegen kann. Der Komponist – Monsieur Lacroix – hat nicht nur *mich* wochenlang manipuliert. Häppchen von verdrehter Liebe, gefolgt von Vorwürfen, Herunterputzen, Forderungen. Ein paar lauwarme Worte, die im Kontrast glühend heiß scheinen müssen. Die vermeintliche Versöhnung mit seinem Sohn. Holprig, nicht zu auffällig. Ich kann verstehen, dass Eugène dem erliegt.

Und doch windet sich Enttäuschung durch meine Adern, weil Eugène sich nicht rührt. Nichts sagt.

Auch nicht, als der Komponist den Dolch vor seine Füße fallen lässt, zu mir kommt und mich am Harnisch auf die Füße zerrt.

»Es ist vorbei, Odette«, raunt er in mein Ohr, eklig süß, bitter, *ätzend.* »Sieh hin. Sieh dir die *Sirènes* an. *Pardon. Stell sie dir vor.*«

Ich zwinge meine Zähne auseinander. Spucke ihm ins Gesicht. »Was bei Hadès' linkem Ei ist bei den Vätern der Pariser *Bourgeoisie* schiefgelaufen?«

Er atmet so schwer aus, dass ich mir mehr als je zuvor wünsche, nicht geblendet zu sein, nur um das empörte Beben seiner Nasenflügel sehen zu können, während er sich die Spucke wegwischt.

Dann haut er mir eine runter.

So fest, dass ich ächzend zu Boden stürze.

»Wertlos«, speit der Komponist.

Blut rauscht in meine pulsierende Wange. In meine Ohren. Durch meine Adern, zusammen mit der Elektrizität. Ich fletsche die Zähne, sehe rot, *blutrot*, statt Helligkeit, und verstehe, woher der Ausdruck Blutrausch kommt.

Ich stürze mich mit einem kehligen Laut auf ihn. Verfehle ihn, schlittere über den Boden.

Nur im Dunkeln kann ich etwas ausrichten.

Mein Lichtwirken brodelt so stark hoch, als wollte es die Zeit, in der ich es nicht benutzen konnte, wettmachen. Ich suche ein Ziel, doch finde keins, natürlich nicht, deshalb hat er mir die Sicht genommen. Plötzlich zerspringt die Energie mit einem Knall in meinen Handflächen, heiß und stechend, als hätte ich in kochendes Fett gepackt.

Ich höre meinen eigenen Schrei nicht. Nur das Summen der Elektrizität. Meine Haut, die Brandblasen wirft.

Für einen kurzen Moment umhüllt mich Stille. Dann ein Kreischen, nicht meins.

Der Komponist sagt irgendetwas. Tritt so heftig gegen die Fackel an meiner Hüfte, dass sie aus der Halterung reißt und wegfliegt. Ein Artefakt weniger.

Etwas schnürt sich eng um meinen Hals. Zerrt an mir. Der Schattendämon. Er tötet mich. *Der Komponist* tötet mich.

»Wenn du tot bist«, flüstert er, brüllt er, lacht er, »mache ich Jagd auf deine Familie. Sind sie auch auf den Straßen, für deinen fehlgeschlagenen Plan? Die Jüngste ist bestimmt leichter zu formen. Macht sich besser an meiner Seite.«

Ich keuche, winde mich im Schattengriff. Fühle meinen Körper nicht mehr. Sehe nichts. Bin allein.

Hat sich Auguste so gefühlt? Oder war es anders für ihn, weil er seine Familie sah?

Etwas prallt gegen mich. Ich kann einen japsenden Atemzug nehmen. Blut, Bourbon, Schweiß und Wärme.

»Odette! Sieh mich an!« Eugène. Er ist gekommen. Lange Finger an meinen Wangen.

»Wie soll ich das bitte anstellen?«, krächze ich, doch es kommt nur ein Gurgeln hoch.

»Hoffst du, ich zögere, da du nun ein *Mindestmaß* an Mut zeigst, *mon garçon*?«

Natürlich tut Eugène das. Er hofft, dass sein Vater wie Louise' Vater reagiert. Dass die Liebe zu seinem Sohn ihn alles überdenken lässt.

Kreischend stürzt der Dämon auf uns. Ich sehne mich nach seiner Dunkelheit, der Erlösung vom quälenden Licht.

»Papa … du musst nicht …« Eugènes Stimme bricht.

Beinahe lache ich. Wenn wir zusammen sterben, bewahrheitet sich Eugènes Roméo-und-Juliette-Vision doch noch.

»Du musst lichtwirken«, fleht Eugène. »Dann kann ich schattenspringen.«

»Keine … Kontrolle.« Ich huste, schmecke Blut, etwas Unwirkliches, schmecke Glitzern, Diamanten, Nacht. Meine Seele? Oder Sinnestäuschungen im Delirium?

Ich will nicht tragisch sterben wie Roméo und Juliette! Will mehr vom Leben. Mehr, mehr, mehr.

»Denk daran, was ich über das *Feu d'artifice* gesagt habe.« Ich schüttle den Kopf, mehr Zittern im Schattengriff.

Der Komponist tötet nur mich – wenn ich dafür sorge.

Mit einem letzten Ächzen, das im Rachen brennt, schiebe ich Eugène von mir. Kauere mich über ihn, schirme ihn vom Dämon ab. Wünschte, ich könnte seine Augen sehen. Den Sternenhimmel ein letztes Mal sehen.

Eugène greift mein Gesicht. »Es erinnert uns an Ungeheuer verjagende Fackeln und hoch aufgetürmte Freudenfeuer. Dein Lichtwirken ist kein gezähmtes Licht hinter Glaskästen.« Seine Finger verschränken sich mit meinen, dann legt er unsere Hände an mein Herz. »Vergiss die verdammte Kontrolle. Dein Lichtwirken ist … nein, *du* bist unbändiges Feuer.«

So wie wir die Nacht beschützen, beschützt die Nacht uns. Zu lange habe ich das Lichtwirken unterdrückt. Weil Clément das so wollte. Und die Nyx. Ich dachte, es wäre das Richtige. Aber vielleicht muss ich die Nacht mit *jedem* Mittel beschützen – um alle, die ich liebe, zu schützen. Also löse ich die Energie in mir. Lasse die Kontrolle gleiten. Nein, nicht Kontrolle. *Angst.* Angst, die mich zurückhält.

Doch ich bin zu spät.

Die Dunkelheit des Dämons verschlingt mich. Meine Seele. Ich atme ein letztes Mal aus.

Ich schwebe. Um mich ist nur Dunkelheit. Seltsam warm. Nein, keine Dunkelheit. Ein Nachthimmel. Sterne glitzern überall, weit entfernt und blass, aber auch ganz nah bei mir. Wenn ich die Hand ausstrecke, berühre ich einen von ihnen.

»Odette … Es ist an der Zeit«, singen die Sterne. Tausende Sterne, manche erst geboren, manche gleißende Sternschnuppen, manche einen Wimpernschlag vor ihrem Verglühen.

»Ich weiß.« Langsam drehe ich mich. Die Sterne wirbeln wie Lichter eines Karussells. Doch dann verblassen sie.

Denn vor mir schwebt eine Frau, doppelt so groß wie ich und mit Haut so dunkel wie Schiefer, aber mit dem leichtesten Blaustich. Wie der Nachthimmel. Sterne funkeln auf ihren Wangen, im zarten Tuch um ihre Schultern, auf ihren Lippen, in ihren engen Korkenzieherlocken, so weich und wogend wie eine dunkle Wolke am Nachthimmel.

»Wer sind Sie? Charon?« Ich blicke mich um. »Ich sehe kein Boot. Oder den Fluss Styx.«

Sie lacht, süß und melancholisch wie ein sterbender Stern. »Sehe ich aus, wie du dir den Fährmann Charon vorstellst?«

»Ich hatte gar keine Vorstellung, ehrlich gesagt, weil ich nicht daran geglaubt habe, wirklich hier zu landen.«

»So wie du nicht an mich glaubst.«

Ich starre in ihre Augen. Diamanten. »Nyx?«

Sie lächelt.

Ich greife mir an die Stirn. »Ich bin nicht tot.«

»Mein Bruder schuldete mir noch einen Gefallen.«

»Bin ich schwer verletzt? Ist diese Halluzination der Versuch meines Unterbewusstseins, den Schmerz auszublenden?« Ich kann die Worte nicht filtern. Sie sieht amüsiert aus, als ich hochblicke. Ich schnappe nach Luft. »Ist Eugène wohlauf?«

»So wohlauf wie vor unserem Gespräch. Aber jetzt musst du deinen Soll erfüllen. Egal, wie sehr ich die faszinierend flüchtigen Gedanken einer Sterblichen genieße.«

»Was für ein Soll?« Ich schüttle den Kopf. »Weiß ich die Antwort nicht, weiß mein Unterbewusstsein sie auch nicht.«

»Es ist an der Zeit, deinen Teil beizutragen. Die eine Sache, die du für uns tun musst, um die Geschichte der Menschheit in der vorgesehenen Bahn laufen zu lassen.«

»Ich … Was?« Ich drehe mich. Nein, die Welt, der Himmel.

»Danach ist dir freigestellt, über dein Leben zu bestimmen. Nur heute musst du die Geschichte verändern.«

Wärme an meiner Hand, Eugène vielleicht, der sie ergreift. Doch als ich runterblicke, ist dort nichts. »Hat alles, was ich danach tun werde, keinen Einfluss? Ist meine Existenz … bedeutungslos?«

»Jeder von euch kann Kriege auslösen oder beenden, Länder gebären oder zu Staub zermalmen, Herzen mit bloßen Zeilen heilen oder zerreißen. Aber all das ist für uns nicht von Belang.« Das Licht ihrer Sterne nimmt zu. Das funkelnde Meer wird ein Strudel, der sich schneller und schneller dreht.

Ich schlinge die Arme um mich, damit es mich nicht zerreißt.

»Es werden Jahre vergehen, bevor wir wieder einen von euch in die richtige Bahn lenken müssen. *Ihr* entscheidet, ob sich die Welt bessert oder verschlechtert. Wir sorgen nur dafür, dass sie weiter existiert.«

»*Sirènes* würde dafür sorgen, dass die Welt nicht mehr existiert?« Ich will lachen, doch Blut und Schmerz verkleben meinen Mund. Nyx' Galaxie zerrt an mir.

»Vielleicht nicht *Sirènes*, sondern der Gedanke dahinter.« Sie hebt ihre Hand in Richtung meiner Stirn. »Es ist vermutlich besser, wenn du sehen kannst.« Sie tippt sachte mit dem Zeigefinger und der Hitze Tausender verglühender Sterne zwischen meine Augen.

Die Berührung schleudert mich nach hinten. Zerrt mich durch Millionen Galaxien. Ich verschmelze mit Sternen, werde zu Lapislazuli, Wasser, Staub, Kometen, Elektrizität, Dunkelheit.

Ich schreie vor Schmerz. Dann vor Wut. Vor Entschlossenheit. Bäume mich auf, biege den Rücken durch, fühle den Beton des *Champ d'Arès* unter meinen Knien.

Elektrizität pulsiert in mir.

Der Komponist schreckt vor mir zurück, die Augen weit aufgerissen. Als blickte er in das Gesicht einer Göttin, so wie eben noch … so wie …

Ich lösche die Lichter nicht, damit Eugène schattenspringen kann. Kann nicht riskieren, dass ihm dazu die Kraft fehlt.

Mit einer Schockwelle, so wie beim allerersten Lichtwirken, bricht die Elektrizität aus mir heraus.

Die Lampen überall auf dem *Champ d'Arès* glühen so hell auf, dass ich fürchte, wieder im Nichts aus Licht zu versinken.

Die Schatten des Dämons weichen kreischend vor mir zurück. Lösen sich auf. Glas zerspringt, das Klirren so klar in meinen Ohren. Es sind nicht die Glühbirnen. Sondern die Zylinder der *Sirènes*. Hunderte Schattendämonen stieben aus ihren Gefängnissen. Ihr Kreischen bohrt sich in meine Schläfen.

Eugènes Hand umklammert meinen Unterarm.

Auch die restlichen Dämonen lösen sich auf, in einen Hauch aus Schattenpartikeln, der langsam niederrieselt.

Der Komponist wirft Hadès' Füllhorn aus den Händen. Rot glühend kullert es über den Boden. Ich starre ihn an, lasse ihn die Sinfonie aus zischenden, rauchenden *Sirènes* hören.

Es ist Eugène, der aufspringt, dem Komponisten seine Faust gegen den Kiefer donnert und sich zu mir dreht, noch bevor sein Vater auf dem Boden aufprallt.

Ich blinzle, und plötzlich kniet Eugène vor mir. Blinzle und liege in seinen Armen. Klammere meine Finger in seinen sich mit jedem heftigen Atemzug verkrampfenden Rücken.

Ich glaube, ich küsse ihn, oder er mich, doch ich blinzle wieder, und wir schleppen uns Arm in Arm zum Bassin. Jedes Blinzeln hält zu lange an. Ich klatsche mir händeweise Wasser ins Gesicht, wasche Tränen, Schmutz, Ruß, Blut und Erinnerungen fort. Blinzle. Liege in den Armen meiner Eltern, meiner Geschwister. Menschen strömen auf den *Champ d'Arès* und ihre Jubelrufe in mein Herz. Einige fallen über die *Sirènes* her, zerren Kabel aus ihnen.

Papa, ausgemergelt, ergraut und triumphierend grinsend, fesselt die Arme des zu sich kommenden Komponisten.

Mama redet auf Loubet, den sie wer weiß wo aufgegabelt hat, ein wie auf uns Geschwister nach kindlichen Missetaten. Er nickt nur, wieder und wieder, ruft dann zwei Gendarmen heran, die den Komponisten abführen.

Eugène starrt ihn an, den Kiefer so verkrampft, dass er zittert, und wendet fahrig den Blick ab. Seine Schultern beben, und ich will zu ihm, doch Juliette hält mich umklammert und erzählt von den Protesten. Ich blinzle, und Papa drückt Eugène an sich, dessen Arme reglos zu seinen Seiten hängen. Aber seine Schultern hören auf zu beben.

Der Platz füllt sich mit so vielen Menschen, dass mir schwindelig wird. Elektrizität knistert zwischen ihnen. Immer mehr von ihnen sehen zu mir, tuscheln hinter Händen oder rufen mir Dinge zu, die ich nicht verstehe.

Ich will einfach ein Bad, ein Bett und würde vermutlich selbst eine von Louise' Suppen nicht ablehnen.

Doch irgendjemand zerrt mich auf den Rand des Bassins, und ich bin ziemlich sicher, dafür kann ich später meine Beschwerde an Eugène richten, nur starren mich so viele Menschen erwartungsvoll an, dass ich etwas sagen *muss*. »Wir müssen kämpfen«, beginne ich, und alle verstummen. Ich hasse es. Wie habe ich es bloß in den letzten Monaten geschafft, mich in diese Situation zu manövrieren? »Nicht nur heute, nicht nur gegen Nyx. Weil Menschen wie sie immer wiederkommen.« Ich schlucke, denn sie hängen an meinen Lippen, als hielte ich die Antwort des Universums dahinter zurück. Dann runzle ich die Stirn. »Aber ich habe *jetzt* wirklich keine Lust mehr, darüber zu reden. Weiß Zeus, es reicht für heute!«

Ich springe von der Mauer, falle in Eugènes Arme, und die Menschen stimmen zögerlichen Applaus an.

Ohne ein Wort auszutauschen, lösche ich die Lichter auf dem *Champ d'Arès*, und Eugène schattenspringt uns fort. Ein paar Straßen weiter atmen wir durch.

Ich blicke zu ihm hoch, will ihn küssen, ihm erzählen von … von … von wem? Mit einem Kopfschütteln kläre ich meine Gedanken. »Schauen wir nach Jean und den anderen?«

»In einer Minute«, murmelt Eugène, beugt sich herab und küsst mich so sengend, dass ich verglühende Sterne sehe.

Epilog

Es ist auf seltsame Weise friedlich, die Zerstörung der Straßenlaternen zu beobachten. Vielleicht, weil Eugène und ich kurz vor der Morgendämmerung am Fenster unseres mit Kerzen illuminierten Dachzimmers hocken, vor dem knisternden Ofen, in Duvets eingekuschelt. Ein Kontrast zur nebelumwobenen Straße voller Glassplitter und Gebrüll. Kein Gebrüll. Jubel.

Eugène zieht mich näher, und die goldbestickten Ärmel seines *Justaucorps*, den er nach dem Aufstehen gegen die Kälte übergezogen hat, kratzen unter meinen Fingern. »Es überrascht mich, dass du nicht unten bei ihnen bist.«

»In den drei Wochen seit unserem Sieg habe ich genug zerstört.« Ich richte mich auf. »Und wir haben heute anderes zu tun.«

»Aber doch noch nicht *jetzt*!« Er langt nach meinen Händen.

Lachend stemme ich mich dagegen. »Wir können nicht Anführer des Quartiers sein und bis in die Puppen schlafen.«

»Erstens schlafen wir nicht«, Eugène verstärkt den Zug, und ich atme auf, weil er wieder schlafen *kann*, jede Nacht ein paar Stunden mehr, »zweitens schon gar nicht bis *in die Puppen*«, er deutet mit dem Kinn zum Himmel, an dem die letzten Sterne

462

leuchten, »und drittens dachte ich, ein *Avantage* von Anführern wäre es, ab und zu im Luxus schwelgen zu dürfen.«

»Wir sind noch immer Rebellen«, ich kann den Blick nicht von der Himmelsfarbe nehmen, *bläuliches Schieferschwarz*, »keine reichen Nyx, Royalisten oder Diktato–«

Eugène nutzt meine Abgelenktheit und zieht mich nach unten. Ich purzle auf ihn, lache auf diese unbekannte Art.

Wir küssen uns, und ich versinke sofort darin. In seiner Wärme, seinem Geruch, seinem –

»Odette«, raunt er, und seine Hand verkrampft an meiner Seite.

»Nein, nein, nein!« Hastig drücke ich mich von ihm weg. »Du kannst mich nicht um den Finger wickeln!«

Grinsend lässt er mich aufstehen. Ich hole Kleidung aus dem Schrank, während er sich irgendwas von seinem Stapel greift.

»Sie werden uns postwendend wieder als Anführer abwählen«, zische ich Eugène zu, als wir die Treppe hinabhasten.

»Werden sie nicht. Kein anderer will den Posten mit all der Verantwortung übernehmen.« Er drückt die Tür mit der Hand auf, in der er die Kladde mit allen Notizen zum Wideraufbau des Quartiers hält. »Außerdem haben wir nicht einmal neun Uhr.«

Tatsächlich sitzen im Speisesaal noch Nachtschwärmer – Menschen *mit* Fähigkeiten, aber auch alle anderen Rebellen, die sich uns angeschlossen haben – vor ihrem Morgenmahl aus Baguette und Quiche vom Abend zuvor.

Zoé hockt vor einem zerfledderten Buch aus dem Tempel.

Ich will sie über ihre letzten Tage ausfragen, da platzt Katya durch die Tür auf der anderen Seite.

»Du hattest recht!«, verkündet sie so trotzig wie zittrig.

Zoé blickt nicht vom Buch auf. »Ich weiß.« Ihre Stimme bebt, ihre Finger zucken, trotzdem verharrt sie dort.

Während wir uns am Tisch vorbei zur Arbeitsfläche mit den

Lebensmitteln quetschen, atmet Katya mehrmals ein und aus. »Ich will nicht, dass du die *Suffragettes* verlässt.«

Jetzt blickt Zoé doch auf. »Wer hat gesagt, dass ich die *Suffragettes* verlasse?«

Ich will nicht lauschen, aber das Baguette vom Vortag ist zäh und das Messer stumpf. Und die zwei bemühen sich nun wirklich nicht um eine vertrauliche Lautstärke.

»Weil du doch zu einer anderen Organi—« Katyas Stimme bricht.

»Ich bleibe trotzdem eine *Suffragette*.« Am Tisch abgestützt, richtet Zoé sich auf, ihr Gewicht auf einem Bein, weil das andere im Kampf Säure abbekommen hat und noch heilt. »Hat dir Georgette das nicht gesagt?«

Eugène betrachtet das Gespräch, an den Tisch gelehnt, wie ein besonders mitreißendes Theaterstück.

Katya schüttelt den Kopf. »Ich war in letzter Zeit nicht bei ihr. Ich habe nachgedacht, wie wir die *Suffragettes* reformieren können, sodass sie für die Rechte aller Frauen einstehen, habe die Mitschriften von Frances Ellen Watkins Harpers Reden gelesen, und jede Ausgabe von Ida B. Wells' Zeitung, die ich finden konnte.« Sie atmet überstürzt ein.

Mit Baguettestücken bewaffnet, zerre ich Eugène weiter.

Katya macht einen Schritt auf ihre Freundin zu. »Und ich wäre eher zu dir gekommen, wäre mein Englisch nicht so schlecht, dass ich Ewigkeiten gebraucht habe —«

Zoé zieht Katya so fest in ihre Arme, dass deren Worte in ihrer Bluse versickern. »Du hättest einfach *mich* fragen können, statt dich durch all die Texte zu kämpfen!«

»Ich wollte dir nicht aufbürden, worüber ich versäumt habe nachzudenken«, schluchzt Katya.

Ich boxe Eugène, weil er unser Tempo drosselt, als wir beinahe durch die Tür sind. »Hör auf zu lauschen!«

Er fasst sich ans Herz. »Aber das ist so *ergreifend*.«

»Ich muss jetzt los.« Zoé schiebt Katya weg. »Madame Curie gibt mir eine Einweisung in die Organisation.«

»Findest du zwischen der Arbeit für die Nachtschwärmer, *Suffragettes* und der Organisation überhaupt Zeit für *mich*?«

»Du kannst mich zu Madame Curie begleiten, ein kleiner Morgenspaziergang durch Paris?« Ich sehe ein letztes Mal Zoés sanftes Lächeln, dann schiebe ich Eugène aus dem Raum.

Auf der Treppe kommt uns Georgette mit René entgegen, der einen Stapel der *La Citoyenne* hinter ihr herschleppt. Lächelnd begrüße ich Georgette, doch ignoriere René, dem ich seine Flucht noch immer nicht ganz verzeihen kann. Und der sowieso nur Augen für Georgette hat.

Unten beugt sich Eugène zu mir. »Sie hat keine Ahnung, dass er ihr hoffnungslos verfallen ist, oder?«

Ich lache. »Sie hält ihn für einen flammenden *Féministe*.«

Durch die Doppeltür treten wir auf den Innenhof. Im zarten Morgenlicht arbeiten bereits einige im verwilderten Garten der Abtei. Dazwischen wuseln Jo und Henri, die mit ihrem wilden *Jeu du loup* die letzten müden Geister wecken.

Ich reiche Eugène sein Stück Baguette, während ich beobachte, wie meine Eltern mit vertrockneten Tomatenpflanzen in den Armen zwischen Unkraut hervortreten.

Mit gerümpfter Nase studiert er das Brot. »*Das* ist alles?«

Ich nehme seine Hand, ignoriere die Blicke und führe ihn durch das wuchernde Grün des Gartens zum Strauch wilder Erdbeeren unter dem Baldachin aus Duftwicken. »Hab ich gestern entdeckt. Aber verrate es niemandem, besonders nicht meinen Geschwistern, sonst sind sie morgen abgegrast!«

»Erdbeeren unter einer Laube?« Eugène kniet sich hin und pflückt Beeren, nicht ohne mir ein Grinsen zuzuwerfen. »Du hast ja *doch* einen Sinn für die schönen Dinge.«

»Wir essen sie nicht unter der Laube«, schnaube ich. »Wie gesagt, viel zu tun.« Trotz meiner Worte lächle ich, als er im Gehen die Erdbeeren so genüsslich isst, dass sie seine Lippen rot färben. Ich wusste, das würde ihm gefallen.

Von irgendwo weht das Gespräch meiner Eltern herüber, die sich darüber unterhalten, wie wir die ärmeren Arrondissements unterstützen können. Mama will mit Président Loubet um fließendes Wasser für alle verhandeln. Papa findet wichtiger, die Arbeitsbedingungen in den Fabriken zu verbessern. Sie entscheiden sich, beides zu tun.

Ich reibe mir über die Stirn, denn dafür reicht unser Geld hinten und vorne nicht. »Wir müssen dringend überlegen, wie wir an neue Aufträge kommen.«

»Jetzt, da wir der Öffentlichkeit bekannt sind, flattern bald welche rein.« Streng sieht er mich von der Seite an. »Und wir ziehen deine Anmeldung an der Sorbonne *nicht* zurück, um das Geld anderweitig zu verwenden!«

Mein Magen verknotet sich, auf eine unwirklich angenehme Weise. *Die Sorbonne.* Ich lächle. »Schon gut. Ich versuche, es als eine Investition in die Zukunft zu sehen.«

Er wuschelt mir durchs Haar. »*Fantastique.* Und glaub ja nicht, dass du den Platz wegen mir bekommen hast. Das lag an *deinen* Noten und *deinem* Gespräch mit den *Professeurs.*«

»Wenn, dann habe ich Louise zu danken, dank der Professeur Aguillard doch noch ein Auge zugedrückt hat.« Ich grinse ihn an. »Deine Leistung bestand lediglich darin, Möbelstücke deines Vaters zu verscherbeln.«

Eugène langt nach mir, doch ich weiche aus und bringe ihn ebenfalls zum Grinsen. »Ich hab meinen ganzen Hausstand für *dich* geopfert. Etwas mehr Respekt, wenn ich bitten darf.«

»Ach, und woher kommt *das* hier?« Ich schnipse gegen einen der seit Saisonbeginn modernen Rubine seines *Gilet.*

»Du wirst jeden Tag frecher.« Eugène verengt die Augen, zuckt mit den Händen, und schon haste ich durch die Gitter mit rankenden Bohnen. Während ich vor ihm fliehe, lache ich wieder. Wieso fühle ich mich seit unserem Sieg jeden Tag so wie beim ersten Mal auf den Dächern von *Mont-Saint-Michel*, beim Schattenspringen über Paris, wie im *Cabaret Déviance* oder beim Tanzen in der *Cour de l'Industrie*?

Ausgelassen, frei wie Artémis, *zufrieden*.

Etwas später schlendern wir in den anderen Hof, wo Armand neue Rekruten im Kampf unterweist. Grinsend winkt er uns zu. Dann patscht er dem kleinsten Jungen, der ihm hinter seinem Rücken Grimassen schneidet, ohne hinzusehen, gegen den Hinterkopf. Ehrfürchtig starrt der Junge ihn an und salutiert.

Dafür, dass er vorgibt, keine Kinder zu mögen, kommt er erstaunlich gut mit ihnen zurecht.

»Wir brauchen hier einen neuen Bodenbelag.« Ich lasse den Blick zu Juliette gleiten, die den zaghafteren der Mädchen, die sich noch nicht trauen, mit den Jungen zu kämpfen, erste Schritte zeigt. »Die Klinkersteine sind reinste Stolperfallen. Wir müssen Preise einholen und –«, ich stupse gegen Eugènes Kladde. »He, wieso schreibst du das nicht auf?«

»Wir sollten es so lassen. Realistischere Bedingungen.«

»Und riskieren, dass die Hälfte mit gebrochenen Beinen flachliegt, bevor sie einen Haken beherrscht?«

Begleitet von den Kampfgeräuschen starren wir uns an. Die Sterne in seinen Augen blitzen auf, und ich stemme die Hände in die Hüften, um mich nicht erweichen zu lassen. »Das ist wohl ein *weiterer* Punkt für die Abstimmung in großer Runde.«

»Das glaube ich auch«, entgegnet er gedehnt, herausfordernd und mit unterdrücktem Grinsen.

Juliettes viel zu hohes Lachen beendet unsere Debatte. Mit

so roten Wangen, dass die Sommersprossen fast unsichtbar sind, zeigt sie einem für die *Bourgeoisie* äußerst drahtig geratenen Mädchen, wie sie im Kampf ihr ausladendes Rüschenkleid manövrieren kann. Ich meine, sie heißt Rose und bringt beim Abendessen alle mit trockenen Sprüchen zum Gackern.

Henri und Jo preschen auf den Platz und schneiden ziemlich ungehörige Kussgesichter, bis Mathilde sie einfängt und ermahnt. Innerlich zucke ich zusammen, bis Eugène auf Rose deutet. Ihre Wangen sind röter als die meiner Schwester.

Ich lächle und verschränke gleichzeitig die Finger. Hoffentlich können wir hier einen Ort schaffen, wo sich niemand fürchten muss. Egal, wovor.

Armand beendet das Training, winkt uns in den Schatten einer Weide und streicht sich über die Stirn.

»Schon außer Atem?« Eugène lehnt sich an den Baumstamm.

»Dich will ich gern im Kampf sehen, wo du seit Tagen nur herumstolzierst wie ein Gutsherr mit seinem Grundbuch.«

»Ich würde dich sogar besiegen, wenn du Hilfe von Jean –«

Scharf einatmend, trete ich Eugène auf den Fuß, doch bevor ich etwas zischen kann, rattert das Eisentor zum Hof auf.

Ein Mann mit kurz geschorenem schwarzem Haar und dunkelbrauner Haut hält das Tor auf, sodass eine hochschwangere Frau mit einem kleinen Mädchen an der Hand eintreten kann.

Eugène lächelt ihnen zu. »Wenn Sie den Nachtschwärmern beitreten möchten, müsste jemand im *Bureau* im Erdgeschoss –«

»Armand!« Das Mädchen reißt sich von seiner Mutter los und rennt auf uns zu, tapsig, aber voller Zielstrebigkeit.

Armand macht einen hastigen Schritt zurück.

Doch als sie ihre Arme ausstreckt, beugt er sich instinktiv zu ihr. Er hebt sie hoch, wirbelt sie durch die Luft, presst Küsse auf ihre runden Wangen, ihre Stirn, in ihre Löckchen.

Ich starre zu den beiden Erwachsenen. Zurück zum Mädchen, das Armand wie aus dem Gesicht geschnitten ist. Seine *Schwester*.

Die Frau watschelt näher, so schnell ihr Bauch das zulässt. »Mein Junge.« Ihr Gesicht leuchtet auf wie dunkles Laub in goldener Herbstsonne. »Du hast dich nicht verändert!«

»Mama –« Armands Stimme bricht, als er auch sie in die Arme schließt. »Woher wisst ihr, wo ich – wieso seid ihr –«

»Ich dachte, du wärst gewachsen, wenn nicht in die Höhe, wenigstens innerlich.« Sie nimmt sein Gesicht in ihre Hände. »Zwei Jahre sind wirklich genug, um dir darüber klar zu werden, dass nichts von dem deine Schuld war.«

»Ich weiß, dass es nicht –« Armands Blick huscht zu seinem am Tor erstarrten Vater, dann zurück zu seiner Schwester. »Trotzdem ist es zu gefährlich für Valérie, in meiner Nähe –«

Ruckartig prescht sein Vater mit verhärtetem Gesicht vor.

Tränen strömen über die Wangen des Mannes. Er drückt seinen Sohn mit muskulösen Armen an sich, ihre Statur so gegensätzlich, dass Armand zehn Jahre jünger aussieht. Der Ausdruck auf seinem Gesicht schnürt meinen Hals zu.

Eugène drückt meine Hand. »Was hat es nur mit dir und Familien auf sich?«, flüstert er neckend, aber auch sanft.

»Wir haben jemanden mitgebracht«, ringt Armands Vater sich schließlich ab. Seine Stimme ist rau und sehr ruhig, wieder ein Kontrast zu seinem Sohn.

Wie aufs Stichwort tritt Jean durch das Tor.

Jeder starrt ihn an.

»Hat er die ganze Zeit *hinter der Mauer* gewartet?«, raunt Eugène ungläubig, während ich meinen Anhänger umklammere.

Er sollte noch im künstlichen Koma sein.

»Was für ein *Entrée spectaculaire*«, plappert Eugène weiter.

Zuletzt habe ich Jean vor drei Wochen gesehen, ohnmächtig. Niemand durfte zu ihm, damit keine Bakterien in seinen Arm –

Es ist unhöflich, ich *weiß*, aber ich kann nicht anders, als auf seine Hand zu starren.

Nur silberne Fingerspitzen ragen unter dem Ärmel hervor.

»Woher kennt ihr Jean?«, fragt Armand stockend.

»Wir haben Zeitungen, Junge.« Seine Mutter schüttelt den Kopf. »Glaubst du, wir erkennen unseren eigenen Sohn nicht, egal, wie verschwommen das Foto aus dem *Hôpital de la Charité* ist?«

Sie haben Jean aufgesucht, um Armand zu finden. Wissen sie, dass die beiden –? Jean rührt sich nach seinem *Entrée spectaculaire* noch immer kein Millimeter. *Sie wissen nichts.*

»Das Hemd hat er neu gekauft, oder?«, flüstert Eugène. »Alle anderen sind viel kürzer. Warum versteckt er etwas so Aufsehenerregendes wie einen *mechanischen Arm*?«

Ich rolle die Augen. Natürlich kann *er* das nicht verstehen.

Dann stiefelt Jean los, so steif, als hätten *Docteur* Paul Berger und Louise' Vater seinen *ganzen* Körper mit Maschinenteilen ersetzt. Er muss fürchten, die Familie zu trennen, wenn sie von seiner und Armands Beziehung erfahren.

Ich beiße mir auf die Unterlippe, denn sosehr ich ihm am liebsten entgegenschreien will, dass das Quatsch ist, weiß ich es besser. *Jeans* Familie hat so reagiert.

Bevor er mehr als ein paar Meter weit kommt, winkt Armands Vater ihn heran. *Noch* steifer trottet Jean zu ihnen.

»Du solltest beim Wiedersehen dabei sein«, erklärt Armands Vater. »Schließlich bist du daran nicht ganz unbeteiligt. Und du …«, er tritt von einem Fuß auf den anderen, »gehörst ja praktisch zur Familie. Oder?«

Ein Muskel an Jeans Kiefer zuckt, die einzige Regung.

Armands Mutter presst die Lippen aufeinander, doch Armand schaut zu ihr, und sie ringt sich ein Lächeln ab. Es schwächelt nicht, als sich ihr und Jeans Blick kreuzen. Sie gibt sich Mühe zu verstehen, zu akzeptieren. Für Armand.

»Meintest du nicht, wir hätten viel zu tun?« Eugène zerrt mich weiter. Plötzlich nicht mehr interessierter Theatergänger. Natürlich entgeht mir das Raue in seiner Stimme nicht.

Einen Blick werfe ich noch zurück.

Armands Vater klopft auf Jeans Schulter. »Mein Sohn hat vor zwei Jahren von einem Nahkämpfer erzählt. Das bist wohl du?«

Jean entgegnet nichts durch seine schmalen Lippen.

»Vielleicht kannst du einem alten Mann wie mir noch was beibringen, wenn ich euch beitrete?« Er lässt sich nicht von Jeans Schweigsamkeit beeindrucken. Vielleicht ähnelt er seinem Sohn mehr, als man auf den ersten Blick denkt.

»Nun, ich muss mich erst daran gewöhnen«, Jean hebt den Arm, und das Hemd rutscht so weit runter, dass man mehr vom Silber erkennt, »hiermit zu kämpfen.«

Sie reden weiter, doch wir verschwinden in der Abtei.

»Gut, dass er wieder kämpfen können wird«, murmelt Eugène und lehnt sich an die Wand im ausgestorbenen Flur.

»Ich glaube, er hätte auch einen Weg gefunden, wenn er seinen Arm verloren hätte.« Ich trete vor Eugène und lege meine Hände auf seine, die sich um die Kladde klammern. »*Ich* hätte einen Weg gefunden, wenn ich meine Sicht nicht wiedererlangt hätte. Wir Menschen finden meistens einen Weg, oder?«

Eugène zuckt mit den Schultern, lächelt vage. »Vermutlich.« Der Gesichtsausdruck, der für Clément und seinen Vater reserviert ist. Einer tot, der andere im Gefängnis.

Ich stelle mich auf die Zehenspitzen, um ihn zu küssen.

Er verwebt seine Finger mit meinen. Das Lächeln erreicht

jetzt auch seine Augen. »Wie konntest du überhaupt plötzlich wieder sehen? Hat Hébés Wasser so verzögert noch gewirkt?«

Ein rascher Eindruck von Schieferhaut und Diamantaugen. Schmerz drückt von innen gegen meine Stirn, und ich kneife mir in die Nasenwurzel. »Das muss es sein«, raune ich.

Ich begleite Eugène in das ehemalige Appartement von Madame Récamier, einer Geldgeberin der Nachtschwärmer, die dort einen der wichtigsten Literatursalons Europas abhielt. Dem schon auf dem Flur hörbaren Gezeter nach zu urteilen, geraten die jetzigen Bewohnerinnen wieder aneinander.

Louise' Mutter, die Abstand von ihrem Mann verlangt hat, nachdem sie von seinen Machenschaften erfuhr, ist überzeugt, ihr gebühre das beste Zimmer. Delphine findet, nirgendwo ist das Licht zum Malen besser. Sie müssen sich arrangieren, denn das Quartier platzt bald aus allen Nähten.

Als wir eintreten, starrt Madame d'Amboise mit gerümpfter Nase das neueste Werk ihrer Zimmergenossin an, als wäre es der bizarre *Garten der Lüste* von Hieronymus Bosch und kein simples Porträt von Eugène ausschließlich in Weißtönen.

Eugène schielt vom Bild zu mir. »Sah es so für dich aus?«

»Sie ist nach meiner knappen Schilderung *besorgniserregend* nah dran«, entgegne ich ehrfürchtig. Länger als einen Atemzug kann ich das Bild nicht ansehen. Es wirbelt zu viele Erinnerungen an mein Gefängnis auf.

Er drückt kurz meine Hand, und ich lasse ihn mit seiner Mutter allein. Und Madame d'Amboise als selbst erklärte Anstandsdame der flatterhaften Delphine.

Zu Louise' Zimmer ist es nicht weit, und auch sie höre ich schon auf dem Flur zetern. Grinsend, weil die Frauen im Quartier die Angewohnheit haben, sich selten zurückzuhalten, klopfe ich an und trete auf ihr Gebrumme hin ein.

»Oh, sieh an! *Votre Éminence*«, murrt sie über einen Tisch gebeugt, der sich unter Büchern, Journalen und Zetteln biegt. »Kannst du erklären, warum du dich um jeden Unsinn kümmerst, aber nicht um das *dringendste* Problem?«

Ich ziehe die Brauen hoch. »Deine *Hochzeitsvorbereitungen?*«

»Ganz genau!« Louise springt auf. »Ich sitze seit Tagen –«

»Ich habe Eclairs.« Beschwingt zerre ich die Papiertüte mit dem Siegel ihrer liebsten *Confiserie*, die ich gestern gekauft habe, aus der Tasche und stelle sie vor ihre Nase.

Sie starrt die Tüte an, wirft die Hände in die Luft. »Endlich werden meine Gebete erhört! Du bist die Beste, Odette!«

Grinsend verschränke ich die Arme. »Ich weiß.«

Während sie die Tüte aufreißt, seufzend in ein Eclair beißt und mir mit vollem Mund auch eins anbietet, lasse ich den Blick über ihr Sammelsurium schweifen. Noch immer verkrampft mein Herz. Und sosehr ich mich in letzter Zeit zusammengerissen habe, heute kann ich nicht mehr an mich halten. »Ziehst du das durch, weil du es weiterhin willst? Oder aus Sturheit?«

Bevor sie antworten oder ich mich für mein Infragestellen entschuldigen kann, öffnet sich die Tür.

Edwin prescht herein, als wollte er uns ausrauben.

Louise schluckt den großen Bissen Eclair in ihrem Mund hörbar in einem Stück herunter und hustet. »Wie kann ich behilflich sein?«, fragt sie dann zuckersüß und stocksteif.

»Ich brauche meinen *Manteau* zurück.« Edwin starrt mit gerümpfter Nase auf die Illustrationen der Hochzeitsmode. »Du weißt ja, weil ich mir keinen neuen leisten kann.«

Stöhnend marschiert Louise zu ihrem Kleiderschrank und kramt darin herum. »Keinen von *Madame Paquin*, meinte ich. Ich weiß, dass du dir gewöhnliche Kleidung leisten kannst.«

»Ich will trotzdem meinen *gewöhnlichen* alten *Manteau* wiederhaben. Er gefällt mir.«

Da liegt etwas in der Luft, das mich ganz rasch verschwinden wollen lässt. Doch ich kann mich nicht rühren.

Louise zieht den abgeranzten *Manteau* hervor, stolziert auf Edwin zu – und bleibt stehen. Ihr Blick huscht zu mir, nur ganz kurz, dann zu dem tristen Stoff in ihren Armen.

Sie sieht den *Manteau* an, als wäre er ein Eclair.

Edwin streckt den Arm aus. »Bist du dir jetzt schon zu fein, um einem armen Schlucker etwas zu reichen?«

Louise presst die Lippen zu einem Schmollen zusammen, drückt den *Manteau* an sich. »Ich will ihn behalten!«

Ich unterdrücke ein Schnauben.

Edwin zuckt nicht einmal unter Louise' für die Situation unangebracht herausforderndem Blick zusammen. »*Warum?*«

»Ich habe kein vergleichbares Modell.«

Sie starren sich an, und jetzt will ich *wirklich* verschwinden.

Doch dann zuckt Edwin mit den Schultern. »Fein«, murrt er, und Louise' Gesicht leuchtet auf. Ohne ein weiteres Wort verlässt er ihr Zimmer. Und auch ich lasse Louise die Zeit, allein über ihren Gedanken zu brüten. Werfe ihr nur ein wissendes Grinsen zu, das ich mir bei ihr abgeschaut habe, wenn es um Eugène geht. Keine Ahnung, wieso ich den drögen Edwin einer *vernünftigen* Partie vorziehe. Vielleicht, weil ich die Louise mag, die sie in seiner Gegenwart sein kann.

Der Himmel ist wieder dunkel, als ich unser Dachzimmer betrete. Eugène sitzt am Fenster auf dem Boden und setzt schnelle Kohlestriche auf ein Papier.

»Wie lange machst du dir hier oben schon einen Lenz?« Grinsend zerre ich die Stiefel von meinen Füßen, lege meine Kette in die Schatulle neben dem Himmelbett, betrachte nur kurz den elfenbeinfarbenen Umschlag, bevor ich zu Eugène wandere.

»Gar nicht.« Er lehnt sich zurück und gibt den Blick auf seine Skizze des Gemüsegartens in der Kladde frei. »Ich arbeite an visueller Unterstützung unserer Chronik.«

Schnaubend lasse ich mich neben ihm nieder. »Das ist eine Liste mit Aufgaben, keine *Chronik*.«

»Eines Tages wird es Menschen geben, die das interessiert.«

»Wie viele Tomatenpflanzen wir aus der Erde gerissen haben?«

»Odette«, warnt er, doch ich lege meine Hände an seinen Kiefer, und er verstummt. Grinst, als ich mich zu ihm lehne.

»Du bist *fantastisch* darin, Tomaten für die Nachwelt festzuhalten«, raune ich an seinen Lippen.

Er greift meinen Nacken und zieht mich in einen richtigen Kuss. Ich versinke darin, erlaube es mir, anders als heute Morgen, habe den halben Tag an nichts anderes gedacht.

Dann löst er sich, schlingt beide Arme um meine Taille und zieht mich ganz nah zu sich. Vergräbt sein Gesicht an meinem Schlüsselbein und atmet tief ein. »Ich habe ein Geschenk für dich. Aber ich weiß nicht, ob du es annimmst.«

Da ist etwas an seiner *Wortwahl* – das Blut schießt mir erst in die Wangen und entweicht daraufhin komplett. Er sollte mich besser kennen, als in der aktuellen Lage –

Eugène zieht etwas aus der Tasche seines *Justaucorps*.

Ich weiche zurück, mit Flattern im Magen, halb Nachtfalter, halb Grauen, weil das *zu schnell* geht. »*Eugène …*«

Zwischen uns hält er einen zerknitterten Briefumschlag.

Mit dem Emblem der Sorbonne.

»Was –?« *Mein* Brief, die Zusage samt Auflistung der Kosten, die ich nicht zahlen kann, liegt in der Schatulle.

Eugène öffnet den Umschlag, dann hält er mir das Aufnahmeschreiben hin. »Wir können neben unserer Chemikerin Madame Bouchard auch eine *Physikerin* gebrauchen.«

Meine Hände sinken. »Hast *du* die Gebühren bezahlt?«

»Alle Semester.« Obwohl er grinst, klingt er *kleinlaut*.

»Ich will nicht, dass du für mich zahlst«, presse ich hervor.

Schwer ausatmend, nimmt er meine Hände und presst Küsse gegen jeden Finger. »Ma vie, ich bin ein Künstler und *Filou*. Wenn, dann zahlst *du* in ein paar Jahren für *mich*.«

Ich muss tatsächlich lachen, und damit beginnt meine Gegenwehr zu bröckeln. Ich verstehe noch immer nicht, wieso er *mir* die Welt zu Füßen legen will, statt einer kultivierteren, mondäneren Frau, der es leichtfällt, seinen *Mode de vie* zu teilen, ihre Gefühle zu zeigen, auf einer *Soirée* die Aufmerksamkeit aller auf sich zu ziehen. Aber ich verstehe mittlerweile, dass ich etwas *Besonderes* für ihn bin.

So wie er für mich.

Und ich beginne, das in mir selbst zu sehen. Vor allem, als ich meine Arme um seinen Hals schlinge und ihn küsse, *Merci* gegen seine Lippen wispere, spüre, wie er unter mir wie Wachs schmilzt. Wie sein Puls beschleunigt, sein Lachen atemlos klingt. *Ich* kann das mit ihm anrichten. Und ich kann etwas mit der *Welt* erreichen, zusammen mit ihm, mit meinen Vertrauten, mit anderen Menschen wie uns.

Wir, die Rebellen und Nachtschwärmer dieser Welt.

Denn so, wie wir die Nacht beschützen, beschützt die Nacht uns.

Triggerwarnung

- körperliche und psychische Gewalt
- Suchterkrankung
- Alkoholmissbrauch

Danksagung

Meine erste Dilogie, an der so viele fantastische Menschen mitgearbeitet haben! Meinen Dank in ein paar Zeilen auszudrücken, ist eigentlich unmöglich, aber ich versuche es.

Das Team von Moon Notes hat so tolle Arbeit geleistet, nicht nur mit meiner Dilogie, sondern mit so vielen wichtigen Büchern. Allen voran danke ich Maren Wendt – du hast mich und die Chaoten von Anfang an wundervoll begleitet.

Und Yvonne Lübben, du musst Superkräfte besitzen, so wie du den Überblick über die Dutzende Textstückelchen unseres parallelen Lektorats behalten hast. Ich konnte wirklich immer auf dich und dein Talent zählen!

Auch der Agentur Schlück und vor allem Kathrin Nehm gebührt ein großes Danke, denn ohne sie würden die beiden Bände vielleicht noch in meiner (digitalen) Schublade liegen.

Mini, du weißt, dass deine Unterstützung und dein Glaube an meine Ideen das Allerwichtigste für meine Geschichten sind. Und deine Kochkünste werden immer besser!

Kate Jans, ohne die ich mir das Schreiben gar nicht mehr vorstellen kann. Ich hoffe, dich bei deinen kommenden Projekten genauso unterstützen zu können wie du mich!

Janina Roesberg, auch wenn dieses Mal keine Zeit für dein Testlesen blieb, standest du mir mit Rat und Tat zur Seite. Ich bin so froh, dass unsere Wege uns zusammengeführt haben!

Meine Familie und Freunde, von denen einige meine Bücher nur kaufen, um mich zu unterstützen, andere sie lesen, ohne dass ich davon weiß, und der Rest immer wieder großes Interesse an dem zeigt, was ich tue. Danke!

Nicht zuletzt ein riesiges Danke an alle, die *She Who Alights The Night* gelesen haben, weiterempfehlen, rezensieren oder sich sogar mit lieben Worten persönlich bei mir melden. Das bedeutet mir mehr als alles andere!